Über den Autor:

Friedrich Ani, 1959 in Kochel am See geboren, lebt heute als Schriftsteller in München. Für seine Arbeiten erhielt er mehrere Stipendien und Preise. Sein Roman *Die Erfindung des Abschieds* (Knaur Taschenbuch 61902) wurde vom Schweizer Nachrichtenmagazin FACTS unter die zehn besten Kriminalromane der neunziger Jahre gewählt. Mit *Süden und das Gelöbnis des gefallenen Engels* (Knaur Taschenbuch 61999) begann eine neue Romanreihe, in der Hauptkommissar Tabor Süden und seine Kolleginnen und Kollegen von der Vermisstenstelle des Dezernats 11 im Mittelpunkt stehen.

Friedrich Ani

GERMAN ANGST

Roman

Knaur

Besuchen Sie uns im Internet:
www.knaur.de

Vom Autor bearbeitete Taschenbuchausgabe 2002
Copyright © 2000 bei
Droemersche Verlagsanstalt Th. Knaur Nachf., München
Alle Rechte vorbehalten. Das Werk darf – auch teilweise –
nur mit Genehmigung des Verlages wiedergegeben werden.
Umschlaggestaltung: ZERO Werbeagentur, München
Satz: Ventura Publisher im Verlag
Druck und Bindung: Clausen & Bosse, Leck
Printed in Germany
ISBN 3-426-62054-5

5 4 3 2 1

Für Gerda Marko

Erster Teil
STADT AM POL

»Sie hat sich wärmen wollen!«, sagte man.
Hans Christian Andersen

Manchmal ging ich durch die Straßen und
empfand Mitleid mit den Menschen, denen
ich begegnete.
Es mag absurd klingen, aber sie taten mir Leid,
weil sie nur ein einziges Leben hatten.
Juan Carlos Onetti

1

Etwas an ihm beunruhigte sie, und je länger er blieb und redete, desto nervöser wurde sie. Sie kannte ihn nicht, sie sah ihn heute zum ersten Mal. Eine Kundin, die sie seit acht Jahren behandelte, hatte ihm ihre Telefonnummer gegeben. Das war nichts Ungewöhnliches, es freute sie, wenn die Frauen zufrieden nach Hause gingen und ihren Freundinnen begeistert davon erzählten, wie jung und entspannt sich ihre Haut jetzt wieder anfühlte. Manchmal rief eine von ihnen noch am selben Tag bei ihr an, um einen Termin zu vereinbaren. Ohne die Werbung ihrer Stammkundinnen hätte sie ihr Studio wahrscheinlich schon längst schließen oder zumindest Ines, ihre Angestellte, entlassen müssen, die Teilzeit bei ihr arbeitete und eine Spezialistin für Fußreflexzonenmassage war. Allerdings gab es einige Frauen, die sich von Ines nicht anfassen ließen, weil sie behindert war. Nach einem Motorradunfall hatten die Ärzte ihr Augenlicht nicht mehr retten können, ihr Gesicht musste mehrmals operiert werden und sah nach einer Hauttransplantation wie eine verzerrte Maske aus. Zudem blieb ihr linkes Bein verkrüppelt. Doch ihre Hände verheilten vollständig. Und Natalia Horn, ihre Chefin, stellte sie sofort wieder ein.

Von den Kundinnen, die sich vor Ines ekelten, hätte sich Natalia am liebsten getrennt, aber das konnte sie sich nicht leisten. Und das ärgerte sie. Und sie schaffte es, zwei dieser Frauen mit unangenehmen Ölen so lange zu quälen, bis sie von sich aus wegblieben.

»Das brennt etwas«, sagte der Mann, der vor ihr auf der Liege lag.

»Entspannen Sie sich!«

Er hatte darauf bestanden, sich unter das Vapazone-Gerät zu

legen und den Dampf einzuatmen, dem sie Limonengrasöl beigemischt hatte. So wie er es verlangt hatte. Dann hatte sie ihn gefragt, ob sie sein Gesicht abtupfen und eingetrockneten Talg entfernen solle. Nein, hatte er gesagt, ohne die Augen zu öffnen. Sie sah ihn wieder an und etwas an ihm versetzte sie in Unruhe, etwas, das sie nicht benennen konnte.

Er hieß Josef Rossi und war Verkäufer in einem Möbelhaus. Das hatte er ihr erzählt, während er seine braunen Halbschuhe und seine weißen Socken auszog und sich mit einer Selbstverständlichkeit auf der weißen Liege ausstreckte, als käme er regelmäßig her. Sie schaltete die Lupenleuchte ein, um sein Hautbild besser zu erkennen, und er schloss die Augen und machte sie nicht mehr auf. Sie stellte ihm einige Fragen zu seiner Gesundheit, die er knapp beantwortete, und dann legte er los, ihr seinen Beruf zu erklären.

Er trug eine braune Stoffhose mit Bügelfalten und ein schwarzes Hemd, das er bis zum letzten Knopf zugeknöpft hatte. Am Telefon hatte er gesagt, er wolle sich pediküren und maniküren lassen, und mit denselben Worten hatte er sie an der Tür begrüßt.

Und vom ersten Augenblick an hatte Natalia in seiner Gegenwart ein unangenehmes Gefühl.

Seiner Freundlichkeit misstraute sie, ohne zu wissen, warum.

»Das ist alles sehr sauber hier«, sagte er und ließ den Blick kreisen. »Meine Bekannte schwärmt von Ihnen, wissen Sie das? Sie sagt, durch Sie sei sie wie neugeboren. Entschuldigen Sie bitte, ich finde das übertrieben, neugeboren! Das klingt mir zu religiös. Ich mag das nicht, ich will Ihnen nicht zu nahe treten ...«

Das ist gut so, dachte sie, treten Sie mir nicht zu nahe ...

»Aber die Leute suchen Ausflüchte für alles – soll ich mich hier hinlegen? Ich zieh meine Schuhe aus, ist Ihnen das recht?«

Sie kam nicht dazu zu antworten, er tat, was er gesagt hatte, und redete einfach weiter. Sie machte ihm ein Fußbad, schnitt und feilte seine Fuß- und Fingernägel, massierte seine Zehen, die verspannt und kalt waren, besprühte sie mit Kiefernspray und sah mehrmals auf die Uhr. Die Stunde, die sie vereinbart hatten, schien wie in Zeitlupe zu vergehen.

»Ich hör genau zu, wenn meine Kunden was sagen«, sagte er und sie bemerkte seine schmalen Lippen und die Verkrustungen unterhalb der Nase, Abschürfungen und Rötungen, als würde er sich ständig schnäuzen. »Die bringen ja ihre Lebensphilosophie mit, wenn sie Möbel bei mir kaufen. Die wollen Harmonie, Zufriedenheit, und das kriegen sie nicht nur durch einen Schrank, den sie sich hinstellen, oder durch ein Bett, sie müssen was dafür tun, verstehen Sie das, Frau Horn?«

Es passte ihr nicht, dass er sie bei ihrem Namen nannte. Was sollte er sonst tun? Langsam kam sie sich lächerlich vor. Was hatte sie gegen diesen Mann, der ihr von einer ihrer treuesten Kundinnen empfohlen worden war? Er war höflich, er war nicht aufdringlich wie einige der anderen Männer, die zu ihr kamen, er redete, das war alles. Jeder, der auf dieser Liege lag, redete. Das war ihr Job, das war eine ihrer Hauptfunktionen: zuhören, widerspruchslos zuhören. Manche Frauen fingen bei der ersten Berührung zu weinen an, andere schienen überhaupt nur zu kommen, um sich auszukotzen. Sie hatte kein anderes Wort dafür. Sie war Kosmetikerin, aber sie war genauso ein Gefäß für Müll und Trauer, für die ewigen Monologe der Einsamkeit und des Alters, für den verbalen Abfall, den die Ehefrauen, Mütter, Witwen oder Zwangs-Singles wochenlang ansammelten und den sie nirgends loswurden außer in der Gutenbergstraße in Nettys Studio. Netty, so wurde sie von allen genannt und das war sie auch: nett.

Manchmal war sie nahe daran, auch sich auszukotzen und laut zu schreien und das Gegenteil von nett zu sein. So wie jetzt. Wie gerne hätte sie das Dampfgerät abgeschaltet und die Behandlung beendet. Rabiat. Ohne Erklärungen. Sie hatte nämlich andere Sorgen als zuzuhören, wie ein Möbelverkäufer sich sein Berufsethos zusammenzimmerte.

Schon seit einer halben Stunde wollte sie telefonieren. Sie musste endlich Gewissheit haben und wenn sie die nicht bekäme, würde sie zur Polizei gehen, ganz gleich, ob ihr Freund damit einverstanden war oder nicht. Natürlich wäre er nicht damit einverstanden. Sie würde es trotzdem tun. Sie hatte Angst, zornvolle Angst.

»Der Dampf beruhigt«, sagte Rossi. »Damit Sie mich richtig verstehen, selbstverständlich bezahle ich alles, obwohl ich das Gerät nur mal ausprobieren wollte und Frau Ries mir sagte, Sie würden einen Sonderpreis machen bei der ersten Behandlung.«

»Natürlich bekommen Sie ...«

»Nein, das will ich nicht. Ich will keinen Sonderpreis, ich bezahle den normalen Tarif. Sie geben sich Mühe und das muss belohnt werden. Frau Ries hat mir erzählt, dass Sie dieses Studio ganz alleine aufgebaut haben, das beeindruckt mich, das ist eine Leistung. Mir imponiert, wenn jemand handelt, verstehen Sie das, wenn jemand nicht dasitzt und jammert, sondern handelt. Das spricht von Selbstbewusstsein und Kraft. Sie sind eine kraftvolle Frau, Frau Horn ...«

»Ich schalte das Gerät jetzt ab, sonst trocknet Ihre Haut zu sehr aus.«

Sie wollte ihn so schnell wie möglich loswerden. Keinen Ton wollte sie mehr von ihm hören. Sowie er weg war, würde sie Helga Ries anrufen und sie fragen, was sie sich dabei gedacht hat, ihr diesen Kerl aufzudrängen. Was wollte der von ihr?

Plötzlich hielt sie seinen Wunsch nach Pediküre und Maniküre für einen Vorwand. Wofür? Was war seine Absicht? Was bezweckte er wirklich? Sie konnte nicht einmal behaupten, er wolle sie aushorchen. Hauptsächlich redete er von sich wie die meisten ihrer Kunden. Was also war das Beunruhigende, das Unheimliche an ihm?

Jetzt schlug er die Augen auf. Sie hatte das Gerät abgeschaltet und der Raum roch nach dem ätherischen Öl und dem Spray. Im Garten hörte sie die Vögel zwitschern und sie sah sich selbst, wie sie dastand, gleichsam festgebunden, reglos, gequält von wachsendem unerklärlichem Entsetzen.

»Ist was?«, fragte Rossi. Auf seiner Stirn glänzte Schweiß, seine Gesichtshaut war gerötet. Er ist schmerzempfindlich, dachte Natalia, wenn man ihn zu fest berührt, schreit er, er schreit und schlägt um sich.

»Wir sind so weit«, sagte sie und diese Bemerkung kam ihr sofort unwirklich vor, auch falsch, sie wusste selbst nicht genau, was sie damit meinte.

»Was meinen Sie damit?«, fragte er und schnellte in die Höhe. Erschrocken wich sie einen Schritt zurück, trat aus Versehen auf den Metallfuß der Trennwand und zuckte erneut zusammen.

»Bitte?«, stieß sie hervor. Sie war rot geworden, das spürte sie, ihr Herz schlug heftig und sie schämte sich dafür und im nächsten Moment war sie wütend. »Die Stunde ist um, Sie müssen jetzt gehen!«

Er starrte sie weiterhin an und seine Augen waren grau und

klein. Dann schwang er sich von der Liege und bückte sich nach seinen Schuhen.

»Eine hübsche Bluse haben Sie unter dem Kittel an«, sagte er und streifte sich die Socken und die Schuhe über. »Ich mag weiße Blusen, sie sind fraulich, sie machen eine Frau fraulich, verstehen Sie das?«

Er hob den Kopf und sie riss ein Kleenextuch aus dem Karton, rieb sich die Hände ab und warf es in den Abfalleimer. Als sie sich ihm zuwandte, fixierte er sie immer noch. Diesmal irritierte sie der Blick nur eine Sekunde, dann drehte sie sich wortlos um und ging zur Tür.

»Ich fühle mich gut«, sagte er, stapfte mit den Schuhen zweimal laut auf den gefliesten Boden, als trage er Stiefel, in die er nur schwer hineinkam, und holte seinen Geldbeutel aus der Tasche.

Vor der Haustür gab er ihr die Hand und sie nahm sie widerstrebend.

»Ich möchte Sie noch etwas fragen«, begann er und ließ sie nicht zu Wort kommen. »Sind Sie eigentlich verheiratet?«

Es war der 11. August, und sie brachten Finsternis und Furcht in ihr Haus. Sie brachten den Geruch von Aftershave, Shampoo und Bier. Sie brachten ein Springmesser mit, eine Gartenschere und eine grüne Handsäge. Sie schlugen auf sie ein und sie fingen sie auf. Sie waren zu fünft und wir sind das Volk. Wir handeln im Auftrag des Schweigens der Regierung und des Oberbürgermeisters. Sie schnitten ihr mit der Gartenschere die Haare in Büscheln vom Kopf. Sie schoben ihr den Messergriff zwischen die Zähne. Und wenn sie sich bewegt, schnellt die Klinge heraus und durchbohrt ihren Rachen, das ist gewiss, sagt der Mann, den Daumen am Druckknopf, und seine Finger riechen nach Tabak. Sie schnitten

14

ihre Kopfhaut blutig und zerrissen ihr gelbes Sommerkleid aus Freude über den Paragrafen für Zucht und Ordnung. Wir kommen als Abgesandte der Ordnung, der Zucht und des Gemeinwohls zu dir. Wir kommen als Hüter der allgemeinen Sicherheit und des Wohlstands in der Stadt und im ganzen Land. Wir kommen als Bürger, die Steuern zahlen, unrechtmäßig arbeitslos sind und nicht länger zuschauen wollen.

Sie gehörten zu den mittleren Millionen, die der Bauch, das Herz, die Physiognomie und die Psyche des Staates waren. Sie waren nur fünf, ein Lehrer, ein Automechaniker, ein Maler, ein Maurer und ein Versicherungsangestellter, aber sie waren sich sicher, die Speerspitze zu sein, die unerschrockene Vorhut, die Stimme der allgemeinen Stimmung. Sie redeten kaum ein Wort, sie handelten. Sie benutzten ihre Fäuste, ein olivgrünes Super-Automatic-Rostfrei-Messer, eine schwarze schnipp-schnapp-scharf-geschliffene Zangenschere, aber nicht die kleine grüne Säge, mit der fuchtelten sie ihr nur vor der Nase herum, was sie nicht sehen konnte. Sie musste sich übergeben, direkt zwischen die staubigen, rissigen Stiefel des jungen Mannes vor ihr. Er sprang zur Seite und ein anderer schlug ihr so fest auf den Hinterkopf, dass sie hinfiel, mit dem Gesicht voran in ihr Erbrochenes. Sie hoben sie hoch und einer holte aus der Küche ein Geschirrtuch und scheuerte ihr damit die Wangen wund. Und einer goss ihr einen Topf kaltes Wasser ins Gesicht und ein anderer trocknete sie ab.

Und während der ganzen Zeit sah sie nur Funken in der Finsternis, denn sie hatten ihr mit einem breiten Band die Augen verklebt.

Wie ihnen befohlen worden war, fesselten sie der Frau die Hände auf dem Rücken, verknoteten Schnüre an ihren Füßen, stopften ihr ein Taschentuch in den Mund und verklebten ihn mit demselben braunen Paketband wie ihre Augen. Und der Befehl war gut und die Frau war schön.

Sie hatten ihr Kleid zerschnitten, ohne Auftrag, aus purem Übermut, und der mit der Schere hätte beinah etwas gesagt, doch der Älteste der fünf stieß einen bösen Laut aus und der andere spuckte auf den Boden. Im Wind der schnellen Stiefel fegten blonde Haare über den taubengrauen Teppich und die Blutstropfen waren deutlich zu sehen, aber niemand sah hin. Sie beendeten ihre Aktion und wunderten sich ein wenig, wie einfach alles gewesen war und warum die Frau nicht geschrien und sich gewehrt hatte.

Sie wunderten und bewunderten sich, da lag die Frau schon im Kofferraum des frisch gewaschenen roten Nissan Primera, zusammengekrümmt und halb betäubt von einer milchigen Flüssigkeit, die einer der Männer ihr eingeflößt hatte, bevor er ihr von unten gegen das Kinn schlug, so dass sie sich verschluckte und husten musste und dafür noch einmal einen Hieb auf den Mund bekam.

»Entschuldigen Sie«, sagte er und erwiderte ihr Lächeln mit einem Grinsen. »Mir ist gerade eingefallen, dass Frau Ries mir erzählt hat, Sie seien so gut wie verlobt. Stimmt doch? So gut wie verlobt. Ihr zukünftiger Mann war ja schon in der Zeitung. Sein Name fällt mir jetzt nicht ein. Natürlich. Und Sie waren schon einmal verlobt, nicht wahr? Vor einigen Jahren. Entschuldigen Sie, Frau Ries und ich, wir reden manchmal lange zusammen ...«

Abrupt hörte er auf zu sprechen. Er grinste nicht mehr. Er stand da und ließ sie nicht aus den Augen. Und während er in die Tasche seines braunen Sakkos griff und Natalia einen Schlüssel klirren hörte, radelten auf der Straße zwei Mädchen vorbei und eines klingelte und die Klingel schnarrte und das Mädchen rief hallo in Richtung Haus. Bevor Natalia sie überhaupt bemerkte, waren die beiden verschwunden und sie blickte an Rossi vorbei hinüber zum Nachbarhaus, in dessen Garten sattgrüne Sträucher wuchsen und rote Rosen blühten.

In der Sekunde, in der ihr auffiel, dass sie sinnlos dastand anstatt längst im Haus zu sein und ihren Freund anzurufen, zögerte sie. Noch einmal diesen Mann anzusehen hätte sie als Beleidigung ihres Stolzes empfunden. Auch wenn sie sich immer noch nicht erklären konnte, weshalb ihr dieser braun gekleidete, nach nichts riechende, rotgeäderte Fremde, dessen Name ihr nicht mehr einfiel, Magenkrämpfe und einen Schwindel im Kopf verursachte, spürte sie, dass sie ihn schleunigst loswerden musste, bevor sein blankes Schweigen sie krank machte.

Sie fröstelte, obwohl die Sonne schien. Ihre Knie fingen an zu zittern, ihre Hände waren kalt und sie vergrub sie in den Kitteltaschen. Sie hob den Kopf und streckte den Rücken.

»Wiedersehen!«, sagte sie, streifte seinen Blick und drehte sich um. Jetzt brauchte sie nur noch die Tür zuzumachen und der Spuk war vorbei.

»Überlegen Sie sich das noch mal!«, sagte Rossi.

Ein weiteres Mal schaffte er es, sie zu irritieren. Die Hand auf der Klinke, blieb sie stehen.

»Was?«

»Sie sind eine ausgezeichnete Frau, Sie sind selbstständig, Sie haben eine Tochter, die zuverlässig und arbeitswillig ist ...«

Meine Tochter? Woher kennt er meine Tochter? Was will er von ...

»Es ist oft nicht leicht, solche Entscheidungen allein zu treffen, ich weiß Bescheid, ich war auch verheiratet, sieben Jahre, die berühmten sieben Jahre. Meine Frau hat die Ehe nicht ausgehalten, so etwas kann man vorher nicht wissen, verstehen Sie das? Man kann nicht in einen Menschen hineinschauen, man kann ihn nur anschauen. Oft genügt es, wenn man einen Menschen lange genug anschaut. Nicht wahr, Frau Horn?«

Aus dem Flur wehte ihr ein Hauch Kiefernöl entgegen und sie atmete den Duft tief ein. Dahin musste sie, hinein in diesen Geruch, der sie umgab wie ein unzerstörbares heilendes Kleid.

»Verschwinden Sie!«, sagte sie, ohne sich umzudrehen, und machte wie jemand auf der Flucht einen Sprung über die blaue Fußmatte und knallte die Tür zu. Sie hätte abgesperrt, wenn der Schlüssel gesteckt hätte. Dass er nicht da war, versetzte sie sofort in Panik.

Sie stürzte ins Wohnzimmer, suchte auf dem Tisch zwischen den Modemagazinen, dann in der Küche, wo die Schale mit dem halb gegessenen Müsli stand, und ihr fiel ein, dass dieser Mann ihr Frühstück unterbrochen hatte, weil er zehn Minuten zu früh gekommen war. Anschließend suchte sie im Flur, in jeder Jacke, jedem Sakko, das an der Garderobe hing, und warf ständig einen Blick zur Tür, als würde jeden Moment der Fremde hereinkommen und über sie herfallen. Das war unmöglich, denn von außen konnte man die Tür nicht öffnen.

In einem Jutebeutel neben dem Telefon fand sie den Schlüssel. Hastig sperrte sie ab, atmete mit geschlossenen Augen mehrmals ein und aus und blickte dann durchs Guckloch. Und machte erschrocken einen Schritt zurück.

Zwei Meter vom Haus entfernt stand immer noch dieser Mann. Mindestens fünf Minuten musste er nun schon an derselben Stelle stehen. Er bewegte sich nicht.

Natalia legte die Hände an die Wangen und rieb sanft auf und ab. Tee, sie wollte einen Tee trinken, dann würde sie sich beruhigen, ganz bestimmt, frisch aufgebrühten Kamillentee. Schwitzend und zitternd stellte sie in der Küche den Wasserkessel auf den Herd, schüttete die getrockneten Blüten aus der Dose und wartete.

Durch das kleine Fenster sah sie in den Garten. Der Anblick des mächtigen, unerschütterlichen Apfelbaums beruhigte sie ein wenig. Und als sie die Schale mit dem gelben dampfenden Tee zwischen den Händen hielt und den ersten Schluck trank, entspannte sie sich allmählich. Sie setzte sich an den Holztisch, streckte die Beine aus und genoss den Duft der Kamillenblüten.

Doch die Worte des Mannes – Rossi! Jetzt fiel ihr sein Name wieder ein –, Rossis Worte steckten in ihrem Kopf wie Geschosse. *Eine ausgezeichnete Frau ... eine Tochter, die zuverlässig und arbeitswillig ist ... weiße Blusen machen eine Frau fraulich ...*

Sie fuhren durch die Stadt, beseelt von ihrer Tat und dem lautlosen Beifall einer Mehrheit, aus deren Mitte sie stammten. Sie wussten, dass alle, die in nächster Zeit auf sie stolz sein würden, ihre Dankbarkeit nicht zeigen durften, weil das verpönt war in diesem Land. Doch das erfüllte sie nur mit noch mehr Erhabenheit.

Was wir uns trauen, traut sich sonst niemand. Was wir getan haben, ist beispiellos und ein Signal für die Zukunft. Sie waren nur fünf, aber sie wussten, sie waren viel mehr, nicht nur in dieser Stadt, sondern überall, wo Deutsche das Gekrieche vor den Besserwissern und Gewissensträgern, die jeden Tag hausieren gingen mit den Lügen der Vergangenheit, satt hatten. Wir fünf sind die Hand der Wahrheit und

die Wahrheit kommt ans Licht, endlich, jetzt und unübersehbar.

Und dann hielt der Mann hinter dem Lenkrad, der Älteste,
den Wagen an und schaltete den Motor aus. Es regnete in
Strömen. Aus der Erde stieg wie ein kühles, unheimliches
Gas Dunkelheit auf, breiige feuchte Dunkelheit, die keine
Ähnlichkeit mit der Nacht hatte. Und als es finster war um
halb ein Uhr mittags an diesem elften August, schauten die
fünf Männer aus den Fenstern und bewegten sich nicht
mehr. Hundertachtundzwanzig Sekunden lang. Danach, als
würde sie von den Wolken gierig angesogen, verschwand
die schwere Dunkelheit so plötzlich, wie sie entstanden war.
Und die Männer lehnten sich zurück und stöhnten laut und
zischten durch die geschlossenen Lippen. Der Fahrer erholte
sich als Erster von dem Ereignis. Er klopfte mit beiden Zeige-
fingern an seine Nase, schnaubte und fuhr los.

Die Frau im Kofferraum fror. Sie musste an das Schau-
spiel am Himmel denken, denn sie hatte sich ein halbes
Jahr lang darauf gefreut. So hoffte sie, dass wenigstens ihr
Freund einen guten Platz zum Schauen hatte und dessen
Tochter ebenso. Sie dachte an die beiden wie an Verwandte
auf einem anderen Stern. Und sie dachte, ich seh euch nie
wieder, ich seh euch beide nie wieder und sie werden euch
vielleicht verjagen und ich kann euch nicht retten. Dann
weinte sie. Aber die Tränen kamen nicht heraus aus ihren
Augen, die fest zugeklebt waren. Und so weinte sie nach innen und es regnete in ihr wie draußen, wo die Vögel das
zurückkehrende Licht besangen und sich wieder zu fliegen
trauten.

Als der Schatten des Mondes die Stadt endgültig verließ
und für Augenblicke die Sonne zwischen den Regenwolken
unversehrt am Himmel zu sehen war, saßen vier der Männer

aus dem roten Auto in ihren Wohnungen, jeder in seiner eigenen, und der fünfte, der Älteste, wartete in einem Hotelzimmer am Hauptbahnhof. Den Nissan hatte er in der Tiefgarage geparkt und der Frau im Kofferraum hatte er zugeflüstert, wenn dein Stecher brav ist, kommst du hier raus. Sie konnte seine Lippen an ihrem Ohr spüren, und seine Stimme kroch in ihren Kopf wie eine zischelnde Schlange.

Im sechsten Stock stand der Mann am Fenster, hielt die grüne Säge in der Hand und wartete auf den Anruf des Mannschaftsführers. Er glaubte nicht daran, dass der Stecher der Frau brav sein würde. Ich glaub nicht, dass solche wie der begreifen, was brav sein bedeutet, das haben die nicht in den Genen, dachte er, und dann klingelte das Telefon.

Er war bereit, zu allem bereit. Denn er war, wie schon sein Vater von sich gesagt hatte, ein Volksschullehrer, einer, der die Kinder unseres Volkes lehrte, wie man sich wusch, wenn man schmutzig geworden war. Und dazu brauchte er heute nicht einmal eine Anstellung beim Staat. Dazu genügte es, aufzustehen und vorzutreten. Und manche Kinder, sagte er sich, und das Telefon klingelte weiter und er legte die Säge daneben, manche wollen einfach nicht kapieren, die müssen dann bestraft werden, hart bestraft, sehr hart und gnadenlos, so lange, bis sie parieren.

»Ja!«, sagte er mit entschlossener Stimme in den Hörer und sah im Spiegel an der Wand seinen nackten, unbehaarten achtundvierzig Jahre alten grauen Körper und sein bleiches unerhebliches Gesicht, das übersät war von roten Flecken.

Töten wollte er jetzt, töten sägen töten und den Menschenbaum von seinen Geschwüren erlösen.

»Chris?« Mit dem schnurlosen Telefon ging Natalia im Wohnzimmer hin und her. »Wo bist du? Hast du was von Lucy gehört?«

»Nein. Bitte hör auf, dich zu sorgen, sie ist morgen wieder da, du kennst sie doch ...«

»Wir müssen zur Polizei gehen.«

»Die lachen uns wieder aus.«

»Das werden sie sich nicht trauen. Ich hab Angst, Chris ...«

»Was ist denn?«

»Nichts ... Ich erzähls dir heut Abend.«

»Erzähls mir gleich, wir machen grade Pause.«

»Nein. Wo bist du?«

»In Pasing, war ein Notfall, die Wasserleitung in der Küche ist hier gebrochen. Ist eine uralte Wohnung. Aber der Besitzer hat beschlossen, alles komplett sanieren zu lassen, die Küche, das Bad. Wir haben ihm einen Kostenvoranschlag gemacht und er hat gesagt, er denkt drüber nach. Könnte ein ziemlich guter Auftrag werden, und so unerwartet.«

»Das ist toll.«

»Bist du traurig, Netty?«

»Ich bin ... Glaubst du, Lucy ist weggelaufen, weil sie übermorgen Geburtstag hat? Sie ist ja schon mal einfach verschwunden, vor zwei Jahren, auch vor ihrem Geburtstag. Weil sie dachte, sie kriegt nichts geschenkt und dann hätten sie ihre Freunde alle ausgelacht.«

»Ja. Aber heuer gehts uns ja viel besser als vor zwei Jahren. Ich hab ihr die Klamotten versprochen, die sie möchte. Und das Handy auch.«

»Das Handy hättst du ihr nicht versprechen dürfen, das ist doch unsinnig in dem Alter.«

»Ihre Freundinnen haben alle eins.«

Auf dem antiken Schränkchen, das sie von ihrer Mutter geschenkt bekommen hatte, stand ein Farbfoto von Chris, seiner Tochter Lucy und ihr, sie sahen aus wie eine Familie, die einen fröhlichen Urlaub verbringt, mit Strohhüten auf dem Kopf und einem Eis in der Hand. Aber das Foto war an der Isar aufgenommen worden, am Flaucher in der Nähe des Tierparks, es war bisher das einzige Mal gewesen, dass sie gemeinsam ein paar Stunden verbracht hatten, zusammen verreist waren sie noch nie, wieso auch, dachte Natalia, wir sind keine Familie.

»Ich muss Schluss machen, Netty.«

»Wenn ich zur Polizei geh, musst du mitkommen.«

»Glaub mir, sie ist bei ihren Freunden und ...«

»Sie ist seit vier Tagen weg! Und du kümmerst dich nicht um sie! Und wenn sie wieder irgendwo einbricht? Und wenn sie wieder in eine Schlägerei gerät? Und wenn sie wieder klaut und Leute überfällt?«

»Sie hat versprochen, dass sie das nie wieder tut.«

»Und du glaubst ihr?«, schrie sie und blieb mitten im Zimmer stehen. Die Sonne, die hereinschien, blendete sie, aber das war ihr gerade recht. Sie ging zum Fenster, schob die Gardine beiseite und machte das Fenster, das gekippt war, weit auf.

Sie beugte sich vor, um den Kiesweg, der von der Haustür zum Bürgersteig führte, genau sehen zu können. Rossi war verschwunden.

Die beiden Mädchen radelten wieder vorbei und die eine klingelte abermals schnarrend und rief hallo in Richtung Haus, mit derselben ruckartigen automatischen Kopfbewegung wie immer. Maja hieß sie und ihre Mutter kam regelmäßig zum Peeling zu Natalia.

»Was ist denn mit dir?«, fragte Chris ruhig. Manchmal war es seine Ruhe, die Natalia kaum aushielt.

»Deine Tochter ist unberechenbar«, sagte sie laut und die Sonne brannte ihr angenehm auf dem Gesicht. »Und sie schwänzt die Schule und dir ist das egal.«

»Die Noten stehen doch schon lang fest und ihre Klassenlehrerin hat sich ausnahmsweise nicht beschwert ...«

»Natürlich nicht!«, unterbrach sie ihn heftig, drehte sich um und ließ sich den Rücken wärmen. »Weil die sich einen Dreck für deine Tochter interessiert! Die ist doch froh, wenn Lucy nicht da ist! Die sind doch alle froh, wenn sie mit diesem renitenten Kind nichts zu tun haben! Das juckt die doch nicht, was mit ihr ist, ob sie vor die Hunde geht oder im Gefängnis landet, das lässt doch diese Lehrer kalt!«

»Bitte, Netty ... Sie wird vierzehn, sie ist aufgekratzt, sie ... Ich muss jetzt aufhören, der Wohnungsbesitzer kommt gerade. Wir unterhalten uns heut Abend, bei dir, einverstanden?«

»Ich weiß nicht«, sagte sie und beendete das Gespräch.

Sie hatte sich nicht streiten wollen. Sie hatte nicht schon wieder damit anfangen wollen, wie sehr sie sich um Lucy sorgte und darunter litt, dass man mit dem Mädchen nicht reden konnte und dass es dauernd verschwand und sich mit älteren Jungs herumtrieb und Dinge anstellte und sich in Gefahr brachte. Sie wollte Chris nicht mit ihrer Fürsorglichkeit und ihren Bedenken belasten. Ich wollt dich nicht anschreien, ehrlich, das wollt ich wirklich nicht.

Eigentlich hatte sie vorgehabt ihn zu bitten, herzukommen und eine halbe Stunde bei ihr zu bleiben, sie in den Arm zu nehmen und ihr zuzuhören. Von diesem Mann, Josef Rossi – jetzt fiel ihr auch der Vorname wieder ein –, von seiner Art, die ihr unheimlich war, hätte sie gern gesprochen und Chris gefragt, was er davon hielt. Vermutlich hätte er sie in seiner grenzenlosen Sanftmut in wenigen Minuten vollkommen beschwichtigt. Aller Schrecken wäre von ihr abgefallen und sie hätte eingesehen, wie verrückt sie reagiert und wie lächerlich sie sich verhalten hatte.

Stattdessen hatte sie ihn beschimpft und ihm Vorhaltungen gemacht.

Verzeih mir, sagte sie zum Telefon, das sie noch immer in der Hand hielt.

Und dennoch ...

Sie wählte von neuem. »Ich hätte gern Frau Ries gesprochen.«

»Einen Moment.«

Sie ging in die Küche, den Hörer zwischen Schulter und Kinn geklemmt, und goss sich ein Glas ungesüßten Traubensaft ein.

»Helga? Ich bins, Netty.«

»Hallo! Ich hab grad keine Zeit. Kann ich dich in zehn Minuten zurückrufen?«

»Nein«, sagte Natalia. Zurück im Behandlungsraum, öffnete sie das Fenster und betrachtete die nach hinten geklappte weiße Liege. »Du hast mir einen Kunden vermittelt, einen Mann namens Rossi, kennst du den?«

»Was? Wer? Rossi? Ja, er hat ein Konto bei uns, warum? Hör mal, Netty ...«

»Was ist das für ein Kerl? Was macht der?«

»Er ist Verkäufer, er verkauft ...«

»Das weiß ich, was macht er sonst? Wieso hast du den zu mir geschickt?«

»Was ist denn los mit dir? Ist er dir an die Wäsche oder was? Wir waren ein paar Mal was trinken, er ist in Ordnung, er redet ein bisschen viel, ja, meistens von seiner Arbeit, aber das tun wir ja alle, oder? Ich hab es gut gemeint, Netty, du hast mir gesagt, zur Zeit läufts nicht so gut in deinem Geschäft ...«

»Ich will nicht, dass er wiederkommt.«

»Einen Moment ...«

Mit zwei Kleenextüchern wischte Natalia die Liege ab, richtete sie auf und verließ das Zimmer.

»Netty? Meine Kunden werden ungeduldig. Tut mir Leid, wenn er dir nicht gefallen hat, ich mag ihn, er ist höflich und er kann Komplimente machen ...«

»Ich hatte den Eindruck, er will sich gar nicht behandeln lassen ...«

»Was denn sonst?«

»Das wollte ich dich fragen.«

»Ich kenn ihn doch nicht näher. Wir waren was trinken, er hat mich eingeladen. Er kennt übrigens Chris, er hat mir gesagt, er hat sein Bild in der Zeitung gesehen, in einem Artikel über Lucy, du weißt schon ...«

»Hast du ihm erzählt, dass ich die Freundin von Chris bin und dass wir vielleicht heiraten wollen? Dass wir so gut wie verlobt sind? Das hat er nämlich behauptet, dass du gesagt hast, wir sind so gut wie verlobt.«

»Ich? Ja. Kann sein. Ist doch auch wahr. Du hast mir gesagt, Chris will dich heiraten, er traut sich bloß nicht, hast du gesagt, wörtlich. Oder habt ihr euch etwa getrennt?«

»Wieso sprichst du mit fremden Leuten über so private Dinge?«

»Er hat davon angefangen ...«

»Womit hat er angefangen?«

»Mit dieser Geschichte aus der Zeitung, mit diesen Artikeln über Lucy, diesen ganzen Kram, dass sie dauernd was anstellt und so weiter und dass sie immer ausbüchst und klaut und so weiter ... Er hat irgendwas dazu gesagt, keine Ahnung, was, ich habs vergessen. Und er hat sich an das Foto von Chris erinnert, er hat gesagt, dass er als Vater wahrscheinlich überfordert ist und dass man sich da was überlegen muss ...«

»Was überlegen? Wer soll sich da was überlegen?« Natalias Stimme wurde laut und hart.

»Schrei mich nicht an! Ich muss jetzt weitermachen. Wir sehen uns, ruf mich noch mal an in dieser Woche ...«

Natalia steckte das Telefon in die Box zurück und ließ sich auf die Couch fallen. Was ist los mit dir? Chris hatte sie das gefragt und Helga auch. Was los war? Wie sollte sie das erklären? Es war Montag, ein ganz normaler Montag. Nach einem ganz normalen Wochenende. Abgesehen davon, dass Chris am Samstag bis nachts um elf in seinem Büro gesessen und Kostenvoranschläge ausgetüftelt hatte und am Sonntagmorgen in Neuperlach eine Toilettenspülung reparieren und danach einige Dinge mit seinem Kompagnon Kriegel klären musste, der wieder einmal falsch abgerechnet hatte. Also war aus einem gemütlichen Frühstück nichts geworden. Aber das war ganz normal. Nichts Besonderes war geschehen. Lucy hatte nichts von sich hören lassen, das war alles. Was also war los mit ihr? Hatte dieser Rossi sie tatsächlich so aus dem Gleichgewicht gebracht, dass sie am Telefon herumschrie und ihre Freunde beschimpfte? Nein, er hatte nur etwas in ihr ausgelöst, das seit einiger Zeit in ihr gärte und rumorte, für das sie kein Ventil fand, das sie nicht benennen konnte, nicht aussprechen, nicht loswurde. Ein Gefühl ständiger Bedrohung, ein seismografisches Empfinden für Schwingungen, die immer stärker und unheilvoller wurden.

Sie dachte an die Zeitungsberichte über Lucy, in denen die Reporter sie als Zigeunerkind und Gangsterfratz bezeichneten und suggerierten, dieses dreizehnjährige Mädchen würde die öffentliche Sicherheit der Stadt gefährden, weil es nicht zu bändigen war und wie eine Räuberbraut raubte und brandschatzte. Sie dachte an Chris, der seiner Tochter immer wieder zuredete, Tag und Nacht, sofern sie ihm einmal zuhörte, und der in die Schule ging und versuchte, den Lehrern das Wesen seiner Tochter zu erklären und die Ursachen ihrer manchmal unbeherrschten Art. Er hatte die Geduld eines Engels, fand Natalia, aber diese Geduld half dem Mädchen nicht, sie half niemandem, ihr nicht, ihm nicht, den Lehrern nicht und nicht den Frauen, denen Lucy auf offener Straße die Tasche aus der Hand riss.

In den vergangenen zwölf Monaten war keine Woche verstrichen, in der die Polizei nicht ins Haus kam und Chris zur Rede stellte. Lucy war noch nicht strafmündig. Immer wieder drohte die Polizei damit, Lucy auf der Stelle zu verhaften, sobald sie vierzehn wurde und eine neue Straftat beging. Und Chris redete auf die Polizisten ein, mit der Geduld eines Engels. Ein paar Mal war Natalia dabei gewesen und sie hatte sofort gemerkt, dass die Beamten seine Erklärungen nicht akzeptierten, ihm vielmehr misstrauten und ihn für einen Versager hielten. Außerdem mochten sie ihn nicht. Sie behandelten ihn wie einen Untertanen, wie einen Gefangenen, wie einen Dummkopf, wie einen Aussätzigen. Sie sprangen mit ihm um wie früher die Kolonialisten mit den Negern.

Und Chris war ein Neger, er war schwarz und Lucy hatte ebenfalls eine dunkle Haut, nicht so schwarz wie die ihres Vaters, aber dunkel genug, um in einem Land verachtet zu werden, in dem Ausländer am helllichten Tag mitten in der Stadt unter dem Beifall von Zuschauern zu Tode gehetzt wurden.

In zwei Tagen wurde Lucy vierzehn und dann war sie nicht mehr unmündig, sondern verantwortlich für das, was sie anstellte. Von einem Tag auf den anderen durfte man sie einsperren. Obwohl sie dann immer noch ein verwundetes Kind war und Hilfe nötig hatte, nicht Strafe.

Vielleicht, dachte Natalia, wäre alles anders, wenn Lucys Mutter noch leben würde. Vielleicht, sagte sie sich, rührte daher ihr seelenschweres Unbehagen: Wenn sie Chris heiraten würde, wäre sie dann fähig, Lucy eine gute Mutter zu sein, eine echte Freundin, eine Vertrauensperson? Oder wäre all ihre Liebe nutzlos und das Mädchen trotz der neuen Nähe unerreichbar für sie?

Es klingelte an der Tür, ein Hund bellte. Natalia stand ruckartig auf und fuhr sich mit beiden Händen sanft über die Wangen. Dabei schloss sie die Augen und atmete tief ein und aus.

Vor der Tür stand eine junge Frau mit blauen Stoppelhaaren und sieben silbernen Knöpfen im linken Ohr. Sie hatte eine weite weiße Hose an, die ihre breiten Hüften eher ausstellte als verhüllte, und unter einer Jeansjacke voller Sicherheitsnadeln ein rotes T-Shirt. Sie trug eine schwarze Brille und auf dem Rücken einen winzigen schwarzen Rucksack mit einem runden gelben Button, der die ganze Fläche ausfüllte: BOING!

»Hallo Ines!«, sagte Natalia und streichelte den grauen Hund, der bellend an ihr hochsprang.

Es war ihre blinde Angestellte Ines Groß. Ihren Schäferhundmischling hatte sie aus dem Tierheim, er begleitete sie überall hin und nachts schlief er neben ihr im Bett.

»Hör jetzt auf, Dertutnix!«, rief Ines, weil der Hund anfing, Natalias Ohr abzuschlecken. »Sitz!«

Und brav hockte er sich zwischen die beiden Frauen, die sich umarmten und küssten, und beobachtete sie mit einem treuherzigen Jammerblick. Ines hatte ihn Dertutnix getauft, weil sie überzeugt war, dass der Name einen positiven Einfluss auf seinen Charakter ausübte. Und das stimmte. Natalia kannte keinen Hund, der zahmer war als Dertutnix.

»Ich hab eine Bitte«, sagte sie, als sie Ines eine Tasse roten Pu-Erh-Tee aufgoss. »Machst du mir eine Fußmassage? Ich brauch dringend Zärtlichkeit.«

»Klar«, sagte Ines. »Ich hab gleich gemerkt, dass du total verschwurbelt bist.«

Plötzlich fiel wieder dieser Schatten auf sie und drang in sie ein und verdunkelte die Welt in ihr. Und wie jedes Mal glaubte sie, sie würde verschwinden und sich auflösen wie die Nacht am Morgen oder lautlos in einen Abgrund stürzen, tausende von Metern tief.

Die Leute gafften sie an. Sie sah sie gaffen und war unfähig, ihnen ihr Gaffen mit einem gezielten Schlag auf die Nasenwurzel zu vergällen. Alles, was sie tun konnte, war sich auf den Boden zu setzen, mitten auf den Bürgersteig, die Hände über den Kopf zu legen und sich so tief wie möglich zu ducken. Das war das Letzte, was sie wollte, und doch war es das Einzige, wozu sie in solchen Momenten in der Lage war.

Und immer glaubte sie, sie würde sterben. Jetzt sterb ich, jetzt sterb ich und alle glotzen mich an und ich hab mich nicht mal von Papa verabschiedet.

Wenn der Schatten kam, kehrte Lucy Arano in eine Zeit zurück, in der sie auf dem Schoß ihres Vaters saß und er Geschichten aus seiner Heimat erzählte. Und ihre Mutter in einem roten, mit gelben Federn bestickten Kleid kochte Pfeffersuppe mit Hühnerfleisch und beim Essen schwitzten alle unheimlich.

Wenn der Schatten kam, unerwartet und unausweichlich, empfand Lucy Todesangst und Glück zugleich. Je mehr sie sich zusammenkauerte und je fester sie die Beine an den

Körper presste und die Hände auf den Kopf drückte und den Nacken beugte, bis er wehtat, desto deutlicher sah sie das Zimmer mit den Holzfiguren, die ihr Vater geschnitzt hatte, und die farbenprächtigen Ketten und Gewänder ihrer Mutter. Das alles erschien ihr wie ein Film, der in rasender Geschwindigkeit vor ihr ablief, während sie kopfüber in die Hölle stürzte.

Wie in einem bösen Traum versuchte sie zu schreien und sich festzuhalten. Aber sie hatte keine Stimme mehr. Und die Dinge um sie herum waren nicht wirklich, sondern aus bemalter Luft.

Ihr war übel und ihr war kalt. Gerade hatte sie noch einen genauen Plan gehabt, wie sie in den Laden reingehen, sich lässig umschauen, ein paar Bücher durchblättern und dann in den ersten Stock zu den günstigen CDs hinaufschlendern wollte. Praktisch an diesen Buchhandlungen fand Lucy, dass die Frauen, die dort arbeiteten, tierisch verständnisvoll waren und offensichtlich besonders auf Jugendliche abfuhren, die sich für kulturelles Zeug interessierten, für Romane und Musik, und auch noch superschlaue Fragen stellten.

Lucys Lieblingsfrage lautete: »Und wo ist die aktuelle Relevanz dieses Buches?« Damit erntete sie oft Staunen, manchmal Bewunderung. Und niemand bemerkte die Scheiben, die sie in ihrer Bomberjacke gebunkert hatte, zwischen den zwei dünnen Metallplatten, die die Signalschranke am Ausgang außer Kraft setzten. In ihrem blauen dicken Daunenpanzer befanden sich eine Menge lebenswichtiger Dinge, die sie täglich brauchte, um sich durchzusetzen.

Wenn sie an den Cafétischen entlang der Leopoldstraße vorüberging, schauten ihr Männer genauso nach wie Frauen und sie erwiderte die Blicke mit dem Lächeln einer Fürstin. Sie hatte schwarzes krauses Haar mit zwei Zöpfen rechts und links, an denen bunte Steine und Ringe baumelten. Ihr Hals war kaum zu sehen vor lauter grünen, roten, gelben und weißen Ketten voller bunter Perlen und Kugeln aus Glas und Holz. An jedem Finger trug sie einen Ring, bizarre filigrane Kunstwerke, Geschenke ihrer Verehrer vom Flohmarkt an der Arnulfstraße. Die Nägel ihrer rechten Hand waren schwarz lackiert, die der linken blau. Auf ihrer roten ausgebleichten Jeans klebten Stoffwappen verschiedener Länder und ihre schwarzen schweren Schuhe hatten Stahlkappen, die in der Sonne glänzten. Sie war groß und stämmig für ihr Alter und wer ihr in die Augen sah, tauchte in ein schwarzes Feuer, das sie mit jedem ihrer Blicke noch mehr zu schüren schien. Wie eine Erscheinung starrten die Leute sie manchmal an und dann verlangsamte sie ihren Schritt, drehte sich um, als suche sie jemanden, lächelte oder machte einen Schmollmund oder leckte sich die schwarz umrandeten Lippen.

Sie war sich ihrer Wirkung bewusst und es war nur ein Spiel für sie. Wer ihr zu nahe kam, hatte Pech. Denn das konnte bedeuten: Krankenhaus. Oder zumindest ein paar Tage daheim auf dem Sofa Prellungen kurieren.

Nur wer ihre Bannmeile respektierte, hatte die Chance auf etwas Nähe und Kommunikation. Sie konnte sich einem zuwenden, aber sie hatte selten den Nerv dazu. Sie traute niemandem, nur ihrem Instinkt, und dem auch nur bedingt. Für sie war jeder Morgen der Beginn einer neuen Gefahr. Und sie wollte sich nicht fürchten. Sie wollte stark sein, sie wollte, dass die anderen es waren, die sich fürchteten, und zwar vor ihr. Und zwar vor mir, ihr dämlichen Gaffer. Denkst du, du Krawattenarsch, du kannst mich haben, nein, das denkst du nicht, du hast ja null Ahnung, was denken ist, weißt du, was passiert, wenn du mich noch länger anglotzt, frag den Wichser vom Café Münchner Freiheit, der braucht jetzt einen Spitzenzahnarzt, sonst wird das nichts mehr da drin in seinem vorlauten Maul!

Stumm und stolz stapfte sie mit ihren schweren, klackenden Schuhen an den voll besetzten Tischen vorbei, verfolgt von hundert Blicken, begleitet von Geflüster und unüberhörbaren Kommentaren. Im Stillen übte sie ihren Auftritt und überlegte, welche CDs sie benötigte für ihre Tauschgeschäfte, die Musik interessierte sie nicht, nur das, was sie dafür bekam.

Gerade als sie die amerikanische Eisdiele neben der Buchhandlung erreichte, knickten ihre Beine ein. Sie riss die Arme hoch und sackte zu Boden.

Auf den Knien rutschte sie zur Hauswand, wie immer, und der finstere fürchterliche Geist packte und verschluckte sie. Und sie wollte etwas sagen, etwas rufen, sie wollte sich aufrichten und festhalten. Und sie wollte, dass die Leute verschwanden und sie in Ruhe ließen, in Ruhe sterben ließen.

Sie drückte den Kopf zwischen die Knie, versteckte sich unter den Armen, die sie über sich hielt, als könne sie so den Horror daran hindern, in sie zu fahren und sie auszuhöhlen.

Der Boden, auf dem sie hockte, fühlte sich an wie Sand, der unter ihr wegsackte und vielleicht ins Innere der Erde sickerte und sie mitriss. Und begrub. Im elendsten Grab der Welt, in namenloser Vergessenheit.

Aber ich bin doch wer, hörte sie eine Stimme, ich bin doch auch wer, so wie ihr, so wie ihr.

Kälte kletterte an ihr hoch wie eine Krake, von den Zehen unter den Stahlkappen bis zu den blinkenden Perlen ihrer Haare. Den Rücken gekrümmt, drückte sie sich an die Hauswand, zwischen zwei Fahrrädern, die zwei blonden, braun gebrannten jungen Frauen gehörten, die ratlos im Angesicht des wimmernden Mädchens ihr Eis schleckten und erst mal ihre Ray-Ban-Brillen aufsetzten und abwarteten.

Passanten blieben stehen, schauten hin, schauten weg, gingen weiter. Andere beugten sich vor, horchten, nickten, weil sie Geräusche hörten und den Körper zucken sahen, und fingen an, miteinander zu reden.

»A Junkie, des Übliche.«

»Die ist doch höchstens zwölf.«

»Die schaut bloß so jung aus.«

»Die kenn ich.«

»Geh weida!«

»Die kenn ich.«

»Wen?«

»Die da.«

»Und? Wer ist die?«

»Weiß ich nicht. Aber ich kenn die.«

»A Junkie halt, selber schuld. Wissen Sie, wie viel Drogensüchtige es in dieser Stadt gibt? Zwanzigtausend! Und alle unter achtzehn. Zwanzigtausend. Mindestens. Lauter Gschwerl, die ghören alle nach Berlin oder nach Hamburg.«

»Das ist doch Unsinn, was Sie da reden!«

»Liebe Frau, was verstehen Sie von dem? Ich kenn mi aus, ich wohn da vorn, Giselastraß. Lauter Junkies. Mitten aufm Bürgersteig. GehenS doch vor, schauen Sie sichs an.«

»Ja. Und?«

»Ich bin kein Sozialarbeiter, gute Frau, ich find diese jungen Leut unangenehm und schädlich. Und schädlich.«

»Die schaden doch niemandem.«

»Ich kenn die. Das ist doch die aus der Zeitung.«

»Genau! Die von dem Schwarzen.«

»Die is selber schwarz, da schau! A Negerin!«

»Halten Sie doch den Mund.«

34

»Was isn los mit der?«

»Die ist drogensüchtig, sengS des net?«

»Jemand muss den Notarzt holen.«

»Für die? Für die an Notarzt? Wirklich net! Des ist doch sinnlos! Morgen hockt die wieder da. So sind die. Fürn Notarzt gibts wichtigere Leut, net solche, dies net verdient ham.«

»Sie sind ein Arschloch.«

»Was? Was? SagenS des noch mal! Los, sagenS des noch mal! Was bin i? Was bin i?«

»Maul halten, ihr blöden Ärsche!«

Unbemerkt von den Umstehenden hatte Lucy sich aufgerichtet und hingekniet. Die Hände in den Jackentaschen, sah sie jedem ins Gesicht und jedes einzelne Gesicht beleidigte ihren Schmerz.

Von dem Entsetzen, das sie heimgesucht hatte und dem sie zu ihrem Erstaunen wieder einmal im letzten Moment entkommen war, hatten die Gaffer alle keine Ahnung. Dass ich hier bin, ist bloß Spott für euch und dafür hass ich euch, jetzt und für immer und immer mehr!

Mit einem Satz sprang sie auf. Die älteren Frauen in der ersten Reihe wichen erschrocken zurück. Sie zog ein Butterflymesser aus der Tasche und schwenkte es hin und her.

»Ich habs gwusst, die is kriminell!« Der Mann, der Sandalen, braune Socken, eine kurze beigefarbene Hose und ein gemustertes Hemd trug, trat ein paar Schritte vor, holte aus und wollte zuschlagen. Aber er brauchte zu lange, um seinen Arm zu heben. Lucy drehte sich zur Seite und schubste ihn. Und er, mitten in der ausholenden Bewegung, taumelte, schlug ins Leere, verlor den Halt und stürzte auf eines der beiden Fahrräder, das scheppernd umfiel. Er plumpste obendrauf.

Jemand lachte. Die Blondine, der das Rad gehörte, ließ vor

Schreck das Eis fallen und es platschte dem Mann genau aufs Knie.

»Du Sau!«, rief er und verfing sich mit den Fingern in den Speichen.

Immer mehr Neugierige blieben stehen. Lucy boxte sich den Weg frei. Als sie eine alte Frau mit einem grünen Hut, die sie festzuhalten versuchte, wegschob, versperrte ihr ein kräftiger Mann um die fünfzig den Weg.

»Ganz ruhig jetzt!«, sagte er und baute sich breitbeinig vor ihr auf. »Gib mir das Messer und mach keinen Quatsch! Ich helf dir, ich heiß Alfons, du kannst du zu mir sagen.«

Lucy umklammerte das Messer. Der Typ kam ihr bekannt vor, ein Bulle vielleicht, ein Bulle in Zivil. Er trug ein graues Blouson und eine schwarze Hose. Und auf einmal hatte er eine Pistole in der Hand.

»Gib mir das Messer!« Er schaute auf sie herunter. Sie war zwei Köpfe kleiner als er. Sie dachte gar nicht daran, seinen oder irgendeinen anderen Befehl zu befolgen. Was wollten sie alle von ihr? Wieso kesselten sie sie ein?

Tatsächlich bildeten die Leute einen Kreis um die beiden und Lucy war klar, dass sie sich beeilen musste, wenn sie hier unbehelligt rauskommen wollte. Und sie wollte so schnell wie möglich hier raus und weg. Was mach ich überhaupt noch hier? Und du, glaubst du, du kannst mich aufhalten, du Wicht?

»Okay«, sagte sie und hielt Alfons das Messer hin.

»Ich hab gewusst, du bist clever. Ich bin Detektiv drüben im Hertie, kann das sein, dass wir uns schon mal begegnet sind? Kommt mir so vor.«

»Kann sein.«

Er streckte die Hand nach dem Messer aus, bewegte sich lässig auf sie zu und das war der richtige Moment. Blitzschnell trat sie ihm zwischen die Beine und die Stahlkappe ihres rechten Schuhs erwischte zielsicher den Schritt. Den Anblick, wie Alfons gurgelte, glotzte und ihm die Augäpfel halb rauskippten, gönnte sie sich zwei Sekunden, dann lief sie los. Die Leopoldstraße Richtung Süden, rechts ab in die Hohenzollernstraße und dann geradeaus.

Alfons ging in die Hocke und schnappte nach Luft. Der Mann in den Sandalen wischte sich das Eis vom Bein und fluchte. Eine Frau rief laut nach der Polizei. Und zwei Taxifahrer verfolgten Lucy in ihren Autos.

An der Ecke Wilhelmstraße steuerte der eine Taxifahrer seinen Wagen auf den Gehsteig und sprang heraus.

»Bleib stehen, du!« Er beugte sich ins Auto und holte eine Pistole heraus. »Stehen bleiben oder ich schieße!«

Lucy rannte die Einbahnstraße hinunter und das zweite Taxi kam hinter ihr her. In der Ainmillerstraße zögerte sie einen Moment. Das Taxi raste direkt auf sie zu. Sie sah hin und war unfähig, einen Schritt zu tun. Schnurgerade brauste der Mercedes mit der roten Möbelhauswerbung auf sie zu. Wie paralysiert stand sie auf der Straße vor den renovierten Altbaufassaden, roch den Duft von frisch gekochtem Essen und hörte aus einem offenen Fenster leises Klavierspiel.

Und das Taxi hatte sie fast erreicht und der Fahrer schien immer noch mehr Gas zu geben.

Trotzdem hörte sie die melodischen Klänge des Klaviers. Das gefiel ihr. Dass irgendwo jemand schon jetzt ein Trauerlied spielte, extra für sie. Und sie durfte noch ein paar Töne selber mit anhören, was sonst nie passierte. Sonst ist man ja schon tot, wenn das gespielt wird, dachte sie.

Sie hob den Kopf. In ihrem Haar klimperten die Perlen und Ringe und der Himmel über den hohen bemalten Häusern war blau, blau wie die Bucht von Benin, von der ihr Vater oft erzählt hatte, und Möwen kreisten über ihr. Wo kommt ihr denn her?

Und während sie sich noch wunderte, wurde sie von zwei Händen gepackt, zu Boden geworfen und über die Straße geschleift. Und der Mercedes bretterte vorüber, sie sah den Mann hinter dem Lenkrad, ein entwischender Schatten. Und dann lag sie zwischen zwei geparkten Autos und hörte ihr Herz poltern.

Neben ihr saß ein Mann und wischte sich die Haare aus dem Gesicht. Dann holte er einen kleinen Block aus der Jackentasche und kritzelte etwas hinein. Ohne sie anzusehen. Steckte den Block wieder ein und schaute so gebannt die Straße hinunter, wo das Taxi verschwunden war, dass Lucy schon dachte, E.T. sei gelandet.

»Hey! Is was? Alles okay mit Ihnen?«

Irgendwie müde, fand sie, wandte er ihr den Kopf zu.

»Alles klar?«, sagte sie und zog die Augenbrauen hoch. Der Typ machte auf sie einen reichlich wirren Eindruck. Er hatte dunkelblonde schulterlange Haare, grüne Augen, wie Lucy noch selten welche gesehen hatte, und ein Gesicht, das, wie ihr sofort auffiel, nicht so aussah, als würde es viel Schlaf und Pflegecremes abkriegen. Dennoch machte er einen gesunden und coolen Eindruck auf sie, wie einer, den nicht so schnell was umhaute, auch wenn er jetzt auf dem Asphalt hockte und leicht daneben wirkte.

Dann fiel ihr die Kette auf, die er um den Hals trug, ein blauer Stein mit einem Tier. Sie konnte nicht erkennen, welches es war. Und er hatte Schuhe an, die wie halbhohe Stiefel aussahen, mit einer eigentümlichen Musterung, Schlangen oder Pflanzen.

»Lässig«, sagte Lucy.

»Was?«

»Alles.«

Er schwieg und sie wusste nicht genau, was sie davon halten sollte. Immerhin hatte er sie vor einem geisteskranken Taxifahrer gerettet, der sie glatt platt gemacht hätte.

Eine Minute lang hörte sie nervös seinem Schweigen zu, dann wuchtete sie sich in die Höhe, klopfte ihre Bomberjacke ab, in der es klirrte und klapperte, und lehnte sich an eines der geparkten Autos.

»Ich bin Lucy und Sie?«

Er blickte zu ihr hinauf und sie sah die vielen Stoppeln in seinem Gesicht und eine lange Narbe am Hals.

»Süden«, sagte er, »ich heiß Tabor Süden.«

»Warum nicht?«, sagte Lucy.

Er fing wieder an zu schweigen und das konnte sie jetzt nicht gebrauchen.

»Hey!«, rief sie, ging an ihm vorbei auf die Straße und drehte sich zu ihm um. »Danke. Ich war total weg. Ich wär jetzt tot ohne Sie, echt. So ein Wichser!«

»Ich hab mir die Autonummer aufgeschrieben«, sagte Süden.

»Ich war total weg«, sagte Lucy noch einmal und sah ihn mit ernster Miene an.

»Jetzt bist du ja wieder da.«

Verwundert sah sie ihn an. Seltsam: Er erinnerte sie an jemanden, dem sie nie begegnet war, an einen Mann aus dem Busch, von dem ihr Vater früher oft gesprochen hatte. Denn dieser Mann hatte ihrer Mutter nach einem Schlangenbiss im Regenwald das Leben gerettet und war dann nie wieder aufgetaucht. Auch er, hatte ihr Vater erzählt, trug ein blaues Amulett und hatte eine Narbe am Hals.

»Hey Süden!«, rief sie und streckte ihm die Hand hin. »Kommen Sie mit, was trinken. Ham Sie Zeit?«

»Ich bin Beamter, ich hab viel Zeit«, sagte er, packte ihre

Hand und hätte Lucy beim Aufstehen beinah wieder zu Boden gerissen.

»Ganz schön schwer«, sagte sie.

»Du bist auch nicht gerade untergewichtig.«

»So was sagt man nicht.«

»Warum nicht?«

»Weil das eine Beleidigung ist für eine Frau, besonders für ein Kind«, sagte sie und meinte es ziemlich ernst.

»Entschuldigung«, sagte er.

»Is okay.«

Fürs Erste hatten sie sich nichts mehr zu sagen. Wortlos machten sie sich auf die Suche nach einem Lokal, das ihnen beiden gefiel und wo sie draußen in der Sonne sitzen konnten.

Zum ersten Mal seit langem fand in München wieder eine ordentliche Versammlung unseres Landesverbands statt und sie wurde ein großer Erfolg. Noch vor der Rede unseres Ortsvorsitzenden Norbert Scholze traten mehrere junge Männer und eine Frau neu in die Partei ein und wurden mit viel Beifall begrüßt. Anschließend spielte die Weilheimer Blaskapelle den Bayerischen Defiliermarsch und es gab wohl kaum jemanden im Saal, der nicht mitklatschte oder eine Fahne schwang. Im beliebten Löwenbräu-Keller am Stiglmaierplatz herrschte von Beginn an eine großartige Stimmung, die Wirtsleute hatten auf jeden Tisch Blumen gestellt und freundliche Bedienungen sorgten dafür, dass niemand lange vor einem leeren Glas ausharren musste. Es waren rund hundert Mitglieder und Freunde der Partei gekommen und Vorsitzender Scholze freute sich besonders, so viele junge Gesichter begrüßen zu dürfen.

»Wir sind eine starke Kraft und unsere Zukunft hat gerade

erst begonnen.« Mit diesen Worten begann Scholze seine Rede, die immer wieder vom Beifall unterbrochen wurde. Er lobte die Disziplin der Parteimitglieder bei den vergangenen Wahlen und gratulierte den Kollegen in Ostdeutschland, speziell in Sachsen-Anhalt, für ihren großartigen Einsatz und ihre Arbeit in den Parlamenten, in die sie zu Recht gewählt worden waren. »SPD und CDU verraten unser Volk und die Wähler nehmen das nicht länger hin«, sagte Scholze. »Vor allem die Menschen im Osten haben begriffen, dass es nicht eine Bonner Republik sein kann, die ihnen ihre Sorgen und Ängste nimmt und neue solide Arbeitsplätze schafft, und auch nicht eine Berliner Republik, sondern nur eine Deutsche Republik!«

Dafür erntete Scholze begeisterten Jubel. Hermann Haberle, mit 88 Jahren das älteste Mitglied in der Bayerischen Sektion unserer Deutschen Republikaner, erhob sich von seinem Platz, klatschte minutenlang und streckte dann den Arm zum Gruß. Lächelnd rief ihm Scholze zu, dass man zum Glück ja unter sich sei, sonst würden alle Anwesenden womöglich noch eingesperrt werden, so seien die Gesetze in diesem Land. Wieder brandete so starker Beifall durch den Saal, dass die Bedienungen warten mussten, bis sie wieder in Ruhe das Bier servieren konnten.

Mit den Worten »Die Türken stehen nicht vor Wien, sondern mitten unter uns« ging Scholze auch auf die Ausländerfrage ein. Wer in Bayern ordentlich zum Wohlstand beitrage, der sei willkommen. Wer aber nur schmarotzen will, kriminelle Taten begehe und den Einheimischen Sozialwohnungen wegnehme, der habe hier nichts verloren. »Ausländer«, sagte Scholze, »sind von Haus aus eher kriminell, das liegt an ihrer Mentalität, das ist genetisch bedingt.« In dieser Einschätzung wisse er sich einig mit einer Reihe von Politikern aus der CSU, die man seinerzeit ja auch kräftig bei der Unterschriftensammlung gegen die doppelte Staatsbürgerschaft unterstützt habe. Ausländer, die eine Straftat begehen, sollten umgehend ausgewiesen werden, egal, welchen Alters. Scholze erwähnte in diesem Zusammenhang das dreizehnjährige Negermädchen Lucy, das seit einigen Jahren brandschatzend, raubend und schlägernd durch München ziehe, ohne dass die Stadt etwas dagegen unternimmt. »Dieses Kind ist eine Gefahr für die öffentliche Sicherheit.« Scholze habe schon mit dem Kreisverwaltungsreferenten Grote gesprochen, und der habe ihm versichert, dass das Mädchen eingesperrt werde, sobald es vierzehn Jahre alt und strafmündig sei.

Hier meldete sich einer der jungen Männer, die zu Beginn der Veranstaltung in die Partei eingetreten waren. Der junge Mann bat ums Wort und Scholze erteilte es ihm.

Zuerst sagte der junge Mann seinen Namen: Florian Nolte. Durch seine Arbeit wisse er, dass besagtes Mädchen in wenigen Tagen vierzehn werde und dass man dann sofort hart durchgreifen werde. Er sei Kommissar bei der Münchner Kripo und verfolge die Karriere dieser schwer kriminellen Ausländerin mit Aufmerksamkeit. »Wir haben ihren Vater schon mehrmals vorgeladen«, sagte Nolte, »und er verspricht auch dauernd irgendwas, aber er ist ein Versager.« Der Mann stamme aus Nigeria und habe lediglich ein Bleiberecht. Dieses Recht könne ihm entzogen werden, wenn er seine Aufsichtspflichten grob vernachlässigt und sogar zulässt, dass deutsche Mitbürger durch seine Tochter zu Schaden kommen. Viel Beifall erhielt Nolte für den Satz: »An jeder Baustelle steht: Eltern haften für ihre Kinder. Und was bei Sachbeschädigung für alle Eltern eine Selbstverständlichkeit ist, sollte bei Körperverletzung, Raub, Erpressung und versuchtem Totschlag wohl auch gelten.« Nolte bezweifelte, dass der Vater, der verwitwet sei und offensichtlich bisher keine neue Frau gefunden habe, ein Interesse habe, sich und seine Tochter in unsere Gesellschaft zu integrieren. Andernfalls hätte er längst die deutsche Staatsbürgerschaft beantragt. Nolte sagte: »Vielleicht wäre es ihm recht, wenn man ihn und seine kriminelle Tochter einfach ausweisen würde, zurück nach Nigeria. Dort ist es auch schön.«

Dann bedankte sich Nolte für die Aufmerksamkeit und setzte sich. Er erntete Beifall und Zuspruch. Mit der launigen Bemerkung »Manche schwarzen Ausländer in dieser Stadt haben mehr Schmuck um den Hals als meine Frau«, rief Scholze zu Solidarität und Widerstand unter uns Deutschen auf. Er ermutigte die Anwesenden, sich nicht einschüchtern zu lassen, sondern gerade im Alltag Stolz und Selbstbewusstsein zu zeigen und deutsche Interessen laut zu vertreten, wo immer es angebracht ist.

Die Weilheimer Blaskapelle spielte einen Marsch und anschließend wurden diverse Veranstaltungen geplant, um auch in den Gebieten, in denen unsere Partei bisher noch nicht so gut vertreten ist, Basisarbeit zu leisten und Menschen für unsere Ziele zu gewinnen.

Über die Termine im Einzelnen informieren wir im nächsten Heft der »Republikanischen Wochen-Zeitung«, die wie immer am Freitag erscheint.

Noch eine aktuelle Meldung aus der Mitgliederchronik: Unser langjähriges Mitglied Franz-Xaver Gruber, von Beruf Rechtsanwalt und Stadtrat a. D., ist im Alter von 84 Jahren verstorben. Den Deutschen Republikanern war er Vorbild und Mahner. Wir werden ihm ein würdiges Andenken bewahren.

Vom Himbeerkuchen hatte sie rote Zähne und sie fletschte sie und machte wilde Grimassen. Einige Gäste an den Nebentischen sahen her und sie reckte ihnen den Mittelfinger mit dem schwarzen Nagel entgegen.

Der Typ neben ihr ging ihr auf die Nerven. Er saß in der Sonne, trank Wasser und war anscheinend entweder bekifft oder einfach nur behämmert, sie kam nicht dahinter.

»Gibst du mir noch 'ne Cola aus? Hey!« Zum fünften oder sechsten Mal rempelte sie ihn von der Seite an, ohne dass er besonders darauf reagierte. Er wandte ihr den Kopf zu, immerhin, sie grinste und dachte, vielleicht steht er auf kleine Mädchen und überlegt sich gerade seine Strategie. Mit mir nicht, Alter, das würd extrem übel ausgehen für dich.

Tabor Süden winkte der Bedienung, die nicht viel zu tun hatte. In dem Café am Rand des Hohenzollernplatzes, wo sie eine Zeit lang ratlos herumgestanden hatten, ehe Süden auf das San Marco zeigte, saßen wenig Gäste. Lucy wollte nicht hin, hatte aber auch keine Lust länger herumzulaufen. Außerdem taten ihr die Beine weh, und daran war der Typ schuld, weil er sie bei seiner Heldenaktion brutal auf die Straße geschleudert hatte.

Wahrscheinlich wartet er drauf, dass ich vor Dankbarkeit auf die Knie fall oder sonst was mach. Da kannst du lange warten, Häuptling Stummfisch.

Schon die ganze Zeit, während sie durch die Straßen gegangen waren, kam er ihr wie ein verkappter Indianer vor, mit seiner braunen Lederhaut, den Lederklamotten, dem Amulett und dem schleichenden Gang. Ihr fiel auf, dass er beim Gehen kaum Geräusche machte. In sich versunken schlurfte er dahin, leicht nach vorn gebeugt, die Hände auf dem Rücken. Obwohl er Halbstiefel trug, bewegte er sich leise wie in Turnschuhen oder als wäre er barfuß.

44

Als sie ein paar Meter hinter ihm blieb, weil sie neben ihm eine Art Beklemmung verspürte, wandte er sich kein einziges Mal nach ihr um. Das ärgerte sie. Sie blieb stehen und wartete. Er ging einfach weiter. Dann brüllte sie: »Hey!«, und er hob den Kopf, blickte aber nicht in ihre Richtung, sondern weiter geradeaus und setzte seinen Weg fort, als habe er sich verhört. An der Kreuzung am Kurfürstenplatz holte sie ihn ein, stieß ihn in die Seite und schrie ihn an. Und er blieb stehen, endlich, sie dachte schon, er habe einen Defekt in den Gelenken, und sah ihr in die Augen. Das war auch wieder verkehrt, fand sie, aber jetzt war es zu spät. »Lass das!«, sagte er. Und ging weiter. Und sie stand da und konnte einfach nicht glauben, was passierte.

Sie kannte die irrsten Typen und ihre Meinung über Tabor Süden wechselte alle fünf Minuten. Manchmal mochte sie ihn, dann wieder nicht. Einmal hielt sie ihn für einen Trottel und einmal für einen Psychopathen. Und wenn sie an ihre Begegnungen in letzter Zeit dachte, dann war die Wahrscheinlichkeit, dass er einer von der besonders abgedrehten Sorte war, ziemlich hoch. In den Kneipen und auf den Plätzen, wo sie sich gewöhnlich herumtrieb, zählte diese Kategorie von Männern zu den Normalos. Sie hatte sich an sie gewöhnt und wusste, was sie wollten und wie sie mit ihnen umspringen musste, damit sie nicht ausrasteten. Und wenn doch, hatte sie genügend Gegenmittel in ihrer Jacke, und die halfen immer.

»Die Cola.« Die Bedienung stellte das Glas auf den Tisch.

»Zitrone will ich keine«, sagte Lucy.

»Dann nimm sie halt raus.«

»Ja klar.«

Lucy fingerte die Zitronenscheibe heraus und warf sie auf den Boden.

»Heb das auf!«, sagte die Bedienung. Zwei ältere Damen schauten von ihrem mit Sahne überhäuften Cappuccino auf. Die eine machte einen derart angewiderten Eindruck, dass Lucy sofort begeistert war.

»Hey!«, rief sie hinüber. »Braucht ihr Vitamine? Ich hab welche.« Sie hob die Zitronenscheibe auf, schnellte aus dem Stuhl hoch, war mit drei großen Schritten bei ihnen und tunkte die Scheibe in die Tasse derjenigen, die sie so ablehnend angeschaut hatte.

»Is total viel gesünder als Sahne, echt!«

Die Zitrone versank in der Sahne. Lucy wischte sich die Hände an der Papierserviette ab, die auf einem der leer gegessenen Kuchenteller lag. Die Bedienung kam näher und stellte sich zwischen zwei Tische, direkt vor Lucy.

»Du entschuldigst dich jetzt sofort und dann verschwindest du hier!«, sagte sie mit erhobenem Zeigefinger. Das konnte Lucy besonders gut leiden. Blitzschnell griff sie nach dem Finger und quetschte ihn zwischen Daumen und Zeigefinger so fest zusammen, dass die Bedienung laut aufschrie. Lucy ließ nicht los.

»Du blödes Luder, hör auf!«, rief die Bedienung und versuchte sich zu befreien. Lucy schüttelte ihre Hand und die Frau taumelte hin und her. »Lass los! Das tut weh!«

»Ja«, sagte Lucy und ihre schwarzen Augen jagten der Bedienung einen Schrecken ein.

Ein Gast stand von seinem Platz auf. Unschlüssig schaute er um sich und sein Blick blieb an dem Mann hängen, der mit dem Mädchen hergekommen war und offenbar völlig überfordert mit ihr war. Er wollte ihm gerade etwas zurufen, da stand Tabor Süden auf und ging zu Lucy und der Bedienung.

»Das wars jetzt, hör damit auf, Lucy, lass die Frau los!«

Lucy bohrte ihren Daumennagel in die Haut und drückte fest zu. Aus der Fingerkuppe tropfte Blut. Die Bedienung schrie noch einmal auf und kämpfte mit den Tränen.

»Ich zeig dich an, du verdammte Göre!« Sie brauchte einige Sekunden, bis sie begriff, dass das Mädchen ihren Finger losgelassen hatte. »Sie bleiben hier, bis die Polizei kommt!«, fuhr sie Süden an, steckte den Finger in den Mund und leckte ihr Blut ab.

»Entschuldigen Sie!«, sagte Süden.

»Ist das Ihre Tochter? Herzlichen Glückwunsch!« Sie pustete ihren Finger an und brachte vor Wut und Schmerz keinen Ton heraus.

»Solche Kinder darf man nicht frei rumlaufen lassen!«

»Wenn wir uns so was erlaubt hätten, wären wir eine Woche in den Kohlenkeller gesperrt worden.«

Die beiden Cappuccino-Damen übertrumpften sich im Ausdenken von Strafen. Der Gast, der aufgestanden war, setzte sich wieder, zündete sich eine Zigarette an und trank sein Weißbier weiter. Ihm war alles recht, Hauptsache, seine Exfrau, die um die Ecke wohnte, tauchte nicht zufällig hier auf und störte seine venezianische San-Marco-Stimmung.

»Das Mädchen hatte einen schweren Unfall, sie ist sehr verwirrt«, sagte Tabor Süden zur Bedienung, die zur Tür des Cafés ging, wo ihr Chef, ein kleiner grauhaariger Mann, ein Taschentuch bereithielt.

»Die ist doch verrückt!«

»Was ist passiert, Hanna?«, fragte der Wirt, der hinter dem Tresen Getränke ausschenkte und Eis verkaufte.

»Diese Göre hat mir den Finger zerquetscht, schau dir das an!« Sie hielt ihm den Zeigefinger hin und er betrachtete ihn mit zusammengekniffenen Augen. Die Druckstelle war gerötet und es kam nur noch ein winziger Blutstropfen heraus.

Hanna tupfte die Wunde ab. Der Wirt brachte ihr ein Glasschälchen mit Eiswürfeln.

»Zum Kühlen.«

Hanna schüttelte den Kopf. Die Nähe des langhaarigen Mannes, der einen eigentümlichen Duft verströmte, irritierte sie.

»Ist das Ihre Tochter oder was?« Sie streifte Süden mit einem flüchtigen Blick.

»Nein. Das Mädchen ist verstört, sie weiß nicht, was sie tut ...«

»Schien mir nicht so, schien mir überhaupt nicht so! Sie hat der Dame eine Zitrone in den Kaffee geschmissen!«

»Ich bezahle den Kaffee. Warten Sie!«

Er ging zum Tisch. Lucy hatte sich wieder hingesetzt, die Beine von sich gestreckt und mürrisch die Arme verschränkt. Er holte aus seiner Lederjacke, die über dem Stuhl hing, einen Zwanzigmarkschein.

»Der Rest ist für Sie«, sagte er zur Bedienung. Sie steckte den Schein ein und schwieg. Er setzte sich. Als habe Lucy auf diesen Moment gewartet, nahm sie ihr Glas und trank es in einem Zug aus und knallte es auf den Tisch. Dann rutschte sie noch tiefer und legte ihre Füße auf den Stuhl des Nachbartisches.

Langsam packte sie der Zorn, der sirrende Zorn, der ihr so vertraut war wie ihr Name, und sie spürte, dass sie es nicht mehr lange hier aushalten würde. Ich dreh gleich durch in diesem ätzend-langweiligen Scheißcafé.

»Wieso hast du das getan?«, fragte Süden. Er beugte sich vor, damit er ihr ins Gesicht sehen konnte.

Glotz mich an, wenns dir Spaß macht, aber beschwer dich hinterher nicht, ich hätt dich nicht gewarnt! »Ich mag nicht, wenn man mit dem Finger auf mich zeigt.«

»Das versteh ich.«

Scheiße, was verstehst du denn? »Ach ja? Ich dachte, du bist Beamter. Also laber mich nicht an. Wenn du dich an mich ranschmeißen willst, vergiss es! Danke für die Cola.«

»Ich bin der staatliche Kinderretter.«

Ich habs gewusst, dachte Lucy, schniefte und zog mit den Schuhen den Stuhl näher zu sich her, ein Psychopath! Genauso einer wie der irre Taxifahrer. Staatlicher Kinderretter! Ich muss hier weg, ich krieg eine Scheißstimmung. »Du kannst mich mal!«, sagte sie und wandte sich ab.

Auf der Straße hielten eine Tram und ein blauer Linienbus gleichzeitig an. Leute stiegen ein und aus, alle sahen beschäftigt und gesund aus und jeder hatte ein Ziel und Lucy verachtete sie deswegen.

»Ich bin gleich wieder da.« Süden stand auf, sah sie an und verschwand im Café.

Mit einem Ruck setzte sie sich aufrecht hin und öffnete hastig den Reißverschluss ihrer Jacke. Sie trug ein schwarzes T-Shirt mit den Gesichtern einer Rockband, deren Name in roten Lettern darauf gedruckt war: METALLICA. Sie schwitzte. Schon die ganze Zeit, schon seit der Typ sie gepackt und umgerissen hatte. Es war viel zu heiß für so eine Jacke, aber sie hatte keine andere und sie wollte keine andere. Und sie wollte sie auch nicht aufmachen. Und schon gar nicht ausziehen. Sie hasste es, wenn sie im T-Shirt dasaß. Das war das Schlimmste, alle glotzten sie dann an, besonders die Jungs und die Typen, und das war widerlich. Ihre Freundinnen sahen ganz normal aus, nur sie nicht, nur ich hab diese verdammten Riesentitten und die werden immer größer, verdammt, das seh ich, ich sehs genau, die sind schon wieder gewachsen, ich hasse mich! Angewidert von sich selbst zog sie den Reißverschluss hoch, verschränkte die Arme, ruckte auf dem Stuhl hin und her, blickte zur Tür, zur Straße, zu den zwei Damen, die immer noch miteinander tuschelten, und wippte zappelig mit den Beinen.

Nachdem er auf der Toilette gewesen war, lieh sich Süden vom Wirt eine Mark fürs Telefon, das neben der Toilettentür hing.

»Ich hab schon wieder ein Kind gerettet«, sagte er.

»Wo?«, fragte die Frau am anderen Ende.

»In der Ainmillerstraße. Ein Taxifahrer wollte sie überfahren.«

»Was?«

Er gab ihr die Autonummer durch. »Bestell ihn ins Büro, ich bin in einer halben Stunde zurück.«

»Wir warten schon auf dich. Thon hat eine neue Spur, was den Freund der Hoteliersfrau angeht. Was ist denn mit dem Kind, ist es verletzt?«

»Nein.«

»Warum hat der Taxifahrer das getan?«

»Das weiß ich nicht. Er wollte sie totfahren.«

»Wer ist das Mädchen?«

»Lucy Arano.«

»Die Räuberbraut? Du hast Lucy Arano das Leben gerettet?«

»Hätt ich das nicht tun sollen?«

»Natürlich, ist doch dein Job, Kinder zu retten. Wo ist sie jetzt?«

»Wir sind in einem Café, sie sitzt draußen.«

»Pass auf, dass sie dich nicht beklaut.«

»Ja, Sonja.«

Er hängte ein. Sonja Feyerabend hatte denselben Dienstgrad wie er im Dezernat 11 der Münchner Kriminalpolizei. Beide waren Hauptkommissare auf der Vermisstenstelle und wie Liebende befreundet. Sie war es gewesen, die ihn vor einiger Zeit aus seiner selbst gewählten Isolation befreit hatte, in die er sich nach einem katastrophalen Misserfolg bei einer Fahndung geflüchtet hatte. Sonja hatte ihn ermutigt, wieder zu arbeiten, und so war es ihm gelungen, einem vermissten Jungen, der vorhatte sich umzubringen, das Leben zu retten.

Als er an den Tisch zurückkam, war Lucy verschwunden. Von den übrigen Gästen reagierte keiner auf seine suchenden Blicke. Seine Reaktion zu beobachten schien für alle die Spannung des Tages zu sein. Er setzte sich und trank sein Mineralwasser aus. Räuberbraut! Was für eine romantische Bezeichnung für ein Mädchen, das viele in dieser Stadt – Leserbriefschreiber, Journalisten, Politiker, auch Polizisten – für gemeingefährlich hielten.

Er sah den weißen Stuhl, auf dem sie gesessen, und den, auf den sie frech ihre Füße gelegt hatte, und er dachte an den Moment, als er aus dem Haus getreten war und das heranrasende Taxi sah und das Mädchen mitten auf der Fahrbahn. In dieser Sekunde hatte er sie noch nicht erkannt und das spielte auch keine Rolle. Vielleicht hätte er sie nicht einmal später erkannt, wenn sie ihm nicht ihren Namen gesagt hätte. Lucy. Immer wieder war dieser Name in den Zeitungen aufgetaucht. Süden erinnerte sich an Gespräche auf den Fluren des Dezernats, Kollegen waren verärgert darüber, dass dieses Mädchen sie ständig austrickste und auslachte, weil sie erst dreizehn war und niemand ihr was anhaben konnte.

Andere nannten sie ein kriminelles Früchtchen, ein ausgekochtes Luder, ein bösartiges Ausländerkind.

Plötzlich fielen ihm diese Formulierungen wieder ein, die er in einer Zeitung gelesen hatte. Und vage erinnerte er sich an einen Bericht, in dem vom Tod von Lucys Mutter die Rede gewesen war, die bei einem Hausbrand ums Leben kam. Wann war das? Er wusste es nicht. War diese Tragödie der

Beginn ihrer Karriere als ... Räuberbraut? Wer war ihr Vater? Ein Schwarzer, ein Nigerianer.

Süden schloss die Augen und dachte nach. Arano. War er nicht als Kind nach Deutschland gekommen? Warum? Wegen eines Krieges. Süden war sich nicht sicher, ob er etwas Genaues über Lucys Familie gelesen oder gehört hatte. Arano war ein Flüchtling gewesen und dann hatte er eine Tochter bekommen und dann starb seine Frau. Und er war schwarz, genau wie seine Tochter.

Süden schlug die Augen auf und die Sonne sprang ihn an wie ein wollüstiges Tier. Anstatt im Büro zu sein, saß er in einem Café und zerbrach sich den Kopf über ein stadtbekanntes Mädchen. Und er musste an Raphael denken, den suizidgefährdeten Jungen, der von zu Hause weggelaufen und dessen Gesicht ebenfalls stadtbekannt gewesen war, sein Foto war in allen Zeitungen gewesen. Als Süden ihn endlich fand, rückten die Reporter an. In regelmäßigen Abständen telefonierte er noch heute mit Raphael. Der Junge wohnte wieder bei seiner Mutter, was für beide ein Glück war.

Was war ein Glück für Lucy und ihren Vater? Was hatte er, Süden, damit zu tun? Zufällig war er in der Nähe gewesen und hatte das Mädchen vor einem Unglück bewahrt. Hatte er das wirklich? Hätte der Taxifahrer nicht doch im letzten Moment abgebremst? Welchen Grund hätte er gehabt, dieses Mädchen zu überfahren? Das war absurd! Pure Einbildung! Er hatte das Auto gesehen, ja, es fuhr schnell, viel zu schnell, aber was bedeutete das? Jeder fuhr in den Dreißigerzonen zu schnell, das war normal wie Falschparken oder rechts Überholen. Er war einfach losgerannt, hatte das Mädchen gepackt und zu Boden geworfen. Wie Superman. Was hatte ihn bloß getrieben? Was wollte er damit beweisen? Wer bin ich denn, dass ich mir anmaße Schicksal zu sein? Diese Lucy, die ist doch nicht blind, die hat das Taxi gesehen, die wäre von allein zur Seite gesprungen, garantiert wäre sie das, die hätte mich nicht dazu gebraucht, die braucht keinen staatlich geprüften Helden wie mich, wieso hab ich das getan?

Er stand auf, legte den Kopf in den Nacken und schloss wieder die Augen.

Verdattert schauten die Leute hin.

Er bewegte sich nicht. Schlaff hingen seine Arme an ihm herab und er atmete mit offenem Mund die warme Luft ein. Die grelle Sonne ließ seine Haare heller erscheinen und sein weißes Hemd, dessen Ärmel er hochgekrempelt hatte, blendete fast.

Mit seinen Gedanken reiste Tabor Süden auf einen Berg, weit außerhalb der Stadt. Von diesem Berg blickte er auf einen grünen See, über dessen Oberfläche geschmeidig Wellen glitten, unaufhörlich, in einem gleichmäßigen, federnden Rhythmus. Von diesem Ort ging eine Kraft aus wie von keinem sonst, dies war die geheime Stelle, an der sein Leben und sein Tod eins waren und die er aufsuchte, wann immer die Monomanie seines eitlen Selbst ihn quälte und lähmte. Sekundenlang verweilte er dort, ohne Hast und Geheul, und war dabei nichts als ein vorübergehender Schatten in einer zeitlosen Landschaft. Sobald er zurückkehrte, lachte er laut und klatschte in die Hände wie ein übermütiges Kind.

Er hörte nicht mehr auf zu lachen. Die Bedienung winkte ihren Chef herbei, der nach draußen eilte und den Kopf schüttelte. Auf dem Hohenzollernplatz blieben die Leute, die von der U-Bahn oder aus dem Supermarkt kamen, verblüfft stehen und hörten zu.

Laut und heiser donnerte das Lachen über den Platz. Und endete schlagartig.

Ohne sich um sein Publikum zu kümmern, zog Süden seine

Lederjacke an und ging zur Bedienung, um zu bezahlen. Er griff in die Innentasche der Jacke und die Tasche war leer. Der Lederbeutel mit dem Geld war verschwunden.

Lucy hatte ihn bestohlen. Sie hatte ihm hundertsiebzig Mark geklaut.

»Suchen Sie was?«, fragte die Bedienung.

In den Büros der Vermisstenstelle herrschte ein Stimmenchaos wie in der Börse. Bis auf Volker Thon, den Leiter der Abteilung, und Südens Kollegen Weber und Feyerabend nahmen alle verfügbaren Polizisten am Telefon ununterbrochen Meldungen von Anrufern entgegen, die die verschwundene Hoteldirektorin Katharina Wagner gesehen haben wollten. Vor drei Tagen war die Juniorchefin des renommierten Felts Hotel Wagner im Lehel morgens nicht aufgetaucht. Und nur vierzig Minuten später rief ein Reporter bei der Kripo an und fragte, ob schon Fahndungsergebnisse vorlägen. Bis dahin war noch nicht einmal nach der Frau gesucht worden, niemand hatte sie als vermisst gemeldet. Das geschah erst dreißig Minuten später, als eine Frau namens Ilona Leblanc im Dezernat 11 auftauchte und erklärte, sie sei sich sicher, dass ihrer Freundin und Chefin etwas zugestoßen sei. Ilona arbeitete im Hotel Wagner an der Rezeption.

Für die Boulevardpresse bekamen die dubiosen Vorgänge um Katharina Wagner einen zusätzlichen Reiz dadurch, dass deren Schwester Susan in drei Wochen den Sohn eines der reichsten Gastronomen Münchens heiraten wollte, ein Ereignis, das in den Klatschspalten schon jetzt als Hochzeit des Jahres galt. Bankett und Party für vierhundert streng ausgewählte Gäste sollten im Felts Hotel Wagner stattfinden. Wie es hieß, hatte der Bräutigam Alexander Hölzl das Menü persönlich zusammengestellt und bereits tausend Flaschen

Champagner geordert. Angeblich hatte der Neunundzwanzigjährige, was er bei jeder Gelegenheit heftig bestritt, früher einmal eine kurze Affäre mit Katharina, bevor er sich für Susan entschied.

»Sie wird ein Escada-Kleid tragen und er einen Anzug von Otto Kern«, sagte Sonja Feyerabend, die mit Volker Thon und Paul Weber an der Tür zum Flur stand.

»Wieso von Otto Kern?«, fragte Thon.

»Weil das ein Freund der Familie ist.«

»Sie ist acht Jahre älter als er«, sagte Weber, dem es völlig egal war, was dieses Brautpaar anzog oder trank oder aß, oder mit wem sie alle ein Verhältnis gehabt hatten. Es ärgerte ihn bloß, dass er bei diesem Fall, wo immer er anrief oder hinkam, auf einen Journalisten stieß, der ihm erst einmal erklärte, was im Hause Wagner eigentlich gespielt wurde. Überhaupt hatte Weber im Gegensatz zu Sonja Feyerabend und Volker Thon ein gebrochenes Verhältnis zur Schickimickigesellschaft dieser Stadt, zu jener Schicht von Leuten, die ständig in den einschlägigen Kolumnen auftauchten und vorgaben, täglich in der Maximilianstraße und Theatinerstraße einzukaufen. Er war nicht neidisch auf sie, er fand sie nur lästig.

Mit seiner bulligen Figur, seinem gelockten Haar und seinem breiten Gesicht ohne Konturen, in seinen immer gleichen rotweiß oder blauweiß karierten Hemden und den speckigen Kniebundhosen sah Weber aus wie der klassische Bayer vom Dorf, der sich in die Stadt verirrt hatte. Dabei sprach er keinen ausgeprägten Dialekt. Wenn er über die Maximilianstraße spazierte, drehten sich die schicken Menschen nach ihm um und die asiatischen Touristen fragten ihn, ob sie ihn fotografieren dürften, sie hielten ihn für ein Original. War er eins? Er wusste es nicht, es war ihm egal. Seine neue

Freundin, Evelin, die aus der Lüneburger Heide stammte, meinte, er sei ein echter, gestandener Bayer, so wie sie sich immer einen gewünscht habe. Und das genügte ihm: gewünscht zu sein.

Paul Weber war neunundfünfzig Jahre alt, er mochte seinen Beruf, doch in letzter Zeit war er oft müde. Und Fälle, bei denen er es mit Leuten zu tun bekam, die einen Haufen Geld hatten und in für seine Verhältnisse sensationell eingerichteten Wohnungen lebten, motivierten ihn nicht besonders. Die Langeweile, die sie ausstrahlten, untergrub seinen Optimismus und seine professionelle Neugier, plötzlich hatte er kein Interesse mehr an ihren Leiden. Und wenn ihm dieses Interesse abhanden kam, wozu sollte er dann morgens aufstehen und mutwillig die Umarmung seiner Freundin verlassen?

»Vielleicht hatte die Schwester die Nase voll von dem Brimborium und dem Champagner und dem Hummer«, brummte er und kratzte seinen vorstehenden Bauch, in dem es auch brummte.

»Sie hat Geld von einem Sperrkonto abgehoben, das hat mir ihr Vater verraten, in der Familie weiß niemand davon«, sagte Volker Thon, der fünfunddreißigjährige Hauptkommissar und Leiter der Vermisstenstelle. Ihm, dem gebürtigen Hamburger, erschien dieses München immer wieder als ein Dorado paradiesischer Frauen. Nicht, dass er hinter ihnen her gewesen wäre, er war verheiratet und hatte zwei Kinder, er liebte seine Familie. Doch die Art, wie die hiesigen Frauen, und auch manche Männer, sich kleideten und zelebrierten, faszinierte ihn. Er benutzte Aftershave von Armani oder Boss und verzichtete auch in der Arbeit nie auf sein Seidenhalstuch, auf ein schlichtes Leinensakko und ausgewählte Stoffhosen samt Seidensocken. Viele Kollegen machten sich darüber lustig und hielten ihn für einen Yuppie und Karrieristen. So sah er sich nicht im Geringsten und er hatte auch keinen Grund dazu. Er hatte diesen Posten bekommen, weil er ein Team führen konnte, beste Zeugnisse vorzuweisen hatte und sich in Krisensituationen von niemandem einschüchtern ließ. Seine Devise lautete: Wir sind eine Mannschaft. Von Clubs, die aus lauter begabten Einzelgängern bestanden, hielt er nichts, das war für ihn wie beim Fußball, Niederlagen entstanden, wenn einige sich auf Kosten anderer profilierten.

Deswegen geriet er regelmäßig mit Sonja Feyerabend und deren Freund Tabor Süden aneinander, weil Sonja zwar das Team respektierte, aber wenn es sein musste, sich immer auf die Seite des Ausscherers Süden stellte. Und der scherte dauernd aus, er war der typische Einzelgänger und war, was Thon besonders fuchste, auch noch stolz darauf. Für Thon war Süden kontaktgestört. Dazu meinte Süden, dies sei die typische Einschätzung moderner Massenkrüppel, die das Alleinsein für eine Krankheit hielten und nicht merkten, wie arm sie selber dran seien.

»Hallo, auch schon da«, sagte Thon, als sein Kollege vom Treppenhaus in den Flur kam. »Hat die Befragung was ergeben?«

»Vielleicht«, sagte Süden.

Solche Antworten führten bei Thon augenblicklich zu einem Kribbeln in den Fingern und er rieb sich die Hände, als habe er sie gerade eingecremt.

Aus den angrenzenden Zimmern drangen laute Stimmen, Telefone klingelten und das Faxgerät schnarrte unaufhörlich.

»Es gibt eine Neuigkeit«, sagte Thon, nickte in Richtung seines Büros und setzte sich in Bewegung. Weber folgte ihm.

Sonja küsste Süden auf die Wangen und er strich ihr über den Kopf. Seit sie sich die Haare extrem kurz hatte schneiden und hellblond färben lassen, obwohl sie von Natur aus braun waren, nannte Süden sie manchmal so, wie sein Freund und Kollege Martin, der nicht mehr lebte, sie genannt hatte: Punkmaus.

Nach Martins Tod hatte sie sich überlegt, die Haare anders zu färben. Süden hatte ihr davon abgeraten. Sie gefiel ihm so. Und sie gefiel sich auch.

Sonja war einundvierzig, einen Kopf kleiner als Süden und hatte dieselben grünen Augen wie er. Sie war seit bald zwanzig Jahren bei der Polizei und fragte sich immer noch, ob Beamtin zu sein tatsächlich ihr Lebensziel war. Im Dezernat galt sie lange als ehrgeizig, was sie nie war. Sie wollte nur etwas tun und nicht herumhängen, die Zeit nutzen, arbeiten, Geld haben, in Urlaub fahren. Sie war Fahnderin beim Rauschgiftdezernat und bei der Mordkommission gewesen und als der Job in der Vermisstenstelle frei wurde, bewarb sie sich, weil sie es interessant fand, sich mit Leuten zu beschäftigen, die vielleicht aus guten Gründen der Gesellschaft den Rücken kehrten und einfach abtauchten. Wie naiv sie gewesen war! Am Anfang konnte sie es nicht fassen, wie eintönig ihre Arbeit war und wie jämmerlich sich die Geschichten derer anhörten, die sie suchte und bald fand. Und diejenigen, die nicht wieder auftauchten, waren vermutlich tot, und dann hatte sie es mit Angehörigen zu tun, die der Polizei Vorwürfe machten und ihr die Schuld an allem gaben.

»Setzt euch!«, sagte Thon. »Was trinken?«

Weber schüttelte den Kopf. Sonja, die hinter Süden hereinkam und die Tür zum Vorzimmer schloss, sagte: »Ich nehm mir was.«

Sie goss sich ein Glas Orangensaft ein und setzte sich zu

ihren beiden Kollegen an den runden Tisch an der Fenster-
front.

Süden blieb stehen. Er wusste, Thon konnte das nicht leiden,
aber er wollte noch etwas die Sonne spüren, die von Westen
her auf die Bayerstraße und den unauffälligen Gebäudeklotz
an der Ecke zur Goethestraße schien. Wegen der Straßenge-
räusche, die unerträglich laut bis in den zweiten Stock her-
aufdrangen, waren die Fenster geschlossen. Süden genügte
es, nahe den Scheiben zu stehen. Mit leicht geöffnetem
Mund lehnte er an der Wand, drückte die Hände flach gegen
sie und bildete sich ein, das milde Licht auf den Lippen zu
schmecken. Vermutlich hätte Thon ihn aus dem Zimmer geworfen, wenn er geahnt hätte, dass sein Hauptkommissar
den Geschmack des Lichts seinen kriminalistischen Ausführungen vorzog.

»Der Vater«, sagte Thon, hielt inne, überlegte kurz, ob er Süden auffordern solle sich hinzusetzen, und sprach dann weiter, abwechselnd zu Sonja und Weber. »Der Vater ist die
Schlüsselfigur. Er hat das Hotel gegründet und ist davon
überzeugt, dass die Wagner-Frauen sein Renommee schädi-
gen. Und dass sie nicht wirtschaften können und keine Ahnung von modernem Management haben. Tatsächlich sieht
es so aus, als schramme das Hotel seit längerem knapp am
Rande der Pleite entlang. Wie ihr wisst, gibt es drei weitere
Betriebe, einen in Düsseldorf, in Hannover und in Kiel. Die
laufen wohl alle so lala, trotzdem ist geplant, noch ein Hotel
in Leipzig zu eröffnen. Katharina ist dagegen, behauptet der
Alte, und das bringt ihn auf die Palme. Susan dagegen findet die Idee großartig und wäre bereit, zusammen mit ihrem
Zukünftigen die Leitung zu übernehmen. Übrigens ist Katharina nicht die leibliche Tochter vom alten Felt.«

»Wie viel hat Katharina angeblich von diesem Sperrkonto

abgehoben?«, fragte Weber und schrieb, wie er das in jeder Besprechung tat, einzelne Wörter und ganze Zitate auf einen kleinen Block. Es war ein Spleen von ihm, manchmal notierte er sogar seine eigenen Worte, wenn er etwas gesagt hatte, was er für wichtig hielt, und setzte seinen Namen darunter. Bestimmte Dinge versäumte er aufzuschreiben und dann vergaß er sie schnell.

»Eine halbe Million«, sagte Thon, sah Süden an und bemerkte, dass dieser auf ihn herunterschaute. »Bitte setz dich, Tabor!«

»Gleich.«

Thon griff zu dem grünen Päckchen mit den Zigarillos, nahm einen heraus, steckte ihn in den Mund und sog daran. Bei sämtlichen Besprechungen herrschte Rauchverbot, Sonja hatte es irgendwann in der Runde beantragt, und zur Überraschung von Thon und allen anderen Rauchern war eine Mehrheit dafür gewesen. Seither kaute er demonstrativ auf einem Zigarillo, wenn er Lust hatte zu rauchen.

»Katharinas Mutter hat sie mit in die Ehe gebracht. Der Vater war ein Student, der sich aus dem Staub gemacht hat.« Thon blätterte in seinem Notizheft mit dem schwarzen Ledereinband, den er regelmäßig polierte. »Jedenfalls heirateten August Felt und Eva Wagner und bauten ihr Hotel auf. Später stieg Katharina mit ein. Die Ehe ging übrigens nicht gut.«

»Zu viel Arbeit, zu viel Außenwelt, zu wenig Intimität«, sagte Weber und kritzelte etwas auf seinen Block. Sonja stutzte. Thon ging nicht drauf ein.

»Inzwischen hatten sie vier Hotels aus dem Boden gestampft, gemeinsam mit Partnern, aber Felt war immer noch der Chef. Er ließ sich scheiden und seine Frau war einverstanden. Sagt er. Sie sollte weiter im Hotel arbeiten und ihr Auskommen haben. Kurz nach der Scheidung hatte Felt einen Zusammenbruch und es sah so aus, als würde er sterben. Er trank zu viel und schluckte Tabletten und Aufputschmittel. Und weil er nicht wollte, was ja verständlich ist, dass sein Besitz unter die Räder kommt, setzte er seine Exfrau wieder als Erbin ein und bestimmte, dass ihr Name ins Logo kommt. Seither heißt es Felts Hotel Wagner.«

»Aber er hat überlebt«, sagte Sonja. Auch sie hatte mit dem alten Felt gesprochen und er hatte ihr nichts erzählt, praktisch und faktisch nichts. Offenbar redete er nicht mit Untergebenen, sondern nur mit Vorgesetzten, mit männlichen Vorgesetzten. So schätzte sie ihn ein. Und wer einmal von Sonja eingeschätzt worden war, der hatte es schwer, sein Bild bei ihr zu korrigieren.

»Meiner Meinung nach bereut er heute seine Entscheidung von damals. Er ist Mitte sechzig und verbittert. Er ist nicht mehr in der Geschäftsführung und wie die Kollegen herausgefunden haben, sollen die drei Hotels in Norddeutschland an eine amerikanische Kette verkauft werden, und zwar bald. Was mit der Münchner Dependance passiert, ist unklar. Felt behauptet, Katharina will sich absetzen, deswegen hat sie das Geld abgezockt. Und er behauptet, ihre Helfershelferin sei nicht ihre Mutter, obwohl sie, wie er sagt, sicher etwas weiß, ihre Komplizin sei Ilona Leblanc, ihre beste Freundin.«

»Sie hat die Vermisstenanzeige erstattet«, sagte Weber und notierte Ilonas Namen.

»Wir überwachen sie«, sagte Thon. »Und ich möchte, dass ihr noch einmal mit ihr redet, dass ihr sie unter Druck setzt. Von mir aus soll sie einen Anwalt einschalten, ich möchte, dass sie begreift, dass wir uns nicht zum Narren halten lassen.«

»Welche Interessen verfolgt der alte Felt?«, fragte Süden.

»Er hats nicht gern, wenn man eine halbe Million klaut, die er mitverdient hat«, sagte Thon, ohne Süden anzusehen.

»Mir gegenüber schien er ziemlich gleichgültig zu sein, was mit seiner Tochter passiert ist«, meinte Sonja. »Er sagte, er hält es für übertrieben, polizeilich nach ihr zu suchen.« Sehr plastisch konnte sie sich vorstellen, wie die beiden distinguiert gekleideten Männer, Felt und Thon, an dem niedrigen Louis-quinze-Tisch saßen, an dem auch sie Platz genommen hatte, ihre Zigarillos pafften und an ihren Halstüchern nestelten; das Gespräch war sicher ebenso parfümiert gewesen wie die Luft um sie herum.

»Es ist stickig hier, ich mach mal das Fenster auf«, sagte Sonja und stand auf.

Es klopfte und eine junge Frau mit einer roten Designerbrille streckte den Kopf herein.

»Sorry«, sagte Oberkommissarin Freya Epp. »Ich hab hier ein Paar, also er ist der Vater, sie ist seine Freundin ...«

Sie war erst seit einigen Monaten bei der Vermisstenstelle und galt als effektive Fahnderin, die absolut sachliche und verständliche Berichte abfasste. Fing sie an, Vorträge zu halten oder einfach kurze Informationen weiterzugeben, geriet sie in eine kuriose Wirrnis, die ihre Kollegen jedes Mal in stummes Staunen versetzte.

»Das Mädchen, die Tochter, die ist verschwunden, weil ... das macht die nicht zum ersten Mal, aber diesmal ...«

»Bitte, Freya«, sagte Thon, »wir sind in einer Besprechung. Wenn das Mädchen eine Trebegängerin ist, schau im Computer nach, wo wir sie das letzte Mal aufgegriffen haben ...«

»Hab ich schon. Der Vater ist wirklich besorgt. Es geht um das schwarze Mädchen, die aus der Zeitung, die dauernd was anstellt, also die war ja auch schon hier und ich selber hab mit ihr gesprochen ...«

»Lucy Arano?«, fragte Süden.

»Genau«, sagte Freya.

»Hör auf mit der!«, sagte Thon. »Das ist eine Dauerläuferin. Die ist kein Fall für uns, sondern fürs Jugendamt und für die Sozialbehörden.«

»Aber der Vater will eine Vermisstenanzeige aufgeben«, sagte Freya. Sonja stand am offenen Fenster und fächelte sich mit der Hand Luft zu.

»Ich rede mit ihm«, sagte Süden und war schon an der Tür, bevor Thon erwidern konnte: »Du und Sonja, ihr fahrt zu Ilona Leblanc und anschließend noch mal ins Hotel. Ich möchte, dass wir bis morgen früh den Aufenthaltsort von Katharina Wagner kennen.«

Thon blickte zur Tür, die halb offen stand. Süden und Freya Epp hatten den Raum verlassen und von nebenan hörte man eine Frau telefonieren, Erika Haberl, die Sekretärin der Vermisstenstelle.

Er musste an seine Tochter Claudine denken, die war neun und ein umtriebiges, unerschrockenes Kind, dem man mit guten Argumenten zu kommen hatte, wenn man es überzeugen wollte. Wäre sie fähig, eines Tages einfach abzuhauen? Sich Straßenkindern anzuschließen, mit ihnen herumzuziehen, zu betteln, Drogen zu nehmen und die Gesellschaft zu verachten? Würde er die Anzeichen rechtzeitig erkennen und mit ihr sprechen und ihr zuhören? Und würde sie ihm erlauben zu sprechen und zuzuhören? Was wusste er von seiner Tochter? Was verheimlichte sie ihm? Welche Sehnsüchte wuchsen in ihr, welche Enttäuschungen schlummerten unbewältigt in ihr, welche Wut quälte sie und welche kindliche Furcht?

Manchmal schaute er seine Tochter an und erkannte sich nicht wieder in ihr.

»Manchmal schau ich sie an«, sagte Christoph Arano, »und ich erkenn mich nicht.«

Er lehnte neben der Tür. Die junge Polizistin hatte ihm einen Platz angeboten, aber er blieb lieber in der Nähe des Ausgangs, vor allem in einem Polizeirevier. Er kannte solche Räume: ein Resopaltisch, zwei Stühle, eine Pflanze, ein niedriger Aktenschrank, ein Telefon, grauer Teppich, kein Komfort, keine Freundlichkeit. Nachts war er ein beliebter Ansprechpartner für Polizisten, die Streife fuhren und sich langweilten. Und da er meist keinen Ausweis bei sich hatte, nahmen sie ihn mit. Redeten ihn mit Du an, machten abfällige Bemerkungen und ließen ihn stehen, während sie ihren Computer nach ihm durchforsteten. Sie fanden seinen Namen schnell und mussten ihn wieder gehen lassen. Er war ein registrierter Schwarzer. Er war kein deutscher Staatsbürger, er hatte eine Aufenthaltsberechtigung, unbefristet. Und ich bin katholisch wie die meisten Schwarzen in Bayern und darauf bin ich stolz.

Christoph Arano war achtunddreißig Jahre alt und mit sechs Jahren aus Nigeria nach München gekommen. Hätte ihn dieser Pfarrer damals nicht illegal in einem Rotkreuzhubschrauber außer Landes gebracht, wäre er ermordet worden oder verhungert wie zwei Millionen seiner Landsleute. So wuchs er in einem schönen Land auf, bekam fürsorgliche Pflegeeltern, machte eine Lehre und baute sich eine Existenz auf. Er heiratete und bekam eine Tochter. Dann starb seine Frau bei einem fürchterlichen Unglück und seither bangte er jeden Tag um die Ernte seines Lebens. Sein kleiner Sanitärbetrieb lief immer noch gut, obwohl sein Partner ihn betrog und versuchte, in die eigene Tasche zu wirtschaften. Arano hatte sich sogar neu verliebt und die Absicht zu heiraten. Doch all dies war kein Trost für den Kummer, den ihm seine

Tochter bereitete. Bei jedem unerwarteten Anruf erschrak er, weil er fürchtete, ihr sei etwas zugestoßen oder sie habe etwas Schreckliches getan. Und was sie bisher angestellt hatte, war schrecklich genug.

»Ich mach mir große Sorgen«, sagte er. Das stimmte, und auch wieder nicht. Natürlich grübelte er über nichts mehr nach als darüber, wie er Lucy zur Vernunft bringen, wie er wieder Einfluss auf sie ausüben konnte. Worüber er sich im Moment weniger sorgte, war, wo sie sich gerade aufhielt. Sie trieb sich ständig herum, sie verschwand, kam wieder, ging in die Schule, tauchte ab und wieder auf. Das war ein Spiel, ein eigenwilliger, unbegreiflicher Rhythmus, den er beschlossen hatte zu akzeptieren. Was sie manchmal tat auf ihren Ausflügen, war unverzeihlich und er verzieh ihr auch nicht. Trotzdem glaubte er fest an eine Besserung, an eine Wendung in ihrem Wesen, an den Tag, an dem die Wunde in ihr heilte.

Netty hatte ihn gedrängt zur Polizei zu gehen und er hatte sich drei Stunden dagegen gewehrt. Übermorgen hatte Lucy Geburtstag und da würde sie vor der Tür stehen, davon war Arano überzeugt. Was sollte die Polizei tun? Sie kannten seine Tochter, Lucy war eine registrierte Person, so wie er eine registrierte Person war. Er war verantwortlich für sie, er war schuld an dem, was sie tat, er war der Täter, wenn sie in einem Kaufhaus Lippenstifte und T-Shirts klaute, wenn sie auf der Straße alte Frauen mit dem Messer bedrohte, wenn sie Fensterscheiben einschlug und auf dem Schulhof auf andere Mädchen eindrosch oder den Jungs Fußtritte zwischen die Beine verpasste. Für die Polizei war er ein Vater, der völlig versagte und es sogar duldete, dass seine Tochter tagelang wegblieb und die Schule schwänzte. Bestimmt zehntausend Mark hatte er schon an die Opfer seiner Tochter bezahlt,

Schmerzensgeld, Entschuldigungsgeld, Reuegeld. Und was hatte es genützt?

»Eine Freundin von ihr hat mich angerufen, das ist sehr ungewöhnlich«, sagte Natalia Horn, die sich als Einzige hingesetzt hatte. Sie trug einen blauen flachen Hut und einen weißen Blazer mit einer goldenen Brosche. Sie sah herausgeputzt aus und bemühte sich, ihre Nervosität zu unterdrücken, was ihr schwerlich gelang.

»Normalerweise ist Lucy immer nur kurz weg ...« Sie sah Tabor Süden an, der einen Meter von ihr entfernt stand und dessen Gegenwart sie aus einem unerklärlichen Grund beruhigte. Sie hatte das Gefühl, er hörte ihr zu und tat nicht nur so, wie ihre Kunden, die doch nur an ihren eigenen Geschichten interessiert waren. »Diese Freundin, Tamara, sie sagte, sie seien verabredet gewesen, Lucy und sie und die anderen aus der Clique, ich kenn die nicht. Das sind alles Schulfreunde. Aber das ist noch nie vorgekommen, dass eine von denen angerufen und sich nach Lucy erkundigt hat ...«

»Frau Horn befürchtet, dass Lucy in die Schießerei in Schwabing verwickelt war«, sagte Freya Epp. Sie hatte einen DIN-A5-Block in der Hand, dessen erste Seite eng beschrieben war.

»Was für eine Schießerei?«, fragte Süden schnell und Freya sah ihn erstaunt an.

»In der Hohenzollernstraße. Ein Taxifahrer hat auf ein Mädchen geschossen, das vorher einen Kaufhausdetektiv niedergeschlagen hat, also der hat sie wahrscheinlich angegriffen, da gehen die Aussagen auseinander, also das war so, dass ...«

»Wann war das?«

»Kurz nach eins.«

Mehrere Sekunden sah er ihr in die Augen und sie musste vor Verlegenheit blinzeln. Hinter ihrer starken Brille wirkten ihre braunen Kulleraugen noch größer und dunkler.

Arano blickte zu Boden. Ihm war kalt, er hatte nur ein Hemd an und die Jacke im Auto gelassen. Je länger er hier stand, desto unbehaglicher wurde ihm zu Mute, desto mehr rechnete er damit, verhaftet und eingesperrt zu werden wegen seiner gewalttätigen Tochter, die niemanden respektierte. Nicht einmal ihren Vater.

Er schämte sich für seine Gedanken.

Niemand hatte das Recht ihn festzuhalten, es war vielmehr seine Pflicht hier zu sein und für seine Tochter einzustehen. Wenn sie verschwunden war, musste man sie suchen, sie war ein Kind, sie war auf sich allein gestellt, sie hatte schlechten Umgang, sie war leichtsinnig und eigenwillig. Sie war ein Kind, das Schutz brauchte.

»Hören Sie bitte ...«, sagte Arano.

»Einen Moment«, sagte Süden und ließ den Blick endlich von Freya. Fast hätte sie aufgeatmet, so erleichtert fühlte sie sich.

»Wieso hat dieser Taxifahrer auf das Mädchen geschossen? Und wer sagt, dass es Lucy war?«

»Ein Zeuge«, fing Freya an, »... also bei der Schlägerei, bei dem Angriff auf der Leopoldstraße, die Kollegen haben das gemeldet, ich habs nur überflogen, der Zeuge will Lucy erkannt haben, sie hat gebettelt, auf der Straße, auf dem Bürgersteig ...«

»Warum hat sie gebettelt?«, wollte Arano wissen, doch seine Frage ging in Südens Frage unter: »Aber warum hat der Taxifahrer geschossen?«

Arano und Netty sahen den Kommissar an und sie griff nach ihrem Hut und hielt ihn fest, als käme aus Südens Mund ein Windstoß.

»Es war angeblich nur ein Warnschuss«, sagte Freya.

Süden strich sich die langen Haare nach hinten und schwieg.

Nach einer Weile sagte Freya: »Kannst du mir erklären, zu welchem Zweck einer einen Warnschuss abgibt bei einem Mädchen, das vor ihm wegläuft? Ich mein, was heißt das, ein Warnschuss? Wollte er anschließend auf sie schießen? Der Mann hat zu den Kollegen gesagt, er wollte nur einen Warnschuss abgeben. Ein Taxifahrer. Auf offener Straße. Mittag um eins. In einer Gegend voller Geschäfte und Cafés.«

»Kennst du die Autonummer von dem Taxi?«

Freya schüttelte den Kopf. »Wieso?«

»Wann war Ihre Tochter zum letzten Mal zu Hause?« Süden wandte sich an Arano.

»Vor vier Tagen, Freitag, wir haben zusammen gefrühstückt, sie hatte Schule, und da ist sie auch hingegangen. Sie war in der Schule, definitiv.«

»Nur zwei Stunden«, sagte Netty.

»Ja«, sagte Arano finster.

»Und seitdem hat sie sich nicht mehr bei Ihnen gemeldet?« Kaum merklich schüttelte Arano den Kopf.

»Bei mir auch nicht«, sagte Netty. »Das tut sie manchmal, wir verstehen uns gut, und sie mag auch meine Tochter, die Melanie. Die hat auch nichts von ihr gehört, schon seit Wochen nicht.«

»Ich möchte meine Tochter als vermisst melden«, sagte Arano mit fester tiefer Stimme.

»Ich habe sie gesehen«, sagte Süden. Und er berichtete, wie er Lucy in der Ainmillerstraße begegnet war und sie vor einem heranrasenden Auto in Sicherheit gebracht hatte. Dass es sich um ein Taxi gehandelt und er ihr vielleicht das Leben gerettet hatte, worüber er inzwischen seine Zweifel hegte, erwähnte er nicht. Auch nicht, dass sie ihn im Café bestohlen hatte.

»Und warum haben Sie sie denn nicht gleich mitgenommen?«, fragte Netty und erhob sich aufgeregt. »Sie hätten sie doch mitnehmen und zu Hause abliefern müssen!«

»Ich wusste nicht, dass sie vermisst wird. Sie sah nicht so aus, als sei sie auf der Flucht.«

»Auf der Flucht!«, stieß Netty hervor. »Sie ist doch nicht auf der Flucht!«

Vielleicht ist sie das, dachte Süden.

»Vielleicht schon«, sagte Arano.

»Meine Kollegin nimmt die Anzeige auf«, sagte Süden. »Nennen Sie ihr alle Orte, an denen sich Ihre Tochter aufhalten könnte, lassen Sie sich Zeit, nennen Sie ihr Namen von Freunden und Freundinnen. Alles, was Ihnen einfällt, erleichtert unsere Arbeit.«

»Hat sie Ihnen nicht gesagt, wo sie hin wollte?« Arano machte Süden die Tür auf und wartete auf eine Antwort.

»Sie hat wenig gesprochen. Sie hat zwei Colas getrunken und einen Himbeerkuchen gegessen.«

»Das ist ihr Lieblingskuchen«, sagte Netty.

»Sie ist weggegangen, während ich auf der Toilette war.«

»Typisch«, sagte Arano.

»Bitte setzen Sie sich«, sagte Freya, »ich hol meinen Laptop.«

Süden ging auf den Flur hinaus. Hätte er Lucy sagen sollen, dass er Polizist war? Hätte sie sich davon einschüchtern lassen? Bestimmt nicht. Hätte sie ihn deswegen nicht bestohlen? Unwahrscheinlich. So unwahrscheinlich wie es war, dass sie sie jetzt finden würden. Ihre Freunde verrieten sie nicht und man konnte davon ausgehen, dass ihr Vater die wahren Orte, an denen sie sich herumtrieb, nicht kannte. Dennoch wäre es falsch, sie nicht zu suchen, sie heckte etwas aus, das hatte er ihr angesehen und das war vermutlich der Grund, warum sie hinter seinem Rücken verschwunden war. Sie wollte sich nicht aushorchen lassen, sie brauchte Geld und wartete auf die richtige Gelegenheit und das war alles. Möglich, dass sie sich an den Taxifahrern rächte, an irgendwelchen, die zufällig daherkamen. Süden traute ihr einen solchen Überfall zu, sie hatte nichts zu verlieren, sie war keine, die es sich gefallen ließ, wenn man auf sie schoss. Welcher Wahnsinn hatte diesen Taxifahrer geritten?

Sie mussten sich beeilen. Nachts war es extrem schwierig, Lucy zu finden.

»Dieses Mädchen wird nicht gesucht«, sagte Thon und blies den Rauch seines Zigarillos über den Schreibtisch. »Wir haben andere, wichtigere Fälle zu bearbeiten, zum Beispiel den Fall Felt-Wagner, und wir haben keine Zeit, uns um unverbesserliche Kinder zu kümmern. Ich bin kein Sozialarbeiter und du bist auch keiner, Tabor.«

»Wir haben eine Anzeige, wir müssen sie suchen«, sagte Süden. Mit verschränkten Armen stand er vor dem Schreibtisch, reglos, angespannt.

»Das tun wir, Freya schafft das, die kann das. Was schaust du mich so an? Hör auf, mir zu drohen, Tabor, das mag ich nicht, fang bloß nicht wieder damit an! Du weißt, was ich meine.«

Süden schwieg. Thon rauchte, stippte die Asche des Zigarillos in den silbernen Aschenbecher und lehnte sich zurück.

»Ich wiederhole: Dieses Mädchen ist eine Dauerläuferin, wir fangen sie ein, zack, am nächsten Tag ist sie wieder weg. Sie ist kriminell, sie ist eine Diebin, sie überfällt Leute, sie randaliert, wo sie kann, sie ist gemeingefährlich ...«

»Du redest wie dieser CSU-Mann im Fernsehen ...«

»Ich rede nicht wie ein CSU-Mann!«, polterte Thon. »Offensichtlich hat der Vater jede Kontrolle über seine Tochter verloren. Wir sind nicht zuständig für sie, ist das klar? Sie läuft dauernd weg, da ist sie nicht die Einzige, wir wären ja in kürzester Zeit ein aufgescheuchter Hühnerhaufen, wenn wir dauernd diesen Kindern hinterherrennen würden! Die tun mir Leid und ich möchte nicht der Vater von so einer Ausreißerin sein. Aber wir sind nicht die Ersatzeltern. Wie oft waren ihr Vater und diese Frau schon bei uns, um Lucy als vermisst zu melden ...«

»Natalia Horn.«

»Bitte?«

»Sie heißt Natalia Horn.«

Thon nahm einen letzten Zug aus dem Zigarillo, legte ihn vorsichtig in den Aschenbecher und ließ ihn ausglimmen.

»Ja, wie oft war die schon bei uns? Ich schätze, mindestens fünf- oder sechsmal. Sind die eigentlich verheiratet, der Schwarze und sie?«

»Nein.«

Wie auf ein geheimes Zeichen hin schwiegen sie. Thon kam um seinen Schreibtisch herum, ging zum Fenster und machte es zu. Er zögerte einen Moment, bevor er sich umdrehte.

»Kümmere dich um die Wagner-Sache!«, sagte er, rieb an seinem Halstuch und roch an den Fingern. »Dieses Mädchen hat absolut keine Priorität.«

»Das ist fahrlässig«, sagte Süden.

Warum, fragte sich Thon, hab ich ihn nicht versetzen lassen? Nach der Sache mit dem Jungen, der, als sein Großvater starb, weggelaufen war und Süden eigenmächtig die Verfolgung aufgenommen hatte? Vollkommen ohne Absprache. Ohne Kooperationsbereitschaft. Er hätte ihn versetzen lassen oder zumindest im Dienstgrad herunterstufen können. Dann wäre Süden jetzt wieder Oberkommissar und hätte nicht das Geringste zu sagen, wenn er, Thon, etwas nicht erlaubte. Das Gescheiteste wäre gewesen, er hätte ihn in eine andere Abteilung versetzen lassen, weit weg von der Vermisstenstelle.

Soll sich doch ein anderer um diesen unberechenbaren Kollegen kümmern! Thon hatte es satt, von Süden kritisiert zu werden, auch vor den Kollegen, von denen die meisten so dachten wie ihr Chef: Die Zeiten, als Tabor Süden zu den besten und beliebtesten Fahndern im Dezernat 11 zählte, waren lange vorbei. Nun war er nur noch ein einzelgängerischer Störenfried, ein verschrobener Kauz, der sich weigerte, ein Handy zu benutzen, und manchmal ohne jeden Grund laut loslachte. Wie ein Irrer. Wie ein bekiffter Penner.

»Fahr zu Ilona Leblanc und ins Hotel Wagner!«, befahl er. »Das ist eine dienstliche Anweisung.«

»Ich möchte, dass wir uns um das Mädchen kümmern.«

»Was ist los? Stehst du auf sie?« Entsetzt schüttelte Thon den Kopf. Wie hatte er so etwas sagen können? Auf welchem Niveau war er gelandet, nur weil die Art, wie sein Kollege seine Arbeit machte, ihm nicht passte? Hatte er den Verstand verloren? Wo ist meine Souveränität, was red ich denn da, so was darf ich nicht mal denken! Seine Bemerkung hatte ihn selbst wie ein Schlag getroffen. Er stand da und wartete darauf, dass Süden ihm ins Gesicht sagte, für was für einen unfähigen, unverschämten, unprofessionellen Chef er ihn halte und dass die Frage, die er gerade gestellt hatte, das Mieseste sei, was er je in diesem Dezernat zu hören gekriegt hätte.

Leg los, mach schon! Thon senkte den Kopf, hob die Augen und schaute seinem Gegenüber ins Gesicht. Und stutzte. Süden wirkte, als habe er die Frage gar nicht gehört, als denke er über etwas nach, bei dem er sich von niemandem stören ließ. Thon konnte nicht glauben, dass jemand so sehr mit sich beschäftigt war und nicht einmal eine üble Beleidigung wahrnahm, noch dazu aus dem Mund seines Chefs, in einer Situation, die durchaus heikel war und Auswirkungen haben konnte auf die zukünftige Arbeit.

»Ich hab ...«, begann Thon, weil es ihn jetzt nicht interessierte, was der andere dachte. Es ging um ihn, um sein eigenes Befinden, das ihm fremd war.

»Ja«, sagte Süden schnell, »du willst das Mädchen nicht suchen lassen, weil es keinen Sinn hat. Ich versteh das. Du hast Recht. Ich glaube, das ist die richtige Einstellung, wir sind keine Sozialromantiker. Ich wollte dich nicht beleidigen, ich war nur wütend. Du redest nicht wie ein Politiker, wenn du das tätest, würde ich dir noch weniger zuhören.«

Er lächelte und Thon machte den Eindruck, als sähe er zum ersten Mal einen Mann lächeln.

»Sorry.«

Freya Epp streckte wieder den Kopf herein. Die Haare hingen ihr über die Brille und sie schwitzte.

»Ich hab alles aufgeschrieben«, sagte sie. Sie konnte sich keinen Reim auf die eigenartige Konstellation machen, in der die beiden Männer einander gegenüberstanden. »Neun Seiten voll. Ich hab drei Adressen, die viel versprechend klingen, vielleicht finden wir das Mädchen dort. Herr Arano will mit mir hinfahren, ist das okay?«

»Ja«, sagte Thon und rieb sich die Hände. Die Bewegung löste seine Erstarrung. »Nimm den Kollegen Nolte mit und bleib nicht länger als eine Stunde! Du musst den Bericht von deiner Vernehmung im Fall Wagner noch tippen!«

»Okay«, sagte Freya. Ihr Kopf verschwand. Und tauchte wieder auf. »Stimmt das, Tabor, dass Lucy dich bestohlen hat?«

Süden drehte sich zu ihr um, schweigend.

»Bitte?«, sagte Thon. In seinem Kopf formierten sich die Gedanken zu einem neuen undefinierbaren Wutknäuel.

»Bitte?«, wiederholte er und ging zur Tür, durch die Freya einen Schritt hereintrat.

»Ein Kollege hat das vorhin erzählt«, sagte sie. »Er hat der

Bedienung in dem Café am Hohenzollernplatz das Geld gebracht, das Süden ihr geschuldet hat. Und die hat das dem Kollegen gesagt.«

»Du hast das Mädchen getroffen?«, fragte Thon, bemüht, einfach nur eine kleine, unaufdringliche Frage zu stellen, ohne jeden Unterton.

»Sie wär beinah vor ein Auto gelaufen, ich kam zufällig dazu und hab ihr geholfen. Danach habe ich sie zu einer Cola eingeladen. Als ich auf dem Klo war, hat sie mich beklaut und ist abgehauen.«

Er zuckte mit den Schultern, hob die Hand zum Gruß und ging aus dem Zimmer.

»Aha«, sagte Thon. Musste er sich jetzt verarscht vorkommen? Nach allem, was sie soeben besprochen hatten?

»Das Mädchen ist cool«, sagte Freya.

In seinem Büro wartete Sonja Feyerabend auf Süden. »Ich hab mit Ilona Leblanc telefoniert und ihr angekündigt, dass wir kommen«, sagte sie.

»Wo ist der Taxifahrer, den du herbestellt hast?«

»Er ist krank. Er hat Grippe, sagt seine Frau, er liegt im Bett.«

»Wir treffen uns im Hotel«, sagte Süden und zog seine Lederjacke an. »Ich nehm ein Taxi.«

»Welchen Grund sollte er gehabt haben, das Mädchen zu überfahren?« Sonja überflog im Computer die Vermisstenmeldungen des Landeskriminalamts.

»Danach werde ich ihn fragen und wenn mir seine Antwort nicht gefällt, nehm ich ihn mit.«

»Du kannst nicht allein hinfahren, ich begleite dich«, sagte Sonja.

»Besser nicht«, sagte Süden.

In dem kleinen verrauchten Zimmer roch es nach Schweiß. Die Vorhänge waren zugezogen, auf einem mit Zeitschriften und Bildbänden überhäuften Tisch brannte eine zerkratzte rote Leselampe. An der Wand hinter dem Sofa, auf dem der Mann lag, hing ein gerahmtes Plakat des Films »Die Hard II«. Auf einem Bücherregal waren zwischen zwei Lexika an der rechten und linken Außenseite Videokassetten gestapelt. Einen der Filmtitel konnte Tabor Süden im trüben Licht lesen: »Tokio Dekadenz«.

Unter einer braunen Wolldecke lag Herbert Sick auf dem Sofa, die Beine angewinkelt, den Kopf auf einem Kissen nach hinten gebeugt. Er stierte nach oben, während er sprach.

»Jetzt mandelnS Eahna net so, Sie Polyp. Ich war net in dem Taxi und basta. Ich war den ganzen Tag hier, fragenS mei Oide, die bestätigt Eahna des. San Sie net ganz sauba? I fahr niemand zamm, i kann nämlich Auto fahren, und Kinder fahr i schon von Haus aus net zamm. Kapiert? Alles klar? Und wiederschaun.«

Er zog die Decke über den Mund und drehte sich zur Wand.

»Ihre Freundin war eine halbe Stunde einkaufen«, sagte Sonja. Süden hatte sie nicht davon abhalten können mitzukommen, und er war, wie schon oft, froh darüber.

Sick rührte sich nicht.

»Ihr Chef hat erklärt, Sie hätten das Taxi heut gefahren«, sagte Süden. Anders als gewöhnlich hatte er ein Diktaphon dabei, das jedes Wort aufzeichnete. Normalerweise schrieb er mit oder hörte nur zu und tippte hinterher seinen Bericht aus dem Gedächtnis. Heute brauchte er den unwiderlegbaren Originalton.

»I war hier, i bin krank, i hab a Zeugin und Sie san illegal in mei Wohnung eingedrungen«, sagte Sick und Süden hielt das Aufnahmegerät dicht über seinen Kopf, da er unter der Decke kaum zu verstehen war.

»Sie kriegen eine Anzeige wegen versuchter vorsätzlicher Tötung«, sagte Süden.

»Von mir aus«, sagte Sick und nahm die Decke vom Gesicht, drehte sich aber nicht zu seinen Besuchern um. »Mir passiert gar nix, i hab an Anwalt, der zerlegt Sie, so schnell können Sie überhaupts net schaun. Und jetzt schleichenS Eahna! Pronto!«

»Sie bleiben also dabei, Herr Sick«, sagte Sonja, »Sie sind heute nicht mit Ihrem Taxi unterwegs gewesen, obwohl Ihr Chef das Gegenteil behauptet.«

»Genau.« Sick stierte wieder zur Zimmerdecke hinauf.

Kurz nachdem die beiden Kommissare gegangen waren, rief er bei seinem Chef an.

»Die drohen bloß«, sagte Norbert Scholze. »Ich sag denen, ich hab mich geirrt, und die können dir gar nichts anhaben, verlass dich auf mich!«

»Der Polyp hat mei Autonummer aufgschrieben.«

»Ich erkundige mich, was das für einer ist. Ich hab viele Freunde bei der Polizei, vielleicht haben die einen Vorschlag, wie wir den mundtot machen können.«

»I hab koan Bock, wegen dieser kriminellen Negerin in Knast zu fahren.«

»Beruhig dich, Herbi! Morgen haben wir Versammlung, kommst du?«

»Scho wieder? Wir ham uns doch erst troffen.«

»Wir planen etwas. Zusammen mit den Freunden aus Ostdeutschland, eine großartige Sache. Du musst kommen.«

»Ja, vielleicht. I bin net fit, Scheißgrappa verreckta! I hätt heut daheim bleim soin. Scheiße!«

»Du warst ja auch daheim«, sagte Scholze.

»Was war i?« Dann klickte es bei ihm und er bedankte sich bei seinem Chef. Danach ging er in die Küche, wo seine Freundin den Herd putzte, bestellte bei ihr ein Weißbier und wartete entspannt, bis sie ihm das eisgekühlte Glas ans Sofa brachte.

»An Macher wie den Scholze wennst ois Freind und Chef hast, dann bist auf der richtigen Seitn«, sagte er, trank und schwappte seinen Kater zielstrebig runter.

Sie saß in der Küche und trank Kamillentee, der kalt geworden war, weil sie immer nur an Christoph dachte. War es richtig gewesen, ihn zu überreden zur Polizei zu gehen? Ja, die nette junge Polizistin hatte ihnen lange zugehört und war dann sogar mit ihm zum Güterbahnhof an der Arnulfstraße gefahren, wo Lucy oft ihre Freunde traf. Aber würden sie Erfolg haben? Und war das ein Erfolg, wenn Lucy von der Polizei aufgegriffen und mit Gewalt nach Hause zurückgebracht wurde? Christoph schämte sich dafür. Immer wieder hatte er Netty erklärt, seine Tochter würde durch die Polizei nur noch aggressiver und verschlossener werden. Außerdem wüsste, was die Polizei wusste, auch bald die Presse und dann erschienen wieder Fotos und ekelhafte Berichte über Lucy in den Zeitungen. Und wenn sie genügend Platz hatten, druckten sie zusätzlich ein Foto von ihm. Und dann sprachen ihn die Leute, bei denen er Waschbecken und Abflussrohre reparierte, auf seine ungezogene Tochter an und einige stornierten ihre Aufträge. Einem Mann, der so eklatant als Vater versagte, trauten sie auch als Handwerker nichts zu.

Sie hätte es nicht tun sollen. Abrupt stand sie auf. Blickte in den Flur hinaus und strich sich über den Mund. Was hatte sie bloß so angestachelt? Warum hatte sie ihrem Geliebten diese defensive, blamable Rolle aufgezwungen, wieder einmal, egoistisch und unerklärlich? Lucy war *seine* Tochter, *er* hatte zu entscheiden, welche Maßnahmen zu treffen waren, um ihr zu helfen, er allein und niemand sonst. Warum-hab-ich-dir-das-angetan?

Als sie in den Flur hinaustrat, musste sie wieder an den Mann denken, der heute früh in ihr Studio gekommen war. Sie ahnte nicht, dass ihr Schicksal mit seinem untrennbar verbunden war.

2

Auf die Idee, eine schlagkräftige, jederzeit einsatzbereite Kameradschaft zu gründen, kam er durch einen Aufsatz in den »Staatsbriefen«. Meist überflog er das Heft nur und legte es nach wenigen Seiten auf den Stapel Altpapier im Flur. Von labernden Intellektuellen hielt er nichts, auch wenn sie weitgehend dachten wie er und im Dienst der Deutschen Republikaner und der nationalen Parteien ihre Artikel schrieben. Für Norbert Scholze waren Leute, die eine Brille trugen und immer alles erklären und analysieren wollten, nervtötende Schwätzer, die anderen die Zeit zum Arbeiten stahlen. Wenn so einer in sein Taxi stieg und anfing zu reden, schaltete er auf Durchzug. Zumal die meisten von denen linke Chaoten waren, das erkannte er schon daran, wie sie die Beine übereinander schlugen und ihre Haare gekämmt hatten. Bei einem aus seinem Lager, aus den eigenen Reihen, wie er sagte, hätte er auch nicht viel anders reagiert, hätte er auch bloß geschwiegen und die Laberei über sich ergehen lassen; allerdings hätte er, vermutete er, am Ende nur den halben Preis verlangt, das gehörte sich einfach bei einem Kameraden. Seltsamerweise war das noch nie vorgekommen. Scholze wäre stolz gewesen, wenn zum Beispiel der Chefredakteur der »Staatsbriefe« bei ihm eingestiegen wäre, dem hätte er sogar die Hand geschüttelt und ihm gedankt. Er hätte ihm ja nicht zu sagen brauchen, dass er die Hefte immer nur zur Hälfte las, wenn überhaupt, und dass er das meiste nicht verstand und es sowieso für gequirlten Hirnmist hielt. So was sagt man einem Chefredakteur nicht, dachte er, während er am Schreibtisch saß, vor sich den ausgeschnittenen Artikel mit der Überschrift »Die fehlende Faust«. Darin schrieb ein Holger Griefenhahn über die

Situation in diesem Land und Scholze fand jeden Satz zutreffend. Hinterher stellte er fest, dass es sich um den Chefredakteur handelte, und das imponierte ihm. »Der kann schreiben und denken«, sagte er zu seiner Frau, und sie musste dann den Aufsatz ebenfalls lesen. Allerdings schien es Scholze, sie sei weniger beeindruckt als er, obwohl sie sonst immer vollkommen seiner Meinung war. Zumindest was die Situation in diesem Land betraf und die Dinge mit den Ausländern.

»Ich bin kein Rassist«, sagte er zu seinen Freunden, für die er den Artikel ordentlich kopiert und in eine Klarsichthülle gesteckt hatte. »Ihr wisst das, und ich weiß, keiner von euch hat etwas gegen die guten Ausländer hier. Wir hauen niemand eine rein, wir heißen die Leute willkommen, sie sind unsere Gäste. Wir machen keinen Unterschied bei der Hautfarbe.«

Wenn Scholze ins Reden kam, wunderte er sich manchmal über sich selbst. Seine Frau behauptete, er sei mundfaul, im Dienst redete er oft keine zehn Sätze. Wozu auch, ich bin kein Entertainer für meine Fahrgäste, für die paar Mark! In der Runde seiner Kameraden aber kam er regelmäßig in Schwung und es gefiel ihm, dass sie ihm zuhörten und ihm applaudierten. Obwohl er im Grunde keine Zustimmung brauchte, er war sowieso überzeugt davon, im Recht zu sein.

Und gestern Abend, auf der außerordentlichen Zusammenkunft, hatte er ihnen diesen Artikel von Griefenhahn vorgelegt, den er seit drei Wochen wieder und wieder gelesen, geradezu studiert hatte und bei dem ihm schließlich klar geworden war, was der Autor – »Der Kerl hat Dynamit im Hirn«, sagte er zu seiner Frau Senta – mit der fehlenden Faust meinte. Nämlich das Ende des Handaufhaltens, das Ende des Handhinhaltens, das Ende des Handhochhaltens, wenn irgendwer einen dämlichen Freiwilligen suchte. Und er las den Schluss laut vor, obwohl jeder im Raum den Artikel vor sich liegen hatte: »Auch wenn wir es begrüßen, dass ein sozialdemokratischer Kanzler mehr nationalen Stolz zeigt als die meisten Christdemokraten im Bundestag, so dürfen wir uns nicht dem Irrglauben hingeben, starke Worte würden einen starken Staat machen. Unser Staat ist nicht schwach, doch er ist geschwächt, ausländische Interessen untergraben den Humus unserer Arbeit und zerstören die sozialen Grundlagen einer Gesellschaft, die sich bald aus eigener Kraft nicht mehr wird sanieren können. Unsere Abhängigkeit vom Ausland wird immer größer und die Regierung unterstützt diese Entwicklung. Der Kanzler sagt: ›Der Euro darf nicht der Preis für die deutsche Geschichte sein‹, und das ist richtig und gut. Aber dann knickt er in Brüssel ein und in Rom und in Paris und in Athen. Feigheit herrscht vor und wenn wir, die national bewussten Bürger Deutschlands, nichts dagegen unternehmen, werden wir eines Tages alle als Feiglinge dastehen und die EU-Bonzen und ausländischen Banditen lachen uns ins Gesicht. So weit darf es nicht kommen. Erheben wir uns, wir sind die Faust, die diesem Lande fehlt. Hören wir auf, Opferlämmer zu spielen, wehren wir uns, bevor wir wehrlos sind. Erlösen wir dieses Land aus seiner Agonie. Für immer.«

Eine Weile blieb es vollkommen still im Nebenzimmer der Giesinger Gaststätte. Wie andächtig blickten die elf Männer und die eine Frau, die Scholze hergebeten hatte, auf den langen Tisch mit den vielen Gläsern. Nebenan unterhielten sich die übrigen Gäste. Der Wirt redete laut mit einem Mann am Tresen, durch die offene Eingangstür drangen Autogeräusche herein. Es war warm, mindestens fünfundzwanzig Grad, die Fenster waren gekippt und es duftete nach Gras und Blumen.

Scholze blickte in die Runde, trank einen langen Schluck Weißbier, strich das kopierte Blatt glatt, von dem er abgelesen hatte – das Original lag zu Hause im Aktenordner –, und stand auf. »Deswegen hab ich euch angerufen, weil was der Mann da schreibt, stimmt bis aufs Komma, und wir werden diesen Artikel in die Tat umsetzen. Worte sind das eine, Taten das andere.« Ein paar Sekunden ließ er diesen Satz in seinem Kopf nachklingen, schade, dass seine Frau nicht hier war, er hätte sie überreden sollen mitzukommen, schon öfter hatte sie zu ihm gesagt, er rede zwar nicht viel, aber was er sage, das habe fast immer Hand und Fuß. Und der Satz, den er soeben ausgesprochen hatte, der hatte Hand und Fuß, und das Beste daran war, er hatte ihn sich nicht ausgedacht gehabt, er war ihm einfach über die Lippen gesprungen.

Scholze blickte in die Runde. Ronny, den er nicht kannte und den die Mayerin angeschleppt hatte, lief der Speichel aus dem Mund wie bei einem Kleinkind. Scholze wandte sich ab und winkte dem Wirt. Dann ging er auf die Toilette. Ein junges Paar kam ins Lokal, sah sich um, beide trugen Sandalen und weite Klamotten, und warf einen Blick in den Nebenraum, zu dem es keine Tür gab. Ronny grinste das Mädchen an. Das Paar verließ das Gasthaus wieder.

»Traudi!« Ronny beugte sich zu Waltraud Mayer hinüber, der sechsundfünfzigjährigen Kassenprüferin der Münchner Ortsgruppe.

»Was is, Schatz?«, fragte sie. Er war ungefähr fünfunddreißig Jahre jünger als sie und die beiden waren Giesings bekanntestes Liebespaar, zumindest in der St. Martinsklause, im Alt Giesing und im Brauneckstüberl.

»Was isn des, a Agonie?«

Waltraud legte den Arm um seine Schulter und berührte mit

den Lippen sein Ohr. »Des is, wennst stirbst und des dauert.«
Sie verpasste ihm einen Kuss.

Ronny zog die Augenbrauen hoch. »Verstehe.« Er trank sein
Helles aus und zündete sich eine HB an.

Den restlichen Abend erklärte Norbert Scholze sein Konzept,
das mit zwölf zu null Stimmen angenommen wurde. Zwar
hatte ihr berühmter Vorsitzender Dr. Voss nicht an der Besprechung teilgenommen – das tat er nie –, doch Scholze
hatte mit ihm telefoniert und sein Einverständnis für die
Durchführung einer Abstimmung erhalten. Die Bedenken,
die der Bäckermeister Gustav Heffner vorbrachte, sein Name
könne im Zusammenhang mit dem neuen Projekt in der
Öffentlichkeit auftauchen, zerstreute Scholze. »Niemand
erfährt, wer dahinter steckt.« Reiner Wicke, der kurz vor
den Prüfungen zum Malermeister stand, atmete auf. »Unsere Namen kennt niemand, die Kameraden an der Front
werden speziell ausgewählt, sie sind unbescholtene Bürger.«
Auf die Frage des Versicherungsangestellten Vaclav Capek,
ob das Ansehen der Deutschen Republikaner nicht eventuell durch die geplanten Aktionen geschädigt werde, sagte
Scholze: »Kameraden in Stralsund haben am letzten Wochenende eine Aktion auf offener Straße gestartet, es ging
um zwei Vietnamesen, die da am Hafen in einem Lokal
als Kellner arbeiteten. Die Kameraden haben erst mit dem
Wirt geredet und die beiden dann sofort mitgenommen.
Die Leute haben zugesehen und geklatscht. Die Wasser-
schutzpolizei hat die beiden dann aus dem Kanal gezogen,
der eine ist inzwischen leider verstorben, er hatte ein Herz-
leiden, ein Geburtsfehler. Nach der Aktion am Hafen haben
die Kameraden Material unserer Partei verteilt, da blieb
nichts übrig. Was wir tun, ist richtig, und das wissen die
Leute.«

»Aber Bayern ist nicht McPomm«, sagte Waltraud Mayer und knubbelte Ronnys Ohr.

»Noch nicht«, sagte Scholze und alle lachten und Roberto, der Wirt, brachte eine Runde Grappa.

Und nun, einen Tag später, wartete Scholze vor dem Kaufhaus beim Stachus auf Giesings bekanntestes Liebespaar und auf Franz Lechner, einen Kfz-Mechaniker, der im Moment viel Zeit hatte und ein zuverlässiges Mitglied der Deutschen Republikaner war.

Für den Notfall hatte Scholze sein Taxi in der Nähe des Kaufhauses geparkt.

Doch an einen Notfall wollte er nicht denken. Keine Störung, keine Panne, alles ruhig, alles überlegt – es war sein persönlicher Ehrgeiz dafür zu sorgen, dass die Geburtsstunde der Aktion D reibungslos verlief. Er trug die Verantwortung, er war der Kopf. Ich bin die Kraft, die die Faust ballt. Das hatte er heute Morgen zu seiner Frau gesagt, als sie noch im Bett lagen und er ihre Hand zu seinem Bauch dirigierte. »Ja, mein Philosoph«, hatte Senta erwidert und ihre Finger spielen lassen.

Ich bin kein Philosoph, dachte er jetzt, ich bin ein Taxifahrer, der sich was traut. Auf der Rolltreppe aus dem Stachus-Untergeschoss kamen Waltraud Mayer und ihr Freund Ronny nach oben gefahren und küssten sich. Scholze schüttelte den Kopf. Im Vorbeigehen trat Ronny einem der beiden Bettler, die vor dem Eingang des Kaufhauses hockten, gegen das Schienbein. Der Mann gab keinen Laut von sich und hob nur erschrocken den Kopf.

»Lauter Grattler.« Ronny streckte Scholze die Hand hin.

»Hallo!«, sagte Waltraud.

»Ihr seid zu spät«, sagte Scholze.

»Scheiß-U-Bahn«, sagte Ronny und zündete sich eine Zigarette an.

»Wo ist Franz?«, fragte Waltraud.

»Schon drin«, sagte Scholze. Er hatte ihn vorausgeschickt, damit er mit der Frau, um die es ging, schon mal ein paar Worte wechselte und die Lage sondierte.

Dann warteten sie, bis Ronny seine Zigarette geraucht hatte, und gingen hinein, das Giesinger Traumpaar voraus, Scholze hinterher. Er war nur da, um aufzupassen. Er gehörte überhaupt nicht dazu, er würde ein zufälliger Kunde sein, einer, der hinzukam und den Zeugen machte. Er hielt Ausschau nach weißen Unterhosen, Größe acht.

»Die gibts da drüben«, sagte die Verkäuferin mit der goldumrandeten Brille und zeigte auf einen Tisch voller durchsichtiger Schachteln. Er ging hin, nahm eine Packung heraus, ließ seinen Blick schweifen und wandte sich noch einmal an die Verkäuferin.

»Wegen Hemden frag ich Ihren Kollegen dort hinten?«

Sie schaute in die Richtung, in die er mit dem Kinn gedeutet hatte.

»Das ist kein Kollege«, sagte sie. »Die Frau mit dem Kopftuch ist eine Kollegin, der Herr ist ein Kunde.«

»Warum trägt die Frau ein Kopftuch?«

Sie sah ihn an. Sie trug ein goldenes Kettchen um den Hals und runde, glänzende Ohrringe. Scholze fand, sie hatte sich ganz schön herausgeputzt für ihren Job.

»Nuriye ist Türkin«, sagte sie und senkte ihre Stimme. »Sie muss das Tuch wegen ihrer Religion tragen, hat sie gesagt. Ich hab da nichts dagegen, aber die meisten Kunden mögen das nicht. Die halten das für eine Belästigung, entschuldigen Sie, es ist ja nur ein Kopftuch, nichts Besonderes, und ich respektier das, wenn jemand in der Kirche ist.« Sie lächelte, und er bemerkte ihre weißen, gleichmäßigen Zähne. »Ich bin ausgetreten, ich zahl mich ja kaputt an der Kirchensteuer.

Aber die Nuriye ist da streng, die betet auch in der Mittagspause. Wir hätten ja oben auch Teppiche ...« Sie verkniff sich ein Kichern. »Entschuldigen Sie ...«

»Und Ihr Chef erlaubt, dass die Frau so rumläuft?«

»Herr Zischler ist nett, er hat da nichts dagegen. Wissen Sie ...« Sie faltete ein T-Shirt zusammen, das neben der Kasse lag, und fing an Pullover zu sortieren und neu zu stapeln. Dabei blickte sie flink zu ihrer Kollegin hinüber, die noch immer den jungen Mann bediente. Offenbar konnte er sich für kein Hemd entscheiden, sie hielt ihm mehrere hin und er schüttelte jedes Mal den Kopf. »Sie war vorher in einem anderen unserer Häuser, aber das hat nicht geklappt, die Leute haben sich beschwert. Und der Geschäftsführer musste sie rausschmeißen. Die Kolleginnen sind da auch schwierig. Mir macht das nichts aus, ich finde Nuriye nett, sie bringt mir manchmal Plätzchen mit, die backt ihre Mutter, sehr süß, sehr ungesund, aber die schmecken.«

Sie leckte sich die Lippen, schüttelte einen gelben Wollpullover aus, legte ihn zusammen und verstaute ihn im Stapel.

»Mir wärs lieber, *Sie* würden mich bedienen«, sagte Scholze.

»Für die Hemden ist Nuriye zuständig, ich muss hier auch noch die Kasse machen.«

»Dann lass ich das mit den Hemden.«

»Sie ist nett«, sagte die Verkäuferin.

Langsam empfand sie den Mann als aufdringlich, wieso versperrte er ihr ständig den Weg und wanzte sich an sie ran? Außerdem roch er nach Schweiß, und das konnte sie nicht ertragen. Geh dich erst mal duschen, bevor du uns hier einnebelst!

»Ja«, sagte sie, »wie Sie möchten.« Sie ließ ihn einfach stehen und ging zu einer Kollegin, die mit dem Auspacken von Kartons beschäftigt war.

Scholze sah auf die Uhr. Das Giesinger Duo dürfte inzwischen im Einsatz sein, den Weg hatte er ihnen genau erklärt, er hatte ihn persönlich ausgekundschaftet, sie brauchten nichts weiter zu tun, als seinen Anweisungen zu folgen. Und die Mützen durften sie nicht vergessen, das war entscheidend, niemand durfte ihre Gesichter sehen. Noch nicht, dachte Scholze. Eines Tages, vielleicht schon bald, würden sie sich nicht mehr verstecken müssen, dann wäre es eine Ehre erkannt zu werden, denn den Menschen wäre klar, was die Aktion D für sie leistete und wie viel sie ihr verdankten; dann würde sich auch der Heffner Gustl nicht mehr in die Hosen machen, sondern wäre stolz auf seine Mitgliedschaft. Die Leute, die bei ihm ihre Semmeln kauften, würden ihm bei der nächsten Wahl ihre Stimme geben. Viele bei uns haben noch zu viel Schiss, dachte Scholze, während er vor der Kasse stand und darauf wartete, dass die Verkäuferin, mit der er sich unterhalten hatte, zurückkam.

»Wollen Sie kein Geschäft mit mir machen?«, fragte er sie schroff.

»Ich dachte, Sie wollten erst noch bei den Hemden schauen.«

»Ich hab doch gesagt, dass ich mich von einer Türkin mit Kopftuch nicht bedienen lasse.«

»Wie Sie möchten.«

Sie gab ihm das Wechselgeld und steckte die Schachtel mit den zwei weißen Unterhosen in eine kleine Plastiktüte.

»Ich find es erstaunlich, dass Ihr Chef das erlaubt«, sagte Scholze.

»Er ist in Ordnung.« Es war nicht zu übersehen, dass sie keine Minute länger mit diesem Mann im grauen Blouson reden wollte. Sie zupfte sich an der Nase, strich mit dem Handrücken drüber, schniefte und drehte sich um.

Scholze betrachtete sie ein paar Sekunden, die grüne Bluse mit dem Stehkragen, ihr kurz geschnittenes Haar im Nacken, dann steckte er die Tüte mit der Schachtel in die Jackentasche.

»Auf Wiedersehen!«

Er bekam keine Antwort. Er schlenderte zur Hemdenabteilung. Die Frau mit dem Kopftuch schien an der Unentschlossenheit des jungen Mannes zu verzweifeln. Gut so, dachte Scholze, sehr gut, Franz!

Drei Stockwerke über ihnen kniete ein Mann auf dem Boden seines Büros und weinte gegen seinen Willen.

»Und warum?«, fragte der maskierte Mann, dessen Schlagring den anderen schon dreimal im Gesicht getroffen hatte. Wenn Ronny Schmid zuschlug, dann flossen Tränen, das war schon in der Schule so und das war er sich inzwischen schuldig. Hammer-Schmid nannten ihn seine Fans und das war genau das richtige Wort, wie er fand. Manchmal war er selbst erstaunt, woher die Wucht in seinem Arm kam, er war eher ein schmächtiger Typ, nach außen hin, und als Traudi ihn das erste Mal Grischberl genannt hatte, hatte er ihr eine verpasst, mehr aus Versehen, wie er ihr hinterher sagte: »Des war ein Reflex, so bin ich eben.« Es passierte immer wieder, dass einer ihn unterschätzte, und das setzte dann Reflexe frei. »Des is ein psychischer Vorgang, da kann ma nix machen, da bist ausgeliefert, da gehts durch mit dir.«

Beim Vize-Geschäftsführer des Kaufhauses in der Nähe des Stachus war es wieder so weit. Nach dem ersten Schlag, den sein Boss Scholze ausdrücklich erlaubt hatte, verspürte Ronny ein extrem starkes Wummern im Bizeps. Er holte gleich noch mal aus und diesmal kippte der Krawattenträger wortlos vom Stuhl. Ronny zerrte ihn an der Krawatte um den

Schreibtisch herum und ließ ihn direkt vor Traudis Beinen los.

Waltraud Mayer stand an der Tür, die sie abgesperrt hatte. Durch das Fenster fiel Sonnenlicht und es wurde heiß im Büro. Dauernd klingelte das Telefon. Rechts an der Wand stand ein Kleiderständer aus Chrom, an dem ein dunkles Sakko hing. Das weiße Hemd, das Jens Zischler trug, war blutverschmiert und hing ihm aus der Hose. Um den Schreibtisch führte eine rote Schleifspur, die von der blutgetränkten Krawatte stammte, bis zur Tür.

»Warum?«, wiederholte Ronny.

»Beeil dich!«, flüsterte Traudi.

Scholze hatte ihnen befohlen, den Einsatz in drei Minuten zu erledigen, nun waren bereits mindestens fünf vergangen. Traudi kam es vor, als wären sie schon eine Viertelstunde in diesem stickigen Raum. Wie Ronny hatte sie eine schwarze Mütze über den Kopf gezogen, mit drei Schlitzen für die Augen und den Mund. Unter der Aufsicht und begleitet von schlauen Kommentaren ihres Geliebten hatte sie heute Nacht die Löcher in die Mützen geschnitten, erst mit einer normalen Schere, dann mit einer Nagelschere und schließlich hatte sie die heraushängenden Fäden vernäht, damit die Wolle sich nicht auftrennte, während sie im Einsatz waren.

»Was tust du mit der Frau?«, fragte Ronny und presste Zischlers Kopf zwischen seine Knie. Dem Geschäftsführer rannen die Tränen über die Wangen, seine Augen waren so rot wie sein ganzes Gesicht, das Ronny mit den Beinen zusammenquetschte. Die Backen blähten sich auf und die Lippen traten wulstig hervor.

»Ha?« Vorhin, als er nicht gleich antwortete, hatte Ronny ihm noch eine mit dem Schlagring verpasst und jetzt holte er wieder aus.

»Nicht!«, stieß Traudi hervor. Sie schwitzte am ganzen Körper. Sie hatte einen grauen langen Mantel angezogen, der sie beim Gehen irritierte.

In Panik klopfte Zischler mit der flachen Hand auf den Boden. Der plötzliche Besuch dieser beiden Maskierten erschien ihm wie eine Heimsuchung, zunächst hatte er überhaupt nicht verstanden, was sie von ihm wollten.

»Red!«, schrie Ronny.

»Leise!«, sagte Traudi.

»Ich ... ich ...«, Jens Zischler brachte kaum ein Wort heraus, weil Ronny, der vor ihm stand, sein Gesicht zwischen den Knien malträtierte. »Die Frau ... die ent ... entlass ich ... oo ... okay?«

»Wann?« Ronny packte ihn an den Haaren und zerrte ihn in die Höhe. Zischler röchelte, riss die Augen auf, atmete mit weit aufgerissenem Mund.

»H-h-h-heut noch ...« Angstvoll blinzelte er den maskierten jungen Mann an. Sein Hemd und seine Hose waren nass von Schweiß und jetzt bemerkte er das Blut, das überall klebte, auf seiner Haut, auf dem Teppich, auf seinen Schuhen, auf ...

»Wenn net, bring ich dich um!«

Ronny ließ ihn los. Zischler schwankte. Er wollte noch etwas sagen, etwas fragen, was genau, wusste er nicht, aber er wollte, dass sie ihm irgendeine Erklärung gaben, irgendeinen Grund nannten, warum sie das taten, warum sie ausgerechnet ihn ausgesucht hatten, und was die junge Türkin, die seit einem Monat bei ihm arbeitete, damit zu tun hatte. Zischler streckte die Hand aus, sein Arm zitterte, aber er konnte nicht anders. Er sah, dass Blut auf seinen Arm tropfte, auf den Ärmel seines weißen Hemdes, woher kam das? Verwirrt schaute er zur Tür, die jetzt von außen geschlossen und abgesperrt wurde. Ich bin eingesperrt, dachte er vage, ich komm hier nicht mehr raus.

Minutenlang stand er mit ausgestrecktem Arm in seinem Büro, in dem es inzwischen fünfundzwanzig Grad hatte, erfüllt von Entsetzen und dieser Stimme, die in seinem Kopf widerhallte und ihm ein einziges unfassbares Rätsel war. Von seiner Wange, wo die Schläge ihn getroffen hatten, floss unaufhörlich Blut. Er hatte das Gefühl, sein Gesicht würde in Flammen stehen, so stark war dieses Brennen, das ihn endlich aus der Erstarrung riss. Laut brüllend trommelte er gegen die Tür und weil lange niemand reagierte, schlug er mit dem Kopf dagegen und sein Blut spritzte an die Wand. Als der Angestellte vom Schlüssel- und Schuhservice die Tür öffnete, nachdem niemand einen Ersatzschlüssel aufgetrieben hatte, lag Jens Zischler vor seinem Schreibtisch und klammerte sich an einen Stuhl.

»Wieso hat das so lang gedauert?«

Scholze hatte sich mit Ronny und Waltraud in seinem Stammlokal verabredet. Die beiden waren eine halbe Stunde vor ihm da gewesen, weil er zuvor noch Franz Lechner neue Anweisungen geben musste.

»Der Typ hat net kapiert, um was es geht«, sagte Ronny, trank Bier und rauchte. Neben ihm saß Waltraud und aß einen Salat. Sie wäre lieber zuerst nach Hause gefahren, um zu duschen. Und vielleicht mit Ronny einen Quickie hinzulegen. Aber er hatte darauf bestanden, sofort in die verabredete Gaststätte zu fahren. Er war aufgedreht. Und er trank schon wieder, was Waltraud ärgerte.

»Du hast dich nicht an die Abmachung gehalten.« Scholze trank Mineralwasser. In einer Viertelstunde fing sein Taxidienst an. Er wartete auf eine Reaktion.

Ronny kippte sein Bier hinunter und winkte der Bedienung. »Hey, Clara, Nachschub!« Er stellte das leere Glas auf den Tisch und hob den Kopf.

»Is was? Ich hab dem Mann gsagt, was Sache is. Die Türkin fliegt raus, des schwör ich dir. Der Typ hat gheult wie ein Baby.«

»Wenn er die Türkin nicht entlässt, fliegst du raus«, sagte Scholze. Er hatte gleich gespürt, dass es ein Fehler war, Ronny zu engagieren. Er wollte Traudi mit dabeihaben, sie war eine gradlinige Frau, sie war die Richtige für so eine schwierige Aufgabe, und er hatte sich von ihr überreden lassen, ihr neues Spielzeug mitzunehmen. Wenn er ihn jetzt anschaute, diesen Hänfling mit dem blassen Gesicht und der abgerissenen Lederjacke, dann konnte er nicht fassen, was er getan hatte. Was hab ich mir bloß von dem versprochen? Wieso bin ich auf seine Sprüche reingefallen? Und auf die von Traudi? Die haben mich den ganzen Abend zugelabert und ich hab mich weich kochen lassen.

»Einen Kaffee bitte!«, rief Scholze zum Tresen, wo Clara Bier zapfte. Ja, Ronny war ein unerschrockener, mutiger Kerl, er fragte nicht lange, er handelte, er nahm die Dinge in die Hand, das war eindeutig. Man konnte ihn gebrauchen. Aber er, Scholze, kannte ihn erst seit ein paar Wochen und da auch nur von Abenden, an denen er sich die Hucke voll soff und davon redete, was er für dieses Land alles tun könne, wenn man ihn ranließe. Einiges von dem, was er so daherredete, fand Scholze ganz brauchbar, zum Beispiel seine Idee von der negerfreien Zone. Im Grunde war es nicht seine Idee, sondern die der Kameraden aus Ostdeutschland. Dort gab es Orte, deren Marktplätze für Ausländer gesperrt waren, einfach deshalb, weil ein paar Jungs die Gegend sauber hielten. Die Anwohner waren erleichtert und wenn die linken Reporter kamen, sagten sie ihnen, dass sie sich jetzt sicherer fühlten und es im Ort noch hundert andere Plätze gebe, an denen die Neger sich treffen und tanzen könnten.

Dabei dachte Scholze die ganze Zeit an seinen Angestellten Herbert, für den er bei der Polizei eine falsche Aussage gemacht hatte. Raste der Trottel diesem Mädchen hinterher! Im Taxi! Am hellen Tag! Natürlich musste er Sick schützen, er war Parteimitglied und absolut zuverlässig, er war ein ordentlicher Fahrer, der ihn noch nie übers Ohr gehauen hatte wie viele andere, die schon für ihn gefahren waren. Auf Herbert war Verlass. Ihn hatte Scholze für den ersten Einsatz der Aktion D haben wollen, ihm hätte er die Ehre gegönnt, dabei zu sein in der Stunde null. Und dann hatte Herbert ihm abgesagt, angeblich hatte er sich den Magen verdorben, den Magen! Schnaps hatte er wieder getrunken, obwohl der Arzt ihm das verboten hatte. Er war erst zweiunddreißig, hatte aber anscheinend schon irgendwas an der Leber, wie sie ihm im Krankenhaus erklärt hatten. Und warum soff er Schnaps? Scholze wusste es: Weil Herbert mit seiner Alten nicht klarkam, die hackte auf ihm rum, die brauchte dauernd Geld und hatte was dagegen, dass er zu den Parteiversammlungen ging und sich engagierte. Immer wieder trichterte ihm Scholze ein, eine Frau, die den Weg des Mannes nicht teilt, ist die falsche, aber Herbert hörte nicht auf ihn. Er blieb bei ihr, und sie machte ihn fertig. Und dann fing er an, Schnaps zu saufen. Auch im Dienst. Und das war geschäftsschädigend. Scholze gab Senta Recht, wenn sie sagte, der Herbi ist ein Pfundskerl, aber er hängt am Rockzipfel von dieser Frau, und so was ist auf die Dauer peinlich für einen Mann.

Scholze hatte noch etwas gut bei ihm und je länger Herbert sich nicht erkenntlich zeigte, desto schwieriger würde es für ihn werden sich zu revanchieren. Natürlich konnte er ihn nicht zwingen, schon gar nicht in diesem Fall, bei dem es mehr auf Kaltschnäuzigkeit als auf brave Gefolgschaft ankam. Insofern war Ronny vielleicht doch nicht die schlechteste Wahl gewesen. Vielleicht, überlegte Scholze und sah auf die Uhr.

»Ja endlich!«, sagte Ronny laut, als Clara das Bier brachte. »Schlafst du noch oder was? Bist wieda mitm Nageln net fertig gworden heut früh!«

»Sauf net so viel«, sagte Clara, »dann redst weniger Blödsinn.«

Sie stellte den Kaffee vor Scholze hin. Da schnellte Ronny in die Höhe und schlug Clara, die sich noch über den Tisch beugte, mitten ins Gesicht. Dann setzte er sich wieder und trank einen Schluck Bier.

Clara stand reglos da. Der Wirt hatte das klatschende Geräusch gehört und kam hinter dem Tresen hervor. Waltraud wischte sich den Mund ab und blickte zu Boden.

»Hau ab, Ronny!«, sagte Clara und hielt die Hand an die Wange. »Du hast hier Hausverbot, und zwar für immer.«

»Er geht gleich«, sagte Scholze zu ihr. Sie verschwand in der Küche.

Ronny zündete sich eine Zigarette an und sog den Rauch vollständig ein.

»Du bist raus«, sagte Scholze. »Du kannst in der Partei mitmachen, wenn du willst, aber ansonsten will ich dich nicht mehr sehen. Und halt ja dein Maul über das, was heut passiert ist! Pass auf ihn auf, Traudi!«

Waltraud nickte und legte ihre Hand auf Ronnys Bein.

Scholze war wütend über sich. In Zukunft würde er sich jeden Bewerber zehnmal anschauen, bevor er sich entschied. Saufende Hooligans brauchte er nicht, was er brauchte, waren Männer und Frauen mit Verstand, die wussten, wofür sie sich einsetzten und Gefahren in Kauf nahmen. Scholze plan-te kein Sammelbecken für tumbe Schläger, die Spaß am Zertrümmern hatten. Was ich mir vorstelle, ist ein nationales Sicherheitskorps, eine freiwillige Einsatztruppe, die deutsche Interessen vertritt, wenn der Staat versagt. Wir handeln im Dienste des Landes, seiner Menschen und deren Zukunft.

Einen Mann wie Ronny Schmid hielt Scholze für einen Dummkopf, der den Zielen der Aktion D nicht nur schadete, sondern sie geradezu torpedierte. Er war heilfroh, ihn los zu sein.

Die Wunde im Gesicht musste genäht werden, ein Zahn wurde ihm gezogen und er bekam eine Valiumtablette. Mehrmals war er von seinem Platz aufgesprungen, hatte die Arme hoch gerissen und sich auf den Boden fallen lassen, was wegen der frisch genähten Wunde besonders gefährlich war. Seine Freundin Ellen und eine Krankenschwester versuchten vergeblich ihn zu beruhigen.

Er hockte im Erdgeschoss des Schwabinger Krankenhauses auf einem Plastikstuhl und stierte vor sich hin. Sein Gesicht war zur Hälfte eingebunden und auf seinen Händen klebten Pflaster. Patienten und Besucher, die an ihm vorübergingen, grüßten ihn, weil er sie anschaute. Aber er reagierte nicht.

Am Eingang warteten zwei unifomierte Polizisten darauf, mit ihm sprechen zu können.

»Gehts besser?«, fragte Ellen. Die Polizei hatte sie in der Kanzlei angerufen, wo sie als Sekretärin arbeitete, und sie war sofort losgefahren. Unterwegs kaufte sie für ihren Freund zwei T-Shirts und einen Trainingsanzug, denn die Polizistin am Telefon hatte sie gebeten, etwas zum Anziehen mitzubringen. Als sie ihn auf der Bahre liegen sah, erschrak sie. Sie streichelte seinen Arm und Jens Zischler schloss die Augen.

»Wir können noch hier bleiben, ich habs nicht eilig«, sagte sie.

Er schwieg.

»Oder möchtest du lieber in den Garten raus?«

Sie strich ihm über den Rücken, lehnte sich zurück und schlug die Beine übereinander. Dann bemerkte sie, dass er ihre Beine anschaute, und das freute sie.

»Das wirkt also noch«, sagte sie.

Abrupt stand er auf und ging, den Blick stur nach vorn gerichtet, auf die Eingangstür zu. Sie nahm die Papiertüte mit seiner blutverschmierten Kleidung und folgte ihm. Er stieß die Tür auf und trat ins Sonnenlicht hinaus.

Unter seinen schwarzen, glänzenden Halbschuhen knirschte der Kies. Ellen hatte die Schuhe vom Blut gereinigt und sie mit einer Zeitungsseite abgerieben. An der Straße blieb Zischler stehen und drehte sich zu den beiden Polizisten um, die ihm gefolgt waren.

»Wo läufst du denn hin?«, rief Ellen ihm hinterher.

»Bitte warten Sie einen Moment!«, sagte Polizeihauptmeister Klaus Ring, ein untersetzter Mann Mitte vierzig, der ein Diktaphon in der Hand hielt und von Polizeiobermeister Georg Siebert begleitet wurde. »Sie müssen uns noch ein paar Fragen beantworten.«

»Ich hab alles gesagt.« Zischlers Stimme klang rau und müde. Er legte den Kopf in den Nacken und schaute in die Sonne. Ellen nahm seine Hand.

»Lass uns zu dir fahren«, sagte sie. Ihr schwarzes Golf Cabrio stand direkt vor dem Krankenhaus.

»Sie haben uns die zweite Person noch nicht beschrieben«, sagte Siebert.

»Ja«, sagte Zischler.

»Für mich keinen Kaffee«, sagte Klaus Ring, als sie in Zischlers Wohnzimmer saßen und Ellen sie bediente. Die Wohnung lag in der Neureutherstraße, schräg gegenüber dem Isabella, einem Programmkino.

Das Zimmer war klein und hell. In der Ecke, neben der Compact-Stereoanlage, stand in einem Christbaumständer ein Metallpfosten, an dessen oberem Ende ein blaues Schild mit weißer Schrift angeschraubt war: EINBAHNSTRASSE. Auf dem runden Glastisch beim Fenster stapelten sich Reisemagazine. Auf dem riesigen Fernseher thronte ein gläserner Maßkrug, aus dem ein Stoffdackel mit einer Polizeimütze herausschaute.

»Tschuldigung«, sagte Zischler, als er Rings Blick zum Fernseher bemerkte.

»Sieht doch spaßig aus«, sagte Ring. Er stellte das Diktaphon auf den Tisch, sah Zischler an, der auf der Couch saß, zurückgelehnt, breitbeinig, zerstreut, und nahm das Gerät wieder in die Hand. »Bitte sprechen Sie so deutlich wie möglich, mein Kollege macht sich Notizen, aber ich muss das hier später abtippen. Also, Herr Zischler, wer war die zweite Person, was können Sie uns über sie sagen?«

Ellen saß auf einem Hocker, den sie aus der Küche geholt hatte, und rührte in ihrer Kaffeetasse. Es klirrte, und als sie das Geräusch wahrnahm, hörte sie damit auf.

»Sie war auch maskiert, die Person«, sagte Siebert. Der Stuhl, auf dem er saß, war ihm zu niedrig, also streckte er den Rücken, was das Schreiben nicht gerade einfacher für ihn machte. Er sank wieder in sich zusammen und legte den Block auf die Knie.

Plötzlich musste Zischler heftig schlucken und sein Blick irrte durchs Zimmer.

Sie wussten alle, warum. Stockend und unter starken Zahnschmerzen hatte er ihnen berichtet, wie der Fremde ihn traktiert hatte.

»Sie kamen in mein Büro«, begann er und Ring hielt ihm das Diktaphon vor den Mund. »Und der eine schlug mich nieder und der andere stand bloß an der Tür.«

»Wie groß war der, was hatte er an?«, fragte Ring schnell.

»So groß wie der andere.« Zischler machte eine lange Pause. Ellen stellte die Tasse auf den Tisch und griff nach der Hand ihres Freundes. »Siehst du?«, sagte sie lächelnd. »Du kannst dich wieder erinnern.«

»Mantel, er hatte einen Mantel an. Glaub ich. Mantel und Mütze. Schwarze Mütze.« Er fühlte sich müde, er hatte keine Schmerzen, das war angenehm, der Verband drückte nicht mehr, er konnte ihn sehen, wenn er schräg nach unten blickte, ein riesiger weißer Fladen in seinem Gesicht.

»Hat der zweite Mann etwas gesagt?« Ring nahm das Aufnahmegerät in die andere Hand.

Zischler schüttelte den Kopf.

»Ich wiederhole noch einmal, was Sie im Kaufhaus und dann im Krankenhaus ausgesagt haben«, sagte Ring, »zur Kontrolle. Bitte hören Sie mir gut zu, korrigieren Sie mich, wenn ich etwas Falsches sage. Die beiden drangen in Ihr Büro ein und der eine Täter ging sofort auf Sie los und schlug Sie nieder. Dann fragte er Sie etwas, was Sie nicht verstanden haben, ist das korrekt? Stimmt das, was ich sage?«

»Ja«, sagte Zischler. Den Maßkrug hatte er auf dem letzten Oktoberfest geklaut und kein Wachmann hatte etwas gemerkt.

»Hatten Sie den Eindruck, dass die beiden eine private Rechnung begleichen wollten oder glauben Sie, der Überfall hat etwas mit Ihrer Firma zu tun?«

»Weiß ich nicht«, sagte Zischler tonlos. »Ich hab nichts verstanden. Er hat dreimal auf mich eingeschlagen. Mit einem Schlagring.«

»Das haben Sie schon gesagt.« Siebert spielte mit dem Kugelschreiber. Er fand, sein Kollege war zu nachsichtig mit dem Mann, der wusste mehr, als er sagte, er musste einfach mehr wissen. Die Täter haben nichts gestohlen, sie kamen gezielt ins Büro des zweiten Geschäftsführers und verprügelten ihn. Er musste wissen, wieso, er allein kannte die Wahrheit.

»Herr Zischler«, sagte Siebert und beugte sich vor. »Dieser Überfall ergibt keinen Sinn nach allem, was Sie uns sagen. Hören Sie mir zu? Wenn die beiden nur schlägern wollten, dann hätten sie sich irgendjemanden gegriffen, auf dem Stachus laufen genügend Leute herum. Das wollten die aber nicht. Die wollten Sie, Herr Zischler, Sie sind deren gezieltes Opfer gewesen, also bitte sagen Sie uns, was Sie wissen!«

»Ich hab alles gesagt.« Er schloss die Augen, ließ die Arme sinken und kippte zur Seite. Die beiden Polizisten und Ellen beugten sich über ihn. Sein Kopf lag auf der Lehne und aus seinem Mund drang ein leises Pfeifen. Zischler war eingeschlafen.

»Wir kommen morgen früh noch einmal vorbei«, sagte Ring an der Tür. »Das Protokoll ist nicht vollständig, außerdem muss er es unterschreiben.«

Ellen verabschiedete die Polizisten und blieb dann vor der Couch stehen.

Zischler schlug die Augen auf.

»Ich kenn dich«, sagte sie. »Ich hab gewusst, dass du simulierst.«

Sie setzte sich neben ihn, und er legte den Kopf in ihren Schoß. Sie gab ihm einen Kuss auf die Nase und strich seine Haare nach hinten.

»Hast du Schmerzen?«

»Nein«, sagte er. Dann sah er sie ernst und traurig an, holte Luft, zögerte, drehte den Kopf weg und betrachtete seine rechte Hand mit den zwei Pflastern darauf. »Die zweite Person war eine Frau. Sie hatte einen langen Mantel an, aber ich bin mir ziemlich sicher. Beweisen kann ichs nicht.« Er räusperte sich, wischte sich über den Mund, berührte dabei den Verband und die Wunde tat weh. »Der Mann hat ... er hat mich gefragt, warum ich ... warum ich Nuriye beschäftige, das ist die Türkin, die ...«

»Ich weiß«, sagte Ellen. Sie war sich nicht sicher, was sie davon halten sollte, dass ihr Freund auf einmal anfing, sich haarklein an den Überfall zu erinnern. Jetzt schaute er zu ihr hinauf und sie erwiderte irritiert seinen Blick.

»Und dann ...« Zwischen den Sätzen machte er lange Pausen, um Luft zu holen. Oder um Mut zu sammeln für die Bilder, die zurückkehrten. »Dann ... befahl er mir, sie zu entlassen, sie rauszuschmeißen. Und ... und er wollte dauernd wissen, wieso ... ich sie nicht schon längst ... schon längst rausgeschmissen hab, die Nuriye ... Warum? Warum? sagte er und ... und ... seine Knie ...«

»Schsch ...«, machte Ellen und strich ihm wieder über die Stirn.

Dann schwiegen sie beide. Vor dem offenen Fenster sangen Vögel und Kinder schrien und Autos fuhren vorüber. Der warme Wind bewegte die weiße, bodenlange Gardine.

»Warum hast du das alles nicht der Polizei gesagt?«, fragte Ellen.

Mühevoll hob Zischler den Kopf.

»Das glaubt mir doch niemand«, sagte er leise und sah ihr wie gebannt in die Augen. »So was ist doch gar nicht möglich. Wir sind doch keine Nazi-Stadt!« Sekundenlang saß er reglos da, den Blick starr auf sie gerichtet, als erwarte er von ihr eine allumfassende Erklärung. Dann drehte er sich zur Seite und spürte wieder dieses Brennen im Gesicht, seine glühende Haut.

»Ich versteh dich nicht«, sagte Ellen, nahm die Kaffeetasse in die Hand, schwenkte sie, schwieg, grübelte und betrachtete das schwarze Getränk wie etwas Exotisches. Sie trank einen kleinen Schluck und stellte die Tasse wieder hin, der Kaffee war kalt geworden.

Von der Straße dröhnte wummernde Musik herauf, vermutlich aus einem Auto. Ellen stand auf und ging zum Fenster. Ein gelber Porsche parkte in einer Einfahrt, die Fahrertür war offen und der Wagen bewegte sich hin und her. Zwei junge Männer saßen drin und schaukelten wie wild zu den Techno-Beats, die Ellen im Ohr wehtaten. Monotone stumpfe Musik machte sie aggressiv. Einen Moment lang überlegte sie runterzubrüllen, dass sie den Scheißkrach sofort abdrehen sollten. Aber dann sog sie die warme Luft ein, atmete ein paar Mal tief ein und aus und schloss das Fenster. Als sie sich umdrehte, stand Zischler vor ihr.

Sein Anblick rührte sie, er blinzelte nervös und bemühte sich zu lächeln. Es gelang ihm nicht. Ein wenig bewegten sich seine Lippen, bevor sie wieder erstarrten, so wie sein ganzer Körper erstarrt, verknotet, leblos wirkte.

»Du sollst liegen bleiben, hat der Arzt gesagt.« Seltsamerweise hatte Ellen jetzt eine Scheu, ihn zu berühren. Sie hatte keine Erklärung dafür, instinktiv hatte sie einen Schritt auf ihn zu gemacht und war dann stehen geblieben. Beinah wäre sie ihm ausgewichen, als er nach ihrer Schulter griff, um sich festzuhalten. Steif stand sie neben ihm, durch die Bluse spürte sie den Druck seiner Finger und wusste nicht, was sie tun sollte. Was er ihr erzählt hatte, verwirrte sie. Und die Musik, deren stampfende Bässe auch durch das geschlossene

Fenster zu hören waren, verstärkte ihr wachsendes Unbehagen. Wenn es stimmte, was Jens gesagt hatte, dann war er in ihren Augen ein erbärmlicher Feigling, ein Schlappschwanz, der vor Arschlöchern den Schwanz einzog.

Wenn sie das ihrem Chef, Rechtsanwalt Sternberg, erzählte, würde er sie auslachen. Immer wieder kamen Leute in die Kanzlei und behaupteten, sie hätten in einer Kneipe üble Parolen gehört, Beschimpfungen von Ausländern und rechtsradikale Sprüche. Geduldig erklärte Sternberg dann, das Recht der freien Meinungsäußerung bestehe auch bei Trunkenheit weiter. Er war ein pragmatischer Mann, ihr Chef, und sie mochte seine entspannte Art, mit aufgeregten Klienten umzugehen und sie auf den Boden der Realität zurückzuholen. Vielleicht sollte sie ihm die Geschichte ihres Freundes erzählen, vielleicht würde er Jens vorschlagen, ihn zu vertreten unter der Bedingung, Jens verzichte auf seine aberwitzige Aussage.

»Die wollen, dass ich Nuriye rausschmeiß«, sagte Zischler und hustete. Er wischte sich mit dem Ärmel der Trainingsjacke, die er übergezogen hatte, den Mund ab. »Das ist die Wahrheit, Ellen, ich kann mich an jedes Wort erinnern ...«

»Hör doch auf!«, sagte sie, nahm seine Hand von ihrer Schulter und ging zum Tisch. Er schwankte und stakste dann zum Fenster.

»Du musst mir glauben«, sagte er, ohne sich umzudrehen, »sonst glaub ich mir selber nicht.«

Ellen stellte die Tassen ineinander und trug das Geschirr in die Küche. Mehr und mehr schlug ihr Mitgefühl um in eine Art von Trotz. Diesmal wollte sie sich nicht einwickeln lassen von einer seiner abstrusen Ideen, die er manchmal ausbrütete und mit denen er ihr tagelang in den Ohren lag.

Bis sie nachgab und mitmachte. So hatte sie auf sein Drängen hin an einer Miss-Wahl in einem Bierzelt in Grünwald teilgenommen – und den zweiten Platz belegt. Schon als Mädchen hatte sie solche Wettbewerbe verabscheut, ihre Freundinnen, die sich dafür hergaben, nannte sie Nutten und sie wollte nie wieder etwas mit ihnen zu tun haben. Und mit achtundzwanzig stand sie dann selber auf einer Bühne und ließ sich anglotzen und antatschen und unten saß Jens und schrie ihr zu, wie toll sie aussehe und dass sie bestimmt gewinnen werde. Er trank eine Maß nach der anderen und am Ende knutschte er sie betrunken ab und griff ihr vor allen Leuten an den Busen. Am nächsten Morgen entschuldigte er sich, aber verziehen hatte sie ihm bis heute nicht. Oder er behauptete, im Kaufhaus beim Stachus träfen sich Dealer und würden dort unauffällig ihre Geschäfte abwickeln. Davon war er wild überzeugt. Zur Polizei ging er jedoch nicht, weil er Angst um seinen Job hatte. Feigling!, dachte Ellen, du bist ein Spinner und Feigling, das ist eine echt üble Kombination. Und nun hatte er sich also etwas völlig Irres ausgedacht!

»Ich muss noch mal in die Kanzlei, und abends hab ich einen Termin wegen meiner Steuern. Ruf mich an, wenn du was brauchst! Ich finde, du siehst schon viel besser aus, du hast wieder Farbe im Gesicht.« Sie hatte ihr Jackett angezogen und küsste ihn, der immer noch am Fenster lehnte, vorsichtig auf den Mund.

»Deine Lippen sind kalt«, sagte er.

»Leg dich hin und ruh dich aus!«, sagte sie.

Wie weit entfernt kam ihm das Zuschnappen des Türschlosses vor, er roch Ellens Parfüm, was er für ein gutes Zeichen hielt. Seine Sinne waren also noch nicht abgestorben. Dann fiel ihm ein, dass er Ellen noch etwas fragen wollte, und er öffnete hastig das Fenster. Sie kam gerade aus dem Haus und eilte zu ihrem Golf, den sie auf dem Bürgersteig geparkt hatte.

»Ellen!« Aus seinem Mund kam nur ein Krächzen. Er räusperte sich, beugte sich vor und holte noch einmal Luft. Ellen stieg bereits in den Wagen und schlug die Tür zu. Sie hatte nicht zu ihm hoch geblickt. Er sah, wie sie wegfuhr, schnell und mit aufheulendem Motor.

Er hatte sie fragen wollen, ob Dr. Sternberg eventuell seinen Fall übernehmen könnte. Sie schwärmte von ihrem Chef, sie hielt ihn für einen Experten, für einen klugen und gerissenen Anwalt, dem niemand etwas vormachte. Seine Mandanten vertrauten ihm und seine Gegner fürchteten ihn, sagte Ellen und sie musste es wissen, sie arbeitete seit vier Jahren bei ihm.

Wieso war sie so überhastet gegangen? Wieso ließ sie ihn allein, wenn es ihm schlecht ging, wieso sagte sie im Krankenhaus, sie habe den ganzen Nachmittag Zeit, und jetzt musste sie auf einmal so schnell wie möglich zurück in die Kanzlei? Jens Zischler setzte sich auf die Couch, berührte behutsam den dicken Verband in seinem Gesicht und presste die Beine aneinander. Ihm war kalt. Obwohl es schwül im Zimmer war. Und er hatte den Trainingsanzug an und darunter ein T-Shirt, die neuen Sachen, die ihm Ellen heute gekauft hatte. Die Kälte kommt von meinen Gedanken, dachte er, ich denke an nichts anderes als an den Mann, der auf mich eingedroschen hat, und an die Frau, die regungslos an der Tür stand und dabei zuschaute, wie ich fast verreckt bin. Zwei Verrückte! Daran hatte er überhaupt noch nicht gedacht! Zwei Verrückte hatten ihn überfallen, natürlich, zwei, denen nicht klar war, was sie da anrichteten, wen sie da brutal misshandelten.

Jens Zischler stieß einen leisen Schrei aus. Zwei Beknackte, wahrscheinlich betrunken, total zu, die wollten was einkaufen, haben die Frau mit dem Kopftuch gesehen, Nuriye, und fassten in ihren zugedröhnten Schädeln den Entschluss, dem Manager mal die Meinung zu geigen.

Er nickte. Solche Typen gab es, er hatte darüber gelesen, total fehlgeleitete Idioten, die eimerweise Bier soffen und dann einen auf Nazis machten, randalierten, Sprüche klopften. Ja, dachte Zischler und nickte wieder heftig, ja, und diesmal hat es eben mich erwischt, Pech, hätte auch meinen Kollegen treffen können, der ist im Urlaub, Glück gehabt, die hätten sich jeden gegriffen, der da im Büro hinterm Schreibtisch saß. Diesmal wars eben ich, dumm gelaufen, saudumm. Eigentlich ein Wunder, dass so etwas nicht schon längst mal passiert ist, am Stachus hängen eine Menge kranker Typen rum, betteln, rempeln Passanten an, arme Schweine, Junkies, aber auch Jungs mit Messern und Pistolen und Schlagringen, so wie der Kerl vorhin. Wir müssen einen Wachdienst engagieren! Das hab ich schon letztes Jahr vorgeschlagen, aber die Firmenleitung behauptet, das bringt nichts, kostet nur Geld, schreckt die Kunden ab. Falsch, ganz falsch!

Zischler stand auf und setzte sich wieder. Als hätte er auf einer Mitarbeiterversammlung im Zeitraffer einen Vortrag gehalten, wäre aufgestanden zu Beginn und hätte sich wieder gesetzt nach dem Ende seiner Ausführungen. So wie er der Firmenleitung seinen Vorschlag mit der Security erläutert hatte.

Jetzt spürte er ein Pochen in der Wange, und an der Stelle, wo ihm der Zahn gezogen worden war, begann sich ein nagender Schmerz auszubreiten. Ja, dachte er schnell, die sind von draußen reingestürmt, natürlich hat wieder mal niemand was bemerkt, die haben ja auch hinterher ewig gebraucht, bis sie mich gehört haben. Und dann ging alles ganz schnell. Und danach hat auch niemand was gesehen. Ist schon erstaunlich, die müssen doch irgendwem aufgefallen sein! Unsinn! Die sind bestimmt hinten raus, über die Treppe, das ist der nächste Weg vom Büro aus. Alles ganz klar. Wieso hatte er das alles nicht der Polizei gesagt? Wieso hatte er herumgestottert und die Beamten angelogen? Aus welchem Grund? Nachdem doch alles ganz einfach zu erklären war.

Er betrachtete seine Hände, zwei Pflaster rechts und links, und die Hände zitterten. Er sah sie zittern und konnte nichts dagegen tun. Sie waren bleich und knochig, Abschürfungen an den Fingerkuppen, Kratzer, blutige Striemen, und das Zittern wurde heftiger.

Ich bin ein Spinner, Ellen hat Recht, dachte er.

Doch in diesem Moment wurde ihm wieder bewusst, warum er der Polizei nicht die Wahrheit gesagt hatte, alles, was er sich soeben ausgemalt, in das er sich in trügerischer Euphorie hineingesteigert hatte, entsprang nur seinem panischen Wunsch, nicht zur Kenntnis nehmen zu müssen, was unübersehbar war: Der Mann und die Frau in seinem Büro meinten es ernst, sie waren keine Kiffer, Alkoholiker oder durchgeknallte Trottel, sie waren nicht gekommen, um ein paar markige Sprüche abzulassen und draufloszuschlagen, egal auf wen. Sie waren gekommen, um ein Ziel zu erreichen. Um ihn, den Geschäftsführer, zu zwingen, eine ausländische Kollegin zu entlassen. Sie waren gekommen, stellte er sich vor, wie früher die SA, und dieser Gedanke kam ihm sofort ebenso lächerlich wie entsetzlich vor.

»Sie meinen es ernst«, sagte er laut und blickte zum Fernseher mit dem Maßkrug obendrauf, in dem der Stoffdackel hockte, der die Polizeimütze trug.

Nein, niemals! Mit mir nicht! Er würde Nuriye nicht entlassen, selbstverständlich nicht. Sie war eine freundliche, engagierte Verkäuferin, und er respektierte ihre Religion. Er hatte nicht viel Ahnung vom Islam und er fand es merkwürdig, dass die Frauen Kopftücher tragen und einen Meter hinter dem Mann herlaufen und die Wasserkästen selber schleppen mussten, was er schon oft im Westend beobachtet hatte. Aber was ging ihn das an, das war deren Sache. Seine Sache war, die Mitarbeiter zu motivieren und ein Arbeitsklima zu ermöglichen, das sich direkt auf die Kunden auswirkte und diese animierte zu kaufen. Und bei Nuriye kauften sie gerne ein, das hörte er ständig, sie sprach gut Deutsch, sie war geduldig und geschickt, sie war nicht aufdringlich, sie hörte zu und beriet die Kunden, ohne sie zu bevormunden. Dass man in einer anderen Filiale Schwierigkeiten mit ihr gehabt hatte, verstand er nicht, und die Gerüchte, man habe ihr nahe gelegt zu kündigen, weil sich einige Leute über ihr Kopftuch beschwert hätten, glaubte er nicht. Er glaubte, sie war einfach mit seinem Kollegen Schneider nicht klargekommen, der die Angewohnheit hatte, neue junge Verkäuferinnen so lange anzubaggern, bis sie mit ihm ins Bett oder zumindest zum Essen gingen. Bei Nuriye hatte er da verständlicherweise keine Chance gehabt.

Zischler beschloss die Polizei anzurufen und zu erklären, er könne sich erst jetzt wieder an Einzelheiten erinnern und sei in der Lage, die Beschreibung für ein Phantombild zu geben. Außerdem nahm er sich vor, der Konzernleitung ein Fax zu schicken, den Überfall zu schildern und zu betonen, dass er unter keinen Umständen nachgeben werde. Schade, dass Ellen nicht mehr da ist, dachte er.

Das Telefon klingelte.

Er stand auf. Er kniff die Augen zusammen. Es war ihm unmöglich zu unterscheiden, ob der Schmerz, der sich wie ein Stacheldraht durch seinen Kopf zog, von den Zähnen oder der genähten Backe herrührte. Hoffentlich hatte er noch Dolomo im Haus. Beim Gehen stützte er den Kopf in die Hand in der verwegenen Vorstellung, auf diese Weise weniger zu spüren.

»Hallo?«

»Ist das Herr Zischler?«

»Ja.«

Eine Männerstimme sagte: »Hier Aktion D. Sie hatten heute Besuch von uns. Befolgen Sie unseren Befehl, sonst besuchen wir Sie wieder, und das ist nicht gesund für Sie. Verstehen Sie das?«

Zischler starrte das Telefon an. Seine Hand zitterte wie die eines Parkinson-Patienten.

»Herr Zischler?«

»Ja«, sagte er heiser.

»Haben Sie verstanden?«

»Ja«, sagte er und hielt das Telefon vor seine Augen wie ein schwarzes unfassbares Ding, das er gerade gefunden hatte. Es tutete, die Verbindung war unterbrochen.

»Du siehst aus wie höchstens dreißig«, sagte er und lehnte sich an den Türrahmen und sah ihr dabei zu, wie sie mit einem Lederlappen das Fensterbrett abrieb. Sie trug einen geblümten Kittel und hatte die Haare mit einer Klammer hoch gesteckt, damit sie ihr nicht ins Gesicht fielen. Sie lief barfuß durch die Wohnung und jedes Mal, wenn sie an ihm vorbei musste, betrachtete er ihre rot lackierten Zehennägel.

»Hör jetzt auf!«, sagte Josef Rossi.

»Gleich«, sagte Helga Ries, »wenn ich gewusst hätte, dass du kommst, hätt ich früher angefangen.«

Akribisch wischte sie mit einem Geschirrtuch den Fenster-rahmen ab, auf dem sie restliche Wasserspritzer bemerkt hatte. Dann stellte sie die leeren Vasen und das Veilchen zu-rück auf die Marmorplatte und staubte, obwohl sie das erst vor zwei Tagen getan hatte, den Fernseher ab.

»Ich mag das nicht, wenns so komisch knistert, wenn man hinlangt.«

»Dann lang halt nicht hin.« Er umfasste sie von hinten, griff ihr unter den Kittel und fuhr ihr mit der Hand über die Brüste. Außer ihrem Slip hatte sie drunter nichts an.

»Ich muss mir erst die Hände waschen und eincremen«, sagte sie. Ihr fiel ein, dass es an der Zeit war, mal wieder die Kü-chenschränke auszuräumen und ordentlich auszuwischen. Wenn es so heiß wurde wie jetzt, hatte sie dauernd Angst, irgendein winziges Getier könnte sich dort einnisten und in die Reistüten und Müslipackungen kriechen. Außerdem brauchte sie ein neues WC-Frisch. Vor lauter Arbeit hatte sie das heute wieder vergessen einzukaufen. Ich muss mir eine Liste machen, und unter dem Bett muss ich auch mal wieder rauswischen, nur Staub saugen reicht einfach nicht!

»Was denkst du?«, fragte Rossi.

»Ich komm zu nichts«, sagte sie.

Mit dem Daumennagel kratzte er über ihre Brustwarze und das erregte sie.

»Ich geh schnell ins Bad.«

»Nein!«, sagte er, drehte sie zu sich herum, knöpfte ihr, ehe sie reagieren konnte, den Kittel auf, ließ ihn auf den Teppich fallen und schob sie zur Tür.

»Dreh dich um!«, sagte er.

Sie drehte sich um und stützte sich an der Wand ab. Er zog ihr den Slip aus, stellte sich hinter sie und öffnete den Reiß-verschluss seiner Hose.

»Beug dich weiter nach vorn!«

»Ich bin ganz verschwitzt«, sagte sie. Aber dann schrie sie kurz auf, spreizte die Beine, so weit sie konnte, und bemühte sich, seinem Tempo zu folgen.

»Ruf mich das nächste Mal vom Flughafen an!«, sagte sie später im Flur. Sie zupfte Fusseln von seinem braunen Sakko, das er über der Schulter trug. Rasch hatte sie sich den Kittel halb zugeknöpft, während er den Reißverschluss hochzog, sich kämmte, sich schnäuzte und zur Tür eilte.

Sie küsste ihn auf die Wange. Ungerührt ließ er es geschehen.

»Gehen wir am Wochenende aus?«, fragte sie.

»Keine Zeit«, sagte er.

»Mit wem hast du vorhin so heimlich telefoniert?«

»Beruflich«, sagte er.

Er machte die Tür auf und drehte sich noch einmal zu ihr um.

»Rasier dich mal wieder!«, sagte er und ging weg.

Sie schloss die Tür und kratzte sich zwischen den Beinen. Im Grunde mochte sie ihn nicht besonders, es war nicht das erste Mal, dass sie sich fragte, warum sie sich von ihm behandeln ließ wie eine Vorstadtmatratze. Der platzt hier rein, redet ein bisschen rum aus lauter Höflichkeit und wartet bloß darauf, dass er endlich losnageln kann, und ich find das auch noch aufregend.

Nur weil er sie alle vier Wochen zum Essen einlud und sie in ein paar Bars schleppte, wo er Champagner bestellte und so tat, als wäre er nicht nur ein Schrankverkäufer, sondern der Herr Krügel persönlich, brauchte sie ihm noch lange nicht ihren Hintern hinzuhalten, wenn ihm danach war. Obwohl sie ihm schon mehrmals gesagt hatte, dass sie es nicht mochte, wenn er unangemeldet bei ihr auftauchte, war er heute wieder vor der Tür gestanden, ohne ihr vorher Bescheid zu sagen.

Heute war ihr Putztag, Mittwoch war immer ihr Putztag, er wusste das, jedenfalls hatte sie es ihm gesagt und nicht nur einmal, und da konnte sie niemanden gebrauchen. Er nahm einfach keine Rücksicht auf sie, er behandelte sie wie sein Eigentum, und dabei kannten sie sich nicht einmal gut. Dann dachte sie an Netty und ihr Studio und daran, was Netty ihr über seinen Besuch erzählt hatte. Wie gut sie sich die Situation vorstellen konnte! Ganz gleich, ob er die Person schon einmal gesehen hatte oder ob sie ihm völlig fremd war, Rossi nahm sie sofort in Beschlag und schaffte es innerhalb von Minuten, dass der andere sich auf ihn einstellte, sich herumscheuchen und beeinflussen ließ. Manchmal nannte sie Rossi einen Manipulator und es irritierte sie, dass sie nach wie vor nicht einschätzen konnte, ob er absichtlich so auftrat oder einfach gnadenlos von sich überzeugt war und gar nicht auf die Idee kam, sein Gegenüber mit seiner Art zu kränken. Oder benahm er sich nur bei Frauen so?

Wer weiß, was der alles treibt auf seinen Tagungen, dachte Helga, während sie sich duschte und hinterher am ganzen Körper eincremte. Das Einzige, was sie sicher wusste, war, dass er ledig war, so stand es in den Formularen, die er bei ihr auf der Bank ausgefüllt hatte. Aber was bedeutete das schon?

»Hallo? Wer ist da?«

Am anderen Ende war Stille.

»Hallo? Ich suche Frau Folgmann«, sagte Helga ins Telefon. Der Name war ihr so eingefallen, nachdem sie eine Zeit lang unschlüssig den Apparat betrachtet hatte. Und dann hatte sie die Taste für die Wahlwiederholung gedrückt.

»Wen?« Die Stimme am anderen Ende klang heiser, wie die eines Kranken. »Hier gibts niemand, der Folgmann heißt.«

»Wer sind Sie denn?« Das ist ja lächerlich, dachte sie, wieso hab ich das getan?

»Und Sie?«

»Ries«, sagte sie. »Wahrscheinlich hab ich mich verwählt. Hallo?«

Wieder war es still, als würde jemand den Hörer zuhalten.

»Hier ist Zischler«, sagte der Mann.

»Entschuldigung«, sagte Helga und legte schnell auf. Solange die Sonne noch so schön schien, wollte sie die vielen Blätter und den Schmutz vom Balkon fegen, die Brüstung endlich mal wieder abschrubben und anschließend die beiden Thujen umtopfen, die dringend frische Erde brauchten.

Sofort streifte sie sich Gummihandschuhe über und machte sich an die Arbeit. An Rossi verschwendete sie vorerst keinen Gedanken mehr.

Nachdem sie Ilona Leblanc nicht zu Hause angetroffen hatten, waren Sonja Feyerabend und Tabor Süden zum Felts Hotel Wagner gefahren und nun auf dem Weg zurück ins Dezernat. Wie immer saß er auf dem Rücksitz in der Ecke, als wäre der Wagen voll besetzt, und wippte mit dem Oberkörper hin und her. Ihre Interviews im Hotel waren frustrierend gewesen und sie hatten beide keine Lust darüber zu reden.

Sämtliche Angestellten wiederholten ununterbrochen dieselben Aussagen: Wir können uns überhaupt nicht erklären, was mit der Chefin passiert ist. Nein, die Chefin hat so was noch nie gemacht. Unsere Chefin haut doch nicht einfach ab und lässt uns im Stich! Für die Chefin leg ich die Hand ins Feuer. Und ihr Vater, der ihr Stiefvater war, August Felt, weigerte sich sogar, die Polizisten zu empfangen. Durch die

Tür des Zimmers, in dem er sich eingeschlossen hatte, teilte er den beiden Kommissaren mit, er habe alles Wesentliche bereits mit dem Leiter der Vermisstenstelle besprochen, mehr gebe es nicht zu sagen, zudem fühle er sich schwach, und wenn die Polizisten keine Neuigkeiten hätten, sollten sie ihn bitte in Ruhe lassen. Damit war das einseitige Gespräch beendet. Süden hatte ihm noch durch die Tür zugerufen, das Motiv von Katharinas Verschwinden überzeuge ihn nicht im Geringsten und er warte auf eine Erklärung von Seiten der Familie. Doch der alte Felt antwortete nicht und sie hatten keine Möglichkeit ihn zum Sprechen zu zwingen. Vor dem Hotel wurden sie von Reportern erwartet, deren Fragen sie wahrheitsgemäß nicht beantworten konnten. Und der einzige Mensch, der offenbar mehr wusste als die anderen, war nicht aufzutreiben. An der Rezeption hatte man keine Ahnung, wo Ilona Leblanc steckte, laut Dienstplan hätte sie längst zurück sein müssen.

»Kehr um!«, sagte Süden unvermittelt.

Sonja schaute in den Rückspiegel und fuhr weiter die Dachauer Straße in Richtung Hauptbahnhof.

»Wir schicken die Kollegen weg und übernehmen selber die Überwachung«, sagte er und richtete sich auf.

»Und wieso?«

»Ich will wissen, warum sie verschwunden ist.«

Tatsächlich war das der Grund gewesen, weshalb er vor mehr als acht Jahren in die Vermisstenstelle wechselte, obwohl er im Kommissariat 111, in der Mordkommission, die Chance gehabt hätte, zum Leiter der Abteilung aufzusteigen. Karriere zu machen interessierte ihn nicht, ihm ging es um etwas anderes, worüber er mit niemandem reden konnte, außer mit seinem Freund Martin Heuer. Ihm hatte er viel von den Dingen erzählt, die ihn umtrieben, von den Wänden, die ihn zu erdrücken schienen und zu denen er in seiner Verzweiflung manchmal redete, damit sie ihn in Ruhe ließen. Vielleicht verstand Martin oft nicht, was er meinte, aber es genügte Süden, wenn sein Freund ihm zuhörte und keine Angst vor dem Minenfeld hatte, das ihn umgab, wenn die Erinnerungen explodierten. Am Anfang war es nur ein Impuls gewesen, das Kommissariat zu wechseln, die vertraute Umgebung zu verlassen, eine Aufgabe zu übernehmen, die aus noch mehr Papier, Telefonaten und Computerrecherchen bestand, als er es von der Mordkommission her gewohnt war. Zunächst war es nur der vage Wunsch gewesen, nicht länger das Schicksal von Toten zu erforschen, sondern das von Lebenden. Von Menschen, die in ihrer Umgebung Ratlosigkeit, Angst, Wut und Schmerz zurückgelassen und sich abgesetzt hatten, die ausgebrochen waren aus der Routine und den Ritualen der Gewohnheit. Nach und nach erst begriff Tabor Süden, dass sein Entschluss möglicherweise etwas mit seiner eigenen Biografie zu tun hatte, ein ziemlich gewagter Gedanke, wie er fand. Doch je länger er den neuen Job ausübte, desto vertrauter, ja plausibler und sinnvoller erschien ihm diese Wendung in seinem Berufsleben. Würde er auf diese Weise, mit all seiner Erfahrung auf diesem Gebiet, am Ende nicht vielleicht in der Lage sein, seinen Vater ausfindig zu machen? Den Mann, der sich nach dem Tod seiner Frau in einen lebenden Schatten verwandelt hatte und nicht einmal mehr seinen eigenen Sohn zu erkennen schien? Der, als Tabor sechzehn Jahre alt war, eines Sonntagmorgens in der Küche anfing, einen langen Monolog zu halten, von dem Tabor zunächst nicht das Geringste verstand. Erst am Schluss wurde ihm bewusst, was sein Vater ihm eigentlich mitteilen wollte. Am Nachmittag kamen Tabors Onkel Willi und seine Tante Lisbeth, unterschrieben mehrere Blätter, die Branko Süden ihnen vorlegte, und dann unterhielten sich die drei lange im Wohnzimmer, während er auf dem Boden seines Zimmers saß, unentwegt zur Decke hinaufschaute und sich einbildete, sie senke sich auf ihn herab, Zentimeter für Zentimeter. Irgendwann betrat sein Onkel Willi das Zimmer, setzte sich neben ihn und betrachtete ihn. Tabor hatte den Kopf immer noch in den Nacken gelegt und schon einen steifen Hals. Sein Onkel sagte etwas, dann rief er nach seiner Frau und Lisbeth brachte ein Tablett mit kleinen Gläsern voller Eierlikör. Tabor hasste dieses pappige Getränk. Willi fragte ihn, ob er ein Bier möchte, und Tabor nickte. Endlich senkte er den Kopf, rieb sich den Nacken, stand auf und ging hinüber ins Wohnzimmer, wo es nach Zigaretten roch. Sein Vater war nicht mehr da, auf dem Tisch lag ein Brief, »Lieber Tabor« stand oben drüber. Er steckte den Brief ein. Nachdem er das Bier, das Willi ihm brachte, getrunken hatte und ein weiteres im Fasan, in dem sich die Jugendlichen des Dorfes trafen, ging er zum Taginger See hinunter und las den Brief. Und bis heute erinnerte er sich an einen Satz, der, so schien es ihm, wie eine unverrückbare unheimliche Losung sein Leben bestimmte: »Gott ist die Finsternis und die Liebe das Licht, das wir ihm schenken, damit er uns sehen kann.« Damals, mit sechzehn, hatte ihn die Vorstellung erschreckt, dass sein Vater nicht an Gott glaubte und ihn bloß für einen schwarzen Fleck hielt, für so etwas wie eine Nacht, die niemals endet. Ein paar Jahre später, eines Morgens, als er neben Eva aufwachte und sie ihn anlächelte, musste er wieder an diesen Satz denken und diesmal erschütterte er ihn. Plötzlich begriff er, was der Tod seiner Mutter bei seinem Vater ausgelöst hatte: das Ende Seiner Anwesenheit in einem gelobten Universum. Für seinen Vater existierte Gott offenbar ausschließlich in der Gegenwart des Glücks, erlischt es, verschwindet auch Er. Anders als die meisten Menschen betete Branko Süden nicht, wenn er litt und vielleicht Angst vor dem Tod hatte, er betete, weil die Freude und ein elementares Staunen über die Schönheit seiner kleinen Existenz ihn überwältigten. Und als seine Frau starb und er ihr nicht helfen konnte, sah er keinen Sinn mehr darin, seine bisherige Welt, die nun entleert und entstellt war, weiter zu bewohnen, und ging fort. Verließ sein Haus, seinen Sohn, das Dorf, das Land. Nach Amerika wolle er, schrieb er in dem Brief an seinen Sohn, dorthin, wo sie alle drei einmal gemeinsam waren, zu Besuch bei einem Sioux-Schamanen, der die Krankheit von Tabors Mutter behandelte. Ob Branko Süden je in diesem Reservat angekommen war, wusste Tabor nicht, denn sein Vater hatte nie wieder etwas von sich hören lassen. Später, als er schon fast vierzig war, fragte sich Tabor, warum sein Vater nicht genügend Liebe für seinen Sohn gehabt hatte, um zu bleiben und sie beide sichtbar zu machen für Gott. Doch dann bereute er die Frage, er fand sie dumm und anmaßend. Von den Qualen und Träumen seines Vaters hatte er keine Ahnung und er machte ihm auch keine Vorwürfe. Das hatte er auch damals trotz seiner Trauer und Fassungslosigkeit nicht getan. Aus einem Grund, für den es keine Erklärung gab, hatte er die Entscheidung seines Vaters rasch akzeptiert und heute kam ihm diese Haltung selbstverständlich und völlig normal vor. Seine Klassenkameraden jedenfalls hatten sich über ihn gewundert, sein Lehrer hielt ihn für gleichgültig und auch sein Onkel und seine Tante wussten nicht so genau, wie sie mit seiner Gelassenheit umgehen sollten. Er war ein erwachsenes Kind und je älter er wurde, desto öfter fragte er sich, ob er je ein kindliches Kind gewesen war, ein Kind ohne Zeit und das Bewusstsein von Abschied. Manchmal zweifelte er daran.

»Wir sind hier verkehrt«, sagte Sonja Feyerabend. »Die Frau kommt nicht nach Hause.«

Sie beobachtete die Eingangstür in der Volkartstraße vom Auto aus, das sie vor einer Bank geparkt hatte. Neben dem Haus, in dem Ilona Leblanc wohnte, war eine Getränkehandlung, aus der ein junger Mann gerade eine Kiste Mineralwasser und einen Träger Orangensaft schleppte. Auf dem Gehsteig stellte er die Sachen ab, schnaufte, blickte über die Straße, als suche er etwas, und zündete sich eine Zigarette an.

»Wenn die halbe Million nicht wieder auftaucht«, sagte Sonja, »dann ist das Projekt in Leipzig gefährdet. Dann können sie das Hotel nicht bauen.«

»Wer profitiert davon?« Süden beobachtete den jungen Mann, der jetzt weiterging und vor der nächsten Haustür stehen blieb. Er rauchte und sah auf seine Armbanduhr.

»Die Konkurrenz«, sagte Sonja. Sie ließ das Seitenfenster heruntergleiten und fächelte sich Luft zu, die sie kaum erfrischte. »Ich hol mir da drüben eine Flasche Wasser, eiskalt.«

»Warte!« Süden riss die Hintertür auf und rannte über die Straße. Der junge Mann hatte das Haus betreten und die Tür fiel langsam zu. Im letzten Moment hielt Süden die Hand dagegen. Er gab seiner Kollegin ein Zeichen, von dem sie nicht wusste, was er ihr damit sagen wollte, und verschwand im Hausflur.

»Grüß Gott«, sagte er zu dem jungen Mann, der auf der ersten Treppenstufe stand.

»Hallo.«

Süden zwängte sich an ihm vorbei und ging nach oben. Es gab keinen Lift. Der junge Mann wartete noch etwas, dann nahm er die Kästen und machte sich auf den Weg.

Im zweiten Stock blieb er vor einer Tür stehen. Vorsichtig,

als wolle er kein Geräusch machen, stellte er die Träger ab und blickte die Treppe hinauf. Von dem Mann, der ihn überholt hatte, war nichts zu sehen. Er griff in die Tasche und holte einen Schlüssel heraus. Bevor er aufsperrte, hielt er inne und lauschte. Nichts. Er steckte den Schlüssel ins Schloss, schob die Tür auf, stellte die Träger in die Wohnung und wollte gerade hineingehen, als er Schritte hörte. Kaum hatte er sich umgewandt, stand der Mann mit der Lederjacke neben ihm und keuchte. Anscheinend hatte er von oben drei Stufen auf einmal genommen und war die letzten zwei Meter einfach heruntergesprungen. Dem jungen Mann klopfte das Herz bis zum Hals.

»Nochmals grüß Gott«, sagte Tabor Süden.

Der junge Mann schaute ihn an wie eine Erscheinung. Süden zeigte ihm seinen grünen Dienstausweis.

»Wer wohnt hier?«

Der junge Mann kratzte sich am Kopf. Er war etwa zwanzig, untersetzt und hatte eine graue Hautfarbe. Er trug eine neue weiße Trainingshose mit roten Streifen und rote Turnschuhe, über seinem Bauch wölbte sich ein weißblaues T-Shirt mit der Aufschrift LÖWENBRÄU.

»Ääh ...«, sagte er unsicher.

»Liefern Sie hier öfter die Getränke an?«

»Ääh ...«

»Wie heißen Sie denn?«

»Ääh ...«

»Also ich heiß Tabor Süden. Süden. Und Sie?«

»Ääh, Renner. Klaus Renner.«

»Liefern Sie hier öfter Getränke an?«

»Ja.«

»Für wen?«

»Verschieden.«

Renner wurde etwas ruhiger. Langsam erinnerte er sich daran, was die Frau, der er die Getränke brachte, ihm heute Vormittag eingeschärft hatte.

»In dieser Wohnung wohnt Ilona Leblanc«, sagte Süden und wischte sich den Schweiß vom Hals. »Frau Leblanc wird von uns überwacht, weil wir vermuten, dass sie etwas mit dem Verschwinden ihrer Chefin zu tun hat. Ich möchte gern wissen, wann sie Ihnen diesen Auftrag erteilt hat und wo sie sich im Moment aufhält.«

»Weiß ich doch nicht«, sagte Renner.

»Wann hat sie Ihnen den Auftrag erteilt?«

»Heut früh irgendwann. Das macht sie oft, wenn sie keine Zeit hat selber einzukaufen. Ich hab extra einen eigenen Schlüssel.«

Süden musterte ihn und Renner war sich sicher, noch nie so grüne Augen gesehen zu haben.

»Ich geh jetzt ins Wohnzimmer und Sie bleiben hier in der Küche«, sagte Süden.

»Haben Sie einen Durchsuchungsbefehl?«, rief Renner.

»Ich durchsuch ja nichts.«

Er erwartete nicht, Katharina Wagner hier zu finden, obwohl er es für möglich hielt, dass ihre Freundin Ilona sie versteckte. Katharinas Verschwinden war ihm ein Rätsel. Bei allem, was er bisher erfahren hatte, deutete nichts darauf hin, dass sie es nötig gehabt hätte, heimlich Geld von der Bank abzuheben und damit durchzubrennen. Wenn sie kein Interesse mehr an der Arbeit im Hotel hatte und etwas Neues beginnen wollte, brauchte sie sich deswegen nicht zu verstecken. Sie konnte tun, was sie wollte. Warum war sie verschwunden?

»Haben Sie was gefunden?«, fragte Renner. Er hatte mehrere Flaschen im Kühlschrank verstaut und die Kästen unter das Küchenfenster geschoben.

»Nein«, sagte Süden.

»Ich weiß nichts«, sagte Renner, nachdem ihn der Kommissar eindringlich angesehen hatte.

»Hat Frau Leblanc heut Morgen von ihrer Chefin gesprochen?«

»Ääh ...«

»Was hat sie gesagt?«

»Dass das schlimm ist, dass sie verschwunden ist. Und dass sie vielleicht entführt worden ist.«

»Warum denn?«

»Um Lösegeld zu erpressen.«

»Das hat Frau Leblanc zu Ihnen gesagt?«

»Ääh ... Das hab ich mir so gedacht.«

»Was hat sie noch gesagt?«

»Nichts. Sie hat nur gesagt, was ich bringen soll.«

»Dieselbe Bestellung wie immer.«

»Klar.«

Süden wusste sofort, dass Renner log. Er brauchte ihn nur im Spiegel anzusehen. Der junge Mann hatte den Kopf leicht gesenkt und bemühte sich lässig zu wirken. Was Süden aber sah, war alles andere als eine lässige Pose, sondern hilflos getarnte Verkrampfung.

»Ist gut«, sagte er und ging zur Tür.

Renner folgte ihm, sperrte ab und blieb im Treppenhaus vor dem Kommissar stehen.

»Ist noch was?«

»Ja«, sagte Süden, »geben Sie mir bitte den Schlüssel!«

Wie von einem Stromschlag getroffen zuckte Renners Hand zurück.

»Darf ich nicht!«, sagte er und kratzte sich am Kopf. »Der gehört Frau Leblanc, die hat gesagt, ich darf den niemand geben, niemand! Weil ... ääh ... weil sie hat ihren nämlich verloren, deswegen braucht sie unbedingt meinen, also den hier ...«

»Wann hat sie ihren Schlüssel verloren, Herr Renner?«

»Bitte?«

Im Hausflur war es kühl und Tabor Süden fand es angenehm hier zu sein, besser als in einem stickigen Auto zu sitzen und ein Haus anzustarren. Außerdem war er gespannt, ob Renner aus seinem eigenen Labyrinth wieder herausfinden würde. Es sah nicht danach aus.

»Sie haben gesagt, Frau Leblanc hat heute Morgen die Getränke bestellt, da hatte sie ihren Schlüssel noch. Oder?«

»Ja, ja ...« Renner umklammerte den Schlüssel, der an einer grünen Plastikmaus hing.

»Aha.« Süden lehnte sich an die Wand und verschränkte die Arme vor der Brust.

»Sie hat angerufen!« Renner hob den Kopf und machte große Augen, als werde er gerade von einer Erkenntnis gestreift.

»Mittags, sie hat angerufen und gesagt, sie hat ihren Schlüssel verloren. Und dass sie meinen nimmt, wenn sie abends nach Hause kommt, wir haben ja bis acht geöffnet und sie kommt gegen halb acht nach Hause.«

»Sie hat aber heute Dienst bis elf.«

Renner öffnete den Mund und ein Hauch von blasser Röte überzog sein graues Gesicht.

»Sie geben mir den Schlüssel und ich geb ihn Frau Leblanc. Wir überwachen das Haus, wie Sie wissen, wir werden sie nicht übersehen.«

Von oben kam eine alte Frau gebückt die Treppe herunter, sie grüßte Renner und warf Süden einen kritischen Blick zu. Er wartete, bis sie im ersten Stock war, dann streckte er die Hand aus. Renner wich zurück. Eine Minute lang, während der Arm in der Lederjacke unbeweglich auf ihn gerichtet war, dachte der junge Mann über einen grandiosen Trick nach, der ihn in den Augen seines Chefs zu einem cleveren Burschen machen würde, auf den man sich endlich mal verlassen konnte.

»Er hat versucht, den Schlüssel aus dem Fenster zu werfen«, sagte Tabor Süden, als er wieder auf der Rückbank des Opel Vectra saß und von Sonja die Flasche Mineralwasser entgegennahm, die sie in dem Getränkemarkt gekauft hatte. »Er rannte zum Flurfenster, aber ich war schneller.« Er trank einen Schluck und gab Sonja die Flasche zurück.

»Und du bist sicher, er soll den Schlüssel Katharina geben, wenn sie auftaucht?«

»Natürlich. Der Besitzer des Ladens behauptet, Ilona habe Katharina überhaupt nicht erwähnt. Der kleine Dicke hätte beinah einen Schock gekriegt. Die zwei scheinen kein eingespieltes Team zu sein. So wie wir.«

Sonja blickte in den Rückspiegel. Süden beugte sich vor, streichelte ihren Nacken und sie drehte den Kopf. In ihren Augen konnte er lesen, dass diese Nähe wie Schnee war, der schmolz, wenn man ihn berührte. Er nahm die Hand weg und sah aus dem Fenster, ins dösige Licht dieses Nachmittags.

Gierig trank Sonja aus der Wasserflasche. Süden griff zum Autotelefon.

»Habt ihr sie gefunden?«

»Nein«, sagte Freya Epp. »Florian und ich waren überall, in den Billardsalons, auf dem Flohmarkt an der Arnulfstraße, da waren wir zwei Stunden, aber niemand hat sie gesehen. Danach sind wir im Kunstpark Ost gewesen, in jeder Halle. Sie war nicht da. Wir sind jetzt am Bahnhof und kontrollieren die Spielhallen. Florian hat mindestens hundert

Leute interviewt, ich hab gar nicht gewusst, dass der so schnell ist.«

»Gib ihn mir!«, sagte Süden.

»Hier ist Nolte.«

»Wieso hast du so viele Leute interviewt?«

»Ich mach mir Sorgen um das Mädchen, ich glaub, der gehts nicht gut«, sagte Nolte.

»Kann sein«, sagte Süden. Er beendete das Gespräch und wunderte sich über den Eifer des dreiunddreißigjährigen Oberkommissars. Normalerweise musste man ihn ziemlich anschieben, wenn er Außendienst hatte.

»Beeil dich!«, sagte der schnurrbärtige Nolte zu Freya auf dem Weg ins Las Vergas an der Bayerstraße, das nicht weit entfernt von ihrem Dezernat lag. »Ich will hernach noch in eine Kneipe in Schwabing, wo wir Lucy schon mal aufgegriffen haben.«

»Du tust grad so, als gings um deine Schwester«, sagte Freya.

Wenn ich eine Schwester hätte, die sich so rumtreiben würde wie diese schwarze Lucy, dann hätte ich sie schon längst so verprügelt, dass sie ohne meine Erlaubnis nie wieder das Haus verlassen würde, darauf kannst du wetten, Kollegin! Florian Nolte war nicht so eifrig hinter Lucy Arano her, weil er sich um sie sorgte – was für ein dämlicher Gedanke!, dachte er –, er wollte sie finden, um ihr ein für alle Mal seine Meinung zu sagen und ihr einzubläuen, dass so eine kriminelle Göre wie sie in dieser Stadt nichts verloren hatte. Und ich schwör dir, Freya, wenn ich mit ihr fertig bin, hat sie kapiert, was ich mein, und dann ist Ruhe im Land, dann sind die alten Leute wieder sicher vor dem schwarzen Gesocks.

Donnernde Musik und Automatenlärm empfing die beiden Kommissare und Florian Nolte stürmte zielstrebig hinauf in den ersten Stock zu den Billardtischen. Kopfschüttelnd und lächelnd lief Freya Epp hinter ihm her.

Zehn Meter Abstand hielt er für ausreichend. Im Gewühl der Leute rechnete er nicht damit, dass sie sich umdrehen würde. Garantiert nicht. Sie blickte hauptsächlich zu Boden, das war ihm sofort aufgefallen. Sie trug einen unauffälligen grauen Mantel, wie eine alte Frau, sagte er sich, wie meine Mutter. Und sie ging stur geradeaus, durchs Untergeschoss, dann noch eine Etage tiefer, noch eine Treppe, bis zur U-Bahn. Und er hatte keine Mühe ihr zu folgen. Lediglich das Klacken seiner Schuhe ließ ihn zwischendurch innehalten. Leiser auftreten konnte er nicht. Blödsinn! Es waren viel zu viele Leute unterwegs, es war laut von allen Seiten, keine Gefahr. Außerdem war das Kopftuch nicht zu übersehen, braun mit gelbem Muster. Zum Glück war sie nicht so klein wie andere Türkinnen, die er kannte. Diese Verkäuferin war ungefähr einen Meter fünfundsiebzig, also fast so groß wie er, und das gefiel ihm. Überhaupt: Sie gefiel ihm. Obwohl sie eine Türkin war und Norbert ihm aufgetragen hatte, nur mit ihr zu reden, sie anzusprechen und dann fertig zu machen. So ganz hatte er nicht verstanden, was genau sein Job bei der Sache war, er sollte das Mädchen nicht mehr in Ruhe lassen, sollte ihr immer wieder sagen, dass es besser für sie wäre, sich einen anderen Job zu suchen oder gleich zu Hause zu bleiben und zu putzen. Fand er gut, fand er richtig. Aber bloß reden war zu wenig. Das brachte nichts, das wirkte nicht, damit hatte er Erfahrung bei Frauen, man muss die rannehmen und nicht nur mit Worten, hatte er zu Norbert gesagt, aber der stieg nicht drauf ein. Scheißegal. Jetzt war er hier. Er hatte be-

schlossen, Norberts Strategie etwas auszubauen, zu intensi-
vieren. Nägel mit Köpfen machen, sagte er sich, Nägel mit
Köpfen ohne Kopftuch.
Als Letzter drängte sich Franz Lechner in die U 4 Richtung
Westend und behielt Nuriye, die mit dem Rücken zu ihm in
der Mitte des Waggons saß, fest im Auge. Obwohl er im Moment arbeitslos war, fühlte er sich wie jemand, dessen Feier-
abend gerade begann, und zwar vielversprechend, äußerst
vielversprechend.

Senta räumte die Teller ab und er hatte endlich Platz für seine Zettel. Auf jedem Blatt standen ein Name und einige Angaben zur Person. Er setzte das Weißbierglas ab, stippte
Schnupftabak auf den Daumenknöchel und zog die Prise in
beide Nasenlöcher.
»Hast du das Team beieinander?«, fragte Senta. Sie trocknete
sich die Hände an ihrer Schürze ab und beugte sich über den
Tisch.
»Die meisten sind Kindlinge«, sagte Norbert Scholze. »Die
kannst du nicht mal zum Wachestehen hernehmen. Was wir
brauchen, sind Leute, die was im Hirnkastl haben, die schnell
reagieren, wenns drauf ankommt. Die Waltraud ist so eine,
der sieht man das nicht an, aber die hat Mumm und Grips,
das ist mir schon oft aufgefallen.«
»Das weiß ich«, sagte Senta, »und das ist nicht das Einzige,
was dir an ihr auffällt, ich hab Augen im Kopf.«
»Denkst du, ich hab was übrig für die?«
»Auf jeden Fall hast du was für ihren Busen übrig.«
Ohne sie anzusehen, kniff er ihr in die Brust und widmete
sich wieder seinen Zetteln. »Ich bin gut bedient mit dir. Oder
hier der Herbert, guter Mann, hat das Problem, dass er mit
der falschen Frau zusammen ist. Macht nichts. Ich werd ihn

motivieren. Oder hier der Franz, der ist zu was zu gebrauchen, stellt keine Fragen, tut, was man ihm anschafft. Du hättst sehen sollen, wie der die Türkin angegangen ist! Würd man dem gar nicht zutrauen, der macht doch eher einen schüchternen Eindruck. Oder hier unser Harald, ein Jammer, dass sie ihn aus dem Schuldienst verwiesen haben. Der hatte Mut, hat unsere Zeitung in der Pause gelesen ...«

»Den mag ich nicht«, sagte Senta. »Er ist mir unheimlich. Ich bin froh, wenn er nicht zu den Versammlungen kommt.«

»Der ist in Ordnung, der Harald, der hat keine Angst vor nichts und niemand. Und der Vaclav gehört auch dazu, der ist ausgekocht, der weiß, wie man mit Leuten umspringen muss, damit sie das tun, was man will.«

»Wie groß soll die Gruppe denn werden?« Senta setzte sich und trank aus dem Weißbierglas ihres Mannes.

»Die Mannschaft muss überschaubar bleiben, kontrollierbar, jeder Einzelne, sehr wichtig. Keiner darf ausscheren.«

»Und was tust du, wenn einer trotzdem ausschert, wenn er zur Polizei geht und euch alle hinhängt, was tust du dann?«

»Dann krieg ichs raus und er ist fällig.«

»Was meinst du damit?«

»Wie ichs sag, so mein ichs.«

Es klingelte an der Tür.

»Pünktlich, unser Ostexperte.« Senta stand auf. »Trinkt ihr Schnaps?«

»Stell uns die Flasche und die Gläser her, ich ruf dich, wenn wir so weit sind.«

»Geheimniskrämer!«

»Wir arbeiten an der Zukunft, da brauchen wir Ruhe«, sagte Scholze und legte die Zettel ordentlich auf einen Stapel. Dann lehnte er sich zurück und hörte Rossis Stimme draußen im Flur. Er strich sich über den Bauch. An dem Leberragout

mit Stachelbeeren, das seine Frau alle paar Monate zuberei-
tete, konnte er sich auch nach sechsundzwanzig Ehejahren
nicht satt essen.

Sie hatte jedem ein Stück Pizza auf den Teller gelegt, aber
beide rührten es nicht an. Im Wohnzimmer, wo sie saßen,
brannten überall Kerzen, auf dem Sofa lagen drei Geschenke, unterschiedlich groß, eingewickelt in buntes Papier, beklebt mit Blumen und Herzen. Durch die offene Balkontür
wehte ein süßer Duft herein, von Kuchen und Blüten vielleicht. Leise Musik erklang, Saxofon und Synthesizer, Melo-
dien, die das Vergehen der Zeit verzierten. Es war bereits
neun Uhr abends und der dritte Platz am Tisch war noch immer leer.

»Erzähl was«, sagte Natalia Horn. Sie trug ein blaues
Kleid und goldfarbene Sandalen, rote Ohrclips und eine
künstliche Rose im Haar. Nachdem sie das Blech in den Ofen
geschoben hatte, hatte sie ein Bad genommen und sich viel
Zeit dabei gelassen. Derweil hatte Arano die Geschenke ein-
gepackt.

Er trug das zitronengelbe Hemd, das Natalia ihm zum Geburtstag geschenkt hatte. Er fand es etwas drastisch von der
Farbe her, aber sie meinte, es würde ausgezeichnet zu seiner
schwarzen Haut passen, und was ihr gefiel, das war ihm
recht. Barfuß saß er am Tisch, die Arme um den Teller mit der
Pizza gelegt, die Hände gefaltet, und strich Natalia manchmal wie unbeabsichtigt mit den Zehen über die Wade. Sie
reagierte nicht und er hörte wieder damit auf.

Am Anfang redete Arano über den neuen Auftrag, den er
vielleicht bekommen würde, dann erzählte Natalia, was Dertutnix, der Hund ihrer Angestellten Ines, alles im Garten angestellt hatte, und dann schwiegen sie. In der Küche hatten

sie noch überlegt, ob sie die Pizza schon anschneiden sollten, bevor Lucy da war. Aber sie hatten beide Hunger gehabt und es hatte so gut nach Tomaten und Knoblauch und frischen Gewürzen gerochen, dass sie nicht widerstehen konnten. Als sie dann am Tisch saßen und Arano den Weißwein eingeschenkt hatte, legten sie beide gleichzeitig das Besteck wieder hin und sahen sich an. Sie hatten einen Schluck getrunken und schon das Anstoßen war ihnen schwer gefallen. Aranos Worte vermischten sich mit der Musik und was Natalia sagte, vergaß sie im nächsten Moment. Bei jedem Geräusch an der Tür horchten sie auf und danach ermutigten sie einander mit Blicken.

»Erzähl was!«

»Sie kommt bestimmt«, sagte er. »Ich weiß, sie wird kommen.«

»Erzähl mir was, bitte!«

Wieder strich er ihr mit den Zehen über die Wade und diesmal klemmten ihre Beine seinen Fuß ein. Arano schob den Teller beiseite und beugte sich über den Tisch.

»Meine Großmutter hat an ihrem vierzehnten Geburtstag was so Besonderes erlebt, dass sie ihr Leben lang davon erzählt hat«, sagte er und seine tiefe, ruhige Stimme vertrieb eine Weile Natalias Kummer. »Jedenfalls bei jeder Geburtstagsfeier, zu der sie eingeladen war. Und sie war zu fast jeder Geburtstagsfeier in unserm Dorf eingeladen, sie war nämlich die beste Köchin. Wenn sie Nsala machte, standen die Leute Schlange, Kinder und Erwachsene, hab ich selbst gesehen, denn ich bin auch Schlange gestanden, obwohl ich ein Verwandter war. Meine Großmutter Sola hatte einen ausgeprägten Gerechtigkeitssinn, niemand sollte bevorzugt werden. Allerdings gab sie meinem Großvater immer als Erstes einen Teller, weil er den weiten Weg bis zur Kautschukplantage auf

Onnanbita, dem Esel, reiten musste, der jeden Kilometer stehen blieb und erst weitertrabte, wenn mein Großvater ihm ein Stück rohe Zwiebel gab. Wahrscheinlich war Onnanbita der einzige Esel Afrikas, der rohe Zwiebeln fraß, wahrscheinlich der Einzige auf der ganzen Welt. Daher hatte er auch seinen Namen, den ihm mein Großvater gegeben hatte: Onnanbita heißt Zwiebelfresser.«

»Was hat deine Oma an ihrem vierzehnten Geburtstag erlebt?«, fragte Natalia. Sie stützte den Kopf in die Hand und spürte den Wein. Sie trank selten Alkohol, im Gegensatz zu Chris, der ohne Bier nicht leben konnte. Ausnahmen machte er nur an Festtagen, so wie heute. Allerdings hatte er das Glas nach dem ersten Schluck nicht mehr angerührt.

»Etwas Unvergessliches.« Arano lächelte. Wenn er das tat, und so hell und anmutig wie jetzt, dann sonnte sich Natalia in seiner Anwesenheit.

»Sola saß bei ihrer Mutter in der Küche und wartete darauf, dass die Pfannkuchen endlich fertig wurden. Dazu gab es Kochbananen, die man in der Pfanne brät. Sie war so ungeduldig, so hat sie mir erzählt, dass sie die Bohnen, die in den Pfannkuchen kommen sollten, aus lauter Gier roh aß. Sie stand also ihrer Mutter im Weg und konnte es kaum erwarten zu essen, als ein junger Mann, den sie noch nie gesehen hatte, in die Hütte kam. Er hatte ein weißes Hemd an und einen Tropenhelm auf. Er war sehr dünn und hatte eine braune Haut, keine schwarze wie wir Nigerianer. Auf dem Rücken trug er einen Korb, in dem etwas lag, das man nicht sehen konnte, weil es mit einem Tuch zugedeckt war. Er grüßte auf Englisch, aber nicht in dem Pidginenglisch, das bei uns gesprochen wird, sondern anders. Das ist amerikanisches Pidgin gewesen, sagte meine Großmutter später, der Mann kam aus Amerika und er reiste durch die Dörfer und brachte etwas mit, das es bis dahin bei uns nicht gegeben hat, nicht in der Form zumindest. Der Mann brachte Brot zu uns.«

»Brot?«

»Ja, Brot. Stell dir das vor! Es war das Jahr 1920, glaub ich, aber wir hatten keine Bäckereien in Nigeria, wir aßen Hirse, Reis und Mais, alles, was bei uns wuchs, aber wir machten kein Brot. In seinem Korb waren Weißbrotfladen und die Leute im Dorf bestaunten sie wie ein Wunder. Der Mann arbeitete bei der Eisenbahngesellschaft und er und seine Kollegen hatten das Rezept aus Übersee mitgebracht, aus Brasilien. Der Mann war nämlich Brasilianer.«

»Und wie kam der nach Nigeria und zu euch ins Dorf?« Natalia glaubte die Geschichte nicht so recht, Hauptsache war aber, Christoph hörte nicht damit auf.

»Er war ein ehemaliger Sklave. Man hatte ihn in die Freiheit entlassen und zusammen mit anderen ehemaligen Sklaven ging er nach Afrika, um dort Arbeit zu finden. Er sprach Portugiesisch und Englisch und beides zusammen ergab nach Meinung meiner Großmutter ein amerikanisches Pidgin. Für sie war das Brot so etwas wie eine Offenbarung, sie hielt es für ein Geschenk Gottes. Schon als Mädchen hatte sie sich missionieren lassen, wahrscheinlich war sie ein wenig in diesen englischen Missionar verliebt gewesen, der damals bei uns das Wort Gottes predigte. Deswegen bin ich ja auch katholisch, meine Großmutter war die Erste in unserer Familie, die diesen Glauben annahm. Als der Mann aus Brasilien erfuhr, dass Sola Geburtstag hatte, schenkte er ihr einen Fladen Weißbrot und sie rannte damit sofort zum Pfarrer, um ihn segnen zu lassen. Es war ein großer Tag für sie. Sie ging durchs Dorf und hob das Brot wie einen Schild hoch, sie wollte, dass jeder es sah und sie bewunderte. Sie küsste es, wie der Pfarrer es wahrscheinlich getan hatte, und erst am Abend, nachdem ihre Mutter schon ziemlich wütend war, weil Sola keinen Bissen von dem köstlichen Pfannkuchen probierte, den sie extra mühevoll gebacken hatte, kehrte Sola in die Hütte zurück. Sie teilte den Fladen, gab ihrer Mutter und ihrem Vater ein Stück, der gerade von der Plantage zurückgekommen war und sich über den Aufruhr im Dorf wunderte, und dann sprach sie ein Gebet. Sie aßen bis tief in die Nacht Pfannkuchen, Bananen, Brot, Hühnerfleisch, Yams und braune Bohnen. Es war ein Festessen, und auf dem Platz, wo tagsüber die Waren verkauft wurden, wurde getanzt und musiziert und die Ankunft des Brotes gefeiert. Heute isst jeder in Nigeria Brot, wie überall auf der Welt, aber damals war das etwas ganz Besonderes und meine Großmutter war die Erste gewesen, die ein Stück bekommen hatte. Weil der Mann mit dem komischen Hut ihre Hütte als Erste betreten und Sola an diesem Tag Geburtstag hatte.«

Arano nickte, befreite seinen Fuß aus der sanften Umklammerung von Natalias Beinen und nahm das Pizzastück in die Hand.

»Ich mach es noch mal warm«, sagte Natalia.

»Mir schmeckt es auch so.«

»Mir auch«, sagte sie, und dann aßen sie beide ihren Teller leer und stießen noch einmal mit den Gläsern an. Die Musik war zu Ende und es war still im Zimmer. Natalia dachte an das Mädchen in der Hütte und stellte sich ihr Staunen vor. Dann sah sie Arano an, nahm seine Hand und drückte sie einige Sekunden an ihre Wange, eine Geste von Geborgenheit, die Natalia immer so kurz wie möglich genoss, um genügend Freude übrig zu haben für das nächste Mal.

»Willst du noch ein Glas Wein?«, fragte sie.

»Lieber Bier«, sagte er.

Die Wohnungstür wurde aufgesperrt, Schlüssel klapperten laut und die Tür krachte zu. Kurz darauf stand Lucy im Türrahmen und hinter ihr ein schmächtiger Junge, der einen Kopf kleiner war als sie und grüne Haare hatte. Er hob die Hand zum Gruß und grinste hinter Lucys breitem Rücken hervor.

»Ich hab gewusst, dass du kommst.« Arano ging zu seiner Tochter und drückte sie an sich. Sie schlang die Arme um ihn. In ihrer Bomberjacke klimperte und klackte es metallisch. »Herzlichen Glückwunsch zum Geburtstag, Lucy! Möge Ngomi, die Antilope, dich sicher und unbeirrt durch alle Nächte führen!«

»Ja, Papa«, murmelte sie und machte sich von ihm los. Natalia wartete schon. Also streckte ihr Lucy das Gesicht hin und Natalia küsste sie auf beide Wangen und auf den Mund, was Lucy nicht mochte, weshalb sie die Lippen aufeinander presste.

»Alles Gute zum Geburtstag, Lucy!«

»Ja, danke. Ich muss gleich wieder weg. Jimmy und ich sind noch auf eine Fete eingeladen.«

Der Junge mit den grünen Haaren hob wieder die Hand und grinste.

»Ich hab eine Pizza für dich gebacken«, sagte Natalia. Als sie das Mädchen jetzt anschaute, kehrte diese Unsicherheit zurück, die sie so oft empfand, wenn sie darüber nachdachte, ob es eine Zukunft geben könne mit ihr als Lucys neuer Mutter. Sie zweifelte daran. Und hoffte, Arano würde weiterhin zu unentschlossen bleiben, um ihr einen Heiratsantrag zu machen. Auf ihre eigenwillige, selbstbewusste, unberechenbare Art schüchterte Lucy sie ein und Natalia konnte sich nicht daran erinnern, dass das Mädchen ihr je Vertrauen geschenkt hätte. Natalia fand, Lucy war immer nur höflich zu ihr, angestrengt höflich.

»Entschuldige«, sagte Lucy, »aber ich hab keinen Hunger, wir ham schon was gegessen, stimmts, Jimmy?«

Jimmy nickte und grinste. Er stand immer noch im Flur und traute sich anscheinend nicht ins Wohnzimmer. Dafür trat er ständig von einem Fuß auf den anderen, als müsse er dringend aufs Klo.

»Willst du was trinken?«, fragte ihn Arano.

Jimmy schüttelte den Kopf.

»Der spinnt manchmal, das ist total normal«, sagte Lucy. Sie warf Jimmy einen Blick zu und er vergrub verlegen seine Hände in seiner ausgeleierten Bluejeans, die ihm ungefähr drei Nummern zu groß war. Darüber trug er ein weißes T-Shirt und eine schwarze Jeansjacke, die seinen dürren Körper nach unten zu ziehen schien.

»Geil!« Ohne ein Wort zu verlieren hatte Lucy die Geschenke ausgepackt. Arano und Natalia standen am Tisch und sahen ihr zu. Natalias Befangenheit, die sie ärgerte, verwandelte sich allmählich in kribbelnde Wut.

Lucy hielt das blaue Handy hoch, das ihr Vater ihr geschenkt hatte.

»Du kannst mit Karte telefonieren und tausend Nummern eingeben und irgendein Sondertarif ist auch dabei«, sagte er.

Sie legte das Gerät hin und betrachtete die teure weiße Jeans und den blauen Kaschmirpullover.

»Damit du mal eine Hose zum Wechseln hast«, sagte Arano.

»Sieht schon schön aus.« Lucy legte die Sachen beiseite und riss das dritte Päckchen auf. Zum Vorschein kamen eine runde blaue Kerze und drei kleine Fläschchen mit Duftölen.

»Das gefällt mir!« Lucy hob kurz den Kopf und lächelte. »Ich mag das, wenns gut riecht. Leih ich dir mal«, rief sie Jimmy zu, »damit deine Nase mal was Gutes zu riechen kriegt und nicht immer nur Shit.«

Jimmy nickte und grinste und trat von einem Bein aufs andere.

»Das Handy nehm ich mit, die andern Sachen lass ich hier, okay?« Flink wie ein Zauberkünstler ließ Lucy den kleinen Apparat in ihrer Jacke verschwinden. Natalia beobachtete sie, sprachlos und verärgert. Wieso sagst du nichts, Chris, die kommt hier rein, nimmt uns gnädig zur Kenntnis und rupft ihre Geschenke auf, als würd das alles nicht einen Haufen Geld kosten. Wozu braucht eine Vierzehnjährige überhaupt ein Handy, die sieht doch ihre Freundinnen sowieso andauernd?

»Tamara hat angerufen und nach dir gefragt«, sagte Natalia ernst.

»Ja«, sagte Lucy, die schon an der Tür war und Jimmy zur Seite schob. »Ich hab sie getroffen, keine Ahnung, was mit der los ist. Ich hab ihr verboten noch mal bei dir anzurufen. Wir waren verabredet und ich hab keine Zeit gehabt, ist das ein Grund, gleich die Panik zu kriegen? Blöde Gans!«

»Wir haben mit dem Polizisten gesprochen, mit dem du in dem Café warst«, sagte Natalia. Wenn Chris den Mund nicht aufbrachte, wollte wenigstens sie zeigen, dass man auf dem Kummer anderer nicht herumtrampeln durfte wie auf einer ausgeleierten Matratze. »Wir haben uns Sorgen gemacht und dich als vermisst gemeldet ...«

»Nicht schon wieder!« Lucy schlug sich gegen die Stirn.

»Lass mich ausreden! Es ist nicht nötig, dass du Tamara verbietest, bei mir anzurufen, das tut sie nämlich sowieso selten. Deswegen waren wir besorgt, dein Vater und ich, weil sie gesagt hat, das wär noch nie vorgekommen, dass ihr verabredet seid und du nicht auftauchst. Du warst vier Tage weg, Lucy, und heute ist dein Geburtstag und du kommst zu dieser Uhrzeit hier rein, als wär nichts, und wir warten seit Stunden auf dich. Was ist denn passiert? Red mit uns, Lucy! Sag uns, was dich bedrückt, vielleicht können wir dir helfen.«

»Was hat der Polizist gesagt?«

»Was?« Natalia war irritiert. »Welcher Polizist? Ach, Herr Süden ...«

»Was hat der gesagt?« Lucy kam noch einmal ins Zimmer. Sie sah Natalia in die Augen und diese verstummte vor Schreck. Diesen Blick kannte sie und er flößte ihr jedes Mal Unbehagen ein. Woher, dachte sie stets, kam diese Finsternis bei einem so jungen Mädchen?

»Er hat gesagt, du hast Himbeerkuchen gegessen«, sagte Arano, ging zu ihr und streichelte ihre Wange. »Und er hat gesagt, du hast einen ruhigen Eindruck gemacht. Stimmt das?«

»Sonst hat er nichts gesagt?«, fragte Lucy und zog die Stirn in Falten. Was war mit Netty los, was machte die auf einmal für ein Gesicht? Sieht ja total verhutzelt aus.

»Nein«, sagte Arano.

»Was hast du in Schwabing gemacht?«, fragte Natalia gleichzeitig.

»Was?«, sagte Lucy. Sie hatte keine Lust zu antworten, sie war schon wieder viel zu lange hier. Wenn ich bloß dran denk, dass ich jetzt vierzehn bin, könnt ich schon abkotzen! Und beinah hätte sie vergessen, weshalb sie überhaupt gekommen war.

»Steh nich im Weg!«, blaffte sie Jimmy an, verschwand in ihrem Zimmer und knallte die Tür zu. Zappelnd wie vor einer geschlossenen Toilettentür stand Jimmy im Flur und hopste von einem Bein aufs andere.

»Gehts dir nicht gut?«, fragte Arano, der mit Natalia aus dem Wohnzimmer kam.

Jimmy nickte, fuchtelte mit den Händen in den Hosentaschen herum und wartete ungeduldig darauf, dass Lucy zurückkam.

»Du darfst sie nicht wieder weggehen lassen«, sagte Natalia zu Arano.

Die Tür flog auf und Lucy kam aus ihrem Zimmer.

»Du musst morgen in die Schule«, sagte Arano. Auf ihn machte seine Tochter einen halbwegs normalen Eindruck. Sie war nicht bekifft wie dieser Jimmy, der nur noch vor sich hin grinste, sie hatte keine Fahne, wie manchmal, wenn sie von ihren Freunden kam; dabei mochte sie Alkohol nicht besonders. Und sie sah, fand Arano, ausgeschlafen und gesund aus. Er wusste, so etwas durfte er unter keinen Umständen zu Netty sagen, die hätte ihn angeschrien und ihm vorgeworfen, vollkommen geblendet von seiner hübschen Tochter zu sein und es auch noch zu genießen, wenn sie ihm auf der Nase herumtanzte, ihn anlog und nicht nach Hause kam wie eine Streunerin. Aber er durfte nicht ungerecht sein. Netty kümmerte sich um Lucy, wenn er mal wieder keine Zeit hatte, sie machte sogar Hausaufgaben mit ihr und brachte sie dazu, morgens pünktlich aufzustehen und ordentlich zu frühstücken. Vielleicht war er tatsächlich zu nachsichtig, nein, er brauchte sich nichts vorzumachen, er war nachsichtig. Ich schaffe es einfach nicht sie zu bestrafen, wenn sie die Regeln nicht einhält, ich will sie nicht gängeln, auf keinen Fall will ich, dass sie sich von mir eingesperrt und wie ein unmündiges Kind behandelt fühlt. Lucy war weit entwickelt für ihr Alter und sie hatte mehr durchgemacht als die meisten ihrer Mitschüler.

Nach dem Tod seiner Frau Linda vor fast vier Jahren und den

Wochen danach, in denen er die Sprache verloren hatte und sich nur schriftlich mitteilen konnte, schwor sich Christoph Arano, seine Tochter nie mehr einem ähnlichen Grauen auszusetzen und ihr jederzeit, jeden Tag und jede Nacht, die Freiheit zu lassen, alles zu tun, was sie wollte. Er hatte ihr das nicht gesagt, er hatte es sich nur vorgenommen und hoffte, er könne damit den Schrecken von ihr nehmen, der sie seit jener Zeit gefangen hielt. Niemand wusste das so gut wie er und nicht einmal sie selbst ahnte, woher ihre Wut und ihre unkontrollierbaren Aggressionen kamen, denen sie ebenso ausgeliefert war wie die Menschen, auf die sie losging. Natürlich riet ihm sein Arzt zu einem Psychologen zu gehen. Aber er hatte kein Vertrauen, und Lucy hatte auch keins. Alles keine Entschuldigungen für ihre Ausbrüche, für ihr rücksichtsloses Verhalten, wie er sich eingestand. Aber er war davon überzeugt, sie würde sich eines Tages bessern, sie würde begreifen, dass sie so nicht weiterleben konnte, sondern die Gemeinschaft akzeptieren musste, der sie angehörte, in der Schule, im Alltag, in der Gesellschaft. Dann würde die Folter ihrer Erinnerung enden, davon war Arano überzeugt, und von diesem Moment an würde sie niemanden mehr anlügen, überfallen und ausrauben. Eine verwundete Seele heilt langsam, aber sie heilt, hatte seine Großmutter Sola gesagt, und daran glaubte er. Auch seine tiefen Wunden waren beinahe verheilt und er hatte die Zeit nicht vergessen, als er sich sicher war, er würde den Schmerz nie überwinden, bis zum Ende seines Lebens nicht.

Lucy küsste ihn auf beide Wangen und auf die Stirn.

»Morgen ist letzter Schultag, da geh ich hin«, sagte sie fröhlich und schob Jimmy aus der Tür ins Treppenhaus. Dann drehte sie sich noch einmal um und sah Natalia an. »Schönes Kleid, echt!«

»Wann kommst du zurück?«, rief Natalia.

»In zwei, drei Stunden, okay?«

Das Klacken ihrer Schuhe auf den Steintreppen verhallte, die Haustür fiel ins Schloss und man hörte nur noch die leisen Geräusche eines Fernsehers in irgendeiner Wohnung.

»Wieso hast du ihr nicht verboten wegzugehen?«

Natalia setzte sich an den Tisch im Wohnzimmer. Vor der Stereoanlage nahm Arano eine CD aus der Hülle.

»Sie ist bald wieder da«, sagte er.

»Scheiße!«, sagte Natalia. Sie schniefte. Das hatte ihr gerade noch gefehlt, dass sie jetzt heulte.

Musik von Vivaldi erklang, eines ihrer Lieblingsstücke.

»Komm!«, sagte Arano. Er streckte seine Hand aus.

»Was ist?«

»Komm!«

Einen Moment zögerte sie, putzte sich mit der Serviette die Nase ab und stand auf. Arano legte den Arm um sie und begann zu tanzen. Langsam, langsamer als der Rhythmus der Musik. Natalia wehrte sich ein wenig, dann gab sie nach und lehnte den Kopf an seine Schulter.

»Ich versteh dich nicht«, sagte sie leise.

Schweigend tanzten sie im Kreis.

»Wir müssen der Polizei sagen, dass Lucy wieder aufgetaucht ist«, sagte sie.

»Ja«, sagte er, »aber es gibt noch etwas Wichtigeres.«

Zu den Violinen von Vivaldis »Frühling« nahm Arano ihre Hände, blieb vor ihr stehen und sagte: »Willst du mich heiraten, Natalia?«

Sie lächelten beide nicht.

Natalia hörte den Geigen zu, dem Cello, dem Cembalo, sie sah den Apfelbaum hinter ihrem Haus, ihren unerschütterlichen Begleiter, den kein Winter brechen konnte, und auf der

Straße rasselte Maja mit der Fahrradklingel, die Dinge waren alle an ihrem Platz. So wie sie.

»Willst du in Ruhe darüber nachdenken?«, fragte Arano. Er hielt immer noch ihre Hände und wartete darauf, dass sie ihn wieder anschaute.

»Nein«, sagte sie. Für einen Moment senkte sie den Kopf, dann blickte sie Arano entschlossen in die Augen. »Du bekommst eine fünfzehn Jahre ältere Frau, weißt du das?«

»Natürlich.«

»Vielleicht bin ich deiner Tochter nicht gewachsen.«

»Sie mag dich.«

»Manchmal.«

Sie ließ seine Hände los, drehte sich herum und lehnte sich an ihn. Dann griff sie wieder nach seinen Händen. An der Wand gegenüber hing ein verzierter Spiegel und sie konnten ihre Gesichter sehen.

»Der schwarze Mann und seine blonde Frau«, sagte sie.

»Ich werde dich nie verlassen«, sagte er.

»Das brauchst du auch nicht«, sagte sie, »denn ich werde vor dir sterben.«

Er hielt ihr mit einer Hand die Augen zu, mit dem freien Arm umfasste er ihren Bauch.

»Unser Leben fängt gerade erst an«, sagte er leise.

»Vermisstenstelle, Epp.«

»Kollegin«, sagte Polizeihauptmeister Ernst Sand, »wir haben eure Ausreißerin gefunden, die kleine Negerin.«

»Wo?«, fragte Freya Epp und gab ihrem Kollegen Nolte, der in der Zeitung vom nächsten Tag blätterte, ein Zeichen.

»Kunstpark Ost. Vor dem Babylon. Ziemlicher Auflauf hier, grad kommt der Sanka.«

»Was ist denn passiert?«

»Was passiert ist, Kollegin?« Sand machte eine kurze Pause. »Entschuldigung, ich hab grad dem Sanitäter den Weg freimachen müssen. Was passiert ist? Das Mädchen hat einen Gleichaltrigen zusammengeschlagen. So wies aussieht, wollt sie ihm ein Handy andrehen, aber er wollt das Ding nicht. Es ist zum Streit gekommen und dann hat sie zugeschlagen. Der Junge ist schon auf dem Boden gelegen, haben Zeugen gesagt, und sie hat weiter auf ihn eingedroschen. Mit einer Zaunlatte, die sie eigenhändig aus einem Absperrungszaun rausgebrochen hat, das müssen Sie sich mal vorstellen, Frau Kollegin! Der lag da und hat geblutet und das Mädchen holt so ein Stück Holz und drischt auf ihn ein. Wieso macht die so was? Der Junge sieht übel aus, er ist voller Blut, Gesicht aufgequollen, offene Wunden, Nasenbein gebrochen wahrscheinlich. Ein paar Jungs haben eingegriffen, aber die kleine Negerin ist ziemlich gut beieinander, die hat dann gleich noch zwei andere erledigt. Meine Kollegen haben ihr Handschellen angelegt, sonst ist die nicht zu bändigen. Außerdem hat sie vorher mit einem Freund ein Pärchen in einem Auto überfallen und ausgeraubt, die haben einfach die Fahrertür aufgerissen und dem Paar ein Messer vor die Nase gehalten, die junge Frau ist dabei verletzt worden, nicht schlimm, aber sie hat ganz schön geblutet. Die Negerin und ihr Komplize haben dreihundert Mark, eine Armbanduhr und einen Ring geklaut. Der Junge ist verschwunden, wir suchen ihn noch, wahrscheinlich ist er noch auf dem Gelände. Als der junge Mann in dem Auto was sagen wollte, hat ihm die Negerin mit der Faust auf die Nase geschlagen. Ich hab so was noch nicht erlebt, die ist völlig durchgeknallt, die muss man aus dem Verkehr ziehen, bevor sie jemand umbringt, das ist ja Wahnsinn mit der. Holt ihr sie jetzt ab oder was sollen wir mit ihr machen? Wie alt ist die eigentlich?«

»Genau vierzehn!«, rief Nolte, der über Lautsprecher mitgehört hatte. Er sprang auf und zog sich hastig die Lederjacke an. »Jetzt packen wir sie uns! Jetzt ist sie fällig!«
»Wir kommen«, sagte Freya und legte auf.
Und das Land begann die Besinnung zu verlieren.

3

Manchmal wunderte er sich über die Gefühle, die sein Kollege investierte, um einem Mandanten, dem nicht zu helfen war, eine Tür zu öffnen, die es in Wahrheit nicht gab. Manchmal ärgerte sich Dr. Niklas Ronfeld auch über ihn, dessen Köderversuche meist viele Stunden in Anspruch nahmen, ohne dass es am Ende eine Einigung gab. Dabei hatte Dr. Sebastian Fischer, der Rechtsanwalt, kein besonderes Vergnügen daran, seinen ehemaligen Studienkollegen, der jetzt für die Staatsanwaltschaft München I arbeitete, in die Enge zu treiben und dessen scheinbar unerschütterliche Geduld auf die Probe zu stellen. Es kam vor, dass die beiden nach ihren Streitgesprächen tagelang auf den Fluren des Gerichts und in den Cafés, die sie besuchten, einander ignorierten. In seltenen Fällen dauerte die gegenseitige Missachtung sogar einen Monat. Allerdings hatte der Beruf sie in den vergangenen acht Jahren nie so entzweit, dass sie ihre Freundschaft vergaßen. Über die unterschiedliche Bewertung von Straftätern und Straftaten hinaus gelang es ihnen immer wieder – wenn auch gelegentlich nach geradezu mit kindlichem Jähzorn und geifernder Rechthaberei ausgetragenen Disputen außerhalb des Gerichtssaals –, ihre Person von der Funktion zu trennen und zur Vernunft zurückzukehren. Sie gingen gemeinsam essen, betranken sich oder spielten bis zur Erschöpfung Tischtennis. Letzteres taten sie auch, wenn sie im Clinch lagen, dann jedoch wortlos, grimmig und aggressiv. So wie jetzt.

Bei jeder sich bietenden Gelegenheit schmetterte jeder den Ball übers Netz und wenn er im letzten Moment über die Tischkante fegte und unerreichbar die Richtung änderte, entschuldigte sich keiner.

Obwohl es draußen achtundzwanzig Grad hatte, war es kühl im Keller des Schelling-Salons, wo sich der dreigeteilte Tischtennisraum, einige Kickerkästen und das Billardmuseum befanden. Zu diesem Zeitpunkt, gegen fünfzehn Uhr, waren Ronfeld und Fischer die einzigen Spieler. Wie immer hatten sie die Platte direkt bei der Eingangstür genommen, weil hier mehr Platz war als hinter den alten Stoffvorhängen in Richtung Fenster, dessen Läden geschlossen waren. Das Neonlicht war trüb und wenn er verlor, schob Fischer, der eine starke Brille trug, seine Niederlage auf die miese Beleuchtung, die auf beiden Seiten der Platte unterschiedlich war und ihn irritierte. Abgesehen davon spielte er schlechter als Ronfeld. Der Staatsanwalt machte manchmal absichtlich Fehler, um seinen Gegner nicht zu entmutigen. Aber heute nicht.

Heute schmetterte und schnitt Ronfeld die Bälle, wie sie kamen, und nach nur acht Minuten hatte er das erste Spiel mit einundzwanzig zu sechs gewonnen. Fischer war gekränkt.

Sie spielten und schwiegen. Ronfeld in einer kurzen grünen Turnhose, die aussah, als habe er sie schon in der Schule getragen, dazu ein ausgewaschenes rotes T-Shirt und abgetretene Turnschuhe; Fischer im blauen Trainingsanzug, die Ärmel hochgekrempelt, mit weißen Tennisschuhen und weißen Socken. Er schwitzte stark und hatte immer ein Handtuch dabei. Beim Seitenwechsel wusch er sich in dem kleinen Waschbecken das Gesicht, ohne es hinterher abzutrocknen. Statt seiner normalen Brille trug er eine gelbe Sportbrille mit Plastikgestell. Schon vor Jahren hatte Ronfeld versucht ihn zu Kontaktlinsen zu überreden, aber der Rechtsanwalt hatte Bedenken, er würde sie ständig verlieren. Ronfeld erklärte, er habe seine Linsen noch nie verloren, zudem sei seine

Dioptrienzahl seither nicht gestiegen. Für Fischer waren das keine Argumente, bloß subjekive Erfahrungswerte, die ihn nicht überzeugten.

Sie schwiegen und spielten weiter. Grimmig und aggressiv. Im zweiten Spiel lag Fischer schon neun zu vierzehn zurück. Er schmetterte, der Ball schleuderte gegen die Netzkante und flog von dort ins Aus. Über solch vertane Chancen konnte er sich minutenlang ärgern, und er wusste, das durfte er nicht, er musste sich konzentrieren, er hatte Angabe, beste Gelegenheit, Punkte einzufahren.

Kennen gelernt hatten sich die beiden bei einem Faschingsball der Ludwig-Maximilians-Universität. Schon damals, vor mehr als fünfundzwanzig Jahren, war es Ronfeld, der jedes Mädchen bekam, das er wollte, während Fischer die besten Möglichkeiten verspielte, weil er im letzten Moment zu schüchtern oder zu forsch auftrat. Auch beim Tischtennis fehlten ihm oft Ruhe und Überblick und manchmal zeigte sich dieser Mangel sogar im Gerichtssaal. Wenn er es dann mit Ronfeld zu tun hatte, bekam er keinen Stich, da dieser Fischers Unentschiedenheit gnadenlos ausnutzte. Als Ronfeld heiratete, war Fischer sein Trauzeuge und er beneidete seinen Freund nicht nur um die attraktive Frau. An jenem Tag, während der Zeremonie und später bei der Feier in dem wundervoll dekorierten italienischen Restaurant, gab es Augenblicke, in denen Fischer mit purem Neid das Brautpaar betrachtete und ihn die Lässigkeit, mit der sein Kollege und Freund durchs Leben spazierte, anwiderte. Er hasste sich für solche Gedanken, aber er hatte sie immer wieder und es gelang ihm nicht, sich von ihnen zu befreien. Etwas in seiner Beziehung zu Ronfeld war gebrochen, und je öfter sie sich stritten und aus dem Weg gingen, desto tiefer empfand er diesen Riss, desto verbissener bekämpfte er Ronfelds nüchterne Sachlichkeit im Beruf und darüber hinaus. Vor allem im Beruf.

Einundzwanzig zu elf verloren. Fischer wusch sich das Gesicht, sah in den Spiegel, bleckte die Zähne. Unten rechts wurde der Schneidezahn immer gelber, wenn der ausfiel, brauchte er eine Brücke, noch eine. Dann kann ich mir gleich ein Gebiss machen lassen, verdammt! Dr. Sebastian Fischer war achtundvierzig und seit er sich erinnern konnte, hatte er eine Baustelle im Mund.

Während er die Brille mit einem Papiertuch säuberte, das er von der Rolle neben dem Spiegel abgerissen hatte, ließ Ronfeld den Ball auf den Schläger ploppen. Plopp-plopp-plopp. Auf einmal war Fischer von dem Geräusch genervt.

»Diese Heime sind Verwahranstalten«, sagte er unvermittelt. Setzte die Brille auf, trat auf das Pedal des blechernen Abfalleimers und warf das zusammengeknüllte Papier hinein.

Ronfeld erwiderte nichts. Er hatte Angabe und wartete schon. Fischer sah zu ihm hinüber, rieb die rechte Handfläche an der Trainingshose ab und kniff die Augen zusammen. Er spielte jetzt auf der Türseite, wo es etwas heller war. Eins zu null für Ronfeld. Fischer hatte den Ball ins Netz retourniert.

»Diese Heime sind eine Strafe für die Jugendlichen, sie machen sie nur noch aggressiver.« Es schien, als würde Fischer zur grünen Tischtennisplatte sprechen.

Zwei zu null.

»Das ist genau der Zweck. Strafe.« Ronfeld sah seinen Freund nicht an, bevor er den Ball über der flachen Hand hoch warf.

»Willst du die Kinderstrafe wieder einführen?«, fragte Fischer.

Drei zu null.

»Dieses Mädchen ist eine Mehrfachtäterin, eine Intensivtäterin, und genau für diese Art junger Krimineller haben wir diese Heime gebaut. Spielen wir oder diskutieren wir?« Ronfeld federte in den Knien, beugte den Oberkörper nach rechts und links, taxierte seinen Gegner und machte seine Angabe.

Drei zu eins. Fischer hatte genau ins Eck geschmettert. Der Ball sprang gegen die Wand und rollte in den abgeteilten Raum hinter dem Vorhang.

»Ein Platz in einem geschlossenen Heim kostet zwölftausend Mark im Monat und die Rückfallquote liegt bei neunzig Prozent. Sehr gut.« Wieder blickte Fischer in den Spiegel und wischte sich mit dem Ärmel den Schweiß aus dem Gesicht. Er hatte zugenommen, das sah er an seinen Backen, wenn er nicht aufpasste, blähte sich sein Gesicht und dann fühlte er sich feist und elend. Im Gegensatz zu Ronfeld verbrachte er keinen Monat ohne Gewichtskontrollen und Diätversuche, mittags aß er nur einen Salat und abends nur ein Stück Fleisch ohne Sauce und Beilagen. Das schmeckte ihm genau einen Tag, dann hatte er keine Lust mehr und keine Zeit, sich seinem Hunger unterzuordnen. Ronfeld war größer und kräftiger als Fischer, aber sein Körper war gut proportioniert, er setzte kaum Fett an, was Fischer jedes Mal überprüfte, wenn sie sich nach dem Tischtennis umzogen und für ein paar Sekunden nackt dastanden.

Sie schwiegen. Fischers letzte Bemerkung schien Ronfeld überhört zu haben. Er machte fünf Punkte in Folge, danach verlegte er sich auf Abwehr und verschlug eine Menge Bälle, bemüht, es wie echte Fehler aussehen zu lassen. Er wollte Fischer heute nicht zu sehr demoralisieren.

Beim Stand von zwanzig zu siebzehn für Fischer legte der

Rechtsanwalt den Schläger auf die Platte und hob drohend die Hand.

»Ich werd nicht erlauben, dass das Mädchen weggesperrt wird!«, sagte er, den weißen Ball in der erhobenen Faust. »Sie hat viel Unsinn angestellt, aber da war sie noch nicht strafmündig. Niemand kann sie dafür zur Rechenschaft ziehen, das lassen wir nicht einreißen, und ich erwarte, dass du nicht anfängst, an Lucy Arano ein Exempel zu statuieren. Was du bisher dazu gesagt hast, halte ich für unverantwortlich. Und für gefährlich. Weißt du, wohin das führt, was du in diesem Fall treibst, weißt du, wohin das führt?«

»Wohin?« Ronfeld stützte die Hände in die Hüften. Er hatte die ganze Zeit mit einem Ausbruch seines Freundes gerechnet, er hatte es ihm geradezu angesehen, wie sich hinter seiner starren Miene die Worte zu einer Kavallerie formierten.

»Zur weiteren Kriminalisierung von Jugendlichen, dazu führt das! Man buchtet Vierzehnjährige nicht ein, Niklas, man muss ihnen helfen, man muss mit ihnen arbeiten, man muss dafür sorgen, dass sie Verantwortung lernen, dass sie ihre Fehler einsehen, dass sie begreifen, was ein soziales Miteinander ist ...«

»Ja, wir schicken sie zu Ökowochenenden in die Toskana, das weiß ich doch, Wastl, ich hab selber schon Jugendliche in die Berge geschickt, damit sie zusammen klettern und die Flüsse runterschippern. Und was ist passiert? Sie haben sich gegenseitig beklaut oder ihre Begleiter.« Ronfeld winkte ab, dann rieb er sich die Hände. »Spiel endlich, sonst kommst du noch völlig draus und ich schlag dich noch!«

»Du nicht.« Fischer machte seine Angabe, schnitt den Ball an und trat einen Schritt nach hinten, um die garantiert geschmetterte Rückgabe zu erwarten. Er richtete sich halb auf und holte aus, da senkte sich der Ball unmittelbar hinter dem Netz, ein unerreichbarer Stoppball. Zwanzig zu achtzehn. Ronfeld verzog keine Miene, genauso wie Fischer.

Beim nächsten Ballwechsel verrutschte Fischer die Brille, beim übernächsten die Trainingshose und aus unerfindlichen Gründen wollte er beides sofort korrigieren. Zwanzig zu zwanzig.

Drei Minuten später setzten sie sich an den kleinen Holztisch an der Wand. Fischers Gesicht war schweißüberströmt, er keuchte, beugte sich nach vorn und schloss die Augen. Ronfeld trank einen Schluck Mineralwasser und lehnte sich zurück. An der Tafel über dem Tisch waren vier weiße Kreidestriche unter dem Buchstaben N und keiner unter dem Buchstaben W. Das Spiel, das Fischer praktisch schon gewonnen gehabt hatte, war fünfundzwanzig zu dreiundzwanzig an Ronfeld gegangen.

»Es ist nicht nur eine weitere Kriminalisierung ...« Vornübergebeugt nahm Fischer den Faden wieder auf. »Du höhlst vielmehr das Recht aus. Auf Kosten eines vierzehnjährigen Mädchens, das manchmal die Kontrolle über sich verliert. Dieses Kind hat große psychische Probleme, es ist gestört, es hat den Tod seiner Mutter nicht überwunden ...« Er streckte sich und drehte den Kopf. »Wir dürfen es nicht wegsperren, wir dürfen dem Geschrei nicht nachgeben, Niklas!«

»Dieses Kind ist eine Kriminelle, und zwar eine Schwerkriminelle, das weißt du, Wastl. Ich werde dieses Wort nicht benutzen, aber sie ist eine Schwerkriminelle, denk an die Aussagen der Opfer! Der Junge, den sie im Kunstpark zusammengeknüppelt hat, der war vier Tage im Krankenhaus, der wird sein Leben lang eine verunstaltete Nase haben, sein Arm ist gebrochen, drei Zähne fehlen. Und was hat er getan? Nichts! Er hat nichts getan! Er wollte dieses Scheißhandy nicht kaufen, das ihm deine Mandantin andrehen wollte. Dafür hat sie ihn verprügelt. Und nicht nur einfach so verprügelt, wie sich Jugendliche eben prügeln, sie hat ihn niedergeschlagen, so wie sie ihre früheren Opfer auch niedergeschlagen hat, ein gezielter Schlag zwischen die Beine, mit Schuhen mit Stahlkappen, und dann besorgt sie sich einen Holzprügel und drischt auf den Jungen ein. Der lag am Boden, der war hilflos, der wehrte sich nicht, dafür gibts Zeugen, einige Zeugen, der arme Junge hat nicht das Geringste dazu beigetragen, dass dieses Mädchen so ausgerastet ist. Sie hat genau gewusst, was sie getan hat, sie hat es immer gewusst, bei allen achtundsechzig Taten vorher.«

»Das ist doch lächerlich, Niklas!« Fischer stand auf, ging zum Waschbecken, wusch sich das Gesicht mit eiskaltem Wasser, rieb es mit den Händen ab und öffnete die Tür zum Kellerflur. Kalte Luft strömte herein. »Es gab keine Anzeige, keine einzige vorher.«

»Natürlich nicht! Weil wir gegen strafunmündige Kinder nicht ermitteln.«

»Genau das ist der Punkt.« Fischer machte einen Schritt auf Ronfeld zu, der wieder aus der Wasserflasche trank und sie an den Lippen hielt, während Fischer redete. »Es wird nicht ermittelt, aber kaum ist das Kind vierzehn, soll es im Nachhinein für seine Taten zur Verantwortung gezogen werden. Das ist Unrecht. Das dürfen wir nicht zulassen, dagegen verwahr ich mich. Wir können ein Kind nicht als Serientäter bezeichnen, wenn es nur zwei Straftaten begangen hat. In diesem Fall die im Kunstpark.«

»Lucy Arano ist eine Serientäterin. Und dafür wird sie bestraft. Dafür kommt sie in ein geschlossenes Heim. Darauf werd ich plädieren und jeder Richter wird meiner Empfehlung folgen. Das ist genau die Art von Schockbehandlung, die so eine Täterin braucht, um sich zu besinnen. Die braucht keine Erlebnispädagogik, die braucht keine sozialpädagogische Verzärtelung, die braucht Grenzen, harte, unüberwindliche Grenzen. Dieses Mädchen hat doch kein Unrechtsbewusstsein, Wastl! Die denkt, sie kann machen, was sie will, sie kann schlägern, rauben, alte Frauen überfallen, Gleichaltrige niederknüppeln, Automaten aufbrechen, Supermärkte bestehlen. Die glaubt, dass niemand gegen sie ankann. Und sie ist so davon überzeugt, dass sie nicht mal merkt, dass sie am Tag ihres vierzehnten Geburtstags wieder eine Straftat begeht, und eine besonders hässliche noch dazu. Sie wusste, dass sie mit vierzehn straf- und haftfähig wird, das wusste sie, die Polizei hat es ihr hundertmal gesagt und sogar ihr überforderter Vater wird es ihr gesagt haben. Alle haben es ihr gesagt, sie wusste Bescheid. Und es war ihr scheißegal. Sie wird angeklagt wegen gemeinschaftlichem Raub und gefährlicher Körperverletzung und wird ein Jahr ohne Bewährung kriegen. Und wenn du nüchtern über die Sache nachdenkst, wirst du feststellen, dass es keine andere Variante gibt. Außerdem ist sie ja nicht die Einzige in diesem Land, die schon mit vierzehn agiert wie ein erwachsener Krimineller. Es ist nicht meine Aufgabe zu klären, wieso es so weit gekommen ist, obwohl mich das interessiert und beschäftigt, wie du weißt. Aber ich bin nicht da, um Ursachen zu beseitigen, ich bin Ankläger, und ich klage auch deine Mandantin an, ein gefährliches, unberechenbares, unbelehrbares Kind.«

»Du versuchst eine Grauzone auszunutzen, das nehm ich dir nicht übel«, sagte Fischer und nahm seinen Schläger in die Hand. »Was ich dir vorwerfe, ist, dass du seit einer Woche nicht die geringste Anstrengung unternimmst, die Beweggründe dieses Mädchens kennen zu lernen, ihre Zerrissenheit, ihre Ängste. Du tust so, als würde dieses Mädchen die öffentliche Sicherheit und Ordnung gefährden und das Allgemeinwohl bedrohen. Du behandelst sie wie eine Terroristin, du stellst einen Antrag auf Haftverschärfung ...«

»Sie hat einen Wachmann angegriffen und ihm heißen Tee ins Gesicht geschüttet.« Mit einer heftigen Bewegung erhob sich Ronfeld und schüttelte den Kopf.

»Der Mann hat versucht sie anzumachen«, sagte Fischer, ging zur Tür und knallte sie zu. »Außerdem war der Tee lauwarm.«

»Der Wachmann sagt, er habe ihr lediglich eine Jacke um die Schulter gelegt, weil sie gefroren hat. Sie lügt. Sie ist eine ausgekochte Lügnerin. Sie weiß genau, womit sie durchkommt. Aber nicht bei mir!« Ronfeld ging zur Tischtennisplatte, überlegte, auf welcher Seite er dran war, und entschied sich für die Hälfte beim Vorhang.

»Jetzt sitzt sie in einer Einzelzelle. Bravo! Erst Einzelzelle, dann geschlossenes Heim! Dieses Mädchen ist verstört, Niklas! Wieso begreifst du das nicht? Ihre Mutter starb vor vier Jahren, und die Umstände sind höchst dubios. Es gibt Hinweise darauf, dass sie einem fremdenfeindlichen Anschlag zum Opfer gefallen ist. Es wurde nie geklärt, woher das Feuer in der Wohnung kam. Und Lucy leidet bis heute unter diesem Verlust. Sogar ihre Lehrer, die bei ihr wirklich nichts zu lachen haben, geben zu, dass sie offenbar immer wieder von Depressionen und Schuldgefühlen geplagt wird, so dass sie plötzlich verstummt und mit niemandem mehr redet, dass sie sich nicht ausdrücken kann, dass sie Schmerzen hat ...«

»Deine Mandantin ist eine Gefahr für die Öffentlichkeit und wenn wir nicht konsequent gegen solche Täter, egal wie jung sie sind, vorgehen, dann werden wir eine Situation kriegen, in der sogar die Polizei machtlos ist oder sich schlimmsten-falls einschüchtern lässt, was schon oft genug passiert. Op-ferschutz muss höher bewertet werden als Täterschutz, mein Lieber. Wie viele Opfer willst du noch riskieren, wenn du das Mädchen auf freiem Fuß lässt, wie viele? Was schätzt du? Wie viele alte Frauen wird sie noch überfallen, wie viele Klassenkameraden wird sie noch niederhauen und misshan-deln, wenn sie nicht das tun, was sie von ihnen verlangt? Wenn sie zum Beispiel keine Lust haben, ihr Scheißhandy zu kaufen? Wie viele? Wir müssen sie stoppen und jetzt spielen wir weiter!«

»Du hast was gegen sie, weil sie die Tochter eines Schwarzen ist.« Auf seiner Seite der Platte befand sich Fischer seinem Freund genau gegenüber, sie standen in einer Linie, beide den kleinen Schläger in der Rechten. Sie sahen sich an.

»Das ists, was du mir die ganze Zeit sagen wolltest. Deswe-gen wolltest du unbedingt heute Nachmittag mit mir Tisch-tennis spielen. Um mir diesen Satz an den Kopf zu werfen.« Ronfeld stützte sich auf der Platte ab und ließ den Ball unter den Fingern kreisen.

»Nein«, sagte Fischer. »Ich hab gehofft, dass ich hier normal mit dir reden kann. Du hast dich in diesen Fall geworfen, als wolltest du dich als Fürsprecher für all die aufspielen, die in den letzten Monaten Lucy massiv beschimpft und sie vor allem wegen ihrer Hautfarbe verspottet haben. Du kennst die Zeitungsberichte so gut wie ich und die Aussagen von Politikern und Leuten, die glauben, sie hätten was zu sagen in dieser Stadt. So unterschiedlich die auch sind, aus welcher Schicht sie auch kommen, eins haben sie alle ge-meinsam: Lucy ist für sie eine kriminelle Negerin, eine schwarze Göre, die einen unfähigen Neger zum Vater hat, und das ist das Kriterium, das ist die Basis für alle Meinungen, für alle Analysen, die scheinbar so objektiv daherkommen, aber in Wahrheit rassistisch und pervers sind, reaktionärer Verbalgestank. Das ist der gemeinsame Nenner und so soll Lucy jetzt auch verurteilt werden, so hart wie möglich, nicht weil sie etwas Ungesetzliches getan hat, sondern weil sie schwarz ist und etwas Ungesetzliches getan hat. Aber das werde ich nicht zulassen, und du wirst mich nicht daran hindern, das schwör ich dir!«

»Du bist mein Freund, Wastl«, sagte Ronfeld, »du bist ein guter Mensch, ein guter Anwalt, ein guter Verteidiger der Ehre deiner Mandanten. Die Leute mögen dich, sie können sich auf dich verlassen. Vielleicht bist du genau der Richtige für diesen Fall, vielleicht bist du auch der Falsche, ich weiß noch nicht. Du bist befreundet mit der Freundin von Lucys Vater, vielleicht bist du zu emotional dabei. Nicht, dass du sonst, in anderen Fällen, gelassener, zurückhaltender wärst, ich erinnere mich an ein paar heftige Schlachten, die wir ausgetragen haben, aber diesmal musst du aufpassen, dass dich dein gutes Herz nicht überrumpelt und in die Irre lenkt. Dies ist ein spezieller Fall, auch, das geb ich zu, weil das Mädchen schwarz ist und der Vater ein Ausländer, er lebt seit langem hier, aber er ist ein Ausländer, er ist nicht hier geboren und er hat nicht die deutsche Staatsbürgerschaft. Das spielt jedoch keine Rolle. Ich möcht dich warnen, Wastl, ich möcht dich gern davor bewahren, die Realität aus den Augen zu verlieren. Staatstragende Empörung beseitigt das Unrecht nicht. Um die Leute, die in den Zeitungen dummes Zeug verzapfen, brauchen wir uns nicht zu kümmern, die zimmern sich sowieso ihr eigenes Recht, deren Meinung spielt bei der Urteilsfindung keine Rolle, Gott sei Dank.«

»Bist du neuerdings auf einem Auge blind?«, fragte Fischer. »Lass uns nicht von Kollegen sprechen, deren Gesinnung zweideutig und in manchen Fällen schädlich für unser Rechtsempfinden ist, bleiben wir bei unserem Fall, bei deiner Mandantin. Es spielt keine Rolle, welche Hautfarbe sie hat ...«

»Doch.«

»Nein.«

Sie schwiegen, beinah so heftig, wie sie gesprochen hatten, der eine dem anderen ins Gesicht. Fischer wischte sich mit dem Ärmel seiner Trainingsjacke den Schweiß ab und stöhnte. Sein Freund hatte Recht: Tatsächlich hatte er ihm sagen wollen, er vermute, dass Ronfeld auf den Fall vor allem deshalb angesprungen sei, weil es sich bei der Täterin um ein schwarzes Mädchen handelte und die Empörung über sie und ihre Taten in der Öffentlichkeit groß war und immer größer wurde. Eine gute Gelegenheit für einen Staatsanwalt, sich zu profilieren, wenn man höhere Ämter anstrebte, speziell in Bayern. Über Politik hatten sie nie intensiv gesprochen, aber Fischer hatte keinen Zweifel daran, dass Ronfeld Verpflichtungen, die ein Parteibuch verlangten, auch wenn man selbst keines besaß, nicht ungern nachkam, sofern damit ein Schritt in eine angesehenere Zukunft verbunden war. Er hielt ihn nicht für karrieresüchtig, eher für karrierefreudig. Ronfeld war engagiert, klug und clever und wenn er Fäden spann, dann ohne Aufsehen und trotzdem unübersehbar für jene, die es anging. Wahrscheinlich, dachte Fischer, stimmte Ronfelds Urteil: Er war ein durch und durch guter Charakter und seine Kollegen und Mandanten schätzten und mochten ihn. Zu den wirklich großen und entscheidenden Partys aber lud man ihn nicht ein, die tollen Frauen kriegten die andern, nicht er. Ich hör mir hinterher eure Geschichten an, kein Problem, und wenn ihr jemand zum Ausweinen braucht, hier bin ich.

»Du wirst verlieren, Niklas«, sagte er. Und weil Ronfeld ihn weiter stumm und irgendwie gleichgültig ansah, fügte er hinzu: »Ich dulde nämlich keine Vorverurteilungen.«

Mit einem lauten Krach warf der Staatsanwalt den Schläger auf den Tisch und schlug mit der Hand drauf.

»Bist du noch ganz dicht?«, brüllte er. »Komm runter, Mann! Komm runter von deinem heiligen Berg! Hast du vergessen, was die alte Frau gesagt hat? Du warst dabei, mein Lieber! Du warst dabei, so wie ich und die Polizisten. Hast du das vergessen? Und was die Kids erzählt haben? Und all die andern? Spinnst du? Willst du mich provozieren? Hast du sie nicht mehr alle? Auf welche Medaille in dieser Stadt spekulierst du denn? Oder bist du bloß paranoid? Womit beschäftigst du dich in der Nacht, wenn du allein in deiner Wohnung hockst? Was machst du da? Ich hab geglaubt, ich kenn dich, aber jetzt denk ich, du bist ja völlig behämmert, du verlierst völlig das Maß. Worum gehts denn hier? Da gehts doch nicht um dich! Da gehts doch nicht drum, ob dir gefällt, was in dieser Stadt passiert, in diesem Land, mit diesen Jugendlichen, mit diesen reaktionären Erwachsenen, die diese Kinder am liebsten nach Afrika zurückschicken wollen! Darum gehts nicht, Mann! Hier gehts um den Fall einer vierzehnjährigen Serientäterin, die diese Stadt seit Jahren terrorisiert. Ja, vielleicht ist sie tatsächlich eine Terroristin, vielleicht ist sie nichts anderes als eine Schwarze Armee Fraktion, die nur aus einer Person besteht, die wahllos Gewalt ausübt, die jedes Maß verloren hat. Darum gehts, und wenn du versuchst, aus diesem Fall ein staatsrechtliches Politikum zu machen, dann hast du ausgeschissen, dann hast du verloren. Mir ist das scheißegal, ob dieses Mädchen schwarz, gelb oder weiß ist, das ist mir scheißegal, ich seh, was sie getan hat, und danach richt ich mich, nach nichts anderem: Raub, Erpressung, Körperverletzung und so weiter. Nichts anderes.«

»Du lügst dich selber an, Niklas.«

»*Ich hab einen Krieg erlebt, aber so viel Angst um mein Leben hab ich noch nie gehabt.* Klingelts? Das hat die alte Frau gesagt, und das zählt. Dass die Frau vor diesem hyperkriminellen Mädchen Angst hatte wie nie zuvor in ihrem Leben, das zählt. Und ich schwöre dir, dieser Frau, die da um ihr nacktes Überleben bangte, der war es scheißegal, ob dieses Mädchen eine schwarze oder eine weiße Hautfarbe hatte. Wann kapierst du das endlich?«

Noch einmal schlug Ronfeld mit der flachen Hand auf die grüne Platte, dann riss er sich das T-Shirt vom Leib und schleuderte es auf den kleinen Tisch.

Fischer sah hin und der rechteckige Holztisch sah genauso aus wie der, an dem die alte Frau gesessen hatte, in ihrer engen Wohnung, an jenem Abend vor sechs Tagen.

»Ich hab einen Krieg erlebt, aber so viel Angst um mein Leben hab ich noch nie gehabt«, sagte sie, nachdem sie alles berichtet hatte.

Ihr Name war Luisa Kren und sie war einundachtzig Jahre alt. Sie hatte weißes, nach hinten gekämmtes Haar und blaue helle Augen, in die jeder, der mit ihr in der winzigen, lichtarmen Küche saß, immer wieder fasziniert schaute. Diese Augen wirkten wie ein barmherziges Leuchten in der Finsternis ihrer Aussage. Mit ihr am Tisch saßen Ronfeld und Fischer. Kriminaloberrat Karl Funkel und Hauptkommissarin Sonja Feyerabend standen an der Tür mit der Milchglasscheibe neben dem schmalen Geschirrschrank, an dem ein Foto von der Silhouette Hongkongs klebte.

»Weil ich doch jeden Tag auf den Friedhof geh«, sagte Luisa

Kren auf die Frage von Niklas Ronfeld, warum sie ausgerechnet diesen bestimmten Weg genommen habe. »Mein Mann liegt da, schon elf Jahre jetzt, aber deswegen geh ich eigentlich nicht hin. Ich mein, ich geh schon zu ihm, das ist ja klar ...« Einen Moment blieb ihr Mund still, dafür blitzten ihre Augen, vielleicht ein blaues Lächeln, dachte Fischer. »Ich kümmer mich ums Grab und schau, dass immer eine Kerze brennt, und ich pass auf, dass mir niemand die Blumenvase klaut, das kommt dauernd vor, die Leute klauen die Vasen bloß so weg, da kann man nichts machen. Ich hab aber Glück gehabt bisher. Ich kauf auch immer die billigsten Vasen beim Woolworth, Hauptsach, sie halten halbwegs über den Winter. Also jetzt im Sommer bleib ich lang da, ich geh spazieren, deswegen bin ich so gern auf dem Friedhof, man kann da rumlaufen und das stört niemand ...«

Auf dem Tisch, in dessen Mitte auf einem bestickten Deckchen ein Teller mit Trauben stand, lief nahe an der Kante ein kleiner Kassettenrekorder, den Ronfeld mitgebracht hatte. Luisa Kren schob ihn ein Stück zurück und legte ihre Hände nebeneinander auf die Platte, als wolle sie prüfen, ob ihre Fingernägel sauber waren.

»Manchmal bleib ich bis zum Schluss, bis um halb neun. Dann wird zugesperrt. Ich schau rechtzeitig auf die Uhr, weil ich Angst hab, ich werd eingesperrt, das wär, glaub ich, nicht lustig. Die ganze Nacht auf dem Friedhof, ich erschreck ja nicht leicht, ja, ich erschreck nicht leicht ...«

Jetzt faltete sie die Hände und sie zitterten.

»Ich war schon draußen aus dem Tor und schau mich so um und denk, ich hab gar keinen Hunger wie sonst, da könnt ich eigentlich noch ein bisschen gehen, es war ja warm, ein lauer Frühlingsabend. Kennen Sie den Weg, der da am Ostfriedhof

vorbeiführt, unterhalb von den Gleisen? Da bin ich gegangen. Und auf einmal kam dieses Mädchen auf mich zu. Ich weiß nicht, wo die auf einmal hergekommen ist, ich hätt sie ja sehen müssen, die ist ja von vorn gekommen und das ist ein gerader Weg, Sie kennen ihn ja, da sieht man bis ans Ende. Auf einmal stand sie vor mir und fragte mich, ob ich eine Mark hab. Ich hab nie Geld dabei, wenn ich auf den Friedhof geh, das hab ich ihr gesagt und mich entschuldigt. Sie hat mir Leid getan, sie hat so schlecht ausgesehen. Obwohl sie ja dunkel ist, fast schwarz, nicht wahr, ich hab gleich gesehen, dass sie schlecht aussieht. Und sie hat auch leise gesprochen, und ich hab mich entschuldigt, dass ich ihr nichts geben kann. Ja und dann, ja und dann ...«
Sie presste die Hände zusammen und atmete unruhig. Unter dem blau gemusterten Kleid zitterte ihr dürrer Körper und sie zog die Schultern hoch, die sich unter dem Stoff kantig abzeichneten.
»Möchten Sie was trinken, Frau Kren?«, fragte Ronfeld.
Sie schüttelte den Kopf, ohne den Staatsanwalt anzusehen. Sie betrachtete ihre Hände, die sie wieder flach nebeneinander auf den Tisch gelegt hatte. Der Rekorder rauschte leise.
»Sie hat mir eine Ohrfeige gegeben. Ich ... ich hab gar nicht gewusst, was passiert ist, ich hab doch nicht gedacht, dass ich jetzt eine Ohrfeige von dem Mädchen krieg. Ich hab ... Ja und dann hat sie mich gestoßen und ich bin hingefallen, ins Gras. Ich bin ins Gras gefallen, in die Sträucher, zwischen die kleinen Bäume. Erst hab ich gar nichts gespürt, ich war so erschrocken, ich lag schon da, da hab ich erst gemerkt, dass ich hingefallen bin. Und das Mädchen hat sich über mich gebeugt und mich angesehen, dass ich erschrocken bin. Und sie hat ein Messer in der Hand gehabt ...«

»Was für ein Messer?« Ronfeld machte sich Notizen. Fischer rückte ein wenig zur Seite, er dachte, vielleicht brauchte Frau Kren mehr Luft um sich und Abstand. Der Stuhl schabte über das Linoleum und Fischer fürchtete, er habe sie aus dem Konzept gebracht. Doch sie sprach weiter. Und Ronfeld erwiderte ihren Blick.

»Ein schwarzes, glaub ich«, sagte sie, »mit einer langen Klinge ...«

»Ein Springmesser?«

»Was ist ein Springmesser?«, fragte sie irritiert.

Wie Ronfeld sie behandelte, fand Fischer aufdringlich, auch gefühllos, ruppig.

»Im Griff ist ein Knopf«, sagte Ronfeld, »und wenn man den betätigt, dann springt vorn die Klinge raus.«

»Das weiß ich nicht. Ich hab nur das Messer im Ganzen gesehen. Sie ... sie hat sich über mich gebeugt und gesagt, wenn ich ihr kein Geld geb, sticht sie mich ab. Sie sticht mich ab, hat sie gesagt.«

Sie senkte den Kopf. In dieser Haltung, den knochigen Rücken gebeugt, den Kopf tief nach unten gedrückt, erinnerte sie Fischer an seine Mutter während ihres letzten schweren Jahrs, und er dachte noch immer an seine Mutter, als Luisa Kren schon weitergesprochen hatte.

»Ja, ich hab sofort gedacht, das stimmt, wenn ich ihr kein Geld geb, bin ich tot. Ich hab das sofort geglaubt. Mein ganzer Rücken hat wehgetan, und mein Gesicht, von der Ohrfeige wahrscheinlich, sie hat fest zugeschlagen, das hab ich ja erst gar nicht gemerkt. Ich bin dagelegen, im Dreck, im Gras, und ich hab gedacht, wie blöd das ist, dass ich grad vom Friedhof komm und jetzt sterb, direkt daneben, und ich hab nicht mal einen Ausweis dabei. Und da hat sie mich wieder geschlagen.«

»Lucy Arano hat Sie geschlagen, als Sie schon auf dem Boden lagen«, sagte Ronfeld.

»Ihren Namen wusste ich ja nicht, den hab ich erst später erfahren.«

»Sie hat Sie geschlagen, als Sie wehrlos auf dem Boden lagen.«

»Ja, das hat sie getan.«

Ihre Hände zitterten so stark, dass sie auf den Holztisch klopften, ein helles, gleichmäßiges Geräusch. Stumm und ratlos sahen die vier Besucher hin.

»Es hört gleich wieder auf«, sagte Luisa Kren, »das kommt manchmal, dann hört es wieder auf. Das ist eine Nervenschwäche, die hab ich seit dem Überfall, der Arzt sagt, ich soll Tabletten nehmen, aber ich mag keine Tabletten, ich zitter lieber ein bisschen, hoffentlich stört es Sie nicht.«

»Nein«, sagte Fischer. Es rutschte ihm so heraus.

Ronfeld warf ihm einen schnellen Blick zu, den der Anwalt nicht zu deuten wusste, und wandte sich dann wieder an die alte Frau. »Sagen Sie uns bitte den Namen Ihres Arztes, Frau Kren!«

»Dr. Hefele«, sagte sie. Ronfeld notierte sich den Namen.

»Soll ich Ihnen einen Tee kochen?«, fragte Sonja Feyerabend. Der Dienststellenleiter Karl Funkel hatte sie mitgenommen, weil er wollte, dass eine Frau an der Vernehmung teilnahm. Wobei weder er noch die Hauptkommissarin eine genaue Erklärung erhalten hatten, zu welchem Zweck der Staatsanwalt eine Befragung in einem strafrechtlich irrelevanten Fall durchführte. Das Einzige, was Ronfeld ihnen sagte, war, dass nach der Festnahme von Lucy Arano deren Vorgeschichte neu bewertet werden müsse und er sich persönlich ein Bild von den gewalttätigen Geschehnissen machen wolle. Offensichtlich genügten ihm die Protokolle nicht, die die Polizis-

ten nach den jeweiligen Überfällen auf Grund von Zeugenaussagen angefertigt hatten. Eine Haltung, die dem Kriminaloberrat missfiel und die er in dieser Form noch nie erlebt
hatte. Er nahm sich vor, bei nächster Gelegenheit mit dem
Oberstaatsanwalt darüber zu sprechen. Auch Sonja Feyerabend fand Ronfelds Vorgehen merkwürdig und außerdem
lästig, da sich dank ihm noch mehr Überstunden ansammelten. Insgesamt wollte er siebzehn Zeugen befragen und kein
Gespräch dauerte weniger als eine Stunde.

Auf Sonjas Angebot hatte Luisa Kren nur kurz den Kopf ge-
hoben, als habe sie von weit her eine undeutliche Stimme
vernommen, dann versenkte sie sich wieder in den Anblick
ihrer verkrampften Hände.

»Lucy Arano hat Sie ein zweites Mal geschlagen, obwohl Sie
bereits schwer verletzt am Boden lagen«, wiederholte Niklas
Ronfeld.

»Und sie hat das Messer hochgehalten«, sagte Frau Kren.

»Wie meinen Sie das: hochgehalten?«

»So, so hoch, so ...« Schwerfällig hob sie den rechten Arm,
der Ärmel ihres Kleides verrutschte ein Stück, und die beiden
Juristen sahen den dürren, von dunklen Adern durchpflüg-
ten Unterarm. »Als ... als wollt sie gleich auf mich einste-
chen. Ich hab gedacht, jetzt ersticht sie mich, sie hat mich so
angeschaut und geschrien, ich soll ihr endlich Geld geben.
Sie hat laut geschrien ...«

»Ja«, sagte Ronfeld, »bitte nehmen Sie den Arm wieder runter!« Aber sie schien ihn nicht zu hören.

»Ich hab dann meine Hand in die Manteltasche gesteckt,
unwillkürlich, ich hab ja gewusst, dass ich kein Geld dabei
hab. Und da hab ich plötzlich ein Papier gespürt, in der
Manteltasche, ein Papier, und ich hab sofort gewusst, dass
das eine Rechnung war, die ich da vergessen hab, aus dem

Supermarkt, und das Mädchen hat mich wieder angeschrien, sie schrie: ›Gib mir Geld, sonst bring ich dich um!‹«

»Haben Sie das genau gehört, Frau Kren?«, fragte nun Sebastian Fischer. Seine Anzughose war dem Anwalt zu eng, die Küche war ihm zu eng, die ganze Situation, alles war ihm zu eng. Und je mehr die alte Frau erzählte, desto unwohler fühlte er sich, desto eingeschnürter kam er sich vor, eingezwängt in die Vorstellung, Lucy nicht helfen zu können. Und schlimmer: sie nicht verstehen, nicht begreifen, ihre Motivation nicht nachempfinden zu können. Und er ertappte sich dabei, beim Anhören der Zeugen an etwas anderes zu denken, abzuschweifen und dann, nach Sekunden oder Minuten, innezuhalten und sich zu sagen: Ich steig aus, ich hab mich getäuscht, dieses Mädchen hat meinen Einsatz nicht verdient, ich bin kein Samariter, ich bin Anwalt, und wer weiß, ob mich der Vater am Ende überhaupt bezahlen kann.

Doch dann war er jedes Mal froh, wenn jemand ihn in die Realität zurückholte.

»Sie haben es gehört, Herr Kollege, Frau Kren hat keinen Zweifel an dem, was Lucy Arano zu ihr gesagt hat.«

Überrascht sah Fischer den Staatsanwalt an und nickte. Die Antwort von Frau Kren hatte er tatsächlich überhört.

»Ja«, sagte er.

Im Gerichtssaal siezten sie sich und es war für beide selbstverständlich, diese Form der Anrede auch bei Vernehmungen beizubehalten. Es war das erste Mal, dass sie außerhalb des Justizpalastes oder eines Polizeidezernats Zeugen gemeinsam befragten, im Grunde inoffiziell und in einer der Grauzonen des Strafrechts, und schon deshalb fühlte sich Fischer wie in einem Schraubstock, in dem er immer weniger Luft bekam.

»Was ist dann passiert, Frau Kren?«, fragte Ronfeld.

»Dann hab ich das Papier aus der Tasche geholt und ... und es war ein Geldschein, zwanzig Mark! Ich hab nicht gewusst, wo die hergekommen sind, zwanzig Mark, und ich war so erleichtert, so erleichtert, und ich hab ihr das Geld hingehalten, aber sie hat es nicht genommen. Ich hab meinen Arm hochgehalten ...« Wie vorhin reckte sie mühsam den rechten Arm, senkte ihn diesmal aber sofort wieder und atmete schwer. »Ich wollte, dass sie das Geld nimmt, aber sie hat mich nur angesehen mit diesem Blick, der mir durch Mark und Bein gegangen ist. ›Bitte‹, hab ich gesagt, ›bitte, nimm doch das Geld, ich hab eins gefunden, schau!‹ Und dann hat sie mir die zwanzig Mark aus der Hand gerissen und mich zurückgestoßen. Ich hab mich ja ein wenig aufgesetzt gehabt, damit sie das Geld besser sehen kann. Mein Rücken hat mir fürchterlich wehgetan, und meine Schulter, alles hat wehgetan, aber ich hab gedacht, wenn ich mich aufsetz, dann sieht sie mich besser. Sie hat das Geld eingesteckt, das hab ich noch gesehen, ehe ich wieder auf den Rücken gefallen bin, auf einen Ast drauf, glaub ich, es hat geknackt, ich hab erst gedacht, das ist mein Rücken, der knackt, irgendwas ist gebrochen, da hab ich große Angst gekriegt. Ich hab gedacht, ich hab mir was gebrochen und kann nicht mehr alleine aufstehen, die Vorstellung war schrecklich. Und dann, glaub ich, hat sich das Mädchen noch mal über mich gebeugt und mir dieses schwarze Messer vors Gesicht gehalten und ich kann Ihnen sagen, ich hab einen Krieg erlebt, aber so viel Angst um mein Leben hab ich noch nie gehabt.«

Als Luisa Kren sich jetzt aufrichtete, sah Fischer wieder ihre blauen Augen, ein wässriges Blau, und sie nahm alle Kraft zusammen, um nicht in Tränen auszubrechen.

»War ...«, begann Fischer zögernd, »war Lucy, war das Mädchen allein? Oder haben Sie noch jemand anderen gesehen? Ein anderes Kind, ein anderes Mädchen, einen anderen Jungen.« Aus den Polizeiprotokollen wusste er, dass Luisa Kren noch nicht alles berichtet hatte, was geschehen war.

»Ja«, sagte sie. Ihr blauer fester Blick erschien dem Anwalt wie ein Vorwurf, wie eine stumme schmerzvolle Frage, warum er sie immer noch weiter quälte, warum er von ihr etwas hören wollte, das er bereits kannte. Dabei war er gewiss nicht der Verantwortliche für dieses Verhör. Er hatte nichts nötiger als eine Pause, er brauchte frische Luft, er musste raus aus dieser Enge, weg von diesen Gedanken, die ihn folterten und auf Abwege führten. Reiß dich zusammen, bleib sachlich!

»Da war doch ein junger Bursche«, sagte Fischer, um Frau Kren zu ermuntern.

»Kann sein«, sagte sie. »Ich hab der Polizei gesagt, ich hab einen Jungen gesehen, der hat mit dem Mädchen gesprochen, was, hab ich nicht verstanden, ich bin ja auf dem Boden gelegen.«

»Wo kam der Junge plötzlich her?«, fragte Fischer.

»Das weiß ich nicht«, sagte sie. »Er ist auf einmal da gewesen, so wie vorher das Mädchen, und dann sind die beiden weg. Ich hab mich nach einiger Zeit aufgerappelt und nach Hause geschleppt. Und dann hab ich meinen Arzt angerufen und der ist dann gleich gekommen.«

»Sie haben keine Anzeige erstattet«, sagte Fischer.

»Nein«, sagte sie. Sie holte tief Luft, das Sprechen fiel ihr schwer und sie war müde geworden. Mit der rechten Hand strich sie sich über die linke, sehr sanft. »Ich bin froh gewesen, dass mir nichts passiert ist, ich hab, wie sich herausstellte, nur Prellungen gehabt. Und einen Mordsschrecken.«

Für eine Sekunde glaubte Fischer ein verhuschtes Lächeln auf ihrem grauen Gesicht zu bemerken.

»Sonst ist alles noch ganz gewesen an mir. Mein Arzt hat die Polizei angerufen, und dann sind zwei Beamte gekommen, die haben ein Protokoll mit mir gemacht. Später hab ich erfahren, dass das Mädchen auch andere Leute überfallen hat, aber sie ist noch nicht strafbar, ich meine, sie ist noch zu jung und man kann nichts gegen sie machen.«

»Sie ist inzwischen vierzehn und damit straffähig«, sagte Ronfeld. »Sie kommt vor ein Jugendgericht. Ihre Aussage, Frau Kren, hilft uns sehr.«

»Das Mädchen hat mir Angst gemacht«, sagte die alte Frau und blickte zur Tür, an der dieser Mann mit der Augenklappe stand, dessen Namen sie vergessen hatte, und diese Frau mit den hellblonden kurzen Haaren, an deren Namen sie sich erinnerte, weil er nicht schwierig war: Feyerabend. »Das Mädchen ist noch so jung, warum ist die so? Wissen Sie das, Herr ...« Auch der Name des Mannes, der sie angerufen hatte und jetzt vor ihr saß und das Aufnahmegerät abschaltete, war ihr entfallen.

»Noch nicht«, sagte Staatsanwalt Ronfeld. »Wir werden es herausfinden.«

»Das interessiert dich doch einen Dreck, wieso die so geworden ist!«, rief Fischer, als er sich jetzt im Tischtennisraum des Schelling-Salons seine weit geschnittene Bluejeans anzog. »Für dich ist der Vater an allem schuld. Sehr einfach!«

»Vor allem ist das Mädchen an allem schuld!«, sagte Ronfeld laut und stopfte seine Turnhose und das T-Shirt in einen Jutebeutel, bevor er seine braune Cordhose vom Kleiderhaken nahm. »Schmink dir das ab! Auf Bewährung lass ich mich nicht ein, das wäre eine Verhöhnung der Opfer. Und die psychiatrischen Gutachten, die noch ausstehen, werden deiner Mandantin auch nicht helfen, die Psychiater werden zu keinem anderen Ergebnis kommen als die Psychologen und die Sozialpädagogen: Das Mädchen besitzt ein zerstörerisches Aggressionspotential und solange es niemanden gibt, der ihr rigoros Grenzen setzt, wird sie so weitermachen wie bisher. Und jetzt hab ichs eilig, ich muss Sibylle vom Arzt abholen.«

»Dieses Mädchen wegzusperren, um es zu bestrafen, ist fahrlässig und dumm, Niklas.«

»Dumm? Du nennst mich dumm?« Ronfeld warf sich seine blaue Windjacke um die Schultern und sah Fischer wütend an. »Dieses Mädchen genießt ihre Aggressionen in vollen Zügen und die anderen zittern vor ihr. Sie hat fünf Buben aus ihrer Schule abgerichtet wie Hunde, und sie hat sie geschlagen und gequält, wenn sie Lust dazu hatte. Wenn sie Lust dazu hatte!«, brüllte er. »Fünf Buben, und drei von ihnen sind in psychiatrischer Behandlung wegen ihr.«

»Sie sind wegen ihrer Drogensucht in psychiatrischer Behandlung«, sagte Fischer.

»Nein!« Ronfelds Stimme donnerte durch den niedrigen Raum. »Sie hat sie abhängig gemacht! Sie hat sie benutzt, kaltblütig benutzt für ihre Überfälle und Raubzüge! So jemanden kann man nur wegsperren!« Er stellte sich gebückt vor den Spiegel über dem Waschbecken und kämmte sich.

Für Sebastian Fischer gehörte sein Freund mehr und mehr zur Fraktion der blinden Jäger, die immer stärker wurde in dieser Stadt. Die Zeitungen waren voll von ihren Verlautbarungen. Und die Zeugen, die Fischer bisher kennen gelernt hatte, beschrieben Lucy als Mädchen, das wie ein schwarzer Geist über sie gekommen sei, dem man entweder folgte oder von dem man aus Gründen, die niemand begriff, grausam bestraft wurde.

»Die ist cool, die Braut«, sagte Enno, der von allen Jupiter genannt wurde. »Ich mein, verstehen Sie, die ist auch krass, weil sie hat ihre Meinung und das wars dann, da führt nix dran vorbei, alles klar? Entweder so oder gar nicht. Hey, ich war dabei, als sie den Zigarettenautomaten geknackt hat, ich gebs zu, ich habs auch bei den Bullen zugegeben, ich lass die Lucy nicht hängen, so was mach ich nicht, klar?«

Sie saßen in einem Café am Harras, Jupiter, Kenny und Max, der erst dreizehn war, ein Jahr jünger als seine beiden Freunde, sowie Ronfeld, Fischer und Funkel, der darauf bestanden hatte, dabei zu sein. Die drei Jugendlichen gehörten zum Clan, wie sie sagten, sie waren so etwas wie Lucys Garde.

»Das ist, wenn du da bist, sobald sie dich braucht«, erklärte Kenny. »Sie schaut dich an und du weißt Bescheid.«

»Yes«, sagte Max.

»Und Lucy Arano hat euch zu allen möglichen Taten angestiftet«, sagte Ronfeld und bemühte sich, deutlich ins Mikrofon zu sprechen, das er wie immer auf dem Tisch platziert hatte. »Was genau habt ihr angestellt?«

»Unterhaltung«, sagte Kenny und zündete sich eine Zigarette an.

»Yes«, sagte Max.

Beide trugen weite Jeans, schlabbernde Sweatshirts und Nike-Schuhe. Im Wettbewerb der lässigsten Schüler Deutschlands wären sie unter den ersten fünf gelandet. Kenny hing im Stuhl und rauchte, Jupiter hing im Stuhl und ließ die Arme baumeln und Max hing im Stuhl und lernte vielleicht im Stillen Englisch.

»Was bedeutet das, Unterhaltung?«, fragte Ronfeld.

»Unterhaltung halt«, sagte Kenny, die Zigarette im Mundwinkel. »Du gehst mal da hin und mal da, redest mitn paar Leuten, lässt dich von der guten Stimmung anstecken, da n Nikotin und da n Bier, hebt die Stimmung, das ist Unterhaltung, und dann mal raus und was machen, von irgendwas muss man leben, oder?«

»Du meinst, ihr habt euch Geld besorgt«, sagte Ronfeld.

»Yes«, sagte Max.

»Halt die Klappe!«, sagte Jupiter.

»Wo habt ihr euch Geld besorgt? Und wer von euch hatte die Idee?«

»Die Idee? Was für eine Idee, Mann?« Es sah aus, als würde Jupiter jeden Moment vom Stuhl und unter den Tisch rutschen, seine Hände streiften beinah den Boden. »Ideen! Diese Automaten hängen überall, da brauchst du keine Ideen zu, Mann!«

»Und Lucy Arano hat die Automaten geknackt.« Ronfeld warf Funkel einen Blick zu und der Kriminaloberrat kratzte sich an der schwarzen Klappe über seinem linken Auge.

»Einer muss es machen«, sagte Jupiter.

»Das ist alles über ein Jahr her«, sagte Kenny. »Wir machen das nicht mehr, ehrlich, wir sind jetzt vierzehn, da geht das nicht mehr so einfach, ist doch logisch. Mir reicht die Schule, ich muss nicht auch noch in den Knast.«

»Yes«, sagte Max.

»Und du?«, fragte Ronfeld. »Bist du immer noch mit Lucy unterwegs?«

Max nickte, schaute aus dem Fenster, zog die Augenbrauen hoch, nickte noch mal und wirkte wie von tiefsinnigen Grübeleien in Anspruch genommen. Seine Freunde beachteten ihn nicht, sie fläzten sich in den Stühlen und tranken gelegentlich einen Schluck Cola, das Ronfeld hatte spendieren müssen.

»Du weißt, dass Lucy in Untersuchungshaft sitzt«, sagte Ronfeld. »Sie hat im Kunstpark einen Jungen übel zugerichtet und ein Paar überfallen und ausgeraubt. Warst du auch dort?«

»Wann?« Machte Max auf den ersten Blick einen gutmütigen, etwas hilflosen Eindruck, so stellte man bald fest, dass er Herr seiner Sinne war und sich nicht so leicht aufs Glatteis führen ließ.

»Am 28. Juli, am letzten Mittwoch«, sagte Ronfeld und beugte sich vor.

»Am 28. Juli«, wiederholte Max und nickte. Dann griff er in seinen Rucksack, den er neben sich hingestellt hatte, und holte einen elektronischen Terminplaner heraus. Er tippte einige Tasten und klappte das Gerät wieder zu. »Da war ich beim Fußball, den ganzen Abend.« Er steckte den flachen Minicomputer wieder in den Rucksack und lehnte sich zurück.

»Du notierst dir, wenn du Fußball spielst?«, fragte Ronfeld.

»Nur wenn ich zum Fußball geh«, sagte Max.

»Was meinst du damit?«

»Er meint damit«, sagte Kenny und blies Rauch durch die Nase, »dass er im Stadion war, Champions League.«

»Yes«, sagte Max.

»Ihr seid alle drei polizeilich registriert, weil ihr mehrmals bei Diebstählen in Kaufhäusern, Supermärkten und Tankstellen erwischt worden seid. Und jedes Mal war Lucy Arano die Anführerin.« Ronfeld blickte von einem zum anderen, und alle drei erwiderten seinen Blick, vollkommen ungerührt.

»Das ist nicht bewiesen, dass Lucy die Anführerin war«, sagte

Fischer. Ihm ging es darum, möglichst viele Anhaltspunkte dafür zu sammeln, dass Lucy nicht in jedem Fall die treibende Kraft war, sondern angestiftet wurde oder einfach nur mitgemacht hatte.

»Logisch, Mann!«, sagte Kenny. »Wir sind ihr Clan. Logisch ist sie die Anführerin, sagen wir mal, sie gibt die Richtung vor, klar, Lucy ist der Boss, unbedingt. Ist was?«

Er meinte Fischer, der ihn unverwandt anstarrte. War das eine Verschwörung, waren die nicht ganz dicht im Kopf? Wieso sagten die so was? Wieso hängt ihr eure Freundin hin, begreift ihr nicht, was ihr damit anrichtet?

»Aber die Überfälle und die Diebstähle habt ihr doch alle gemeinsam begangen«, sagte Fischer und schob die Brille hoch. »Ihr seid doch nicht bloß Schmiere gestanden draußen auf der Straße.«

»Glauben Sie, die Braut braucht einen Handlanger?«, fragte Jupiter. »Wir sind der Clan, wir gehen auf Unterhaltung, wir vier, und wenn was zu tun ist, wirds getan. Glauben Sie, die fragt uns vorher? Hier fragt niemand den andern, entweder du spielst mit oder du lässt es bleiben.«

»So wie Bommi«, sagte Ronfeld.

»Vergiss Bommi, Mann!«, sagte Kenny, klopfte an die Unterseite der Packung und ließ eine Zigarette zwischen seine Lippen springen. »Das ist ein Loser, der bringts nicht mehr, der ist aus, der ist kaputt, der ist fertig.« Mit einem Wegwerffeuerzeug zündete er sich die Zigarette an und drehte eine Weile an dem kleinen Rädchen. »Den kannst du vergessen, den Alten.«

»Weil Lucy Arano ihn so verprügelt hat, dass er zwei Wochen krankgeschrieben war«, sagte Ronfeld.

»Yes«, sagte Max.

»Na und?«, sagte Kenny. »Er hat Scheiße gebaut, wenn sie

ihn nicht zusammengeklappt hätte, hätt ichs getan, aber echt!«

»Wichser«, sagte Jupiter und schlenkerte mit den Armen, den Kopf nach hinten gebeugt, sein Körper schief auf dem Stuhl. Als läge er in der Sonne am Strand, dachte Fischer.

»Was meinst du mit ›zusammengeklappt‹?«, fragte Ronfeld.

»Was?«, sagte Kenny.

»Ich sag dir, was du damit meinst. Du meinst, dass Lucy ihm zwischen die Beine getreten hat, immer wieder, bis er vollständig zusammengeklappt ist, dieser Bernhard Hesse. So geht Lucy Arano mit Freunden um, die sich erlauben, nicht mehr mit ihr zu spielen.«

»Scheiße«, sagte Kenny. Er klopfte mit dem Feuerzeug auf den Tisch.

»Allerdings, Scheiße«, sagte Ronfeld. »Und was hat Bernhard Hesse getan? Ich sags euch, er hatte keine Lust, am Hauptbahnhof Leute anzuquatschen und zu betteln, das ging ihm nämlich auf den Wecker, dass er dauernd das Geld ranschaffen musste, während ihr andern bloß rumgestanden seid und zugeschaut habt. Lucy hat ihn gezwungen, vor euern Augen zu betteln, und ihr habt das unglaublich lustig gefunden, wenn Bommi versagt hat, wenn ihm keiner was geben wollte, weil er zu schüchtern war. Dann habt ihr ihn aus euerm Clan entfernt, ihr habt ihn rausgeworfen und Lucy Arano hat ihn – ›zusammengeklappt‹. Hab ich das richtig wiedergegeben?«

»Yes«, sagte Max.

»Und Yilmaz, der Türkenjunge, was ist mit dem passiert?« Die Namen standen auf Ronfelds Block und er notierte sich während des Gesprächs Bemerkungen, die er für den Prozess auswerten wollte.

»Mann«, sagte Jupiter und richtete sich auf, trank die Cola aus und grinste. »Wenn Sie schon alles wissen, wieso fragen Sie dann? Sie wollten was über Lucy wissen, okay, haben wir geliefert. Dass sie jetzt im Knast sitzt, ist Oberscheiße. Ihr geilt euch doch bloß an ihr auf, weil sie ein cooles Mädchen ist, der ihr nichts anhaben könnt, die schafft euch doch alle. Wenn sie aus dem Knast raus ist, geht die Unterhaltung weiter, wetten, dass?«

»Yilmaz habt ihr über Nacht in einen Keller gesperrt, obwohl ihr gewusst habt, dass er Angst im Dunkeln und Klaustrophobie hat.«

»Was hat der?« Kenny sah Jupiter an, der mit den Achseln zuckte.

»Er hat Angst vor engen Räumen«, sagte Ronfeld.

»Ich hab gedacht, sie lassen mich gleich wieder raus«, sagte Yilmaz. Die drei Männer besuchten ihn in der Wohnung seiner Eltern im Glockenbachviertel. Sein Vater arbeitete in der Großmarkthalle, seine Mutter in einem Drogeriemarkt. Yilmaz war fünfzehn, übergewichtig und ununterbrochen mit einem handgroßen Computerspiel beschäftigt.

»Sie haben dich aber nicht rausgelassen«, sagte Ronfeld.

»Nö. Und ich konnt nicht raus, weil sie mich festgebunden haben, mit einer Schnur ...«

»Wer hat dich festgebunden?«

»Weiß nicht.«

»Wieso weißt du das nicht?«, fragte Ronfeld.

»Weil, ich hab doch die Augen verbunden gehabt!« Er war fasziniert davon, dass Funkel als Polizist eine Augenklappe trug. Wie Rocco, der Rächer in seinem Computerspiel.

»Wer hat dir die Augen verbunden?«, fragte Ronfeld.

»Die Lucy, glaub ich.«

»Bist du sicher, dass es Lucy Arano war?«, fragte Fischer. Im Grunde zweifelte er nicht daran, aber er wollte, dass der Satz auf dem Tonband war, für alle Fälle.

»Ich glaub schon«, sagte Yilmaz und drückte hektisch die Tasten.

»Und wer hat dich gefesselt?«, fragte Ronfeld noch einmal.

»Das hab ich doch nicht gesehen.«

»Bitte hör einen Moment mit dem Spielen auf, Yilmaz!«, sagte Ronfeld. »Erzähl uns, wie lange du im Keller warst und warum dich deine Freunde überhaupt dort hingebracht haben.«

»Ich sollt mit der Verkäuferin reden und sie ablenken. Damit die andern in Ruhe die Sachen einstecken können, T-Shirts und so Sachen, was man halt so braucht.«

»Und dann?«

»Ich hab ja mit ihr geredet, aber ...« Er machte eine Pause, ging dann zum Fensterbrett und nahm sich einen der Schokoriegel, die dort auf einem Teller lagen. »Die Frau ist Türkin, die Verkäuferin da, aber ich kann nicht so gut Türkisch, ich bin ja hier geboren, und meine Eltern haben gesagt, ich muss Deutsch lernen und deswegen haben sie immer wenig türkisch mit mir gesprochen. Sie haben gesagt, wenn ich gut Deutsch kann, dann kann ich was werden, es ist besser, ich kann gut Deutsch ...«

»Das stimmt«, sagte Ronfeld. »Du hast also mit der Frau deutsch gesprochen.«

»Nein, türkisch, und sie hat gelacht, sie hat das lustig gefunden und mich gefragt, wieso ich so komisch türkisch spreche, und ich hab ihr gesagt, warum, und dann hab ich mit ihr gesprochen, das war schön.« Er kaute die Schokolade, sein Mund war verschmiert und er leckte sich die Lippen. Dann sagte er etwas, was niemand verstand.

»Ab fünfzig Gramm wirds undeutlich«, sagte Ronfeld und lächelte.

»Was ist?« Yilmaz schob sich das letzte Stück in den Mund und kaute weiter.

»Was haben deine Freunde in der Zwischenzeit gemacht?«

»Die haben gewartet. Und ich hab mit der Verkäuferin gesprochen. Und dann hab ich gedacht, jetzt ist es günstig und hab ihnen ein Zeichen gegeben, ich hab ganz laut gehustet, das kann ich nämlich, wollen Sie mal hören?«

Und er hustete los, dass es krachte. Ronfeld wandte sich zur Seite und Yilmaz hustete mit weit offenem Mund, eine Minute lang, laut und scheppernd und er verschluckte sich fast.

»So ... das ist doch gut, oder?« Er sah Funkel an, der nicht reagierte. »Und ich hab zu der Verkäuferin gesagt, ich brauch was zu trinken und ein Taschentuch, und da ist sie weggegangen und meine Freunde haben die Sachen eingesteckt. Aber ich hab nicht gemerkt, dass der blöde Chef da war, der ist aus dem Aufzug gekommen und hat sofort gecheckt, was abgeht. Er hat gerufen: Polizei!, und die anderen Verkäuferinnen sind alle losgerannt und wollten meine Freunde einfangen. Aber die waren schneller, die sind entkommen. Der blöde Chef hat ja nicht gewusst, dass ich auch dazugehör.«

»Wer war alles dabei, Yilmaz?«, fragte Ronfeld.

»Der Clan, sonst niemand.«

»Und Lucy Arano war die Anführerin.«

»Wer denn sonst?«

»Und dann haben sie dir die Schuld gegeben, dass der Diebstahl nicht richtig geklappt hat.«

»Ja. Ich hab den Chef echt nicht gesehen. Kann ich ja auch nicht, ich kann doch nicht in einen zunen Aufzug schauen.

Und deswegen haben sie mich in den Keller gesperrt, aus Strafe, weil ich nicht aufgepasst hab. Ich hab schon mal was vermasselt, dafür bin ich aber nicht bestraft worden. Da war die Lucy nett und hat gesagt, so was passiert schon mal. Aber diesmal war sie total sauer und hat mich gefesselt und die Tür abgesperrt.«

»Also Lucy Arano hat dich gefesselt«, sagte Ronfeld.

»Ja.«

»Vorhin hast du gesagt, du weißt es nicht, weil deine Augen verbunden waren«, sagte Fischer.

»Ja. Ich weiß nicht genau. Kann schon sein, dass die Lucy mich gefesselt hat. Ich war die ganze Nacht in dem Keller. Ich hab einen Kreislaufkoller gehabt.«

»Warum hast du nicht laut um Hilfe geschrien?«, fragte Funkel. Er hörte diese Aussage zum ersten Mal, damals hatte niemand Anzeige erstattet. Der Staatsanwalt hatte ihn auf diesen Vorfall aufmerksam gemacht und ihn gebeten, einen Vermerk in den vorliegenden Protokollen zu machen, als weiteren Beweis für die kriminelle Energie der Vierzehnjährigen. Dieser Bitte hatte Funkel bisher nicht entsprochen, und er bezweifelte, dass er es noch tun würde.

»Sie haben mir dann auch noch eine Mütze über den Kopf gezogen«, sagte Yilmaz, blickte zum Fensterbrett, überlegte und zögerte hinzugehen.

»Was für eine Mütze?« Ronfeld machte sich eine Notiz.

»So eine Mütze aus Wolle, eine Pudelmütze.« Die Versuchung war einfach zu groß, Yilmaz riss einen zweiten Schokoriegel auf und biss gierig hinein. »Meine Hände waren an den Pfosten gefesselt und ich konnt die Mütze nicht runterziehen. Ich hab auch befürchtet, dass die andern vielleicht noch da sind und mich noch schlimmer bestrafen, wenn ich das mach. Ich hab dann trotz der Mütze geschrien, aber es hat mich niemand gehört, ich war zu leise. Ich war auch bald wieder still. Da war so ein Tropfen, von Wasser, irgendwo, und ein Scharren, wie von einer Katze, weiß nicht, ob da eine Katze war. Dann bin ich eingeschlafen, und als ich aufgewacht bin, bin ich so erschrocken, dass ich einen Kreislaufkollaps gekriegt hab, ich bin ohnmächtig geworden.«

»Und du lagst da unten, bis dich die Frau aus dem Haus entdeckt hat«, sagte Ronfeld und sah Fischer an, der die Hände vor dem Gesicht gefaltet hatte und sich an einen anderen Ort wünschte.

»Ja, die hat ihre Katze gesucht und mich gefunden.« Yilmaz schmatzte und leckte sich die Lippen. »Sie hat gleich einen Arzt geholt und der hat mich untersucht. Ich war unterkühlt, hat er gesagt, ich hab mich ins Bett legen müssen. Und ich hab nicht in die Schule gemusst.«

»Warum haben deine Eltern keine Anzeige erstattet?«, fragte Ronfeld.

»Mein Vater hat gesagt, wir haben noch nie was mit der Polizei zu tun gehabt. Außerdem war ich ja in dem Laden mit dabei, ich bin ja auch schuld.«

»Du bist nicht schuld, Yilmaz«, sagte Ronfeld. »Deine Freundin Lucy Arano ist schuld, sie hat dich gefesselt und im Keller eingesperrt.«

»Ja«, sagte Yilmaz und griff nach dem Handcomputer. »Aber wenn ich den Chef in dem Laden rechtzeitig gesehen hätte, wär alles gut gegangen. Wie sonst auch. Ich mag die Lucy, die hat keine Angst, vor niemand, die traut sich echt was. Es ist toll, wenn man zu der dazugehören darf, das sagen die andern auch. Das ist doch total ätzend bei uns auf der Schule, aber die Lucy macht was los, die lässt sich nicht einschüchtern, das sagt jeder, wer zu der gehört, der hats geschafft, vor der haben die andern Respekt, und Respekt ist wichtig, wenn du keinen Respekt von den andern kriegst, hast du verloren. Ich hab nix gegen die Lucy, ich werd sie im Knast besuchen und ihr was mitbringen, vielleicht einen Himbeerkuchen, den mag sie nämlich, das weiß ich von Jimmy, der zieht auch oft mit ihr rum.«

Yilmaz vertiefte sich in sein Spiel und schien die drei Männer schlagartig vergessen zu haben.

»Das war Nummer sechzehn«, sagte Niklas Ronfeld auf der Straße.

Es war ein regnerischer Nachmittag und die Stimmung im Glockenbachviertel mit den hohen Häusern aus der Jahrhundertwende und den Szenekneipen und kleinen Läden war anders als sonst, weniger idyllisch, weniger lebendig. Jedenfalls hatte Sebastian Fischer diesen Eindruck, als er sich von Ronfeld und Funkel verabschiedete und einen kurzen Spaziergang zum Westermühlbach unternahm, vorbei an einem Spielplatz, auf dem kein Kind spielte, an Fenstern, die geschlossen waren, an einem leeren Café. Lautlos floss der Bach in Richtung Kapuzinerstraße und verschwand dann im Untergrund. Alle anderen Bäche dieses Viertels waren seit langem zugeschüttet. Daran musste Fischer denken, während er ins Wasser blickte und plötzlich feststellte, wie leer er sich fühlte, wie ausgehöhlt und gleichzeitig schwer und bewegungslos. Als wären seine Adern aus Beton, in denen sein Blut wie ein zähes Rinnsal floss, kraftlos und dunkel.

In seinem Büro schaltete Dr. Sebastian Fischer die Schreibtischlampe ein, obwohl es draußen hell war, setzte sich in den Ledersessel und schloss die Augen. Acht zu drei hatte er heute beim Tischtennis gegen Ronfeld verloren und in einigen Spielen war er einstellig untergegangen. Doch was er vor allem an diesem Nachmittag im Keller des Schelling-

Salons verloren hatte, waren Vertrauen und Zuversicht. Und vielleicht einen Freund.

Dann fiel sein Blick auf die Akte mit der Aussage von Ute Ross, der Wirtin, und sofort schlug seine Lethargie in Wut um, die durch seinen ganzen Körper zu pulsieren schien.

Sie betrieb das Café Olé in der Sonnenstraße, die Kneipe im ersten Stock war ein Treffpunkt für Jugendliche aus allen Stadtteilen. Die Sonnenstraße lag im Zentrum zwischen Stachus und Sendlinger-Tor-Platz, für jeden erreichbar mit Tram, U- oder S-Bahn. Auch Lucy hatte hier eine Art Stammtisch, an dem sie ihre Gefolgschaft versammelte oder allein in Büchern las, was niemand wissen durfte.

»Ich hab den Eindruck, sie hat sich geschämt«, sagte Ute Ross zu Ronfeld, Fischer und Sonja Feyerabend. An diesem Vormittag, bei der siebzehnten Zeugenbefragung, war Kriminaloberrat Funkel verhindert und er hatte Sonja Feyerabend gebeten, für ihn einzuspringen. Da die Vermisstenstelle im Fall der verschwundenen Hoteliersfrau Katharina Wagner nicht weiterkam, hatte Sonja nichts dagegen. Außerdem kannte sie das Lokal. Schon öfter hatten sie dort vermisst gemeldete Jugendliche aufgegriffen und meist war es die Wirtin gewesen, die die Polizei alarmiert hatte.

»Wenn sie ohne die anderen kam, hat sie gelesen.« Ute Ross war Anfang fünfzig, sehr schlank, hellblond und stark geschminkt. Sie trug enge Leggings und einen weit ausgeschnittenen Pullover. Anscheinend kannte sie jeden ihrer jungen Gäste persönlich und wusste über deren Innenleben genau Bescheid.

»Vor vier Monaten«, sagte Ronfeld und blätterte in einem Schnellhefter voller eng beschriebener Seiten, »haben Sie die

Polizei geholt, weil Lucy Arano eine Schlägerei angefangen hatte.«

»Wissen Sie, Herr ...«

»Ronfeld.«

»Herr Ronfeld, ich bin froh, wenn ich die Polizei nicht im Haus hab, das ist ja verständlich, das regt die Gäste auf und mich auch. Aber ich muss aufpassen, dass mir manche Jugendliche nicht die Stimmung kaputtmachen. Ich meine, sie kommen gern hierher, und ich spendier ihnen auch schon mal was, wenns ihnen dreckig geht. Neulich saß hier, genau hier, wo wir jetzt sitzen, Rudi, der ist vierzehn, sehr nett, sehr ruhig und freundlich immer, dessen Oma ist plötzlich gestorben, der war total fertig, er hat geraucht wie ein Schlot und einen Kaffee nach dem andern getrunken, ich hab mich natürlich zu ihm gesetzt und ihn getröstet. Oder Susi, die ist so richtig in sich gekehrt, ich glaub, sie kommt mit ihrem Stiefvater nicht zurecht, sie redet nicht gern drüber, aber ich kenn sie, ich weiß, was in ihr los ist, sie ...«

»Weshalb haben Sie die Polizei geholt, Frau Ross?«, fragte Ronfeld.

»Wegen Lucy. Wegen ihr. Sie ist unberechenbar, auf einmal fängt sie an, um sich zu schlagen, und sie haut ja nicht einfach so zu, sie tritt wie ein Pferd die Leute um, das müssten Sie mal sehen, oder sie schlägt ihnen auf die Nase, so schnell können Sie gar nicht schauen. Wie oft hab ich zu ihr gesagt: ›Reiß dich zusammen, Kleine, sag mir, was los ist! Vielleicht kann ich dir helfen!‹ Ich meine, ich mag die Kinder, ich freu mich, wenn sie kommen, wenn sie mein Lokal besuchen und kein anderes, das ist klar, ich hab sie gern.«

Sie trank einen Schluck Kaffee, gab dem jungen Kellner, der an der Bar lehnte, ein Zeichen und machte ihn auf einen Gast aufmerksam, der zahlen wollte.

»An jenem Abend hat sie den ganzen Tisch aufgemöbelt. Ich bin hin zu ihr, wollt mit ihr reden, nichts zu machen. Stellen Sie sich vor, sie hat die Zuckerdose genommen und sie dem Jungen, der auf dem Boden lag, ins Gesicht geschüttet und hinterher noch eine Tasse Tee! Der war zum Glück kalt. Stellen Sie sich das vor! Ich lass mich nicht verarschen. Ich hab die Polizei geholt und sie haben die Göre mitgenommen. Ich bitte Sie, was soll ich machen, ich lass mir doch nicht auf der Nase rumtanzen von denen.«

»Was war der Grund für die Schlägerei?«, fragte Ronfeld.

»Soweit ich weiß, haben Sie selbst gesagt, Lucy Arano hatte wieder mal einen ihrer üblichen Aussetzer. Aussetzer, glaub ich, haben Sie gesagt.«

»Aussetzer? Kann sein. Sie kommt hier rein und verbreitet schlechte Stimmung. Sie macht die andern an, sie terrorisiert sie ...«

»Wie meinen Sie das?«, fragte Fischer. Vom ersten Moment an konnte er die Frau nicht leiden, vielleicht lag es an ihrer Stimme, die ihm nicht gefiel, an diesem verschwörerischen Ton, an ihrer Art, Mitgefühl zu zeigen, das er für vorgetäuscht hielt, für verlogen. Er reagierte vollkommen zwanghaft auf sie, abwehrend, misstrauisch. Vielleicht lag es daran, dass er ein Problem mit weit ausgeschnittenen Pullovern hatte, er musste sich zwingen, nicht hinzusehen, und das lenkte ihn ab und verwirrte ihn. Und es war schwer für ihn, bei Ute Ross nicht hinzusehen, sie streckte ihren Busen geradezu heraus, fand er. Und sie bemerkte seine heimlichen Blicke und er fühlte sich ertappt. Und provoziert.

»Wie terrorisiert Lucy Ihrer Meinung nach ihre Mitschüler?«, fragte er und sah ihr in die Augen.

»Sie hat die Macht«, sagte Ute. »Sie ist kräftig, sie sieht eindrucksvoll aus mit diesen Ketten und Ringen und diesen

Haaren. Und sie weiß das, sie weiß genau, wie die Leute auf ihr schwarzes Aussehen reagieren. Ich meine, sie fällt auf, sie will auffallen. Da hab ich nichts dagegen, auch wenn manche Gäste mich immer wieder fragen, wieso ich das schwarze Mädchen hier dulde nach allem, was in den Zeitungen über sie steht. Ich hab das auch gelesen. Gut, sie ist schwierig, aber das wär noch kein Grund, ihr Hausverbot zu erteilen.«

»Trotzdem haben Sies getan«, sagte Ronfeld.

»Ich habs getan, weil sie versucht hat, mein Lokal abzufackeln, nachdem ich sie rausgeschmissen hatte nach dieser Sache da vor ein paar Monaten. Nach der Schlägerei, bei der sie dem Jungen den Zucker ins Gesicht geschüttet hat. Sie wollt das ganze Haus abfackeln, die kleine Göre. Was glauben Sie denn? Bin ich ein Sozialarbeiter? Verstehen Sie mich nicht falsch, ich halt nicht viel von diesem Gelaber und so theoretischem Gesülze, wenn man mit Kindern nicht mehr reden kann und wenn sie nicht mehr auf einen hören, muss man ihnen auf andere Weise Grenzen setzen. Dieses Mädchen hätte um ein Haar hier alles abgebrannt, ohne mit der Wimper zu zucken, aus purer Rache an mir. Ehrlich, ich hab mich immer zurückgehalten, ich hab gesagt, sie ist zwar schwarz, aber sie ist ein Mädchen und sie hats nicht leicht und ihre Mutter ist tot, sie hats nicht leicht. Andere habens auch nicht leicht. Aber sie hat gedacht, und ich hab das ganz lang nicht kapiert, sie hat gedacht, weil sie schwarz ist, kommt sie automatisch damit durch. Nicht bei mir! Nicht bei mir!«

»Wir haben keinen Hinweis darauf, dass Lucy die Brandstifterin war«, sagte Sonja Feyerabend. Vor dem Termin im Café Olé hatte sie sich bei den Kollegen von der Brandfahndung nach dem letzten Stand der Ermittlungen erkundigt und erfahren, dass die Jugendlichen, die damals vorübergehend festgenommen worden waren, mit dem Anschlag nichts zu tun hatten. Eine von ihnen war Lucy gewesen und wie es aussah, war sie mit ihren Freunden vom nahen Hauptbahnhof auf dem Weg in das Lokal, als plötzlich Flammen aus der Eingangstür im Erdgeschoss schlugen. Das Einzige, was man ihr vorwerfen könnte, war, dass sie offenbar nicht gerade versucht hatte, das Feuer zu löschen. Die Jugendlichen hatten zugesehen, so wie hunderte Erwachsene. Als die Feuerwehr die eingeschlossenen Gäste und Hausbewohner rettete, hatte Ute Ross im Pulk der Schaulustigen Lucy bemerkt und der Polizei einen Tipp gegeben. Niemand war ernsthaft verletzt worden und die Feuerwehr hatte den Brand nach wenigen Minuten unter Kontrolle.

»Natürlich war sie die Brandstifterin«, sagte Ute Ross laut. Einige Gäste sahen zu ihr herüber. »Und ich sag Ihnen was, nehmen Sies nicht persönlich, Frau ...«

Sonja zögerte einen Moment, bevor sie ihren Namen nannte.

»Frau Feyerabend«, fuhr Ute lautstark fort, »ich mein jetzt nicht Sie, aber ich weiß, dass die Polizei Angst hat, wenn sie das schwarze Mädchen verhaftet. Weil es dann gleich wieder heißt, die Polizei ist rassistisch. Aber darum gehts nicht, die kleine Göre ist eine Kriminelle, entschuldigen Sie, wie viele Straftaten hat sie begangen? Sechzig? Siebzig? Ich hab die Zahl erst neulich in der Zeitung gelesen ...«

»Zwei«, sagte Sebastian Fischer.

»Was?« Verblüfft sah Ute ihn an, ihr Mund zuckte und mit einem abschätzigen Blick hob sie den Kopf. »Wie, zwei?«

»Sie hat zwei Straftaten begangen«, wiederholte Fischer mit ausdrucksloser Miene.

Ute schüttelte den Kopf und wartete auf eine Erklärung.

»Lucy ist erst seit wenigen Tagen strafmündig. Alles, was vorher passiert ist, kann nicht als Straftat gewertet werden.«

»Als was dann?«, fragte Ute.

Es entstand ein Schweigen, das Ronfeld nutzte, um sich Notizen zu machen, und Sonja, um auf die Uhr zu sehen. Fischer schob seine Brille hoch, ruckte mit dem Stuhl und fingerte an seiner Krawatte herum. Es fiel ihm schwer, sich zu beherrschen.

»Frau Ross«, sagte er, »was die Schlägerei vor vier Monaten angeht, so haben Zeugen ausgesagt, dass Lucy von dem Jungen zuerst angegriffen wurde, er wollte sie küssen und er hat sie unsittlich berührt, jeder hat das gesehen, Sie vermutlich auch, und sie hat gesagt, dass sie das nicht möchte, aber der Junge hat so lange weitergemacht, bis sie ihm eine Ohrfeige gegeben hat. Daraufhin kippte er mit dem Stuhl um ...«

»Und das berechtigt sie, dass sie ihm Zucker und Tee ins Gesicht gießt?«, sagte Ute. »Und wenn der Tee jetzt heiß gewesen wäre? Und wenn der Junge jetzt blind wäre? Sie sind ihr Anwalt, Sie müssen wahrscheinlich so reden, ich muss das nicht. Was glauben Sie denn, wenn meine Tochter, die ist jetzt zwölf, wenn die irgendwo in Afrika im Urlaub ist und sich dort so benehmen würde wie diese Lucy? Glauben Sie, die würden da unten so freundlich mit ihr umspringen wie wir hier? Was glauben Sie, wie schnell die zur Rechenschaft gezogen würde, die würde ins Gefängnis kommen und basta. Ich hab Ihnen gesagt, es ist mir egal, ob sie schwarz oder rot ist, aber es gefällt mir nicht, dass sie so tut, als wär sie was Besonderes. Sie weiß genau, was hier los ist, dass niemand sich traut, ihr was zu tun, weil sie schwarz ist und jeder Angst hat, er steht dann in der falschen Ecke. Ich hab nichts gegen Neger, ehrlich nicht, ich hab viele Gäste hier, die sind aus Afrika oder sonst woher, die werden alle gleich behandelt von mir. *Zwei* Straftaten! Herr Anwalt! Es geht mich nichts an, aber wenn Sie damit vor Gericht durchkommen, dann fang ich an, an unserem Rechtsstaat zu zweifeln, ehrlich. *Zwei* Straftaten! Passen Sie auf, Herr ...«

»Fischer.«

»Herr Fischer, dieses Mädchen gehört in eine Besserungsanstalt, und zwar nicht eine Woche oder einen Monat, sondern ein Jahr oder zwei Jahre, so lange, bis sie verstanden hat, wie man sich hier zu benehmen hat. Und dann ...« Sie blickte um sich und setzte eine verschwörerische Miene auf, die Fischer besonders missfiel. »Wie die einen manchmal ansieht, mit diesem Blick, unheimlich kann einem da werden, richtig unheimlich. Deswegen sind die Kinder auch so eingeschüchtert, sie braucht sie nur anzuschauen und schon ... Diesen Blick müssten Sie mal sehen, so was von ... schwarz ... und ... Furcht einflößend ...«

Übergangslos wechselte ihr Gesichtsausdruck und mit einem leichten Zucken um die Lippen drehte sie den Kopf ein wenig zur Seite.

»Vergessen Sie Ihren missionarischen Eifer, Herr Fischer! Sie werden dieses Mädchen nicht bessern, und ich auch nicht, und der Vater schon zehnmal nicht. Die braucht professionelle Erzieher, die genau wissen, wie man mit so jemand umgeht. Und noch was ...«

»Frau Ross«, sagte Fischer, »keine Ihrer Beschuldigungen hat ...«

»Entschuldigen Sie, wenn ich Sie unterbreche«, sagte Ute und senkte ihre Stimme. »Ich hab das bisher niemand erzählt ...«

»Was?« Ronfeld warf einen Blick auf die Kassette im Aufnahmegerät.

»Sie geht mit Männern mit.« Ute machte eine Pause. »Ich will nur sagen, nicht dass Sie denken, ich häng hier meine Kinder hin, die regelmäßig herkommen, ich verpfeif die nicht bei der ersten Gelegenheit, obwohl ich manchmal mitkrieg, dass da was läuft, Sie wissen schon, mit Drogen, nichts Schlimmes. Nicht, dass Sie was Falsches denken, Frau Kommissarin, sie haben halt die Pillen, das haben ja heute fast alle, ich weiß, die sind auch gefährlich, aber ich denk mir, die werden schon wissen, wie viel sie vertragen. Ich sag da nichts, wenn es nicht überhand nimmt, halt ich mich da raus, ich mag meine Kinder, ehrlich. Und Lucy, das sag ich Ihnen, macht mit Männern rum, sie steigt zu denen ins Auto ...«

»Das ist eine bösartige Unterstellung«, sagte Fischer. »Sie verleumden dieses Mädchen, Frau Ross, das ist üble Nachrede, was Sie hier treiben.«

»Ich kenn mich aus«, sagte Ute, »ich hab schon in ganz anderen Lokalen gearbeitet, ich kann die Blicke von Männern einschätzen, und die von Frauen und von jungen Mädchen. Es gibt Männer, die stehen auf schwarze Haut, umgekehrt auch, ich nicht, ich könnt nicht mit einem Neger ins Bett gehen, aber das muss ich ja auch nicht, ich mag sie trotzdem. Und Lucy ist nicht auf den Kopf gefallen. Haben Sie sie schon mal beobachtet, wie sie geht, wie sie sich bewegt, wie sie ihren Hintern hin und her schiebt? Und dann hat sie diesen Busen, ich mein, wie alt ist sie jetzt, vierzehn? So eine Oberweite bei einem blutjungen Ding, das mögen manche Männer. Ich hab das nie weitererzählt, ich hab nur Augen im Kopf, ich seh, was ich seh, und Lucy ist so eine ...«

Im Auto legte Sebastian Fischer eine Kassette mit nigerianischer Musik ein, die ihm Natalia Horn geschenkt hatte, und versuchte, die Stimme dieser Wirtin aus dem Kopf zu bekommen. Dass Lucy sich prostituierte, war eine heimtückische Unterstellung, und er fragte sich, warum Ute Ross das gesagt hatte. Er glaubte ihr kein Wort. Sie war eine absolut unglaubwürdige Zeugin und dennoch würde Ronfeld ihre Aussagen vor dem Jugendschöffengericht verwenden.

Fischer beschloss, Lucy einen Besuch abzustatten, in der Hoffnung, sie würde ehrlicher antworten als bei ihrer ersten Vernehmung kurz nach der Schlägerei im Kunstpark Ost. In jener Nacht hatte Natalia ihn angerufen und unter Tränen gebeten, die Verteidigung zu übernehmen. Er war ins Dezernat gefahren und hatte mit Lucy zum ersten Mal unter vier Augen gesprochen. Hinterher, als die Polizisten, sein Freund Ronfeld, Arano und Natalia hinzukamen, war er nahe daran gewesen, sein Mandat sofort wieder niederzulegen. Sein Eindruck war, dieses Mädchen lebte weit entfernt in einem unerreichbaren Universum, überzeugt davon, dessen einzige Bewohnerin zu sein.

Als er in jener Nacht das Büro von Karl Funkel betreten hatte, war Lucy immer noch mit Handschellen gefesselt und man hatte ihr die Bomberjacke und die Schuhe abgenommen. Auf seine Frage, was mit den Sachen passiert sei, sagte Oberkommissar Nolte, sie würden kriminaltechnisch untersucht, das wisse er doch. Fischer sagte, es gebe keinen Grund, seine Mandantin in Socken herumsitzen zu lassen, woraufhin Nolte erklärte, im Dezernat 11 gebe es leider keine Ersatzschuhe für Straftäter. Nachdem die beiden Männer ihren Dialog auf diese Weise noch einige Minuten fortgesetzt hatten, sagte Fischer, er wolle jetzt allein mit Lucy Arano sprechen und Nolte möge ihr die Handschellen abnehmen. Das lehnte der Polizist ab, das Mädchen sei unberechenbar und habe ihn im Dienstwagen angegriffen, die Fessel diene

ihrer eigenen Sicherheit, da er, Nolte, nicht garantieren könne, dass einer seiner Kollegen nicht von der Schusswaffe Gebrauch mache, falls Lucy erneut gewalttätig werde. Fischer
verlangte Funkel, den Dienststellenleiter, zu sprechen, und
da dieser zwar benachrichtigt, aber noch nicht im Haus war,
schickte ihm Nolte Hauptkommissarin Sonja Feyerabend,
die Schichtdienst hatte. Ohne Umschweife nahm sie Lucy die
Handschellen ab.

Danach waren Fischer und das Mädchen allein im Zimmer.
»Hat der junge Polizist dich auf deine Rechte aufmerksam
gemacht?«, fragte der Anwalt. Lucy nickte.

»Was hat er gesagt?«

Lucy stützte den Kopf in die Hand. Sie lümmelte am Tisch
und macht einen müden und verwirrten Eindruck.

»Was hat er gesagt, Lucy?«

Fischer setzte sich ihr gegenüber, holte einen Block und einen Füllfederhalter aus seiner Aktentasche und stellte diese
auf den Boden. Bisher hatte er Lucy immer nur flüchtig gesehen, ein, zwei Male bei Natalia, wenn er sich dort pediküren
und maniküren ließ und das Mädchen zufällig vorbeikam.
Natalia hatte ihm viel von ihr erzählt und die Artikel in den
Zeitungen kannte er auch. Doch als sie nun vor ihm saß,
träge zwar und scheinbar angeödet von der Prozedur ihrer
Festnahme, glaubte er etwas von der unheimlichen Macht
ihrer Physis zu spüren, die viele ihrer Freunde und einige der
Sensationsreporter anscheinend zu heftigen Reaktionen ver-
leitete. Es war nicht eine Aura von Gewalt oder Aggression,
was Fischer wahrnahm, sondern die unberechenbare An-
spannung eines Raubtiers, das jeden Moment aus seiner
Lethargie erwachen und sich auf sein nächstes Opfer stürzen
konnte. Fischer schaute Lucy an, ohne dass sie seinen Blick
zu bemerken schien. Sie war ein Kind von vierzehn Jahren

und sie war anders als die meisten Kinder, die Fischer kannte, nicht weil sie eine schwarze Hautfarbe und einen für ihr Alter beinah ausladenden Körperbau hatte. Ihr Anderssein entsprang der Art, wie sie Nähe simulierte, der man nicht so ohne weiteres wieder entkam. Wenn sie auftrat, stellte Fischer sich vor, fing jeder an, nur noch um sie zu rotieren. Sie bestimmte die Umgangsformen, auf eine geradezu natürliche Weise schaffte sie es, in kürzester Zeit ein System ganz nach ihren Wünschen zu etablieren. Faszinierend und beunruhigend zugleich wirkte sie auf den Anwalt und er dachte plötzlich, vielleicht hat der eifrige junge Kommissar Recht, vielleicht ist man besser auf der Hut vor ihr und achtet darauf, niemals die Kontrolle zu verlieren und unaufmerksam zu sein, nachgiebig, kumpelhaft.

Ihr Blick erwischte ihn mitten in diesen Gedanken und er fühlte sich ertappt.

»Also?«, sagte er schnell.

Den Kopf schief in die Hand gelegt, den Arm auf den Tisch gestützt, sah sie ihn aus schmalen schattenumwölkten Augen an. Eine Iris wie Onyx, dachte Fischer, und es dauerte Sekunden, bis er wegschaute.

Auch Lucy wandte den Kopf ab. Sie betrachtete die Tür, die geschlossen war, und dann die Grünpflanze auf dem niedrigen Aktenschrank, dessen Regale voll gestellt waren mit Leitzordnern.

»Hat man dir gesagt, dass du nichts zu sagen brauchst und einen Anwalt anrufen kannst?«

Sie nickte.

»Und du hast nichts gesagt?«

»Echt nich«, sagte sie.

»Warum hast du nicht sofort zu Hause angerufen?«

Es war Sonja Feyerabend gewesen, die Christoph Arano verständigt hatte, und daraufhin hatte Natalia ihn, Fischer, benachrichtigt.

»Wieso denn?« Sie klopfte mit den Knöcheln ihrer beringten Hand auf den Holztisch. Ihre beiden kunstvoll geflochtenen Zöpfe mit den bunten Steinen berührten die Platte, so weit nach vorn gebeugt saß sie da, als wolle sie die Maserung lesen.

Wenn sie so wortkarg blieb, hatte Fischer ein Problem und die Polizei einen guten Grund, sie auch ohne richterlichen Beschluss dazubehalten. Es war unwahrscheinlich, dass ein Richter noch in dieser Nacht einen Haftbefehl ausstellte, zumal gegen ein Mädchen, das erst knapp vierundzwanzig Stunden strafmündig war. Aber ausgeschlossen war es nicht. Fischer musste alles daran setzen, Lucys Vertrauen zu gewinnen.

Welch ein Wahnsinn, dachte er. Hatte sie etwa zu ihrem Vater Vertrauen? Hatte sie Arano angerufen und um Hilfe gebeten?

Gemeinsam mit Natalia Horn wartete Christoph Arano drei Zimmer weiter auf die bevorstehende Vernehmung seiner Tochter, an der er nicht teilnehmen durfte, von der er sich jedoch Aufschlüsse erhoffte, irgendwelche Hinweise darauf, was genau geschehen war. Man hatte ihm nur gesagt, seine Tochter sei nach einer Schlägerei, bei der ein Jugendlicher und ein anderer junger Mann schwer verletzt wurden, festgenommen worden. Und bevor die zuständigen Beamten nicht mit ihr gesprochen hätten, würde er keine weiteren Auskünfte erhalten.

»Sprich mit mir, Lucy!«, sagte Fischer. »Wir müssen sehen, dass du bald wieder nach Hause gehen darfst.«

»Wer sind Sie überhaupt?«, fragte sie.

»Das hab ich dir doch gesagt, Sebastian Fischer heiß ich, ich bin Rechtsanwalt und Natalia Horn und dein Vater haben mich gebeten, dass ich dein Mandat übernehme.«

»Mein was?«

»Dass ich dein Anwalt werde.«

»Und wieso werd ich da nicht gefragt?« Sie schaukelte mit dem Stuhl und schien zu überlegen, ob sie etwas trinken solle. Auf dem Tisch standen eine Flasche Mineralwasser und eine Flasche Orangensaft und mehrere Gläser.

»Möchtest du einen anderen Anwalt?« Fischer hoffte, die Frage habe nicht enttäuscht oder gar beleidigt geklungen, er wollte fair sein, er wollte das Mädchen ernst nehmen und nicht den Eindruck vermitteln, er handele über ihren Kopf hinweg.

»Kennen Sie einen guten?«, fragte sie. Unter der flachen Hand rollte sie eines der Gläser auf dem Tisch hin und her. Das schien ihr Spaß zu machen und sie gab ein leises Summen von sich. Fischer musste an seinen Kollegen Ronfeld denken, der den Tischtennisball in der gleichen Weise über die Platte zu rollen pflegte.

»Wir haben nicht viel Zeit, Lucy«, sagte er. Dass er auch müde und verspannt war, sagte er nicht. »Gleich beginnt deine Vernehmung, und es wäre sehr gut, wenn wir uns einigen, was du aussagst, Lucy.«

Inzwischen hatte er begriffen, dass ihn nur nett sein nicht weiterbringen würde. Was ihm vielleicht half, war Autorität.

»Hör mal, wir können das auch lassen. Ich bin freiwillig hier und ich kann was für dich tun, wenn du willst. Du hast zwei Typen zusammengeschlagen, dafür kannst du ins Gefängnis kommen ...«

Er hatte den Eindruck, sie würde zum ersten Mal ein wenig über den Ernst der Lage nachdenken.

»Und zwar nicht erst nach der Gerichtsverhandlung, sondern schon heute Nacht. Du kommst in Untersuchungshaft, wenn du Pech hast, und nach allem, was du in der Vergangenheit angestellt hast, bleibst du dort auch eine Weile. Du bist jetzt strafmündig, Lucy, und für das verantwortlich, was du tust.«

So wie sie ihn ansah, mit gerunzelter Stirn, die Arme vor dem Bauch verschränkt, die breiten Lippen nach vorn geschoben, als sauge sie jedes seiner Worte intensiv ein, fasste er Mut, noch einen Zahn zuzulegen.

»Du hast nur eine Chance, dem zu entgehen: Du musst ehrlich sein, du musst mir alles sagen, was passiert ist, und dann überlegen wir gemeinsam, was du der Polizei sagst. Ich unterliege der Schweigepflicht, was du mir anvertraust, kriegt niemand sonst zu hören. Du kannst dich auf mich verlassen, Lucy. Aber ich kann nur was für dich tun, wenn du mich nicht austrickst. Sonst hat alle Strategie keinen Sinn. Wer hat die Schlägerei im Kunstpark angefangen, welche Rolle spielte dein Freund, mit dem du unterwegs warst, wie war der genaue Ablauf? Sags mir, Lucy, und wir finden einen Ausweg.«

»Echt?«, sagte sie.

»Echt«, sagte er.

Dann schubste sie das Glas über den Tisch. Klirrend schlug es gegen die Wasserflasche und drehte sich im Kreis.

»Schweigen kann ich selber«, sagte Lucy.

Und dann schwieg sie. Starrte schweigend in Fischers fassungsloses Gesicht, sah ihm zu, wie er aufstand, sein Sakko erst zu-, dann wieder aufknöpfte, nervös mit dem Füller spielte und ratlos durchs Zimmer ging. Er hatte es immer geahnt: Eines Tages würde sich seine mangelnde Erfahrung im Umgang mit Kindern und Jugendlichen rächen. Jetzt war es also so weit und er hatte nicht die geringste Ahnung, wie er sich verhalten sollte.

Als die Tür aufging und ein Mann mit einer Augenklappe, eine Frau mit kurzen hellblonden Haaren und der junge Polizist von vorhin hereinkamen, schwieg Lucy immer noch. Und als der Anwalt und der junge Polizist, der sie mit Handschellen gefesselt und ihr die Jacke und die Schuhe abgenommen hatte, aus dem Raum gegangen waren, beantwortete sie die eine oder andere Frage. Sie hatte plötzlich das Gefühl, dass zu sprechen angenehmer war als bloß stumm rumzusitzen.

Karl Funkel und Sonja Feyerabend waren ihr dankbar dafür.

Da zu diesem Zeitpunkt keine Sekretärin mehr im Dezernat war, die das übliche schriftliche Protokoll hätte anfertigen können, machten sich Funkel und die Hauptkommissarin gelegentlich Notizen, während das Aufnahmegerät lief. Schon zuvor hatte der Kriminaloberrat die Staatsanwaltschaft informiert. Nach dem Gespräch mit Lucy wollte er entscheiden, ob er den Staatsanwalt bitten würde, einen Haftbefehl zu beantragen.

Karl Funkel war dreiundfünfzig Jahre alt und seit mehr als dreißig Jahren bei der Polizei. Als ehemaliger Leiter der Vermisstenstelle hatte er viele Erfahrungen mit Jugendlichen gesammelt und ihre Motive waren ihm oft weniger fremd als ihren Eltern oder den Kollegen im Dezernat. Was Jugendliche dazu brachte, von zu Hause wegzulaufen, auf der Straße zu leben, krumme Dinger zu drehen und permanent Erwachsene zu provozieren, das interessierte und beschäftigte ihn und er hatte bis heute nicht aufgehört sich zu fragen, weshalb. Er hatte keine Kinder, er war nie verheiratet gewesen und der Täter, der sein linkes Auge zerstört hatte, so dass

Funkel seither eine Augenklappe tragen musste, war ein siebzehnjähriger Dealer gewesen, der von seinem elften Lebensjahr an kriminelle Geschäfte betrieb. Funkel hegte nicht den zweifelhaften Wunsch, als Polizist zur Besserung der Gesellschaft beizutragen oder so behutsam wie möglich junge Menschen, die auf der Kippe standen, soziales Verhalten zu lehren und ihnen den Weg zurück in eine funktionierende Gemeinschaft zu ermöglichen, vielmehr hatte er das einfache Bedürfnis, hinter die versteinerten Masken zu schauen, die verborgenen Wunden aufzuspüren und zu erahnen, was die Gründe für extremes Verhalten waren. Eine schlimme Kindheit, Armut oder Arbeitslosigkeit waren selten die Ursachen allein, meist gab es, wie Funkel in tausend endlosen Gesprächen erfahren hatte, noch etwas anderes hinter all dem Druck, der sich plötzlich entlud in einer Tat, die niemand verstand. Kaum ein Täter, der dieses Andere nicht irgendwann zum Ausdruck brachte, manchmal für ihn selbst völlig unerwartet.

Oft aber versagte Funkel beim Zuhören und die Fragen, die er stellte, prallten am undurchdringlichen Panzer seines Gegenübers ab oder die Antworten waren nur Fährten in die Irre.

»Das war genau so, wie ichs gesagt hab«, erklärte Lucy. »Der Typ hat mich angemacht und ich hab ihm gesagt, er soll das lassen, aber er hat weitergemacht. Das ist doch doof.«

Funkel füllte ein Glas bis zum Rand mit Orangensaft und hielt es Lucy hin. Sie schüttelte den Kopf. Er füllte ein zweites Glas zur Hälfte und schob es ihr hin. Sie nahm es aus Gefälligkeit und trank einen Schluck. Funkel lächelte flüchtig.

»Du kanntest den Jungen also nicht«, sagte Sonja.

Lucy gefiel die Frisur der Kommissarin. Spitzengelb, dachte sie, und der Zacken bringts, der ist die Note!

Sonja hatte sich einen braunen Zickzackmittelscheitel in ihren blonden Kurzhaarschnitt färben lassen, von dem sie sich vom ersten Tag an nicht sicher war, ob er lässig aussah und ob sie nicht zu alt für so einen Schnickschnack war.

»Sag ich doch«, erwiderte Lucy.

»Das Handy ist nagelneu, warum wolltest du es verkaufen?«, fragte Funkel und kratzte sich an der Oberkante seiner Augenklappe, was er etwa hundertfünfzigmal am Tag tat.

»Ich wollts doch nicht verkaufen, Mann!«, sagte Lucy laut. »Ich wollts tauschen. Gegen das Messer von dem Typ. Wozu braucht der so ein Ding? Das ist was für mich. Ich bin Expertin für Messer.«

»Das haben wir gemerkt«, sagte Funkel. »Deine Jacke ist das reinste Arsenal.«

»He! Ich lass mich nicht beklauen, und ihr habt kein Recht, mir die Sachen wegzunehmen, ist das klar? Ich hab dem Typen eine verpasst, okay, dafür steh ich ein, aber die Sachen gehören mir, ich weiß genau, was ich alles hab, wehe, wenn was fehlt!«

»Wir nehmen dir nichts weg«, sagte Sonja und das war eine glatte Lüge. Weder die sechs verschiedenen Messer noch die Gaspistole und die dünnen Metallplatten würde Lucy zurückerhalten, zumindest vorerst nicht, solange nicht geklärt war, ob der Staatsanwalt Anklage erheben würde.

»Machst du das öfter, Sachen tauschen?« Über den Rand des Glases hinweg schaute Funkel sie an.

»Kann sein«, sagte sie.

»Warum wollte der Junge nicht mit dir tauschen?«, fragte Sonja und Funkel war erleichtert, dass seine Kollegin so schnell reagierte und die Aufmerksamkeit des Mädchens von sich selbst weg und wieder auf den Jungen lenkte. Der brachte Lucy zum Sprechen.

»Weil er ein kompletter Arsch ist.« Wütend verschränkte sie die Arme vor der Brust und Sonja wunderte sich, warum sie die Arme immer wieder krampfhaft hochhielt.

»Ist dir kalt?«, fragte die Kommissarin.

»Wieso denn?«, blaffte Lucy. Dann bemerkte sie Sonjas Blick. »Wirklich nicht. Mir ist nicht kalt, okay?«

»Und weil er nicht tauschen wollte, habt ihr angefangen euch zu prügeln.« Funkel stand auf und ging zu seinem Schreibtisch.

»Er hat mich angemacht, wie oft soll ich das noch sagen? Er hat versucht, mir das Handy zu klauen, Mann! Und da hab ich mich gewehrt.«

Funkel suchte nach etwas. Er überlegte, machte eine Schublade auf, dann noch eine, dann tippte er sich an die Stirn. In einem Regal hinter zwei Ordnern fand er, was er gesucht hatte: seine Pfeife samt Tabak und Streichhölzern.

Regelmäßig versteckte er die Utensilien, weil er sich einredete, er würde mit dieser Methode weniger rauchen. Aber seine Verstecke waren mickrig, sogar Veronika, seine Sekretärin, wusste immer, wo die Sachen lagen, für den Fall, dass er in der Hektik tatsächlich nicht selbst draufkam.

Während er die Pfeife stopfte, blieb er stehen.

»Als er auf dem Boden lag, hast du ihn getreten«, sagte Sonja.

»Nö«, sagte Lucy knapp.

»Wo ist eigentlich dein Freund Jimmy?« Sonja vermerkte auf ihrem Block Lucys wechselnde Stimmung und ihre Reaktionen auf die Fragen.

»Bin ich sein Pressesprecher?«

»Wir wissen, dass du dir eine Holzlatte besorgt und damit auf den Jungen eingedroschen hast, Lucy«, sagte Funkel und sog an der Pfeife. Rauch quoll auf und Funkel atmete den süß-lich-herben Duft ein.

»Und du hast mit Jimmy zwei Leute im Auto überfallen und ausgeraubt«, sagte Sonja. »Was glaubst du, passiert jetzt mit dir?«

»Mein Anwalt holt mich hier raus«, sagte sie mit erhobenem Kopf. Eine selbstsicherere Bemerkung konnte sich Funkel nicht vorstellen.

»Und wenn nicht?«

»Dann hau ich einfach ab.« Sie wedelte mit der Hand. »Muss das sein, dass Sie hier die Luft verstinken, Mann? Ich bin Nichtraucher, ich hab keinen Bock auf Krebs.«

Sonja musste lächeln.

»Tut mir Leid«, sagte Funkel und klopfte die Pfeife im Aschenbecher aus. Als er damit fertig war, saß Lucy wieder über den Tisch gebeugt da und schien nichts von all dem, was um sie herum passierte, wahrzunehmen. Das mit dem Rauchen schien sie bereits vergessen zu haben.

Zehn Minuten später unterbrachen sie die Vernehmung. Die Aussagen des Mädchens ergaben weder ein umfassendes Geständnis noch trugen sie zur Klärung des Sachverhalts bei. Funkel und Sonja mussten auf die Protokolle ihrer Kollegen warten, die einige Zeugen vor Ort vernommen hatten, und darauf, dass Jimmy Fuchs wieder auftauchte und hoffentlich bereit und fähig war, konkrete Angaben zu machen.

»Ich hab Hunger«, sagte Lucy. »Das ist ja Folter, was ihr hier macht. Ich hab ein Recht auf was zu essen.«

»Was willst du denn?«, fragte Sonja.

»Pommes, n Burger dazu, vegetarisch, und ne Cola mit Eis.«

»Das kriegen wir um diese Zeit nirgends mehr«, sagte Sonja.

Lucy drehte ihr den Rücken zu. In diesem Moment klopfte es an der Tür.

Funkel öffnete. »Morgen, Herr Staatsanwalt.«

»Morgen«, sagte Niklas Ronfeld.

Hinter ihm tauchten Sebastian Fischer, Christoph Arano und Natalia Horn auf.

»Ich hab mit dem Richter telefoniert«, sagte Ronfeld und gab Funkel ein Fax. »Wir klagen Lucy Arano wegen gemeinschaftlichem Raub und schwerer Körperverletzung an. Das Fax ist von Richter Schumann, morgen früh liegt der Haftbefehl im Original vor. Das Mädchen kommt in U-Haft. Gefahr im Verzug. Ich hab schon in Neudeck angerufen, die erwarten sie dort.«

»Das geht doch nicht!«, sagte Fischer und drängte sich vorbei. »Darf ich mal?« Er nahm Funkel das Fax aus der Hand.

»Meine Tochter kommt ins Gefängnis?«, fragte Arano. Im grellen Zimmerlicht bekam seine schwarze Haut eine ungesund graue Färbung.

»Ich werde so viele Zeugen wie möglich vernehmen«, sagte Ronfeld. »Ich werd mir die Akten durchlesen und mit den Leuten sprechen, die Lucy überfallen oder ausgeraubt hat. Die Schonzeit ist zu Ende, tut mir Leid, Herr Arano.«

Ein schweres Schweigen erfüllte den Raum, der nach Funkels Tabak roch.

Arano ging zu Lucy, beugte sich zu ihr hinunter und küsste sie auf die Wange. Sie rührte sich nicht. Natalia hatte Tränen in den Augen. Fischer las zum vierten Mal den gefaxten Haftbefehl.

»Noch etwas«, sagte Ronfeld in die Stille. Natalia, die direkt neben ihm stand, zuckte zusammen. »Herr Funkel, Frau Feyerabend, ich weiß nicht, ob Sie darüber informiert sind, Lucy Arano besitzt wie ihr Vater nicht die deutsche Staatsbürgerschaft, sie hat lediglich eine Aufenthaltserlaubnis, die bisher jedes Jahr verlängert wurde. Der nächste Stichtag ist der 3. Oktober.«

Alle sahen ihn an.

»Ja?«, sagte Arano.

»Sollte Ihre Tochter verurteilt werden«, sagte Ronfeld, »wäre es denkbar, dass ihre Aufenthaltserlaubnis nicht verlängert wird. Sie müsste dann ausreisen.«

»Was?« Beinah hätte Natalia vor Schreck gelacht.

»Was meinen Sie damit?«, fragte Arano und strich über Lucys Kopf. »Wohin denn ausreisen? Alleine? Sie würden sie einfach wegschicken?«

»Das ist absurd«, sagte Fischer. »Was sind das für Drohungen? Wir weisen keine Kinder aus.«

»Straffällig gewordene Ausländer müssen das Land verlassen«, sagte Ronfeld. Und bevor Arano etwas sagen konnte, fuhr der Staatsanwalt fort: »Ich skizziere hier den schlimmsten Fall, der hoffentlich nicht eintreten wird. Ich möchte nur, dass Sie begreifen, wie ernst die Lage ist. Ihre Tochter ist jetzt haftfähig, verstehen Sie mich richtig, es ist eine Untersuchungshaft, sie darf fernsehen, sie darf sich innerhalb des Hauses frei bewegen. Sie wird von Psychologen betreut, sie bekommt zu essen, und ihr Anwalt wird garantiert Haftbeschwerde einlegen. Aber ich gehe nicht davon aus, dass er Erfolg haben wird.«

Er warf Fischer einen Blick zu und wandte sich dann an Arano und Lucy.

»Du weißt, was jetzt auf dich zukommt?«, sagte er zu dem Mädchen.

»Ja, Sie wollen mich kaputtmachen. Aber das schaffen Sie nicht. Das schafft niemand. Das schaff nur ich selber.«

Niemand, nicht einmal Karl Funkel, hatte diese Antwort von einer Vierzehnjährigen erwartet. Und auch nicht, was danach passierte: Lucy, die zum ersten Mal, seit sie hier war, einen fast munteren, wachen Eindruck machte, stand auf, ging um den Tisch herum und stellte sich vor den Staatsanwalt. Unwillkürlich wich er zurück und blieb erst kurz vor der Türschwelle stehen.

Lucy hob ihren rechten Fuß, der in einer dicken roten Wollsocke steckte. »Ich hätte gern meine Schuhe und meine Jacke wieder.«

Auf einem Bein stand sie vor ihm und wartete auf seine Reaktion.

Ronfeld sah Funkel an und dann Sonja Feyerabend. »Das ist unmöglich, die Sachen werden noch untersucht«, sagte er.

»Das ist blöd«, sagte Lucy, »weil ohne meine Schuhe und die Jacke geh ich nirgends hin.«

»Du gehst sowieso nicht mit«, sagte Natalia mit dünner Stimme. Wieso, fragte sie sich, unternahm Sebastian nichts, den hatte sie doch engagiert! Wieso weist du diesen widerlichen Staatsanwalt nicht in die Schranken? Tu doch endlich was! Weil sie keinen Ton herausbrachte, berührte sie Fischer am Arm und deutete auf Lucy.

»Mach dir keine Sorgen!«, sagte er.

»A-a-aber, aber ...«, begann sie und verstummte wieder. Die Bemerkung des Anwalts machte sie ebenso fassungslos wie vorhin Lucys Antwort.

»Ich hol die Sachen«, sagte Sonja Feyerabend und verließ das Büro.

»Wir werden sie nicht kriegen«, sagte Ronfeld zu Funkel.

»Ich denk schon«, sagte der Kriminaloberrat.

Er hatte Recht. Nach fünfzehn Minuten – Arano hatte inzwischen seine Tochter in den Arm genommen und sie hatte sich ungelenk an ihn gelehnt, während Natalia mit zitternder

Hand ein Glas Mineralwasser trank – kehrte Sonja mit den Schuhen und der Bomberjacke zurück.

»Und wo sind die Messer und die Pistole?«, fragte Lucy böse.

»Die behalten wir noch, die gehen nicht verloren«, sagte Sonja.

Ohne weitere Erklärungen fuhren sie anschließend in drei Autos zum Jugendgefängnis unterhalb des Nockherbergs.

Arano saß neben Natalia auf dem Rücksitz eines Streifenwagens. Vor ihnen fuhren Lucy, Sonja und Fischer. Ronfeld nahm Funkel in seinem Wagen mit.

Es war halb zwei Uhr morgens. Als sie ausstiegen, hörte Arano in der Nähe einen Vogel singen. Und ihm fiel auf, dass die Luft nicht kühl, sondern angenehm mild war.

Die Jugendhaftanstalt lag neben dem Frauengefängnis, zwei gelbe Gemäuer, deren kleine vergitterte Fenster alle dunkel waren. Die Autotüren schlugen, dann war es wieder still. Bis auf den Vogel, der zwitscherte wie trunken vor Freude. Vielleicht, dachte Arano, hat er den ganzen Abend in Biergärten aus Gläsern genascht und trillert jetzt aus isargrünen Träumen in die Nacht.

Oder, dachte er, es war Obinna, der Menschenfleisch fressende Geier aus seinem Heimatdorf Ogoja, der sich ein Tarnkleid übergestreift und seine Stimme verstellt hatte, damit ihn niemand erkannte, wenn er seinen Hunger stillte.

Erschrocken drehte er sich zu seiner Tochter um. Trotz der Finsternis konnte er ihren Blick sehen, und der war stolz.

Er ging zu ihr und wollte gerade den Arm um sie legen, als sie seine Hand ergriff.

»Mama wär jetzt traurig wegen mir«, sagte sie leise.

Ihre Hand war kalt und er umfasste sie mit beiden Händen.

»Vielleicht wärst du nicht hier, wenn sie noch leben würde«, sagte Arano.

»Vielleicht.«

»Du musst nicht lang hier bleiben, hab keine Angst, Lucy!«

»Nein«, flüsterte sie.

Aufruf: Die Partei sucht Männer und Frauen ab 18 Jahren, die fähig sind, schwierige Aufgaben zu übernehmen und sich einzusetzen für das Wohl in unserem Lande. Eine besondere Ausbildung ist nicht erforderlich, Arbeitslose sind herzlich willkommen. Wer sich zur Verfügung stellt, dient dem Recht und der Freiheit unseres Volkes. Anmeldungen bitte an die Adresse der »Republikanischen Wochen-Zeitung«.

4

Um acht Uhr abends klingelte in Tabor Südens Wohnung in der Deisenhofener Straße 111 das Telefon. Es dauerte fast eine Minute, bis er das leise Geräusch im Flur wahrnahm. In sich versunken saß er im Wohnzimmer auf dem Boden, nackt, die Beine über Kreuz, unterwegs in einer zeitlosen Gegend. Mit beiden Händen umklammerte er sein blaues Amulett mit dem Adler und redete mit einem Toten. Redete, ohne die Lippen zu bewegen, ohne dass ein Ton zu hören war, redete nur hörbar für den anderen, seinen Freund Martin Heuer, der Polizist gewesen war wie er und eines Tages die Arbeit so wenig ertrug wie sich selbst. Er legte sich in einen Müllcontainer und jagte sich eine Kugel in den Kopf und Tabor Süden hatte es nicht verhindert. Seit ihrer Jugend waren sie Freunde gewesen, sie wählten denselben Beruf, sie lösten Fälle gemeinsam, sie liebten beide, ohne Neid aufeinander, ihre Kollegin Sonja. Doch als Martin entschied sich umzubringen, waren weder Sonja noch Süden nah genug bei ihm, um die Signale zu erkennen. Sooft er konnte, besuchte Süden Martins Grab auf dem Waldfriedhof, wo sein Freund neben der Kolonialwarenhändlerswitwe Kreszenzia Wohlgemuth lag, um mit ihm Kontakt aufzunehmen. Oder er nahm von seinem Zimmer aus Kontakt mit ihm auf, stimuliert vom Rauch einer Pfeife, die er mit Tabak und speziellen Pilzen füllte. Dann unterhielten sie sich lange und lachten viel. Und manchmal kehrte Tabor Süden schweißgebadet und jämmerlich erschöpft in die Gegenwart zurück und konnte eine Stunde lang nicht sprechen.

Wie das Rasseln eines müden Tieres drang das Geräusch an sein Ohr. Das Gesicht seines Freundes verschwand, er verlor die Orientierung und glaubte in die Tiefe zu stürzen, immer tiefer und schneller, und dann riss er die Augen auf, rang nach Luft und streckte die Arme seitlich vom Körper, die Hände erhoben, als wolle er sich an unsichtbaren Wänden abstützen.

Das Telefon klingelte weiter.

Langsam erhob er sich und roch den süßlichen Duft der Pfeife, der schwer im Zimmer hing. Schwankend öffnete er die Tür und trat in den Flur hinaus. Bevor er den Hörer abnahm, lehnte er die Stirn an die Wand und genoss die kühle Berührung, ein paar Mal rieb er mit dem Kopf hin und her, dann beendete er das gedämpfte Klingeln: »Ja?«

»Herr Süden, hier ist Christoph Arano. Entschuldigen Sie, dass ich Sie zu Hause störe, aber ... aber Frau Horn ist verschwunden, Natalia Horn, sie ist nicht mehr da, wir müssen sie suchen.«

»Seit wann ist sie weg?« Den Apparat in der Hand ging Süden ins Schlafzimmer, um sich anzuziehen.

»Seit ... seit ... Ich weiß es nicht, sie ist weg. Niemand weiß, wo sie ist. Sie hat niemand was gesagt, ihre Koffer sind alle da, ihre Sachen auch. Ich kann mir das nicht erklären ...«

»Sind Sie jetzt in der Wohnung von Frau Horn?«

»Ja. Bitte kommen Sie und sehen Sie, dass ich Recht habe.«

»Was ist Ihre Vermutung, Herr Arano?«

»Meine ... Ich glaube, ihr ist was zugestoßen, weil ...«

»Ja?«

»Sie würde nie einfach weggehen ohne mir etwas zu sagen.«

»Warum nicht?«

»Bitte?«

Eilig zog sich Süden an und wartete auf Aranos weitere Erklärungen.

»Ich versteh Sie nicht, ich ... ich hab Angst um meine Verlobte ...«

»Sie sind verlobt?«

»Ja, wir … wir haben es noch niemand gesagt, wegen der ganzen Sache mit Lucy, und wir haben ja auch noch keinen Termin …«

»Ich gratuliere Ihnen.«

»Ja …«

Süden versprach zu kommen und bestellte anschließend ein Taxi.

Ein eigenes Auto hatte er nicht. Im Dienst benutzte er, wenn er nicht wie fast immer bei Sonja mitfuhr, den anthrazitfarbenen Vectra des Dezernats. Tabor Süden ging am liebsten zu Fuß, sich zu beeilen hatte er beinahe verlernt.

»Sie haben aber lange gebraucht«, sagte Christoph Arano, als er dem Hauptkommissar die Tür öffnete.

»Ich habe noch telefoniert«, sagte Süden. »Und bin dann ein Stück zu Fuß gegangen, ich hab Luft gebraucht.«

»Es ist immer noch schön um die Zeit«, sagte Arano traurig.

Im Flur kam ihnen eine junge Frau entgegen.

»Das ist Melanie, Nettys – die Tochter von Natalia Horn«, sagte Arano.

»Netty ist in Ordnung«, sagte Süden und gab Melanie die Hand.

Sie war etwa fünfundzwanzig, fast einen Meter achtzig groß und wirkte auf den ersten Blick wie eine durchtrainierte Sportlerin. Sie trug olivgrüne Hosen mit unzähligen Taschen und eine beige Bluse, deren Ärmel sie hochgekrempelt hatte. Am linken Oberarm hatte sie ein Tattoo, das Süden nicht genau erkennen konnte, es sah aus wie eine Blume mit blauen Blüten. In gewisser Weise erinnerte sie ihn an Lucy, auch sie machte den Eindruck einer selbstbewussten, kampferprobten jungen Frau, die ihr Gegenüber skeptisch und eindringlich musterte, bevor sie sich zu einer Reaktion verleiten ließ.

»Hallo!«, sagte Melanie knapp und ging zurück ins Wohnzimmer, wo eine Teekanne auf dem Stövchen stand und auf dem Tisch eine eiförmige Lampe aus Salzkristallen brannte. »Ich hab Melanie Bescheid gesagt und sie ist gleich gekommen«, sagte Arano und bemerkte Südens Blicke, der sich im Raum umsah. »In diesem Zimmer behandelt sie ihre Kunden, sie hat sich alles selber eingerichtet. Sie ist staatlich geprüfte Kosmetikerin, keine Dilettantin, die so nebenher ein paar Döschen zurechtrückt und damit einen Haufen Geld macht. Netty kümmert sich sehr um ihre Kunden, sie hat hart dafür gearbeitet, dass ihr Geschäft läuft. Ursprünglich war sie ja Optikerin.«

»Ja«, sagte Süden. Im Wohnzimmer roch es nach Limonengras und er sog den Duft des Öls tief ein.

»Bitte setzen Sie sich!« Arano deutete auf einen Sessel.

Süden blieb stehen. »Ich kann Ihre Verlobte nicht suchen lassen«, sagte er. »Sie ist erwachsen, wenn sie weggehen will, kann sie weggehen. Wohin sie will. Es ist ihre freie Entscheidung.«

»Was glauben Sie denn?« Mit einer Mischung aus Zorn und Verständnislosigkeit zeigte Arano mit einer Bierflasche auf Süden. »Glauben Sie, sie ist zum Zigarettenholen gegangen und nicht wiedergekommen? Irrtum! Natalia raucht nicht.«

Süden fiel auf, dass Melanie wie apathisch dasaß, rauchte und grübelnd ihre Teeschale in den Händen drehte. Es kam ihm so vor, als ringe sie mit sich, als könne sie sich nicht entscheiden zu sprechen. Sein Eindruck war, dass das Verschwinden ihrer Mutter sie weniger erschreckte als vielmehr deprimierte. Als ahne sie den wahren Grund.

»Ich hab Vertrauen zu Ihnen«, sagte Arano. »Sie waren in den letzten Tagen sehr freundlich zu uns, Sie sind uns beigestanden, obwohl das nicht Ihr Job ist, Sie und Ihre Kollegin Frau Feyerabend. Sie haben sogar Lucy im Gefängnis besucht und mit ihr gesprochen ...«

»Wie geht es ihr?«, unterbrach ihn Süden.

»Sie ... der Psychologe sagt, sie ist kooperativ, sie benimmt sich gut, sie liest Bücher, sie bemüht sich ... Ich werd Ihnen das nicht vergessen, dass Sie sich um sie gekümmert haben.«

»Sie schuldet mir hundertsiebzig Mark.«

Arano war so überrascht, dass er die Bierflasche auf den Tisch stellte und Süden wortlos anschaute.

»Sie hat mich bestohlen, in dem Café, wo wir waren, ich habs Ihnen nicht erzählt, als Sie die Vermisstenanzeige aufgaben. Ich krieg Geld von Ihrer Tochter.«

»Aber ...« Arano konnte nicht glauben, was er gehört hatte. »Deswegen haben Sie sie besucht? Weil Sie Ihr Geld zurückhaben wollten? Hier ...« Er griff in die Hosentasche und holte seinen Geldbeutel hervor. »Ich geb Ihnen zweihundert ...« Er nahm zwei Scheine heraus. »Nehmen Sie das! Hier ist Ihr Geld!« Er hielt ihm die zwei Scheine hin.

»Ich will das Geld von Ihrer Tochter zurück, nicht von Ihnen«, sagte Süden.

»Los, nehmen Sie es! Nehmen Sie es!«

»Lassen Sie uns über Ihre Verlobte sprechen«, sagte Süden.

»Ja, genau«, sagte Melanie. Sie drückte die Zigarette aus und stand auf. »Ich würd gern mit Ihnen mal allein sprechen, Herr Süden.«

Irritiert sah Arano sie an, hielt aber weiter das Geld in der ausgestreckten Hand.

»Dann tun Sie das«, sagte Süden. Er nickte Arano zu, der langsam den Kopf schüttelte und die Scheine wieder ins Portemonnaie steckte. Der Gedanke, dieser Polizist habe keinen anderen Grund gehabt, seine Tochter zu besuchen, als den, die geklauten hundertsiebzig Mark zurückzukriegen, verunsicherte ihn zunehmend. Für ihn war dieses Verhalten unvorstellbar.

»Wieso halten Sie es für möglich, dass Netty einfach weggeht, ohne mir was zu sagen?« Vielleicht hab ich mich getäuscht, dachte Arano, ich hätte besser den Chef der Vermisstenstelle anrufen sollen, der hätte die richtigen Leute geschickt und die hätten Netty vielleicht schon gefunden. Wo steckte sie bloß?

»Das weiß ich nicht«, sagte Süden. »Ich bin seit acht Jahren für verschwundene Personen zuständig und ich hab Familien getroffen, die waren persönlich beleidigt, weil einer von ihnen plötzlich weg war. Sie hatten keine Erklärung dafür. Wenn wir sie befragten, beschworen sie die Anwesenheit des anderen und wollten beweisen, dass sein Verschwinden unmöglich war, weil er so was ihrer Meinung nach niemals getan hätte, niemals. Und doch hat er es getan. Und wenn wir die Person dann wiederfanden, und fast alle tauchen nach kurzer Zeit wieder auf, dann stellte sich heraus, dass dieser Mensch entgegen allen Erwartungen und Vorstellungen einfach aufgestanden und weggegangen ist, schlagartig, zumindest in den Augen der anderen. So etwas passiert.«

»Natalia macht so etwas nicht ...« Arano wollte weiterreden, aber es klingelte an der Tür. Er lief hin und öffnete.

Draußen stand Sonja Feyerabend.

»Guten Abend«, sagte sie, »mein Kollege hat mich gebeten zu kommen.«

Für einen Moment war Arano enttäuscht und als sich Sonja und Süden im Wohnzimmer kurz die Hand gaben, was er bei aller Flüchtigkeit als zärtliche Geste empfand, spürte er einen Stich. Er wandte sich um und ging aus dem Zimmer.

»Nimm seine Aussage auf!«, sagte Süden zu Sonja und sie verstand seinen Blick auf Melanie und folgte Arano in die Küche.

»Soll ich die Tür zumachen?«, fragte Süden.

»Nein«, sagte Melanie. Während sie redete, ging sie auf und ab, vergrub die Hände in den Taschen und suchte immer wieder angestrengt nach den passenden Worten. Sie war sich nicht sicher, ob es richtig war, so offen zu jemandem zu sprechen, den sie noch nicht einschätzen konnte. Andererseits erschienen ihr die Dinge, die geschehen waren, zu kompliziert und zu beunruhigend, um weiter den Mund zu halten und abzuwarten, was die Polizei unternahm. Und zu ihrer eigenen Verwunderung erleichterte ihr die Nähe dieses Polizisten mit dem seltsamen Namen das Sprechen, obwohl seine Fremdheit sie eigentlich vorsichtig und mundfaul hätte machen müssen.

»Sie dürfen mich nicht missverstehen«, begann sie und wartete auf ein Zeichen der Ermutigung. Aber Süden blickte zu Boden, die Hände auf dem Rücken, den Kopf gebeugt, und rührte sich nicht. »Also ... meine Mutter ... Sie ist manchmal schon komisch, man kapiert einfach nicht, was in ihr abgeht.« Sie machte eine Pause, stöhnte leise und warf Süden einen Blick zu. Reglos wie zuvor stand der Kommissar da und Melanie ging um ihn herum in der Hoffnung, er würde wenigstens einmal kurz den Kopf heben. »Wie Chris gesagt hat, früher war sie Optikerin, dann machte sie diese Umschulung und kein Mensch hat was davon gewusst. Eines Tages kam sie an und sagte, sie geht jetzt auf die Berufsfachschule für Kosmetik. Mir war das egal, ich hab nur gehofft, dass sie nicht in eine andere Stadt ziehen will und so Sachen. Ich wollte meine Freundinnen nicht verlieren. Aber sie blieb hier in München. Das ist die berufliche Seite ...« Sie zündete sich eine neue Zigarette an und schwieg. Nach einer Weile blickte Süden zu ihr hin und sie beeilte sich weiterzusprechen. »Ja ... also, das ist diese Seite ...« Sie ging zur offenen Tür und hörte leise Stimmen aus der Küche. Als sie sich umdrehte, strich sich Süden die Haare nach hinten und setzte sich in den Sessel. Jetzt musste sie auf ihn hinunterschauen und das war besser, irgendwie fiel es ihr auf diese Weise leichter fortzufahren. »Die andere Seite ist, dass sie ... Sie war schon mal verheiratet, das heißt ... eben nicht. Sie war nicht verheiratet, sie wollte es tun, aber dann hat sie gekniffen.«

»Hab ich auch schon«, sagte Süden.

»Ja ...« Beinah hätte sie aus Neugier nachgefragt. »Aber meine Mutter hat nicht einfach Nein gesagt, sie ... sie hat die krasse Variante vorgezogen.« Sie rauchte, zog die Stirn in Falten, sah auf Süden hinunter und kratzte sich am Arm. »Am Tag vor der Hochzeit ist sie verschwunden, und kein Mensch wusste, wo sie steckte. Sie war weg, sie war futsch. Das Hochzeitskleid hing an der Schranktür, die ersten Geschenke lagen schon da, alles war bereit. Und sie war weg.« Melanie schüttelte den Kopf, als wäre das alles erst am Vortag passiert. »Wir wollten sie abholen, meine Großmutter und ich, ich war zwölf, wir hatten das Auto mit Blumen geschmückt, überall waren Rosenblüten verteilt, es roch wie in einem Garten. Ja ... Wir kamen in die Wohnung und da war niemand. Hier, ich weiß noch, ich bin in jedes Zimmer gegangen, hier unten, dann oben im ersten Stock, da ist das Schlafzimmer, und da hing das Kleid – von meiner Mutter keine Spur. Meine Großmutter hat gedacht, sie ist vielleicht noch etwas besorgen gegangen, was ihr im letzten Moment eingefallen war, das wär ihr schon zuzutrauen. Wer kommt auf die Idee, dass sie verschwunden ist? Dann kam Klaus, ihr Zukünftiger, ich mochte ihn nicht besonders, aber egal, ich sollt ihn ja nicht heiraten, und er hat dann auf dem Standesamt angerufen und gesagt, es wird später. Schon krass, oder?«

Es quietschte, als sie im Aschenbecher heftig die Zigarette ausdrückte. »Wir standen alle hier rum, rausgeputzt, und draußen warteten die Nachbarn, und auf dem Standesamt gabs Ärger wegen der nachfolgenden Termine, dort gehts ja Schlag auf Schlag, wenn da eine Partei zu langsam macht, stauen sich alle anderen nach hinten. Der Standesbeamte hat zweimal angerufen, dann hat er gesagt, er muss den Termin canceln, wir sollen uns bei ihm melden, wenn wir einen neuen Versuch machen würden. Klaus hat ihm nicht gesagt, dass die Braut spurlos verschwunden ist, das hat er sich nicht getraut, das kann ich verstehen.«

»Wieso hat sie das getan?« Ohne dass Melanie es bemerkt hätte, hatte Süden einen Notizblock zur Hand genommen und schrieb mit.

»Als sie wieder da war, hat sie nur gesagt, sie konnte es einfach nicht. Sie würd ihn nicht lieben, den Klaus, er wär nicht der Richtige für ihre Liebe, sie hätt sich getäuscht.«

»Sie hat gesagt, er ist nicht der Richtige für ihre Liebe?«

»Ja.«

»Wie lang war sie verschwunden?«

»Schätzen Sie mal!«

»Keine Lust.«

»Einen Monat.«

Erstaunt hielt Süden beim Schreiben inne. »Dann haben Sie sie polizeilich suchen lassen.«

»Ja klar, noch am selben Tag. Der Polizist hat sich einen gegrinst, der hat sicher gedacht, die Alte hat Schiss gekriegt und ist zu ihrem Liebhaber. Sie haben die Anzeige aufgenommen, aber ich glaub nicht, dass sie ernsthaft nach ihr gesucht haben. Versteh ich, wenn man erwachsen ist, kann man abhauen ...«

»Wo war sie die ganze Zeit?«

»Das hat sie nicht gesagt. Aber ... ich hatte so eine Idee und bin ...«

Sie zögerte. Ging die Polizei die Vergangenheit ihrer Mutter tatsächlich etwas an? Vor allem dieser Teil der Vergangenheit, an den sie jetzt dachte und an den sie schon damals als Kind gedacht hatte, als sie plötzlich, wie einer Eingebung folgend, in den Münchner Norden gefahren war, heimlich und schlotternd vor Furcht? War es klug, jetzt daran zu rühren? Halfen die alten Geschichten wirklich, die gegenwärtige Lage zu klären? War es im Sinne ihrer Mutter, darüber mit einem Fremden zu sprechen? War dieser Polizist überhaupt fähig zu erahnen, was ihre Mutter vor dreizehn Jahren durchlitten hatte, um das zu tun, was sie getan hatte? Sie, Melanie, hatte es ja selber lange Zeit nicht verstanden und manchmal zweifelte sie immer noch daran, dass ihre Mutter damals keine andere Wahl hatte.

»Ich muss nicht mitschreiben, wenn Sie das nicht möchten«, sagte Süden. Er legte Block und Kugelschreiber auf den Tisch, beugte sich vor und faltete die Hände vor dem Gesicht. »Ich hör nur zu.«

»Okay«, sagte Melanie. »Okay ... Ich weiß nicht, ob es wichtig ist ... Ja, ist es. Ist es. Aber ich weiß nicht, warum.« Sie lächelte gequält und kratzte sich am Arm. »Meine Mutter arbeitete in einem ... in einem Nachtclub, in einer Art Nachtclub, im ... in der Domagkstraße ...«

»In einem Bordell«, sagte Süden.

Sie sah ihn an, er zuckte mit den Achseln, was sie ein wenig aus dem Konzept brachte.

»Ja, aber ... Sie musste es tun, weil ... sie war allein, allein mit mir und ... mein Vater hat sich aus dem Staub gemacht ... Rising Sun heißt das Lokal, so hieß es damals, ich weiß nicht, ob es noch existiert. Es ist vorbei, für meine Mutter, es war nur eine Phase ...«

»Ja«, sagte Süden.

Jetzt, in diesem Moment, war sie froh, dass er sie so eindringlich und ernst ansah, so wie vorher, als sie direkt erschrocken war über diesen fordernden Blick. Diesmal gab er ihr Mut, feuerte sie geradezu an. Sie schüttelte den Kopf.

»Was ist?«, fragte Süden.

»Nichts. Also sie hat da gearbeitet, na und? Niemand weiß davon. Meine Großmutter darf das nie erfahren und ...« Rasch drehte sie den Kopf und blickte zur Tür in der vagen Furcht, jemand habe von dort zugehört. »Und Chris, bitte, Sie dürfen kein Wort davon zu ihm sagen, versprechen Sie das?«

»Ja.«

Seine Art verunsicherte sie, seit er hereingekommen war. Entweder, dachte sie, er gibt extrem knappe Antworten oder die Worte brechen eruptiv aus ihm raus, wie vorhin, als er von seinen Erfahrungen auf der Vermisstenstelle erzählt hat.

»Woher kommt eigentlich Ihr Name?«, fragte sie. Es war ihr einfach so in den Sinn gekommen.

»Das weiß ich nicht«, sagte er und schien nicht im Mindesten überrascht zu sein über die Abschweifung. »Meine Eltern waren Flüchtlinge aus dem Sudetenland, ich bin in Taging geboren.«

»Am Taginger See?«, sagte Melanie.

»Ja.«

Sie stutzte. Etwas in seinen Augen veränderte sich und sie konnte nicht erkennen, was es war. Die Farbe? Nein, es waren die Pupillen, sie schienen dunkler zu werden und gleichzeitig größer, jedenfalls kamen sie ihr fremd vor, und ... ferner, weiter entfernt.

»Ist Ihnen nicht gut?«, fragte sie.

»Doch«, sagte er. »Ich muss mich bewegen, ich bin heute schon zu viel gesessen, zwischen Wänden.« Er stand auf und atmete mit offenem Mund tief ein und aus.

»Zwischen Wänden?«

Darauf ging er nicht ein. »Und als Ihre Mutter am Tag ihrer Hochzeit verschwand, haben Sie gedacht, sie hat sich im Rising Sun versteckt.« Er drehte sich ein paar Mal im Kreis, was Melanie merkwürdig fand.

»Was machen Sie da?«

Er winkte ab und wartete darauf, dass sie weitersprach.

»Also ... ja, ich bin mit dem Bus hingefahren, ganz allein, niemand hat etwas wissen dürfen. Ich hab geklingelt und eine Frau hat geöffnet. Ich hab sie gefragt und sie sagte, dass meine Mutter nicht da sei. Aber ich hab ihr nicht geglaubt, ich hab ihr sofort nicht geglaubt.«

»Warum nicht?«

»Weil sie mich so komisch angeschaut hat. Und sie hat auch gar nicht viel gefragt, so als würde sie alles schon wissen, als hätte ihr meine Mutter schon alles erzählt. Ich bin wieder nach Hause gefahren. Drei Tage später hat meine Mutter angerufen und gesagt, dass es ihr Leid tut und dass ich mir keine Sorgen machen soll, sie wäre bald wieder da und meine Oma würde auf mich aufpassen. Die beiden haben auch miteinander gesprochen und hinterher war Oma wütend und hat meine Mutter beschimpft. Die können sich nicht leiden. Aber meine Großmutter kann eigentlich niemand leiden, die schiebt einen Hass auf jeden, das ist normal bei der.«

»Und einen Monat später war Ihre Mutter wieder da«, sagte Süden.

»Sie kam mit dem Taxi. Und sie hat mich in den Arm genommen und ...« Sie stockte.

»Woran denken Sie?«, fragte Süden schnell.

»Ist nicht wichtig.«

»Sagen Sies mir, Melanie!«

»Ich ... ich hab grad gedacht, dass meine Mutter ... dass ich das immer so wundervoll fand, wie sie mich umarmt hat. Das war jedes Mal eine große Geborgenheit für mich, ich hab immer gedacht, in der Umarmung meiner Mutter kann ich nicht verloren gehen, da bin ich sicher, da kann mir nichts passieren. Ich weiß nicht ... Sie konnte das eben, sie schlang nicht nur die Arme um einen, sondern sie gab einem das Gefühl, dass ... dass du echt ... dass du echt gemeint bist ...«

Sie drehte sich weg. Sie schniefte. Sie ging zum Tisch und zündete sich wieder eine Zigarette an. Aus der Küche drangen die Stimmen von Arano und Sonja herüber, leise, als würden die beiden flüstern.

»Das ist gar nicht wichtig«, sagte Melanie, nachdem sie sich geschnäuzt und einen tiefen Zug aus der Zigarette genommen hatte.

»Das ist das Wichtigste überhaupt«, sagte Süden.

Wieder schaute sie ihm in die Augen, schaute diesen kräftigen Mann mit den schulterlangen Haaren und den Bartstoppeln an wie einen Eindringling, der ihr zu nah gekommen war. Eine Minute verging, in der sie bloß dastand und die Zigarette in ihrer Hand vergaß, während die Asche auf den Teppich fiel und draußen ein Hund bellte und in der Küche ein Glas klirrte.

»Was hat sie gesagt, als sie zurückkam?«, fragte Süden und machte einen Schritt zur Seite. Melanie roch das Leder seiner Kleidung.

»Zuerst nichts. Klaus schrie sie an und sie schwieg. Er hätte seinen Mund halten können, denn seine Sachen hatte er ohnedies schon gepackt; die Koffer standen im Flur, als meine Mutter hereinkam. Ich saß auf dem Stuhl und hab gedacht, dass er sie vielleicht jetzt umbringt, er hat ein Messer in die Hand genommen, das weiß ich noch. Er war kein gefährlicher Typ, der Klaus, er war nur so wütend, so ratlos und sauer, weil meine Mutter ihn so behandelte. Und als er sich dann etwas beruhigt hatte, sagte meine Mutter zu ihm, er wäre ihrer Liebe nicht gewachsen, das war ihr Satz: ›Du bist meiner Liebe nicht gewachsen, das hab ich jetzt erkannt.‹ Ich hab nicht verstanden, was sie damit gemeint hat, und Klaus auch nicht. Er hat mich angeschaut, als müsste ichs ihm erklären. Und dann hat sie noch gesagt, er soll ihr nicht böse sein, weil sie ihn in dem Glauben gelassen hat, sie würde ihn lieben. Es war grausam, das Gespräch, ich saß da und weinte, und meine Mutter nahm mich in den Arm. Aber es war nicht so eine Umarmung wie sonst ... Sie hat mich nur in den Arm genommen, ich glaube, sie war zu sehr auf sich selbst konzentriert, auf das, was sie Klaus sagen wollte, und das war ja auch wichtiger. Er hat dann die Koffer genommen und ist weggefahren. Danach hat sie sich bei mir entschuldigt, dass sie mir so einen Schrecken eingejagt hat, und sie hat mich gefragt, ob ich sehr böse auf sie wär. Und ich hab Ja gesagt. Und dann hat sie mich so umarmt wie früher und da war ich fast versöhnt.«

Erschöpft ließ sie sich auf die Couch fallen und vergrub das Gesicht in den Händen, bis Sonja hereinkam und die beiden betrachtete.

»Lass uns die Nachbarn fragen!«, sagte sie.

»Mit ein paar Nachbarn haben wir schon gesprochen«, sagte Melanie, »die haben nichts gesehen.«

»Hat es in letzter Zeit Ärger gegeben wegen der Geschichte mit Lucy? Wegen der Zeitungsartikel?«

»Ich glaub schon. Meine Mutter hat nicht gern darüber gesprochen, aber mein Eindruck ist, dass einige Leute sie beleidigt haben, weil sie nicht nur mit einem Schwarzen geht, sondern weil der auch noch ein kriminelles Kind hat. Ich mein, was die alles angestellt hat ...«

»Kümmern Sie sich um Herrn Arano!«, sagte Süden. »Wir sind in einer halben Stunde wieder da.«

»Und was ist, wenn sie gemerkt hat, dass auch Chris ihrer Liebe nicht gewachsen ist?« Melanie legte den Kopf schief und schob gedankenverloren den linken Ärmel hoch. Jetzt konnte Süden das Tattoo erkennen, es war eine blau- und rotzüngige Paradiesvogelblume.

»Dann ist ihr wenigstens nichts zugestoßen«, sagte Süden.

»Kann schon sein!«, sagte Melanie und schnellte in die Höhe.

»Aber ich finde, sie wär dann ganz schön zurückgeblieben mit ihren dreiundfünfzig Jahren. Irgendwann sollte man sein Leben einigermaßen auf die Reihe kriegen und nicht andere ewig dafür büßen lassen, dass man nicht klarkommt mit sich.«

Sie griff nach der Zigarettenschachtel und beeilte sich, aus dem Zimmer zu kommen. Von einer Sekunde zur andern empfand sie das Verhalten ihrer Mutter als persönliche Beleidigung, als gemeinen Egoismus gegenüber allen ihren Freunden und Verwandten. In der Küche goss sie sich ein Glas Weißwein ein und trank es in einem Zug aus. Arano beobachtete sie stumm.

Sonja Feyerabend und Tabor Süden gingen zum Nachbarhaus und klingelten.

»Wir sind liberal, mein Mann und ich«, sagte die Frau mit der roten Schürze als Erstes, nachdem die beiden Kommissare

sich vorgestellt hatten. »Und der Herr Arano ist ein sehr ge-
pflegter Mann.«

Es war die fünfte Nacht, in der er ihr folgte, und heute war
die Nacht. Wieder hatte er auf sie gewartet, unauffällig in der
Menge, einer von vielen, die an der Treppe zur U-Bahn lüm-
melten, ein Bier tranken und so über die Runden kamen.
Aber zu denen gehörte er nicht, er war allein, er war nur wegen ihr da, wegen der Braut. Nach dem dritten Edelstoff wäre
er beinahe ins Kaufhaus hineingegangen und hätte sie angeschaut. Nichts weiter. Nur angeschaut. Aus der Entfernung.
So dass sie ihn nicht sehen konnte, es sollte schließlich eine
Überraschung sein. Er war sicher, sie würde sich an ihn erinnern, das war ein besonderer Tag gewesen, als er sie zum ersten Mal angesprochen hatte, und sie hatte ihn nicht gleich
verstanden. Und das ist ja auch klar bei jemand, der nicht
Deutsch kann, sagte er sich. Sie konnte schon etwas Deutsch,
sonst hätten die sie im Kaufhaus nicht genommen, logisch,
aber halt nur gerade so. Dass es reichte, um T-Shirts zu verkaufen und Socken und verpackte Hemden. Deppenjob. Dafür reichte es. Er war wirklich kurz davor gewesen, reinzugehen und ihr dabei zuzuschauen, wenn sie ihren Deppenjob
erledigte. Dann war ein Typ vorbeigekommen, der erst mal
ein Problem kriegte, weil er zu nah an ihm vorbeiging, und
der kapierte das nicht mal. Er schrie ihm was ins Gesicht und
der andere verpisste sich schleunigst. Der Edelstoff brachte
wieder Ruhe ins Geschehen.
Jetzt stand er in der U-Bahn und grunzte vor sich hin. Am
anderen Ende des Waggons saß sie und merkte nichts. Heute
war *die* Nacht. Und sie gefiel ihm, sie gefiel ihm sehr, obwohl
sie Türkin war. Und obwohl sie ein Kopftuch aufhat und diesen arschöden Mantel anhat, der aussieht wie von meiner

Oma. Wieso lässt du dir das gefallen, Mädchen, du bist hier nicht in Anatolien, du kannst dich wehren, wehr dich, trau dich was!

Wie gewohnt stieg sie an der Haltestelle Schwanthaler Höhe aus und bog dann links in die Kazmairstraße ein. Sie wohnte in der Gollierstraße, Lechner kannte das Haus, unten war ein Gemüseladen und nicht weit entfernt eine Kirche. An den anderen vier Abenden war er, nachdem er sie, wie er es nannte, wohlbehalten nach Hause begleitet hatte, Bei Ilse eingekehrt, die in der Gollierstraße eine winzige Kneipe betrieb. Am Tresen trank er einige Biere, die ihm nicht schmeckten, weil es kein Edelstoff war, aber durch das Fenster hatte er einen guten Blick auf das Haus, in dem Nuriye wohnte.

Im Grunde hatte er nicht vor, sich lange bei der Vorrede aufzuhalten. Jeden Abend Bei Ilse hatte er sich das gedacht, da war dieser kleine Platz, ein paar Bäume, eine Wiese, sehr lauschig, eine Hecke, sehr praktisch. Er hatte alles dabei, was er brauchte, Taschentuch zum Knebeln, Schnur, das ging ratzfatz, er sah alles genau vor sich, kein Problem. »Kein Problem«, hatte er zu Ilse gesagt und sie hatte einen weiteren Strich auf seinen Deckel gemacht, was ihn ärgerte. Denkst du, ich prell die Zeche, oder was, spinnst du, oder was?

In diesem Scheißladen war er zum letzten Mal gewesen! Oder war das verdächtig? Wenn er plötzlich nicht mehr auftauchte? Sind doch lauter blinde Säufer da, die kriegen eh nichts mit, die haben doch schon vergessen, wie sie heißen, außerdem ...

Hatte sie sich gerade nach ihm umgedreht? Blödsinn! Seine Schuhe machten zu viel Lärm, fiel ihm auf, er musste vorsichtiger auftreten, so, ja, so war es besser.

Ihr Kopftuch war nicht zu übersehen. Eilig hatte sie es nicht. Die will was erleben, das merk ich doch, die will nicht nach Hause, die will noch was haben von der Nacht.

Jetzt blieb sie sogar stehen. Lechner versteckte sich in einem Eingang. Was macht die da, was gibts da zu glotzen? Dann hörte er ihre Schritte und streckte den Kopf vor. Nuriye näherte sich dem kleinen Platz mit der Hecke.

Als er an einer Schneiderei vorbeikam, warf Lechner einen kurzen Blick ins Schaufenster. Was war das? War sie das? War das seine Sockenlady? Ja, das war sie, sie stand da mit einem weißen Kleid und einem weißen Kopftuch. Auf einem Foto. Mitten im Fenster. Wahrscheinlich war das der Laden ihres Vaters. Lechner kannte sich aus: Im Westend wohnten praktisch nur Türken. Und Griechen und Jugos. Aber vor allem Türken.

Verdammt, wo war sie? Lechner ging schneller, die Schuhe klackten auf dem Pflaster, er hatte keine Zeit, sich darum zu kümmern, wo war die Kleine? Er sah sie nicht, das war doch nicht möglich. Ich bin doch nicht besoffen, Scheiße, wo ist die Schlampe?

Niemand war unterwegs, keine Schritte waren zu hören. Es war fast neun und immer noch nicht ganz dunkel, macht nichts. Der Platz ist ideal, da ist niemand um diese Zeit, an keinem der vier Abende ist da jemand gewesen, der unsre Idylle gestört hätte. Er hatte alles ausgekundschaftet. Sie wären ganz allein. Und jetzt war sie verschwunden.

Ein Auto kam näher, die Scheinwerfer blendeten ihn und er musste sich wegdrehen. Verpiss dich, Wichser! Das Auto fuhr weiter und Lechner hielt wieder Ausschau. Speichel tropfte ihm aus dem Mund, er merkte es nicht, genauso wenig wie seine geballte Faust und die Flüche, die er ausstieß. Ununterbrochen spuckte er auf den Boden.

Und dann traute er seinen Augen nicht. Auf einer Bank am Rand des kleinen Parks saß Nuriye und aß irgendetwas. Sie saß mit dem Rücken zu ihm. Aber ich seh genau, was du machst, du beißt von was ab, wahrscheinlich von einem Scheißdöner.

Bemüht, die Füße zu heben, schlich er sich an sie heran. Er hörte ein Knacken. Die Kleine mampft einen Apfel, Vitamine, sehr gesund! Er sog den Speichel ein. Die Schnur hatte er griffbereit und der Handkantenschlag würde nicht einmal eine Sekunde dauern. Das Taschentuch hatte er nur zur Sicherheit parat, für den Fall, sie jauchzte aus Versehen, praktisch – wie Lechner sich das vorstellte – aus der Bewusstlosigkeit heraus. Alles andere war kein Problem. Eine Türkin hatte er noch nie gehabt, eine Griechin, ja, eine Inderin, eine Chinesin oder Koreanerin, Yim hieß die, oder Sim, ihr Name fiel ihm im Moment nicht ein, und das war auch ganz egal, denn jetzt saß Nuriye vor ihm und sie aß einen Apfel und er holte aus.

Und dann passierte irgendetwas mit seinem Arm, gerade war dieser noch über seinem Kopf, da wurde er nach vorn gezogen, heftig nach vorn, in waagrechter Richtung, und dann spürte Lechner seine Beine nicht mehr. Irgendetwas passierte mit seinen Beinen, sie verloren den Boden unter den Füßen. Wieso das?, dachte er vage, und dann war die Bank unter ihm, die graue Holzbank. Wie kam die Bank da hin, quer unter ihn, er sah die schiefe Lehne, die gebogenen Bretter der Sitzfläche und gelbe Blumen in den Zwischenräumen, und er hatte ein ekelhaftes Gefühl im Magen, der ganze Edelstoff schwappte in ihm und brodelte. Er hatte keine Ahnung, wo er sich jetzt befand und wie er da hingekommen und was überhaupt geschehen war in den letzten drei Sekunden. Er dachte und dachte und überschlug sich im Denken wie im

Fallen. Wie lange das dauerte, bis etwas Neues passierte, etwas, das er endlich wieder verstand. Und dann landete er hart auf dem Rücken im Gras. Und irgendetwas krachte auf seine Nase. Und er keuchte, aber er war sich nicht sicher, ob er überhaupt noch Luft bekam.

Kurios verkrümmt lag er in der Wiese und röchelte und blutete im Gesicht und würgte. Es war ihm unmöglich zu verstehen, was geschehen war. Immer heftiger musste er würgen und dann konnte er sich nicht mehr beherrschen. Wie ein Sturzbach kam das Bier aus ihm heraus und ergoss sich über seine Jacke, seine Hose, seine Schuhe und seine Hände, die er nicht bewegen konnte. Er hustete mit weit aufgerissenem Mund und drehte den Kopf und sein Gesicht tauchte in eine stinkende Pfütze aus Erbrochenem. Sofort schreckte er in die Höhe und da traf ihn ein Schlag an der Backe, ein Tritt, das realisierte er in all seiner rauschhaften karusselligen Verwirrung, ein Schuh, die Sohle eines Schuhs.

»Bleib liegen oder ich steig dir in die Augen!«, schrie Nuriye ihn an, und er erkannte ihr Gesicht. Was hatte sie getan? Wieso ...

»Mein Bruder ist Polizist, der macht dich fertig«, sagte sie, »mehr als ich. Hast du gedacht, ich seh dich nicht? Ich geh ins Training zweimal die Woche, diese Woche hab ich eine Knieverletzung, deswegen bin nicht gegangen nach der Arbeit. Du bist mein Training. Willst du noch mal? Das nächste Mal hol ich meinen Bruder, der trainiert auch gerne, und dann gehts dir schlecht. Noch schlechter als jetzt, ich schwöre. Verschwinde! Steh auf und hau ab oder ich hol Polizei!«

Sie schob ihr Kopftuch aus der Stirn und strich sich den Mantel glatt. Nichts an ihr verriet, dass sie soeben einen Fünfundachtzig-Kilo-Mann durch die Luft geschleudert und ihm zweimal ins Gesicht getreten hatte.

Als sie merkte, dass Lechner es nicht schaffte aufzustehen, drehte sie sich um und ging weg. Sie hörte ihn husten und rülpsen und jammern, und sie war Sülo dankbar, dass er sie überredet hatte, mit ihm zum Sport zu gehen und kämpfen zu lernen.

Zu Hause erzählte sie nichts von ihrem Erlebnis und obwohl sie schlauer als der Mann gewesen und zufrieden mit sich war, hatte sie Angst, er könne wiederkommen und seine Freunde mitbringen.

Seit ihrem vierten Lebensjahr lebte Nuriye in dieser Stadt und sie hatte nie viel darüber nachgedacht, dass sie keine Deutsche war. In letzter Zeit aber hörte sie manchmal Bemerkungen, die sie erschreckten, und im Geschäft fragten sie Kundinnen, die sie kannten, ob sie denn nicht bald heirate und in ihre Heimat zurückkehre. Darauf erwiderte sie, ihre Heimat sei das Westend, und dann lachten die Frauen, aber Nuriye sah, ihr Herz lachte nicht mit. Etwas war geschehen und sie sprach mit ihrem Bruder Sülo darüber, und der meinte, sie sehe Gespenster, Spinner gebe es überall. Doch Nuriye glaubte nicht an Spinner, die Blicke, die sie wahrnahm, die Gesten und Kopfbewegungen, die Gespräche in der U-Bahn, die Schlagzeilen und Fernsehbilder gehörten für sie nicht zu Menschen, die nicht wussten, was sie taten. Sie glaubte nicht, dass Distanz und Abneigung, Ekel und Hass, Verachtung und Spott aus Versehen entstanden und die Menschen so plötzlich veränderten wie der Föhn das Wetter. Etwas war gewachsen in ihnen und sie hatten es zugelassen, einige vielleicht widerwillig und aus Schwäche, andere gleichgültig oder aus Trotz. Aber Ahnungslosigkeit war das Letzte, was Nuriye den Leuten, denen sie begegnete, unterstellen würde. In ihren Augen und nach allem, was sie in der Schule begriffen hatte, gab es in diesem Land, was den Umgang mit

Fremden betraf, die Dummheit nur als Ausrede. Und ein Fremder blieb ein Fremder, wenn er fremdes Blut hatte, ganz gleich, ob er in Neuperlach oder in Ankara zur Welt gekommen war. Jedenfalls war das ihre Überzeugung, und auch wenn sie die Sprache noch immer nicht perfekt beherrschte, so wusste sie doch den Klang von Stimmen zu deuten und das Schweigen, das gleichgültig wie Schnee auf sie fiel, wenn sie mit einem Kopftuch in die Kneipe kam und nach einer Stunde keine Lust mehr hatte ihre kulturelle Identität zu erklären.

Dennoch wollte sie nirgendwo anders leben als hier und vielleicht hatte Sülo Recht und sie steigerte sich bloß in eine Wahnvorstellung hinein, die mit der großen Wirklichkeit nichts zu tun hatte. Und sie nahm sich vor, in Zukunft weniger misstrauisch zu sein und nicht mehr jedes abfällige Wort ihrer Kunden im Kaufhaus auf sich zu beziehen. Sie liebte ihre Arbeit, ihre Kolleginnen waren immer freundlich zu ihr und sie war glücklich, dass ihr Chef sie so akzeptierte, wie sie war, samt ihres Kopftuchs und ihrer eher hausbackenen Kleidung. Außerdem hatte er versprochen, ihren Vertrag, der vorläufig auf ein Jahr lief, auf zwei Jahre zu verlängern, falls sie weiterhin so erfolgreich im Verkauf sei.

Morgen hatte sie einen Termin bei Jens Zischler und bei dieser Gelegenheit wollte sie ihn fragen, ob er inzwischen eine Erklärung hatte für den mysteriösen Überfall in seinem Büro. Immer noch schien niemand im Haus etwas Konkretes zu wissen. Sie freute sich, Zischler zu sehen. Er hatte, fand sie, den verdrossenen Gesichtsausdruck eines Jungen, der dauernd Dinge ausheckt, die er sich dann doch nicht zu tun traut.

»Ich kenne den Mann nicht näher«, sagte die Frau mit der roten Schürze, die Elsbeth Lang hieß, »ich seh ihn nur manchmal, wenn er kommt und Frau Horn ihn begrüßt. Wir wohnen ja seit ungefähr acht Jahren nebeneinander, ich mag die Frau Horn sehr, ich hab mir auch schon überlegt, mal zu ihr zu gehen und mich maniküren zu lassen.«

Sie nickte ihrem Mann zu, der hinter ihr im Flur aufgetaucht war. Er trug eine Strickjacke und hatte seine Brille auf die Stirn hochgeschoben.

»Werner Lang«, stellte er sich vor.

»Ihnen ist also nichts weiter aufgefallen? Fremde Besucher? Irgendetwas, das ihnen ungewöhnlich vorkam?«, fragte Sonja Feyerabend.

Frau Lang sah ihren Mann an, dann schüttelten beide den Kopf.

»Was denn genau?«, fragte er.

»Wir sammeln Informationen«, sagte Tabor Süden. »Frau Horn ist gestern zum letzten Mal gesehen worden.«

»Und da kommt gleich die Polizei?« Elsbeth Lang sah die Kommissare mit einem spöttischen Lächeln an.

»Vielleicht ist ihr etwas zugestoßen«, sagte Sonja.

»Was sagt denn ihr Freund, der ... wie heißt der gleich, der ... der Mann?« Lang legte die Hand auf die Schulter seiner Frau.

»Arano«, sagte Elsbeth.

»Ja, Arano. Über seine Tochter steht dauernd was in der Zeitung ...«

»Waren Sie beide den ganzen Nachmittag zu Hause?«, fragte Sonja. Die kühle Freundlichkeit des Ehepaares erstaunte sie, sie gaben bereitwillig Auskunft, sie machten den Eindruck, als wollten sie helfen, dabei schien jeder Satz, den sie sagten, einen anderen zu beinhalten, den sie nicht sagten und nur schwer zurückhalten konnten.

»Mein Mann war im Ministerium«, sagte Elsbeth, »er arbeitet dort. Ich war ein paar Besorgungen machen ... Ich verstehe nicht, wieso die Polizei kommt, nur weil ...«

»Bitte rufen Sie uns an, falls Sie sich an was erinnern!«, sagte Süden. Ihm war klar, dass die beiden etwas von Sonja und ihm erfahren wollten und selber nichts zur Aufklärung beitragen konnten.

Sie klingelten an der nächsten Tür. Wie die meisten Häuser in dieser Gegend sah auch dieses sauber und gepflegt aus, mit einem kleinen, von einer Hecke umsäumten Garten. Auf dem Balkon im ersten Stock erschien ein Mann Ende fünfzig, der sich auf einen Stock stützte. Er nannte seinen Namen, Reling, und sagte, ihm sei nichts aufgefallen. Übrigens verstehe er die Diskussionen um die Tochter des Freundes von Frau Horn nicht.

»Ein Blick ins Gesetzbuch genügt doch«, sagte er und hielt sich an der Metallbrüstung fest. »Da steht alles drin, was getan werden kann. Wenn man was tun will. Sie wissen ja, dass das Gesetz grundsätzlich von Hilfe zur Selbsthilfe ausgeht, aber bei Gefahr für Leib und Leben ist ausdrücklich von einer Inobhutnahme die Rede. Das ist der Paragraph zweiundvierzig, Absatz drei, Kinder- und Jugendhilfegesetz. Erst heute hab ich wieder in der Zeitung gelesen, dass der Anwalt dieses Mädchens eine geschlossene Unterbringung kategorisch ablehnt. Das ist falsch. Hilfe zur Selbsthilfe bedeutet nicht, dass man den Täter oder dessen Anwalt entscheiden lässt, was zu tun ist, da ist der Gesetzgeber gefragt. Dieses Mädchen ist gefährlich und wenn man es in ein geschlossenes Heim bringt, dann ist das schlichtweg ein Akt der Jugendhilfe. Damit wir uns richtig verstehen, es spielt keine Rolle, ob es sich um einen deutschen oder einen ausländischen Jugendlichen handelt, das ist kein Unterschied, und ich seh das auch nicht so. Aber dieses Mädchen muss lernen, Regeln zu befolgen, und wenn ihr Vater ihr das nicht beibringen kann, dann muss es jemand anderer tun.«

»Ja«, sagte Süden.

Offenbar hatte niemand in der Gutenbergstraße eine verdächtige Beobachtung gemacht.

»Und wenn es so ist wie damals?«, fragte Sonja.

»Glaub ich nicht«, sagte Süden, der ihr von Melanies Aussage erzählt hatte.

Für die Frau mit den gelben Haushaltshandschuhen, die die Tür nur zur Hälfte öffnete, stand fest, dass die Beziehung zwischen Arano und Natalia Horn sowieso nicht mehr lange gut gehen würde. »Die bindet sich doch diese kleine Kriminelle nicht ans Bein, so blöd ist die nicht, ich kenn die Frau Horn, ich find den Schwarzen auch nicht übel, also jetzt vom Sehen her, aber diese Tochter von dem ... Tut mir Leid, wir haben heute eine komplett neue Wohnzimmereinrichtung gekriegt, das sieht aus bei uns ...«

»Wann wurde die Einrichtung geliefert?«, fragte Sonja.

»Gegen neun, wieso?«

»Waren Sie da auf der Straße, haben Sie vielleicht ein Auto gesehen, das sonst nicht hier ist, das ist ja keine stark befahrene Straße.«

»Ich hab wirklich keine Zeit gehabt, in der Gegend rumzuschauen.«

Sie versprach, noch einmal nachzudenken, ebenso wie der Mann aus Nummer zwölf, der sagte, er sei bis nach der Sonnenfinsternis zu Hause geblieben, da ihm dieser ganze Wirbel seit Monaten auf den Wecker gehe. »Ich hab die Rollos runtergelassen und Bach gehört, Wilhelm Friedemann, den Tragischen, ich gehöre zu den Bewunderern seiner Klavierfantasien, die gelten allgemein nicht so viel wie seine

Klaviersonaten, aber was wissen die Leute schon? Die plappern eh immer alles nach, Sie werden damit Erfahrung haben. Gegen zwei bin ich aus dem Haus und vor zirka einer Stunde wiedergekommen. Ich war im Botanischen Garten, ich entspanne mich beim Duft der Gewächse dort. Großartig. Und es ist für unsereinen immer wieder unfassbar, dass diese so genannten Kannenpflanzen Insekten fangen und verdauen. Wussten Sie das? Diese Pflanzen besitzen einen Organismus, der ihnen das Verdauen ermöglicht. Nein, an dem Haus von der Frau Horn ist mir nichts weiter aufgefallen. Den Schwarzen seh ich manchmal reingehen, auch seine Tochter, die sind ja beide gut bekannt mit der Frau Horn, ich kenn sie nicht näher. Aber ich muss Ihnen sagen, ich finde es empörend und einen vollen Schlag ins Gesicht eines jeden anständigen Bürgers, dass man mit diesem Mädchen so lange so zimperlich umgesprungen ist. Auch die Polizei. Verzeihen Sie! Dieses Mädchen hat achtundsechzig Straftaten begangen und wahrscheinlich ist die Dunkelziffer noch viel höher. Und was tut die? Sie lacht uns ins Gesicht, uns, den inländischen und auch den ausländischen anständigen Bürgern, die lacht dem deutschen Staat eiskalt ins Gesicht. Was hab ich heut in der Zeitung gelesen, oder wars gestern? Sie sagt, sie hat sich nur gewehrt, weil sie angegriffen wurde wegen ihrer Hautfarbe. Da lach ich ja! Da schlägert sich dieses Mädchen quer durch die Stadt, überfällt alte Leute auf der Straße, oder stimmt das nicht, das mit der alten Frau am Ostfriedhof, die sie mit einem Messer bedroht und niedergeschlagen hat ...«

»Das stimmt zum Teil«, sagte Süden.

»Sehen Sie! Sie nehmen sie in Schutz. Obwohl Sie Polizist sind. Obwohl Sie zu größtmöglicher Objektivität verpflichtet wären. Ich kenne Sie nicht, aber wenn es schon so weit ist, dass die Polizei vor so einem kleinen kriminellen Ding kuscht, dann ...«

Auf der Straße gingen Sonja und Süden schweigend nebeneinander her, bevor sie vor dem Haus an der Ecke Tizianstraße stehen blieben. In der vergangenen Stunde hatten sie elf Personen befragt mit dem Resultat, dass Natalia Horn möglicherweise allen Grund gehabt hatte zu verschwinden, um sich endlich von ihrem schwarzen Freund und dessen schwer krimineller Tochter zu befreien.

»Alles wie immer«, sagte Sonja. »Lauter Nachbarn, die alles wissen und nichts sehen.«

»Es war dunkel«, sagte Süden und berührte im Vorbeigehen ihre Hand, »es war Sonnenfinsternis.«

»Mir ist kalt«, sagte Sonja.

Anders als die meisten Einwohner der Stadt hatte sie heute Mittag lediglich aus dem Fenster gesehen anstatt mit ihren Kollegen zu einem der vielen Aussichtspunkte zu pilgern, um in der Menge das Spektakel mitzuerleben. Süden war bei ihr geblieben, er hatte ihr eine Solarbrille geschenkt und gemeinsam schauten sie hinauf in den bewölkten Himmel. Es regnete in Strömen, als es dunkel wurde, und von der verschatteten Sonne war, zumindest vom Dezernatsgebäude aus, nichts zu sehen. Hinterher erfuhren sie, dass es an bestimmten Plätzen in der Stadt nicht geregnet und man dort einen freien Blick auf die flammende Korona gehabt hatte.

»Wir sind dauernd im Regen gestanden, aber es war trotzdem supertoll«, sagte das blonde Mädchen an der Tür. Ihre Mutter nahm sie in den Arm.

»Ja, das war schon eine besondere Stimmung. Ich möcht noch was sagen, was die Tochter von Herrn Arano angeht, ich weiß, Ihnen gehts nur um Natalia, und ich kann Ihnen da leider nicht helfen, weil mir nichts Besonderes aufgefallen ist, aber ...«

»Ist schon in Ordnung«, sagte Sonja. Sie fror immer mehr und brauchte dringend einen heißen Tee.

»Nein«, sagte die junge Frau, »warten Sie bitte! Ich find nämlich, dass das unmöglich ist, was da geschrieben wird und wie die Leute über das Mädchen reden. Ich geh öfter mal zu Frau Horn zum Peeling und wir unterhalten uns über alles Mögliche. Ich weiß, dass Lucy ihr große Sorgen bereitet und dass sie dauernd überlegt, wie sie ihr helfen kann. Ich find diese Hetzkampagnen widerlich, vor allem, weil Lucy eine Schwarze ist. Die wird jetzt diffamiert und ausgegrenzt und dabei müsste sich die Stadt endlich mal was einfallen lassen, um zu verhindern, dass die Jugendlichen überhaupt kriminell werden. Ich glaub nämlich nicht, dass das nur eine Sache des Elternhauses ist, da spielen die Schulen eine Rolle und die Gesellschaft, wir sind alle für unsere Kinder verantwortlich, so seh ich das, und wenn sie dann was angestellt haben und man sperrt sie weg, dann nutzt das gar nichts. Das ist wie mit der Todesstrafe in Amerika, gibts deswegen weniger Verbrechen und Morde? Mir tut die Lucy Leid, ihre Mutter ist tot und ihr Vater hat viel zu tun, das weiß ich von Frau Horn, der arbeitet sich auf für seine Tochter ...«

»Du, Mama?« Das Mädchen sah zu ihr hoch. »Ich hab ein Auto gesehen, das ist da vor der Tür von der Netty gestanden.«

»Was für ein Auto, Maja?«

»Ein rotes. Das ist da gestanden und dann wars wieder weg.«

»Wann hast du das Auto gesehen?«, fragte Sonja.

»Weiß nicht ... Wann sind wir in den Englischen Garten gefahren, Mama?«

»Gegen halb zwölf.«

»Dann kurz davor.«

»Hast du jemanden gesehen?«, fragte Süden und machte sich Notizen in seinen Block.

»Nö«, sagte Maja. »Nur das Auto, das ist vor der Tür gestanden.«

»Vor der Gartentür?«, fragte Sonja.

»Nö, vor der Haustür. Das Auto ist im Garten gestanden, wie das von der Gärtnerei, das fährt da auch immer rein, weil die laden dann Äste auf und so.«

»Das rote Auto stand direkt vor der Haustür?«, fragte Süden.

»Bist du sicher?«, sagte Majas Mutter.

»Ich habs gesehen, ich hab gedacht, dass der Gärtner vielleicht jetzt ein rotes Auto hat, weil das grüne ihm zu langweilig ist.«

»Kannst du das Auto beschreiben?«, fragte Süden.

Maja schüttelte den Kopf. »Ich bin mit dem Fahrrad vorbeigefahren, mit der Eva, die ist auch mit uns im Englischen Garten gewesen.«

»Hat die Eva das Auto auch gesehen?«, fragte Sonja.

»Weiß nicht.«

Anscheinend hatte Eva es nicht bemerkt.

»Wir haben mit diesen Leuten nichts zu tun«, sagte ihre Mutter schroff, »glauben Sie ja nicht, ich lass mich von der irgendwie behandeln, von dieser ...« Sie traute sich nicht weiterzusprechen.

»Suchen Sie das Wort Negerschlampe?«, fragte Süden.

Damit war das Gespräch beendet, die Frau schlug die Tür zu und Süden hatte den Eindruck, dass Eva tatsächlich nichts gesehen und nicht nur wegen ihrer Mutter so getan hatte.

»Hier ist Ihr Tee«, sagte Melanie, als die Kommissare wieder in Natalias Wohnung waren.

Arano hatte sich umgezogen. Er trug jetzt ein weißes Sweatshirt und Bluejeans und wirkte in den engen Sachen noch muskulöser. Sein Anblick ließ Sonja etwas weniger frösteln und zum ersten Mal bemerkte sie die schmalen Falten um seine Augen, die ihn traurig wirken ließen, müde, entmutigt.

Nachdem sie sich um den Marmortisch im Wohnzimmer gesetzt hatten, legte Süden Block und Stift hin und beugte sich vor. »Was wissen Sie von Natalia Horn«, fragte er Arano. »Beschreiben Sie sie, von innen her!«

Nur kurz war Arano irritiert von der Frage, dann lächelte er. Melanie sah ihn verwundert an. »Sie kann nicht lügen«, sagte er. Er hatte ein Glas Bier vor sich stehen, das halb voll war. Er nahm es und behielt es in der Hand. »Wenn sie eine starke Empfindung hat, will sie sie ausdrücken, sie will andere daran teilhaben lassen.«

»Wie meinst du das?«, fragte Melanie, die, was Sonja nicht entging, mehrmals heimlich einen Blick auf ihre Armbanduhr warf.

»Wenn sie sich lebendig fühlt, möchte sie, dass andere das auch tun«, sagte Arano. Dann zog er die Stirn in Falten und sah Süden in die Augen. »Sie versteckt sich nie, sie hat keine Tricks auf Lager, sie verstellt sich nicht, sie ist der ehrlichste Mensch, den ich kenne.« Seine Mundwinkel zuckten, angestrengt dachte er nach, ohne zu sagen, worüber. Er verfiel in geradezu hektisches Schweigen. Er stellte das Glas ab, klopfte mit den Fingern auf die Tischplatte, hob den Kopf, blickte zum Fenster, schien sich über etwas zu wundern und hob dann die Hände wie ein Prediger oder jemand, der sich ergibt.

»Aber sie hat oft Angst«, sagte er leiser als bisher und seine raue Stimme gefiel Sonja außerordentlich. Demonstrativ trank sie einen Schluck Tee. »Ich frag sie dann, warum, aber sie sagt mir nichts. Wenn sie Angst hat, macht sie sich zu, sie will nicht, dass man sie fragt.«

Rasch nahm er das Glas, prostete Sonja zu, die mit einem überraschten Lächeln reagierte, und trank. Anschließend wischte er sich mit dem Handrücken den Mund ab und mit dieser Geste schien er den Anflug von Düsternis zu verscheuchen, der sein Gesicht soeben verschleiert hatte.

»Manchmal ist sie unberechenbar, wir müssen Vertrauen haben.« Arano nickte Süden zu.

»Wann wollen Sie heiraten?«, fragte Süden. Die beiden Frauen horchten auf.

»Was?«, sagte Melanie.

»Wer heiratet?«, sagte Sonja.

»Wir haben uns verlobt, Netty und ich«, sagte Arano. »Wir wollten es bekannt geben, sobald wir einen Termin für die Hochzeit haben. Schau nicht so streng, Melanie!«

Melanie schaute ihn weiter streng an. »Interessant«, sagte sie.

»Das haben wir doch schon lang vor.«

»Na und?« Ungeniert sah sie auf die Uhr. »Ich muss morgen früh um sieben in der Werkstatt sein.« Sie stand auf.

»Was arbeiten Sie?«, fragte Sonja.

»Ich bin Bühnenbildnerin.« Melanie küsste Arano auf beide Wangen. »Ruf mich an, wenns was Neues gibt!« Sie drehte sich zu Sonja und Süden um. »Wiedersehen!«

Dann saßen sie zu dritt am Tisch und schwiegen. Wieder fing Sonja an zu frieren, ihre Lider wurden immer schwerer und sie keuchte. Sie hatte sich eine Erkältung geholt und wusste, dass sie den morgigen Tag aus dem Kalender streichen konnte. Diese Attacken dauerten jedes Mal genau eine Nacht und einen Tag und wenn sie nicht krampfhaft dagegen ankämpfte, war sie ebenso schnell wieder gesund, wie sie krank geworden war.

Als sie sich verabschiedeten, zitterte sie am ganzen Körper und weil sie wegen der pochenden Kopfschmerzen nicht aufpasste, stolperte sie über eine kleine orientalische Brücke, die auf dem taubengrauen Teppichboden lag. Arano fing sie auf. Trotz ihrer verstopften Nase roch sie sein Eau de Toilette und das versetzte sie für Sekunden in eine unerwartete Stimmung.

»Das ist Blut«, sagte Süden und kniete sich hin. Unter der verrutschten Brücke waren mehrere dunkle Flecken zu sehen.

»Als ich reinkam, hab ich mich gewundert, dass der Teppich hier liegt«, sagte Arano. »Aber Netty räumt öfter mal um, ich habs wieder vergessen.« Er beugte sich hinunter und versuchte, einfach nur hinzusehen und nicht in Panik zu geraten.

Eine halbe Stunde später begannen vier Männer von der Spurensicherung mit ihrer Arbeit, während zwei Streifenbeamte Sonja nach Hause fuhren. Tabor Süden telefonierte von Natalias Wohnung aus mit Karl Funkel und besprach mit ihm die Fahndungsmaßnahmen. Fürs Erste gingen beide davon aus, dass Natalia Horn Opfer einer Entführung geworden war, auch wenn die Beweise bislang dürftig waren. Allerdings werteten sie die Blutspuren im Wohnzimmer als ausreichende Alarmzeichen, um die Ermittlungen aufzunehmen. Ein Motiv für eine mögliche Entführung gab es nicht. Süden hatte Arano noch einmal befragt, doch ohne Ergebnis. Ob Funkel eine Sonderkommission einberufen würde, wollte er noch offen lassen, die Kollegen der Vermisstenstelle sollten erst sämtliche Krankenhäuser abklappern und sicherstellen, dass Natalia nicht schwer verletzt in eines davon eingeliefert worden war und man aus irgendwelchen Gründen die Angehörigen noch nicht verständigt hatte. Außerdem musste Funkel mit Hauptkommissar Thon, dem Abteilungsleiter, sprechen und abwarten, wie er den Fall einschätzte.

»Lass uns morgen Vormittag entscheiden, ob wir diese Vermissung hochfahren«, sagte Funkel. »Kann ja sein, ihr schafft die Fahndung auch ohne Soko.«

Süden legte den Hörer auf und machte seinen Kollegen vom Kommissariat 311 Platz, die damit begannen, Fingerspuren im Flur und an der Eingangstür zu sichern. Danach kam der Garten dran, denn wenn es stimmte, was die kleine Maja erzählt hatte, dann musste es im Gras Reifenabdrücke des roten Fahrzeugs geben.

Ein Halogenscheinwerfer erleuchtete die Vorderseite des Hauses. Herr und Frau Lang waren die ersten Nachbarn, die auf die Straße kamen und das Geschehen neugierig beobachteten.

»Was passiert jetzt?«, fragte Arano. Aufrecht saß er auf der Couch, die Hände im Schoß gefaltet.

Süden setzte sich neben ihn. »Wir machen uns ein Bild«, sagte er. Es war ihm unmöglich, sich vorzustellen, wieso Natalia Horn entführt worden sein sollte und wer einen Nutzen davon hätte.

Drei Tage später sollte er begreifen, dass es nicht auf das ankam, was er sich vorstellen konnte, sondern darauf, seine Vorstellung dem, was passierte, unterzuordnen. Das war der Tag, an dem Tabor Süden aufhörte sich ein Bild zu machen.

Dann fuhr das Auto los. Und sie war dankbar, sie hätte weinen können vor Erleichterung. Das Auto fuhr wieder und das bedeutete, sie würde vielleicht bald wieder sehen dürfen und vielleicht etwas trinken und vielleicht aufstehen und ein paar Schritte gehen. Nur ein paar Schritte. Mit aller Kraft hoffte sie, man würde ihr das Klebeband von den Augen nehmen und das Taschentuch aus dem Mund. Die ganze Zeit, während sie im Kofferraum lag, hatte sie Angst, sie würde ersticken, sie würde das Taschentuch verschlucken und jämmerlich krepieren. Vorsichtig, ganz vorsichtig atmete sie durch die Nase und langsam, ganz langsam hörte die Angst auf. Und nun war die Angst verschwunden und sie merkte es und hätte weinen können vor Erleichterung. Weinen war nicht möglich wegen des Klebebands über ihren Augen. Gefesselt lag sie da und der Wagen fuhr wieder und wenigstens das war eine Veränderung.

Seltsamerweise war sie überzeugt davon, die Männer würden sie nicht umbringen. Die brauchen mich, dachte sie, die haben was mit mir vor, bei dem ich als Leiche nichts nütze. Es war kein Gefühl von Hoffnung, das sie empfand, mehr eine diffuse Erwartung, die sich eingestellt hatte, nachdem der Mann ihr zugeflüstert hatte, dass sie am Leben bleibe, wenn ihr Stecher brav sei. *Wenn dein Stecher brav ist*, hatte er gesagt, mit seinen Lippen nah an ihrem Ohr, und das waren die einzigen Worte, an die sie sich erinnerte. Was die Männer in ihrer Wohnung gesprochen hatten, wusste sie nicht mehr, nicht einmal an ihre Gesichter erinnerte sie sich, nicht einmal genau an die Dinge, die geschehen waren. Erst als der Mann den Kofferraum öffnete und ihr etwas zuflüsterte, kam sie zu Bewusstsein, jedenfalls glaubte sie, bis zu diesem Moment wie benommen gewesen zu sein, unfähig, etwas wahrzunehmen. Nein, man würde sie nicht umbringen, nicht jetzt, noch nicht. *Wenn dein Stecher brav ist ...*

Sie hörte das Donnern von Autos und den Motor des Wagens, in dem sie lag. Der Wagen fuhr schnell, sehr schnell. Sie wurde hin und her geschüttelt, sie schlug sich den Kopf an, sie musste aufpassen, sie durfte sich nicht verletzen, niemand würde ihre Wunden verbinden. Ihr Stecher, so nannte er ihren Geliebten, mit dem sie jetzt verlobt war, was niemand wusste. Sie dachte an Chris und seine Sanftmut, seine Geduld und die große Ruhe, die von ihm ausging, obwohl er ein Kriegskind war und tausende Tote gesehen hatte, tausend verstümmelte Leichen, tausend Kadaver, Tiere und Menschen. Nach all den Männern, die sie gekannt hatte, mit denen sie zusammen gewesen war, die sie umworben hatten und die sie selbst umworben hatte, nach all den Jahren voller Verlangen und Hingabe, Enttäuschungen und Erwartungen war er aufgetaucht, fünfzehn Jahre jünger und schwarz, Witwer mit einer Tochter, die Schlagzeilen machte. Und es hatte nicht einmal zwei Monate gedauert, da wusste sie, er war die Liebe, die sie gesucht und nicht mehr erwartet hatte, er war der erwünschteste Gast in ihrem Leben. Und dass er geblieben war, erregte sie manchmal morgens wie ein verwegener vergangener Traum. »Mon amour«, sagte sie zu ihm, denn das hatte sie noch zu keinem Mann gesagt.

Lucy fiel ihr ein, die man ins Gefängnis gesteckt hatte, und sie wünschte, sie könne bei ihr sein und sie trösten. Was geschah mit ihnen, mit ihr, mit Lucy, mit Chris, was hatten sie getan, dass man sie so behandelte?

Im rasenden Auto wurde sie immer heftiger geschüttelt, sie rollte nach links und nach rechts, ihr wurde schwindlig, sie atmete hektisch und spürte wieder das Taschentuch, das ihren Mund ausfüllte. Sie schnaubte durch die Nase, sie versuchte nichts zu denken, nur dazuliegen, sich schaukeln zu lassen, ja, schaukeln. Ich lass mich schaukeln, hin und her, hin und her.

Doch dann bremste der Wagen abrupt ab und sie wurde mit dem Kopf gegen Metall geschleudert. Der Schmerz war furchtbar, aber schreien konnte sie nicht. In ihrem Kopf hämmerte und klopfte es und sie prustete und röchelte.

Dass das Auto stehen geblieben war, merkte sie erst, als der Kofferraum geöffnet wurde. Die Luft roch wunderbar und sie hob sofort den Kopf und glaubte die Sonne zu spüren.

»Du stinkst«, sagte der Mann.

Dann packte er sie und trug sie durch die wunderbare Luft. Ihre Beine schleiften über den Boden, und sie hörte Kies, knirschenden sommertrockenen Kies, und da waren Vögel und Grillen und es duftete nach Blumen. Alles, dachte sie, bevor ihre Füße gegen eine Schwelle stießen, was sie mehr erschreckte als schmerzte, alles tu ich, damit dir nichts geschieht, mon amour.

Sie wurde auf ein Bett geworfen. Der Mann riss ihr das Klebeband von den Augen. In der ersten Sekunde glaubte sie, er würde ihr die Kopfhaut mit abreißen, dieser Schmerz war grässlich. Doch dann öffnete sie behutsam die Augen.

Nichts passierte.

Sie machte die Augen auf, so weit sie konnte. Um sie herum war es dunkel. Sie lag in einem fensterlosen Raum, geknebelt und an Händen und Füßen gefesselt. Aber dass sie wieder etwas sehen konnte, und wenn es nur Schemen waren, machte sie froh. In diesem Moment war für sie schauen wie essen. Und gierig verschlang sie die Finsternis.

Und dann ging tatsächlich eine Tür auf und Licht fiel herein.

Kaffeeduft durchzog den Besprechungsraum im zweiten Stock des Dezernats 11. Durch die schlecht isolierten Fenster drang Straßenlärm herein und nebenan klingelte ständig das Telefon. Kriminaloberrat Karl Funkel leitete die Sitzung, an der neben Volker Thon, Tabor Süden und Paul Weber auch die beiden jungen Oberkommissare Freya Epp und Florian Nolte teilnahmen. Alle fünf Minuten kam Erika Haberl, die Sekretärin in der Vermisstenstelle, herein und brachte Thon ein neues Fax. Die Stimmung war angespannt. Nach Südens Bericht über die Aktivitäten der vergangenen Nacht überflog jeder erst einmal die getippten Protokolle der Aussagen von Christoph Arano und Melanie Graf und strich sich bestimmte Stellen mit einem gelben Markierstift an. Die Mappen zum Stand der Ermittlungen im Fall der verschwundenen Hoteldirektorin Katharina Wagner lagen ebenfalls auf dem Tisch.

Funkel kratzte sich an der Oberkante seiner Augenklappe und blickte in die Runde.

»Wer fängt an?«, fragte er.

»Auf keinen Fall Fahndung über die Presse«, sagte Thon. »Wir wissen noch zu wenig über Natalia Horn und was wir wissen, ist undurchsichtig.«

»Wieso?«, fragte Süden.

»Sie ist schon einmal abgehauen, sie hat im Milieu gearbeitet, sie verschweigt ihrem Zukünftigen eine Menge, wer weiß, was sie diesmal ausgeheckt hat. Für weitere Schritte ist es viel zu früh. Wir kümmern uns vordringlich um unsere anderen Fälle, vor allem um die Wagner-Sache. Es dauert nicht mehr lange und wir haben diese Ilona so weit, dass sie auspackt.«

»Es deutet nichts darauf hin, dass Frau Horn freiwillig weggegangen ist«, sagte Süden. Nach den Strapazen der Nacht war er gereizt und verärgert über sich selbst, weil er es nicht

238

geschafft hatte, einen konkreten Beweis für seinen Verdacht zu beschaffen, und er rechnete nicht damit, dass die Ergebnisse aus dem Labor ihm helfen würden.

»Wenn es keine Kampfspuren gibt«, sagte Weber und malte Kreise um ein Wort, das er auf seinen kleinen Block geschrieben hatte, »und wenn niemand etwas beobachtet hat, dann haben wir nicht viel in der Hand, Tabor.« Das Wort, das er dick umrandete, lautete: Blut.

»Bist du mit den Taxifahrern so weit durch?«, fragte Funkel. Freyas braune Kulleraugen blitzten hellwach hinter ihrer modischen Brille.

»Nein, also, ja, ja ...« Sie blätterte in den Zetteln, die vor ihr lagen. »Die beiden Zentralen hab ich natürlich gefragt, und ... die waren nicht in der Straße, das heißt, zwei Fahrer waren dort, also ... Moment ... in der Gutenbergstraße, aber nicht bei Horn ... das können wir vergessen ...«

»So wie die Krankenhäuser«, sagte Funkel.

»Ja«, sagte Florian Nolte, der diese Recherche übernommen hatte. »Natalia Horn ist nirgends eingeliefert worden, das hätt der schwarze Mann ja auch gewusst, schätz ich.«

»Welcher schwarze Mann?«, fragte Süden.

»Ihr Freund halt«, sagte Nolte und sah seinen Kollegen an, der seinen Blick mit dunkler Miene erwiderte. »Alles klar?« Süden wandte sich ab. »Ich hab ihren Terminkalender mitgenommen, ich werde ein paar Leute anrufen und sie fragen, ob Natalia Horn ihnen etwas von einer Reise oder anderen Plänen erzählt hat.«

»Wir müssen uns um den Wagner-Fall kümmern«, sagte Thon. »In zwei Stunden ist Pressekonferenz und die Journalisten werden uns löchern wegen der Geschichte.«

»Dann sag ihnen, dass wir Ilona Leblanc bald geknackt haben.« Süden schlug den Terminkalender mit dem schwarzen

Ledereinband auf und las die Namen und Uhrzeiten, die Natalia eingetragen hatte.

Thon rieb an seinem Halstuch und roch an seinen Fingern.

»Wir arbeiten alle gemeinsam am selben Fall!«, sagte er laut und zündete sich einen Zigarillo an. Wenn Sonja Feyerabend nicht anwesend war, ignorierte er das Rauchverbot. »Die Kollegen, die Ilona Leblanc überwachen, haben mir heute Morgen mitgeteilt, sie seien sich sicher, die Frau telefoniert heimlich mit Katharina Wagner. Und du selbst hast den Verdacht geäußert, nachdem du bei ihr in der Wohnung warst. Also lös die Kollegen ab und übernimm die Beschattung! Wann kommt Sonja wieder?«

»Heute nicht«, sagte Süden.

»Wie gehts ihr denn?«, fragte Funkel.

»Sie hat Fieber.«

Etwas im Terminkalender, den er betrachtete, erweckte Südens Aufmerksamkeit und grübelnd blickte er an seinen Kollegen vorbei. Thon drehte den Zigarillo in der Hand und schien kurz vor einem Wutausbruch.

Es klopfte. Mit zwei Schriftstücken kam Erika Haberl herein und gab sie Thon.

»Die Frau Sorek hat schon wieder angerufen«, sagte sie. »Sie will eine Sondersendung direkt aus dem Hotel machen und sie möchte, dass Sie daran teilnehmen.«

»Kommt sie zur Pressekonferenz?«

»Ja, das hat sie ausdrücklich betont.«

»Danke, Frau Haberl.«

»Soll ich noch Kaffee machen?«

»Nein danke.«

Sie ging hinaus und schloss leise die Tür. Nicole Sorek war Chefreporterin beim TV-Magazin »Vor Ort« und ihre Spezialität waren spektakuläre Ereignisse im Zusammenhang mit der Polizeiarbeit, egal, ob es sich um Mord, Rauschgift oder Entführung handelte. Hauptsache, es kam emotional was rüber, wie sie zu sagen pflegte und was Thon schon nicht mehr hören konnte.

Auf dem einen Blatt, das Erika Haberl ihm gebracht hatte, einem Fax, standen Kurzmeldungen des Landeskriminalamtes, auf dem anderen ein erstes Ergebnis der Spurensicherung im Haus von Natalia Horn.

»Was das Blut im Wohnzimmer betrifft«, sagte Thon, »die Kollegen gehen davon aus, dass es von Natalia Horn stammt, sie haben es mit Blut auf einem Wattebausch im Mülleimer verglichen. Die Reifenspuren haben sie noch nicht identifiziert, aber sie haben die Franse eines Schals oder dergleichen gefunden, neben der Haustür. Wie es bis jetzt aussieht, passt diese Franse zu keinem Stoffteil im Haus, sie könnte natürlich auch von einer Kundin stammen, also wird uns das wahrscheinlich nicht weiterbringen. Und definitiv keine Kampfspuren.«

Er reichte das Blatt an Funkel weiter.

»Aber jemand hat versucht, das Blut im Wohnzimmer unsichtbar zu machen«, sagte Weber und kritzelte das Wort »unsichtbar« aufs Papier.

»Das kann Frau Horn selber getan haben«, sagte Thon.

»Nein«, sagte Süden.

»Wieso nein?«, fragte Nolte. Er ließ Süden nicht aus den Augen.

»Wenn Natalia Horn sich schneidet und Blut tropft auf den Teppichboden, dann legt sie nicht eine Brücke drüber, sondern sie versucht, es wegzukriegen. Ich weiß nicht, was passiert ist, aber ich weiß, dass nicht sie den Teppich da hingelegt hat. Und ihr Freund war es auch nicht und ihre Tochter auch nicht. Ich hab mit beiden gesprochen. Also wer war es?«

»Vielleicht hat sie das Geld nicht, um den Teppichboden reinigen zu lassen«, sagte Funkel. Es war ihm bewusst, dass dies ein schwaches Argument war, aber die Entführungstheorie erschien ihm nach wie vor abenteuerlich, auch wenn er ein ungutes Gefühl hatte und Südens Intuition mehr vertraute, als Thon es tat.

»Wir warten noch einen Tag«, sagte Thon bestimmt und stand auf. »Gut, Tabor, wenn Sonja heute krank ist, dann nimmst du Freya mit. Noch Fragen?«

Nolte hob kurz die Hand, bevor er sprach. »Und wenn der Horn doch was zugestoßen ist? Sollten wir nicht wenigstens eine kleine Fahndung rausgeben? Die Presse wird mitkriegen, dass sie verschwunden ist. Solang das Mädchen im Knast sitzt, wirds immer einen Reporter geben, der von ihren Bekannten was wissen will.«

»Ich habe gesagt, wir warten noch ab, dabei bleibt es.« Thon verließ als Erster den Raum.

Florian Nolte verabschiedete sich von Freya und ging die Treppe hinunter. Er verließ das Dezernat, überquerte die Bayerstraße und verschwand im Hauptbahnhof. In der Halle sah er sich um, ging auf die Empore hinauf, von wo aus man auf die Gleise schauen konnte, und griff zu einem Telefonhörer. Vor der Brüstung befanden sich mehrere Apparate.

»Ich bins«, sagte Nolte und überblickte die Halle. Er behielt besonders den Südeingang, durch den er gekommen war, im Auge. »Alles ruhig, keine Maßnahmen, ein paar Wolken im Norden, aber sonst spaßiges Rätselraten, die Experten haben nichts genützt. Easy Action!« Damit hängte er ein.

»Easy Action! Was soll das heißen?« Scholze schüttelte den Kopf und schob seinem Gast den Teller mit den Schinkensemmeln hin, die seine Frau zurechtgemacht hatte. »Und die Wolken im Norden hab ich auch nicht verstanden, Sie?«

»Es gibt einen Kommissar mit dem Namen Süden.«

»Aha.«

»Er neigt dazu, eigene Wege zu gehen. Das muss nicht unsympathisch sein, aber in unserem Fall könnte es lästig werden.«

»Möchten Sie noch eine Tasse Kaffee?« Norbert Scholze schenkte sich die Tasse bis zum Rand voll.

»Nein«, sagte Josef Rossi.

Sie saßen in Scholzes Wohnzimmer, das Telefon stand auf dem Tisch und die Schnur zog sich quer durch den Raum. Rossi schnäuzte sich, rieb sich mit dem weißen Stofftaschentuch heftig die Nase, betrachtete den Inhalt des Tuches, knüllte es angewidert zusammen und steckte es in die Tasche seines braunen Sakkos. Das machte er in regelmäßigen Abständen und Scholze fragte sich, wann das Taschentuch völlig aufgeweicht sein würde.

Er bewunderte Rossi wegen seiner Entschlossenheit und seinem Willen, etwas zu verändern. Aber er fand ihn auch ein wenig abstoßend und schmuddelig, Senta meinte, dem fehle eine Frau.

»Darf ich Sie was fragen?«, sagte Scholze und legte die beschriebenen Blätter, die vor ihm lagen, ordentlich aufeinander. Rossi nickte. »Die Leute aus dem Osten, die Sie ausgesucht haben, woher haben Sie in so kurzer Zeit gewusst, dass das die Richtigen sind?«

Rossi schniefte. »Da genügt ein längeres Gespräch. Das ist wie bei meiner Arbeit, ich sehe mir den Kunden an, ich rede mit ihm, ich lass ihn sagen, was er will, und nach zehn

Minuten weiß ich, was er denkt, was er kaufen will – der Mann oft etwas anderes als die Frau, die Frau aber setzt sich durch. Der Mann sagt nichts, traut sich nicht, was zu sagen, kuscht, ich seh das, manchmal überrede ich die Frau, ich darf das, ich bin nicht ihr Mann, mir hört sie zu, und am Ende kriegt der Mann das, was er wollte, nicht das, was sie wollte, verstehen Sie das?«

»Ja.«

»Das freut mich.«

»Ich war ja auch sofort einverstanden mit Ihrer Auswahl, meine Frau auch. Sie schreibt gerade an einem Bericht für die Wochen-Zeitung über ...«

»Den will ich lesen, bevor er gedruckt wird!«, sagte Rossi mit Nachdruck.

»Natürlich, wenn Sie ... Es geht um die Presse, um das, was die andern schreiben, die hiesigen Zeitungen und die überregionalen, über diese Lucy und ihren Vater, wir müssen unseren Lesern sagen, was wirklich vorgeht und wie die anderen lügen. Meine Frau kann gut schreiben, ich bin immer wieder überrascht.«

»Wollten Sie noch etwas anderes sagen, Herr Scholze?«

»Warum ...« Verdutzt hielt er inne, schob die Schultern hoch, verzog den Mund. Und grinste. »Ja, ja ... Ich würd Sie aber bitten, das nicht persönlich zu nehmen, es ist nur eine Bemerkung ...« Rossi nickte wieder. Unhöflich, dachte Scholze, ich bin hier nicht der Hausierer und er sitzt in meinem Haus ... »Ich hätte mich auch zur Verfügung gestellt, ich war von Anfang an bereit dazu.«

»Sie sind zu wichtig«, sagte Rossi. Er schnaubte mehrmals kurz hintereinander durch die Nase und steckte die Hand in den Kragen seines gestreiften Hemdes, als wolle er sich den Nacken massieren. Aber er hielt die Hand ruhig. »Sie sind unser engagiertestes Mitglied in diesem Bundesland, Sie halten als Ortsvorsitzender die Partei zusammen durch Ihre regelmäßigen Treffen ...«

»Das ist doch selbstverständlich ...«

»Die Partei ist stolz auf Sie und Dr. Voss hat noch viel mit Ihnen vor. Sie sind selbständiger Unternehmer, Sie tragen Verantwortung, Sie begegnen jeden Tag den Menschen, um die es uns geht, in Ihrem Taxi verkehrt die Welt, und ich weiß, dass Sie immer wieder Mitglieder werben, wenn Sie unterwegs sind. Erst vor kurzem hab ich mit Dr. Voss über Sie gesprochen und wir waren uns einig, dass Sie der Mann sind, der die Aktion D im Hintergrund steuert, dabei aber nicht in Erscheinung tritt, verstehen Sie das?«

»Selbstverständlich.«

»Das freut mich.«

Das Telefon klingelte. Scholze sah Rossi an, der auf den Apparat zeigte. Scholze nahm den Hörer ab.

»Ja ... gut ...« Er reichte Rossi den Hörer.

»Sie bleiben vor Ort, ja ... Machen Sie nicht auf, alles wie besprochen, nein, das Wetter bleibt schön, die Meteorologen haben keine Zweifel ...« Er nickte Scholze zu. »Bitte? Verwenden Sie Aspirin, ja ...« Er gab Scholze den Hörer, der ihn auf den Apparat legte.

»Der Mann ist etwas nervös, weil jemand an der Tür war. Wahrscheinlich ein Kind, das über den Zaun geklettert ist. Manchmal schleichen freche Kinder in den Garten, weil sie ausprobieren wollen, ob die Alarmanlage losgeht. Im Moment ist sie nicht eingeschaltet. Die Polizei würde nur stören ...«

»Wem ...«, sagte Scholze vorsichtig, »wem gehört eigentlich das Haus?«

»Einem Konsortium. Gut abgesichert, machen Sie sich keine

Gedanken. Im Übrigen mach ich mir auch keine Sorgen wegen diesem Kommissar Süden, unser Mann hat ihn im Auge, sehr gut, dieser Nolte. Hat sich ja als einer der Ersten auf Ihre Anzeige gemeldet. Gut ...« Er warf einen Blick auf die Papiere auf dem Tisch, Skizzen, ein Lageplan, ein Namensregister. »Die drei Kameraden aus dem Osten sind bereits auf dem Heimweg, die sind aus der Schusslinie. Ich wollte sie testen, und sie haben den Test mit ›sehr gut‹ bestanden, wie es scheint. Sie haben der Frau ja die Haare geschnitten und die Polizei hat nichts gefunden, das bedeutet, die Spuren wurden beseitigt. Kock und Capek, die Sie ausgewählt haben und die sich ebenfalls bis jetzt gut bewährt haben, wechseln sich bei der Bewachung ab, ich bleibe auch in der Stadt. Und Sie sind unsere Anlaufstelle, Herr Scholze, Sie und Ihre nette Frau. Ich nehm mir noch ein Brötchen ...«

Während er schmatzend aß und die Schinkensemmel mit schnellen Bissen verschlang, sagte Scholze: »Meine Frau und ich finden das sehr gut, dass Sie drei Kameraden aus dem Osten ausgewählt haben, so was bringt uns näher, und wir haben ja vieles gemeinsam.«

Rossi trank einen Schluck kalten Kaffee. Als Scholze ihm nachschenken wollte, schüttelte er den Kopf. »Unsere Freunde im Osten sagen mir immer wieder, sie wollen eine deutsche Einheit und keine multikulturelle Einheit, und das ist das, was wir im Westen auch anstreben. Dafür arbeiten wir, Sie und ich, Herr Scholze, und wir lassen uns von niemand in die Irre führen.«

»Nein«, sagte Scholze, »Ihre Strategie, mit Hilfe dieser Frau der Meinungsindustrie ihre eigene Fratze vorzuhalten und denen zu beweisen, wie sie ihrer eigenen Fälscherwerkstatt auf den Leim gehen, ist ganz großartig, Herr Rossi.«

»Das freut mich. Aber vor allem gehts um Menschen, die wir

nicht brauchen. Die müssen raus hier und wenns nicht anders geht, dann mit Gewalt. Gut ...« Er sah sich um. »Sehr behaglich bei Ihnen. Bleiben Sie bitte Tag und Nacht telefonisch erreichbar! Ich habe Harald Kock Ihre Nummer gegeben, auch die Ihres Taxis, so dass er sich an Sie wenden kann, wenn irgendetwas ist.«

»Was soll sein?«, fragte Scholze vorsichtig.

»Nichts«, sagte Rossi. »In zwei Tagen gehen wir an die Öffentlichkeit. Vergessen Sie nicht die Sachen zu besorgen.«

»Selbstverständlich nicht«, sagte Scholze. Auf einmal spürte er ein dumpfes Drücken im Magen.

»Was ist?«, fragte Rossi und schnaubte zwei Mal kurz hintereinander.

»Alles in Ordnung.«

»Kriegen Sie Schiss?«

»Niemals!«, sagte Scholze. Wahrscheinlich, vermutete er, kam der Krampf vom starken Kaffee, für den sich seine Frau schon mal eine Ohrfeige eingehandelt hatte.

Das Glas hatte er bereits in der Hand und er schwenkte es vor ihrem Gesicht hin und her. Voller Flehen sah sie ihn an, aber er nahm ihr den Knebel nicht aus dem Mund. Auf seiner Cordhose sah sie weiße Flecken, wie Staub oder Zucker und sein dunkelroter Rollkragenpullover fusselte an den Armen. Sie bemerkte, wie aufgeregt er war. Er hatte die Tür angelehnt, aber das Licht reichte aus, um die schwarze Mütze zu sehen, die er sich übers Gesicht gezogen hatte, seine Hände, seine knochigen Finger mit den abgebissenen Nägeln. Er zitterte leicht. Vermutlich nicht aus Furcht, dachte sie, sondern weil er krank ist, ein Muskelleiden, eine vegetative Störung. Seine Lider hinter den ausgeschnittenen Löchern flackerten, seine Augenbrauen zuckten.

Seit er vor ihr stand und das Glas hin und her schwenkte, flitzten seine Blicke über ihren Körper, über das zerrissene gelbe Kleid, das ihr Chris zum Geburtstag geschenkt hatte. Chris. Wo bist du? Hol mich hier weg, bitte hol mich hier weg, mon amour!

»Wenn du einen Ton sagst, säg ich dir einen Finger ab«, sagte der Mann plötzlich.

Sie erschrak so sehr, dass sie innerlich aufschrie und das Knäuel in ihrem Mund sich fast blähte. Sie nickte. Und als sie nickte, verstärkte sich ihr Kopfpochen noch mehr. Sie kniff die Augen zusammen und dachte: Einer sitzt mit einem Hammer in meinem Hirn und hämmert und hämmert.

Wie vorhin von den Augen riss ihr der Mann jetzt das Klebeband mit einem Ruck vom Mund und sie war sicher, ihre Haut würde daran kleben.

»Mund auf!«

Zaghaft öffnete sie den Mund, die Kiefer taten ihr weh und es kam ihr vor, als sei sie vom Scheitel bis zur Brust verspannt und verknotet.

Endlich atmete sie wieder durch den Mund. Sie leckte sich mühsam die trockenen Lippen und schnaufte wie außer Atem.

»Danke«, sagte sie leise.

»Bitte?«, sagte der Mann.

»Danke«, wiederholte sie, bemüht, lauter zu sprechen.

Der Mann glotzte ihr zwischen die Beine und auf die Brust und seine Hand zitterte.

»Hast du gehört, was ich gesagt hab, hast du das gehört, Negerschlampe?«

»Ja«, sagte sie.

»Bitte?«

»Ja«, sagte sie lauter.

»Was hast du gehört?«

»Sie ... sägen mir einen Finger ab, wenn ich einen Ton sage.«

»Und warum quatschst du dann die ganze Zeit?«

Sie rechnete mit allem, sie rechnete damit, dass er die Säge holte und ihr einen Finger abschnitt, nachdem er sie wieder geknebelt hätte. Diesen Augen traute sie alles zu.

Er hielt ihr das Glas hin. Sie griff danach.

»Wie heißt das?«, fragte er.

Sie zögerte, das grausame Dröhnen in ihrem Kopf und die fauchende Gegenwart des dürren Mannes zerstörten jeden klaren, einfachen Gedanken. Sie hob ihre gefesselten Hände und wusste nicht, wohin mit ihnen, sie rechnete mit allem. Was sie spürte, waren Schmerzen, aus sämtlichen Poren quellende, in sämtliche Poren hineindrängende Schmerzen. Tränen stiegen ihr in die Augen, wieder sah sie nur Schemen, dabei gab es jetzt etwas Licht von dort hinten, wo die Tür war, durch die der Mann hereingekommen war. Mit ihren gefesselten Händen hatte sie auf ihren Kopf gezeigt, immer wieder, damit er verstand, was sie meinte, und er hatte verstanden, er war gegangen und später mit einem Glas Wasser und einer Tablette zurückgekommen. Er stand vor ihr, ganz nah, sie roch die abgetragenen Klamotten.

»Du sollst mich ansehen!«, sagte er.

Das tu ich doch, dachte sie, wie oft denn noch?

Dann packte er ihren Kopf und drückte ihn gegen seinen Bauch. Er ließ nicht los. Sie spürte die Knöpfe der Hose, er drückte sie fest zwischen seine Beine und seine Hand umklammerte ihren Hinterkopf, die Finger bohrten sich in ihre Haut wie heiße Nadeln. In einem Getöse von Schmerzen vergaß sie für Momente, wo sie sich befand, und sie schloss die Augen und erwartete nichts mehr.

»Trink endlich!« Der Mann hielt ihr das Glas und die Tablette hin.

Sie kauerte auf dem Bett und hatte keine Ahnung, was in den vergangenen zehn Sekunden geschehen war.

Gierig trank sie das Glas leer, nachdem sie die Tablette unbeholfen aus seinen zitternden Fingern genommen hatte.

»Danke«, wagte sie zu sagen, »danke fürs Aspirin.« Sie versuchte sogar zu lächeln, aber es klappte nicht. Der Mann hielt ihr die flache Hand hin und wie selbstverständlich stellte sie das Glas darauf. Dann drehte er sich um.

»Setzen!«, sagte er und ging zur Tür. Während Natalia noch überlegte, was er meinte, fiel die Tür zu und es war wieder dunkel.

Der Staatsanwalt hatte um einen Termin gebeten und als er hereinkam, lagen sämtliche Unterlagen parat. Die beiden Männer gaben sich die Hand und setzten sich am rechteckigen Besuchertisch gegenüber.

»Für mich nichts«, sagte Dr. Niklas Ronfeld und holte eine Klarsichtfolie, in der ein DIN-A4-Blatt steckte, aus seiner Aktentasche.

Der Mann mit der Seidenfliege, der sich ein Glas Wasser einschenkte, hieß Roland Grote, einundfünfzig, SPD-Mitglied und seit zwei Jahren Leiter des Kreisverwaltungsreferats, das auch als Ausländerbehörde fungierte. Grote galt als liberal und umsichtig, als gewissenhafter Prüfer, wenn es um Abschiebungen ging. Mit dem SPD-Oberbürgermeister Ludwig Zehntner verband ihn eine langjährige Freundschaft, die auf politischer Ebene gelegentlich harten Bewährungsproben ausgesetzt war. Letzten Endes aber hatten sie sich beide in Sachen Karriereplanung innerhalb der Partei unterstützt und für den Fall, dass Zehntner einmal nicht mehr als Oberbürgermeister kandidieren würde, stand Grote bereit.

»Ich hab heute Morgen noch mit ihm telefoniert«, sagte Grote. »Wir sind insofern einer Meinung, als dass wir beide, der OB und ich, den Verlauf der Anklage abwarten wollen, bevor wir eine weitere Entscheidung treffen.«

»Sie meinen, ob Sie die Aufenthaltsgenehmigung verlängern«, sagte Ronfeld und warf einen Blick auf seine Aufzeichnungen.

»Ja. Bekanntlich besitzt der Vater eine unbefristete Aufenthaltserlaubnis, er hat nie einen deutschen Pass beantragt, auch nicht als er verheiratet war. Sie sind beide, Vater und Tochter, keine deutschen Staatsbürger. Das ist ihr gutes Recht. Natürlich würde Herr Arano sofort die Staatsbürgerschaft bekommen, wenn er wollte. Er hat sich nie etwas zu Schulden kommen lassen, er ist absolut integriert, ist ja auch klar, er lebt seit seinem sechsten oder siebten Lebensjahr in München, ich müsste nachschauen ...«

»Er war sechs, als er herkam«, sagte Ronfeld.

»Sechs. Na also. Jetzt haben wir das Problem mit der Tochter. Ich hab mit dem Jugendamt gesprochen, die haben mir gesagt, ein Psychologe habe mehrmals Kontakt mit dem Mädchen aufgenommen und eine Zeit lang habe sie sich auch ruhig verhalten, sie sei umgänglich gewesen, habe regelmäßig am Unterricht teilgenommen und vor allem nichts angestellt.«

»›Nichts angestellt‹ ist ein Euphemismus«, sagte Ronfeld.

»Ich hab alle Unterlagen hier, die Polizei hat sie uns zur Verfügung gestellt, wir sind dankbar für diese Art Kooperation, besonders in diesem Fall.« Er blätterte eine der Akten durch und überflog ein paar Zeilen. »Sehe ich das richtig, dass Lucy

Arano angeklagt werden und vermutlich keine Bewährung bekommen wird?«

»Das ist der Grund, weshalb ich Sie sprechen wollte«, sagte Ronfeld. Er hatte Grote noch nicht oft getroffen und konnte schwer einschätzen, wie der Kreisverwaltungsreferent auf seine Idee reagieren würde, aber er musste es riskieren. Grote war der Einzige in der Stadt, der eine Entscheidung von solchem Ausmaß, wie sie Ronfeld vorschwebte, treffen konnte, und zwar praktisch allein. Nach allem, was Ronfeld über den Referenten erfahren hatte, gehörte er früher zum linken Flügel seiner Partei, hatte sich jedoch im Laufe der Jahre sozusagen Sprosse für Sprosse auf der nach oben offenen Karriereleiter zu einem flexiblen Politiker entwickelt, der keine Scheu vor durchaus drastischen Entscheidungen hatte, wenn sie dem Allgemeinwohl dienten. Die Chancen, Grote würde sich seinen Vorschlag zumindest anhören, standen der Einschätzung des Staatsanwalts nach also gut.

»Sie kennen die Protokolle der Polizei«, begann Ronfeld, rutschte mit dem Stuhl ein Stück vom Tisch weg und schlug die Beine übereinander. »Jeder kennt die Protokolle, das Jugendamt ebenfalls, und ich gehe davon aus, dass auch einige Journalisten Bescheid wissen. Die halten sich im Moment noch zurück ...«

Grote lachte kurz auf.

»Ich meine, in den Zeitungen steht nichts anderes als das, was die meisten Leute in dieser Stadt denken ...«

»Das bezweifle ich.«

»Bezweifeln Sie es! Akten sind Fakten, was das Mädchen getan hat, kann man nicht wegdiskutieren, man kann es auch nicht wegemotionalisieren. Man kann nicht sagen: Das ist ein geschädigtes Kind, dessen Mutter unter tragischen Umständen gestorben ist, und seitdem flippt es aus und greift Leute an wie ein tollwütiges Tier. Man kann auch nicht sagen: Wir müssen das Mädchen besonders nachsichtig behandeln, weil sie schwarz und ohnedies überall benachteiligt ist. Was übrigens nicht stimmt, Lucy Arano ist voll integriert in der Schule, bei ihren Freunden, kein Wunder bei dem extrem hohen Anteil von Türken, Exjugoslawen, Griechen und so weiter. Und über eines sind wir uns klar: Dieses Mädchen stellt eine Gefahr für die öffentliche Sicherheit dar, sie ist eine Intensivtäterin, die jederzeit rückfällig werden kann und für die es hierzulande ganz offensichtlich keine Therapiemöglichkeit gibt; jedenfalls im Moment nicht. Und deshalb bin ich dafür, dass wir so rasch wie möglich sämtliche rechtlichen Instrumentarien ausschöpfen, um zu verhindern, dass Lucy Arano weiterhin die Bevölkerung in Angst und Schrecken versetzt.«

»Wir sprechen von einem Kind, Herr Ronfeld, und soweit ich weiß, leidet Lucy unter Depressionen, die bisher nicht behandelt wurden. Möglicherweise sollte man sie nicht in ein geschlossenes Heim stecken, sondern in einer psychiatrischen Einrichtung gründlich untersuchen.«

»Darüber soll sich der Richter den Kopf zerbrechen«, sagte Ronfeld. Er rutschte wieder näher zum Tisch. »Soweit ich informiert bin, liegen dem KVR drei Fälle vor, bei denen es um minderjährige Intensivtäter geht, einen Rumänen, einen Türken und einen Serben.«

Sprachlos schaute Grote ihn an.

»Alle drei Jugendlichen nahmen an sozialen Trainingskursen teil, an so genannten Ökowochenenden, sie wurden zu Freizeitarrest verurteilt und einer von ihnen zu einem zweiwöchigen Dauerarrest.«

»Woher ...«

»Das Jugendamt hat es mit Erlebnispädagogik versucht, mit Einzelbetreuung, mit all diesen immer wieder praktizierten Maßnahmen, die in einigen Fällen absolut wirksam und Erfolg versprechend sein mögen. Ich unterstütze diese Art von Therapie, ich bin nicht dafür, kriminelle Jugendliche grundsätzlich wegzusperren, so ein Plädoyer werden Sie von mir nicht hören ...«

»Woher wissen Sie von den drei Fällen?« Grote war perplex. Am meisten ärgerte ihn, dass der Staatsanwalt sich aus den gleichen Quellen bedient hatte wie das Kreisverwaltungsreferat. Offenbar wurde die Durchlässigkeit dieser Quellen immer größer.

»Ich habe mich im Jugendamt erkundigt, das ist meine Pflicht, und danach habe ich im Polizeipräsidium mit den zuständigen Herren gesprochen, die mir die Fälle bestätigt haben und auch, dass sie, die Polizei, Ihrer Behörde die Namen der drei Intensivtäter genannt hat mit der Bitte, etwas zu unternehmen.«

»Die Polizei hat Ihnen Akteneinsicht gewährt?«

»Aber ich bitte Sie, Herr Grote, wir sind die vorgesetzte Behörde!« Ronfeld lächelte, erhob sich und steckte die Hand in die Hosentasche. »Entschuldigen Sie, ich sitz heut schon den ganzen Tag, stört es Sie, wenn ich mich etwas bewege?« Ich muss Fischer anrufen, dachte er, ich roste noch völlig ein, wenn ich nicht bald mal wieder ein paar Bälle schmettere.

»Das weiß ich doch!«, stieß Grote hervor und schüttelte heftig den Kopf. Die Verabredung war gewesen, diese äußerst heikle Angelegenheit vertraulich zu behandeln, so diskret wie möglich. Immerhin handelte es sich um einen Präzedenzfall, genauer um drei Präzedenzfälle. Vom rechtlichen Standpunkt aus waren die Maßnahmen, die Grotes

Behörde demnächst zu treffen beabsichtigte, zwar über jede Anfechtung erhaben, trotzdem, das ahnte der Referent von Anfang an, würde sie in der Öffentlichkeit dafür angegriffen werden – falls die Öffentlichkeit davon erfahren würde.

»Sie planen«, sagte Ronfeld, »diese drei Jugendlichen in ihre Heimatländer zurückzuschicken. Also auszuweisen. Wobei interessant ist, dass der türkische Junge hier geboren wurde, sein Heimatland ist streng genommen Deutschland.«

»Sie sind alle drei Schwerkriminelle«, sagte Grote und wollte weitersprechen, doch Ronfeld unterbrach ihn.

»Das ist völlig richtig. Ich habe mit dem Kollegen gesprochen, der die Fälle bearbeitet hat, der sagte mir, Sie hätten sinngemäß gesagt, diese Kriminellen müssten ausgewiesen werden, damit nicht noch mehr rechtschaffene oder ordentliche – etwas in der Art – Bürger zu Opfern werden, Deutsche genauso wie Ausländer. Waren das Ihre Worte?«

»In der Art«, sagte Grote.

»Und ich gebe meinem Kollegen, der die Ausweisung begrüßt, genauso Recht wie Ihnen. Das ist exakt der gesetzliche Auftrag der Sicherheitsbehörden, Schaden rechtzeitig abzuwenden, Täter erst gar nicht in Aktion treten zu lassen, die Bevölkerung vor solcher Brutalität zu schützen. Und deshalb frage ich mich, wieso wir diese Prozedur nicht auch bei Lucy Arano anwenden. Was spricht dagegen?«

Er sah den Referenten an, freundlich und ruhig, und goss sich dann ein Glas Mineralwasser ein. »Ich nehm mir mal einen Schluck.«

Grote ließ den Vorschlag des Staatsanwalts auf sich wirken. Die Idee, dieses schwarze Mädchen mit den drei Jungen auf dieselbe Stufe zu stellen, wäre ihm nicht gekommen. Lucy war ... er überlegte ... sie war ja noch ein Kind, sie war gerade erst vierzehn geworden, sie war ein Mädchen, sie war ...

»Angenommen, Sie würden bei Lucy Arano ein Ausweisungsverfahren einleiten«, sagte Ronfeld und setzte sich, »dann wären wir eventuell bereit, auf eine Anklage zu verzichten, um den Ablauf zu beschleunigen. Wenn Sie die Ausweisung verfügen, das heißt, wenn Sie den Antrag auf Verlängerung der Aufenthaltsgenehmigung ablehnen, aus guten Gründen, wie wir wissen, dann könnte das Mädchen umgehend abgeschoben werden. Auf Grund ihres Verhaltens in den letzten Jahren genießt Lucy Arano keinerlei Abschiebeschutz, das würde bedeuten, die Ausreise wäre für immer.«

»Sie können die Fälle der drei jungen Männer, die Sie erwähnt haben, nicht mit dem Fall Lucy Arano vergleichen. Außerdem ist das, was mit den dreien passiert, bundesrepublikanische Praxis.«

»Ist es nicht«, sagte Ronfeld, »in keinem Bundesland wurden bisher Jugendliche abgeschoben, die straffällig geworden sind, jedenfalls nicht allein, ohne Begleitung. Sie sind hier Vorreiter, Herr Grote, der Freistaat Bayern öffnet hier eine neue Tür im Ausländerrecht.«

»Gegen solche Intensivtäter müssen wir hart vorgehen, Sie wissen doch selber, wie die Banden aus dem Osten hier ihre Leute einschleusen, ganz gleich, wie jung die sind, die kommen zu nichts anderem her als sich zu bedienen, gnadenlos, wenns sein muss.«

»Natürlich. Allerdings ist der türkische Junge, den Sie abschieben, wie gesagt, hier geboren. Genauso wie Lucy Arano.«

»Wohin sollen wir die denn schicken?«, fragte Grote heftig. Auf keinen Fall wollte er sich auf so einen Deal einlassen. Innerhalb einer Minute hatte er seine Entscheidung getroffen: So nicht, mit mir nicht!

»Nach Nigeria, wohin denn sonst?«

»Die hat doch da überhaupt keine Verwandten! Das ist doch Irrsinn! Die drei Jugendlichen, die haben alle Familie, und zwei von ihnen werden demnächst achtzehn, die würden dann sowieso abgeschoben als kriminelle Erwachsene. Ich schick doch kein Kind in ein Land, dessen Sprache es nicht kann und wo es niemanden, absolut niemanden kennt!«

»Dann müssen Sie den Vater eben mit ausweisen.«

»Bitte?« Grote war nahe daran, ausfällig zu werden.

»Er hat in extremer Weise seine Erziehungspflichten vernachlässigt.«

»Der Mann hat ein Bleiberecht, er lebt rechtmäßig in diesem Land, er ist nie straffällig geworden, wollen Sie ihn in Sippenhaft nehmen?«

»Halten wir uns lieber an die Gesetze, Herr Grote«, sagte Ronfeld und steckte das DIN-A4-Blatt in die Folie zurück. »Das Unvermögen, ein Kind zu einem anständigen Menschen zu erziehen, kann durchaus als Grund gewertet werden, jemandem die Aufenthaltsberechtigung zu entziehen.«

»Den Richter möcht ich sehen, der so entscheidet!«

»Warten wirs ab! Ich möchte nur, dass Sie sich meinen Vorschlag durch den Kopf gehen lassen. Wir leben in Zeiten, in denen die Kriminalität unter Ausländern steigt und steigt, überall. Die Leute fühlen sich bedroht, sie fühlen sich nicht mehr zu Hause, sie haben Angst, sie sind verwirrt, sie erwarten, dass der Staat handelt, dass wir die Gesetze anwenden, die wir uns mühevoll und sorgsam erarbeitet haben. Denken Sie darüber nach! Ich kann mir vorstellen, dass der Oberbürgermeister meine Meinung teilt, er wird Sie ermutigen, hart und konsequent zu bleiben, da bin ich fast sicher.«

Vergessen Sies!, dachte Grote. »Dieses Mädchen ist keine Ausländerin«, sagte er, »und ihr Vater ist auch kein Ausländer.«

»Selbstverständlich ist er das, er hat keinen deutschen Pass, er ist ein Schwarzer.«

»Das ist rassistisch, was Sie sagen.«

»Es ist rassistisch, wenn ich sage, er ist schwarz? Bin ich rassistisch, wenn ich sage, dieses schwarze Mädchen ist schwer kriminell? Bin ich rassistisch, wenn ich Ermittlungen gegen den Vater wegen Verletzung der Erziehungs- und Fürsorgepflicht einleite, was ich tun werde? Bin ich rassistisch, wenn ich ein Kind anklage, das achtundsechzig Straftaten begangen hat, von denen sie keine einzige bereut? Ja?«

»Sie war nicht strafmündig, Herr Ronfeld. Was Sie hier machen, ist plumpe Vorverurteilung. Es ist überhaupt noch nicht erwiesen, dass Lucy bei den einzelnen Fällen die treibende Kraft war.«

»Ich werde das beweisen, Herr Grote, ich habe Zeugen, die das bestätigen, Sie werden staunen, wozu dieses Mädchen alles fähig war. Und ist. Und sein wird, wenn wir sie nicht daran hindern.«

»Was haben Sie eigentlich gegen Lucy Arano?«, fragte Grote und stand auf.

»Ich kenne dieses Mädchen nicht, ich hab sie nur einmal getroffen«, sagte Ronfeld und stand ebenfalls auf. »Ich ermittle gegen eine uneinsichtige, unbelehrbare Schwerkriminelle. Eine Einzelbetreuung und Einzelbeschulung kostet den Steuerzahler achttausendvierhundert Mark im Monat, und das bei jemandem, bei dem Sie im Vorhinein wissen, dass er danach sofort wieder straffällig wird. Erklären Sie das der Bevölkerung! Hier missbraucht jemand auf eklatante Weise sein Gastrecht, und um nichts anderes geht es hier juristisch. Der Vater wird gute Gründe gehabt haben, die deutsche Staatsbürgerschaft nie zu beantragen. Ich geh mal davon aus, der Hauptgrund war, dass er vorhat, eines Tages wieder in sein Heimatland, das er als Kind zwangsweise verlassen musste, zurückzukehren. Vielleicht ist der Tag jetzt gekommen. Vielleicht begreift er die Ereignisse um seine Tochter als Chance, endlich seinen lange gehegten Wunsch in die Tat umzusetzen. Und wir sollten ihn nicht daran hindern.«

»Das ist zynisch, Herr Ronfeld«, sagte Grote und öffnete die Tür.

»Das hör ich immer wieder. Auch mein Freund, ein Jurist und übrigens der Anwalt von Lucy Arano, sagt, ich sei zynisch. Bin ich nicht. Ich bin Realist, ich weigere mich, soziale Utopien zur Grundlage der Rechtsprechung zu machen. Was wir uns vorstellen und vielleicht wünschen, hat nichts mit dem zu tun, was Menschen zulassen. Wir sind eben so, wir träumen von der Überwindung aller Grenzen und errichten gleichzeitig ständig neue Grenzen. Die schützen uns, die tun uns auch gut, ohne diese Grenzen würden wir uns verirren, wir würden durchdrehen. Und Gesetze sind Grenzen, wir können sie nicht einfach niederreißen, nur weil unser Herz gerade übermütig ist und wir alle Menschen umarmen wollen.«

»Einer Ausweisung von Lucy Arano werde ich auf keinen Fall zustimmen«, sagte Roland Grote beim Abschied an der Treppe.

»Das ist wahrscheinlich ein Fehler.«

Nachdem Ronfeld einige Stufen hinuntergegangen war,

drehte er sich noch einmal um. »Wohl dem, der frei von Schuld und Fehle bewahrt die kindlich reine Seele.« Dann hob er lächelnd die Hand und setzte eilig seinen Weg fort.

»Leck mich am Arsch!«, sagte Grote und schlug gegen das Geländer.

Jetzt musste er vorbauen, vermutlich dauerte es keine drei Tage, bis die Presse von der geplanten Abschiebung der drei Jugendlichen erfuhr, und dann wäre er, nach langer Zeit wieder einmal, der Buhmann der Stadt. Er brauchte die Rückendeckung aus dem Rathaus und vor allem die Zusicherung, dass die vierzehnjährige Lucy Arano unter keinen Umständen für ein juristisches Spektakel missbraucht wurde, das er rassistisch, reaktionär und in höchstem Maß widerwärtig fand. Niederen Instinkten nachzugeben, das verachtete er, und was der Staatsanwalt als die höheren Ziele der Rechtsprechung pries, war für Grote nichts anderes als purer Populismus, Aburteilung und Vorverurteilung im Sinne dumpfer Stammtischweisheiten. Hallo, dachte er auf einmal in seinem Büro, kommt da der alte linke Roland noch mal zum Vorschein?

Animiert von sprudelnden Erinnerungen, wählte er die Nummer seines Freundes Ludwig Zehntner, von dem er nie gedacht hätte, dass er einmal ein Oberbürgermeister werden würde, den die Rechten genauso wählten wie die eigenen Leute. Im Grunde, fand Grote, besaßen sie beide allen notwendigen politischen Zwängen zum Trotz noch immer genügend innere Freiheit, um aufzustehen und sich zu widersetzen, wenn es sein musste. So wie jetzt.

»Der Herr Oberbürgermeister ist leider in einer Besprechung, Herr Grote«, sagte eine Frau am anderen Ende der Leitung.

»Ich ruf später noch mal an.«

»Später ist Stadtratssitzung und dann Podiumsdiskussion in Haidhausen.«

»Dann ruf ich morgen an.«

Aber am nächsten Tag war alles anders.

»Was bedeutet das? Aber warum?«, fragte sie. Sie war aufgesprungen, obwohl sie sich gerade erst hingesetzt hatte. Aus einem für sie selbst überraschenden Impuls war sie vom Stuhl hochgeschnellt und stand nun vor dem Schreibtisch. Ungläubig sah sie ihren Chef an, der zwei große weiße Pflaster im Gesicht und zwei kleinere auf den Händen hatte, und hielt den Karton mit den Süßigkeiten, den sie ihm schenken wollte, krampfhaft fest.

»Personalabbau«, sagte Jens Zischler. Er wippte mit dem rechten Bein und ihm war kalt. »Order der Firmenleitung, die hatten wohl irgendeine Prüfung, Sie kennen das ja schon, Nuriye, leider, so wie in der anderen Niederlassung, jetzt hat es eben unsere Filiale erwischt. Sie wissen, dass unser Unternehmen seine Mitarbeiter fördert, aber unbegrenzte Kapazitäten gibts halt nicht. Na ja, und wir haben ein paar Probleme mit dem Umsatz, haben Sie ja selber gemerkt.«

»Nein«, sagte sie.

»Es tut mir Leid. Sie kriegen ein tolles Zeugnis, das ist klar, ich war sehr zufrieden mit Ihnen und das hab ich Ihnen auch immer gesagt. Sie finden bestimmt schnell einen neuen Job.«

»Ich bin hier gerne«, sagte Nuriye.

»Ich kann nichts für Sie tun«, sagte Zischler und überlegte, ob er aufstehen und zu ihr hingehen solle. Er blieb sitzen. »Kommen Sie übermorgen, dann hab ich das Zeugnis fertig. Und, das hab ich noch gar nicht erwähnt, glaub ich, Sie kriegen bis Ende des Monats Ihr Geld, das ist doch gut ...«

»Sie wollen keine Frau mit Kopftuch.«

»Nach mir geht es nicht, wir alle im Unternehmen haben nicht generell etwas gegen Kopftücher und wir wollen auch grundsätzlich nicht auf junge Damen wie Sie, die es mit der Religion ernst meinen, verzichten. Das wissen Sie. Diese Personalentscheidung ist völlig unabhängig von Ihrer Kleidung gefallen.«

»Was ist passiert, Herr Zischler?«

»Was meinen Sie?«

»Alles, der Überfall und jetzt die Entlassung, was ist passiert?«

»Das eine hat mit dem anderen doch gar nichts zu tun! Sie sind ja lustig! Das waren irgendwelche Volltrottel, die mich überfallen haben. Die Polizei kriegt die, bald, keine Ahnung, was mit denen los war, wahrscheinlich Junkies oder so.«

»Kann ich in einer anderen Filiale arbeiten?«, fragte Nuriye. Sie schämte sich. Ihr Bruder Sülo würde sie ausschimpfen, weil sie sich wieder einfach wegschicken ließ. Ihr Vater wäre traurig und ihre Mutter würde ihr wieder vorschlagen, endlich in der Schneiderei mitzuarbeiten. Was für eine Aussicht! Sie wollte mit Menschen umgehen, außer Haus, in einem Kaufhaus, wo viele Leute hinkamen und sie ihnen Kleider und andere Sachen verkaufen konnte, wo sie dazugehörte und wo viel los war.

»Sie haben ja die Nummer der Personalabteilung, rufen Sie doch an!«, sagte Zischler. Er hatte die Firmenleitung wegen des Überfalls angelogen, aber was hätte er tun sollen? Er war überzeugt davon, sie würden ihm nicht glauben und sich vielleicht wieder einmal fragen, ob er der Richtige für den Posten war. Und natürlich hatten sie wissen wollen, als er anrief, wieso es überhaupt möglich war, dass zwei Schläger ein und aus gehen, ohne dass der Sicherheitsdienst eingriff oder irgendjemand etwas bemerkte. Wie sicher waren dann die Kunden? Wer war verantwortlich? Wer? Er war verantwortlich! Wer denn sonst? Er hatte gesagt, das Paar sei durch den Hintereingang gekommen und er vermute, dass es Rauschgiftsüchtige waren, die ja ständig in der Gegend um den Stachus herumlungerten. Immerhin erhielt er ein Lob dafür, dass nichts an die Öffentlichkeit gedrungen war und die Kunden nichts mitbekommen hatten. Wenn er jetzt Nuriye entließ, konnte er sagen, es habe Beschwerden wegen ihres Kopftuchs gegeben und vielleicht auch wegen ihrer reservierten Art, männliche Kunden zu bedienen. Aber er konnte ihr trotzdem ein gutes Zeugnis ausstellen, das ihr hoffentlich woanders weiterhalf.

Außerdem befürchtete Zischler, seine Vorgesetzten würden die Polizei einschalten, wenn sie die Wahrheit erfuhren, und dann wäre er erneut in Gefahr. Bestimmt würden diese Leute sich an ihm rächen, bestimmt würden sie wieder auftauchen und dann käme er nicht so glimpflich davon. Nuriye findet schon einen Job, mach dir nicht in die Hose, Mann! Und das Kopftuch sieht echt nicht so toll aus.

»Für Sie«, sagte sie.

»Bitte?« Er hatte nicht zugehört. Sie hielt ihm den kleinen Karton hin.

»Ist ein Geschenk. Nachspeise.«

Verlegen nahm er den Karton entgegen. »Danke, danke sehr.«

Auf der Straße zog sie sich das Kopftuch in die Stirn und rannte zur U-Bahn hinunter. Sie schämte sich so. Tränen liefen ihr über die Wangen. Sie verstand einfach nicht, wieso sie immer alles falsch machte in ihrem Job.

Als sie im Westend aus der U-Bahn stieg, entschied sie, nicht nach Hause zu gehen, sondern in das große Kaufhaus auf der Theresienhöhe. Dort setzte sie sich in die Cafeteria und trank einen Tee. Danach schlenderte sie durch die Möbelabteilung und ließ sich stumm als Kundin von sich selbst als Verkäuferin beraten und nach einer Stunde hatte sie eine komplette Wohnung ausgesucht und war noch trauriger als zuvor.

Die Räume waren hoch und dunkel, an jeder Wand standen Regale voller Bücher und Manuskripte und der lange englische Tisch war übersät mit Zeitungen und Zeitschriften. Fünf Stehlampen spendeten spärliches Licht. Das Kratzen der Schallplatte passte zur verstaubten Atmosphäre. Ein Menuett von Mozart erklang leise im Hintergrund, und während sie redete, hörte Ira Horn immer wieder verträumt auf die Melodie.

Sie hatte graue, am Hinterkopf zusammengebundene Haare und trug ein schwarzes Kostüm. Ihr zerfurchtes Gesicht wirkte wie versteinert, wie vor langer Zeit von jeder Freude verlassen. Wenn ihr Glas leer war, schenkte sie sich sofort Rotwein nach. Und ihr Glas war dauernd leer, stellte Tabor Süden fest, der in der Nähe des Fensters stand, um wenigstens einen Rest natürliches Licht abzubekommen.

»Das Lächerlichste an dieser Stadt ist die niedrige Selbstmordrate«, sagte Ira Horn. »Jeder halbwegs sensible Mensch müsste sich vom Olympiaturm stürzen, wenn er auch nur eine Minute ernsthaft über den wahren Charakter dieser Stadt nachdenken würde.«

»Was hat die Stadt denn für einen Charakter?« Am Anfang hatte Süden kein Wort aus ihr herausgebracht und dann, nach dem dritten oder vierten Glas Wein, war sie in eine Suada ausgebrochen. Gelegentlich kam auch ihre Tochter Natalia in dem Schwall vor. Und wegen der war Süden schließlich hier.

»Einen miesen«, sagte die alte Frau und trank. »Lügner und Lackaffen, die bevölkern die Straßen. Ich wollte immer hier weg, aber ich konnte nicht, ich hatte eine Familie, ich musste arbeiten. Lügner und Lackaffen. Und Lakaien.«

Süden nickte und betrachtete das Regal, neben dem er stand.

»Da steht ja Ihr Name auf dem Buch!«

»Lassen Sie das bloß drin, ja! Das ist uralt. Ich musste das im Selbstverlag drucken lassen, was für eine Schmach! Ich war mal eine Schriftstellerin, Herr Süden, aber wenn man nie gedruckt wird, hört man irgendwann auf, ein Schriftsteller zu sein. Bei mir wars jedenfalls so. Ich hatte es satt zu betteln. Ich bin kein Lakai, ich diene mich niemandem an. Ich kann verstehen, dass Netty sich aus dem Staub gemacht hat.« Sie trank und schenkte sich nach.

»Warum?«, fragte Süden.

»Warum? Weil sie eingesehen hat, dass sie hier nicht weiterkommt. Sie ackert und ackert und was hat sie davon? Schulden und Steuern. Schulden und Steuern. Sie hat keine Lust, sich von einem Mann abhängig zu machen, sie ist schon einmal abgehauen, sehr gut. Damals bin ich zuerst erschrocken, aber hinterher hab ich das verstanden. Netty macht das richtig. In einer so kalten Stadt wird einem das Herz nicht warm.«

»Sie will heiraten.«

»Schon wieder? Wer sagt das?«

»Ihr Verlobter, Herr Arano.«

»Das schwarze Schmuckstück? Der muss es wissen. Fantastischer Mann. Neben ihm hätte mein Mann wie ein gebügelter Schatten gewirkt, Gott hab ihn selig! Ich war dreiundzwanzig Jahre mit ihm verheiratet und hab ihn keinen Tag geliebt. Ich glaube, er hat das nicht mal gemerkt.«

»Können Sie sich vorstellen, wohin Ihre Tochter gegangen sein könnte? Falls ihr nicht doch etwas zugestoßen ist, was ich leider vermute.« Süden ging zu ihr an den Tisch.

»Was soll der denn zustoßen? Die passt schon auf, die weiß, wie man durchkommt. Sie hat schon mal als Prostituierte gearbeitet, wussten Sie das? Ich wusste es lange nicht, sie hat es einfach getan, sie brauchte Geld, sie hat nachgedacht und gehandelt. Es ist ziemlich einfach, Männer zu befriedigen, man wird gut bezahlt dafür. Wieso trinken Sie eigentlich nicht mit mir?«

»Vielleicht hat Ihre Tochter Sie angerufen in den vergangenen zwei Tagen.«

So wie er. Er hatte versucht, Ira Horn telefonisch zu erreichen, aber sie war, wie sie ihm vorhin erzählt hatte, nicht an den Apparat gegangen, zwei Tage lang nicht.

»Sie weiß, dass ich manchmal keine Lust hab zu telefonieren. Wenn sie mich hätte sprechen wollen, dann wär sie vorbeigekommen, sie hat einen Schlüssel.«

»Wann haben Sie zum letzten Mal mit ihr gesprochen?«

»Wann?« Sie lauschte der Musik und schwenkte dabei rhythmisch das bauchige Glas. »Vor einigen Tagen, letzte Woche, glaub ich. Sie wollte, dass wir zusammen essen gehen. Ich geh aber nicht auf Befehl essen. Ich hasse diese Lokale, wo alle Leute bloß hingehen, um sich zu begaffen und sich wichtig zu nehmen. Ich bin nicht wichtig. Wenn ich essen gehe, will ich in Ruhe dasitzen, Wein trinken und hinterher satt sein. Ich geh nicht essen, damit ich hungrig wieder aufstehe, ich will was spüren im Magen, ich liebe nämlich den Vorgang der Verdauung, Herr Süden. Wenn ich überhaupt noch was liebe, dann meine Verdauung. Und jetzt trinken Sie ein Glas mit mir, bevor ich Sie rausschmeiße!«

»Gut«, sagte Süden. Auf ihre Anweisung holte er ein bestimmtes Glas aus dem Schrank und sie schenkte ihm ein.

»Zum Wohl«, sagte sie und stieß mit ihrem Glas gegen seins und es klang wohltönend. »In zwei Monaten werde ich siebzig, können Sie mir sagen, wieso?«

Bevor er ins Dezernat zurückfuhr, rief er Sonja Feyerabend an. »Wie geht's dir?«

»Schlecht.«

»Brauchst du was?«

»Ja, einen neuen Film im Kopf. Diese Fieberträume machen mich wahnsinnig.«

»Soll ich vorbeikommen?«

»Was ist mit Natalia?«

»Keine neue Spur. Soll ich kommen?«

»Schwitzen kann ich auch allein.«

»Gute Besserung! Ich umarme dich.«

»Besser nicht, ich bin ansteckend.«

»Es ist schwer, dich aufzubauen.«

»Es ist auch schwer, mich kleinzukriegen.«

»Bis morgen!«

»Bis morgen!«

Ständig klopfte jemand an die Tür und wollte nur kurz rein und was aus dem Kühlschrank holen. Beim fünften Mal wusste Sebastian Fischer die Erklärung schon im Voraus und sprach den Satz laut aus. Für einen Moment war der Eindringling verunsichert, dann grinste er und meinte: »Exakt, Chef!«

Der Anwalt ärgerte sich, dass sein Wunsch nach einem ungestörten Gespräch mit seiner Mandantin nicht respektiert wurde. Und offenbar schaffte es die Anstaltsleitung nicht, entsprechend durchzugreifen.

Andererseits verlief die Unterhaltung besser, als er erwartet hatte, viel besser, beinah harmonisch. Er hatte schon damit gerechnet, wie an den vergangenen Tagen wieder unverrichteter Dinge abziehen zu müssen, als Lucy ihn nicht sehen wollte, wie sie überhaupt mit niemandem kommunizieren wollte, auch nicht mit ihrer Zellenmitbewohnerin Maria, mit der sie sich anfangs gut verstanden hatte.

»Das muss nichts heißen«, sagte Dr. Elisabeth Kurtz, die Psychologin im Jugendgefängnis am Neudeck, zu Fischer. »Viele Jugendliche sind zuerst aufgekratzt, da finden sie die Atmosphäre hier besonders cool. Aber nach ein paar Tagen sind sie ernüchtert und manchmal deprimiert. Wir haben ein Auge auf Lucy, keine Sorge!«

Also hatte er nicht mit ihr gesprochen und gehofft, ihr Verhalten habe nichts damit zu tun, dass sie nach zwei Wochen immer noch eingesperrt war. Heute dagegen hatte sie ihn geradezu freudig empfangen und ihm ein Glas Cola serviert. Er hasste Cola, aber ihr zuliebe trank er das Glas aus.

»Die haben halt viel zu tun«, sagte er. »Ich hab gestern Abend wieder mit dem Richter telefoniert und er hat versprochen, dass er die Haftbeschwerde innerhalb der nächsten fünf Tage prüfen wird. Tut mir Leid, dass das so lange dauert ...«

»Alles okay«, sagte sie. Statt ihres üblichen schwarzen T-Shirts trug sie ein weißes, darüber einen grauen Pullover und viel zu große Bluejeans. Fischer fiel auf, dass ihre Fingernägel nicht mehr lackiert waren, ihr Gesicht war ungeschminkt und ihr krauses Haar wirkte ungepflegt.

»Das Einzige, was ich will, sind meine Ringe und die Ketten wieder«, sagte sie. »Die haben wahrscheinlich gedacht, ich häng mich damit auf, die Schwachköpfe. Das sind alles Talismane, Mann. Sie müssen sie denen wegnehmen!«

»Ich rede mit Dr. Kurtz.«

»Und sagen Sie der Tussi, sie soll mal ein anderes Parfüm benutzen, das ist ja nicht auszuhalten!«

»Kommst du zurecht, Lucy?«

»Klar. Ich weiß, dass ich Scheiße gebaut hab, ich muss da jetzt durch ...«

So etwas hatte sie noch nie gesagt und Fischer sah endlich eine Chance, mit dem Richter und vor allem mit seinem Freund Ronfeld ins Gespräch zu kommen. Seinem Freund! Mehr und mehr ging Fischer davon aus, dass sie nach Abschluss dieses Falls keine Freunde mehr sein würden, nur noch Bekannte, die vielleicht gelegentlich Tischtennis zusammen spielten, wenn es sich ergab, allerdings ohne persönliches Engagement, nur aus simplen sportlichen Gründen. Aber vielleicht würde er, Fischer, auch dazu keine Lust mehr haben. Der Kampf, den Ronfeld begonnen hatte, war nicht rückgängig zu machen, und Fischer nahm die Herausforderung an. Dies war ein großer, spektakulärer Fall, bei dem er sich mehr profilieren konnte als bei allen seinen Fällen bisher. Und ich werd gewinnen, ich schlag dich aus dem Feld, Niklas, das ist hier kein Tischtennismatch.

»Ich hab mit Jimmy Fuchs geredet«, sagte er und schob seine Brille auf der Nase hoch. »Er hat zugegeben, dass er an dem Überfall im Kunstpark beteiligt war und auch kräftig zugeschlagen hat, er wird das vor Gericht aussagen. Falls es überhaupt zu einer Verhandlung kommt.«

»Es ist ganz gut, dass ich jetzt hier bin«, sagte Lucy, »da kann ich wenigstens nichts anstellen. Möchten Sie noch eine Cola?«

Er verneinte. Dann redeten sie noch eine Weile über die

Haftbedingungen, über die anderen Jugendlichen, die sich immer ums Fernsehprogramm stritten, und über Natalia, von der niemand wusste, wo sie steckte. Lucy war besorgt um sie und Fischer versprach ihr, sofort Bescheid zu sagen, wenn sie wieder auftauchte.

Bevor er ging, holte sie in der Zelle ihre Bomberjacke, die sie ihr nicht abgenommen hatten, und aß einen Schokoriegel.

»Haust du ab?«, fragte Maria und entblößte beim Grinsen ihre Zahnlücken.

»Aber ohne dich«, sagte Lucy. Wenn sie Fischer zu seinem Auto begleitete, würde einer der Wächter mitkommen, und das war ihr egal. So schnell, wie sie weg sein würde, konnte der nicht schauen, zumal sie auch ohne ihre Schuhe mit den Stahlkappen genau ins Ziel treffen würde. Und bis er sich aufgerappelt hatte und wieder Luft kriegte, war sie längst unsichtbar. Habt ihr gedacht, ihr könnt mich einsperren wie ein Versuchskaninchen? Mich sperrt niemand ein, ihr Wichser, ich hab mich bloß ausgeruht, aber jetzt bin ich wieder voll fit, klar?

»Wir müssen die Chefin um Erlaubnis fragen«, sagte Fischer.

»Ja«, sagte Lucy, »ich stell schon nichts an, ich schwörs.«

Zusammen mit zwei Kolleginnen saß Dr. Elisabeth Kurtz in ihrem Büro. Sie schauten einen Bericht im Fernsehen an. Lucy klopfte, trat ein und hielt inne. Was sie sah und hörte, ließ sie augenblicklich ihren Plan vergessen.

Sie machte ein paar Schritte ins Zimmer, mit offenem Mund. Dann wandte sie sich zu Fischer um. Der Anwalt sah ebenfalls auf den Bildschirm und hörte gleichzeitig die Mailbox seines Handys ab. Und beides, der Bericht im Fernsehen und das, was er am Telefon hörte, raubte ihm die Sprache.

»Ihr Problem war, dass sie die Männer zu sehr mochte«, sagte Hella gerade zu Tabor Süden, als das Telefon klingelte. »Sex war für sie immer ein totaler Genuss, so was ist gefährlich in unserem Job. Und ich mein jetzt nicht wegen Aids, wir machens ja nur mit Gummi, sondern weil Sie eine Distanz brauchen, damit die Männer Sie nicht wie einen Putzlumpen behandeln ... Hallo?«

Die vierundfünfzigjährige Prostituierte aus dem Etablissement Rising Sun kam mit dem Telefon zu Süden. »Für Sie. Möchten Sie noch einen Schluck Champagner?«

Süden nickte. »Ja?«, sagte er. Dann hörte er schweigend zu und legte auf. »Ich muss sofort weg.«

»Habt ihr keine Handys bei der Polizei?«, rief Hella ihm hinterher.

Im Besprechungsraum des Dezernats 11 gab es keinen freien Stuhl mehr, keinen Platz an der Wand, wo man sich noch hätte anlehnen können. Fast fünfzig Beamte waren zusammengekommen, um sich die Aufzeichnung des TV-Magazins »Vor Ort« anzusehen und immer wieder den Brief zu lesen, den Rechtsanwalt Fischer mitgebracht hatte und der inzwischen mehrfach kopiert worden war. Das gleiche Schreiben hatte auch die Reporterin Nicole Sorek erhalten. Während sie am Bildschirm den Text vorlas, wurden Fotos von Lucy und Christoph Arano sowie von Natalia Horn eingeblendet.

14. August

Aufruf der Aktion D an die zuständigen Behörden, die deutsche Interessen zu vertreten haben. Wir wollen nicht länger hinnehmen, dass eine junge schwarzhäutige Schwerkriminelle die öffentliche Sicherheit und Ordnung gefährdet und

Polizei und Justiz offenbar unter dem Druck der Meinungsindustrie nicht fähig sind, mit allen Mitteln durchzugreifen.
Daher hat sich die Aktion D im Namen aller aufrechten Deutschen entschlossen zu handeln. Entweder die zuständigen
Behörden, im Speziellen das Kreisverwaltungsreferat München, verweisen Lucy Arano umgehend des Landes oder Natalia Horn stirbt. Wir haben sie in unserer Gewalt. Es liegt im
Interesse Deutschlands, solche strafunmündigen Kinder mit
ihren Eltern auszuweisen, und deshalb verlangen wir, dass
auch der Vater von Lucy Arano, Christoph Arano, das Land
verlassen muss. Andernfalls kehrt Natalia Horn nicht lebend
zu ihrer Familie zurück. Lucy Arano ist ein Extremfall von
Brutalität und Gewaltbereitschaft, ihr Vater hat bei der
Erziehung kläglich versagt und so haben beide jedes Recht
verloren, in diesem Land zu leben. Solange diese Schwerkriminelle hier lebt, sind die anständigen Bürger tagtäglich
von Terror bedroht, denn Lucy Arano ist ohne weiteres ein
Mord zuzutrauen. Wenn sie und ihr Vater nicht innerhalb
von zehn Tagen Deutschland verlassen haben, werden wir
Natalia Horn töten. Es gibt keinen anderen Weg im Sinne des
Rechts und der Freiheit unseres Volkes.

Karl Funkel schaltete den Fernseher ab.
»LKA und BKA sind informiert, auch der Verfassungsschutz«, sagte er. »Wir werden dieser Form der Erpressung
niemals nachgeben. Wir werden die Täter finden und Natalia
Horn befreien. Und ich möchte, dass jeder von Ihnen, wann
immer er dazu aufgefordert wird oder glaubt, seine Meinung
sagen zu müssen, dass jeder von Ihnen dieses Verbrechen
laut und deutlich verurteilt und sich gedanklich nicht einen
Millimeter in die Nähe dieser Nazis begibt. Habe ich mich
klar ausgedrückt? Wir haben es hier mit abscheulichen und

brutalen Leuten zu tun. Hier geht es nicht um eine politische Meinung, die jemand hat, hier geht es um unsere Solidarität und unser Bekenntnis zum demokratischen Rechtsstaat, entschuldigen Sie meine staatstragenden Formulierungen. Sind wir uns einig?«

Niemand widersprach.

»Hoffentlich kriegen wir die Typen rechtzeitig«, sagte jemand hinter Tabor Süden, der wie immer bei solchen Versammlungen nah bei der Tür stand. Er drehte sich um. Sein junger Kollege kratzte sich am Schnurrbart.

»Diese Aktion D scheint ziemlich gerissen zu sein«, meinte Florian Nolte.

5

Auf einmal war sie alt, auf einmal. Vielleicht weil sie die Trockenheit ihrer Haut spürte oder überall in ihrem Körper Schmerzen, dachte sie: Jetzt bin ich alt und es ist Zeit zu sterben. Auf einmal kam ihr das Leben wie eine große Belanglosigkeit vor und augenblicklich fragte sie sich, warum sie so alt werden musste, um dies zu bemerken.

Sie lag auf dem Rücken, die Beine aneinandergedrückt, die Hände gefaltet auf dem Bauch, die Augen geschlossen. Wann klappen sie den Deckel zu und streuen Erde darauf? Wenn sie die Augen aufschlug, saugten ihre Blicke Staub aus der Dunkelheit, Staub und Schmutz von den Rändern der Dunkelheit, die dieses Zimmer füllte. Und sie dringt in mich ein, dachte Natalia, und schwärzt mein Herz und ich werde nicht mehr lieben können.

Und ohne zu lieben hatte sie noch keinen Tag verbracht. Oder doch? Wozu war das jetzt noch wichtig? Sie schrie nicht. Obwohl sie es hätte tun können, sie war nicht mehr geknebelt, sie hätte losbrüllen können wie ein Tier und dann wäre der Mann gekommen und hätte ihr einen Finger abgesägt und sie hätte noch lauter geschrien, dass man sie bis nach Helsinki hörte. Aber Angst hatte sie keine. Das kam ihr seltsam vor. Sie öffnete die Augen. Da oben waren Bretter, schmutzige Bretter, schwer auszumachen, raues Holz. Es roch nach Holz, wenn sie sich anstrengte und schnupperte, nach Holz und Erde, Baumrinde, Blumen. Vielleicht war sie auf dem Land, man hatte sie an einen Ort außerhalb der Stadt gebracht, in die Nähe eines Waldes möglicherweise, in eine Hütte, ein Versteck. Niemand wird mich finden und das ist auch ganz egal.

Wie ihr Körper im Kofferraum, als er während der schnellen

Fahrt hin und her geschleudert und geschüttelt wurde, so flitzten jetzt die Worte in ihrem Kopf kreuz und quer durch die Stille und machten sie irr und klar zugleich. Ich kann dich sehen, sagte sie so leise wie möglich und war sich nicht sicher, ob die Worte außerhalb ihres Mundes zu hören waren, wahrscheinlich tummelten sie sich bloß auf der Zunge wie betrunkene Zwerge.

Plötzlich fühlte sie sich munter und sie dachte nicht mehr ans Sterben. Sie dachte an den Tag, an dem sie abgehauen war und ihre Familie in gemeiner Ratlosigkeit zurückgelassen hatte. Ihr Verlobter raste damals vor Zorn, aber sie konnte ihm nicht helfen. Ich hab nicht anders gekonnt, ich hätt dich getötet, wenn ich geblieben wär, und du warst niemals schuld daran, du warst niemals schuld, du hast alles richtig gemacht, du hast dich gesorgt um mich und meine Tochter, du warst freundlich zu meiner Mutter und sanft zu mir. Ich mochte dich, ich lag gern in deinen Armen, wenn ich auch manchmal ein wenig Mühe hatte mit deinem Geruch. Das ist nicht schlimm. Ich war deine Verlobte, ich war eine Verabredung eingegangen, und an die hielt ich mich, da war dein Geruch mit drin, mit abgegolten. Ich werf ihn dir nicht vor. Wenn ich geblieben wär, hätt ich dir einen noch größeren Schmerz zugefügt, und das durfte ich nicht, das stand nicht in unserer Verabredung, also lief ich weg. Du hast das nie verstanden und das kannst du auch gar nicht, denn ich versteh es selber nicht, ich weiß nur, dass ich so bin, das sind die unbekannten Kammern in mir, die kann man nicht betreten, nicht einmal ich kann es.

Natalia lauschte. Sprach da jemand? Hatte sie eine Stimme gehört? War das ihre Stimme? Sie musste vorsichtig sein, sie wollte jetzt nicht gestört werden. Das Bett, auf dem sie lag, war weich und die Schmerzen in ihrem Körper schienen im Gleichgewicht zu sein, sie spürte sie kaum. Und dass ihr schönes gelbes Kleid zerrissen und ihre Unterwäsche zu sehen war, störte sie nicht. Auf einmal empfand sie die Dunkelheit wie einen Mantel, der sie vor beleidigenden Blicken schützte.

Niemand hat mich gesehen, erinnerte sie sich und horchte und presste die Lippen aufeinander. Ich fuhr mit dem Taxi und die Taxifahrerin erzählte mir von zwei Kindern, Mädchen und Junge, die sie in der Nacht gefahren hatte und die von zu Hause ausgerissen waren und sie ahnte nicht, dass ich auch ausgerissen war. Das Erste, was Hella dann zu mir sagte, war: »Hab ich mir gleich gedacht.« So ist sie, sie war nie verheiratet, aber ich weiß genau, sie wär es gerne gewesen, ich kenne sie gut, auch wenn wir nur wenig Zeit füreinander hatten. Sie leitet das Rising Sun, und sie ist eine gute Chefin, die Kunden achten sie und das ist wichtig. Ich hab mich in ihrem Zimmer im ersten Stock eingerichtet, ich wusste nicht, wie lang ich bleiben würde. Dann kam Melanie und suchte mich und Hella schickte sie weg. Ich hab geweint, ich hab gedacht, so geh ich mit meiner eigenen Tochter um, ich schick sie weg, ich schick sie zurück in die Angst und die Ungewissheit. Was hätt ich tun sollen? Melanie. Ich hatte zunächst keinen Namen für sie, denn ich wollte unbedingt einen leichten, unbeschwerten Namen und keinen finsteren, so wie Ira, wie meine Mutter heißt, oder Natalia. Dann wär auch sie von allen Netty gerufen worden, so wie ich, und das hätt ich furchtbar gefunden. Kurz bevor sie zur Welt kam, hörte ich »Lay Down« im Radio, immer wieder, ein Discjockey hatte einen Narren an dem Lied gefressen, und das war mein Glück. So nannte ich sie Melanie, das ist ein heiterer, swingender Name, auch wenn man sagen muss, dass Melanie nicht gerade ein heiterer und swingender Mensch ist.

Vielleicht wär sie es geworden, wenn ich damals nicht abgehauen wär, ich hab versucht, später mit ihr darüber zu sprechen, und sie hat gesagt, sie würd mich verstehen. Aber ich weiß nicht, ich weiß nicht. Ich kann nicht hineinschauen in ihre Kammern, und ich will es auch nicht. Ich hab dir nie davon erzählt, Chris, und ich hoffe, Melanie hat es auch nicht getan, wozu sollst du das wissen? Ich hab dir nie vom Rising Sun erzählt, wo ich Geld verdiente mit Männern, das war nicht schwer. Es waren sehr nette dabei, saubere und freundliche, nicht nur Idioten und fette Fieslinge. Zwei haben mir einen Heiratsantrag gemacht und bei einem habe ich eine Woche überlegt. Hella wurde wütend und sagte, das seien ja wohl Sentimentalitäten. Das waren immer lustige Stunden, wenn Hella ihre Vorträge hielt, am Anfang hab ich versucht, ihr ein bisschen von mir zu erzählen, doch bald merkte ich, dass wir zu verschieden sind, zu weit voneinander entfernt wie auf verschiedenen Planeten. Egal, sie gab mir den Job und ich konnte mich und mein Kind ernähren, und niemand hat darunter gelitten. Außer meiner Mutter. Aber die leidet unter allem, vor allem unter sich selbst. Manchmal denk ich, ob ihre Mutter bei der Geburt schon ahnte, was für ein Mensch sie werden würde, und sie deshalb Ira nannte, Zorn. Schade, dass sie keine richtige Schriftstellerin geworden ist, vielleicht wäre sie dann ihre Wut losgeworden beim Schreiben. So blieb ihr nur, ihre Mitmenschen zu beschimpfen, ihren Mann vor allem, der hat sich dann aus dem Staub gemacht und ist gestorben, Staub zu Staub. Danach war sie noch wütender auf die Welt, sie verfluchte Gott, weil er sie allein gelassen und aus ihr eine Versagerin gemacht hatte. Ich hab mal von einem Schauspieler gehört, der stundenlang und tagelang im Badezimmer herumgebrüllt und gewütet hat und niemand und nichts konnte ihn bremsen. Ich denke,

277

meine Mutter wäre bestimmt seine beste Schülerin gewesen. Zum Glück hat Melanie nichts von ihr geerbt. Wer weiß, vielleicht zeigen sich bei ihr die Symptome erst später.

Was man sich alles nicht gesagt hat am Ende, das ist nicht schlimm, dachte Natalia und drückte sich an die Wand, die warm war, eine Holzwand, vollgesogen mit Sonne. Schlimm ist, was man nicht getan hat. Und da mach ich mir keine Vorwürfe. Seit ich dich kenne, Chris, seit drei Jahren, bin ich jeden Tag ein anwesender Mensch gewesen, ich war dir nie fern, keine Stunde, und ich hab jedes Wort von dir genossen und jede Berührung und jeden Blick und besonders jeden Augenblick im Bett. Wo bist du jetzt? Hier ist Platz genug für zwei, niemand wird dich sehen, du huschst durch die Dunkelheit wie ein Schatten, aber die Dunkelheit schämt sich vor dir, denn deine Schwärze ist schöner als sie. Ich würd dich an mich drücken und dann kommst du in mich und dringst vor zum tiefsten Ort meines Begehrens.

Sie versuchte, die Beine zu spreizen, zumindest ein wenig, doch die Fesseln an den Fußgelenken waren zu fest verknotet. So drückte sie nur die Schenkel etwas nach außen und die Schmerzen kehrten zurück und sie wusste sofort, sie waren die ganze Zeit da gewesen, sie hatte sie nur nicht bemerkt im Taumel ihrer Gedanken.

Und dann stand dieser Mann im braunen Anzug vor ihr, der Mann mit der schuppigen Haut und den roten Flecken unter der Nase. Josef Rossi, der Name fiel ihr gleich wieder ein, sie sah ihn vor sich stehen im Dunkeln und fragte sich, was er hier machte. Mit großer Anstrengung richtete sie sich auf. Da war aber niemand in der Dunkelheit und doch sah sie ihn genau, er hatte das Sakko aufgeknöpft und sagte: Sie sind eine ausgezeichnete Frau, Sie sind eine ausgezeichnete Frau. Eine hübsche Bluse haben Sie unter dem Kittel an, ich mag weiße

Blusen, sie sind fraulich, sie machen eine Frau fraulich, verstehen Sie das? Und sie hörte, wie er immer wieder sagte: Verstehen Sie das? Verstehen Sie das? Und dann sagte er: Überlegen Sie sich das noch mal!

Wieso kam ihr jetzt dieser Mann in den Sinn? Was hatte er mit all dem zu tun? Er war nur ein widerlicher Kunde, den ihr Helga vermittelt hatte. Helga, die sie vor acht Jahren in einer Kneipe kennen gelernt hatte. Sie hatten festgestellt, dass sie eine gemeinsame Liebe hatten: Elvis Presley. Helga besaß Originalschallplatten von früher, auf die sie unglaublich stolz war, und sie lud Natalia zum Kaffeetrinken ein, drehte die Musik laut auf und fing an zu tanzen. Helga war seither eine ihrer treuesten Kundinnen, fast so etwas wie eine Freundin. Als ich Chris kennen gelernt hab, hast du eigenartig reagiert, du mochtest ihn nicht. Ich hab gesehen, wie du ihn beobachtet hast, du mochtest ihn nicht, weil er schwarz ist und fünfzehn Jahre jünger als ich. Vor allem deswegen hast du versucht, ihn mir auszureden. Du warst immer freundlich, wie das deine Art ist, so bist auch zu deinen Kunden in der Bank, aber ich hab dich durchschaut, du wolltest uns auseinander bringen, du hast nie begriffen, was wir füreinander sind. Dass dies keine Affäre ist, dass wir nicht nur gern zusammen schlafen. Sondern dass wir beide eine Liebe sind, dass jeder für den anderen ein Glück ist, davon hast du leider keine Vorstellung. Einmal wollte ich deinen Rat, ich hab dir anvertraut, wie ich darunter leide, dass ich viel älter bin als er und er so gut aussieht und meine Eifersucht mich manchmal niederdrückt und ich alles hinschmeißen will und lieber allein bleibe. Da hast du nur gesagt, ich solls sein lassen, in zwei Monaten wär er sowieso weg, wenn er sich satt gevögelt hat. Das fand ich unerhört, und von da an hab ich dir nie wieder etwas erzählt von meiner Panik und dieser

Sehnsucht, die ich sogar hab, wenn er da ist, wenn er neben mir ist, neben mir liegt, in mir ist.

Wo bist du, Chris? Komm her zu mir! Siehst du mich nicht, hier bin ich, hier bin ich doch.

Einen Moment wartete sie, nach vorn gebeugt, mit gekrümmtem Rücken und schmerzgezeichnetem Gesicht, dann hatte sie keine Kraft mehr. Sie fiel zurück und schloss erschöpft die Augen. Nebenan war ein Klappern zu hören, ein kurzer Schrei, bis es wieder still war. Von draußen drang kein Pfeifen herein, kein Zirpen, kein Gebell oder Motorengeräusch. Vielleicht ist es Nacht, dachte Natalia, oder der Mond ist zurückgekehrt, entgegen allen astronomischen Gesetzmäßigkeiten hat er plötzlich seine Bahn geändert und verfinstert noch einmal die Sonne, ein kosmisches Wunder, ein überirdischer Wahnsinn.

Sie hatte während des Spektakels im Kofferraum gelegen und wollte jetzt nicht daran denken. Wie macht man das, wenn man nicht denken will, dachte sie, wie krieg ich die Stimmen aus dem Kopf? Ich will jetzt nicht denken, ich will jetzt nicht laut sein in mir. Das darfst nur du, nur du darfst mich von innen her bejubeln, nur du, nur du!

Da begriff sie, dass sie entführt worden war und sich nicht gewehrt hatte. Jetzt erst, viele Stunden später, wurde ihr bewusst, dass mehrere Männer in ihr Haus eingedrungen waren und sie geschlagen, gefesselt und verschleppt hatten. Und das Nichts, das sie umgab, war – daran zweifelte sie plötzlich keine Sekunde – nicht die abgestandene, trockene Luft in einem fensterlosen Raum, es war der Tod, der geduldig wartete, bis sie ihn beim Namen nannte. Ich bin aus der Welt gestürzt und es gibt kein Zurück. Da ist niemand, der mich hält, und ich beklage mich nicht. Ich hab dieses Leben gemocht, es war, wie es war, ich mache kein Aufhebens davon. Nimm dich nicht zu wichtig, jetzt, bloß weil du Angst hast und im Dunkeln liegst! Die eine Liebe war dir vergönnt, wie viele hast du erwartet?

Zweiter Teil
FUROR MON AMOUR

Il pleure dans mon cœur
Comme il pleut sur la ville.

Paul Verlaine: »Ariettes oubliées«

6

Als wäre die Stadt plötzlich erwacht, als würde die Trägheit ihrer Bewohner innerhalb weniger Stunden umschlagen in babylonisches Grauen. Als wäre ein Engel herabgestiegen auf die klassizistischen Plätze und Boulevards, auf die Dächer der barocken Kirchen, Jugendstilhäuser und modernen Glas-Metall-und-Beton-Riesen und würde vom Monopteros-Tempel oder von der Spitze des Olympiaturms aus seine Stimme erschallen lassen, so dass jeder Gast in den Cafés und den Wirtshäusern zwischen Schwabing und Harlaching, Nymphenburg und Haidhausen panisch auf die Straße rannte, sich bekreuzigte und auf die Knie warf. Als würde wie bei der Beisetzung des Märchenkönigs vor langer Zeit plötzlich ein Blitz zur Erde fahren, gefolgt von einem Furcht erregenden Donner, und die Trauernden von den Beinen reißen: So geschockt, überdreht und wie von einer fremden Wut getrieben reagierten die Menschen auf die ersten Zeitungsartikel und Fernsehsendungen über die Entführung von Natalia Horn. Und als hätten sie literweise Zornwein getrunken, beschimpften sie einander und sich selbst und dann, nachdem sie heiser und selbstbewusst geworden waren, die Polizei, den Staat und die Jugend. Und es dauerte nicht einmal bis zum Abend dieses rasenden Montags, da stand für sie alle fest, wer schuld war an der Beschmutzung ihres Rufs, und sie forderten sofortige Bestrafung.

Als der SPD-Oberbürgermeister Ludwig Zehntner in einer Pressekonferenz sagte, er werde dem Druck reaktionärer Gewalttäter niemals nachgeben, lachten ihn die meisten Journalisten aus. Eine halbe Stunde vorher hatte Eberhard Fichtl, der Vorsitzende der CSU-Fraktion im Stadtrat, vor Reportern und Passanten erklärt, man könne nicht die Welt umarmen und dabei seine eigenen Leute vergessen, mit dem Gutmenschentum müsse jetzt Schluss sein. Die Entführung sei absolut abzulehnen, die Forderung der Kidnapper jedoch nicht von der Hand zu weisen. Viele Zuhörer applaudierten und Fichtl versprach, gemeinsam mit Zehntner eine Lösung zu finden, um so rasch wie möglich wieder Ruhe und Ordnung in der Stadt herzustellen. »München«, sagte Fichtl, »ist eine weltoffene, liberale Stadt und das soll auch so bleiben. Verbrecher kriegen von uns kein Bleiberecht, egal, wie alt sie sind und welche Hautfarbe sie haben. Wir distanzieren uns aber aufs Schärfste von dieser Aktion D, die außerhalb jeder Legalität steht, und wir verurteilen ihr Handeln. Menschenraub ist kein Mittel, um ein politisches Ziel zu erreichen. Wir lassen uns nicht erpressen. Ich hoffe sehr, dass Frau Horn unversehrt ist und es uns gelingt, die Entführer zur Aufgabe ihres absurden Vorhabens zu bewegen. Erst wenn Frau Horn wieder frei ist, werden wir uns über das weitere Schicksal von Lucy Arano und ihrem Vater Gedanken machen. Ich denke, wir werden eine schnelle Lösung finden. Im Moment aber geht es uns ausschließlich um das Wohlergehen von Frau Horn, ihr gilt unser ganzes Mitgefühl.«

Statt wie gewöhnlich um halb elf begann die Pressekonferenz kurz vor halb zehn. Der Raum war überfüllt von Journalisten und auf den Fluren drängten sich weitere Fotografen, Kameraleute und Hörfunkreporter, deren Gerätschaften den Weg versperrten. Am Hauseingang zum Dezernat 11 gab es keinen Pförtner und wenn die Tür angelehnt war, was häufig vorkam, da sich in dem Gebäude außerdem Firmenbüros befanden, konnte jeder ein und aus gehen. Zwar musste man, um zu den vier Kommissariaten zu gelangen, im zweiten Stock an einer versperrten Glastür warten, bis man eingelassen wurde, doch heute hatte es einfach keinen Sinn, die Tür jedes Mal wieder zu schließen, nachdem ein Journalist hereingekommen war. Also schoben sich die Neuankömmlinge durch die schmalen gewundenen Flure in Richtung Besprechungszimmer, das für diesen Anlass viel zu klein war.

Vor der Wand gegenüber der Tür saßen vier Männer an einem Tisch, Schulter an Schulter, drei mit Sakkos und Krawatte, der vierte ohne Sakko, dafür mit einem Seidenhalstuch. Schon seit einer Minute nestelte Volker Thon an seinem Tuch, während neben ihm Karl Funkel die leere Pfeife in der Hand drehte und sich mehrmals hintereinander an der Augenklappe kratzte.

Franz Obst, der Pressesprecher, hatte einen Stapel Zeitungen und einen DIN-A4-Block vor sich liegen, und Niklas Ronfeld, der rechts am Rand saß, hatte die Hände auf seinem Aktenordner gefaltet und blickte scheinbar ungerührt in die Menge.

Mit einem verlegenen Lächeln platzierte ein junger Mann ein Mikrofon auf dem Tisch – das elfte, wie Obst zählte – und schob dabei zwei andere ein Stück zur Seite. »Aufpassen, ja!«, raunte ihm ein Kollege zu. Der junge Mann hob entschuldigend die Hand und kämpfte sich gebückt zu seinem Stuhl zurück, auf dem er seinen Rekorder abgestellt hatte.

Dies war die erste Pressekonferenz, nachdem die Entführung von Natalia Horn bekannt geworden war. Von den drei kurzen Interviews abgesehen, die Funkel im Hof des Dezernats gegeben hatte, kommunizierte die Polizei seit dem Nachmittag des vergangenen Tages ausschließlich über Telefon mit den Medien. Sogar der »Vor Ort«-Chefreporterin Nicole Sorek, die wie Lucys Anwalt Sebastian Fischer eine Kopie des Schreibens der Aktion D erhalten hatte, verweigerte

Funkel jede Auskunft. Wie er es erwartet hatte, hatte sie ihm in ihrer Abendsendung Mauertaktik und Verschleierung vorgeworfen. Jetzt saß die Siebenundzwanzigjährige mit den halblangen roten Haaren und dem ungeschminkten sommersprossigen Gesicht direkt vor ihm und die Kamera ihres Kollegen war genau auf sein Gesicht gerichtet.

Eigentlich hätte Funkel wetten können, dass sie die erste Frage stellte.

»Wie ist es möglich, dass eine Frau am helllichten Tag aus einem Wohngebiet entführt wird, ohne dass jemand was merkt? Oder haben Sie inzwischen einen Zeugen, der was gesehen hat?« Diese Frage hatte Funkel bereits am Vortag in ihrer Sendung gehört.

»Die meisten Leute waren wegen der Sonnenfinsternis nicht zu Hause ...«

»Sie haben also immer noch keine Spur«, unterbrach ihn Nicole.

»Nein«, sagte Funkel.

»Schauen Sie mal her bitte?«, rief jemand. Funkel dachte nicht daran, den Kopf zu heben. Er wurde angeblitzt, seit er sich hingesetzt hatte, und langsam reichte es ihm.

»Auch wenn wir noch keine konkrete Spur haben«, sagte Funkel und blickte an Nicole vorbei in die Gesichter ihrer Kollegen, »so haben wir doch jemanden ausfindig gemacht, der möglicherweise den Wagen der Entführer gesehen hat ...«

»Wer ist der Zeuge?«, rief jemand.

»Darüber kann ich nichts sagen.« Er hatte die kleine Maja und ihre Mutter eindringlich gebeten, keinem Reporter etwas von dem roten Auto zu erzählen, das das Mädchen vor Natalias Tür beobachtet hatte, und offenbar hatten sich beide an die Abmachung gehalten, eine Ausnahme, wie Funkel aus Erfahrung wusste. Für Geld, fünfzig oder hundert Mark, plauderten die Leute alles aus, was die Polizei ihnen verboten hatte, weil sie sich, wie sie hinterher den Kommissaren grimmig erklärten, erstens nicht den Mund verbieten lassen wollten und zweitens garantiert mehr zur Aufklärung des Verbrechens beitragen konnten, wenn sie ihre Informationen so breit wie möglich streuten. Und natürlich könne von Bestechung keine Rede sein. Wieso, fragte sich Funkel gelegentlich, schauen sie nicht einfach ins Telefonbuch, wenn sie ihren Namen gedruckt sehen wollen?

»Was wissen Sie über diese Aktion D?«, fragte ein Journalist, der einen dunklen Anzug und eine Brille trug.

»Die Gruppe ist bisher nicht in Erscheinung getreten«, sagte Funkel, »weder das BKA noch der Verfassungsschutz, noch der BND haben irgendwelche Hinweise, die uns helfen. Wir gehen davon aus, dass es sich um eine neu gegründete Splittergruppe aus dem rechten Umfeld handelt ...«

»Was meinen Sie mit rechtem Umfeld?«, fragte der Mann mit der Brille.

»Rechtsradikale Extremisten, Leute, die den Deutschen Republikanern oder ähnlichen Parteien nahe stehen, gewaltbereite Täter, Skinheads, Schlägertrupps, die Ausländer hassen ...«

»Hatte Frau Horn Kontakt zu solchen Gruppen?«, fragte der Reporter.

»Sie meinen, ob sie Kontakt *hat*?«, fragte Funkel. Vielleicht hätte er sich nicht zu einer Gegenfrage hinreißen lassen sollen, einen Moment lang bereute er seine Erwiderung, dann konzentrierte er sich wieder. »Wir gehen davon aus, dass Frau Horn noch lebt.«

»Woraus schließen Sie das?«, fragte ein Journalist.

»Die Täter haben ein Ziel, sie wollen etwas erreichen, nämlich die Ausweisung von Lucy und Christoph Arano. Wenn wir die Motivation der Entführer ernst nehmen, dann haben sie keinen Grund, Frau Horn umzubringen, sie ist Deutsche ...«

»Sie hat einen Verlobten, der schwarz ist und zufällig der Vater des Mädchens, das als Grund für die Entführung genannt wird«, sagte Nicole. Sie schürzte ein wenig die Lippen, wie sie es ab und zu in ihren Sendungen tat, und Funkel sah eine Sekunde zu lang hin. Er mochte diese flüchtige unbewusste Bewegung ihres Mundes und hatte sich schon dabei erwischt, dass er darauf wartete, wenn er »Vor Ort« einschaltete. Woher weiß sie von der Verlobung? Von Christoph Arano? Unwahrscheinlich, er hat bestimmt nicht mit ihr gesprochen. Blieb nur Melanie, die Tochter, von der ihm Tabor Süden erzählt hatte.

»Ja«, sagte er. Staatsanwalt Ronfeld wandte ihm den Kopf zu und zog die Stirn in Falten. Es drängte ihn sich einzumischen, aber das wäre gegen die Absprache gewesen. Erst wenn Funkel, der schließlich die Fahndung leitete und koordinierte, ihn aufforderte zu sprechen, würde er etwas sagen. Im Moment hatte er das Gefühl, in der Defensive zu sein, die Reporter lauerten darauf, den bisherigen Fahndungsverlauf als Versagen darzustellen, und das musste er verhindern, wenn nötig, gegen die mit Funkel getroffene Vereinbarung.

»Wir hoffen«, sagte Funkel, »die Beobachtungen unseres Zeugen und die Auswertung der Reifenspuren führen uns noch im Laufe dieses Tages zu konkreten Anhaltspunkten. Bei dem Auto handelt es sich wahrscheinlich um einen roten Kombi ...«

»Hat Frau Horn Kontakte zur rechtsradikalen Szene?« Der Reporter im gepflegten Anzug beharrte auf seiner Frage.

»Davon ist uns nichts bekannt«, sagte Funkel. »Unsere Vernehmungen sind noch nicht abgeschlossen, aber bis jetzt deutet nichts darauf hin. Wir möchten Sie bitten, in Ihren Berichten an die Bevölkerung zu appellieren, uns jede noch so unscheinbare Beobachtung zu melden, die mit Frau Horn und ihrer Entführung in Verbindung gebracht werden kann. Die Täter müssen sie beobachtet, sie müssen sich mit ihrem Tagesablauf vertraut gemacht, sie müssen sich öfter in der Gutenbergstraße und in der Gegend dort aufgehalten haben. Vielleicht ist das rote Auto jemandem aufgefallen. Ich glaube, Sie sind wie ich und das gesamte Dezernat der Meinung, dass diese widerliche Entführung beendet werden muss, bevor bestimmte Leute daraus Kapital schlagen.«

»Sie wollen, dass wir kooperieren«, sagte Nicole Sorek und ihr Kameramann speicherte Funkels Gesicht in Großaufnahme, »aber Sie weigern sich, uns Auskünfte über den Zeugen zu geben, der als Einziger was gesehen hat. Finden Sie das richtig?«

»Ja«, sagte Funkel. Einige im Raum lachten.

»Gibt es eine Sonderkommission?«, fragte jemand.

»Ja«, sagte Funkel.

»Im Fall der verschwundenen Katharina Wagner gibt es keine«, sagte Nicole Sorek mit finsterem Blick.

»Sie wissen, Frau Sorek, wir stellen eine Sonderkommission nur dann zusammen, wenn die Fahndung unseren normalen Betrieb sprengt, das war bisher nicht der Fall. Zumal wir sicher sind, die Zusammenhänge bald aufgeklärt zu haben und Katharina Wagner zu finden.«

»Wie ist der Stand der Ermittlungen?«, fragte der junge Mann, der zuvor als Letzter sein Mikrofon auf den Tisch gestellt hatte.

»Wir nähern uns unserem Ziel«, sagte Funkel, »im Moment möchte ich dazu nichts sagen.«

»Wieso nicht?«, fragte Nicole und ihre Stimme wurde lauter,

während das Gemurmel an der Tür und auf dem Flur gleichzeitig leiser wurde. »Wir haben hier zwei große Vermisstenfälle, den einer Prominenten, die aus völlig dubiosen Gründen verschwunden ist, und jetzt den einer Frau, die offenbar von faschistischen Wirrköpfen gekidnappt wurde. Und Sie sitzen da und haben nichts. Nichts! Wie ist das möglich?«

»Frau Sorek ...« Aus Versehen beugte sich Funkel zu einem der Mikrofone vor, dabei war kein einziges an einen Lautsprecher angeschlossen. Als ihm das bewusst wurde, spürte er Ronfelds Blick von der Seite. Und vielleicht war es dieser Blick, den er nur aus den Augenwinkeln wahrnahm, weshalb er plötzlich die Pfeife, die er die ganze Zeit in der Hand gedreht hatte, mit einem lauten Klacken auf den Tisch fallen ließ, den Stuhl näher an den Tisch zog und anfing, den Journalisten der Reihe nach ins Gesicht zu sehen. Bis er wieder bei Nicole Sorek angelangt war, die er nicht mehr aus den Augen ließ. »Sie werden es nicht schaffen, aus diesem Fall eine sensationslüsterne, populistische Schmierengeschichte zu stricken. Dass Sie wie der Anwalt von Lucy Arano von den Entführern eine Kopie dieses Briefes erhalten haben, berechtigt Sie zu nichts, zu keiner Sonderbehandlung im Rahmen unserer Fahndung. Außerdem sind wir uns noch nicht einig, ob wir nicht rechtliche Schritte gegen Sie unternehmen, weil Sie uns den Brief erst nach zwei Stunden vorgelegt haben, Sie haben mutwillig unsere Arbeit behindert, Frau Sorek, vielleicht hätten wir durch Ihr Verschulden wertvolle Zeit verloren, wenn wir nur auf Ihre Kopie des Briefes angewiesen gewesen wären ...«

»Echt nicht«, sagte Nicole. »Sie wussten doch Bescheid und haben trotzdem nichts rausgekriegt. Worüber regen Sie sich auf? Offenbar sind Sie nicht in der Lage, die Leute in Ihrem

Dezernat so anzutreiben, dass sie schnelle Ergebnisse erzielen ...«

»Jetzt reichts!«, rief Volker Thon laut.

»Und wer garantiert uns, dass in dieser Aktion D nicht auch Polizisten vertreten sind? Wenn Sies wüssten, würden Sie uns ihre Namen nennen, Herr Funkel? Das würden Sie nicht, Sie würden sie decken, hundertprozentig. Sind Sie für die Ausweisung ...«

»Halten Sie den Mund oder Sie fliegen hier raus!« Thon beugte sich über den Tisch und stieß dabei mehrere Mikrofone um. »Das ist nicht mehr journalistisch, was Sie hier treiben, das ist Denunziation!«

»... sind Sie für die Ausweisung von Lucy Arano oder nicht?« Nicole Sorek ließ sich nicht beeindrucken, ihr Chef würde hell begeistert sein, wenn sie ihm das Material vorführte. Irgendwie, fand sie, hatte sie einen tollen Draht zur Psyche dieser Männer.

»Hören Sie genau zu, Frau Sorek!« Funkel machte eine kurze Pause. Es war still. An der Tür drängten weitere Reporter herein und Freya Epp und Florian Nolte hatten Mühe sie zurückzuhalten. »Was die Entführung von Natalia Horn und die Forderungen der Entführer angeht, da kann ich Ihnen nur eins sagen ...«

»Einen Moment, Herr Funkel!« Alle blickten nach rechts zum Staatsanwalt. Irritiert hielt Funkel inne und wandte ebenfalls den Kopf. »Wir wollen uns hier nicht in persönliche Befindlichkeiten retten ...« Funkel traute seinen Ohren nicht. »Diese Entführung geht uns alle an, Sie von der Presse und uns auch, und wir brauchen uns nichts vorzumachen, dies ist kein gewöhnlicher Fall, den wir mit den üblichen Mitteln zu einem hoffentlich guten Ende bringen werden. Dieser Fall verlangt von uns einen schärferen Blick als sonst, auf die objektiven Gegebenheiten genauso wie auf unser individuelles Befinden, wir können uns hier nicht raushalten, niemand, Sie nicht und wir nicht. Niemand will Sie maßregeln, schreiben Sie, was Sie für das Richtige halten, was Sie verantworten können, egal, ob wir mit Ihnen einer Meinung sind oder nicht. Ich und mein Kollege Funkel, den ich schon lange kenne, wir wissen genau, wie sehr wir auf Ihre Unterstützung in diesem schwierigen Fall angewiesen sind. Helfen Sie uns, helfen Sie mit, diese Verbrecher zu stellen und Frau Horn zu befreien! Machen Sie in Ihren Berichten deutlich, dass die Forderungen der Entführer Wahnsinn sind und zum Verwerflichsten zählen, was wir in einer politischen Auseinandersetzung je gehört haben! Oder sind Sie da anderer Meinung? Meine Kollegen, Kriminaloberrat Funkel und sein Team, leisten eine fabelhafte Arbeit, auch wenn Ihnen das auf den ersten Blick nicht so vorkommt, weil wir nicht jedes Ergebnis sofort preisgeben und uns gegenseitig auf die Schulter klopfen. Und Pannen passieren immer wieder, bei Ihrer Arbeit wie bei unserer. Wir können uns deswegen kritisieren, aber wir müssen wissen, wann dieses Spiel zu Ende ist. Jetzt ist es zu Ende. Wenn Sie für die Ausweisung von Lucy Arano sind, schreiben Sie es, aber schreiben Sie nicht, dass die Entführer Recht haben! Stellen Sie da keinen Zusammenhang her, begeben Sie sich nicht argumentativ auf die Ebene von Verbrechern. Unser Rechtsstaat braucht solche Leute nicht. Und nun bitte ich Sie, kehren wir zur Sachlichkeit zurück, lassen Sie uns rausfinden, wie wir unsere Effektivität gegenseitig nutzen können, wenn Sie möchten.«

Er sah Funkel an, dessen Gesicht wächsern und alt wirkte, als er sagte: »Vielleicht machen wir mit den Ergebnissen der Analysen des Briefpapiers und der Schrift weiter?«

Im Blitzlicht der Fotografen und im Schein der Kameralampen kam er sich vor wie verhöhnt von hundert Augen.

»Sie plädieren«, sagte Funkel in seinem Büro, »für die Abschiebung dieses Mädchens.«

»Selbstverständlich«, sagte Niklas Ronfeld.

Vor einer Viertelstunde war die Pressekonferenz zu Ende gegangen und noch immer standen Reporterteams in den schmalen Gängen und versuchten, jeden Polizisten, der vorüberkam, in ein Gespräch zu verwickeln. Gemeinsam mit dem Staatsanwalt, Thon und Tabor Süden, den Funkel gegen Thons Willen mitnahm, hatte sich der Dezernatsleiter in sein Büro zurückgezogen. Er befahl Veronika Bautz, niemanden hereinzulassen und kein Telefongespräch durchzustellen, auch wenn der Bundeskanzler persönlich anrufen sollte.

»Damit begeben Sie sich auf dieselbe Stufe wie die Entführer«, sagte Funkel. Alle standen, der Staatsanwalt mit seiner grauen, glänzenden Aktentasche halb zur Tür gedreht, was aussah, als wolle er jeden Moment hinausgehen. Funkel war klar, dass Ronfeld kein Interesse an einer Diskussion hatte, schon gar nicht über Kompetenzen.

»Verehrter Funkel«, sagte Ronfeld mit dem Gesichtsausdruck von jemandem, der seinem Gegenüber die Gnade der Geduld deutlich spüren ließ, »gegen die Medien lässt sich keine Politik machen, das ist sogar hier in Bayern so. Ich habe Respekt vor der öffentlichen Meinung, auch wenn sie polemisch und manchmal brüllend daherkommt. Was die Zeitungen schreiben und was das Fernsehen in seinen Nachrichten sendet, das hat uns verdammt noch mal zu interessieren, wir sind Teil davon. Und wir benutzen die Medien, wann immer wir sie brauchen. Also lassen wir das! Eine Frau ist entführt worden, rechtsradikale Fanatiker versuchen, die Stimmung in dieser Stadt und nicht nur hier für ihre Zwecke zu nutzen, und was die tun, ist pervers. Glauben Sie, ich befürworte Freiheitsberaubung zum Ziel politischer Entscheidungen? Lassen Sie mich bitte ausreden!«, wehrte er einen Einwand Funkels ab. »Ich werde Lucy Arano wegen Raub und gefährlicher Körperverletzung anklagen und möglicherweise ihren Vater wegen grober Verletzung der Aufsichtspflicht. Dazu kommt, dass am 3. Oktober die Aufenthaltserlaubnis des Mädchens endet, was im Rahmen des üblichen Turnus stattfindet. Bisher gab es mit der Verlängerung keine Probleme. Diesmal wird es welche geben. Was ich Ihnen jetzt sage, behalten Sie bitte für sich, wir führen ein Gespräch unter vier Augen, also die Staatsanwaltschaft und die städtischen Behörden, und es muss nicht sein, dass davon etwas nach draußen dringt. Wie Sie wissen, sollen demnächst drei jugendliche Ausländer in ihre Heimatländer abgeschoben werden, sie sind rechtskräftig verurteilt und dürfen also ausgewiesen werden. Obwohl sie unter achtzehn sind. Und das Gleiche könnte nun mit Lucy Arano passieren und mit ihrem Vater, der sie begleiten würde, entweder freiwillig oder, falls Anklage gegen ihn erhoben wird, nach seiner Verurteilung. Seine bislang unbefristete Aufenthaltserlaubnis würde ihm entzogen und er würde möglicherweise für dauernd aus Deutschland ausgewiesen werden ...«

»Mit welcher Begründung denn?«, sagte Tabor Süden, der mit verschränkten Armen Ronfeld am nächsten stand.

Dem Staatsanwalt war es ein Rätsel, wieso dieser Hauptkommissar nach all seinen extravaganten Auftritten nicht schon längst seinen Dienst quittieren musste. »Wegen ungebührlichem Verhalten«, erwiderte er, »und grober Verletzung der Aufsichtspflicht, das sagte ich schon. Ich bin noch nicht fertig. Was ich Ihnen zu bedenken geben möchte – ich betone: zu bedenken, nichts weiter vorerst –, ist, es könnte der Fall eintreten, dass wir uns überlegen müssen, ob wir opportunistisch oder realistisch sein wollen.«

Die Nähe des langhaarigen stämmigen Kommissars mit der merkwürdig riechenden Lederjacke, der sich keinen Millimeter bewegte und seine Augen zusammenkniff, bis sie fast geschlossen waren, versetzte den Staatsanwalt in Unruhe und machte ihn latent aggressiv. Er nahm sich vor, demnächst Südens Akte zu studieren.

»Erklären Sie uns das«, sagte Funkel.

»Selbstverständlich«, sagte Ronfeld. »Wir können, und ich weiß, Sie und Ihre Kollegen werden das innerhalb kurzer Zeit schaffen, die Täter überführen und uns bis dahin in eindrucksvollen Statements ergehen, in denen wir die Ziele der Aktion D als schändlich geißeln und uns energisch dagegen aussprechen, dass Lucy Arano jemals ausgewiesen wird. Das kommt gut an, bei einem Teil der Bevölkerung jedenfalls, und wir benehmen uns wie aufrechte Demokraten. Das sind wir aber vielleicht nicht ...«

Er machte eine kurze Pause, stellte seine Aktentasche auf den Boden, betrachtete sie eigenartig und nahm sie dann in die andere Hand. Diese Theatralik widerte Funkel sofort an und bei der Ahnung, die plötzlich in ihm hochstieg, bekam er einen trockenen Mund.

»Vielleicht«, sagte Ronfeld bedächtig, »wissen wir nämlich zu diesem Zeitpunkt bereits, dass das Mädchen und ihr Vater sowieso in absehbarer Zeit Deutschland verlassen müssen, dass unsere Empörung also ein Spiel für die Galerie ist. Ich gebe Ihnen das zu bedenken, meine Herren.«

Volker Thon zupfte an seinem Halstuch und roch an seinen Fingern. Während er sprach, sah er den Staatsanwalt nicht an, nicht aus Unsicherheit, sondern weil der Gedanke, den er formulierte, ihn auf eine Weise einschüchterte, die ihm vollkommen unbekannt war. »Das heißt, wir sollen uns an die Vorstellung gewöhnen, dass wir, wenn es uns nicht gelingt, Natalia Horn zu finden, die Forderung der Entführer erfüllen und das Mädchen samt ihrem Vater nach Afrika verfrachten. Weil: Da würden sie ja ohnedies landen, früher oder später.«

»Ein Abenteuer unter Palmen als sozialpädagogische Maßnahme für Lucy Arano kommt jedenfalls nicht in Frage«, sagte Ronfeld.

In dem Schweigen, das folgte, stopfte Funkel Tabak in seine Pfeife und zündete sie an. Süß und schwer verteilte sich der Rauch im Zimmer. Süden sog ihn genüsslich ein, während Thon mit Daumen und Zeigefinger an seiner Nase zupfte und mit dem Handrücken darüberstrich.

Der Staatsanwalt lächelte. »Selbstverständlich hoffe ich, dass Sie das Versteck so schnell wie möglich finden und wir dem Spuk ein Ende machen.«

»Der Spuk ist, dass Sie eine nationalistische Demonstration aus der Entführung dieser Frau machen«, sagte Tabor Süden. Er zog derart unerwartet seine Lederjacke aus und warf sie auf einen Stuhl, um sich die Ärmel seines weißen Hemdes hochzukrempeln, dass Ronfeld unwillkürlich den Kopf einzog. »Der Spuk ist, Sie verstecken Ihre reaktionäre Gesinnung hinter juristischen Pseudofakten. Sie jagen ein Kind aus seiner Heimat, weil es angeblich keine Aufenthaltserlaubnis hat. Dieses Mädchen ist hier geboren, sie ist hier sozialisiert worden, von Deutschen, von uns, Herr Staatsanwalt, nicht von finsteren Ausländern. Wir sind für ihre Erziehung verantwortlich, niemand anders. Sie hat keine Verwandten in Nigeria, sie spricht nicht einmal Nigerianisch ...«

»Sie hat Englisch in der Schule gelernt, Herr Süden.«

»Das hatte ich vergessen, ja, mit Pidginenglisch wird sie da unten schon durchkommen, ihr Vater stammt ja von dort. Der Mann war ein Kind, als er zu uns kam, er ist integriert, er lebt und arbeitet hier, er hat einen Betrieb aufgebaut, er ist ein Mitbürger wie jeder Deutsche ...«

»Die deutsche Staatsbürgerschaft hat er nie angenommen.«

»Ich weiß, dass bei uns das Blutrecht zählt und nicht das Geburtsrecht, das weiß ich, Herr Ronfeld, das betont jeder rechte Brüllaffe bei jedem Auftritt.«

»Tabor ...«, sagte Funkel.

»Was redest du denn?«, sagte Thon.

»Erstens, Herr Süden«, sagte der Staatsanwalt, »wenn Sie mit dieser Einstellung in diesen höchst komplexen Fall hineingehen, dann werde ich Kriminaloberrat Funkel bitten, Sie sofort davon abzuziehen. Zweitens: Fangen Sie bitte nicht an, wie einer dieser multikulti-vernebelten Intellektuellen zu reden!« Er öffnete die Tür zum Vorzimmer. »Das kann ich nämlich nicht mehr hören. Es gibt einen schönen Satz des Schriftstellers Strauß, kennen Sie den? Er lautet: ›Intellektuelle sind freundlich zum Fremden, nicht um des Fremden willen, sondern weil sie grimmig sind gegen das Unsere und alles grüßen, was es zerstört.‹ Der Mann hat Recht, ein kluger Dichter. Also bleiben Sie auf dem Boden, predigen Sie nicht, sondern handeln Sie! Ich würde mich freuen, wenn wir heute Nachmittag ausführlich telefonieren könnten, Herr Funkel, vielleicht haben Sie bis dahin schon erste Ergebnisse.«

Vom Flur hörte man die aufgeregten Stimmen der Journalisten, als Ronfeld auf sie zuging. Dann gab es einen lauten Knall. Funkel und Thon zuckten zusammen. Sie hatten nicht bemerkt, dass Süden zur Tür gegangen war und sie mit voller Wucht zugeschlagen hatte. Jetzt lehnte er sich dagegen und pflügte den verrauchten Raum mit vernichtenden Blicken.

Zwei Minuten vergingen ohne ein Wort. Thon setzte sich an den Tisch vor dem Fenster, Funkel kratzte sich an der Oberkante seiner Augenklappe, sah das Licht an der Telefonanlage blinken, zögerte, sich an den Schreibtisch zu setzen, tat es dann doch und legte gedankenversunken die Hand auf den Hörer.

»Wir sitzen hier und tun nichts«, sagte er schließlich.

»Alle verfügbaren Kollegen sind im Einsatz«, sagte Thon. »Ich glaube nicht, dass es heute in der Stadt jemanden gibt, der nicht versucht, eine Spur zu Natalia Horn zu finden.«

»Es gibt eine Menge solcher Leute«, sagte Süden.

»Ich habe eine Bitte, Tabor«, sagte Thon, holte tief Luft und hielt sie ein paar Sekunden lang an. »Mach nicht wieder den Ritter, diesmal nicht! Bleib an deinem Fall, verfolg die Spur, die uns zu Katharina Wagner führt, das ist deine Aufgabe. Ich teile dir Florian Nolte zu, solange Sonja ausfällt, und ansonsten hältst du dich raus! Mit der Soko Natalia hast du nichts zu tun.«

»Spinnst du?«

»Bitte?«

»Spinnst du?«

»Ich möchte, dass wir wenigstens an einer Ecke unseres momentanen Wahnsinns hier bald wieder Ruhe haben. Knack diese Ilona Leblanc, sie weiß, wo ihre Freundin Katharina steckt. Krieg endlich raus, was da vorgefallen ist! Mir reicht, dass uns die Journalisten wegen Lucy Arano und Natalia Horn bombardieren, diese Angriffe genügen mir, sie verfolgen mich bis nach Hause, und das brauch ich nicht. Gib dir bitte Mühe.«

»Ich bin also nicht mit in der Soko«, sagte Süden zu Funkel.

»Es ist vielleicht besser so.«

»Es ist schlechter so«, sagte Süden.

»Keine Diskussion!«, sagte Thon.

»Du dämlicher Schnösel!« Süden baute sich vor seinem Chef auf. »Glaubst du, du wirst Polizeidirektor, wenn du dich immer nur duckst und adrett ausschaust und gut duftest?« Thons Gesicht verfärbte sich.

»Wenn wir Natalia nicht finden«, fuhr Süden fort, »und ihr stößt etwas zu, dann bist du das Oberarschloch, denn du bist der Leiter der Vermisstenstelle. Wenn wir sie nicht finden und der Staatsanwalt beschließt, Lucy auszuweisen, weils ja egal ist, wann die Göre rausgeschmissen wird, dann bist du mehr als ein Oberarschloch, dann bist du der Superdepp der Kripo Bayern, weil du zu feige warst, was dagegen zu tun. Und wenn Lucy und ihr Vater dann in Afrika sind und die Kidnapper bringen Natalia trotzdem um, weil sie Angst haben, von ihr identifiziert zu werden, dann schlag ich vor, du lässt dich zum Vorsitzenden der Deutschen Republikaner wählen. Und vielleicht gewinnst du den Schriftsteller Strauß als Obersturmbannführer, der kann dir dann gleich die Reden schreiben. Gratuliere, mein Führer! Du bist das Paradebeispiel eines strammen deutschen Polizisten, dessen Lieblingsbeschäftigung die Paragrafenreiterei ist, egal, ob es um Parksünder, Einbrecher, Mörder oder Kidnapper geht, Hauptsache, alles hat seine Ordnung und die Gesinnung ist vorbildlich und volksnah. Deine Gesinnung ist völkisch, Volker, und dein Verhalten ist hündisch.«

Thon war sprachlos. Dann schrie er, so laut er konnte: »Du durchgeknallter, selbstgefälliger, arroganter Blödmann, du! Hau ab, Mann! Hau bloß ab!« Er sprang auf, stieß Süden gegen die Brust und brüllte: »Ich lass mich doch von einem wie dir nicht als Nazi hinstellen!«

»Du bist ein Nazi!«, schrie Süden. Seine Stimme kam Funkel doppelt so laut vor wie die von Thon.

»Verpiss dich hier! Du bist raus!«

»Du bankrotter Bürokrat, wieso gehst du nicht raus und sagst den Reportern, du hast überhaupt kein Problem mit den Entführern, du findest das völlig richtig, was die wollen, das ist genau in deinem Sinn. Sags ihnen, werd Mitglied in der Aktion D! Oder bist du das schon?«

»Ich lass dich versetzen! Ich lass dich rausschmeißen, du unkollegialer, drogensüchtiger Rambo-Bulle!«

Jetzt standen sie unmittelbar vor der geschlossenen Tür. Mit der Faust schlug Thon seinem Kollegen gegen die Brust, ein Hemdknopf sprang ab. Dann riss Süden die Arme hoch, packte Thon an den Schultern, hob ihn ein Stück, machte ein paar Schritte ins Zimmer, sah sich um und pflanzte ihn auf den Drehstuhl in der Ecke. Thon konnte sich gerade noch an der niedrigen Armlehne festhalten, bevor er mitsamt dem Stuhl nach hinten kippte. Sein Seidentuch löste sich, das Hemd hing ihm aus der Hose und sein linker Slipper rutschte vom Fuß. Perplex wischte er sich übers Gesicht, sah hinauf zu Süden und Funkel, der aufgestanden und um den Schreibtisch herumgekommen war, und klopfte sich die Hose an den Oberschenkeln ab. Dann erhob er sich unsicher.

»Tut dir was weh?«, fragte Funkel.

Thon antwortete nicht. Er schlüpfte in den Schuh, steckte das Hemd in die Hose, ordnete das Halstuch, zog einen silbernen Kamm aus der Gesäßtasche, mit dem er sich kämmte, ging zum Tisch, schenkte sich ein Glas Mineralwasser ein, trank es aus und wandte sich zu seinen beiden Kollegen um. Zum ersten Mal empfand Tabor Süden ein wenig Bewunderung für den steifen, stolzen, in seiner Souveränität offenbar unerschütterlichen Hanseaten.

»Ich lass mich ungern von einem Untergebenen hochheben«, sagte Thon. Funkel verkniff sich ein Grinsen, aber Süden lachte los. Wie so oft lachte er mit weit offenem Mund und so laut und heftig, als habe er soeben den Witz des Jahrhunderts gehört. Eine halbe Minute später hörte er schlagartig damit auf und seine Gesichtszüge nahmen wieder jene müde Traurigkeit an, die nichts verriet von den schlummernden Tumulten der Freude oder Wut, die so unerwartet ausbrechen konnten.

»Danke«, sagte Thon in die abrupte Stille. Immer noch starrte Funkel seinen Kollegen Süden mit einer Mischung aus Verblüffung und Unverständnis an. »Ich weiß«, wandte der fünfunddreißigjährige Thon sich an den acht Jahre älteren Hauptkommissar, »du hast Übung in diesen Dingen, und es tut mir Leid, dass ich so rumgeschrien hab. Ich werd darüber nachdenken, was ich von deinem tätlichen Angriff halten soll. Da es außer uns dreien keine Zeugen gibt und ich nicht verletzt bin, schlag ich vor, wir arbeiten weiter wie besprochen. Christoph Arano hat Vertrauen zu dir, also wirst du ihn erneut vernehmen, ebenso die Tochter der Entführten, die du ja schon kennst. Gleichzeitig bleibst du, abwechselnd mit Weber und Freya, am Fall Wagner dran. Hast du heute schon mit Sonja gesprochen?«

»Ich habs versucht«, sagte Süden, »sie ging auch ans Telefon, aber sie hat hohes Fieber, sie liegt im Bett und hat bizarre Träume.«

»Hat sie jemand, der sich um sie kümmert?«, fragte Funkel.

»Ihre Mutter.«

»Ob das gesund ist?«, meinte Funkel. »Ich werd heut Abend mal zu ihr fahren, wenn ichs zeitlich hinkrieg.«

»Ich auch«, sagte Süden.

»Die nächste Sitzung ist um zwei.«

Damit verließ Thon das Büro, bahnte sich einen Weg zwischen den Reportern hindurch, die von ihm wissen wollten, ob im Büro des Dezernatsleiters gestritten worden sei, was er verneinte, ging auf die Toilette, warf einen kurzen Blick in den Spiegel in der Hoffnung, nicht allzu derangiert auszusehen, sperrte sich in eine Kabine, setzte sich auf den geschlossenen Deckel und schlug die Hände vors Gesicht.

So gedemütigt hatte er sich nicht mehr gefühlt, seit er ein Kind war. Und auch wenn er intensiv nachdachte, fiel ihm kein Ereignis von damals ein, das er mit dem Vorfall in Funkels Büro vergleichen konnte. Er hat mich einfach hochgehoben und hingesetzt, dachte er, und der Satz kreiste schneller und schneller in seinem Kopf, hochgehoben und hingesetzt, hochgehoben und hingesetzt. Ein erwachsener Mann hebt einen anderen erwachsenen Mann hoch, trägt ihn wie einen kleinen Jungen durchs Zimmer und hockt ihn auf den nächstbesten Stuhl, ein Polizist hebt seinen Vorgesetzten hoch und setzt ihn wieder hin, und lacht dann, und lacht dann auch noch laut.

Hochgehoben und hingesetzt. Was hätte er tun, wie hätte er reagieren sollen? Jetzt kam es Thon vor, als habe er in einer Art Schockzustand die weiteren Aufgaben verteilt. Konnte er denn allen Ernstes zur Tagesordnung übergehen? Bin ich hier der Sandsack, den man einfach mal abwatscht, wenn einem was nicht passt, wenn man seine Aggressionen loswerden will, wenn man sich abreagieren muss, weil man mit der Meinung eines anderen nicht einverstanden ist?

Lucy Arano. Natürlich war sie eine Kriminelle. Natürlich war sie gemeingefährlich. Natürlich musste sie bestraft werden, hart bestraft, da ihr anscheinend jedes Unrechtsbewusstsein fehlte. Aber war eine Abschiebung die Lösung? Wieso eigentlich nicht, wenn es das Gesetz erlaubte? Wer wusste schon, ob die Familie Arano nicht doch Verwandte in Nigeria hatte? Niemand hatte das bisher überprüft.

Will ich wirklich ein Kind abschieben?, fragte er sich. Gut, sie ist kein Kind mehr, sie ist eine Jugendliche, sie ist vierzehn und sieht aus wie siebzehn oder gar achtzehn. Außerdem kann ihr Vater sie begleiten. Er hat nie die deutsche Staatsbürgerschaft beantragt, wieso nicht? Weil er eines Tages zurück in seine Heimat will, wieso sonst? Er ist damals nicht freiwillig weggegangen. Natürlich nicht. Vielleicht musste man nur mal mit ihm reden, ihm die Dinge auseinander setzen, vielleicht war er einsichtig, vielleicht wäre er längst in seine Heimat zurückgekehrt, wenn er keine Tochter hätte. Vielleicht hätte er sich längst entschieden, aber sie machte ihm einen Strich durch die Rechnung. Wer wusste das schon? Man sollte ihn fragen, man muss ihn fragen, ich werde ihn fragen.

Der Kleiderhaken an der Kabinentür war abgebrochen, es roch nach Desinfektionsmittel und Zitrone, die Wände waren weiß gestrichen und niemand hatte etwas hingekritzelt. Er hockte auf der zugeklappten Toilette und genoss die Ruhe. Niemand kam herein, niemand stellte ihm Fragen. Bin ich einverstanden mit dem, was Ronfeld gesagt hat? Wäre das eine Möglichkeit, Natalia Horn freizubekommen? Ist es wahr, dass hinter den Kulissen Lucy Aranos Abschiebung bereits beschlossene Sache ist? Und wenn es wahr ist, wer wird der Öffentlichkeit hinterher erklären, dass die Abschiebung nicht auf Druck der rechtsradikalen Entführer zu Stande kam, sondern nur etwas vorwegnahm, was sowieso nicht zu verhindern gewesen wäre? Kein Mensch würde das glauben. Welche Taktik verfolgte der Staatsanwalt? Welche Interessen hatte er bei dem Fall?, dachte Thon und stand ruckartig auf. Mit ausgestreckten Armen stützte er sich gegen die Tür, wartete ein paar Sekunden und verließ dann die Kabine. Mit kaltem Wasser rieb er sich das Gesicht ab. Ich weiß nicht, was er vorhat, aber wie er heute in der Pressekonferenz und danach agiert hat, das war unüblich und entsprach nicht dem normalen Gebaren einer vorgesetzten Behörde.

Auf einmal hatte Thon den Eindruck, er wolle mit diesen Überlegungen Südens Verhalten entschuldigen. Das wollte er bestimmt nicht. So leicht mach ichs dir nicht! Es würde der richtige Zeitpunkt kommen, um die Angelegenheit noch einmal auf den Tisch zu bringen und Konsequenzen daraus zu ziehen. Und wenn er mit Funkel nicht vernünftig darüber reden konnte, dann würde er sich notfalls an den Direktor wenden. Hochgehoben und hingesetzt. Den Leiter einer Abteilung hebt man nicht hoch und setzt ihn auf einen Stuhl vor dem Schreibtisch des Vorgesetzten.

Als er ins Vorzimmer seines Büros kam, sprach Erika Haberl, seine Sekretärin, gerade mit Tabor Süden. Thon bat ihn nach nebenan.

Aber Süden wehrte ab. »Es geht schnell«, sagte er, »ich entschuldige mich bei dir. Mein Zorn hat mich überwältigt.«

Erika Haberl war äußerst gespannt. Ihr überkorrekter Chef bot selten Anlass zu interessanten Klatschgeschichten.

»Wir reden ein andermal weiter«, sagte Thon. »Ich nehm deine Entschuldigung an.«

»Dann mach ich mich auf den Weg.«

»Vergiss die Sitzung um zwei nicht!«

»Da bin ich sicher noch nicht zurück«, sagte Süden und verschwand.

Sprachlos sah Thon seine Sekretärin an, breitete die Arme aus, registrierte, dass der gläserne Behälter der Kaffeemaschine leer war, das rote Licht aber trotzdem brannte, hob den Kopf und sagte mit ungewohnt leiser Stimme: »Was hat Süden Ihnen erzählt?«

»Nichts«, sagte Erika fröhlich, »er hat mich gefragt, ob ich immer noch zum Damenfußball geh, und ich hab ihm gesagt, ich würd neuerdings Mittelstürmerin spielen, weil ich dauernd so viele Tore schieß.«

Thon nickte, ging in sein Büro und schloss die Tür. Seit wann, fragte er sich, spielte die Haberl Fußball? Wann hatte sie ihm davon erzählt?

Er war verwirrt. Er hasste es, verwirrt zu sein. Und er hasste Leute, die verwirrt waren. Dann musste er wieder an die Worte des Staatsanwalts denken: *Dass unsere Empörung also ein Spiel für die Galerie ist* ... Nein! So etwas durften sie nicht zulassen. Sie mussten Natalia finden und befreien, lebend befreien, alles andere wäre unvorstellbar, ein schreckliches, unverzeihliches Versagen. Egal, was er über das weitere Verfahren mit Lucy Arano dachte, egal. Das waren zwei verschiedene Dinge, zwei völlig unterschiedliche Angelegenheiten, die man keinesfalls vermischen durfte.

Er hatte eine Frau und zwei Kinder und es bereitete ihm eine unbändige Freude, wenn sie ihm sagten, dass sie stolz auf ihn waren, und er wollte nichts mehr, als dass sie es blieben. Auch nach diesem Fall. Vor allem nach diesem Fall.

Seltsam, dachte er, als er den Telefonhörer nahm und die Nummer des Erkennungsdienstes wählte, wenn ich meiner Familie die Ereignisse des heutigen Tages schildern würde, dann wären sie von einem garantiert besonders beeindruckt: von der Attacke Tabor Südens, der nichts getan hatte außer sein Gesicht zu wahren, rücksichtslos, ausgelöst durch seine, Thons, vorsichtige Verteidigung des zynischen Staatsanwalts. Und tatsächlich gab es kein anderes Wort für Ronfelds Haltung, sie war zynisch.

Über Politik wurde im Dezernat selten gesprochen und Thon war das immer recht gewesen. Dass sie es nun tun mussten, erschien ihm nach diesem Vormittag unvermeidlich. Und vielleicht war Südens pubertäre Aktion gar kein so schlechter Anfang gewesen, ein Wecksignal, ein Warnsignal, ein Wutsignal.

7

Vor dem Südeingang des Hauptbahnhofs stieg Tabor Süden in ein Taxi, zwängte sich auf dem Rücksitz in die äußerste rechte Ecke, als würden noch zwei weitere Fahrgäste neben ihm Platz nehmen, und nannte sein Ziel, die Buttermelcherstraße. Er bezahlte das Taxi immer aus eigener Tasche, da Thon es ablehnte, die Kosten als Spesen zu akzeptieren.

»Was sagen jetzt Sie zu dem Wahnsinn?«, fragte der Taxifahrer, ein etwa vierzigjähriger Mann, der eine ausgebleichte Jeansjacke trug, eine runde randlose Brille und am rechten Handgelenk einen silbernen Armreif. Lässig stützte er den linken Arm am Seitenfenster ab und schien nicht im Geringsten genervt von den Schlangen an den roten Ampeln und den Radfahrern, die achtlos die Spur wechselten und die Autofahrer zwangen, abrupt zu bremsen.

»Sie meinen die Entführung?«, brummte Süden.

»Das ist doch unfassbar oder? Schnappen die einfach die Frau von dem Nigerianer und machen einen auf Wilder Westen.«

»Wer ist ›die‹?«, fragte Süden.

»Die? Die Kidnapper, diese Aktion D. Für was steht das eigentlich? Die Polizei hat mal wieder null Durchblick. Aktion D! Wahrscheinlich steht das D für Deppen, oder?« Er wandte sich halb um, winkte gleichzeitig einen alten Mann über die Straße und pulte ein Pfefferminzbonbon aus der Packung. »WollenS eins?« Süden schüttelte den Kopf. »Ich fahr Sendlinger Tor, Frauenstraße, ists recht?« Süden nickte. Auf der Sonnenstraße standen die Autos Stoßstange an Stoßstange in drei Reihen nebeneinander, die Stadt war voll von Touristen und wo man normalerweise rasch durchfahren konnte, befand sich in diesem Sommer garantiert eine Baustelle,

umringt von Baggern und Lastwagen, die sämtliche Flucht-
wege versperrten.

»Für mich ist das eine Barbarei«, sagte der Taxifahrer und
ließ das Fenster heruntergleiten. »Wenns zieht, bitte sagen!
Ich versteh das nicht, was in den Köpfen von solchen Leuten
vorgeht. Die glauben doch nicht, dass der Staat dieses Mädchen und seinen Vater echt ausweist. Oder? Was glauben
Sie? Gibt der Staat nach? Ist denen das zuzutrauen da
oben?«

»Nein«, sagte Süden.

»Genau. Das bringt doch nichts. Dieses Mädchen, was wollenS da machen, die ist halt kriminell. Ich kenn jetzt ihren
Vater nicht, den Schwarzen da. Was macht der? Müllabfuhr?
Nein, aber irgendwas mit Dreck ist es, das weiß ich, ich
komm jetzt nicht drauf ...«

»Er hat einen Sanitärbetrieb«, sagte Süden. Er dachte an Aranos Kompagnon Xaver Kriegel, der von Florian Nolte und
Freya Epp vernommen worden war und wie die übrigen Personen bisher nichts zur Klärung beitragen konnte. Die Protokolle, die Süden am Morgen überflogen hatte, wirkten ober-
flächlich und schludrig runtergetippt. Was ihn wunderte,
denn Freya fasste ihre Berichte gewöhnlich detailliert und
gewissenhaft ab, und auch Nolte galt als ein wenn nicht gerade akribischer, so doch zuverlässiger und ordentlicher
Oberkommissar. Vermutlich war der Zeitdruck für beide einfach zu groß.

Eigentlich hatten sie verabredet, gemeinsam loszufahren,
doch dann erhielt Nolte einen wichtigen Anruf und erklärte,
er würde so schnell wie möglich nachkommen. Da der Oberkommissar ein ziemlich rabiater Autofahrer war, genoss
Süden umso mehr das ruhige Dahingleiten im Taxi, dessen
Fahrer jetzt die Titelseite einer Boulevardzeitung hochhielt.

Zwischen Armaturenbrett und Windschutzscheibe steckten mehrere Tageszeitungen.

»Das ist doch reißerisch, oder? *Wohin mit ihr?* Und dann dieses Riesenfoto! Die wollen ganz klar, dass die beiden hier verschwinden. Aber das ist natürlich riskant, ich seh das ein. Ich versuch mir eine Meinung zu bilden, ich weiß nicht, was Sie dazu sagen, ich meine, jetzt sind die Politiker gefragt. Die müssen das Problem lösen. Die sagen immer, die Ausländer, die sind unsere Freunde, die brauchen wir, ohne die funktioniert unsere Wirtschaft nicht, wer macht dann unseren Dreck weg? Alles Unsinn. Wissen Sie, wie viele Ausländer bei uns in der Müllabfuhr arbeiten? Wissen Sie das?«

»Nein«, sagte Süden und beugte sich vor.

»Wahnsinnig wenig. Von allen Ausländern, die in Deutschland leben, ist – zu Recht oder zu Unrecht, das ist jetzt egal – nur ein Prozent bei der Müllabfuhr. Das können Sie nachlesen.«

»Ja und?«, sagte Süden.

»Das ist doch das alte Argument: Wenn wir die Ausländer wegschicken, ersticken wir im Dreck. Humbug. Die größten Hygieniker der Welt waren Pettenkofer und Koch, sagen Ihnen die Namen was? Bedeutende Wissenschaftler. Unsere Kanalisation und unser Entsorgungssystem haben schon funktioniert, da war hier noch kein Türke und kein Jugo weit und breit zu sehen. Und die Trümmerfrauen, waren das vielleicht Türkinnen? Obwohl sie auch Kopftücher aufhatten, haha.« Er lachte zum Fenster hinaus und grinste eine Frau an, die im offenen Cabrio neben ihm hielt. Dann wandte er wieder den Kopf nach hinten. »Das sind alles Tatsachen und die kann man nicht wegradieren. Der Witz ist ja, dass die acht Millionen oder wie viele es genau sind, dass die acht Millionen Ausländer mehr Müll machen als beseitigen. Darüber gibts Statistiken. Da brauchen wir uns nichts vorzumachen. Haben Sie schon mal überlegt, wie viele Putzfrauen, also Deutsche jetzt, deutsche Putzfrauen, die sich für ein paar Mark die Knie wund scheuern, wie viele von denen in Pizzerien oder Asylantenheimen schuften müssen, während die Leute da auf unsere Kosten leben? Das müssen Sie sich mal reinziehen, das ist unglaublich!«

Süden stützte sich auf der Rücklehne des Beifahrersitzes ab. »Sie sind also dafür, dass Lucy und ihr Vater abgeschoben werden, damit dann weniger Dreck stattfindet?«

»Sie sind ja lustig«, sagte der Taxifahrer, drückte aufs Gas, überholte die Frau im offenen Cabrio und schoss über eine gelbe Ampel. »Tschuldigung, aber manchmal dauerts mir einfach zu lang. Ich mein nur, weil wir vom Müllproblem gesprochen haben und der Schwarze ja in der Branche tätig ist. Ich kenn den nicht, ich kenn ihn nur aus der Zeitung, und was die schreiben, darf man nicht immer glauben, aber fest steht, der Mann hat versagt und die Tochter ist eine Kriminelle. Was haben die also hier verloren? Nicht dass Sie mich missverstehen, ich finde die Entführung zum Kotzen, ich bin gegen Gewalt, mit solchen Aktionen bringt man niemand zum Nachdenken, schon gar nicht zum Umdenken. Aber wir müssen umdenken. Wie lange wollen Sie dieses Land noch voll stopfen mit Leuten, die hier wie die Vampire hausen? Die saugen uns aus und wir sitzen da und machen uns in die Hose. Wieso denn? Wir haben eine Stimme, oder? Jetzt mal unter uns: Sind Sie für den Doppelpass? Hätten Sie gern einen Doppelpass? Von der Türkei? Oder von Frankreich? Ich frag Sie, wieso kann man nicht in zwei Parteien gleichzeitig sein? Wieso? Und wieso spielt ein Fußballspieler nicht bei zwei Vereinen, sondern nur bei einem? Wieso spielt der nicht eine Woche bei den Löwen und eine Woche bei Rostock, nur als Beispiel. Und wieso können Sie nicht katholisch *und* evangelisch sein, warum müssen Sie sich da entscheiden? Ganz einfach: wegen der Loyalität. Sie müssen sich entscheiden, erst dann sind Sie in der Lage, sich wirklich einzusetzen für die Sache derer, denen Sie angehören. Was soll denn das bringen, hin und her zu pendeln je nach Belieben? Wenns einem nicht passt, dann geht er da hin, und wenns ihm da nicht mehr passt, dann kommt er wieder her. Die Beliebigkeit des Geburtsorts kann nicht die Basis sein für die Staatsbürgerschaft, unser Abstammungsprinzip hat sich bewährt, und Sie dürfen nicht vergessen, dass dieses Gesetz nicht etwa von Hitler erfunden wurde. Die Leute tun immer so, als wär der Hitler persönlich verantwortlich für die Zustände in Deutschland, das sind ganz andere heute. Die Nationalsozialisten will hier niemand wiederhaben, ich jedenfalls nicht. Das Jus sanguinis kommt aus der Kaiserzeit und es ist auch in der Weimarer Republik nicht abgeschafft worden und nachdem es immer noch existiert, wird es wohl was taugen, oder? Dieser Vater von der Lucy, der ist Afrikaner, oder? Namibia oder so, nein, Entschuldigung, Nigeria, damit wir da nichts verwechseln. Der ist also Nigerianer und hat keine deutsche Staatsbürgerschaft, wieso nicht? Er lebt hier, er arbeitet hier, er macht hier Dreck, haha, nein, wieso also? Ist doch einfach: wegen der Loyalität. Er ist immer noch loyal gegenüber seinem Land, obwohl er als Kind da wegmusste, er hat seine Heimat nicht vergessen, das ist doch eine Haltung. Die akzeptier ich, mit der kann ich was anfangen, das ist konsequent. Und ich verstehe, dass er nicht zurückwollte in seine Heimat, weil da dauernd Krieg war und Diktatur. Absolut nachvollziehbar. Aber jetzt hat sich die Situation geändert, der letzte Diktator ist gestorben, schon vor einiger Zeit, und die haben jetzt eine Demokratie oder so. Was soll der Mann also dann weiter hier? Ich finde, es ist der richtige Zeitpunkt jetzt, und ich sag Ihnen was, sein Geschäft kann er dort unten genauso betreiben, vielleicht sogar noch besser, weil es weniger Konkurrenz gibt. Ich meine das nicht abfällig, ich hab Respekt vor den Afrikanern, die haben eine hohe Kultur. Ich war zweimal im Urlaub dort, einmal in Kenia und einmal in Südafrika, und ich werd wieder hinfahren, ich mag das Land, die Menschen, die Langsamkeit, nicht so hektisch und laut wie hier, ich mag die Weite, die Geduld der Leute, das gefällt mir alles, waren Sie mal da? Ich halt hier in der Einfahrt, ist das recht? Mir imponiert, dass dieser Mann so konsequent geblieben ist, die sind ein stolzes Volk, die Nigerianer. Vielleicht fahr ich da mal hin, das liegt ja am Meer, vielleicht kann man da einen schönen Urlaub verbringen. Nein, ich hoffe wirklich, dass die Polizei die Entführer schnell findet und die Frau befreit, und dann kann man wieder anfangen vernünftig zu reden. Brauchen Sie eine Quittung?«

»Nein«, sagte Süden, bezahlte und stieg aus.

»Schönen Tag noch!«, rief ihm der Taxifahrer nach.

Ein paar Meter entfernt befand sich ein Stehcafé und Süden beschloss einen Tee zu trinken. Wie ein Tausendfüßler krochen die Worte des Taxifahrers hinter ihm her durch Staub und Schmutz und es roch nach Minze. Ein kleines Mädchen streckte sein Gesicht wonnig der Sonne entgegen. Süden betrachtete es und wäre gern genauso selbstvergessen dagestanden.

An einem der runden Plastiktische standen drei Männer in weißen, farbverschmierten Latzhosen, tranken Kaffee und aßen Gebäck. Sie warfen Süden einen kurzen Blick zu, als er hereinkam, und widmeten sich dann wieder ihrer Diskussion.

»Das ist einfach ein Unsinn«, sagte der Jüngste der drei, er aß einen Krapfen und hatte einen weißen Puderzuckermund. »Du kannst doch nicht sagen, dass die meisten Asylanten Schwindler sind! Ein Haufen Sozialhilfeempfänger sind auch Schwindler.«

»Ja freilich«, sagte der andere, der ein Stück Mohnkuchen aß und mindestens zwanzig Jahre älter war, »die türkischen.«

»Schmarrn!«

»Darum gehts ja auch gar nicht«, sagte der Dritte und aß das letzte Stück seiner Quarktasche. »Der Arano ist ja kein Asylant, der lebt hier ganz normal und seine Tochter ist hier geboren.«

»Wenn dem Früchtchen niemand Herr wird«, sagte der Zweite, »dann muss man ein Exempel statuieren, das verstehst du nicht, du Bundeswehrschwänzer.«

»Was hatn das damit zu tun?«, fragte der Jüngste.

»Weil du einer von den Multikultis bist, du willst zu allen immer nett sein, immer alle gleich behandeln, das geht aber nicht. Die tricksen dich aus, so schnell kannst du gar nicht schauen mit deinen blauen Augen, Luggi. Schau dir dieses Früchtchen an! Fällt über alte Frauen her, beklaut die und lacht dabei, die ist gefährlich. Hast du nicht gelesen, wie viele Waffen die Polizei bei der gefunden hat? Ein ganzes Arsenal! Jetzt sag ich dir mal was ...«

»Die entführen eine Frau und du findest das gut?«, fragte Luggi.

»Jetzt hör mal zu, vergiss mal die Entführung! Da weiß ja noch kein Mensch, was da dahinter steckt, vielleicht ist die einfach bloß abgehauen, hast du das nicht gelesen? Die ist ausgekocht, das ist eine ganz Schlaue. Vergiss das mal! Ich frag dich jetzt: Hast du eine Ahnung, wie viele Asylanten Japan im letzten Jahr aufgenommen hat? Denk nach! Wie viele? Was schätzt du? Denk nach, Luggi! Japan, reiches Land, eins der reichsten der Welt.«

»Weiß nicht«, sagte Luggi.

»Wie viele denn?«, fragte der Dritte.

»Einen Einzigen.«

»Schmarrn!«, sagte Luggi.

»Ich zeigs dir, ich hab einen Bericht daheim, so was heb ich mir auf, ich schwörs dir, einen Einzigen! Und weißt du, wie viele die abgeschoben haben in dem Jahr? Zweiundfünfzigtausend. Ich bring dir den Bericht morgen mit. Verstehst du, was ich mein? Du denkst, das geht immer so weiter, gehts aber nicht, kanns gar nicht, ist unmöglich.«

»Und was ist mit den Fußballspielern? Glaubst du, die Vereine kaufen jetzt keine Schwarzen mehr ein, weil es heißt, wir haben schon genug Schwarze und andere Ausländer hier? Da hast du dich aber geschnitten!« Luggi zündete sich eine Zigarette an. »Das wird eine ganz fade Sache, wenn so Spieler wie Yeboah oder Kuffour nicht mehr in der Bundesliga sind. Oder willst du, dass die verschwinden? Sag ehrlich, Franz.«

»Du hast ja keine Ahnung«, sagte Franz und schnorrte von Luggi eine Zigarette. »Fast alle Liga-Neger gehen in ihr Land zurück, wenn ihr Vertrag ausläuft. Also, die arbeiten hier und wenn die Arbeit fertig ist, sind sie weg. Das ist in Ordnung, das ist gerecht. Außerdem, und jetzt hör genau zu, der FC Bayern ist Meister geworden – stimmts? –, also, er ist Meister geworden, obwohl er nur ganz wenig Ausländer verpflichtet hat, am zweitwenigsten von allen Vereinen. So schauts aus. Am zweitwenigsten. Nur Hamburg oder Rostock, ich weiß jetzt nicht genau, haben noch weniger. Aber: Frankfurt, abgestiegen, aufgestiegen, abgestiegen, Loser-Truppe, Frankfurt hat doppelt so viele Ausländer gehabt, als es abgestiegen ist, wie der FC Bayern. Ist doch merkwürdig. Und noch was. Der Heynckes hat gesagt, die deutschen Spieler haben keine deutschen Stars mehr als Identifikationsfiguren, deshalb sollen die Vereine die Zahl der Ausländer reduzieren. Zitat Heynckes. Er hat Recht, Berti Vogts hat dasselbe gesagt, aber den nimmt ja niemand mehr ernst.«

»Zu Recht«, sagte der Dritte.

»So ein Schmarrn!«, sagte Luggi und schüttelte den Kopf.

»Du musst die Augen aufmachen, Luggi!«, sagte Franz und drückte die Zigarette aus, die er in wenigen Zügen geraucht hatte. »Sonst verstehst du nichts von der Welt. Wann war die deutsche Nationalelf am erfolgreichsten? Mit Beckenbauer, Netzer, Overath, mit Uwe Seeler, Fritz Walter früher, mit solchen Leuten, da war kein einziger Ausländer dabei, keiner ...«

»Jetzt ist auch keiner dabei«, fuhr Luggi dazwischen.

»Aber die Mannschaft ist sauschlecht«, sagte Franz laut, bemerkte Südens Blick und ignorierte ihn. »Weil die Spieler in ihrem Verein nicht richtig trainiert werden, weil ihnen der Platz zur Entfaltung fehlt, weil ihnen die Liga-Neger zu viel Raum wegnehmen, die sind dominant, die bestimmen, wos langgeht, und das ruiniert unsere Nationalelf. Also.«

»Ich bin trotzdem dagegen, dass dieses Mädchen und ihr Vater ausgewiesen werden, bloß weil ein paar Verrückte seine Verlobte entführen«, sagte Luggi und trug seine Tasse und den Teller zur Ablage mit dem schmutzigen Geschirr. Franz drehte sich zu ihm um.

»Das ist doch dubios, was mit der passiert ist, das ist doch ein Witz, so was!« Franz schob seinen Teller weg und ging zur Tür. Der Dritte blieb noch einen Moment stehen und wartete auf Luggi.

»Ich find das richtig, was der Franz sagt, die Asylanten nutzen uns ganz schön aus.«

»Das heißt Asylbewerber«, sagte Luggi. »Außerdem ist deine Frau doch auch eine Ausländerin.«

»Ja, Ilonas Eltern sind aus Lettland, aber sie ist hier geboren.«

»So wie Lucy.«

»Aber das ist eine Kriminelle.«

»Aber sie ist in München geboren. Wenn ihr euch scheiden lasst, willst du dann, dass Ilona nach Lettland ausgewiesen wird?«

»Spinnst du? Das kann man überhaupt nicht vergleichen.«

»Freilich nicht.«

»Was?«

Sie verließen das Café. Draußen redete Franz weiter auf Luggi ein und dann verschwanden sie im Hinterhof eines Wohnblocks, dessen Rückseite von einem Gerüst verdeckt wurde.

Süden hatte jedes Wort mit angehört, und mit jedem Wort entfernte er sich weiter von der Stelle, an der er stand, vom Fenster mit der aufgeklebten, großen braunen Breze, weiter von diesem Café, von dieser durch Absperrungen verengten Straße, weiter von dieser Stadt, von dieser Stunde. An seine Eltern musste er denken, die aus einer Kleinstadt im Sudetenland geflohen waren und als Flüchtlinge in einem südbayerischen Dorf ein Zuhause fanden, das ihnen ebenso fremd blieb wie sie selbst den Bewohnern. Schon als Junge wurde Tabor Süden an bestimmten Tagen das Gefühl nicht los, dass er am verkehrten Ort war, dass er nicht hierher gehörte, dass er nur aus Versehen hier gelandet war und seine Eltern einen Fehler gemacht hatten, indem sie in den letzten Wochen des Zweiten Weltkriegs ausgerechnet in dieses Dorf Taging gefahren waren. Natürlich, das wusste er, und es war ihm auch damals schon irgendwie klar gewesen, hatten sie dieses Ziel nicht bewusst gewählt. Sie waren anderen gefolgt, die sich in derselben Lage befanden, und keiner hatte eine genaue Vorstellung davon, wie ihre zukünftige Heimat aussehen würde. Darüber nachzudenken war keine Zeit, sie wollten überleben, den russischen Truppen entkommen, warten, bis der Krieg zu Ende war, und dann weitersehen. Vielleicht würden sie zurückkehren, vielleicht würden sie ihre alte Heimat nie wieder sehen, nichts war gewiss und alles war egal, solange man noch atmete und ein Stück Brot zu essen hatte. Gehungert wurde in Südens Elternhaus nie, auch wenn sein Vater als Holzarbeiter kaum Geld verdiente und seine Mutter als Serviererin jede Nacht bis ein Uhr im Fasan bleiben musste, damit sie fürs Kücheputzen ein paar Mark extra bekam, mit denen sie ihrem Sohn gelegentlich neue Wäsche kaufen konnte.

Nicht weil sie Zugereiste waren – Hunderte von Flüchtlingen aus dem Sudetenland und aus Schlesien ließen sich allein in Taging nieder –, kam Tabor sich verloren und verkehrt vor. Sondern weil er das Dorf wie ein Gefängnis empfand, aus dem es kein Entrinnen gab, wie eine Zelle, in der man nur auf und ab gehen konnte, Tag für Tag, mit einem beschränkten Blick auf die Welt dort draußen, verurteilt zu träumen oder zu verzweifeln oder abwechselnd beides. Außerdem sprach er wenig. Am Anfang fürchtete die Volksschullehrerin, er sei behindert und müsse womöglich auf die Sonderschule. Auch in Rechtschreibung machte er mehr Fehler als seine Klassenkameraden und es schien ihm größte Mühe zu bereiten zu lernen und seine Defizite einzusehen. Seine Mutter beschwor ihn sich Mühe zu geben, sie wünschte sich nichts mehr, als dass er aufs Gymnasium ging und einen guten Beruf ergriff, der Ansehen und ausreichend Geld einbrachte. Sogar sein Vater, der, wie Tabors Mutter immer behauptete, absolute Stille im Haus benötigte, um einigermaßen leserlich seinen Namen unter ein Formular setzen zu können, sogar er nahm sich Zeit und übte mit seinem Sohn Rechnen und Schreiben. Bei manchen Aufgaben war nicht ganz klar, wer mit wem übte, aber sie strengten sich beide sehr an und eines Tages beherrschte Tabor das Alphabet und das Einmaleins so fließend wie alle anderen in der Klasse. Und später schaffte er tatsächlich die Aufnahmeprüfung für das Gymnasium und er machte sein Abitur und wurde Beamter und verdiente genügend Geld, um gut davon leben zu können. Doch zu diesem Zeitpunkt war seine Mutter schon lange tot und sein Vater verschwunden und er fühlte sich fremd und verkehrt wie als Kind. Und oft während der vergangenen Tage hatte er überlegt, ob es Lucy Arano vielleicht ähnlich erging, vielleicht rührten ihre unberechenbare Wut und ihre maßlose Egozentrik von diesem Mangel her, den sie empfand, wenn sie an ihr Leben dachte. Vielleicht war Fremdheit eine genetische Wunde, ein Erbgut der Väter und Mütter, die aus Gründen, für die sie nicht verantwortlich waren, ihr Lebenszimmer verlassen und in ein Haus außerhalb ihrer bisherigen Vorstellung einziehen mussten. Die Umgebung beeinflusste die Neuankömmlinge dabei nur in geringem Maß; sie eigneten sich eine neue Sprache an, sie lernten neue Gebärden, Verhaltensweisen und Spiele, bald gehörten sie beinah dazu und wenn sie heirateten, eine Frau aus der Gegend, einen Mann aus demselben Ort, fragte niemand nach ihrer Herkunft, wenigstens nicht, solange sie sich unauffällig benahmen, sich nichts zu Schulden kommen ließen, was das übliche Maß überschritt, und ihre Meinung dem Durchschnitt anpassten. Das, dachte Süden, heißt dann Integration.

Und er, Tabor Süden, dreiundvierzig, Kriminalhauptkommissar, ledig, war nie ein integrierter Mensch gewesen. Weswegen Volker Thon behauptete, Süden sei für den Polizeidienst, der auf Teamgeist basiere, vollkommen ungeeignet. Trotzdem mochte er seine Arbeit noch immer, wenn auch weniger als früher, zunehmend weniger, wenn er ehrlich war, und jetzt, heute, hier an diesem Stehtisch in einem Café in der Buttermelcherstraße, zweifelte er wie nie zuvor am Sinn seiner Tätigkeit. Er kam sich vor wie ein Verwalter von Verzweiflung, er konnte nichts anderes tun als abwarten, zuhören, zureden, beschwichtigen. Auch sich selbst, besonders sich selbst. Was er mit Thon angestellt hatte, war lächerlich gewesen, das wusste er, deswegen hatte er sich entschuldigt, und hinterher, auf dem Weg zum Taxi, konnte er nicht begreifen, was ihn veranlasst hatte, sich so zu echauffieren. Thons Reaktion auf das Verhalten Ronfelds kam ihm im Nachhinein geradezu normal vor. Was hätte sein Chef sonst sagen sollen, es war nicht seine Art, einen Staatsanwalt abzukanzeln oder vor Zeugen zu kritisieren. Etwas anderes hatte Süden erregt, etwas, das mit der Entführung nichts zu tun hatte, ausschließlich mit dem Mädchen, mit Lucy, die er kaum kannte und die wenig redete, wenn er ihr gegenübersaß. In ihrer Nähe fühlte er sich zurückversetzt in eine ferne Zeit, in einen Zustand, der ihn, anders als Lucy, nicht sichtbar aggressiv gemacht hatte, sondern über alle Maßen überheblich. Je weniger er sprach und seine Freunde, Lehrer und Eltern damit verunsicherte, desto überzeugter war er von seiner Unbesiegbarkeit gewesen. Und all sein steinkalter Stolz hatte ihn wie ein Brand geschmerzt, der in seiner Seele loderte, den er zugleich behütete und verfluchte und so verzweifelt bändigen wollte, hätte er bloß eine Idee gehabt, wie man es schaffte, sich als Fremder zu mögen. Um solche Tumulte zu überstehen, musste man stark sein, und das war er gewesen, er war es gewesen ohne zu überlegen, woher er die Kraft nahm. Unbewusst tat er das Richtige, so empfand er es bis heute, und das war der Grund, weshalb er Lucy zu verstehen glaubte und gleichzeitig mit niemandem darüber sprechen konnte.

»Lucy trägt den Brand nach außen«, sagte er und jemand erwiderte: »Was?« Süden hob den Kopf, und da stand Florian Nolte vor ihm, der einen abgehetzten Eindruck machte.
»Was hab ich gesagt?«, fragte Süden.
»Ich habs nicht verstanden.«
Süden bezahlte den Tee und sie gingen zum Haus Nummer 14, in dem Ines Groß wohnte.
Sie bot ihnen Wasser und Kaffee an und sie sahen ihr zu, wie sie flink und anscheinend mühelos durch die Wohnung ging. Ihr Hund folgte ihr überallhin. Als Nolte ihn streicheln wollte, knurrte er leise und gelangweilt, und Ines sagte: »Der tut nichts.«
»Wie heißt er denn?«, fragte Süden. Er hatte ein Glas Wasser und eine Tasse schwarzen Kaffee vor sich stehen, Nolte wollte nichts trinken.
»Dertutnix«, sagte Ines.
»Ja«, sagte Nolte, »ich habs verstanden, aber wie heißt er?«
»Dertutnix«, wiederholte Ines. Sie hatte eine rote weite Trainingshose an und ein rotes T-Shirt mit der Aufschrift: WIR KÖNNEN AUCH ANDERS.
»Christoph Arano sagt, Sie sind Natalias beste Freundin«, sagte Süden. Nolte stellte den kleinen Rekorder auf den Tisch und schaltete ihn ein. Sie saßen an einem schweren Holztisch in einem Zimmer, das Wohn- und Schlafraum in einem war. Das Bett stand am anderen Ende hinter einer Art

Balustrade aus dunklem glänzendem Holz. Der Geruch nach bestimmten Ölen erinnerte Süden an die Wohnung von Natalia Horn. Auch die Pflanzen, die es hier gab, kamen ihm vor wie Ableger von Natalias Gewächsen.

»Wir sehen uns ja fast jeden Tag«, sagte Ines. Hinter ihrer schwarzen Brille waren die Augen nicht zu erkennen. »Sie erzählt mir viel, von den Kunden natürlich, aber auch private Sachen. Ich hab mir den Kopf zerbrochen, aber es ist mir nichts mehr eingefallen. Alles, was ich weiß, hab ich Ihren Kollegen schon gesagt.«

»Es gibt etwas, das haben Sie noch nicht erzählt«, sagte Süden. Der runde Ledersessel war ihm zu weich und er saß vornübergebeugt da, als habe er einen Buckel.

»Wie meinen Sie das?« Sie wandte ihm den Kopf zu. Der Hund lag unter dem Tisch und döste.

»Sie haben ausgesagt, an den Tagen, an denen Sie Natalia die letzten Male gesehen haben, war sie erschöpft und missgelaunt, aber Sie haben nicht erklärt, wieso.«

»Weil ich es nicht weiß. Ich sollte ihr öfter mal eine Fußreflexzonenmassage machen, das wollte sie früher nie, sie steht nicht besonders drauf, wenn ich mit ihren Füßen arbeite. Obwohl sie behauptet, ich sei absolut Spitze. Schlecht bin ich nicht, das stimmt. Danach haben wir uns fast immer über Lucy und Christoph unterhalten, sie hatte Angst, dass Lucy noch mehr abdriftet, überhaupt nicht mehr nach Hause kommt ... Mein Gott, wenn ich jetzt daran denke ...«

»Sie hat nicht gesagt, warum es ihr so schlecht ging«, sagte Süden.

Nolte saß breitbeinig auf dem Stuhl, zurückgelehnt, die Arme verschränkt, mit verschlossenem Gesicht. Nachdem er Ines Groß zusammen mit Freya Epp schon einmal vernommen hatte, schien er sich zu langweilen und zu fragen, was er noch hier sollte. Süden bemerkte sein Verhalten und hatte nichts anderes erwartet. Sogar seinem Freund Funkel ging seine behäbige Art, Leute zu befragen, oft auf die Nerven. Aber das war seine Methode: das Schweigen entschlüsseln.

Mit beiden Händen nahm Ines ihre Kaffeetasse. Bevor sie einen Schluck trank, sagte sie: »Sie war einfach in einer miesen Stimmung. Das Geschäft läuft nicht so gut zurzeit, sie hatte es auch satt, dauernd auf ihren Freund und seine Tochter angesprochen zu werden, so als wär deren Schicksal jedermanns Eigentum. Ich hab versucht sie zu beruhigen, aber ich glaub nicht, dass es mir gelungen ist.«

»Hatte sie Ärger mit Kundinnen?«

»Ja, aber sie hat nicht gern darüber gesprochen. Sie nahm sie eher in Schutz, als sie vor mir schlecht zu machen.« Sie behielt die Tasse in den Händen und strich mit dem Rand an ihren Nasenlöchern vorbei. »Sie haben doch das Terminbuch gesehen, da stehen alle Namen der Kunden drin, die in den letzten Wochen da waren. Trotzdem: Selbst wenn sie sich über einige geärgert hat, was hat das mit ihrer Entführung zu tun?«

»Das weiß ich nicht«, sagte Süden. »Wir überprüfen alle Personen, die in diesem Buch stehen, einige haben wir noch nicht erreicht, vielleicht ergibt sich daraus etwas.«

Er schwieg. Nolte stöhnte, wippte unruhig mit dem Oberkörper, gab Süden ein Zeichen, nicht noch mehr Zeit zu verschwenden, und deutete zur Tür. Süden nickte. Dann kroch der Hund unter dem Tisch hervor, sah Nolte und Süden an, schlich ein paar Meter weit, kehrte um und legte die Schnauze auf die Couchlehne, wo Ines saß. Sie streichelte seinen Kopf, hielt die Kaffeetasse weiter in der anderen Hand und dachte mit tiefen Falten auf der Stirn nach.

Durch das offene Fenster drang Baulärm herein, ein ununterbrochenes Röhren und Hämmern.

»Ich find, wir sollten gehen«, sagte Nolte und stand auf. Wieder knurrte der Hund, drei Sekunden, dann stippte er Ines' Hand an und sie kraulte ihn hinter den Ohren.

»Wir haben immer nur über ihre Kundinnen gesprochen«, sagte Süden, »aber es gibt auch Männer, die sich von Ihnen behandeln lassen.«

»Ja, aber nicht viele. In letzter Zeit kommen selten welche, wir haben ...« Sie hielt inne, stellte die Tasse hin und Dertutnix schaute sie neugierig an. »Jetzt fällt mir doch was ein.« Süden rückte den Rekorder näher zu ihr. »Sie hat mal ihre alte Bekannte Helga erwähnt, Helga Ries, das war vor ... vor einigen Wochen, Ende Juli, glaub ich. Ja, sie hat sich furchtbar aufgeregt über sie, irgendwas muss an dem Tag zwischen den beiden vorgefallen sein, sie war total sauer auf sie, ja, das stimmt, ich hab nicht mehr dran gedacht, ich hab die ganze Zeit nur über die Kunden nachgedacht, dass einer von denen vielleicht mit der Entführung was zu tun hat ...«

»An welchem Tag war das?«, fragte Süden.

»Das weiß ich nicht mehr. Warten Sie ... ich war vorher beim Tierarzt ... Moment!« Sie stand auf, ging zum Schreibtisch, begleitet von ihrem Hund, blätterte in einem Heft, das mit Blindenschrift voll geschrieben war, und wandte sich zu den beiden Männern um. »Das war am 26. Juli. Helga Ries ... Ich kenn sie gar nicht, hab sie nie getroffen, Netty und sie gehen öfter mal gemeinsam aus. Sie arbeitet bei der Deutschen Bank in Pasing.«

In der Filiale nahm niemand ab. Daraufhin ließ sich Süden am Telefon von einem Kollegen im Dezernat Helgas Adresse heraussuchen und rief dort an.

»Hallo?«

»Tabor Süden, Kripo München, Vermisstenstelle.«

»Ja?«

»Frau Helga Ries?«

»Ja?«

»Wir ermitteln im Entführungsfall Natalia Horn, Ihrer Bekannten. Am 26. Juli hatten Sie einen Streit mit Frau Horn, wissen Sie noch, worum es ging?«

»Bitte?«

Am anderen Ende der Leitung herrschte Stille.

»Frau Ries, bitte erinnern Sie sich ...«

»Keine Ahnung. Woher weiß ich, dass Sie wirklich Polizist sind?«

»Ich möchte mit Ihnen persönlich sprechen, ich würde gern vorbeikommen ...«

»Das geht schlecht, ich hab grad Mittagspause, ich bin sehr müde, erkältet auch ...«

»Es geht um Ihre entführte Bekannte, Frau Ries. Erinnern Sie sich an den Streit?«

»Ja ...«, sagte sie gedehnt. Dann schwieg sie wieder. »Nein, doch nicht, ich erinnere mich nicht mehr. Moment mal ...«

Ines stellte sich neben Süden und flüsterte ihm zu: »Ich bin ziemlich sicher, es ging um einen Kunden, den ihr Helga vermittelt hat.«

»Frau Ries?«

Nach einer Weile meldete sie sich wieder. »Ja, also, es tut mir Leid, ich erinnere mich wirklich nicht. Ich hab in letzter Zeit wenig Kontakt mit Natalia gehabt ...«

»Haben Sie öfter Bekannte an Natalia vermittelt?«

»Was? Nein, selten, manchmal, sie war ... sie ist drauf angewiesen, sie war immer froh, wenn ich ihr jemand vorbeigeschickt hab ...«

»Also haben Sie ihr doch öfter neue Kunden vermittelt. Auch Männer?«

»Was? Nein, Frauen natürlich, natürlich Frauen ... Äh ... Wann, wann wollen Sie zu mir kommen?«

»So schnell wie möglich.«

»Ja, von mir aus. Haben Sie schon eine Spur? Ich meine, weiß man schon, wer dahinter steckt, hinter dieser Aktion D?«

Süden ging nicht auf die Frage ein und legte auf.

»Wieso lügt sie?«, sagte er. Nolte zuckte mit den Achseln. Ines drückte den Hund an ihre Beine und er knurrte melancholisch vor sich hin.

Süden war davon überzeugt, auf eine Fährte gestoßen zu sein. Und eine Frau, die im Zusammenhang mit der Entführung einer guten Bekannten log, war mehr als eine Fährte, sie war eine Tür im Dunkel, die sich einen Spalt breit öffnete, und Süden wusste, er hatte keine Zeit zu verlieren, bevor diese Tür wieder zufiel.

8

Obwohl die beiden Beamten mehrmals mit Nachdruck erklärt hatten, sie wollten nicht Platz nehmen, forderte sie sie erneut dazu auf.

»Ich stehe«, sagte Süden.

»Dann trinken Sie wenigstens einen Kaffee«, sagte Helga Ries zum vierten oder fünften Mal. »Bitte.« Sie hielt den beiden einen Teller mit drei schmal geschnittenen Stücken Marmorkuchen hin. »Ich hab noch was draußen, nehmen Sie ruhig!«

Oberkommissar Nolte erinnerte diese Frau an seine Mutter, und auch, wie es hier roch, nach gewaschenen Gardinen, polierten Schränken, Parfüm und einem vermutlich mückenkillenden Spray, versetzte ihn in eine Stimmung, die ihn nervte. Alles, woran er plötzlich denken musste, waren endlose Putzorgien in den Ferien, wenn er seiner Mutter beim Abreiben der Türrahmen und beim akkuraten Ausfegen der Zwischenräume der gerippten Heizkörper unter den Fenstern half, wenn sie beide, schwitzend und schweigend, das Unkraut aus den Ritzen der Steinterrasse zupften und diese dann mit Schaufel und Besen so lange sauber machten, bis kein Halm und kein Erdkrümel mehr zu sehen waren. So als würden sie vom Boden essen wollen, ohne Teller und Unterlagen. Das Einzige, was Florian Nolte bei dieser Arbeit Spaß gemacht hatte, war das Vergiften der Ameisen gewesen. Aus einer blauen Dose verteilte seine Mutter weißes Pulver entlang der Mauer und wenn sie angekrabbelt kamen, verreckten sie auf der Stelle. Zwei Stunden später durfte er alles wegkehren und in den Müll schütten. Nur dieser Höhepunkt am Ende des trostlosen Tuns veranlasste ihn, seiner Mutter zu gehorchen und ihr nicht ins Gesicht zu schlagen, was er sich oft gewünscht, aber dann nie getan hatte. Vielleicht, dachte er jetzt und verzog spöttisch den Mund, hat Helga Ries ebenfalls einen Sohn und traktiert ihn mit Gummihandschuhen, Lederlappen und Schwämmen, und der Junge wehrt sich nicht und sie quält ihn jeden freien Tag und er ist zu schwach und zu feige und sie weiß das und nutzt es aus. Immer hatte er sich vorgenommen Nein zu sagen, aber es nicht geschafft, und sie trug ihm stets neue schwachsinnige Arbeiten auf und er wollte raus, mit seinen Kumpels zum Fußball, die Mädchen ärgern, Plattenläden durchforsten. Er wollte weg aus diesem Scheiß von Sauberkeit und traute sich nicht, traute sich einfach nicht und hasste sich dafür, hasste sich, wie man nur sich selber hassen kann und niemand sonst, nicht mal seine Mutter, nicht mal diese Frau ...

»Das Beste ist, Sie kommen einfach mit, und dann ist Schluss mit Ihrem Getue!« Nolte nickte ihr angewidert zu. Sie erschrak, weil er sie so anblaffte, und blickte zwischen den beiden Männern hin und her. Noch nie hatte sie Polizisten in der Wohnung gehabt, sie war verlegen und gereizt, und auch wenn sie mithelfen wollte, Natalia aus den Fängen dieser furchtbaren Gangster zu befreien, fragte sie sich, wieso man sie wie eine Mitwisserin behandelte, wie jemanden, der Mitschuld an der Entführung hatte. Wann hatte sie Natalia überhaupt zum letzten Mal gesehen? Sie konnte sich nicht erinnern, das hatte sie dem langhaarigen Kommissar mit der Narbe am Hals gesagt. Aber er schien ihr nicht zu glauben. Warum denn nicht?

»Wissen Sie«, sagte sie, nachdem sie sich von Noltes Bemerkung erholt hatte, »wir haben uns ein wenig aus den Augen verloren, sie hat viel zu tun, ich hab viel zu tun, unser Verhältnis ist nicht mehr so wie früher, ich kann Ihnen wirklich nicht sagen, ob sie in der letzten Zeit Probleme hatte oder irgendwelche dubiosen Leute getroffen hat.«

»Sie haben mit ihr vor drei Wochen telefoniert«, sagte Süden.

»Das kann sein.«

»Das ist so.«

»Wenn Sie es sagen.«

»Warum verraten Sie uns nicht den Namen des Mannes, den Sie Frau Horn als neuen Kunden vermittelt haben?« Süden hielt sie für eingeschüchtert, vermutlich weniger von einem Dritten, als von ihnen, den beiden Kommissaren. Aber sie war auch unsicher und hatte offenbar noch nicht entschieden, was genau sie sagen sollte, sie versuchte höflich und entgegenkommend zu sein, allerdings verrieten ihre Gesten und Blicke, wie nervös sie war.

»Trinken Sie doch einen Schluck Kaffee!«, sagte sie und griff zur Kanne.

Auf einem Bücherregal, auf dem Ratgeber zum Steuerrecht, Broschüren verschiedener Banken, drei Lexika und alte Bücher in brüchigen dunklen Leineneinbänden standen, entdeckte Süden ein gerahmtes Foto: ein Mann und eine Frau an einem Palmenstrand. Die Gesichter waren unter den Strohhüten nicht zu erkennen.

»Sind Sie das?«, fragte er.

»Ja. Und mein Exmann. Wir waren auf den Malediven, danach haben wir uns scheiden lassen.«

Diese Bemerkung gefiel Süden. Er hatte eine eigentümliche Zuneigung zu Paaren, die gemeinsam abenteuerliche Urlaube buchten, um dann nach drei Tagen festzustellen, dass sie einander auf Gedeih und Verderb ausgeliefert waren, in einer fremden Gegend, Tausende von Kilometern von der eigenen Wohnung entfernt, und ein Entrinnen gab es nicht, mehrere Wochen lang. In seinen Augen zählten Menschen, denen plötzlich das Alleinsein fehlte, zu den Unverlorenen, sie hatten, anders als die Tummler und Springer, eine Ahnung davon, worauf ihr Dasein letztendlich hinauslief.

»Haben Sie einen Freund?«, fragte Süden.

»Keinen festen.«

»Wir nehmen die Frau mit«, sagte Nolte und stand auf. Diese Wohnung, dieser Geruch, diese Frau mit den gefärbten Haaren und dem billigen Schmuck an den Händen, dieser Kollege, von dem man nie wusste, was er gerade dachte und ausheckte und der die ganze Zeit so tat, als könne ihn nichts aus der Ruhe bringen, das alles würgte und marterte ihn. Er wollte raus, er brauchte Luft, er musste irgendwas tun. Außerdem putschte ihn die Frage nach dem neuesten Stand der Ermittlungen auf, er brannte darauf zu erfahren, wie der Neger reagierte und ob er mit seiner kriminellen Göre schon auf seinen Abflug wartete.

»Ich möchte allein mit Frau Ries sprechen«, sagte Süden.

»Das ist gegen die Vorschrift«, sagte Nolte kühl.

»Der Rekorder läuft weiter.«

»Du bist der Chef.« Ohne sich zu verabschieden verließ Nolte die Wohnung.

Süden schaltete den Rekorder aus. »Warum verschweigen Sie den Namen des Mannes?«

Helga Ries wich seinem Blick aus, dann ging sie zum Fernseher, auf dem eine Packung Zigaretten lag, und zündete sich eine an.

»Ich hab ihn vergessen, es war irgendein Kunde aus unserer Bank«, sagte sie und inhalierte tief.

»Denken Sie nach!«, sagte Süden. »Wir überprüfen jeden, jeden Namen in Natalia Horns Adressbuch, jeden Nachbarn, jeden Freund und Bekannten. Wir haben noch keine Ahnung, wer hinter der Entführung steckt, und wir haben nicht viel Zeit. Je länger Sie schweigen, desto verdächtiger wird Ihr Schweigen.«

»Wieso verdächtig?«, sagte sie laut. »Ich hab nichts getan. Ich hab ihr öfter Leute vermittelt, ja, manchmal direkt aus einem Kundengespräch heraus, dann hab ich die Nummer ihres Studios weitergegeben und sie war mir immer dankbar. Wollen Sie mir daraus einen Strick drehen?«

»Ja.«

Sie warf ihm einen schnellen Blick zu. »Aber ... wieso ...«

»Sie lügen mich an.«

Helga Ries zog an der Zigarette und blies den Rauch durch die Nase. »Nein«, sagte sie.

»Dann werden wir Sie doch mitnehmen müssen.«

»Mit welchem Recht?«

»Aussageverweigerung.«

»Ich verweigere die Aussage nicht, das hören Sie doch. Ich rede mit Ihnen, ich beantworte Ihre Fragen.«

Süden schaltete den Rekorder wieder ein und hielt ihn ihr vor den Mund.

»Wiederholen Sie Ihre Aussage, dass Sie sich an den Namen des Mannes, den Sie zuletzt an Natalia Horn vermittelt haben, nicht mehr erinnern.«

»Ich erinnere mich nicht«, sagte sie und drückte die Zigarette in einem Aschenbecher aus, der die Form und Farbe einer Muschel hatte.

Es klingelte an der Tür.

»Mein Kollege«, sagte Süden.

Helga öffnete.

»Du?«, sagte sie erschrocken.

»Ich hatte in der Nähe zu tun ...«

»Ich hab dir gesagt, du sollst nicht unangemeldet kommen!«, stieß sie gepresst hervor.

»Ich komm, wann ich will.«

»Guten Tag«, sagte Süden, der in den Flur trat.

Helga brachte kein Wort heraus.

»Tag«, sagte der Mann, der einen braunen Anzug trug und einen kleinen Aluminiumkoffer bei sich hatte.

»Tabor Süden, Kriminalpolizei.«

»Josef Rossi.«

Süden kannte den Mann nicht. Aber Helga Ries' beinah panische Verwirrung genügte ihm, um seine Vernehmung sofort weiterzuführen.

»Sie kennen Natalia Horn?«, fragte er, während er den beiden ins Wohnzimmer vorausging. Helga zupfte Rossi am Sakko. Rossi stellte den Koffer ab und beachtete sie nicht. Seine ganze Aufmerksamkeit galt dem Kommissar. Süden ließ ihn ebenfalls nicht aus den Augen. Einige Sekunden passierte nichts. Süden sah die roten Flecken unter Rossis Nase und den abgetragenen Anzug. Könnte ein ewig erkälteter Vertreter sein, dachte er und zweifelte im nächsten Moment daran. Den Namen eines Vertreters hätte Helga vermutlich nicht so hartnäckig verschwiegen. Falls es sich bei diesem Mann überhaupt um den Unbekannten handelte.

»Ja«, sagte Rossi, »Frau Ries hat sie mir empfohlen und ich bin auch hingegangen. Ich wollte mich informieren, und am Anfang haben wir uns auch gut verstanden, doch dann bekamen wir Streit. Ich weiß nicht mehr, womit es anfing, eine Kleinigkeit, wir kannten uns ja nicht, vielleicht war sie schlecht gelaunt an dem Tag, kann schon sein, wir sind jedenfalls ziemlich erbost auseinander gegangen. Es war einfach so, ich wollte mich nur informieren und Frau Horn dachte, ich käme zu einer Behandlung, wahrscheinlich hab ich ihr die Zeit für einen Kunden weggenommen, das wollte ich nicht. Sie kam mir auch sehr angespannt vor. Es ist tragisch, was mit ihr passiert ist. Wissen Sie schon etwas?«

»Waren Sie danach noch einmal bei Frau Horn?«, fragte Süden.

»Ich hab es mir überlegt, aber ich hatte keine Zeit. Ich bin Verkäufer in einem Möbelhaus, sechs Tage, acht Stunden am Tag, manchmal rinnt mir die Zeit nur so durch die Finger.«

»Wie lange kennen Sie Frau Ries schon?«

Rossi sah sie an. In ihrem Gesicht spiegelten sich ihre inneren Kämpfe, dazu verzog sie ihre blassrot geschminkten Lippen zu einem gequälten Lächeln.

»Ein ... ein Jahr ... eineinhalb ...«, sagte sie unsicher.

»Ungefähr«, sagte Rossi. »Was wollten Sie von Frau Ries?«

»Ihren Namen«, sagte Süden, »Ihren, Herr Rossi.«

»Und?«

»Sie wollte ihn nicht nennen.«

»Warum denn nicht?«, sagte er zu ihr und sie schaute weg. Daraufhin schwiegen alle drei wieder. Süden schaltete den Rekorder aus, steckte ihn ein und zog einen Block und einen Kugelschreiber aus der Tasche.

»Wo waren Sie am Tag der Sonnenfinsternis zwischen acht Uhr morgens und nachmittags gegen drei?«, fragte er Rossi.

»In der Arbeit. Wollen Sie das überprüfen? Warum?«

»Routine.«

»Natürlich.« Er nannte die Adresse der Filiale und fügte hinzu: »Ich werd Ihnen sagen, warum Frau Ries meinen Namen verschwiegen hat. Ich habs ihr verboten. Als wir uns kennen lernten, lief gerade meine Scheidung und ich wollt nicht, dass jemand erfährt, ich hab eine neue Frau. Und unser Verhältnis ist immer noch ... eher geheim, weil ... Der Anwalt meiner Exfrau ist hinter mir her, es geht um Geld, das sie

334

verlangt ... Ich finde es besser, wenn niemand was von uns weiß, verstehen Sie das?«

»Frau Horn wusste es?«, fragte Süden.

»Nein«, sagte Rossi, »ich habe mich als Bankkunde von Frau Ries gemeldet, wie einige andere vor mir ja auch. Sie hatte ... sie hat keine Ahnung, dass wir ... zusammen sind, Frau Ries und ich ...«

Süden sah die beiden an: ein Paar, das nicht eingespielt ist, die Frau im vorauseilenden Gehorsam, der Mann, der abwiegelt. Was hält sie zusammen? Sex, er kommt, um mit ihr zu schlafen, sie rechnet nicht mit ihm, aber sie lügt für ihn ...

»Die Privatangelegenheiten Ihres Liebhabers sind Ihnen wichtiger als das Schicksal Ihrer alten Bekannten«, sagte er.

»Nein«, sagte sie schnell, »das ist nicht wahr ...«

Süden verabschiedete sich.

Kaum hatte er die Wohnung verlassen, traf Helga der erste Schlag mitten ins Gesicht.

9

Woher er plötzlich den Bügel hatte, begriff sie nicht, und als der Bügel auf ihrem Hinterkopf zerbrach, rieb sie bloß leicht mit der Hand über die Stelle, obwohl der Schmerz ihr beinah den Kopf sprengte. Rossi prügelte und schrie immer weiter.

»Du saudumme Kuh! Du Schlampe! Warum hast du nicht ordentlich geantwortet? Warum hast du den Polizisten angelogen, du verblödete Kuh?«

»Ich wollt nicht, ich wollt nicht«, stammelte sie. Sie brachte die Arme nicht hoch, sie war zu langsam, immer wenn sie sie heben wollte, knallte schon seine Hand auf ihren Kopf, auf ihr Ohr, auf ihre Nase. Sie blutete und sah das Blut auf den Teppich tropfen, ganz deutlich sah sie es aus ihrem Gesicht tropfen, Tropfen für Tropfen, und dann knallte sie mit dem Kopf gegen den Schrank, gegen die unterste Schublade, denn sie kroch nur noch über den Boden, während Rossi den Gürtel aus der Hose zog und ihn auf ihren Rücken schnalzen ließ, dass sie glaubte zu zerbrechen.

»Wegen dir hab ich die Polizei am Hals, weißt du, was das bedeutet?«

»Nein«, wimmerte sie, »nein, was ... du hast gesagt, ich soll ...«

»Was hab ich gesagt?«, schrie er und peitschte sie mit dem Gürtel. Sie bekam kaum noch Luft zwischen den Schlägen, sie hörte es pfeifen und dann klatschte der Ledergurt auf ihren Nacken, auf ihre Hände, die sie schräg nach oben hielt, sinnlos schräg nach oben.

»Du hast gesagt, ich soll nichts sagen ...« Sie keuchte und schmeckte Blut im Mund, metallisch schmeckte es, metallisch und warm.

»Du verdammte Schlampe!«, schrie er auf sie hinunter. Sie

duckte sich, kroch auf allen vieren am Schrank entlang wie an einer schützenden Mauer, aber es war keine schützende Mauer, die Schläge zischten weiter auf sie herab und ihre Bluse war zerrissen und ihr Rock rutschte runter und sie schämte sich, aber die Schmerzen waren stärker als die Scham. »Wenn du alles versaut hast, bring ich dich um! Ich prügel dich tot, hast du das verstanden? *Hast du das verstanden?*«

»Ja«, sagte sie leise, »bitte aufhören, hör auf, ich weiß doch gar nicht, was los ist, was ist denn los ...«

»Du weißt nichts, aber du lügst die Polizei an, du Nutte!«

Zwischen den Schlägen vergingen keine fünf Sekunden, Helga Ries krümmte und wand sich, schleppte sich auf dem Bauch durchs Zimmer, immer im Kreis, um Rossis Beine herum, die sich mitdrehten, sie sah die Hosen schlackern, die Hosen schlackern, dachte sie verwirrt, und dann traf der Gürtel sie mitten auf dem Kopf und er drückte ihr Gesicht auf den Teppich und die Berührung war wie ein Aufprall, sie dachte, ihre Nase würde brechen, und sie rollte sich schnell zur Seite, versteckte den Kopf unter einem Stuhl und zog die Beine an, die sie nicht mehr spürte.

Dann war es still. Sie lauschte. Zaghaft horchte sie unter dem Stuhl, ob Schritte zu hören waren oder ob ein Sirren in der Luft lag. Alles, was sie hörte, war ein Rasseln, und das kam aus ihrem Mund, von irgendwo aus ihrem Mund. Und alles war voller Blut, die Bluse, der Rock, die Hände, die Beine, der Teppich. Und ihr war schwindlig und es kam ihr vor, als hinge ihr die Haut in Fetzen vom Kopf. Wie soll ich das vor den Kunden verstecken, dachte sie, wie krieg ich den Boden wieder sauber, dachte sie, was hab ich bloß falsch gemacht, dachte sie, was hab ich denn mit deiner Entführung zu tun, Netty, ich hab doch nichts damit zu tun ...

Dann fing sie an zu weinen und als sie fünf Minuten später damit aufhörte und den Kopf unter dem Stuhl hervorstreckte, kniete Rossi vor ihr und reichte ihr ein sauberes Handtuch.

10

In den vier Stockwerken des Dezernats herrschte ein unaufhörliches Kommen und Gehen, auch wenn sich inzwischen kein Journalist mehr im Haus aufhielt. Die Eingangstür im Parterre war geschlossen worden, Fragen wurden nur noch telefonisch beantwortet, und zwar ausschließlich von Franz Obst, dem Pressesprecher, der ohne Rücksprache mit Karl Funkel keine aktuellen Auskünfte erteilte. Von den fünfundvierzig Mitgliedern der Sonderkommission Natalia gehörten zwanzig dem Dezernat 11 an, die Übrigen kamen von anderen Dezernaten, alles in allem neunundzwanzig Männer und sechzehn Frauen, von denen sich die meisten aus früheren Einsätzen kannten. Es war weniger Hektik, die die Stimmung auf den Fluren und in den Büros prägte, als vielmehr extreme Emsigkeit und konzentrierte Eile. Die neuen Informationen, die über Bildschirm, Fax oder Telefon hereinkamen, mussten in möglichst kurzer Zeit sämtlichen zuständigen Kommissaren und Kommissarinnen zur Verfügung stehen. Da parallel die Fahndung nach Katharina Wagner weiterlief, gab es keinen Raum, in dem man in Ruhe einen Kaffee trinken und seine Gedanken ordnen konnte. Ständig stürzte jemand herein, stellte eine Frage oder suchte ein freies Telefon, tippte ein paar Sätze auf einer alten lärmenden Schreibmaschine oder drehte den Fernseher auf, um die Nachrichten zu verfolgen – so wie Tabor Süden.

Er saß an seinem Schreibtisch, schräg gegenüber von Freya Epp, die in Abwesenheit von Sonja deren Schreibtisch benutzte, und sah eine Vorschau des TV-Magazins »Vor Ort«, das in zwei Minuten beginnen sollte. Den Mann, der darin kurz in einem Interview mit Nicole Sorek gezeigt wurde, hatte er noch nie zu Gesicht bekommen, was vor allem daran lag, dass ihn dessen politische Ziele nicht im Geringsten interessierten. Zudem umgab den Mann die Aura des Unnahbaren. Seine Villa am Stadtrand war von Mauern und Stacheldraht abgeschottet genauso wie er selbst von seinen Leibwächtern, wenn er gelegentlich bei einer Wahlkampfveranstaltung seiner Partei auftrat. Dr. Ewald Voss war Gründer und allmächtiger Vorsitzender der Deutschen Republikaner, ein Immobilienmakler und Börsenspekulant mit Millionenumsätzen. In Ostdeutschland hatte er Hunderttausende von Mark in die Werbung investiert mit dem Ergebnis, dass seine Partei in den Landtag gewählt wurde.

»Ohne den«, sagte Freya, »gäbs keine halbwegs erfolgreiche Partei rechts von der CSU. Dabei denken die doch auch alle: Ausländer raus, Frauen hinter den Herd!«

»Sei mal still!«

»Wer die Deutschen Republikaner und die Entführer von Frau Horn in einem Atemzug nennt, schadet dem Ansehen Deutschlands«, sagte Voss und Nicole Sorek sagte in die Kamera: »Wir sehen uns – gleich!« Dann folgte Werbung.

»Der Führer und die Entführer«, sagte Freya. »Auf der Sitzung war auch einer vom Verfassungsschutz, der behauptet hat, eine derart geplante und durchgeführte Aktion traue er keiner der bisher bekannten rechten Gruppierungen zu. Großes Staunen. Immerhin ist es trotzdem passiert.«

»Können wir die Namen aller Mitglieder der rechten Parteien in Bayern herausfinden?«, fragte Süden.

»Auch die von der CSU?« Freya grinste ihn an und ihre Kulleraugen funkelten braun hinter ihrer roten Designerbrille.

»Nein, über unser System geht das nicht, aber ich kann unseren Verfassungsschützer anrufen.«

»Mach das bitte!« Er tippte seinen Bericht über die Vernehmungen von Ines Groß und Helga Ries weiter und Freya telefonierte. Nachdem er von Noltes Auto aus im Dezernat angerufen hatte, um sich von einem Kollegen Rossis Daten im Computer bestätigen zu lassen, und danach Rossis Alibi überprüft hatte, war er mit dem Taxi zu Sonja Feyerabend gefahren. Sie hatte immer noch hohes Fieber und Durst wie ein Walross. Für eine Unterhaltung war sie zu schwach und zu müde, sie fragte ihn nach dem Stand der Ermittlungen und er berichtete ihr alles. Als er wieder zum Bett sah, bemerkte er, dass Sonja eingeschlafen war. Er küsste sie auf die Stirn, die heiß und nass von Schweiß war, stellte ihr zwei volle Flaschen Mineralwasser ans Bett und ging. Obwohl jeder im Dezernat behauptete, er, Süden, sei ein verbohrter Einzelgänger, der die Fälle am liebsten allein bearbeiten und alle Gespräche unter vier Augen führen wolle, fühlte er sich wohler, wenn Sonja ihn begleitete, wenn sie ihn antrieb, wenn sie seine Grübeleien unterbrach und seine Langsamkeit torpedierte, die im Grunde eine Schau-Erschöpfung war, eine Müdigkeit, die von seinen Blicken ausging, die er sogar in seinen Träumen spürte. Mit Sonja an seiner Seite gelang es ihm, als Polizist zu funktionieren, jedenfalls eine Zeit lang, und seit sein bester Freund Martin nicht mehr lebte, war sie der einzige Mensch, den er in seiner Nähe duldete. Noch weniger als früher nahm er inzwischen Ratschläge an, und wenn er im Dienst Aufträge erhielt, musste er sich Mühe geben, sie nicht sofort wieder zu vergessen. Es fiel ihm immer schwerer, Teil einer Gruppe zu sein und eine Gruppe als Fundament seiner Arbeit zu akzeptieren. Und so stemmte er sich nachts oft gegen die Wand, furchtvoll und bleiern vor Schwermut. Funkel würde ihn zum psychologischen Dienst schicken, wenn er davon erfahren würde.

»Hörst du mir zu?«, sagte Freya und klopfte mit einem Lineal auf seinen linken Arm. »Ich hab hier ein paar Namen.«

Süden stand auf, ging zu ihr, beugte sich über sie und roch den frischen Duft ihrer Haare. Sie hörte sein Schnauben.

»Nivea-Shampoo, eine Mark achtundneunzig im Supermarkt«, sagte sie.

»Riecht teurer«, sagte er.

»Das ist der Trick.« Sie zeigte auf einen bestimmten Namen in der langen Reihe. »Den kennst du, oder?« Josef Rossi.

»Deshalb hat sie nichts gesagt! Woher hast du die Namen?«

»Von unserem Freund.«

»Ich wusste nicht, dass auch die Deutschen Republikaner vom Verfassungsschutz beobachtet werden.«

»Ich glaub, offiziell werden sie das auch nicht«, sagte Freya, »aber du darfst nicht vergessen, wir haben eine gläserne Demokratie.«

»Das hab ich vergessen«, sagte Süden.

»Das ist ein Fehler.« Sie grinste wieder und Süden fand, es war mehr ein Lächeln, ein kindlicher Frohsinn, von kleinen Dingen entfacht. Süden erwiderte ihr Lächeln.

»Wir sind schon tolle Hechte«, sagte sie.

»Ja, mit dieser Technik und diesen Experten können wir uns rasend schnell geheime Informationen beschaffen.«

»Und es bedeutet mir nix«, sagte Freya. »Es ist bloß ein Spiel, stimmts? Manchmal hat es einen Zweck, manchmal ist es gefährlich und manchmal ist es sinnlos.«

Süden streckte den Rücken und stützte sich noch einmal auf Freyas Schultern ab.

»Nimm so viele Glasfasern, so viele Kabel, Daten und Mikrochips, wie du willst«, sagte er, »und am Ende steht derselbe unberechenbare, blutrünstige, armselige Neandertaler vor dir wie zu allen Zeiten. Wir sperren ihn ein und draußen wartet schon der Nächste.«

»Zu Ende philosophiert?«

Sie schauten beide gleichzeitig zur Tür. Thon stand da, mit einem Stapel weißer Blätter in den Händen. »Der Staatssekretär ist gekommen. Wir sind oben bei Funkel.« Er verschwand.

Süden schraubte die halb volle Wasserflasche auf und trank sie aus. »Ich hab Hunger«, sagte er.

»Ich schau mir die Sendung an und schreib mit«, sagte Freya und drehte sich zum Fernseher. Das Magazin »Vor Ort« fing an. Natürlich wurde als Erstes der unerwartete Monolog des Staatsanwalts auf der Pressekonferenz heute Morgen wiederholt. Süden machte, dass er aus dem Zimmer kam.

»Du siehst schon wieder viel besser aus«, sagte er und streichelte ihr geschwollenes Gesicht. Sie lag auf dem Bett, in eine Wolldecke gehüllt, und presste einen Eisbeutel auf ihre Stirn. Wie eine eiserne Glocke, die hin und her schwang, schlug ein dumpfer Schmerz von einer Seite ihres Kopfes zur anderen und so krampfhaft sie auch versuchte an irgendetwas zu denken, das Wummern hörte nicht auf, und wenn sie es für ein paar Sekunden vergaß, war es hinterher umso schlimmer.

Fünfzehn Minuten hatte sie unter der Dusche gestanden und lauwarmes Wasser über ihren wunden Körper laufen lassen, blassrotes Blut rann zwischen ihren blaulackierten Zehennägeln in den Abfluss, es kam ihr vor wie eine unbekannte Flüssigkeit, und dann musste sie sich hinknien, weil sie keine Kraft mehr hatte.

Josef Rossi war erst zwei Stunden später wieder aufgetaucht. »Der Bulle hat mich wahnsinnig gereizt«, sagte er jetzt und schnäuzte sich, bohrte in der Nase und schnäuzte sich noch einmal. »Ich trau dem nicht, ich hab schon von ihm gehört, verstehst du, ich kann ihn nicht ausstehen. Und ich hab gedacht, wieso hast du dem nicht die Wahrheit gesagt, so was ist doch dumm, verstehst du das? Das war dumm von dir, dumm von dir, sehr dumm von dir. Und ich komm hierher und steck im Dreck. Verstehst du das? Sie wollen mich rausschmeißen, weil dieser Flachkopf von Schenk gehört hat, dass ich Mitglied bei den Deutschen Republikanern bin, und das gefällt ihm nicht. Der steht auch schon auf meiner Liste ...«

»Auf ... auf welcher Liste?«, fragte sie leise, mit dröhnenden Schmerzen zwischen den Händen, die sie an die Schläfen presste.

»Die wollen mich tatsächlich deswegen feuern«, sagte er ohne auf ihre Bemerkung einzugehen, »Schenk ist zu mir gekommen und meinte, wenn er das gewusst hätte, hätte er mich nicht eingestellt, dieser linksbourgeoise Wichser. Ist Filialleiter und macht den linken Hetzer. Wir haben ihn mal getroffen, in diesem Lokal, weißt du das noch, er saß da mit dieser Schwarzhaarigen ...«

Sie erinnerte sich nicht. Sie erinnerte sich an nichts. Seine Stimme verschwand zwischen den Schlägen der Schmerzglocke und Rossi redete einfach weiter, sagte irgendetwas über den Filialleiter des Möbelhauses und sie hörte immer wieder seine Worte, aber was sie bedeuteten, begriff sie nicht, da war ein Vakuum um sie, in das kein Sinn drang, nur chaotisches Brabbeln und Hämmern, vor allem unaufhörliches Hämmern. Aber Rossi redete weiter, und dann streichelte er wieder ihr Gesicht, was sie im ersten Moment nicht bemerkte, weil sie taub vor Schmerzen war, und dann sah sie ihn an und jeder Blick tat ihr weh, ihre Augen waren nur noch Schlitze, umgeben von verfärbter aufquellender Haut, und sie hörte ihn sagen:

»Da bin ich halt ausgerastet, tut mir Leid, das war zu viel für mich, der Schenk, der Bulle, deine Lügerei. Du hast keine Ahnung, was du damit angerichtet hast, ich hoffe ja nicht, aber wenn, aber wenn ...«

Abrupt stand er auf und ging hinaus zum Telefon. Erleichtert ließ Helga Ries den Eisbeutel fallen. Macht nichts, dann gibts eben eine Pfütze auf dem Teppich, macht nichts, dachte sie, drehte ihr Gesicht zur Wand, vergrub es in einem Kissen und bekam allmählich eine Ahnung davon, was Rossi ihr angetan hatte. Nach und nach wurde ihr bewusst, was vorhin – Wie lange war das her? Wie lang lieg ich schon hier? – mit ihr passiert war. Erst jetzt erwachte sie aus ihrem Schockzustand. Und ihre Angst wuchs mit jedem mühevollen Atemzug. Sie dachte plötzlich, wenn er wieder ins Zimmer kommt, bringt er mich um, er legt mir eine Schlinge um den Hals und erdrosselt mich, er tötet mich, so wie er es versprochen hat. Daran erinnerte sie sich in diesem Augenblick so klar wie an nichts anderes.

Im Wohnzimmer saß Rossi auf der Couch und telefonierte. »... Sobald ich mit dem Chef gesprochen habe, melde ich mich bei Ihnen, ich glaube nicht, dass wir den Plan ändern müssen, aber ich muss mich absprechen ... Nein, ich hab ihr eine Geschichte erzählt, wie immer, sie hat sie geglaubt ... Gehen Sie jetzt zum Briefkasten, jetzt gleich, starten Sie Stufe zwei ...«

Jedes Mal wenn Emanuel Hauser ihn ansah, dachte Süden: Ja, ich bins, ich bin der Neandertaler des 21. Jahrhunderts. So deutete er die Blicke des Staatssekretärs aus dem Bayerischen Innenministerium, der ihm vom ersten Moment an mit abschätzigem Staunen begegnet war. »Sie sind also der berühmte Süden«, hatte Hauser zur Begrüßung gesagt und ihn von oben bis unten betrachtet, als wäre er bei einem Model-test. Null Punkte, dachte Süden, nachdem Hauser seine Musterung beendet hatte. »Sie sind ja eine Berühmtheit, in den Medien und bei uns im Haus. Sie haben diesem Jungen da oben auf Helgoland das Leben gerettet, nicht wahr?« – »Ja.« – »Beeindruckend, lassen Sie uns anfangen.«

Daraufhin hatten sie an dem langen Tisch vor dem Fenster Platz genommen: Hauser, Funkel, Thon, Süden und sein Kollege Weber, Staatsanwalt Ronfeld und Rechtsanwalt Fischer. Bis auf Hauser, der seine Aktentasche auf den Boden stellte und sie dort bis zum Ende der Versammlung stehen ließ, hatte jeder einen mehr oder weniger hohen Stapel Papier vor sich liegen. In der Tischmitte standen Flaschen, Gläser, Tassen und zwei Thermoskannen, die vorerst unberührt blieben.

»Wenn er es hätte einrichten können«, begann Emanuel Hauser, »wäre der Minister persönlich gekommen. Leider hat er Gäste aus Südafrika, die heute noch München verlassen müssen, so dass er den Termin nicht verschieben konnte. Er lässt sie herzlich grüßen und dankt Ihnen für Ihren Einsatz und Ihre bisherige Arbeit bei diesem schrecklichen Fall. Alles, was ich Ihnen zu sagen habe, ist mit dem Minister abgesprochen, allerdings bin ich nicht gekommen, um Ihnen etwas mitzuteilen oder Sie um etwas zu bitten, ich bin hier, um mich aus erster Hand zu informieren. Wir alle wollen das Beste für Frau Horn, das ist klar, die Frage ist jetzt, wie wir das erreichen. Vielleicht darf ich Ihnen ein paar grundsätzliche Dinge erläutern, die die Einstellung des Ministers zu diesem Thema deutlich machen, mit Thema meine ich das Thema Ausländer, Ausländerkriminalität, Kriminalität im Allgemeinen.«

In der kurzen Pause, die er folgen ließ, blickte er von der Schmalseite des Tisches, an der er saß, in die Gesichter der sechs Männer vor ihm, drei auf jeder Seite. Dann nahm er die

Brille ab. Hauser war unübersehbar ein Mann, der gern im Mittelpunkt stand und gehört wurde. Obwohl er selten die Möglichkeit bekam, in den Medien zu erscheinen, und trotz seiner dreißigtausend Mark im Monat, eines eigenen Chauffeurs und einer persönlichen Sekretärin und trotz der Tatsache, dass er bei wichtigen politischen Entscheidungen im Ministerium allenfalls am Rande vorher gefragt wurde, nutzte er Empfänge und andere Gesellschaftstermine immer wieder zu Aussagen über aktuelle Themen, wobei er unauffällig versuchte, seine Meinung in Nuancen zu der des Ministers abzusetzen. Er wusste, er durfte nichts überstürzen, aber er wusste auch, wer zu lang zögert, bleibt ein Zögling und wird nie sein eigener Herr.

»Was das Mädchen angeht«, sagte er und tätschelte seinen linken Arm, als klopfe er Regentropfen ab, »so ist ihr Verhalten natürlich dramatisch und bedrohlich. Gleichwohl ist es ein Mädchen, ein Kind, ihr muss geholfen werden. Im Gegensatz zu Kollegen aus anderen Parteien halten wir die Unterbringung in geschlossenen Heimen nach wie vor für sinnvoll und erzieherisch richtig. Ob es bei Lucy Arano dazu kommt, werden wir sehen. Derzeit wird der Prozess gegen sie vorbereitet ...« Er sah die beiden Juristen an. »Und wir gehen davon aus, sie wird rechtskräftig verurteilt wegen ihrer achtundsechzig Straftaten. Sperren wir sie nicht ein, müssen wir in den nächsten drei, vier Jahren mit weiteren siebzig bis achtzig Opfern rechnen, die auf das Konto dieses Mädchens gehen. Der Schutz und die körperliche Unversehrtheit der Bevölkerung haben absolut Vorrang vor jeder irgendwie gearteten Nachsichtigkeit. Opferschutz muss höher bewertet werden als Täterschutz und ich weiß, alle, die wir hier sitzen, sind da einer Meinung. Festzustellen ist – auch darüber habe ich heut lange mit dem Minister gesprochen –, dass das Jugendamt eindeutig versagt hat, es hat die Brisanz dieses Falles nicht erkannt, es hat dieses Mädchen nicht ernst genug genommen, sondern es wie viele andere aufmüpfige Jugendliche behandelt, die ab und zu mal was anstellen. Das Jugendamt hätte längst prüfen müssen, ob man dem Vater nicht besser das Sorgerecht entziehen sollte. Über diese Versäumnisse wird noch zu sprechen sein, nicht von unserer Seite selbstverständlich, sondern von Seiten der Stadt.«

Wieder ging sein Blick in die Runde und verweilte einige Sekunden auf Tabor Süden, der mit verschränkten Armen dasaß und die gegenüberliegende Wand fixierte. Hauser fragte sich, ob dieser Mann ihm überhaupt zuhörte, irgendwie fand er den Kommissar unverschämt.

»Was uns mehr beunruhigt als das Fehlverhalten von Jugendämtern ist die steigende Zahl jugendlicher Straftäter, Sie wissen das besser als ich, der Bundestrend in den letzten Jahren ist niederschmetternd und leider macht Bayern da keine Ausnahme. Hinzu kommt, und das ist der entscheidende Punkt in unserem Gespräch, schließlich ist das Mädchen, das der Auslöser dieser furchtbaren Entführung ist, ebenso wie ihr Vater, eine Schwarze, hinzu kommt der ständig steigende Anteil an Ausländern bei den Straftaten. Allein in Frankfurt am Main stieg der Anteil an Ausländern, ganz gleich welcher Nationalität, auf mehr als sechzig Prozent bei Raubdelikten und ...«

»Entschuldigung.«

Paul Weber, rotwangig, leicht schwitzend wie immer, den kleinen Block voller Zitate vor sich, unterbrach Hauser. »Sie bezeichnen Lucy Arano als Ausländerin, hab ich das richtig verstanden?«

»Richtig, Herr ...«

»Weber. Das Mädchen ist hier geboren, es ist hier sozialisiert worden, sozusagen direkt am Harras, dort ist sie aufgewachsen, sie hat nichts mit irgendeiner ost- oder südeuropäischen Bandenkriminalität zu tun.«

»Ich weiß, was Sie meinen, Herr Weber«, sagte Hauser. Endlich wurde ihm ein Widerhaken geboten, auf den er schon gewartet hatte. »Es fällt Ihnen schwer zuzugeben, dass dieses Mädchen keine deutsche Staatsbürgerin ist. Und wenn sie nicht schwarz wäre, würde in Ihren Presseverlautbarungen wahrscheinlich nicht mal stehen, dass sie Nigerianerin ist. Sie halten das für politisch korrekt, aber das ist es nicht.«

»Ich halte es nicht für politisch korrekt«, sagte Weber, »ich halte es für selbstverständlich im Sinn einer objektiven Berichterstattung. Es spielt keine Rolle, ob ein Jugendlicher, der einen Überfall macht oder beim Dealen erwischt wird, Deutscher oder Nichtdeutscher ist.«

»Generell nicht, da haben Sie Recht, Herr Weber.«

Hauser legte die Brille auf den Tisch, die Bügel ordentlich über Kreuz, und faltete die Hände. »Der Minister ist ganz Ihrer Meinung, Vorverurteilung darf es nicht geben und die Hautfarbe ist kein Makel a priori, das ist ja klar. In unserem speziellen Fall allerdings haben wir es mit zwei Menschen zu tun, die qua Pass keine Deutschen sind. Sie leben und arbeiten hier, und Herr Arano ist, wie ich weiß, bisher nie mit dem Gesetz in Konflikt geraten. Er bezahlt seine Steuern, er hat einen kleinen Betrieb, er ist ein gern gesehener Gast in unserem Land und hier in München. Nun gibt es aber einen Satz im Ausländergesetz, den Sie alle kennen, der lautet, dass ein Ausländer, also jemand ohne deutsche Staatsangehörigkeit, ausgewiesen werden kann, wenn er die öffentliche Sicherheit und Ordnung der Bundesrepublik Deutschland gefährdet. Ich will Sie nicht belehren, meine Herren, aber dieser Fall liegt vor. Lucy Arano – und Staatsanwalt Ronfeld wird das im Prozess gegen das Mädchen ausführlich darlegen –, Lucy Arano gefährdet massiv die öffentliche Sicherheit und Ordnung. Ihr Vater hat bei ihrer Erziehung komplett versagt und sich mitschuldig an ihrem kriminellen Treiben gemacht. Ich für mein Teil habe Lucy Arano aufgegeben, und das tut mir Leid, ich glaube nicht daran, dass sie sich in absehbarer Zeit bessern wird. Meiner Einschätzung nach hat Herr Arano seine Koffer schon längst gepackt, ich bin davon überzeugt, er will zurück in seine Heimat, was man auch verstehen kann, da dort jetzt endlich so etwas wie demokratische Verhältnisse herrschen. Vor drei Stunden habe ich dem Minister vorgeschlagen, falls es keine andere Möglichkeit gibt, Frau Horn zu befreien, Lucy Arano zusammen mit ihrem Vater außer Landes zu bringen.«

Hauser hörte so unerwartet zu sprechen auf, dass seine Zuhörer, von Niklas Ronfeld abgesehen, irritiert den Kopf drehten. War der Staatssekretär nicht gekommen, um sich über den neuesten Stand der Fahndung zu informieren? Paul Weber betrachtete das Wort »Minister« auf seinem Block, das er mehrmals hingeschrieben und umkreist hatte, und darunter stand: »Koffer schon gepackt: Nigeria«. Neben ihm saß reglos Tabor Süden mit halb geöffnetem Mund.

»Es kann nicht unser Ziel sein, den Kidnappern nachzugeben«, sagte Funkel und hatte sofort das Gefühl, den völlig falschen Ton gewählt zu haben.

Hauser lächelte. Und hörte schlagartig damit auf, als er merkte, wie ihm Süden auf den Mund schaute. Das war kein Schauen, das war eine Beleidigung in Blicken. »Der Minister«, sagte er und griff nach einem Glas, »hält sich bedeckt, er kennt die Sachlage, er hält die Entführer für unberechenbar, und natürlich geht er davon aus, dass Sie die Frau unverletzt befreien. Deshalb würde ich ihm auch gern heute noch berichten, welche Schritte Sie als Nächstes planen.«

Er zog das Glas zu sich und Thon goss Mineralwasser hinein. »Danke.«

Als Hauser den ersten Schluck trank, nahmen sich auch Funkel, Thon und Ronfeld ein Glas und Thon schenkte allen ein. Weber entschied sich für Orangensaft, Fischer für Kaffee und Süden für nichts. Funkel reichte die Schale mit Teegebäck herum, aber außer Hauser hatte keiner Lust darauf.

»Ich darf vielleicht ergänzen«, sagte der Staatsanwalt und strich ein Blatt Papier glatt, das er gerade aus einer Akte gezogen hatte, »sowohl Oberbürgermeister Zehntner als auch Kreisverwaltungsreferent Grote sind grundsätzlich nicht gegen eine Ausweisung von Lucy und Christoph Arano.«

»Das glaub ich nicht!«, stieß Weber hervor. Unter seinen buschigen Brauen wirkten seine Augen finster und bedrohlich und er stemmte die Hände auf den Tisch, so dass seine muskulösen, behaarten Unterarme zu sehen waren. Wie immer hatte er die Ärmel seines karierten Hemdes hochgekrempelt, weshalb sich Süden gelegentlich fragte, wieso sein Kollege nicht gleich kurzärmelige Hemden trug. Wahrscheinlich war es ein Spleen wie so manches andere im Leben des neunundfünfzigjährigen verwitweten und seit einigen Monaten frisch verliebten Hauptkommissars. »Was ist das für eine Information?«, sagte er entrüstet. »Wann haben Sie mit dem Oberbürgermeister gesprochen? Wissen Sie davon was?« Er richtete die letzte Frage an Rechtsanwalt Fischer.

Dieser, der links neben Weber saß, sah hinüber zu seinem Freund und Tischtennispartner und kam sich wieder einmal ausgetrickst und blamiert vor. Abwesend schüttelte er den Kopf und wartete auf eine Erklärung Ronfelds.

Stattdessen ergriff Hauser das Wort: »Davon habe ich vor einer halben Stunde gehört«, sagte er.

»Von wem?«, fragte Funkel schnell. Er musste jetzt wachsam sein. Und er durfte nicht emotional werden. Fragen, antworten, fragen, antworten, sonst nichts, sonst nichts.

»Von mir«, sagte Ronfeld.

»Wieso haben Sie uns nicht informiert?«, fragte Funkel.

»Ich hab es hiermit getan.«

»Was genau hat der Oberbürgermeister gesagt?«, wollte Weber wissen.

»Er sagte, die Stadt müsse sämtliche rechtlichen Instrumentarien ausschöpfen.«

»Wir gehen vor den Verwaltungsgerichtshof, wenn die Stadt beschließen sollte, Lucy auszuweisen«, sagte Fischer und machte sich eine Notiz.

Der Zorn, den er auf Ronfeld hatte, sprengte die Grenzen eines Untertons.

»Das ist mir klar«, sagte Ronfeld.

»Ich glaub nicht, dass Zehntner das Mädchen ausweisen will«, sagte Weber. Seine Ohren waren himbeerrot, was nichts mit seiner Aufregung zu tun hatte, sondern mit seiner Durchblutung. Trotzdem wirkte er jetzt unbeherrscht und fast cholerisch, was überhaupt nicht zu ihm passte. »Das ist doch kein Reaktionärer! Entschuldigen Sie, Herr Ronfeld, aber ich glaube Ihnen nicht, Sie sind der Staatsanwalt, der Ankläger, Ihr Interesse ist es, das Mädchen vor Gericht zu bringen und verurteilt zu sehen ...«

»So ist es«, sagte Ronfeld.

»Was Sie versuchen«, sagte Weber wütend, »ist, unsere polizeilichen Ermittlungen zu unterlaufen und uns in eine bestimmte Richtung zu leiten, die mir nicht gefällt.«

Ronfeld lachte tonlos.

»Das finden Sie lustig? Sie finden das lustig, so mit einer Vierzehnjährigen umzuspringen?«

»Bitte, Paul!«, sagte Volker Thon, der bisher geschwiegen hatte. Er war froh, dass Süden sich so lange zurückgehalten hatte, dessen Part nun anscheinend Weber übernahm. »Wir analysieren gerade die Umstände, nichts ist entschieden, bitte beruhige dich!« Dann beugte er sich etwas vor und wandte sich an Ronfeld, der links neben Funkel saß. »Wären Sie so nett und würden uns genau erklären, welchen Standpunkt das KVR und der Oberbürgermeister einnehmen? Welche rechtlichen Instrumentarien sind das, von denen Sie gesprochen haben?«

»Das ist einfach«, sagte Ronfeld, »die Aufenthaltsgenehmigung von Lucy Arano wird nicht verlängert. Und da sie nach beziehungsweise direkt an ihrem vierzehnten Geburtstag zwei Straftaten begangen hat, ist sie straffällig geworden und das bedeutet, sie kann, wie der Herr Staatssekretär schon gesagt hat, ausgewiesen werden. Natürlich würde sie nicht alleine nach Nigeria geschickt werden, sondern mit ihrem Vater.«

»Ausländerrechtlich hängt das Mädchen mit ihrem Vater zusammen«, sagte Hauser und nahm sich einen Keks aus der Schale. »Danke.«

»Das Mädchen würde wegen zwei Straftaten ausgewiesen werden?«, fragte Weber.

»Sie hat davor achtundsechzig Straftaten begangen, Herr Weber«, sagte Ronfeld. »Und sie stellt eine massive Gefährdung der öffentlichen Sicherheit und Ordnung dar, auch das ist schon mehrmals gesagt worden. Auch wenn Ihnen das nicht passt, es ist die Wahrheit, das sind die Fakten, und gäbe es diese tragische Entführung nicht, dann wäre das ganze Verfahren um Lucy Arano eine einfache Angelegenheit.«

»Diese tragische Entführung ist aber ein Fakt«, sagte Fischer. »Und alles, alles, was wir tun, das nur im Ansatz so aussieht, als würden wir der Forderung der Kidnapper nachgeben, ist ein Armutszeugnis für uns, für die Stadt und für das ganze Land.«

»Genauso ist es«, sagte Weber.

»Genauso ist es nicht«, sagte Ronfeld. »Wir sind doch alle nüchterne Fachleute, wir sehen, was möglich ist und was nicht, wir orientieren uns an der Realität, an den Gesetzen. Wo bleibt Ihr gesunder Menschenverstand? Wir reden hier doch nicht von einem Willkürakt der Staatsanwaltschaft oder der Ausländerbehörde, wir verbreiten doch keine Hetzkampagne gegen dieses Mädchen, wir sind doch nicht froh und glücklich, wenn wir Vater und Tochter, die hier lange und zufrieden gelebt haben, aus dem Land verweisen! Das ist doch keine leichte Entscheidung, die hier getroffen wird! Aber ich bitte Sie, bevor wir weiterhin Meinungen austauschen und uns gegenseitig Übles unterstellen ...«

»Was unterstellen Sie mir Übles?«, fragte Weber. In seiner Stimme lag nicht die geringste Ironie.

»Nichts, Herr Weber«, sagte Ronfeld, »Sie sind empört, das ist Ihr gutes Recht. Viele Menschen sind zur Zeit empört, über die Taten Lucy Aranos ebenso wie über die Entführung von Natalia Horn. Nur, Empörung hilft uns nicht, uns, die wir entscheiden, die wir handeln müssen. Ich unterstelle Ihnen höchstens, dass Sie sich von Gefühlen leiten lassen, die Ihren Verstand torpedieren. Verzeihen Sie! Lassen Sie mich das bitte zusammenfassen, damit Sie, Herr Funkel, als Leiter der Sonderkommission dem Herrn Staatssekretär noch in aller Ruhe die neuesten Ergebnisse mitteilen können, wegen denen er gekommen ist, und ich lasse Sie dann auch sofort wieder in Ruhe Ihre schwierige Arbeit machen. Wir sprechen hier vom worst case, also von dem Moment, in dem wir erkennen müssen, dass es uns nicht rechtzeitig gelingen wird, die Entführer zu enttarnen. Dann ist keine Zeit mehr zum Debattieren und Abwägen, dann müssen wir handeln und viele Millionen Menschen sehen uns dabei zu. In diesem Moment müssen wir uns bewusst sein, was wir diesen Menschen sagen, warum wir wie was tun. Wenn es also zu dieser Situation kommen sollte, was wir nicht hoffen, wahrlich nicht hoffen, dann schlage ich Ihnen vor, Sie fangen schon jetzt damit an, sich daran zu gewöhnen, dass Lucy Arano früher oder später sowieso ausgewiesen wird. Wir, die Staatsanwaltschaft und die Ausländerbehörde, werden ein Arrangement treffen, das darauf hinausläuft, dass wir auf einen Prozess verzichten, wenn die Aufenthaltsgenehmigung des Mädchens nicht verlängert wird. Das ist ein legaler Vorgang, ungewöhnlich und in dieser Form noch nicht praktiziert, aber im Rahmen der Gesetzgebung. Das heißt, wenn wir durch die Entführer gezwungen wären, Lucy und ihren Vater auszuweisen, dann müssen wir das als eine Art Präventivvollzug betrachten. Und je schneller Sie sich mit diesem Gedanken vertraut machen, desto leichter wird Ihnen im schlimmsten aller Fälle die Entscheidung fallen.«

Ronfeld nickte in die Runde und schraubte seinen silbernen Füller zu, mit dem er sich während Hausers Ausführungen Stichpunkte notiert hatte.

»Ich bin nicht Ihrer Meinung«, sagte Tabor Süden und stand auf. Langes Sitzen machte ihn krumm und dumpf. Er ging zur Wand hinter Ronfeld, Funkel und Thon, lehnte sich an und verschränkte die Arme. Im Gegensatz zu den beiden anderen drehte sich der Staatsanwalt nicht zu ihm um. »Ich habe gelernt, dass nicht alles, was zweckmäßig erscheint, auch gerecht ist. Ich habe auch gelernt, dass eine der Grundlagen der Rechtsprechung Mitgefühl ist, für die Opfer natürlich, aber auch für die Täter. Wenn wir uns mit der psychischen und geistigen Struktur eines Verbrechers beschäftigen, dann ist das kein Gnadenakt, sondern ein Auftrag, den wir im Namen unseres Sozialstaats erfüllen. Wir sollen nämlich etwas lernen. Und wir lernen nichts, wenn wir die Täter so schnell wie möglich wegsperren. Oder wegschicken. Wir werden nie etwas begreifen, wenn wir uns davor drücken, Verbrecher ernst zu nehmen. Das hat nichts mit Täterschutz vor Opferschutz zu tun. Was soll das überhaupt heißen: Täterschutz? Haben wir jemals einen Täter geschützt? Das ist bloß Gerede von Leuten, die Lärm machen. Was Sie vorhaben, Herr Ronfeld, widerspricht der elementaren Grundlage der Kriminalpolitik und dem Grundsatz der Humanität, und ich verrat Ihnen etwas. Ich habe eine Menge Dinge vergessen nach meiner Ausbildung und ich bin, wie Sie wissen, kein Polizist, der Spielregeln besonders mag. Eigentlich hasse ich Spielregeln, wenn ich spiele, dann will ich richtig spielen, dann will ich mich austoben. Aber was ich verstanden habe und was ich nicht vergessen werde, solang ich Polizist bin, und wenn ich keiner mehr bin, werde ich immer noch daran denken: Ohne Mitgefühl und Mitverantwortung funktioniert das Strafgesetz nicht. Wenn wir das Ziel aufgeben, einen Täter zurückzugewinnen, wenn wir ihm die soziale Hilfe verweigern, die er braucht, um wieder in die Gesellschaft zurückzufinden, dann haben wir verloren, dann sind wir bloß Vollzugsbeamte, die Schlösser auf- und zusperren und in Frieden ihr Butterbrot essen wollen. Und noch etwas, Herr Ronfeld: Das Gesetzlichkeitsprinzip besteht unter anderem aus dem Rückwirkungsverbot. Lucy Arano hat keine achtundsechzig Straftaten begangen, sie hat zwei begangen, und es wird keinen Richter geben, der sie deshalb ausweisen wird.«

Dann schwieg Süden. Thon musste zugeben, dass er ihm zustimmte, was ihm schwer fiel. Und Funkel fühlte sich noch mehr überrumpelt und hilfloser als vorher. Weber klopfte mit dem Kugelschreiber auf seinen Daumennagel. Hauser hantierte mit der Brille und tätschelte seinen linken Arm.

Ohne sich zu Süden umzudrehen, sagte Ronfeld: »Ich stimme mit allem überein, was Sie gesagt haben, nur mit dem Schluss nicht: Es werde keinen Richter geben, der Lucy Arano ausweist, weil sie, wie Sie behaupten, nur zwei Straftaten begangen hat. Es wird aber einen Richter geben, das schwöre ich Ihnen, der wird sie ausweisen, weil sie keine Aufenthaltsgenehmigung mehr hat und vorbestraft ist. Und jetzt schlage ich vor, Sie beginnen mit Ihrem Bericht, Herr Funkel.«

»Wir machen eine kurze Pause«, sagte Funkel und verließ ohne weitere Erklärung den Raum.

11

In dieser Nacht hab ich nichts verloren, ich will hier weggehen, ich steh jetzt auf und verschwinde. Und dann tat sie es und es war einfach. Wie ein Mädchen sprang sie aus dem Bett, lief zum Fenster und riss es weit auf. Die Sonne ist noch nicht aufgegangen, aber man kann sie hinter den Hügeln ahnen, über den Wipfeln der dunklen Tannen färbt sich der frische Himmel gelb, ein stolzes Gelb, und sie kann es riechen, sein Duft reicht bis hierher, bis zu ihrem Fenster, und sie schnuppert und die Luft ist warm, und jetzt weiß sie, wonach dieses Gelb so köstlich riecht, nach Brot. Dieser Morgen schmeckt nach Brot, und als sie erneut zum Horizont blickt, sind die Tannen verschwunden und eine Ebene breitet sich aus, voller Birken, grasbewachsen, kurz geschnittenes, glänzend grünes Gras. Sie zögert nicht länger, klettert auf das Fensterbrett, sieht sich nicht mehr um und springt hinunter. Und landet wie auf Moos. An ihren Füßen, sieht sie jetzt, trägt sie weiße Sandalen, keine Socken, ihr Rock ist blau mit gelben Punkten wie winzige Sonnen und ihre Bluse ist weiß und eng, sie spürt sie am Körper, das Reiben des Stoffs auf der Haut verursacht ein Geräusch, das ihr ein wenig unangenehm ist. Doch sie kümmert sich nicht darum, sie rennt los, durch das niedrige Gras, das ihre Zehen kitzelt. Das sind fröhliche Berührungen, denkt sie, sie schaut nach unten und bemerkt, dass ihre Zehennägel rot lackiert sind, das hat sie vergessen gehabt und sie freut sich darüber. Das Laufen ist ein einziger Übermut, rechts und links die Birken stehen da wie ein Spalier, das sie beschützt vor irgendetwas, das sie vergessen hat. Überhaupt erinnert sie sich, während sie erleichtert leicht vorankommt, an nichts, sie weiß nicht mehr, woher sie kommt, sie hat sogar das

Zimmer vergessen, in dem sie gerade noch auf dem Bett lag, und als sie sich umsieht, ist da kein Haus, nur Weite und ein unberührter Himmel. Wie lange sie schon läuft, kann sie nicht sagen, aber auf einmal geht ihr die Luft aus. Es ist, als würde sie von einer Sekunde zur andern ersticken. Sie röchelt und keucht und reißt den Mund auf, ihr Herz schlägt heftig, sie kann es hören, es schlägt in ihrem Kopf, in ihrem Mund. Sie ist stehen geblieben, sie legt den Kopf in den Nacken, der Himmel ist schwarz und ganz nah und sie friert. Sie hat keinen Rock mehr an, keine Sandalen, nur die Bluse, sonst nichts, aber die Bluse gehört ihr nicht, so eine hat sie nie besessen, es ist eine ekelhafte braune Bluse wie von einer alten Frau. Es riecht auch nicht mehr nach Brot, sondern nach Moder und schmutziger Wäsche, und sie kriegt immer noch keine Luft und keucht und zappelt mit den Armen und zappelt mit den Beinen und hat Angst. Sie will sich festhalten und greift ins Leere.

Und dann wachte sie auf.

Und als Erstes sah sie ein schwarzes Gesicht mit zwei ausgeschnittenen Augen, das Gesicht, das sie kannte, das Gesicht aus übel riechender Wolle. Es war ganz nah vor ihrem Gesicht, vor ihrer Nase, so dass sie den fauligen Geruch einatmen musste. In ihrem Mund steckte abermals ein Taschentuch als Knebel, die Lippen verschloss ein Klebeband, das sich über ihre Wangen spannte. Wieder atmete sie panisch durch die Nase. Das schwarze Gesicht entfernte sich ein wenig und sie war dankbar dafür.

»Ich werde dir aus der Bibel vorlesen, dann wirst du dich beruhigen«, sagte der Mann. Er saß auf einem Stuhl, neben sich hatte er einen Hocker gestellt, auf dem eine Kerze brannte. In der Hand hielt er ein schwarzes Buch. Keine grüne Handsäge. Vor der er sie verschont hatte. »Ich wollte dich töten«, hatte er gesagt. »Du bist ein Geschwür, du musst weg vom Menschenbaum. Aber vielleicht bist du noch zu retten, ich will Nachsicht mit dir haben, denn ich weiß, was Gnade heißt.« Vor Erleichterung musste sie weinen und er wischte ihr das Gesicht ab und seine Hände rochen nach Tabak und Seife.

»Hör zu!«, sagte er. »Meinen Kindern in der Schule habe ich jeden Morgen vorgelesen und sie sind alle gute Menschen geworden. Falte deine Hände!«

Ihre Hände waren über Kreuz zusammengebunden, sie konnte sie nicht falten. Der Mann sah hin und dann in ihr Gesicht. »Entschuldige, das hatte ich vergessen.« Er senkte den Kopf, hob das Buch ins Licht der Kerze und begann mit brüchiger Stimme zu lesen.

»Achte auf meine Gebote, damit du am Leben bleibst, hüte meine Lehre wie deinen Augapfel. Binde sie dir an die Finger, schreib sie auf die Tafel deines Herzens. Sag zur Weisheit: Du bist meine Schwester, und nenne die Klugheit deine Freundin. Sie bewahrt dich vor der Frau eines anderen, vor der Fremden, die verführerisch redet. Vom Fenster meines Hauses, durch das Gitter, habe ich ausgeschaut, da sah ich bei den Unerfahrenen, da bemerkte ich bei den Burschen einen jungen Mann ohne Verstand: Er ging über die Straße, bog um die Ecke und nahm den Weg zu ihrem Haus, als der Tag sich neigte, in der Abenddämmerung, um die Zeit, da es dunkel wird und die Nacht kommt. Da!«

Sie erschrak, zuckte mit den Beinen und drehte ihm das Gesicht zu. Er wartete einen Moment, dann las er weiter, lauter.

»Eine Frau kommt auf ihn zu, im Kleid der Dirnen, mit listiger Absicht ...«

12

In seinem Büro zündete sich Karl Funkel die Pfeife an, öffnete das Fenster und beugte sich hinaus.

Im Grunde war dieser lange Blick aus dem Fenster, auf das immergleiche Treiben das Gegenteil dessen, was er gern getan hätte, als er aus dem Versammlungsraum stürzte. Nicht die Pfeife stopfen und rauchen und vor sich hinschauen wollte er, sondern versinken in Andacht. Wie sonntags, wenn er in der Josefskirche am Gottesdienst teilnahm, hätte er sich am liebsten hingekniet, die Hände vors Gesicht geschlagen und auf ein lautloses Wort gewartet, das nicht aus ihm kam.

Funkel glaubte an die Anwesenheit Gottes, er betete regelmäßig und ging zur Kirche, auch wenn er zugeben musste, dass ihm das Ritual oft mehr Freude bereitete als die salbungsvollen Worte des Priesters. Früher, als Ministrant, hatte er felsenfest geglaubt, Gott würde alles mitbekommen, was in seinem Kopf vor sich ging, und dann schämte er sich für seine Gedanken über seine Eltern oder über Lisa mit dem kurzen Rock. Inzwischen betrachtete er seinen Gott pragmatisch als Gesprächspartner, er warf ihm nichts vor und erwartete nichts, doch dass es ihn gab in seiner Vorstellung, beruhigte Funkel und gab ihm Kraft zum Weitermachen.

An einem anderen Ort als in seinem Büro hätte Funkel die Hände nicht mehr vom Gesicht genommen und sich geschämt wie damals als Kind, nur diesmal nicht aus Schuldgefühlen, sondern aus Ratlosigkeit und einer unbestimmten Furcht, die ihm sonst fremd war. Lange wäre er so dagesessen in der Stille und hätte sein Handeln abgewogen, wieder und wieder von vorn überdacht, verworfen und neu geordnet.

Vielleicht, dachte er jetzt, während er sich umwandte und die Pfeife in den Aschenbecher legte, war es gut, für ein paar Minuten nur hier zu sein im kühlen, nüchternen Büro, ein paar Minuten paffende Auszeit und dann zurück ins Unabwendbare. Er war Leiter einer Sonderkommission, er hatte zu funktionieren, die Zeit lief ihm davon, Gott war im Augenblick nicht der geeignete Gesprächspartner, er würde später mit ihm reden. Und ihm danken. Nachdem er Natalia Horn unversehrt nach Hause gebracht hatte.

»Mit sämtlichen Kundinnen haben wir Vernehmungen durchgeführt«, sagte er und nahm wieder bei den anderen Platz. Über den Grund seines plötzlichen Verschwindens gab er keine Auskunft, und der Einzige, dem das egal zu sein schien, war Tabor Süden. Mit gesenktem Kopf lehnte er noch immer an der Wand und erst als Funkel weiterredete, hob er die Augen, ohne jedoch Anstalten zu machen sich zu setzen. Funkel konnte sehen, wie wütend Thon über dieses Verhalten war. »Wir haben keine Hinweise darauf, dass eine der Frauen etwas mit der Entführung zu tun hat. Ebenso die fünf Männer, die gelegentlich bei Frau Horn in Behandlung waren. Einen von ihnen hat der Kollege Süden überprüft.«
»Er war kein richtiger Kunde«, sagte Süden und richtete sich auf.
»Würdest du dich bitte hinsetzen?«, sagte Thon tonlos.
»Nein«, sagte Süden kalt.
Hauser hob die Augenbrauen und verzog den Mund. »Ich würde das auch begrüßen«, sagte er dann.
»Dieser Mann heißt Josef Rossi«, sagte Süden und blieb, wo er war. »Er ist Mitglied der Deutschen Republikaner, für die Zeit der Entführung hat er ein Alibi.«

»Würden Sie Ihrem Kollegen bitte sagen, er soll sich hinsetzen«, sagte Hauser zu Funkel.

»Er hatte einen Bandscheibenvorfall, er kann nicht die ganze Zeit sitzen.« Der Kriminaloberrat kratzte sich an der Oberkante seiner Augenklappe. Seltsamerweise empfand er nichts. Er sah auch nicht Thon oder Weber an, die genau wussten, dass er soeben seinem Quasivorgesetzten ins Gesicht gelogen hatte, er redete einfach weiter. Hinterher würde er Thons Empörung freundlich ignorieren. »Wir gehen also im Moment davon aus, dass Frau Horn am Tag der Sonnenfinsternis in einem roten Wagen entführt wurde, möglicherweise in einem Audi oder Nissan. Auf dieses Auto konzentriert sich unsere Suche. Von den Nachbarn haben wir keine brauchbaren Informationen erhalten, auch die Familie konnte uns nicht weiterhelfen. Es ist fast so, als habe Frau Horn hinter dem Rücken der Leute gelebt. Nicht einmal ihr Verlobter hat eine Ahnung, mit welchen Personen sie Umgang hat.«

»Von der Verlobung habe ich erst aus der Zeitung erfahren«, sagte Hauser. Er tätschelte seinen Arm und blickte über den Rand seiner Brille.

»Wir wussten es vorher«, sagte Funkel, »haben es aber in den ersten Berichten, die wir Ihnen geschickt haben, nicht erwähnt, es spielt keine so große Rolle.«

»Sind Sie sicher?« Mit aufeinander gepressten Lippen kaute der Staatssekretär auf etwas herum. Vielleicht auf einem Keksrest, dachte Weber, und der bohrt sich jetzt pfeilgerade in den Nerv rein.

»Gestern abend haben die Kollegen die Spurensuche in der Wohnung des Opfers beendet«, fuhr Funkel fort. Er spürte ein Kratzen im Hals und musste an Sonja Feyerabend denken, die krank zu Hause lag. Hoffentlich hatte sie ihn nicht angesteckt, er brauchte sofort fünfundvierzig Tropfen Toxiloges und dann jede Stunde ... Unter keinen Umständen vergessen, dachte er, ich muss mir eine Notiz machen. Und während er weitersprach, kritzelte er, als wäre er Weber, das Wort »Toxiloges« auf ein Blatt Papier und kreiste es dick ein.

»Sie haben Fusseln und Fasern von Kleidungsstücken sichergestellt, wir haben alles nach Münster geschickt, die arbeiten dort an der Uni mit den modernsten Apparaten. Die Sachen kommen unter den Lamma, das ist ein Gerät mit einer Lasermikrosonde, der entgeht nichts. Die Ergebnisse liegen uns, wenn wir Glück haben, schon morgen vor. Und wir haben Haare gefunden, mit denen beschäftigen sich jetzt unsere Zellgutachter. Wir hoffen auf einen genetischen Fingerabdruck, das BKA arbeitet auf Hochtouren, auch was den Brief der Entführer betrifft. Die Kollegen in Wiesbaden haben eine Infobank mit Zehntausenden von Schrifttypen und Druckbildern. Allerdings wurde in unserem Fall der Brief mit einer Schreibmaschine geschrieben, aller Wahrscheinlichkeit nach auf einer alten Olympia US, die wurde hauptsächlich von amerikanischen Soldaten und Führungsoffizieren während der Entnazifizierung benutzt. Die Herstellerfirma hat die Truppen damals speziell mit diesen Maschinen ausgerüstet, sie waren sehr handlich, leicht zu transportieren und trotzdem robust. Seit Mitte der fünfziger Jahre sind sie nicht mehr in Gebrauch, offiziell im Handel waren sie sowieso nie. So viel haben die Kollegen bisher rekonstruiert, sie sind sich zu neunundneunzig Prozent sicher, dass es sich um eine Olympia US handelt. Das Papier ist gewöhnliches Kopierpapier, das es in jedem Kaufhaus gibt. Fingerabdrücke oder andere Spuren sind keine drauf, leider auch keine Speichelreste. Aber wir haben es ja auch nicht mit Laien zu tun.«

»Dann dürfte die Spur der Schreibmaschine nicht schwer

zurückzuverfolgen sein«, sagte Hauser. In den vergangenen Minuten hatte er mehrmals auf die Uhr gesehen, was Funkel nicht entgangen war. Außerdem fragte er sich, ob Hausers Chauffeur immer noch unten im Wagen saß. Wieso hatte sein Chef ihn nicht aufgefordert mit reinzugehen und in der Zwischenzeit einen Kaffee zu trinken und sich ein wenig zu unterhalten, auch wenn im Moment kaum ein Beamter des Dezernats Zeit dazu hatte? Wozu braucht ein Staatssekretär überhaupt einen eigenen Chauffeur?

»Es ist schwer«, sagte Funkel, dessen Unmut über Hausers Selbstgefälligkeit wuchs. »Natürlich haben die Kollegen sämtliche Flohmärkte der Stadt abgeklappert, aber dort verkauft niemand diese Maschinen. Die Frage ist, wieso benutzt ein Entführer eine derart spezielle Schreibmaschine, bei der er damit rechnen muss, dass wir die Herkunft der Schrift herausfinden, und zwar nach relativ kurzer Zeit? Wieso geht der Entführer dieses Risiko ein? Darauf gibt es nur eine Antwort: Es war ihm nicht bewusst, dass er ein Risiko einging. Er hat unwissentlich genau diese Schreibmaschine benutzt, woraus wir schließen, es ist nicht seine eigene Maschine, denn wenn es seine wäre, hätte er sie bestimmt nicht für diesen Zweck benutzt. Das heißt, er hat sie sich besorgt und nicht gemerkt, was für eine Rarität er da in Händen hält. Der Verkäufer hat es ihm also nicht gesagt. Aber kein Händler, der eine Olympia US anbietet, wird sie aus der Hand geben ohne den Wert anzupreisen und dem Kunden lang und breit zu versichern, was für ein Glück er hat. Wenn der Briefschreiber das gewusst hätte, hätte er die Maschine nie gekauft.«

»Kann es nicht sein«, sagte Hauser und nahm die Brille ab, »dass die Maschine doch dem Briefschreiber gehört, er aber nicht weiß, wie selten und auffällig sie ist?«

»Unwahrscheinlich«, sagte Funkel. Dann machte er eine

Pause. Langsam fand er, die bisherigen Informationen müssten genügen, um dem Minister eine Freude zu machen.

»Ich verstehe.« Hauser sah auf die Uhr, weniger dezent als bisher.

»Wir haben auch alle Antiquitätenhändler und Auktionshäuser befragt«, sagte Funkel. Das Kratzen im Hals wurde stärker und er räusperte sich. »Die meisten sagen, sie hätten noch nie mit einer Olympia US zu tun gehabt, einige hatten mal eine, aber das ist zwanzig Jahre her. Sie sehen, es ist nicht leicht, den Weg zurückzuverfolgen. Aber warum sollte unsere Arbeit leicht sein?«

Über diese Bemerkung runzelte Hauser die Stirn. Dann stand er auf, steckte die Brille in ein braunes Lederetui und hob die Aktentasche vom Boden hoch. »Ich danke Ihnen für Ihre präzisen Erklärungen, Herr Funkel. Ich werde dem Minister Bericht erstatten und ich gehe davon aus, er wird Sie morgen persönlich kurz anrufen. Wir sind alle erschüttert über diese Entführung, aber wir wissen, was für eine außergewöhnlich effiziente Mannschaft Sie hier im Dezernat haben.«

Er streckte Funkel die Hand hin. Dann kamen Ronfeld, Thon, Fischer und Weber an die Reihe, indem Hauser sich über den Tisch beugte und ihnen ebenfalls die Hand schüttelte. Daraufhin nickte er ihnen noch einmal kumpelhaft zu und ging zur Tür. Süden würdigte er keines Blickes. Doch als er die Tür aufmachen wollte, kam ihm der Hauptkommissar zuvor.

»Wiedersehen, Herr Hauser.«

Unbeabsichtigt berührte der Staatssekretär Südens Arm. »Wiedersehen.« Widerwillig sah er ihn an. »Würden Sie mich bitte vorbeilassen?«

»Ja.« Süden öffnete die Tür und trat einen Schritt zur Seite. Hauser ging in den Flur, wo er sich noch einmal umdrehte. »Dieser Mann ... Arano ... der arbeitet doch mit einem Kompagnon zusammen«, sagte er, an Funkel und Thon gewandt, die ihm gefolgt waren. »Ist der sauber?«

»Nein«, sagte Thon, »so wies aussieht, betrügt er Arano bei der Abrechnung, und das seit Jahren. Aber mit der Entführung hat er nichts zu tun.«

Hauser nickte und machte sich auf den Weg zur Treppe.

»Bandscheibenvorfall!«, flüsterte Thon, als er an Süden vorbeiging.

Funkel und Süden warfen sich einen Blick zu, der ebenso flüchtig wie vertrauensvoll war, keiner von beiden hatte das Bedürfnis, über die Lüge zu reden.

In seinem Büro traf Süden Freya Epp, die einer ihrer Lieblingsbeschäftigungen nachging: dem Entchaotisieren ihrer Zettelwirtschaft. »Da hast du echt was verpasst«, sagte sie, legte mehrere Blätter nebeneinander auf den Schreibtisch, betrachtete sie, faltete sie zusammen, schüttelte den Kopf, sortierte einen Packen kleiner karierter Zettel, die eng beschrieben waren. »Dieser Typ, der ... der Vorsitzende von den Deutschen Republikanern, der hat gesagt, also vorher, ganz am Anfang des Interviews hat er erst mal klargestellt, dass er nichts sagt, was gegen die ... gegen die ... Ich find das jetzt nicht, ich habs aber aufgeschrieben, und dann, also mitten im Interview ... Wo hab ich das bloß? Hier! Er hat diese Nicole Sorek gefragt, ob sie auch schon den Fichtl, also diesen CSU-Mann, gefragt hat, ob seine Partei was mit der Entführung zu tun hat. Sie hat ihn groß angeschaut ... Er wollte wissen, wieso seine Partei verdächtigt wird und nicht eine andere, diese Nummer ... Sie ist ganz schön geschwommen, das ist ja ein widerlicher Arsch, dieser Voss. Woher hat der das ganze Geld, mit dem er seine Nazis finanziert?«

»Ehrlich verdient«, sagte Süden, »mit Immobilien und Spekulation.« Er durchforstete die aktuellen Nachrichten im

Computer. Die Spurenauswertung hatte noch keine neuen Ergebnisse erbracht.

»Er hat natürlich, er hat ...« In einer geheimnisvollen Anordnung verteilte Freya ihre Notizen vor sich. »Natürlich hat er geleugnet, dass er irgendwas damit zu tun hat.«

»Was glaubst du?«

»Keine Ahnung. Dass die Entführer aus seiner Ecke kommen, da bin ich sicher.«

»Ich auch.«

»Was für eine Werbung für diesen Nazi! Aber das Beste hab ich dir noch nicht erzählt. Nicole Sorek hat angekündigt, mit Lucy Arano ein Interview zu machen.«

»Das darf sie doch gar nicht, da kriegt sie keine Genehmigung«, sagte Süden.

»Sie behauptet, sie hat einen Termin bei ihr, heute noch.«

»Mit Kamera?«

»Das hat sie nicht gesagt. Sie ist Reporterin des Jahres geworden, hast du das vergessen?«

»Ich hab sie nicht gewählt.«

»Wie wars mit dem Staatssekretär?«

»Er mag mich nicht.«

»Obwohl du das Kind von Flüchtlingen bist, so wie er?«

»Woher weißt du das?«

»Ich hab ein bisschen gesurft. Hausers Eltern stammen aus Schlesien.«

»Mit denen wollten meine Eltern nie was zu tun haben.«

»Die kannten Hausers Eltern?«

»Mit den Schlesiern wollten sie nichts zu tun haben. Und umgekehrt. Die einen Flüchtlinge waren für die anderen Flüchtlinge Fremde, und zwar fremdeste Fremde. Ich fahr zu Lucy ins Gefängnis, liegt ja auf meinem Weg. Ich muss wissen, was die Reporterin vorhat.«

Er schaltete seinen Computer aus und rieb sich die Augen.

»Darf ich dich mal was fragen?« Freya sah ihn an. »Ist dein Rasierapparat kaputt?«

»Ich rasier mich nicht mehr«, sagte Süden und knöpfte seine Lederjacke zu. Im Laufe der letzten fünf Jahre war sie ihm zu eng geworden, aber er trug sie wie eine Ersatzhaut und wollte sie niemals ablegen. Wenn er sie eines Tages überhaupt nicht mehr zubrachte, würde er sie eben offen tragen. Diese Jacke hatte seinem Vater gehört, und wenn Süden sie anzog, hatte er manchmal das Gefühl, ein bestimmtes Rasierwasser zu riechen, jenen süßlich-herben Duft, der damals in der Küche hing, nachdem sein Vater fortgegangen war, und den er, so kam es ihm vor, zwischen seinem sechzehnten und achtzehnten Lebensjahr ununterbrochen in der Nase hatte und von dem er nie erfahren wollte, wie er hieß. Für jeden, der ihm heute zu nah kam, roch die Jacke nach abgetragenem Leder und nach Rauch, für ihn roch sie nach einem unaufhörlichen Sonntag. Auf dem Tisch hatte eine Kanne mit frischem Kaffee gestanden und über dem Stuhl hing die braune Wildlederjacke, wie vergessen. Aber sein Vater hatte sie nicht vergessen, er hatte sie dagelassen, damit sein Sohn sie aufbewahrte in der Gewissheit, sie ihm eines Tages zurückgeben zu können.

»Warum rasierst du dich nicht mehr?«, fragte Freya.

»Weil ich mich anders nicht aushalte«, sagte er und verließ das Zimmer.

»Wie konnte das passieren?«

»Es war Pech«, sagte Josef Rossi, »sie wollte mir was Gutes tun, sie hat gedacht, sie hilft mir.«

»Von denkenden Samariterinnen, die nichts als Pech bringen, halte ich nichts«, sagte Dr. Ewald Voss.

»Ich werd sie nicht mehr treffen.«

»Sind Sie verblödet? Damit die Frau Ihnen hinterherrennt? Sie gehen weiter zu ihr und bringen sie gefälligst dazu, sich mehr um das Schicksal ihrer Bekannten zu sorgen. Was macht unser Mann bei der Polizei?«

»Er ist mitten im Geschehen, er ist Mitglied der Sonderkommission, das ist fabelhaft.«

»Ich will wissen, was er macht.«

»Er versucht Natalia Horn zu finden«, sagte Rossi und grinste vorsichtig. Auf Voss' Gesicht entspannte sich kein Muskel. Er stand vor dem verglasten, bis zur Decke reichenden Bücherregal und hielt die Fernbedienung des Fernsehers in der Hand, der ohne Ton lief. Die beiden Männer befanden sich in einem mit Perserteppichen ausgelegten Zimmer im ersten Stock des großen Hauses, in dem Voss mit zwei Frauen lebte; die eine hätte seine Frau und die andere seine Tochter sein können, was das Alter anging. Nach Meinung Rossis war Voss nicht verheiratet, aber er hatte vom Privatleben des Vorsitzenden keine Ahnung. In der Öffentlichkeit zeigte sich der Achtundfünfzigjährige nie in weiblicher Begleitung, er hatte immer nur zwei schwer bewaffnete Leibwächter um sich.

Der Raum mit dem Eichenschreibtisch, der Bücherwand, dem Fernseher, dem niedrigen Marmortisch und den drei Ledersesseln wurde von drei Kameras observiert, die unsichtbar hinter Stuck versteckt waren. Auch davon hatte Rossi keine Ahnung.

»Er hat berichtet, sie stochern im Nebel, sie wissen nichts, sie haben keine Spur.«

»Wie sicher ist unser Mann?«

»Nolte gilt als absolut zuverlässig und professionell, deswegen ist er auch in der Soko. Einen Besseren hätten wir nicht finden können.«

»So etwas weiß man erst hinterher. Was Ihre Überlegung angeht: Wir lassen die Frau noch ein paar Tage hier. Der Brief ist morgen da, dann wird man reagieren müssen, und ich denke, das wird schnell passieren. Bevor wir weitere Schritte mit der Frau unternehmen, muss der Wagen verschwinden. Unser Freund in Guben wird ihn umspritzen, einer Ihrer Leute wird ihm das Auto bringen, ich denke, morgen Nacht. Wenn die Polizei die Marke herausfindet, werden sie die hiesigen Händler überprüfen. Unser Freund Sadlow ist aus der Schusslinie, er ist ein unbescholtener Bürger und weit weg. Wir bringen ihm den Wagen und am nächsten Tag wandert er in neuer Farbe rüber zu den Polen und ist verschwunden. Suchen Sie den richtigen Mann aus für die Fahrt, ja? Keinen Raser, keinen Hitzkopf.«

»Kein Problem«, sagte Rossi.

»Sie haben schon eine Menge Probleme, Rossi, bleiben Sie bloß auf der Spur! Und seien Sie nett zu Ihrer Freundin! Vielleicht brauchen wir sie noch.«

»Wofür denn?«

»Schauen wir mal. Ist sonst noch was?«

»Die Ernährung der Frau, sie isst zu wenig, hat Kock berichtet.«

»Dann soll er sie füttern! Ich will, dass diese Frau die Sache überlebt, das habe ich hundertmal gepredigt!«

»Ja.«

»Taugt der was, dieser Kock? Oder macht der jetzt schon schlapp? Ich lass ihn eliminieren, wenn der Mann Schwierigkeiten macht.«

»Macht er nicht«, sagte Rossi. Ihm war warm, die Luft war trocken und zu trinken gab es nichts, Voss hatte ihm nichts angeboten. »Das ist doch dieser ehemalige Lehrer, der immer auf dem Schulhof die Nationalzeitung gelesen

hat, der ist ein treuer Kamerad. Er war nur unsicher wegen ...«

»Unsicherheit kann ich nicht gebrauchen, verdammt!«, rief
Voss und warf die Fernbedienung in den Fauteuil.

»Ja«, sagte Rossi, »ich rede mit ihm, ich fahr selber raus zu
ihm.«

»Sind Sie sicher, dass dieser Polizist Sie nicht beschatten
lässt? Dann sind Sie nämlich fällig, mein Lieber. Dann rat
ich Ihnen, freiwillig dieses Land zu verlassen, und zwar
schwuppdiwupp.«

»Er hat keinen Verdacht. Das hätte Nolte gemeldet, hundertprozentig.«

»Hoffen wirs. Und Sie fahren nicht hinaus, sie rufen auch
nicht an! Lassen Sie das Scholze erledigen, das ist seine Aufgabe, verstanden?«

»Ja.«

Drei Minuten später schob sich das schwere Eisentor hinter
Rossi zu und er stand auf dem Bürgersteig. Obwohl es bereits
nach einundzwanzig Uhr war, hatte es mindestens zweiund-
zwanzig Grad. Rossi knöpfte sein Sakko auf und schlenderte
zu seinem Auto, das er in einer Nebenstraße geparkt hatte. Er
fühlte sich gut, er hatte dem Chef offen und ehrlich die Dinge
geschildert und wusste, welch großen Wert Voss auf gegen-
seitigen Respekt legte. Manchmal, dachte Rossi und schaltete das Autoradio ein, ist es absolut nützlich, Schwäche zu
zeigen, es kommt nur darauf an, gegenüber wem, dann kann
man ruhig zugeben, dass man zweifelt, dass man unsicher
ist. Voss ist so ein Mann, er hat Verständnis, er kennt die
Menschen.

Im Radio lief »Celluloid Heroes« von den Kinks, Rossi drehte
lauter und fuhr los. Er hatte schon wieder Lust, mit Helga
zu schlafen, aber das war wahrscheinlich keine gute Idee.

Schon vorhin hatte er sie beinah überreden müssen, sie jammerte dauernd herum und alles tat ihr angeblich weh. Dabei war ich vorsichtig, ich hab aufgepasst, ich war so sanft wie noch nie. So einen Sanften wie mich hast du noch nie gehabt, du blöde Kuh!

Im Rückspiegel sah er die ummauerte Villa verschwinden. So leben, dachte er, das macht Sinn.

»Habt ihr von der Polizei noch was gehört?«, fragte Voss.

»Nein«, sagte Nadja, die jüngere der beiden Frauen.

»Nein«, sagte die andere, Mathilde.

»Dann kommt auch nichts mehr nach«, sagte Voss. »Im Übrigen möchte ich, dass ihr wieder zu Natalia Horn geht, wenn die Sache überstanden ist.«

»Ich weiß nicht«, sagte Nadja.

»Hast du Schiss?«

»Wir brauchen sie doch dann nicht mehr auszuspitzeln!«

»Dann tu was für deine Haut!«, sagte Voss und legte ihr den Arm um die Schulter.

»Brauch ich nicht.«

»Du hast selber gesagt, wie angenehm die Behandlungen waren.«

»Ja, aber ich war doch wegen was anderem bei ihr.«

»Klar gehen wir wieder hin«, sagte Mathilde. »Ich möcht doch wissen, wies ihr ergangen ist die ganze Zeit, das ist doch spannend.«

»Ich hab Hunger«, sagte Voss.

»Ich tau uns Pizza auf«, sagte Nadja.

Barfuß, wie sie war, lief sie die Marmortreppe ins Parterre hinunter.

»Wir sollten uns in den nächsten Wochen nicht sehen«, sagte Voss nachdenklich zu Mathilde.

»Wir zwei?«

»Wir drei. Ihr fahrt heute Nacht noch in eure Wohnungen. Und ihr redet mit keinem Journalisten!«

»Natürlich nicht, Ewald.«

»Ich verlass mich auf euch.«

»Ja, mein Führerchen«, sagte Mathilde und kniff ihn lächelnd in den Hintern.

Schnarrend drang die Stimme aus der Wollmaske. »Ich habe Decken über mein Bett gebreitet, bunte Tücher aus ägyptischem Leinen; ich habe mein Lager besprengt mit Myrre, Aloe und Zimt. Komm, wir wollen bis zum Morgen in Liebe schwelgen, wir wollen die Liebeslust kosten. Denn mein Mann ist nicht zu Hause, er ist auf Reisen, weit fort. Den Geldbeutel hat er mitgenommen, erst am Vollmondstag kehrt er heim. So macht sie ihn willig mit viel Überredung, mit schmeichelnden Lippen verführt sie ihn ...«

Jedes Wort, das sie anhören musste, drang wie ein Dorn in sie, und sie empfand keine Schuld. Ich hab so was nie getan, dachte Natalia, und schon stach ein neuer Dorn, das nächste Wort in ihr Herz, und tiefer, tiefer, Sekunde um Sekunde.

»Betört folgt er ihr wie ein Ochse, den man zum Schlachten führt ...«

Während sie auf den Lift warteten, fragte Niklas Ronfeld: »Haben Sie Kinder?«

Funkel schüttelte den Kopf.

»Zwei«, sagte Thon, »jünger als Lucy.«

»Das ist eine Tragik mit dem Mädchen«, sagte Ronfeld. »Wir sprechen jeden Abend über sie, meine Frau und ich. Sie sagt, sie würde verzweifeln, wenn sie so eine Tochter hätte. Ich sag ihr, wir hätten so eine Tochter nicht, weil die Umstände bei uns ganz andere sind. Aber man weiß nie. Es fällt mir nicht leicht, meine persönlichen Gedanken von den beruflichen zu trennen, es gibt Momente, da muss ich mich dazu zwingen. Sibylle, meine Frau, hat ein Wort für Lucy Arano geprägt, das vielleicht zutrifft. Sie sei ein entgleistes Kind, sagt sie immer, ein entgleistes Kind. Leider ist niemand von uns in der Lage, sie wieder aufs Gleis zu bringen, das können wir nicht, das ist nicht unsere Aufgabe. Es ist eine Tragik.«

»Vielleicht wäre ein geschlossenes Heim die bessere Lösung als eine Ausweisung«, sagte Funkel.

»Der Richter wird entscheiden«, sagte Ronfeld und betrat den Aufzug, einen engen, altmodischen Kasten. »Grüße an Ihre Frau, Herr Thon!«

Im Treppenhaus ging das Licht aus.

13

Für den Mann in der Strickjacke und mit der karierten Schiebermütze war die Sache klar. »Die Kerle schnappen und Rübe ab«, sagte er zu Tabor Süden, der neben ihm in der Straßenbahn saß. »Solche haben hier nichts verloren, eine Frau entführen und damit Politik machen wollen! Ich hätt das nicht für möglich gehalten, hier in München, dass die hier unbemerkt leben können, ist mir ein Rätsel. Wir haben doch den BND vor der Tür, eine funktionierende Kripo, was ich so les, wie ist das möglich? Wenn so was im Osten passiert, gut, vorstellbar. Kennen Sie Eberswalde? Da wo sie damals diesen Angolaner umgebracht haben, die Skinheads und diese Typen. Unter uns, diese Skinheads sind doch Verrückte, die wissen doch überhaupt nicht, was sie tun, das sind besoffene Idioten, Arbeitslose, Taugenichtse, die gehen auf die Straße und machen Krawall. Die wirklich Gefährlichen, das sind die anderen, die den Skinheads helfen, die normalen Bürger, die hinter den Fenstern stehen und klatschen, da oben in Brandenburg, in Eberswalde, in Hoyerswerda oder in Mecklenburg-Vorpommern, das sind die Gefährlichen, vor denen muss man sich fürchten. Die haben doch kein Unrechtsbewusstsein, die denken, sie sind frei, weil die DDR nicht mehr existiert, so ein Witz! Man ist nicht einfach frei, weil sich die Regierung ändert, sind Sie da anderer Meinung? Na also. Ich sag Ihnen was, da drüben möcht ich nicht leben, wär mir zu riskant, und ich bin kein Ausländer, ich bin kein Neger, und ich würd mich trotzdem nicht wohl fühlen. Die haben was ...« Er beugte sich näher zu Süden. »Die haben so was Verschlagenes, schon mal aufgefallen? Wie die gehen, wie die schauen, wie die in den Läden stehen und die Ware in die Hand nehmen, das ist alles so ...

unkalkulierbar. Ich hab welche kennen gelernt, zwei Ehepaare, auf dem Frühlingsfest auf der Theresienwiese, die haben hier Urlaub gemacht, eigentlich nette Leute, aus irgendwo hinter Dresden, die haben sich hier mal umgeschaut, sie haben überlegt, ob sie vielleicht umziehen. Ich hab ihnen abgeraten, ehrlich, ganz offen, ich hab gesagt, das ist hier auch kein leichtes Pflaster, ist es ja auch nicht. Alle schwärmen immer von München, von Bayern, die Seen, die Berge, freilich, ist schon schön bei uns, aber sehen Sie irgendwo noch Einheimische? Da müssen Sie ganz schön hinschauen, bis Sie mal einen sehen. Urlaub, gut, aber gleich hierher ziehen und sich breit machen? Verstehen Sie mich nicht falsch, wir sind ja alle irgendwie ein Volk, wir sprechen dieselbe Sprache, na ja, fast. Die Leute, von denen ich Ihnen erzählt hab, aus Dresden da irgendwo, die haben einen Dialekt gesprochen, ich sags Ihnen, da biegts einem die Zehennägel auf, so was muss man erst mal verkraften. Sie waren nett, alles in Ordnung, wir haben uns nett unterhalten, kein Problem. Ich glaub nicht, dass sie hergezogen sind.«

Auf der Reichenbachbrücke bemerkte Süden, wie aus den Isarauen Rauchschwaden in den dunkelnden Himmel stiegen, unsichtbar brannten die Grillfeuer entlang des Flusses in Richtung Tierpark und waren bis in die Straßenbahn hinein zu riechen.

»Die haben das ja nie gelernt, mit Fremden umzugehen«, sagte der Mann in der Strickjacke, »und dabei war das Land voller Asiaten. Die haben die aber nicht wahrgenommen und als die Mauer weg war, haben sie sie so schnell wie möglich weggeschickt, raus aus dem Land. Als die den Afrikaner totgetreten haben, das war für die ein patriotischer Vorgang, lauter Patrioten da, die töten noch für ihre Heimat.« Er ruckte hin und her und hielt sich dann an der Lehne des Vordersitzes fest. »Dass dort drüben so was passiert, hätt man sich vorstellen können, aber hier. Was sind das für Irre, die so was tun? Kidnappen eine Frau, die niemand was getan hat. Sie hat einen Schwarzen zum Freund, na und? Mein ehemaliger Kollege ist mit einer Thailänderin verheiratet, na und? Ist das verboten? Eine Entführung, das ist doch krank ...«

»Entschuldigung«, sagte Süden.

»Bittschön.« Der Mann rückte zur Seite und Süden zwängte sich an ihm vorbei.

»Wiedersehen«, sagte er.

»Wiederschaun.«

Am Mariahilfplatz stieg er aus, wartete, bis die Tram abgefahren war, und überquerte die Straße. Der weite Platz vor der Kirche war verlassen. Wenn die Dult stattfand, drängten sich hier Tausende von Menschen zwischen den Buden, die überquollen von Kunstkitsch und Kitschkunst, Porzellan, Kleidungsstücken und Kleinzeug aller Art. Sicher gibts auch gebrauchte Schreibmaschinen, dachte Süden, als er sich dem Jugendgefängnis unterhalb des Nockherbergs näherte.

Vor dem gelben Gebäude stand ein Notarztwagen, in dem Licht brannte. Süden klingelte an der Pforte. Nach einer Weile hörte er in der Sprechanlage eine Stimme.

»Tabor Süden«, sagte er. Bald darauf öffnete Dr. Elisabeth Kurtz, die Psychologin.

»Guten Abend.«

»Hallo«, sagte er, »ist was passiert?« Er meinte den Sanka.

»Das kann man wohl sagen.«

In einem Raum ohne Fenster lag eine Frau auf einem schmalen Bett und wurde von zwei Sanitätern versorgt. Anscheinend hatte sie Verletzungen im Gesicht, ihre Nase war bandagiert und auf ihrer Stirn prangte ein breites Pflaster. Ihr Mund sah irgendwie schief aus. Süden brauchte einige Zeit, bis er die Frau erkannte. Es war Nicole Sorek, die Chefreporterin von »Vor Ort«. Trotz des Handtuchs, das man ihr auf den Oberkörper gelegt hatte, bemerkte Süden die Blutflecke auf ihrer Bluse, und auch ihre Bluejeans war an mehreren Stellen dunkel verfärbt.

Elisabeth Kurtz stellte den Kommissar vor und Nicole lächelte gequält.

»Es ist nicht so schlimm, wies aussieht«, sagte sie fast ohne den Mund zu bewegen. »Ich hatte einen Schock. Sie ... sie war so schnell, dass ich nicht mehr reagieren konnte. Niemand hat so schnell reagiert. Und ... und sie hat eine Kraft ...« Nicole Sorek schloss kurz die Augen. »Ich hab geglaubt, sie bringt mich um.«

»Wer?«, fragte Süden.

Die Psychologin forderte ihn auf, mit in ihr Büro zu kommen. Dort goss sie ihm und sich einen Whisky ein und reichte ihm das Glas.

»Lucy hat sie angegriffen, wie eine Wildkatze. Plötzlich sprang sie auf und hat sich geradezu in die Frau verbissen.«

»Sie haben das Interview erlaubt?«

»Das war kein Interview. Keine Kamera, kein Tonband. Frau Sorek wollte nur mit ihr sprechen, sie wollte sich ein Bild machen, wie sie sagte. Natürlich war die Bedingung, dass ich dabei bin und dass nichts von dem veröffentlicht wird, was sie reden. Lucy war einverstanden. Und plötzlich, nach nicht mal zwanzig Minuten ...« Sie trank, rieb sich die Augen und zündete sich eine Zigarette an. »Jetzt ist sie in Einzelhaft. Und redet nicht mehr. Keinen Ton. Was sollen wir jetzt tun? Ich hab Frau Sorek gebeten, nichts davon in ihrem nächsten Bericht zu erwähnen. Sie hat gesagt, das kann sie nicht, sie

würde nichts über das Gespräch mitteilen, aber den Angriff
könne sie auf keinen Fall vertuschen.«

»Sie haben einen Fehler gemacht, Frau Doktor«, sagte Süden.
Der Whisky stieg ihm sofort in den Kopf, schlagartig fühlte
er sich angetrunken.

»Ja«, sagte sie.

»Ich will mit ihr sprechen.«

»Das geht nicht, sie ist in Einzelhaft.«

»Vielleicht redet sie mit mir.«

»Die redet mit niemandem.«

»Eine halbe Stunde.«

Elisabeth Kurtz schüttelte den Kopf. Immer wieder sah sie die
Szene vor sich: Alles ist friedlich, Lucy, die Reporterin und
deren zwei Kollegen und sie, Elisabeth, sitzen im Kommuni-
kationsraum, reden, hören zu, stellen Fragen. Lucy antwor-
tet, Lucy lächelt, Lucy spielt mit ihren Zöpfen, und plötzlich – plötzlich rastet sie aus, schnellt hoch und packt die Reporterin, wirft sie auf den Boden und sich auf sie drauf und
schlägt zu. Keiner der beiden jungen Männer greift ein, und
sie, Elisabeth, sie ist perplex, sie steht bloß da und sieht zu,
genau wie der eine junge Mann, der seine Aktentasche an
sich klammert wie aus Angst, Lucy könne sie ihm aus der
Hand reißen und damit um sich schlagen. Und dann zerrt
endlich der andere Lucy von der Reporterin weg, schlägt sie,
und sie leckt sich die Lippen, tritt gegen die Wand, und die
Frau am Boden blutet und ...

Lucy lag auf der Pritsche, ohne Decke, die auf den Boden gerutscht war. Süden setzte sich auf den Klappstuhl aus gelbem
Plastik und gab der Psychologin ein Zeichen, die Tür zu
schließen.

In der Zelle roch es nach Schweiß und Urin, nach Putzmit-
teln und Parfüm. Kein Tisch, nur die Pritsche und eine Klo-

schüssel, kein Waschbecken. Den Klappstuhl hatte Süden mitgebracht. Über der Tür brannte ein weißes Neonlicht, das kalt war wie Packeis.

»Was ist passiert, Lucy?«

Sie schwieg. Sie lag mit dem Rücken zu ihm, die Beine angewinkelt, die Hände unter dem Körper vergraben. Sie trug einen grauen Pullover, eine schwarze Hose, die ihr zu groß war, und zerfledderte Turnschuhe, keine Socken.

»Was ist passiert, Lucy?«

Er stellte die Frage noch mehrere Male, dann stand er auf, setzte sich auf die Pritsche, lehnte sich an die Wand und schaute sie so lange an, bis sie seine Blicke in ihrem Rücken nicht mehr ertrug. Sie drehte ihm den Kopf zu und streckte ihm die Zunge raus. Blitzartig schoss Südens Arm nach vorn und mit drei Fingern packte er ihre Zunge. Lucy erschrak. Er ließ nicht los. Sie war so überrascht, dass sie stillhielt. Seine Finger taten ihr weh. Je länger er ihre Zunge festhielt, desto weiter öffnete sie den Mund, unbeabsichtigt. Ein grotesker Anblick, fand Süden. Vorsichtig richtete Lucy sich auf. Ihre zwei Zöpfe mit den bunten Steinen baumelten vor ihrem Gesicht. Die Augen waren schwarze, funkelnde Spiegel ihres Zorns.

»Was ist passiert, Lucy?«

Aus ihrem Mund kam ein gurgelndes Geräusch. Langsam trieb ihr der Zangengriff die Tränen in die Augen, lange würde sie es nicht mehr aushalten, das wusste sie so genau wie Tabor Süden. Er bewegte sich nicht. Wieder war ein Röcheln zu hören. Dann vergingen etwa drei Minuten, in denen es vollkommen still war.

»Was ist passiert, Lucy?«

Sie hatte noch gar nicht begriffen, dass er losgelassen hatte. Der Druck war immer noch da, ihr Mund stand immer noch offen, ihre Augen tränten. Noch nie war ihr etwas so peinlich gewesen. Am liebsten hätte sie ihm erst mal das Nasenbein zertrümmert. Aber das konnte sie nicht. Denn auf einmal, und sie fühlte sich wehrlos wie noch nie, bekam sie einen Heulkrampf, unkontrollierbar, und sie dachte: Gleich werd ich verrückt und dann erstick ich.

14

Es war ihr egal, es war sowieso alles egal. Draußen war die Hölle und hier drin ist die Hölle, also was solls? Wenn es nach ihr gegangen wäre, hätte Nicole auch eine Kamera und ein Tonband mitbringen können, wieso nicht, was hatte sie schon zu verbergen? Und kapieren wird die Alte eh nichts, wenns ihr Spaß macht, egal, ist sowieso alles egal.

Dr. Elisabeth Kurtz hatte das Gespräch erlaubt, auch wenn sie nach den ersten Fragen Zweifel bekam und überlegte, ob diese Reporterin sie nicht raffiniert über den Tisch gezogen hatte. Sie hatte sich rumkriegen lassen und nun war es zu spät für einen Rückzieher. Die Namen der beiden jungen Männer hatte sie sofort wieder vergessen, irgendwo hatte sie sie aufgeschrieben. So ganz war ihr nicht klar, weshalb sie an dem Gespräch teilnahmen, vielleicht brauchte die Reporterin Zeugen, falls sie Ärger mit ihrem Chef bekam, oder mit uns, mit den Justizbehörden.

Lucy und Nicole saßen sich am Tisch gegenüber, die beiden jungen Männer an den Schmalseiten, die Psychologin neben Lucy. Auf mehreren gelben Karten hatte Nicole ihre Fragen notiert, gelegentlich strich sie, während sie redete oder zuhörte, einen Satz durch oder schrieb ein Wort auf.

»Hast du Angst um deine zukünftige Mama?«, fragte Nicole und lächelte.

»Klar«, sagte Lucy, die, was die Psychologin noch nie gesehen hatte, die Hände faltete und diese, wenn sie redete, auf und ab bewegte. »Das sind Wichser, die so was machen. Ich hoffe, die Bullen nieten sie um, wenn sie Natalia befreien.«

»Hast du ein gutes Verhältnis zu ihr?«

»Sehr gut. Sie ist schwer in Ordnung, ja, ich hoffe, die Bullen nieten die Entführer um, hoffentlich machen die das, mit tausend Kugeln.«

»Was glaubst du, passiert, wenn die Polizei Natalia nicht findet?«

»Die finden sie.«

»Und wenn nicht? Hast du mit deinem Vater darüber gesprochen?«

»Wir lassen uns hier nicht wegschicken, kapiert? Das ist ja ein Witz!«

Nicole schrieb etwas auf und Lucy wippte mit den gefalteten Händen. Wenn das Gespräch so weiterläuft, dachte Elisabeth Kurtz, brauch ich mir keine Sorgen zu machen, Lucy lügt das Blaue vom Himmel runter und wenn die Reporterin alles glaubt, ist sie selber schuld.

»Kommst du zurecht hier im Gefängnis?«

»Klar. Nur das Essen ist Scheiße.«

Die beiden jungen Männer grinsten.

»Was würdst du denn lieber essen?«

»Himbeerkuchen.«

»Du magst gern süße Sachen.«

»Nö. Nur Himbeerkuchen.«

»Es gibt viele Leute, die behaupten, du wärst ein gefährliches Mädchen, du würdest die ganze Stadt bedrohen, du wärst so was wie eine Räuberbraut. Siehst du dich so? Wie ist das, wenn du beschließt loszuziehen und was anzustellen?«

Lucy blickte der Reporterin sekundenlang starr in die Augen und versteckte ihre Hände unter den Achselhöhlen.

»Ich zieh los und stell was an«, sagte sie. Frag mich, Rotkäppchen, los, frag mich, frag mich immer weiter, jetzt hast du deine Chance, zeig, ob du mutig bist!

»Machts dir Spaß, jemandem weh zu tun?«

»Auf diese Frage muss Lucy nicht antworten«, sagte Elisabeth Kurtz.

»Ich möchte mir ein Bild von diesem Mädchen machen, Frau Doktor«, sagte Nicole und warf ihrem Kollegen, der links von ihr saß, einen schnellen Blick zu. »Sollte ich einen Bericht über Lucy drehen, dann will ich gut vorbereitet sein, und ich will ihr die Chance geben, offen und ehrlich zu antworten. Meine Fragen müssen unangenehm sein, sonst kommen wir nie zum Kern der Sache.«

»Was ist der Kern der Sache?«, fragte die Psychologin.

»Der Kern ist, warum tut ein vierzehnjähriges Mädchen so etwas und wer ist dran schuld. Das sind die Fragen, die jeden Zuschauer interessieren, mich auch. Wenn ich mich diesen Fragen nicht annähere, brauch ich erst gar keinen Bericht zu machen. Also Lucy, macht es dir Spaß, jemandem wehzutun, ist es ein Kick für dich, wenn jemand vor dir auf dem Boden liegt und du ihn besiegt hast? Was denkst du da, welche Gefühle hast du in solchen Momenten?«

»Frau Sorek«, sagte Elisabeth Kurtz, »wenn Sie Lucy zu unangemessenen Antworten provozieren wollen, dann brechen wir das Gespräch sofort ab. Lucy steht unter großem Stress, sie befindet sich in einer Situation, die hochgradig explosiv ist. Ich habe diesem Gespräch zugestimmt, weil Lucy nichts dagegen hatte und Sie versprochen haben, einfühlsam vorzugehen. Daran zweifle ich aber jetzt. Also beschränken Sie sich auf allgemeine Fragen und hören Sie auf, das Mädchen in die Ecke zu drängen.«

»Ich dränge sie nicht, Frau Doktor, ich versuche, etwas zu erfahren. Mit meinen Methoden. Und, Lucy, es sind nur Fragen, wenn du keine Lust hast zu antworten, lass es! Erzähl einfach, ich hör dir zu, deswegen bin ich hier, weil ich dir gern zuhören möchte.«

»Warum?«, fragte Lucy.

»Weil es mich interessiert, das sagte ich schon.«

»Aber ich bin nichts Besonderes.« Lucy schlug die Beine übereinander und verschränkte die Arme, versteckte ihren Busen, den sie nicht ausstehen konnte, unter ihren breiten Unterarmen.

»Du bist die bekannteste Vierzehnjährige Deutschlands«, sagte Nicole.

»Echt?«

Wieder warf Nicole dem Kollegen links von ihr einen Blick zu, und der junge Mann nickte freundlich. Er trug den rechten Arm in Gips, um den er einen dicken Schal gewickelt hatte. Jetzt fiel Elisabeth Kurtz wieder ein, dass Nicole ihn als ihren Kameramann vorgestellt hatte, der im Augenblick zwar lädiert sei, aber trotzdem an allen ihren Vorbereitungsterminen teilnahm, weil er in wenigen Tagen wieder im Einsatz sein würde. Sein Name war Rolf, oder Roland, die Psychologin hatte ihn vergessen. In seiner Aktentasche befanden sich zwei Fotoapparate, Filme und mehrere Blocks, wie man bei der Kontrolle an der Gefängnispforte festgestellt hatte. Und der andere war der Tonmann, Peter, oder Benedikt ... Er hatte am Eingang sein Handy vorgezeigt und saß nur da und hörte unbewegt zu, als sei er gezwungen worden mitzukommen.

»Fühlst du dich schuldig für das, was du getan hast?«, fragte Nicole und ihr Gesichtsausdruck, fand Elisabeth Kurtz, war die hundertprozentige TV-Betroffenheitsmiene.

»Manchmal«, sagte Lucy und senkte den Kopf.

»Warum tust du das? Was treibt dich? Kannst du das erklären?«

Lucy schwieg, wippte mit dem Oberkörper hin und her, die Arme fest verschränkt vor der Brust, die Augen zusammengekniffen. Dann sagte sie zaghaft: »Nein.« Ein kurzes Schweigen folgte, dann sagte die Psychologin: »Möchtest du, dass wir aufhören?«

»Nein.«

»Okay«, sagte Nicole, »kannst du dich noch an das allererste Mal erinnern? Als du zum ersten Mal losgezogen bist und Randale gemacht hast, weißt du noch, wann das war?«

Wie ein verträumtes Kind fing Lucy an mit ihren Zöpfen zu spielen, fuhr mit den Fingern an ihnen auf und ab, legte den Kopf schief und schien in einer anderen, schöneren Zeit zu versinken. Sie schaute Nicole nicht an, während sie sprach, ihr Blick folgte dem Hin und Her ihrer linken Hand, die sie über den Tisch wandern ließ.

»Das war vor vier Jahren. Da war ich zehn, fast zehn. Eine Woche vor meinem Geburtstag. Ich bin einfach losgegangen und habs getan, einfach so, ganz easy.«

»Was hast du getan, Lucy?« Nicole beugte sich vor. Was Lucy veranlasste, sich zurückzulehnen.

»Ich bin los, bin in den Laden auf der Leopoldstraße, weil da kenn ich mich aus, in den ersten Stock rauf zu den CDs und da hab ich dann eine Verkäuferin gefragt, ob sie was von Chief Obey hat. Hatte sie nicht, die dumme Pute, die wusste nicht mal, von wem ich sprech. Ich hab gesagt, ich seh mich um, und das hab ich dann auch getan. Die Verkäuferin ist dann noch mal zu mir hergekommen und hat gesagt, dass sie im Computer nachgeschaut hat und was bestellen kann von Chief Obey. Da hab ich sie angebrüllt, dass ich keine Zeit hab, dass ich die CD entweder gleich brauch oder gar nicht, und ich hab so lange gebrüllt, bis der Chef gekommen ist und mich rausschmeißen wollte. Ich bin aber freiwillig gegangen. Die zwei CDs habe ich schon vorher gebunkert gehabt, das haben die nicht mitgekriegt, es war sowieso bloß Mist, irgendein Rockmist, ich habe die CDs gleich getauscht, gegen ein neues Messer, das hat wenigstens Sinn, mehr als dieser Scheißrockmist.«

»Warum wolltest du ausgerechnet eine CD von Chief ... wie heißt der?«

»O Gott, bist du blöd!«, brüllte Lucy plötzlich. »Was geht dich das überhaupt an, du hast überhaupt keine Ahnung ...«

»Beruhig dich, Lucy ...«

»Sag nie wieder Lucy zu mir!«, schrie sie der Chefreporterin ins Gesicht. »Du hast null Ahnung und es ist dir scheißegal, warum ich das alles getan hab, das ist dir alles scheißegal, du!« Und dann schnellte sie empor, der Stuhl kippte um, sie sprang auf den Tisch, und ehe jemand eingreifen konnte, hatte sie Nicole gepackt und mit voller Wucht zu Boden gerissen. Mit den Fäusten schlug sie auf sie ein, die Reporterin hielt die Arme hoch, aber das nutzte ihr nichts. Elisabeth Kurtz sah verzweifelt den jungen Mann mit dem Gipsarm an, der diesen seltsam schräg hochhielt und nichts tat, als seine Aktentasche an sich zu drücken, und auch der andere zögerte, und es kam der Psychologin so vor, als würde er absichtlich nicht eingreifen, als habe er nur darauf gewartet, dass so etwas passierte. Also rannte sie um den Tisch herum und versuchte Lucy von hinten zu packen und von Nicole loszureißen. Doch Lucy schlug mit den Ellenbogen zu und war nicht zu bändigen. Jetzt endlich griff der junge Mann ein, er packte Lucy an den Haaren und zerrte sie von seiner Kollegin weg. Lucy schrie laut auf, der junge Mann verpasste ihr einen Hieb auf den Kopf, dann ohrfeigte er sie mehrmals und sie sackte zu Boden. Noch einmal schlug er ihr mit der flachen Hand ins Gesicht und dann kamen schon zwei Aufseher, drehten Lucy die Arme auf den Rücken, schleiften sie aus dem Raum und brachten sie in die Einzelzelle. Über sein

Handy rief der junge Mann, der so spät eingegriffen hatte, den Notarzt. Der andere kniete jetzt neben Nicole, die stark aus der Nase blutete und Platzwunden im Gesicht hatte. Der Mann hielt seinen Gipsarm über sie, offenbar hatte er Probleme, damit zurechtzukommen. Für Elisabeth Kurtz bedeutete die Eskalation des Gesprächs ein Desaster, sie trug die Verantwortung und es war das eingetreten, was sie am meisten befürchtet hatte.

Und dabei stand ihr das Schlimmste noch bevor.

15

Keiner von beiden hatte sich in den vergangenen zwanzig Minuten auch nur geräuspert. Stattdessen spielten sie mit den Händen und Füßen, Tabor Süden, indem er mit den Daumen auf die Knie trommelte oder die Finger flattern ließ, was ein nervöses Geräusch ergab, Lucy, indem sie ihre Füße anhob und senkte, die Zehen gegeneinander klopfte und sie hüpfen ließ wie winzige Puppen. Vom Flur waren vereinzelt Stimmen zu hören, von irgendwoher kam Wasserrauschen und einmal zwitscherte ein Vogel. Lucy legte den Kopf an die Wand und lauschte und Süden sah ihr Lächeln. Es war nicht um ihren Mund, es veränderte nur für Sekunden ihre schwarzen Augen, und als sie merkte, dass er sie beobachtete, senkte sie den Blick, und er hätte sie umarmen können deswegen.

Sie hatte ihm nicht geantwortet, sie erlaubte ihm zu bleiben, mehr nicht. Langsam wurde ihm kalt und er dachte an den Bericht, den Nicole Sorek nach ihren Erlebnissen hier im Gefängnis verfassen würde, und auch wenn sie keine Bilder hatte, so dürfte ihre Schilderung doch sehr farbenfroh und drastisch ausfallen. Etwas Besseres hätte ihr als Reporterin nicht passieren können.

»Sie hat dich provoziert«, sagte Süden. Lucy zog die Beine enger an den Körper und rieb ihr Kinn an den Händen, die sie auf die Knie gelegt hatte. »Wenn sie Anzeige erstattet, dann macht der Staatsanwalt einen Luftsprung. Er will dich im Gefängnis sehen, und zwar so lange es gesetzlich möglich ist.«

»Das ist doch lächerlich.«

»Was?«

Ihre Bemerkung kam so überraschend für ihn, dass er sie beinah überhört hätte. Er sah sie an.

»Lächerlich?«, sagte er. »Findest du dich lächerlich?«

Lucy rieb sich mit der Fingerkuppe über die Zunge, die ihr an der Spitze immer noch wehtat.

»Na und?«, sagte sie.

»Ich werd mit ihr reden, ich versuch sie zu besänftigen.«

»Wieso denn?«

»Ist dir egal, was mit dir passiert? Ob du ins Gefängnis musst?«

»Bin ich doch schon.«

»Später, nach der Gerichtsverhandlung.«

»Knast ist überall, großer Manitu, merkst du das nicht?«

»Warum sagst du Manitu zu mir?«

»Vergiss es wieder!«

Er stand auf und drehte sich im Kreis. Sie verzog das Gesicht. Ich habs immer gewusst, der Typ ist undicht, der macht einen auf Bulle, aber in Wirklichkeit ist er ein durchgeknallter Voodoo-Master oder so was. Man muss aufpassen bei dem, der bringts fertig und hypnotisiert einen und dann tschüss, Mutter Erde, der stopft die Löcher im Weltall mit dir, da wett ich drauf!

»Jetzt was anderes«, sagte er. Ohne dass sie es mitgekriegt hatte, stand er direkt vor ihr und verschränkte die Arme.

Is was, Alter? Versperr mir nicht die Aussicht, Mann!

»Du schuldest mir noch hundertsiebzig Mark.«

»Hä?«

»Du hast mir hundertsiebzig Mark geklaut, die will ich wiederhaben«, sagte Süden.

»Was is, Alter?«

»Hundertsiebzig Mark«, sagte er, »ich nehm auch Euro.«

»Klar Euro, kommst du billiger weg, mindestens die Hälfte. Ich hab dein Geld nicht mehr. Komm ich jetzt ins Gefängnis?«

»Da bist du doch schon.«

Ruckartig sprang sie von der harten Liege, nahm die Decke und wickelte sie sich um den Körper. Mit schlurfenden Schritten umkreiste sie den Polizisten, die Arme vor der Brust verschränkt, die Augen halb geöffnet, als sei sie hundemüde. Süden blieb einfach stehen, wartete, bis sie in sein Blickfeld kam, und schloss halb die Augen, genau wie sie. Sie verzog keine Miene. Mindestens zwölfmal umrundete sie ihn, sie belauerten einander, Lucy machte eine Drehung und ihre Blicke kreuzten sich in derselben Sekunde. Als es wieder so weit war, sagte er: »Warum hast du die Journalistin verprügelt?«

Sie antwortete nicht.

Die Tür wurde aufgerissen. Außer sich, rot im Gesicht und mit bebender Stimme stürzte Elisabeth Kurtz herein. »Kommen Sie!«, rief sie. »Bitte kommen Sie und du kommst auch mit!«

Lustlos taperte Lucy hinter den beiden Erwachsenen ins Büro der Psychologin. Dort standen Hermann Gieseke, der Anstaltsleiter, und fünf seiner Mitarbeiter mit entsetzten Gesichtern vor dem Fernseher. Elisabeth Kurtz griff nach Südens Arm.

»Die haben uns alle gelinkt!«, stieß sie hervor. »Der Kerl hatte eine Kamera in seinem Gips, die haben alles aufgenommen, die haben alles darauf angelegt, dass Lucy ausrastet ...« Vor Aufregung schnappte sie nach Luft, drängte sich näher zum Apparat.

»Sehen Sie das? Entsetzlich! Und ich hab das erlaubt, sehen Sie, sehen Sie!«

Süden sah alles: Wie Lucy aufspringt, wie sie die Reporterin unter sich begräbt, wie sie zuschlägt, wie sie immer weiter mit den Fäusten auf sie eintrommelt, wie Elisabeth Kurtz dabeisteht und nicht eingreift.

»Der hat mich gefilmt, sehen Sie das? Ich steh da wie Lots Frau! Um Himmels willen! Und die senden das!«

»Wir werden sie so verklagen, dass sie sich nie wieder davon erholen«, sagte Gieseke. Er rauchte eine Zigarette und wirkte gelassen.

»Das spielt doch momentan keine Rolle, ob die verklagt werden!«, rief die Psychologin. »Die senden das jetzt die ganze Nacht und morgen den ganzen Tag und wir können es ihnen nicht verbieten.«

»Und ob«, sagte Gieseke. »Ich ruf gleich einen Anwalt an, die kriegen eine einstweilige Verfügung und basta. Die haben hier ohne Erlaubnis gedreht. Die zahlen sich schwarz, das garantier ich Ihnen, Frau Doktor!«

»Sehen Sie!«, rief sie wieder. »Erst jetzt greift der Kerl ein, das ist alles abgesprochen gewesen, das war alles geplant! O Gott!« Ihre Finger krallten sich in Südens Unterarm, sie war den Tränen nahe, das Herz klopfte ihr bis zum Hals. Was sie da mit ansehen musste, war das grauenvollste Erlebnis ihres bisherigen Berufslebens. Ich bin schuld, niemand sonst, ich hab die Journalisten reingelassen, ich hab ihnen das Gespräch erlaubt, ich hab gesagt, es passiert nichts, und jetzt? Natürlich kriegen sie eine einstweilige Verfügung, natürlich dürfen sie den Beitrag morgen nicht mehr senden, aber bis ein Richter entschieden hat, werden sie diesen Dreck ausstrahlen, jede Stunde, jede halbe Stunde, die lassen sich das doch nicht entgehen! Ich bin am Ende, die Stelle hier kann ich vergessen, danke Lucy, danke!

Tabor Süden dachte an Lucys Vater, den er in einer Pension in Giesing untergebracht hatte, um ihn vor den Reportern zu schützen. Die Pension lag in der Nähe seiner Wohnung, und er übernachtete manchmal selbst dort, wenn er die Wände nicht mehr aushielt und die Stimmen, die seinen Schlaf sezierten. Und bisher war alles gut gegangen, kein Journalist hatte den neuen Aufenthaltsort Aranos herausgefunden, die Wirtsleute waren stumm wie ihre Fische im Aquarium unten in der Gaststube.

Zusammen mit Ira Horn und Melanie, die er zu ihm geschickt hatte, würde Arano jetzt diesen Bericht sehen und Süden wünschte, er wäre bei ihm. Warum hatte Lucy das getan?

Gerade wurde die Szene, als Lucy aufsprang, wiederholt, sie sollte noch oft wiederholt werden, und ein Mann, den man nicht sah, sagte: »Am eigenen Leib bekam unsere Chefreporterin Nicole Sorek zu spüren, welche Aggressionen, welch zerstörerisches Potenzial und welche unberechenbaren Kräfte in diesem vierzehnjährigen Mädchen stecken, die ...«

»... auf den ersten Blick so freundlich, so vertrauensselig wirkt mit ihren großen dunklen Augen, ihren kindlichen Zöpfen mit den bunten Steinchen darin, mit diesem Babyspeckgesicht. Lucy Arano wirkt wie ein ganz normales Kind, das ...«

Christoph Arano kniete vor dem Fernseher und streckte die Hand nach dem Bild seiner Tochter aus. Alte Fotos wurden eingeblendet, die schon in den Zeitungen erschienen waren, und dann, immer wieder, der Moment, in dem sie die Reporterin angreift. Ira Horn hielt ein Cognacglas in der Hand und schwenkte es ununterbrochen. Melanie rauchte ununterbrochen. Das ganze Zimmer stank nach Rauch, aber das war ihnen egal.

»... vielleicht ein bisschen zu trotzig dreinblickt, vielleicht ein bisschen arrogant daherkommt, doch niemand würde vermuten, dass hinter diesem weichen schwarzen Gesicht Gefühle schlummern, die für andere Menschen lebensbedrohlich werden können. Nur mit großer Not gelang es Nicole Sorek ...«

»... die Arme hochzuhalten und die fürchterlichen Schläge abzuwehren. Wie besessen ging Lucy Arano auf die Reporterin los, verletzte sie schwer im Gesicht, traf ihre Nase, ihre Augen und schien nicht das geringste Mitleid für ihr Opfer zu empfinden. Die anwesende Psychologin ...«

Eigentlich hatte Norbert Scholze kein Bier mehr trinken wollen, doch dann, als der Sender den Exklusivbericht ankündigte, rief er laut nach seiner Frau, die in der Küche gerade die Spülmaschine ausräumte, und Senta brachte zwei frische Biere mit. Es war ihre Idee gewesen, auch Nicole Sorek eine Kopie des Briefs zu schicken, nicht nur dem Anwalt des Mädchens. Senta verfolgte jede Ausgabe von »Vor Ort«, für sie war Nicole Sorek die beste Reporterin im deutschen Fernsehen. Weil sie unerschrocken und zielstrebig auftrat, nicht so verklemmt und verhuscht wie die meisten anderen, bei denen Senta manchmal aus Versehen beim Zappen landete, Nicole war die Professionellste von allen, und vielleicht würde sie einmal ein Porträt über sie in der Republikanischen Zeitung schreiben. Ja, dachte sie jetzt wieder, das muss ich machen, grad aus diesem Anlass, sie ist bestimmt bereit zu einem Interview, ich kenn sie, die ist nicht zickig.

»... Elisabeth Kurtz, die Lucy Arano im Gefängnis betreut, konnte nur noch hilflos zusehen, wie ihre Patientin in einem Anfall von Raserei und Zerstörungswut auf den Tisch sprang. In der Zwischenzeit hat sich Nicole Sorek von dem Schock erholt und wir freuen uns sehr, dass sie trotz ihrer Verletzungen bereit ist, uns vor der Kamera exklusiv von den Ereignissen im Jugendgefängnis am Neudeck zu berichten. Guten Abend, Nicole, wie gehts dir im Moment? Sieht ja schlimm aus.«

»Hallo, Dieter ...«

Zum ersten Mal zeigte die Kamera den Mann. Er war Anfang vierzig, trug einen blauen Anzug mit Krawatte und hatte einen Kugelschreiber in der Hand. Sein Name wurde eingeblendet: *Dr. Dieter Fromm, Chefredakteur.*

»Den hab ich schon mal gesehen«, sagte Senta Scholze. Ihr Mann sagte während der ganzen Sendung kein Wort.

»Ja, das waren Augenblicke, die man so schnell nicht vergisst«, sagte Nicole Sorek. Ihr Gesicht war stark geschminkt, außer der Bandage über der Nase hatte sie ein Pflaster auf der Stirn und einen dicken weißen Verband um den Hals, von dem im Gefängnis noch nichts zu sehen gewesen war. Sie sprach mit leiser Stimme, als habe sie starke Schmerzen in der Luftröhre. Ihre roten Haare waren streng nach hinten gekämmt, ihr Teint sah leichenblass aus.

»Das kann man sich überhaupt nicht vorstellen, dass dieses Mädchen plötzlich auf den Tisch springt und über einen herfällt wie ein wildes Tier, wenn ich das sagen darf«, sagte Dieter Fromm.

»Wir waren völlig ahnungslos«, sagte Nicole heiser, »wir hatten um ein Gespräch gebeten, und die Psychologin, Frau Doktor Kurtz, versicherte uns, Lucy Arano sei bereit, ein paar Fragen zu beantworten. Und sie war auch zunächst ganz friedlich ...«

»Also keine Anzeichen von Aggressionen oder Hass«, sagte Fromm.

»Nein, sie begrüßte uns, wir gingen in das Zimmer, wir setzten uns hin, alles ganz zivilisiert. Lucy machte auf mich den Eindruck eines Mädchens, das sehr verwirrt ist, sehr ... mit sich im Clinch, möchte ich sagen, sie tat mir fast Leid ...«

Hastig trank er einen Schluck Wasser, dann schrieb er weiter mit, jedes Wort, das gesprochen wurde. »Sie hat ihre allerletzte Chance verspielt«, sagte Niklas Ronfeld zu seiner Frau, die niedergeschlagen neben ihm saß.

»Ich glaub das nicht«, sagte Sibylle. »Die haben da was manipuliert, die haben was rausgeschnitten, du weißt doch, wie die arbeiten, da fehlt der entscheidende Moment.«

Ronfeld nahm ein neues Blatt, seine Schrift war groß und lang gezogen. »Das Mädchen hat getan, was sie immer tut«, sagte er und warf einen Blick zum Fernseher, »sie tobt sich aus ohne Rücksicht auf Verluste.«

»Sie tut mir Leid«, sagte Sybille.

»... sie tat mir fast Leid, wie sie so dasaß mit ihrem für ihr Alter doch wuchtigen Körper«, sagte Nicole Sorek. »Wenn man sie so sieht ...«

»... könnte man sie für sechzehn halten, sogar für siebzehn ...«

Stumm saß das Paar auf der Couch, gerade hatten sie sich noch gestritten, über die alte Geschichte, wie immer über die alte Geschichte, aber nun schüttelten sie beide nur den Kopf, keiner fand Worte für das, was er sah. Als zum dritten Mal die Szene gezeigt wurde, wie Lucy auf den Tisch sprang, sagte Jens Zischler: »Möcht man nicht glauben, dass die so wendig ist bei ihrem Gewicht.«

»Du bist so was von gemein«, sagte Ellen. Dann schauten sie weiter zu und dann sagte sie: »Und du bist und bleibst ein Schlappschwanz.«

»Ich geh nicht zur Polizei«, sagte er. »Wenn ich erst jetzt hingeh und denen von dem Überfall erzähl, steh ich da wie der Oberfeigling.«

»Du bist der Oberfeigling.«

Sie schwiegen. Zischler warf sich eine Hand voll Erdnüsse in den Mund. »Das sieht aus wie bei mir im Büro, der eine Typ hat mich genauso vermöbelt.«

»Vermöbelt?«, sagte Ellen. »Er hat dich krankenhausreif geprügelt und ich versteh einfach nicht, wieso du das so hingenommen hast, das versteh ich bis heute nicht.«

»Es ist vorbei«, sagte er.

»Ist es nicht!«, sagte Ellen heftig. Er griff nach ihrer Hand, aber sie zog sie weg.

»... Ich hab das Mädchen ja zum ersten Mal hautnah erlebt«, sagte Nicole Sorek. »Sie hat eine Ausstrahlung, das muss ich zugeben ...«

»Und dann hast du deine Fragen gestellt und plötzlich hast du geglaubt, du bist im falschen Film, wenn ich das so sagen darf«, sagte Dieter Fromm.

»Ja, Dieter, so ungefähr. Meine Kollegen haben die letzten Fragen kurz vor Lucys Angriff herausgeschnitten, wir blenden diesen Ausschnitt jetzt mal ein ...«

»Fühlst du dich schuldig für das, was du getan hast?«, fragte Nicole.

»Manchmal«, sagte das Mädchen und senkte den Kopf ...

»Hab ich doch schon gesehen«, sagte der Mann in der Strickjacke, der allein vorm Fernseher saß, Zeitungen vor sich auf dem Tisch ausgebreitet und die Hände hinter dem Kopf gefaltet hatte. Ihn erinnerte dieses Mädchen an die Schwarzen, die in Ostdeutschland leben mussten, wie er meinte, und die, wenn die Brüder und Schwestern ihren Rappel kriegten, durch die Städte gejagt und totgeprügelt wurden. Für den Mann war es unfassbar, dass es hier im Westen Leute gab, die eine Frau entführten, um einen Neger mit seinem schwarzen Kind loszuwerden, das war doch jenseits aller

Vernunft! In Mecklenburg-Vorpommern: vorstellbar. In Brandenburg: möglich. Aber doch nicht im Westen! Er stöhnte laut und schüttelte den Kopf, als er schon wieder zuschauen musste, wie dieses Mädchen über die Reporterin herfiel. »Berufsrisiko«, sagte der Mann.

»Ich war einfach nicht darauf vorbereitet«, sagte Nicole Sorek, während abermals gezeigt wurde, wie Lucy schrie: Sag nie wieder Lucy zu mir! ... »Ich wollte nur wissen, warum sie ausgerechnet diese bestimmte CD haben wollte und keine andere ...«

»Weil du keine Ahnung hast, du Vollniete!«, sagte Lucy und es waren fast dieselben Worte, die in diesem Moment aus dem Fernseher zu hören waren.

»Was hat es denn mit dieser CD auf sich?«, fragte Elisabeth Kurtz mit weinerlicher Stimme.

»Nichts«, sagte Lucy, drehte sich um und verließ das Büro. Süden folgte ihr.

»Und das war der Auslöser für diese Wahnsinnstat«, sagte Nicole Sorek, »diese unverfängliche, einfache Frage ...«

»Ich habe es lange nicht glauben können, aber jetzt ist mir klar: Dieses Mädchen ist eine Bedrohung ...«

»Und du bist eine Bedröhnung«, brummte Kenny, zündete sich eine Zigarette an und streckte sich aus.

Er lag in seinem Zimmer auf dem Bett, die Fernbedienung neben sich, und feuerte Lucy jedes Mal an, wenn sie zuschlug. Als die Sendung anfing, hatte er auf der Stelle Jupiter und Max angerufen und seitdem standen sie in ständigem Kontakt miteinander. Jeder hatte sein Handy griffbereit und wenn es etwas zu kommentieren gab, rief einer den anderen an.

Diesmal war Max am Apparat. »Hast du gesehen«, sagte er, »der Typ, der schaut nur zu, der kann die Tussi anscheinend auch nicht ausstehen.« – »Bist du bekifft oder was?«, sagte Kenny. »Die lassen die Lucy weitermachen, weil das besser kommt in der Glotze, das ist die wahre Action, das ist Unterhaltung.« – »Yes«, sagte Max. Kenny brach die Verbindung ab, weil die Dumpfbacke ihm auf den Wecker ging. Im nächsten Moment klingelte sein Handy wieder. »Was denkst du, machen die jetzt mit ihr?«, fragte Jupiter, der im Wohnzimmer seiner Eltern auf dem Boden hockte und mit seinem zehnjährigen Bruder Blackjack spielte. Ihre Eltern waren in irgendeiner Oper, den Titel hatte Jupiter vergessen. »Klapsmühle«, sagte Kenny. – »Scheiße«, sagte Jupiter, »wir müssen sie besuchen, vielleicht können wir sie rausholen.« – »Vergiss es! Die werden sie so bewachen, dass niemand an sie rankommt. Ich hab keinen Bock auf die Bullen, ich halt mich da raus.« – »Ich besuch sie, sie ist der Boss, immer noch, ich lass die Lucy nicht hängen, ich fahr gleich morgen hin.« – »Dann fahr hin!«, sagte Kenny und kappte die Verbindung. Jetzt war die Tussi wieder groß im Bild und Kenny streckte ihr den Mittelfinger entgegen. Er fand, Lucy war viel zu nett zu ihr gewesen, sie hätte sie richtig alle machen sollen, so voll crash demolieren, dass bloß noch Teile übrig blieben. Er grinste und blies den Rauch seiner Zigarette zum Fernseher, dann zappte er weg und feuerte den »High Crusader« an, der seinen Gegner in die Ecke des Rings warf, ihn am Nacken packte, auf die Matte knallte und auf ihn draufsprang, dass die Bohlen krachten.

»Dieses Mädchen ist gemeingefährlich. Sie ist eine Gefahr für jeden unbescholtenen Bürger«, sagte Nicole Sorek. »Sie ist krank ...«

Weil er nichts sagte, wussten Ira und Melanie nicht, was in ihm vorging. Mit verkniffenem Mund, damit kein Laut entwich, saß Christoph Arano in dem altmodischen Sessel des Pensionszimmers und weinte. Unaufhörlich rannen Tränen über sein Gesicht und immer, wenn er verschwommen und dennoch wie durch ein Vergrößerungsglas ein Bild seiner Tochter oder sie selbst im Fernsehen sah, schüttelte es ihn innerlich vor Trauer. Aber er schwieg. Wenn Lucys Name genannt wurde, hätte er am liebsten einen Schrei ausgestoßen, einen Schrei, um den Namen nicht hören zu müssen, den Namen des Menschen, an dem er Schuld hatte, immer neue Schuld.

»Es ist nicht unsere Aufgabe zu entscheiden, was weiter mit Lucy Arano geschehen soll«, sagte Nicole Sorek, »aber eines steht fest: Wird sie aus dem Gefängnis entlassen, müssen wir mit weiteren Verbrechen von ihr rechnen. Wie konnte aus einem vierzehnjährigen Mädchen so ein Mensch werden – wir wissen es nicht. Die Psychologin, mit der wir gesprochen haben, erwähnt den Tod von Lucys Mutter vor etwa vier Jahren. Aber auch andere Kinder verlieren durch Krankheit oder Unfall ihre Mutter, ihren Vater oder im schlimmsten Fall beide Eltern und werden trotzdem nicht zu Amokläufern. Und das ist Lucy Arano: eine Amokläuferin, die unkontrolliert und brutal ihren Weg geht und bisher von niemandem zu stoppen war. Sicher ist es ein Glück, dass sie hinter Gittern sitzt und wir dachten alle, hier kann sie nichts anstellen. Leider haben wir uns getäuscht. Unser Bildmaterial beweist, wie wir, zumindest im Moment, Lucy Arano sehen müssen, nämlich als eine kaltblütige Schlägerin, die nicht einmal Gefängnismauern zur Vernunft bringen können. In unserer ersten Sondersendung morgen früh wird ›Vor Ort‹ Interviews mit Personen bringen, die Lucy Arano kennen und uns vielleicht etwas über ihren Charakter erzählen können. Was mich persönlich betrifft ...«

Vom Büro des Anstaltsleiters aus rief Elisabeth Kurtz ihren Freund an, er solle sofort herkommen und ihr beistehen. Durch die offene Tür hörte sie die letzten Sätze von Nicole Sorek nur mit halbem Ohr.

»... so bin ich gerade noch einmal davongekommen. Ich darf mir nicht vorstellen, was passiert wäre, wenn es Lucy gelungen wäre, eine Waffe einzuschmuggeln, ein Messer zum Beispiel.«

»Lass uns nicht an so was denken, Nicole!«, sagte ihr Chef. »Wir alle im Sender sind stolz auf eine mutige Reporterin wie dich und wir freuen uns, dich morgen früh wieder hier zu sehen.«

»Danke, Dieter.«

16

Sie schlug die Tür hinter sich zu, warf sich auf die Pritsche und hasste die Welt. Sie hasste jeden Tag, den sie gelebt hatte, vor allem den Tag ihrer Geburt, der ein Dienstag war, wie ihre Mutter erzählt hatte. Verfluchter Dienstag, wer will schon an einem Dienstag geboren sein? Sie hasste jeden einzelnen Tag der Woche, jede Stunde, jede einzelne verfluchte Minute, jede einzelne verfluchte Sekunde, jede einzelne verfluchte Tausendstel- und Abertausendstelsekunde, sie hasste die Zeit und ihr Hass reichte ihr nicht, um das alles zu hassen, was sie hassen wollte und hassen musste, weil das alles überhaupt nichts anderes verdient hatte, als gehasst zu werden, so gehasst, so unglaublich tief gehasst. Sie lag da und roch den Mief der Matratze. Da hausen wahrscheinlich Kakerlaken drin, ätzende kleine Biester, die jeder killt, der sie bloß sieht, die hassen die Welt genauso, die sind genauso zu nichts nutze, die sind bloß da, weil irgendwer einen Fehler gemacht hat, einen Fehler im Labor, hat Scheiße gebaut und es nicht geschnallt, irgendwer, Gott nicht, weil den gibts nicht, das steht fest, irgendwer, oder auch niemand, der große Niemand. In ihrer Nase kribbelte es und sie wischte mit dem Handrücken drüber, und die Pritsche knarzte. Verfluchter Knast, ich hätt die Superniete totschlagen sollen, dann hätt sichs wenigstens gelohnt. Fragt die, wieso ich die CD von Chief Obey kaufen wollte, fragt die mich das ins Gesicht und vergisst seinen Namen, innerhalb von drei Sekunden, die vergisst den Namen und macht sich lustig über den Chief und über mich und über meine Mama, diese Superniete. Wieso hab ich die nicht totgeprügelt, das hat die verdient, ich hätt ihr alle Haare ausreißen und sie dann fertig machen sollen, das wär ein Spaß gewesen, und diese Sau von Kame-

403

ramann gleich mit. Hat der doch echt eine Kamera einge-
schmuggelt, ich hab mir gleich gedacht, da stimmt was
nicht, wieso kommt da einer mit, der einen Gips hat, ist doch
total unlogisch, hab ich mir gleich gedacht, dass da was faul
ist.

Sie fuhr herum, warf sich auf den Rücken und da stand er.
Stand direkt vor ihr. Schon wieder! Und sie erschrak so sehr,
dass sie hochschnellte und ihm gegen die Brust schlug, mit
der Faust, ansatzlos. Und er stand da und bewegte sich nicht.
Vom Aufprall taten ihr die Finger weh, sie sprang ein paar
Mal hoch auf ihrer Pritsche, wippte in den Knien und wenn
er einen hundertstel Millimeter näher käme, würde sie ihm
eins auf die Nase verpassen, wie dieser dämlichen Reporterin, volles Rohr. Und das führt dann zu starken Gefühlen, Alter, da stehen dir die Augen unter Wasser, ich habs gesehen,
ich kenn mich aus, Fucking Bull. Sie hasste ihn, sie hatte ihn
vom ersten Moment an gehasst, schon als er auf der Straße
aufgetaucht war und sich als Held aufgespielt hatte, da hatte
sie ihn sofort gehasst, deswegen hatte sie ihn später auch beklaut, das musste sein, das hast du verdient, Opa.

»Was du getan hast, ist ein Desaster«, sagte Tabor Süden.

»Klar«, sagte Lucy, »das lucylianische Desaster, dafür bin ich
berühmt.«

»Das lucylianische Desaster?«

»Soll ichs dir aufschreiben, Opa?«

»Ich bin dreiundvierzig.«

»So was kommt vor, Opa.«

Er strich sich die Haare nach hinten und fuhr sich mit der
flachen Hand über die Wangen. Und er spürte die Müdigkeit,
schwere Gewichte in den Lidern, ein Überdruss an Anwesenheit. Aber was sollte er tun? Weglaufen? Du bist Polizist,
dein Job ist es, sie zu schnappen und in Haft zu nehmen bis

zur Verhandlung, das ist passiert. Alles erledigt. Was tust du dann noch hier?

»Was willst du hier?«, fragte Lucy und federte mit dem Rücken gegen die Wand.

»Ich will was von dir wissen.«

»Das erfährst du aber nicht.« Trotzig grinste sie ihn an, sprang von der Pritsche, war mit einem Schritt bei der Tür und riss sie auf. »Hey, ist nicht abgesperrt! Wollen die, dass ich fliehe und mich dann auf der Flucht erschießen?« Sie trat auf den Flur hinaus. »Hey!«, rief sie. »Aber richtig zielen, ja? Ich hab keine Lust, hinterher ein Krüppel zu sein, kapiert? Mein Herz ist hier, hier!« Mit der Faust trommelte sie auf ihre linke Brust. »Hier, da müsst ihr hinzielen, soll ich einen roten Punkt auf meinen Rücken malen? Mach ich, ihr Wichser!« Die letzten Worte hatte sie aus vollem Hals geschrien. Jetzt ging sie in die Zelle zurück und knallte die Tür zu.

»Und du!«, fauchte sie. »Schau nicht so dämlich wie ein Affe!«

»Ich bin der Neandertaler des 21. Jahrhunderts«, sagte Süden.

Wieder grinste Lucy. »Besser kann mans nicht ausdrücken.« Sie fühlte sich ratlos, gebremst von ihrer Wut, die nicht mehr richtig toben wollte. Irgendwie fühlte sie sich auf einmal angeödet. Lauer Laden, Mann, ich bin müde, wieso lassen die mich nicht einfach schlafen, wenn ich schlaf, hab ich wenigstens meine Ruhe.

»Ich will da sitzen!«

Süden stand auf. Sie versetzte dem Klappstuhl einen Tritt und er krachte gegen die Wand und kippte um. Sie stellte ihn auf und setzte sich hin.

»Glotz nicht so, verzieh dich!«

Süden schaute sie weiter regungslos an.

»Das Spiel verlierst du, Alter!« Sie jagte ihm einen stechen-
den Blick in die Augen und hörte nicht mehr damit auf. Nach
einer Weile setzte sich Süden auf die Pritsche.

»Was hab ich gesagt? Mach dir nichts draus, die Welt ist voller Loser.« Breitbeinig wie ein Junge saß sie da, die Hände
hinter dem Rücken, den Kopf im Nacken.

»Die Reporterin ist schwer verletzt, die Psychologin wird
ihren Job verlieren, vielleicht auch der Anstaltsleiter, aber
der hat wahrscheinlich gute Beziehungen. Die Leute hassen
dich noch mehr als vorher und der Staatsanwalt reibt sich
die Hände. Jetzt weiß endlich ganz Deutschland, was für ein
Monster du bist.«

»Die dürfen das doch überhaupt nicht senden«, sagte Lucy
und streckte die Beine von sich, »die haben da illegal gefilmt,
das ist verboten.«

Süden sprang auf. »Bist du blind?«, brüllte er. Instinktiv zog
Lucy die Beine an. »Die senden das so lange, bis der Letzte
verstanden hat, dass du die größte Bedrohung für ihn bist,
die er sich nur vorstellen kann!« Seine Stimme wurde immer
lauter und Lucy sah, wie sich die Narbe an seinem Hals dun-
kelrot färbte. »Ich weiß nicht, warum du die Frau verprügelt
hast, ich weiß nicht, warum du eine Menge Leute verprügelt
hast, der Staatsanwalt behauptet, du hast bis zur Geschichte
im Kunstpark Ost achtundsechzig Straftaten begangen, damit wären es jetzt einundsiebzig! Das ist eine Lüge, du hast
genau drei Straftaten begangen: Du hast einen Jungen zusammengeschlagen, der dein Handy nicht kaufen wollte, du
hast zuvor ein Paar in seinem Auto überfallen und du hast
einer Journalistin klargemacht, was es bedeutet, seine Meinung frei zu äußern. Das ist alles. Mehr hast du, seit du strafmündig bist, nicht getan. Dreimal zugelangt!« Er kam auf sie
zu und etwas Merkwürdiges geschah, über das Lucy später

noch lange nachdachte. Süden baute sich nicht vor ihr auf, um ihr weiter ins Gesicht zu schreien, sondern er drehte sich zur Seite und brüllte die Wand an. Als säße dort vor der zerkratzten, schäbigen Mauer sein Gegenüber, erhob er seine Stimme in diese Richtung und stierte wie ein Wahnsinniger dorthin. »Und dafür wird man dich schlachten, Lucy Arano, die werden dich bluten lassen wie eine Sau im Schlachthof, die Zeit der Gnade ist vorbei, du hast das genau gewusst und es war dir egal, dein Vater sitzt voller Angst in einem Hotelzimmer und erstickt an seiner Traurigkeit, deine Stiefmutter ist entführt worden und du springst einer Reporterin ins Gesicht! ›Die dürfen das doch überhaupt nicht senden!‹ Stell dich doch nicht selber wie eine Hirnamputierte dar, was soll das? Du bist nicht alleine, Lucy, du lebst nicht allein auf diesem Planeten!« Obwohl es gar nicht möglich schien, wuchs der Furor seiner Stimme weiter an, und noch immer wandte er sich nicht direkt an Lucy, sondern wütete gegen die Steine und den Schmutz. »Du hast Verantwortung und das weißt du genau! Du bist kein Baby mehr, du bist nicht einmal mehr ein Kind, du bist vierzehn und du denkst, du wirst deinen Schmerz los, wenn du anderen Schmerz zufügst. Aber das klappt nicht. Sieh das ein, sieh das ein! Du willst dich bestrafen, indem du andere bestrafst. Die können nichts dafür, Lucy! Und du kannst nichts dafür! Du bist nicht schuld am Tod deiner Mutter, ich weiß nicht, wer schuld ist, ich weiß es nicht, ich war bei den Ermittlungen nicht dabei. Die Wohnung hat gebrannt, vielleicht war es Brandstiftung, vielleicht war es Mord, alles, was meine Kollegen herausgefunden haben, war, dass eine Zigarette die Ursache war. Eine Zigarette! Eine von der Sorte, die deine Mutter geraucht hat. Vielleicht ist sie eingeschlafen und die Zigarette fiel ihr aus der Hand. Ich weiß nicht!« Er schrie ohne Pause, jedes Wort zerschellte an der Mauer und fiel in winzigen glühenden Splittern zu Boden. »Die Ärzte haben getan, was sie konnten, es waren gute Ärzte, einen von ihnen kenn ich. Ich hab heute mit ihm telefoniert, ich hab mir von ihm erzählen lassen, dass du bei ihr warst, von Anfang an, du hast neben ihrem Bett geschlafen, du hast ihre Hand gehalten, als sie im Koma lag, du hast ihr Gesicht gestreichelt, du wolltest, dass sie die Augen aufschlägt, das versteh ich, das ist etwas von dem wenigen, das ich wirklich vollkommen verstehe. Dass man will, dass der Tod wieder weggeht. Dass alles wird, wie es einmal war, friedvoll und schön, dass man wieder umarmen darf und dass man umarmt wird, dass es keinen Schmerz gibt, nur Freude. Nur Freude. Aber es gibt sie nicht mehr.«

Plötzlich drehte er sich um, hielt einige Sekunden lang inne, holte Luft, hob die Hand und hielt sie flach vor sich wie ein Tablett, auf dem er filigrane Gläser balancierte. Und seine Stimme wurde leiser, immer leiser.

»Du kannst nur dabeistehen und zusehen, es bleibt dir nichts übrig, du kannst nicht eingreifen, das ist nicht vorgesehen. Du betest und musst erkennen, beten ist bloß sinnlos reden, also hörst du auf zu beten. Du fängst an zu fluchen, du verwünschst den Tag, an dem alles begann, an dem das Feuer ausbrach, und du verwünschst den Film, den du mit deinem Vater im Kino gesehen hast, als deine Mutter allein zu Hause war und die Flammen sie überraschten. Du verwünschst deinen Vater, weil er nicht gut genug aufgepasst hat auf deine Mutter, und dann – dann verwünschst du dich, weil du nicht gut genug aufgepasst hast auf deine Mutter. Und dann verfluchst du den Tag, an dem du geboren wurdest, denn wärst du nie geboren worden, dann würde deine Mutter noch leben, auch wenn sie dann gar nicht deine Mutter wäre, aber das spielt keine Rolle. Das spielt keine Rolle in deinem Hass, das ist alles gleich jetzt, du hast nichts als deine Wut, deine Ohnmacht und deinen einsamen, monumentalen Hass, unter dem du die Welt und alle Menschen begräbst. Du möchtest, dass sie spüren, was mit dir ist, du möchtest sie mitnehmen in deinen Keller, in dem es keine Tür gibt, nur Dunkelheit und Kälte und immer wieder das Gesicht deiner Mutter, das aus der Schwärze auftaucht und wieder erlischt. Du bist allein, du bist allein im Universum, und wenn du nach draußen gehst, auf die Straße, in die Schule, in den Supermarkt, dann siehst du nur Zombies, sie sind alle nur Zombies, sie wissen gar nicht, was richtig leben bedeutet. Richtig leben bedeutet nämlich Schmerzen haben und die kalte Hand eines Menschen halten, der nie mehr sprechen wird, nie mehr singen, nie mehr winken. Richtig leben heißt für dich Abschied nehmen, jeden Tag, jede Minute, jede Sekunde. Jede Sekunde fallen, fallen, als kippe die Welt, so ...« Er drehte seine flache Hand langsam zur Seite. »So ... und dann – dann gehst du doch wieder aufrecht weiter, als wäre alles normal. Aber dann wird dir bewusst, dass es keine Rückkehr gibt, dass du unumkehrbar Teil dieser lächerlichen Welt bist, in der niemand begreift, wer du bist und was in dir vorgeht. Sie sehen dich bloß an und sie sehen, dass du schwarz bist und ein Mädchen. Und du willst, dass sie begreifen, sie entkommen dir nicht, so wie du deinem Keller nicht entkommst. Du zeigst ihnen, was es heißt, verwundet zu sein, und sie denken, du willst ihnen Angst einflößen, dabei bringt dich ihr kleinliches Gezeter nur zum Lachen: Ich bin ein Mädchen, wovor fürchten sie sich? Vor meiner Hautfarbe? Nein. Vor meinen Schlägen? Ein bisschen. Wovor also? Wovor, Lucy?« Ihren Namen hatte er so leise gesagt, dass sie unwillkürlich den Kopf schief legte.

»Wovor fürchten sie sich?«, wiederholte Süden leise. Er kniete sich vor sie hin, nahm ihre Hände, die kalt waren, und legte sie an seine Wangen. »Sie fürchten sich«, flüsterte er und Lucy spürte seine Bartstoppeln und die Berührung gefiel ihr, »weil es ihrer Natur entspricht. Es ist praktisch für sie, dass du schwarz bist, so haben sie eine Rechtfertigung für ihr Verhalten. Ein schwarzes Kind, das wahllos Menschen angreift, ist ein Glücksfall für sie, du bist ein Angstmagnet. Sie denken, je mehr sie dich fürchten müssen, desto weniger wird ihre Furcht, sie denken, du saugst die Furcht aus ihnen heraus und wenn sie dich dann verjagt und verbannt haben, weit weg in der Gewissheit, du kommst nie wieder zurück, freuen sie sich wie Kinder. Und dann fürchten sie sich wieder und suchen sich eine neue Lucy.«

»Du?«, sagte sie und traute sich kaum, normal zu sprechen. »Wer sind ›sie‹?«

Süden legte ihr die Hände auf die Knie und erhob sich. »Wir. Wir alle. Niemand ist eine Ausnahme.«

Schritte kamen näher und dann öffnete Hermann Gieseke die Tür.

»Ich hab Sie absichtlich eine Weile allein gelassen, aber jetzt müssen Sie gehen. Lucy Arano ist mit Einzelhaft bestraft worden und daran hat sich nichts geändert.«

»Noch fünf Minuten«, sagte Süden, »meine Vernehmung ist noch nicht zu Ende.«

»Ich bin nicht einverstanden, aber ich werde ihre Arbeit in diesem speziellen Fall nicht behindern. Dann formuliere ich jetzt mit unserem Anwalt die einstweilige Verfügung und Sie überziehen die fünf Minuten bitte nicht.«

Er verschwand und Süden schloss die Tür.

Schweigend setzten sie sich auf die Pritsche. Süden gab Lucy die Decke und sie wickelte sie um ihre Beine.

»Bist du jetzt heiser?«, fragte sie schließlich.

»Nein«, sagte er.

Sie musste daran denken, wie er an ihr vorbeigeschrien hatte. Irgendwann würde sie ihn fragen, was das zu bedeuten hatte.

»Du treibst dich viel auf Flohmärkten herum«, sagte Süden. »Kennst du jemanden, der speziell mit Schreibmaschinen handelt?«

»Nö«, sagte sie.

»Die Entführer haben einen Brief geschrieben, der wurde auf einer alten Olympia US getippt, das haben unsere Fachleute rausgefunden.«

»Krass!«

»Meine Kollegen waren auch schon an der Arnulfstraße und im Kunstpark und auf ein paar kleineren Märkten. Aber niemand konnte da mit so einer Maschine was anfangen. Die Dinger sind klein, handlich, eine Art Reiseschreibmaschine. Hast du so eine schon mal gesehen?«

»Ich bin keine Tippse.«

»Kennst du jemanden, der mit Schreibmaschinen handelt, mit alten, seltenen? Das ist eine aus dem Krieg ...«

»Aus dem Krieg?«, sagte Lucy und rieb unter der Decke die Hände aneinander, weil ihr immer noch kalt war. »Aus welchem Krieg?«

»Aus dem Zweiten Punischen Krieg. Kennst du jemanden, der mit solchen Sachen handelt?«

»Klar.«

Süden wartete einfach ab. Lucy überlegte, dann drehte sie sich zur Wand.

»Rommel.«

»Wer?«

Sie stand auf und beugte sich an der Schmalseite der Pritsche zu Süden hinunter.

»Der Typ heißt Rommel, kann ich was dafür? Er arbeitet nur mit Katalogen.«

»Was für Katalogen?«

»Katalogen! Ka-ta-log, kommt irgendwie aus dem Griechischen. Schon mal gehört?« Sie brummte vor sich hin, dann sah sie ihn an. »Er hat immer eingeklebte Fotos dabei, keine Sachen, kapiert? Er zeigt, was er im Angebot hat, und wenn du was kaufen willst, bestellt er dich an einen bestimmten Ort und bringt das Zeug mit. So braucht er nie was mit sich rumzuschleppen, außer seinen Katalogen, praktisch, oder?«

»Wie viele Kataloge hat er?«

»Zwei, drei. Er hat sie im Rucksack.«

»Und er heißt Rommel.«

»Ob er so heißt, weiß ich doch nicht, er nennt sich so und die Leute nennen ihn so, ist doch scheißegal, ob er auf den Namen getauft ist. Oder? Süden?«

»Und wo treibt er sich meistens rum?«

Sie zuckte mit den Achseln und zog die Decke bis zur Nase hoch, ließ sie aber sofort angewidert los.

»Wo hast du ihn zum letzten Mal gesehen?«, fragte Süden.

»In irgendeiner Halle an der Arnulfstraße. Der ist immer unterwegs, der hat seine Kunden in der ganzen Stadt, der kann dir Waffen besorgen, wenn du willst, irgendwelchen Nazidreck, alte Bücher, Flaggen, Hakenkreuze, alles, was das deutsche Herz begehrt.«

»Diese Schreibmaschinen sind kein Nazidreck«, sagte Süden, »die haben die Amerikaner gebaut.«

»Du hast gesagt, sie sind aus dem Krieg.«

»Ja, die amerikanischen Soldaten benutzten sie im Krieg, aber vor allem danach, als sie hier stationiert waren, Ende der vierziger, Anfang der fünfziger Jahre. Bist du sicher, dass Rommel auch mit Schreibmaschinen handelt?«

»Klar, Herr Kommissar, ich hab doch in seine Kataloge rein-
geschaut. Der Typ ist kein Nazi, er handelt mit allem Möglichen. Er hat das Nazizeug nur, weil es ein gutes Geschäft ist,
die Leute sind ganz wild drauf, deswegen macht er das. Der
ist kein Nazi. Er ist ein ganz normaler Psychopath, so wie
alle andern.«

»Welche andern?«

»Die andern, die da rumhängen. Ich kenn mich aus, die machen mich doch dauernd an, diese Typen, die denken, die
kriegen was von mir. Ich sag denen, ich bin dreizehn, also
vergreift euch nicht, aber das ist ja genau das, worauf die
scharf sind, diese Psychopathen. Da musst du hart sein, sonst
legen sie dich flach, die denken, nur weil ich ein Mädchen
bin und da rumhäng, bin ich für sie zu haben. Deswegen hab
ich meistens meinen Clan dabei, die passen auf mich auf.
Lauter Psychos, in geschlossene Anstalten gehören die, aber
die will ja niemand! Da ist jeder froh, wenn die irgendwo da
draußen rumlaufen und mit Schreibmaschinen dealen oder
mit sonst was Sinnlosem.«

»Beschreib mir diesen Rommel, Lucy!«

Sie grinste. »Der ist nicht zu übersehen«, sagte sie und eine
freundliche Erinnerung hellte kurz ihr vom Neonlicht ver-
zerrtes Gesicht auf. »Er ist kugelrund, er hat eine Glatze und
er mampft den ganzen Tag Bananen wie ein Affe, er sagt, das
ist gut für seine Stimmung. Für seine Verdauung ist es garantiert Scheiße. Ist ja nicht meine Verdauung.«

»Danke«, sagte Süden. Vorsichtig berührte er Lucy an der
Schulter, ließ seine Hand eine Weile ruhen und das Mädchen
legte den Kopf auf die Knie und schloss die Augen. »Bleib
hier liegen, stell nichts an, sei nett zu den Leuten!«

»Fürs Nettsein werd ich nicht bezahlt.« Ihre Stimme klang
erschöpft.

»Wer ist Chief Obey?«, fragte Süden. Er wandte sich noch einmal um, bevor er die Tür öffnete.

Lucy wich seinem Blick aus. Jetzt war sie es, die zur Wand redete, zur vergilbten Mauer. »Mama fand ihn toll, sie hat dauernd seine Songs gehört. Ich hab einen Kassettenrekorder neben ihr Bett gestellt, im Krankenhaus, und ich hab ihr einen Song vorgespielt ... Ich wollt eine andere CD kaufen vom Chief, deswegen bin ich schnell aus dem Krankenhaus weg, nur für eine Stunde ... In der Zeit ist sie gestorben. Ich war nicht da. Ich hab Scheiße gebaut, ich hab einfach nix kapiert, ich bin einfach weggegangen ... Ich bin die Treppe hochgerannt und da hab ich gleich gespürt, dass was passiert ist. Die Schwester hat mich so dämlich angeguckt und ich hab sie gleich durchschaut, ich bin ins Zimmer rein und ... ich bin da rein und ... Ich wollt nur eine neue CD vom Chief kaufen, ich wollt ihr eine Freude machen, ich hab gedacht, vielleicht ... Ich hab nix kapiert ... ich bin dauernd neben ihrem Bett gesessen und hab nix kapiert ... Mein Vater hat das alles bezahlen müssen, weil ich hab das Zimmer, in dem die Schwestern immer hocken und fernsehen und rumlabern, ziemlich zerlegt, das hättst du sehen sollen, da blieb nix mehr da, wos vorher war ... Die Schwestern hatten Schiss vor mir, einen Mordsschiss hatten die ... Chief Obey hat auf der Beerdigung gesungen, von der Schallplatte, das war das letzte Mal, dass ich mir einen Song von ihm angehört hab, interessiert mich nicht mehr ... Ist alles vorbei.«

Im nächsten Moment streckte sie die Beine aus, plumpste auf den Rücken und sah zur Decke hinauf. Unübersehbar hatte sie beschlossen mit dem Reden aufzuhören.

»Bis morgen!«, sagte Süden und machte die Tür auf. Am Ende des Flurs sah er Gieseke und einen zweiten Mann, vermutlich den Rechtsanwalt. Nach einem Blick auf das reglos daliegende Mädchen schloss er die Tür und blieb noch einen Moment stehen.

Plötzlich musste er an den Satz seines Vaters denken, jenen Satz, den er lange Zeit wie ein unlösbares Rätsel mit sich herumgetragen hatte: *Gott ist die Finsternis und die Liebe das Licht, das wir Ihm schenken, damit Er uns sehen kann.* Damit Er *uns* sehen kann, dachte Süden, während er dastand und von den beiden Männern beobachtet wurde. Aber wenn man die Liebe verloren hat, bleibt man dann für immer ungesehen?

17

Es schien, als habe die nächtliche Sendung über Lucys Angriff auf die Reporterin die Einschaltquote eines internationalen Fußballspiels erreicht. In den Geschäften, Bussen, Tram- und U-Bahnen hatten die Leute kein anderes Thema und die Zeitungen, die ihre Ausgaben noch um Mitternacht aktualisiert hatten, brachten halbseitige Fotostrecken, auf denen der Kampf des Mädchens mit Nicole Sorek in Großaufnahmen dokumentiert wurde. In den meisten Artikeln wurde verschwiegen, dass das Fernsehteam ohne Genehmigung gefilmt hatte, offenbar hatte der Sender in seinen ersten Presseerklärungen diesen Punkt übergangen und die Kollegen von den Printmedien hatten keine Zeit, um nachzufragen. Zwei Redakteure aus Berlin und Hamburg taten es dennoch und druckten eine Stellungnahme des Gefängnisleiters ab. Im Lauf des Tages entwickelten sich dessen Aussagen zum Streitthema aller, die ihre Meinung zu dem Fall abgaben. Die Frage lautete: Hat sich Nicole Sorek mit ihren geheimen Aufnahmen strafbar gemacht oder war es vielmehr ihre Pflicht als Journalistin die Wahrheit zu zeigen und wenn nötig mit unlauteren Mitteln?

Und bis ein Richter die einstweilige Verfügung für zulässig erklärte, strahlte »Vor Ort« das gedrehte Material weiter aus und verkaufte Teile davon an andere Sender.

Als Karl Funkel morgens ins Dezernat kam, lief in allen Büros dasselbe Programm, und als eine Stunde später die erste Besprechung der Soko Natalia stattfand, brauchte er zehn Minuten, um Ruhe herzustellen, so aufgeregt und vom eigenen Standpunkt lautstark überzeugt redeten seine Kollegen aufeinander ein.

Für Funkel waren die Ereignisse im Gefängnis Am Neudeck eine Art GAU. Dabei befürchtete er nicht, dass durch Lucys Attacke die Ermittlungen erschwert würden. Die meisten Leute gaben schon jetzt bereitwillig Auskunft, weil ihnen anscheinend nichts mehr am Herzen lag als darzustellen, für wie bedrohlich und staatszersetzend sie dieses Mädchen hielten.

Sie wollten alles dafür tun, damit die Entführer bald gefasst wurden und damit man dann, vollkommen legal, Lucy samt ihrem überforderten Vater dorthin zurückschicken könnte, wo die beiden angeblich herkamen. Was Funkel zunehmend erschreckte und verblüffte, war der Tonfall der Protokolle, die die Fahnder nach Zeugenaussagen schrieben, auch wenn manche auf den ersten Blick wirkten wie Äußerungen besorgter Bürger, die nichts weiter forderten als sachliche Aufklärung.

Selbstverständlich ist zu hoffen, dass die intensivpädagogische Betreuung den gewünschten Erfolg bringt, sagte Professor Friedhelm Hofmann, der sich im Zusammenhang mit dem gesuchten roten Kombi gemeldet hatte. *Grundsätzlich lässt sich jedoch sagen, dass bei mehr als einem Prozent der Minderjährigen bereits in der Kindheit eine dissoziale Entwicklung einsetzt, die eine hohe Persistenz aufweist, also eine Beharrlichkeit, die nur schwer oder tatsächlich kaum zu therapieren ist. Das ist ein Faktum, das man nicht schönreden kann. Solche Jugendliche mit einer andauernd dissozialen Störung sind in geschlossenen Heimen oder im Strafvollzug anzutreffen. Ich kenne Lucy Arano nicht persönlich, würde sie aber zu diesem Kreis junger Menschen zählen, denen wir nur mit enormem pädagogischem Aufwand beikommen, wenn überhaupt. Ich plädiere nicht dafür, das Mädchen wegzusperren oder auszuweisen. Es geht vielmehr darum,*

Fehler zu vermeiden und Realitäten zur Kenntnis zu neh-
men ...

Ich glaube, sagte Elsbeth Lang, eine der Nachbarinnen von
Natalia Horn, *die Aufregung um dieses Mädchen ist künst-*
lich. Es ist doch so: Die Altersstruktur der Kriminellen
ändert sich, und zwar weltweit. Sie werden immer jünger
und auch Kinder morden schon. Dass Lucy noch nicht
gemordet hat, ist Zufall. Auf diesen allgemeinen gesell-
schaftlichen Wandel in Form der Frühreife bleibt der Ge-
setzgeber eine Antwort schuldig, so schauts aus. Kinder
sind de jure ab vierzehn strafmündig, von der biologischen
Entwicklung her unterlaufen sie diese Schwelle aber. Wenn
Eltern bei der Erziehung so eklatant versagen, dann müs-
sen sie dafür zur Verantwortung gezogen werden, und wenn
das nicht möglich ist, dann muss der Gesetzgeber handeln.
Wir dürfen doch dieses Mädchen nicht sich selber über-
lassen ...

Warum mussten es einundsiebzig Straftaten werden?, fragte
Karl Reling, ein anderer Nachbar. *Wieso haben die Behörden*
nicht eingegriffen? Vielleicht wäre dem Mädchen noch zu
helfen gewesen ...

Natürlich kannte Funkel auch eine Reihe von Zeugenaussagen, in denen es nicht um unterschwellige Anklagen und
Vorverurteilungen ging, sondern in denen die Befragten bemüht waren, sich so präzise wie möglich an Beobachtungen
oder Gespräche zu erinnern, die den Fahndern helfen könnten. Doch fast immer äußerten auch diese Zeugen am Ende
ihre ganz persönliche Meinung und nur in den wenigsten
Fällen las Funkel daraus Sympathie für Lucy Arano oder
wenigstens eine zurückhaltende Bewertung ihres Seelenzu-
stands. Sie war eine Verbrecherin, diese Einschätzung teilte
offensichtlich jeder.

Und das war der Grund, weshalb Karl Funkel Lucys Angriff im Gefängnis für eine Art Größten Anzunehmenden Unfall hielt. Nun würden auch die letzten Zweifler nicht länger zweifeln und in den verantwortlichen Köpfen bei der Stadt und der Justiz würde kein Raum mehr sein für behutsame Gedanken und distanziertes Betrachten. Mit ihrer Tat hatte Lucy jenen Spielraum zerstört, auf dem Funkel eine vage Zuversicht begründet hatte. Trotz seiner scheinbar gnadenlosen Härte bei der Beurteilung der Lage hätte der Staatsanwalt unter Umständen bereit sein können, seine Strategie zu ändern. Dann nämlich, wenn es gelungen wäre, Lucy nicht als mutwillige aggressive Täterin hinzustellen, sondern als Opfer schwerer psychischer Störungen, ausgelöst durch den Tod ihrer Mutter, über den sich Funkel – auf eindringliche Bitte von Tabor Süden hin, das musste er zugeben – inzwischen informiert hatte. Es wäre die große Chance gewesen, den Plan der Ausweisung ein für alle Mal aus der Welt zu schaffen.

Doch nach dem Vorfall der vergangenen Nacht, den die Nation mittlerweile mit eigenen Augen miterlebt hatte, war Lucys Rolle als Opfer eine Farce. Ein Millionenpublikum war – nach der inzwischen vermutlich zwanzigsten Wiederholung – Zeuge davon, wie dieses Mädchen, ohne eindeutig provoziert oder auf irgendeine Weise angegriffen worden zu sein, mit brutaler Gewalt auf eine wehrlose Frau losgegangen war und diese – das war nach den drastischen Bildern durchaus vorstellbar – um ein Haar getötet hätte.

Die Bezeichnung »lucylianisches Desaster«, von der Funkel durch Tabor Süden erfahren hatte, fand er zutreffend. Und er und seine vierundvierzig Kollegen aus der Sonderkommission waren davon ebenso betroffen wie die verletzte Reporterin. »Was spricht eigentlich gegen die Ausweisung, wenn wir dadurch die Frau freikriegen?«, fragte einer der Kommissare, nachdem es Funkel endlich gelungen war, die Diskussionen zu beenden. »Nichts!«, sagte ein anderer.

»Wir werden alles tun, damit es nicht so weit kommt«, sagte Funkel. »Wer hat den Bericht über die Suche nach diesem Rommel?«

»Die Göre führt uns doch an der Nase rum!«, rief einer aus der Gruppe.

»Halt die Klappe!«, sagte Paul Weber, der seit fünf Uhr die Rommel-Recherche betrieb.

Während er von ersten kleinen Erfolgen bei der Suche berichtete, kam Nicole Sorek bei ihren Nachforschungen keinen Schritt weiter. Alle ihre Mitarbeiter hatte sie nur auf ein Ziel angesetzt: herauszufinden, wo Lucys Vater versteckt gehalten wurde. Wer seinen Aufenthaltsort entdeckte, würde von ihr eine Prämie in Höhe von zweitausend Mark erhalten, die sie aus eigener Tasche bezahlen wollte. Selbstverständlich ging sie davon aus, dass sie selbst schneller sein würde als ihre Kollegen. Und eine heiße Spur hatte sie bereits.

Am liebsten hätte er eine Flasche Bier getrunken, auf nüchternen Magen. Na und, andere trinken Schnaps zum Frühstück. Xaver, sein Kompagnon, zum Beispiel, der hat immer eine Flasche Wodka und eine Flasche Fernet im Kühlschrank. Jedes Mal wenn er in der Früh reinkommt und schlecht gelaunt ist, schenkt er sich ein Stamperl ein und bietet mir auch eins an, aber ich hab immer Nein gesagt. Heute würd ich Ja sagen.

»Iss doch!«, sagte Ira Horn. Sie saß an dem niedrigen Tisch, den sie gedeckt und mit Nelken in einer kleinen Vase geschmückt hatte. In ihrem schwarzen Kleid und mit den streng nach hinten gebundenen grauen Haaren, dem faltigen, reglosen Gesicht sah sie noch verhärmter aus als sonst.

Als sie jetzt Christoph Arano anschaute, der ständig zur Tür ging, ohne sie zu öffnen, und dann ratlos herumstand, wurde ihr wieder einmal bewusst, wie sehr ihr dieser kräftige schwarze Mann gefiel, ja, gegen ihn, fand sie, hätte ihr verstorbener Mann, Gott hab ihn selig, tatsächlich wie ein gebügelter Schatten gewirkt. Lächerlicher Gedanke!, ermahnte sie sich. Sie wischte sich mit einer Papierserviette den Mund ab und trank einen Schluck Kaffee, der kalt und dünn war, und das würde sie dem Wirt, der unten das Gasthaus führte und nebenher die Pensionsgäste versorgte, auch sagen.

»Und setz dich bitte!«, sagte sie.

Sie hatte im Zimmer nebenan übernachtet. Tabor Süden hatte ihnen eingeschärft, mit niemandem zu sprechen und in den Zimmern zu bleiben. Nur Melanie war eine Stunde nach dem Ende der Sendung »Vor Ort« nach Hause gefahren, weil sie heute früh arbeiten musste. Überhaupt war sie bloß mitgekommen, weil Süden sie überredet hatte. Sie konnte ihre Großmutter nicht ausstehen, und Ira Horn mochte ihre Enkelin auch nicht, jede hielt die andere für eingebildet und arrogant.

Nachdem Melanie gegangen war, wollte Ira noch ein wenig mit Arano reden, aber er nicht mit ihr. Er wollte mit niemandem reden, er wollte allein sein und schweigen. Und Letzteres tat er immer noch. Seit Ira vor einer Stunde das Zimmer betreten hatte, hatte er nur ein einziges Wort zu ihr gesagt: »Morgen.« Sonst nichts. Ansonsten war er auf und ab gelaufen, hatte vorsichtig die Gardine beiseite geschoben und aus dem Fenster gesehen. Unten führte die St.-Martin-Straße vorbei und gegenüber lag der Ostfriedhof. Aus der Küche im Parterre hatte Ira ein Tablett mit Frühstück geholt und nun aß sie eine halbe Semmel mit Marmelade. Sie hasste Marmelade. Und sie hasste dünnen lauwarmen Kaffee. Und am meisten hasste sie es, an einem niedrigen Tisch in einem engen, billig möblierten Zimmer zu sitzen und einem Mann beim Schweigen zuzuhören.

»Ich kann auch wieder verschwinden.«

Er warf ihr einen Blick zu und hob die Schultern.

Ira schüttelte den Kopf und betrachtete die dreieckigen Käsescheiben auf dem Teller. Sie hasste auch dreieckige Käsescheiben. Alles Chemie, dachte sie, wieso hat uns der Polizist ausgerechnet in dieser Bruchbude untergebracht? Zahlt doch sowieso der Steuerzahler!

Im Flur waren Schritte zu hören. Jemand kam die Treppe herauf, jemand anders verließ die Toilette, die beiden begrüßten sich, zwei Männer, dann wieder Schritte auf der Treppe und Wasserrauschen in einem Zimmer, dessen Tür wahrscheinlich offen stand.

Arano drückte eine Hand flach gegen die Tür und senkte den Kopf.

»Trink wenigstens einen Kaffee!«, sagte Ira. Langsam ging ihr seine Unruhe, sein Umherschleichen, auf die Nerven. Er tat ihr Leid. Aber was konnte sie tun, damit es ihm besser ging? Vielleicht war es sinnlos, hier zu sein. Auch sie hatte sich überreden lassen, genauso wie Melanie, zu kommen und Arano beizustehen. Das war an sich in Ordnung, trotzdem kam sie sich benutzt vor. Was sollten sie schon reden die ganze Zeit? Wie hatte sich dieser Polizist das gedacht? Dass sie Monopoly spielten? Oder Mensch-ärgere-dich-nicht? Neben dem Bett lag eine Spieleschachtel, wahrscheinlich für

Pensionsgäste, die nach München kamen und am ersten Tag feststellten, dass sie in der Hauptstadt der Langeweile gelandet waren, dachte Ira. Wenigstens ist der Blick auf den Friedhof angemessen. Sie hasste diese Stadt. Wieso war sie nicht längst weggezogen? Nach Mallorca zum Beispiel, da wohnten jetzt alle, die die Schnauze voll hatten von diesem Wetter hier und diesen griesgrämigen Leuten. Alles lächerlich!, dachte sie, stellte die Teller aufeinander und sah noch einmal zu Arano. Er hatte sich umgedreht, stand jetzt mit dem Rücken zur Tür, dem gegenüberliegenden Fenster zugewandt.

Zwischendurch wurde Ira bewusst, dass sie an alles Mögliche dachte, um beim Gedanken an die Entführung ihrer Tochter nicht verrückt zu werden. Dann trickste sie sich selbst aus, indem sie die Gabel in den Käse piekste und an das fade Essen dachte, das sie wahrscheinlich in der Gaststube servierten.

»Ich trag das Zeug wieder runter, wenn du nichts willst.«

Arano nickte.

Sie war sich nicht sicher, ob er ihr zugehört hatte. Stöhnend erhob sie sich, streckte den Rücken und nahm das Tablett in beide Hände. Wortlos öffnete Arano die Tür und stellte sich daneben.

»Danke.«

Als Ira das Zimmer verlassen hatte, schloss er die Tür, setzte sich auf den Boden, der mit einem braunen Teppich ausgelegt war, und lehnte sich an die Wand. Seit der vergangenen Nacht, seit er seine Tochter im Fernsehen gesehen hatte, wie sie auf den Tisch sprang und die Fäuste hob, jagten Bilder durch seinen Kopf, die er jahrelang nicht mehr gesehen hatte, von denen er verschont geblieben war trotz der tausend Fragen, die ihm Lucy immer wieder gestellt hatte. Obwohl er ihr manchmal von früher erzählte, brauchte er keine Angst zu haben, dass die Geschichten schreckliche Gesichte hervorriefen; sie schienen für alle Zeiten im dunkelsten Verlies seiner Erinnerung verschwunden zu sein. Davon war er bis vor wenigen Stunden überzeugt gewesen. Und nun breitete sich das alte Inferno in ihm aus, er wollte es eindämmen, er wollte es niederschweigen, niederdenken. Doch es brannte von allen Seiten und er konnte niemanden um Hilfe bitten. Niemand war da, der verstanden hätte, was mit ihm passierte. Er war allein. Über ihm ein weißer roher Himmel und in ihm Schreie. Schreie aus aufgerissenen Mündern, er hörte sie wie damals, und mit den Schreien schoss Blut aus den Mündern, schoss aus den Augen, aus der Haut all dieser Körper, die um ihn waren und jetzt in ihm. Du entkommst uns nicht!, hörte er. Du bist einer von uns, wir sind alle verdammt, wir sind das Vieh, das man schlachtet, damit unsere Feinde nicht hungern müssen. Und er riss den Mund auf, schluckte jedoch in letzter Sekunde den Schrei wieder hinunter, er hätte das Haus gesprengt.

Als Ira das Zimmer betrat, lag Arano zur Seite gedreht auf dem Boden und zitterte.

Gehen war wundervoll. Auch wenn sie nichts sah, weil der Mann ihr mit einem Geschirrtuch die Augen verbunden hatte, so glaubte sie dennoch, das Holz zu sehen, das sie roch, und die Blumen und die Sonne auf ihrem Gesicht. Vielleicht war da gar keine Sonne und sie bildete sich alles nur ein, aber das machte nichts. Beinah hätte sie sich vor Dankbarkeit an den Mann geschmiegt, der sie führte, hin und her führte in dem kleinen Raum, der offensichtlich ein Schuppen war und unmittelbar an ein Wohnhaus grenzte. Von hier gelangte man in eine Küche, das hatte sie gesehen, obwohl der

Mann – der andere, der ihr aus der Bibel vorgelesen und seine Finger in ihren Oberschenkel gekrallt und sie gestern oder vorgestern oder vorvorgestern mit einer Polaroidkamera fotografiert hatte –, obwohl dieser Mann das Licht ausmachte, bevor er die Tür öffnete und zu ihr kam. Den Mann, der sie heute aufgeweckt hatte, indem er ihr die Nase zuhielt und auf die Wangen schlug, hielt sie für jünger als den anderen, und er roch auch besser und hatte eine angenehmere Stimme. Er sprach einen Akzent, den sie nicht genau bestimmen konnte, tschechisch vielleicht, auf jeden Fall osteuropäisch.

Seit mindestens zehn Minuten führte er sie nun schon umher. Er hatte sich bei ihr eingehängt und sie vertraute seinen Schritten. Er redete vom Wetter und erzählte, dass er gern in der Isar schwamm, obwohl der Fluss angeblich von Bakterien verseucht war. »Ist mir egal«, sagte er, »wenn ich schwimme, ich bin leicht wie Fisch.« Sie spürte sein Gesicht an ihrer Wange und hörte, wie er schnupperte. In der Nacht hatte sie den anderen Bewacher gebeten, auf die Toilette gehen und sich ein wenig waschen zu dürfen, und er hatte ihr die Augen verbunden und sie tatsächlich ins Haus geführt. Sie stiegen dann eine Treppe hinauf, sie spürte Stein unter ihren nackten Füßen, und die ganze Zeit hatte der Mann seine Hand auf ihrem Hintern. Während sie Stufe um Stufe hinaufging, zaghaft, unsicher, verkrampft vom langen Liegen, klebte diese feuchte Hand an ihr, sie fühlte die Feuchtigkeit durch das Kleid und den Slip. Im Bad schloss er die Tür, aber sie begriff sofort, dass er dageblieben war und ihr zusah. Wegen des Taschentuchs im Mund und des Klebebands konnte sie keinen Laut von sich geben. Doch auch wenn sie hätte sprechen können, was hätte es genützt? Also setzte sie sich auf die Toilette, tastete sich danach zum Waschbecken und rieb ihr Gesicht mit kaltem Wasser ab. Angestrengt versuchte sie festzustellen, wo sich der Mann befand, was er vorhatte, ob er sich bewegte. Er schien still an der Tür zu stehen. Im Bad roch es frisch, als wäre erst vor kurzem gründlich sauber gemacht worden, sie stellte sich weiße Kacheln und eine glänzend weiße Wanne vor, blaue Handtücher an Chromstangen und einen Jugendstilspiegel über dem Waschbecken. Außerdem hatte sie das Gefühl, der Raum habe ein Fenster, sie spürte einen sanften Luftzug und hörte die Grillen zirpen. Ihr ganzes Leben lang hatte sie sich gewünscht, einmal in einer Wohnung zu leben, deren Badezimmer ein Fenster hatte. Obwohl sie sich in dem Haus, in dem sie seit mehr als zehn Jahren lebte und arbeitete, wohl fühlte, empfand sie ihr eher bescheidenes fensterloses Badezimmer nach wie vor als eine Kränkung. Vielleicht hätte sie auf eine Abstellkammer oder einen größeren Flur verzichten sollen und sich bei der Auswahl für ein angemessenes Bad entscheiden sollen. Sie war so in Gedanken und für einige Minuten befreit von der Angst, die sie quälte wie ein Geschwür, dass sie im ersten Moment nicht merkte, wie der Mann wieder seine Hand auf ihren Hintern legte und ihr ins Ohr flüsterte, sie müsse jetzt zurück in ihr Gefängnis. Sie erschrak und stieß einen gurgelnden Schrei aus und beim Hinuntergehen wankte sie und umklammerte, immer noch schnaufend und voll der alten Angst, das eiserne Geländer.

»Riecht gut«, sagte nun der Mann, der sie durch den Schuppen führte. »Keine Angst, dir passiert nichts, du weißt, warum du hier bist?«

Sie schüttelte den Kopf.

»Macht nix«, sagte der Mann, »besser manchmal nix wissen. Dir passiert nix«, sagte er wieder, »du wirst leben und alles vergessen. Schade, was mit deinen Haaren passiert ist.«

Das hatte sie fast vergessen. Sie hatten sie geschoren, nachdem sie in ihr Haus eingedrungen waren. Wie kurz hatten sie ihr die Haare abgeschnitten? Sie erinnerte sich nicht mehr. Einer der Männer hatte eine Gartenschere gehabt. Und der andere eine Säge, der, der ihr aus der Bibel vorlas. Und dieser hier, der sie herumführte und mit ihr redete, als säßen sie im Gasthaus und verplauderten die Zeit? Was würde er ihr antun? Was war das für ein Akzent?

»Jetzt wieder hinlegen«, sagte er und sie zuckte zusammen. »Bald bist du hier raus und alles ist gut wie vorher. Haare wachsen wieder, kein Problem, Geduld ist halbes Leben.«

Er strich ihr über den Kopf und seine Berührung war wie ein Stromschlag. Von einer Sekunde zur anderen begann es erneut zwischen ihren Schläfen zu pochen, so stark, dass ihr Kopf zuckte. Sie legte sich hin, zog die Beine an und stellte sich Chris vor, Chris, wie er schaumüberdeckt in der Badewanne sitzt und sich einen Bart aus dickem weißem Schaum ins schwarze Gesicht klebt, und sie sagt zu ihm, du siehst aus wie ein Nikolaus, und er sagt, früher hab ich mich für Lucy verkleidet, aber sie hat nie daran geglaubt. Sie hat nie an was geglaubt, dachte Natalia Horn jetzt. Und als sie die beiden, Chris und Lucy, um sich versammelt hatte in ihrer Vorstellung, atmete sie ruhiger und sonnte sich kurz im vorgetäuschten Zusammensein.

In der Zwischenzeit gab es neue Pläne, was mit ihr geschehen sollte.

Nachdem Veronika, Funkels Sekretärin, ihm das Fax aus Münster gebracht und er sie gebeten hatte, Volker Thon zu informieren, warf er einen ersten Blick auf den dreiseitigen

Bericht. Er war gerade beim letzten Satz, als Thon hereinkam. Auch im größten Stress sah der fünfunddreißigjährige Hauptkommissar adrett und entspannt aus, sein Seidentuch schien nie zu verrutschen. Obwohl in extrem angespannten Arbeitsphasen wie bei einer Entführung fast alle seine Kollegen in legerer Kleidung herumliefen, verzichtete Thon nie auf seine frisch gebügelte Hose und Seidensocken. Heute trug er dazu einen dünnen dunkelgrauen Kaschmirpullover und Funkel musste anerkennen, dass Thon in diesem Aufzug durchaus nicht missgekleidet wirkte.

»Was starrst du mich so an?«

»Ich schau nur«, sagte Funkel. »Die Kollegen haben ein interessantes Detail herausgefunden.« Er reichte ihm den Bericht.

Die Techniker am Institut für Medizinische Physik und Biophysik hatten die Fasern, die die Kommissare in Natalia Horns Wohnung sichergestellt hatten – Stoffreste, eigenartige, wie abgerissen aussehende Wollfetzen –, mit ihrem Laser-Mikrosonden-Gerät untersucht und dabei extrem winzige chemische Elemente entdeckt.

»Das ist phantastisch«, sagte Thon, »die sind wirklich davon überzeugt, dass an den Textilproben, die wir ihnen geschickt haben, Moleküle von zwei verschiedenen Weichspülern kleben. Das heißt, unser Mann hat seine Klamotten aus irgendeinem Grund zweimal gewaschen.«

»Sie haben eine Vermutung dazugeschrieben«, sagte Funkel, »auf der letzten Seite.«

Thon blätterte um. »Das leuchtet ein, dem Mann ging der Weichspüler aus, dann hat er einfach einen neuen dazugemischt. Und was fangen wir jetzt mit dem Ergebnis an?«

»Noch nichts. Wir warten auf die Analysen aus Wiesbaden.

Mit einem genetischen Fingerabdruck wären wir auf der Zielgeraden.«

»Vorausgesetzt, der Verdächtige bewohnt unseren Computer«, sagte Thon.

»Bis jetzt haben wir wenig. Auch die Suche nach diesem Rommel ist schwierig. Ich trau dieser Lucy nicht. Wieso sollte sie uns plötzlich helfen wollen?«

»Tabor vertraut ihr.«

»Tabor!« Thon nestelte an seinem Halstuch, rieb es zwischen zwei Fingern und roch an ihnen. »Wir haben ihn wieder mittendrin und ich rechne ständig damit, dass was passiert, was uns in unseren Ermittlungen total zurückwirft. Er ist ein Risiko. Wo steckt er eigentlich jetzt?«

»Er hat das Mädchen vernommen unmittelbar nach der Tat. Es war gut, dass er dort war. Diese Journalistin hat das Mädchen provoziert ...«

»Davon hab ich in dem Fernsehbericht nichts gemerkt.«

»Sie hat es trotzdem getan, wir wissen nur noch nicht, wie.« Thon sah seinen Vorgesetzten an, eine Spur von Mitleid im Blick. »Ist das ein Zitat von Tabor? Hat er wieder seine seherische Phase?«

»Ich bitte dich, Volker!« Über dieses Thema wollte Funkel jetzt nicht reden. Seherische Phase! Die Zeiten, als bestimmte Journalisten Tabor Süden als Seher bezeichneten, waren vorbei, und der Kriminaloberrat war froh darüber.

»Nein«, sagte er, »es gab keinen offensichtlichen Grund für das Mädchen, so auszurasten. Sie wollte doch von der Reporterin nichts. Wenn sie bisher aggressiv geworden ist, dann deshalb, weil ihr jemand etwas verweigerte, weil ihr jemand etwas nicht abkaufen wollte oder etwas geben, das sie unbedingt haben musste. Sie hat nie einfach nur so drauflosgeschlägert, es gab immer einen Anlass.«

»Kann sein«, sagte Thon und stand auf. »Im Augenblick interessiert mich vor allem, warum sich die Entführer nicht mehr melden.«

Es klopfte und Funkel sagte: »Herein.«

Veronika Bautz gab ihm einen Brief und ein Kuvert.

»Der lag in der Post, ist an Sie adressiert, sogar ein Absender steht da, aber ich glaub nicht, dass der stimmt. Meine Fingerabdrücke sind drauf, tut mir Leid.«

Funkel überflog den Brief und warf einen Blick ins Kuvert, in dem sich ein kleines Foto befand. Dann hatte er es eilig. »Besprechung mit allen, die da sind. Die Kollegen, die unterwegs sind, informieren wir später. Die Entführer haben sich gemeldet. Wir treffen uns in fünfzehn Minuten.«

Zwanzig Minuten später las Karl Funkel im Besprechungsraum den versammelten Kollegen den Brief vor. Das beigelegte Polaroidfoto machte die Runde, es zeigte die gefesselte und geknebelte Natalia Horn auf einem Bett, über ihrer Brust war eine Zeitung ausgebreitet mit dem Datum des 16. August. Ihre Augen waren offen und sie blickte erschrocken ins Blitzlicht.

Dies ist der zweite Aufruf der Aktion D, er betrifft die Sonderkommission Natalia, im Speziellen Kriminaloberrat Karl Funkel, den Leiter. Viele aufrechte Deutsche haben in den letzten zwei Tagen bekundet, dass sie mit unserer Maßnahme zum Schutze unserer ureigenen Interessen einverstanden sind. Christoph und Lucy Arano müssen unverzüglich das Land verlassen, sonst bezahlt Natalia Horn mit dem Leben – und nicht nur sie. Die Aktion D hat es sich zum Ziel gemacht zu handeln und nicht länger zuzusehen. Wir bitten Sie, Herr Funkel, daher dringend, entsprechende Schritte zu unternehmen. Sollten Sie bis in zwei Tagen nichts unternommen haben, was uns beweist, dass Sie es ernst meinen, werden wir Ihnen beweisen, dass wir es ernst meinen. Sie erhalten dann eine Fingerkuppe von Frau Horn und dabei wird es nicht bleiben, wenn Sie sich unseren Forderungen widersetzen. Tun Sie, was wir von Ihnen verlangen, und Sie werden sehen, die Mehrzahl der aufrechten Deutschen, alle Patrioten unseres Landes, stehen hinter Ihnen! Dies ist eine historische Chance, nutzen Sie sie! Teilen Sie uns Ihre Entscheidung in der Sendung »Vor Ort« mit. Sobald Christoph und Lucy Arano das Land mit dem Flugzeug in Richtung Nigeria verlassen haben, lassen wir Frau Horn unverzüglich frei. Unser Wort gilt.

Mit besten Grüßen – Aktion D

Funkel legte den Brief hin. »Ich habe das Schreiben ans BKA gefaxt für eine erste Fernanalyse. Sie haben diesen Brief mit dem ersten verglichen. Die Kollegen gehen davon aus, dass er vom selben Absender stammt, mit hoher Wahrscheinlichkeit hat er dieselbe Schreibmaschine benutzt, und es gibt Parallelen in der Wortwahl, das haben Sie ja selber gemerkt. Diese Leute meinen, was sie schreiben. Jetzt, da sie den ersten Schritt, die Entführung, hinter sich gebracht haben, ohne von uns entdeckt worden zu sein, schrecken sie vor den nächsten Schritten nicht zurück. Bevor ich mit neuen Informationen vor die Presse trete, möchte ich mich noch einmal mit dem Ministerium beraten. Ja bitte?«

In der letzten Reihe hatte sich ein junger Polizist gemeldet. Florian Nolte.

»Hat denn die Fahndung nach diesem Rommel schon was ergeben? Ich meine nur, vielleicht haben wir eine Spur und müssen den Entführern überhaupt nicht entgegenkommen.«

»Die Suche läuft noch«, sagte Funkel. »Wir haben aber ein paar wichtige Ergebnisse der Physiker aus Münster vorliegen, die wir nicht an die Presse geben. Das bleibt vertraulich, nur wir wissen davon, wer weiß, vielleicht führen uns diese Informationen im entscheidenden Moment zu den Tätern.«

Das Telefon vor ihm klingelte. Er nahm den Hörer ab und hörte eine Zeit lang gespannt zu. Dann legte er auf und kratzte sich an der Oberkante der Augenklappe.

»Das war der Kollege Wiesmath vom BKA.« Er zögerte, nicht um einen Effekt zu erzielen, er koordinierte nur in Sekundenschnelle in seinem Kopf die nächsten Schritte. »Wir haben einen genetischen Fingerabdruck. In der Wohnung von Natalia Horn hat sich ein Mann aufgehalten, den wir in der Datei haben. Und er zählt nicht zum Kundenkreis von Frau Horn, das steht fest. Was bedeutet, wir haben möglicherweise den Namen von einem der Entführer. Der Mann heißt Mike Sadlow, er wohnt in Guben nahe der polnischen Grenze. Wir sagen den Kollegen dort nicht Bescheid, wir fahren hin, unterhalten uns mit dem Mann und nehmen ihn mit. Gefahr im Verzug. Die Kollegen Braga und Gerke übernehmen das.«

Die beiden Männer, die seit Jahren als Team zusammenarbeiteten und in jede Sonderkommission berufen wurden, nickten synchron.

»Von dieser Aktion«, sagte Funkel, »erfährt niemand etwas, verstanden? Endlich haben wir einen Trumpf in der Hand.« Er wandte sich an Josef Braga und Sven Gerke. »Ich fordere für Sie einen Hubschrauber an. Ich möchte, dass dieser Mann heute Nachmittag hier vor mir am Tisch sitzt.«

Gleichzeitig erhoben sich die Angesprochenen. Beide waren fast zwei Meter groß. Während Braga trotz seiner Größe eher unscheinbar wirkte, fiel sein Kollege durch ein Kunstwerk in seinem Gesicht auf: Er hatte einen ausladenden, an den Enden nach oben gezwirbelten Schnurrbart, den er jeden Morgen mit Hingabe pflegte.

Unmittelbar nach den beiden stand auch Florian Nolte auf.

»Ich muss mal schnell wohin«, sagte er und beeilte sich, aus dem Zimmer zu kommen.

»Ich kann hier nicht einfach weg!«, sagte der Mann am anderen Ende der Leitung.

»Du musst!«

»Wer sind Sie überhaupt, ich hab Ihren Namen nicht verstanden.«

»Reicht dir das nicht, wenn ich sage, Aktion D? Das ist ein Kameradschaftsdienst, den ich dir hier leiste. Du bist ein Versager, aber es ist besser für alle, wenn du untertauchst. Rossi wird dich umbringen, wenn er erfährt, dass du ihn angelogen hast.«

»Hab ich nicht.«

»Du bist vorbestraft.«

»Bin ich nicht.«

»Dein Name steht im Polizeicomputer, du Versager!«

»Woher willst du das wissen? Bist du ein Bulle?«

»Sperr deinen Laden zu und hau ab!«

»Ich kann nicht einfach zusperren. Die Leute brauchen ihre Autos zurück, das Geschäft läuft wie blöde, ich mach mich doch nicht verdächtig jetzt.«

»Verdrück dich nach Polen und bleib dort! Hörst du mir nicht zu, du Arschloch?«

»Ich kenn Sie überhaupt nicht.«

»Wenn du dich erwischen lässt, mach ich dich eigenhändig

kalt, das garantier ich dir! Ich mach dich kalt, hier in München.«

»Du bist ein Bulle!«

»Verpiss dich, Sadlow, das ist deine einzige Überlebenschance!«

»Scheiße.«

Nolte hängte ein, verließ die Telefonzelle in der Goethestraße, sah sich um und rannte zurück ins Dezernat.

18

Übers Handy blieb sie mit ihrer Redaktion in Kontakt, vor allem mit Dieter Fromm, ihrem Chef, der seit halb acht im Büro war und ununterbrochen Anfragen von Kollegen beantwortete. Nicole Sorek war noch eine halbe Stunde früher aufgebrochen. Zu Hause – sie wohnte in einem renovierten Altbau am Bordeauxplatz, drei Zimmer, Balkon zum Hinterhof, achtunddreißig Programme im Kabel – hatte sie die Pflaster in ihrem Gesicht erneuert und Hals und Nacken massiert. In der Nacht mussten sie improvisieren und es war Fromms Idee gewesen, aus der Senderapotheke sämtliches Verbandszeug zu holen und es um ihren Hals zu wickeln, als hätte sie ein Schleudertrauma. Macht was her, das stimmte, aber sie fühlte sich unbeweglich und hässlich.

Jetzt ging es ihr besser und sie ließ den Bühneneingang des Gärtnerplatztheaters nicht aus den Augen. Kurz nach sieben hatte sie mit ihrem Auto gegenüber der Wohnung von Melanie Graf gestanden in der Hoffnung, die junge Frau würde sie direkt zu Christoph Arano führen. Fehlanzeige. Stattdessen stieg Melanie in ihren grünen Saab und fuhr zum Theater, wo sie als Bühnenbildnerin arbeitete. Auch gut. »Ich krieg ihn«, sagte sie mehrmals am Telefon zu Fromm, der sie über die Recherchen der Kollegen auf dem Laufenden hielt. Alle telefonierten kreuz und quer durch die Stadt, versuchten es im Gefängnis, verstellten die Stimme, gaben sich als Verwandte aus, machten einen auf seriös. »Seriosität«, pflegte Nicole Sorek zu Volontären zu sagen, »ist nichts als ein Fremdwort für mich. Ich weiß, was es bedeutet, aber es bedeutet mir nichts.« Das war einer ihrer Standardsprüche und sie freute sich jedes Mal, wenn dann ein junger engagierter

Mann oder eine ernst dreinblickende junge Frau aufsprang und ein zorniges Plädoyer für den anständigen Journalismus hielt. Hinterher applaudierte die Chefreporterin und sagte, sie respektiere die Meinung und dort hinten sei die Tür, die führe direkt zu einer Menge von Zeitungen und Magazinen, die nach solchen Mitarbeitern lechzten. Hier bei ihr, in der Redaktion von »Vor Ort«, seien sie an der falschen Adresse, hier arbeite man nämlich beim Fernsehen, und zwar beim Privatfernsehen und zudem beim Boulevardfernsehen, und – das betonte sie besonders gern und ohne jede Ironie – sie habe dieses Magazin aus der üblichen Klatsch-und-Tratsch- und-Tod-und-Träller-Ecke herausgeführt und als einen Meinungsmacher im modernen TV etabliert. »Wir reißen Geschichten nicht an, sondern auf«, sagte sie, »wir kochen nicht mit Wasser, wir kochen mit Können, wir meinen, was wir sagen, und wir sagen, was wir meinen.«

Für ihre Reportage über einen verschwundenen neunjährigen Jungen, den ein Polizist namens Tabor Süden vor dem Selbstmord bewahrt hatte, war sie von den Lesern der größten deutschen Fernsehzeitschrift zur Reporterin des Jahres gewählt worden und bei der letztjährigen Fernsehpreisverleihung hatte ihr Magazin zwei Auszeichnungen erhalten.

Manchmal, nachts, wenn sie der letzte Gast in dem türkischen Lokal in der Wörthstraße war, unweit ihrer Wohnung, und einen Raki für den Weg trank, dachte sie an ihre Erfolge und wünschte, ihr Vater würde noch leben und sehen, was aus ihr geworden war, seit sie ihn am Deininger Weiher mit einem hölzernen Mikrofon interviewt und zu den Problemen des Forellenfangs befragt hatte. Damals war sie sieben und ihr Vater hatte noch fünf Jahre zu leben. Und oft bestellte sie dann noch einen Raki für den Weg und später im Bett betrachtete sie die alten Fotos, die sie in einer Zigarrenkiste aufbewahrte. Ihr Vater hatte die Kiste für sie aus Kuba mitgebracht, wo er für eine große Reportage recherchierte. Vielleicht hätte sie ihm jetzt, in ihrer Position, sogar eine Anstellung verschaffen können, obwohl er sein Leben lang frei gearbeitet hatte und immer stolz darauf war. Vielleicht hätte sie ihn überreden können, sein Prinzip zu durchbrechen, dann würden sie gemeinsam Sendungen produzieren und Einschaltquoten erzielen wie noch niemand vor ihnen im modernen TV.

»Ich muss Schluss machen«, sagte sie ins Handy und kappte die Leitung.

In einiger Entfernung sah sie Melanie aus dem Theater kommen. Die junge Frau überquerte die Klenzestraße und ging zu ihrem Auto. Sie fuhr zur Fraunhoferstraße und bog links ab. Nicole Sorek folgte ihr.

Als Melanie ihren Saab in der St.-Martin-Straße parkte, sich mehrmals umsah und in einer Pension verschwand, rief Nicole ihren Chef an.

»Ich brauch sofort das Team und zusätzlich zwei Kollegen für Interviews und einen Ü-Wagen. Wir senden live!«

In ihrer Aufregung bemerkte sie nicht, dass sie beobachtet wurde.

Sie hatten aufgehört zu zählen, zum wievielten Mal sie die Bemerkung jetzt hörten.

»Da waren doch gestern schon welche von euch da. Ich kenn keinen, der Schreibmaschinen verscherbelt. Ist mir auch egal, weil ich schreib niemand.«

»Die scheinen drauf stolz zu sein, dass sie niemanden haben, dem sie schreiben können«, sagte Paul Weber.

»Ich hab Hunger«, sagte Freya Epp.

»Ich auch.«

»Und warum kaufen wir uns dann keine Wurst da vorn am Stand?«

»Weil ich sonst zu dick werd.«

»Und was ist mit mir? Soll ich zu dünn werden?«

An der Wurstbude am Rande des Flohmarkts, auf dem Hunderte von Händlern ihre Sachen anboten, nahmen zwei Frauen um die fünfzig ihre Schälchen mit Currywurst und Kartoffelsalat entgegen.

»Ich hab mir geschworen, nie wieder so was zu essen«, sagte die eine.

»Heb dir deine Schwüre für was Wichtigeres auf!«, sagte die andere. Sie stellten sich an einen runden Tisch und aßen.

»Entschuldigung«, sagte Weber. Er zeigte ihnen seinen Dienstausweis. Unwillkürlich zuckte eine der beiden Frauen leicht zusammen. »Kennen Sie einen Mann, der ziemlich dick und kahlköpfig ist und seine Waren hier nicht direkt verkauft, sondern sie in einem Katalog anbietet?«

»Nein.«

»Und Sie?«

»Ich weiß nicht.«

Freya brachte eine Portion Gurkensalat für ihren Kollegen und ein Fleischpflanzl mit Pommes frites für sich. Dann ging sie noch einmal zur Theke und holte die zwei Coladosen, die sie dort abgestellt hatte.

»Kann sein«, sagte die eine Frau.

»Guten Appetit!«, sagte Freya. Mit Heißhunger verschlang sie ihr Essen, was Weber neidvoll zur Kenntnis nahm.

»Der Mann soll Rommel heißen«, sagte er zu den Frauen und leckte sich die Lippen, »wie der Wüstenfuchs.«

»Ja, genau!«, sagte die eine. »Der Rundfunk-Rommel! Ja, der arbeitet beim Bayerischen Rundfunk.«

Das Funkhaus lag nur einige Hundert Meter weiter östlich des Flohmarkts.

»Komm!«, sagte Weber zu Freya und machte sich eilig auf den Weg.

»Und mein Essen?«

»Keine Zeit.«

Sie stopfte sich den Rest des Fleischpflanzls in den Mund, kaute und verabschiedete sich grummelnd von den Frauen. In der Halle des Funkhauses zeigte Weber dem Pförtner seinen Ausweis. »Wir suchen einen ihrer Mitarbeiter, Herrn Rommel.«

»Das bin ich.«

»Verkaufen Sie Schreibmaschinen?«

»Warum?«

»Bitte beantworten Sie meine Frage!«

»Ja. Manchmal. Warum?«

»Haben Sie in letzter Zeit eine Olympia US verkauft?«

»Olympia US? Ja. Warum?«

»An wen haben Sie die verkauft?«

»Glauben Sie, ich lass mir von meinen Kunden den Ausweis zeigen? Cash gegen Ware und fertig.«

»Dann müssen Sie uns den Mann beschreiben, der Ihnen die Schreibmaschine abgekauft hat«, sagte Freya Epp.

»An den erinnere ich mich nicht mehr.«

»Wir kriegen das schon hin. Gibts jemand, der die Vertretung für Sie übernehmen kann?«, fragte Weber.

»Eigentlich nicht. Warum? Worum gehts denn überhaupt?«

Eine Stunde später hatte der Dezernatszeichner das Porträt eines Mannes fertig, von dem Rommel behauptete, er sehe dem Käufer der Olympia US sehr ähnlich.

»Jetzt haben wir Lucy Arano einiges zu verdanken«, sagte Karl Funkel.

»Vielleicht kennt sie den Mann«, sagte Thon. »Dann kriegt sie eine Verdienstmedaille.«

Sie ließen eine Kopie des Bildes von einem Boten ins Gefängnis bringen, der auf Lucys Antwort warten sollte. Sie sagte kein Wort zu ihm, sondern schrieb nur einen Satz unter das Porträt: »Kenn ich nicht, den Wichser!«

»Sie haben richtig gehandelt, auch wenn Sie mich eigentlich vorher hätten fragen müssen.«

»Ja.«

»Sie hätten mich auch warnen müssen, als ich in die Wohnung von Frau Ries gegangen bin, wo sich Ihr Kollege aufgehalten hat.«

»Ich kannte Sie doch gar nicht! Ich seh Sie doch jetzt zum ersten Mal!«

»Das ist wahr. Wir sind alle stolz auf Sie, Sie leisten gute Arbeit, sehr gute Arbeit, und wenn diese Sache zu Ende ist, werden Sie um ein paar Mark reicher sein, verstehen Sie das?«

»Nein.«

»Dr. Voss lobt herausragende Mitarbeiter nicht nur, er belohnt sie auch, in bar.«

»Danke.«

»Noch sind wir nicht so weit. Ich verrate Ihnen was: Die Frau befindet sich noch in der Stadt, an einem sicheren Ort. Aber ich glaube, sie wäre woanders sicherer. Was denken Sie?«

»Bringen Sie sie weg von hier! Wenn Sadlow geschnappt wird, kann ich für nichts garantieren.«

»Natürlich nicht. Gut, ich werde unseren Plan ändern. Sie melden sich, wenn es was Neues gibt. Sofort!«

»Ja.«

Josef Rossi verließ das Kaufhausrestaurant und Nolte trank

seinen schwarzen Kaffee aus und blätterte in einer Tageszeitung. Auf den ersten Seiten ausschließlich Geschichten und Fotos über die Entführung. Genüsslich ließ Nolte einen Tropfen Spucke auf Lucys Gesicht fallen.

19

Durch die Heckscheibe ihres Wagens sah er sie im Profil, wie sie telefonierte. Er machte einen Schritt zurück. In zehn Minuten, schätzte er, sind ihre Kollegen hier. Auch wenn es ihm gelingen sollte, Aufnahmen von Christoph Arano zu verhindern, so würde Nicole Sorek dennoch herausfinden und verbreiten, dass Natalia Horns Verlobter sich in der Pension aufhielt. Und dann kämen weitere Journalisten, neue Kamerateams und die ganze Umzugsaktion wäre gescheitert.

Ohne länger darüber nachzudenken, wie Nicole Sorek die Pension entdeckt hatte, betrat Tabor Süden die Gaststätte, in der an einem langen Tisch etwa fünfzehn schwarz gekleidete Personen saßen, die gerade von einer Beerdigung kamen. Er grüßte flüchtig den Wirt, trat auf den Flur hinaus, dessen Haustür auf die St.-Martin-Straße führte, und rannte die Treppe in den ersten Stock hinauf. An einer der Zimmertüren klopfte er einmal lang und zweimal kurz. Als er ein leises Ja hörte, öffnete er die Tür.

Arano kauerte auf dem Boden, die Arme über dem Kopf, beobachtet von Ira Horn, die sich die Hand vor den Mund hielt. Melanie stand am Fenster und rauchte.

»Wir müssen hier weg!«, sagte Süden.

Schwerfällig hob Arano den Kopf.

»Was ist passiert?«, fragte Melanie.

Süden wandte sich an sie. »Seit wann sind Sie hier?«

»Grade gekommen. Ich muss auch gleich wieder weg, wollt nur schnell hallo sagen.«

»Ist Ihnen ein roter Golf aufgefallen, der Ihnen gefolgt ist?«

»Was?«

»Ist auch egal«, sagte Süden. »Wir müssen die Sacken packen

und sofort verschwinden!« Bevor die anderen noch etwas erwidern konnten, nahm er Aranos Koffer aus dem Schrank und fing an, Hosen und Hemden hineinzuwerfen.

»Das knittert ja alles!«, sagte Ira Horn.

»Bitte rufen Sie bei Isar-Funk an, sagen Sie meinen Namen, sie sollen sofort ein Taxi schicken! Und der Chauffeur soll nicht über die St.-Martin-Straße fahren, sondern über die Schlierseestraße und dann in die Brünnsteinstraße und in der Hofeinfahrt neben dem Blumenladen warten!« Er nannte ihr die Nummer und stopfte weiter Socken, Schuhe und Pullover in den Koffer.

Während Ira Horn telefonierte, kniete sich Melanie neben Arano und legte den Arm um seine Schulter.

»Steh jetzt auf, Chris! Was ist denn mit dir?«

Er senkte den Kopf. Von den Bildern, die er sah, und den Stimmen, die er hörte, konnte er nicht sprechen. Es war, als wäre eine Glaswand in ihm, hinter der sich all das Grauen abspielte, und er war dazu verdammt, ein stummer Zeuge zu sein, unfähig sich abzuwenden.

»Er ist in drei Minuten da«, sagte Ira Horn und legte den Hörer auf.

Süden presste den Deckel auf den Koffer, ließ die Schlösser einschnappen und wuchtete den Koffer in die Höhe.

»Kommen Sie!«, sagte er zu Arano.

Der Schwarze sah ihn aus müden, flackernden Augen an. Süden stellte den Koffer ab, ging zu ihm, zögerte einen Moment, dann packte er ihn an den Schultern und zog ihn hoch. Wie bei einer ferngelenkten Puppe schlenkerten Aranos Arme neben dem Körper und der Kopf bewegte sich mechanisch hin und her, von rechts nach links, dann Stillstand für eine Sekunde, dann von links nach rechts. Süden hatte den Eindruck, die Blicke streiften ihn nicht einmal, sie blieben gefangen in den Pupillen, die aussahen wie aus Glas, aus schwarzem undurchdringlichem Glas.

»Niemand findet Sie«, sagte Süden, »ich bringe Sie in Sicherheit.«

»Sicherheit«, begann Arano und seine Stimme klang erschöpft. Süden dachte: Grau, seine Stimme hat einen grauen Klang. »Sicherheit ... hab ich keine, nur ... Sicherheitslosigkeit.«

Wie aus Versehen lächelte Melanie.

»Sicherheitslosigkeit«, wiederholte Süden.

Arano nickte. Die Abwesenheit, die ihn umgab und in die er sich hüllte, kannte Süden von sich selbst, sie war sein Gewand, wenn die Wände näher rückten und die Stimmen sich aus der Stille schälten.

Jemand klopfte an die Tür, einmal lang, zweimal kurz. Jetzt gelang es Süden, einen Blick von Arano zu erwischen, und er zwang ihn, dem seinen standzuhalten.

»Kommen Sie mit mir!«, sagte er. »Ich weiß einen sicheren Ort.«

Wenn er später an diesen Augenblick in der Pension zurückdachte, schämte er sich, und er ging nie wieder unten ins Gasthaus, auch als Rollo, der Wirt, besorgt im Dezernat anrief und sich nach ihm erkundigte.

Leise wurde die Tür von außen geöffnet. Lollo, ein dürrer Mann um die sechzig, streckte den Kopf herein.

»Das Taxi ist da«, sagte er.

»Ja und ich?«, fragte Ira Horn.

»Sie fahren mit«, sagte Süden.

»Aber ich hab meine Sachen noch nicht gepackt!«

»Das machen Sie hernach«, sagte Süden. »Und Sie ...«, er meinte Melanie, »Sie fahren wieder zum Theater, ganz normal.«

444

»Und wenn mich jemand fragt, was ich hier gemacht hab?«

»Wer sollte das tun?«

»Die Journalisten.«

»Ja«, sagte Süden und winkte Arano, ihm zu folgen. »Wenn die Reporterin, die dort unten wartet, Sie anspricht, sagen Sie, Sie hatten hier beruflich zu tun, Sie wollen sich einen Schrank ausleihen, den Sie für ein Stück brauchen ...«

»Einen Schrank?«

»Warum nicht?«, sagte Süden. »Gibts keine Theaterstücke, in denen Schränke gebraucht werden?«

Er wartete, bis Arano, schleppend, wie von hundert Steinen beschwert, und Ira Horn, umwölkt von 4711, an ihm vorbeigingen, und erklärte ihnen, wie sie in den Hinterhof kämen.

»Es bleibt, wie besprochen«, sagte er zu Rollo, »wir waren nie hier. Sperr den Eingang ab, für alle Fälle!«

»Der Eingang ist immer abgesperrt.«

Süden gab ihm einen Hundertmarkschein. »Eine Anzahlung«, sagte er.

»Spinnst du? Steck das ein!« Rollo wollte ihm das Geld zurückgeben, aber Süden ging schon die Treppe hinunter. Die Kosten für die Übernachtung von Arano und Ira Horn würde er aus eigener Tasche bezahlen müssen, im Dezernat gab es keinen Etat für die Unterbringung von Verlobten und Verwandten von Entführungsopfern. Dass er Arano vor der Presse schützen wollte, geschah mit ausdrücklicher Unterstützung von Karl Funkel und sogar von Volker Thon. Bei ihren zustimmenden Worten würde es freilich auch bleiben.

Immerhin würde er nun überraschend Geld sparen. Und das hatte er, fiel ihm ein, niemand anderem als der Chefreporterin zu verdanken.

»Deisenhofener Straße 111«, sagte er zum Taxifahrer.

Dort wohnte er in einem grünen Wohnblock, der umgeben

war von weiteren, andersfarbigen Wohnblocks, seit vierzehn Jahren und nun war es das erste Mal, dass er außer Sonja Feyerabend jemanden bei sich übernachten ließ ...

»Und was wollten Sie in der Pension?«, fragte Nicole Sorek.

»Die haben einen wunderbaren antiken Schrank, den wir unbedingt für eine neue Produktion haben wollen«, sagte Melanie Graf und sperrte den Saab auf.

»Was ist das für eine Produktion?«

»›Der Hirschgarten‹ nach Anton Tschechow.« Sie stieg ein.

»Der ›Hirschgarten‹?« Nicole holte ihr Handy heraus und tippte eine Nummer ein. »Heißt das Stück nicht ›Der Kirschgarten‹?«

»Ja«, sagte Melanie, »es ist ja auch *nach* Tschechow. Auf Wiedersehen!« Sie gab Gas und fuhr los.

»Alles Scheiße!«, schrie Nicole ins Telefon.

Da sie auf dem Sportplatz von Guben eine Landeerlaubnis brauchten, mussten sie ihre Kollegen am Ort informieren, obwohl sie das lieber vermieden hätten. Die beiden Hauptmeister Schön und Frey fuhren sie ins Zentrum der 28 000-Einwohner-Stadt und stellten ihnen mehrere Fragen, die Gerke beantwortete, ohne die Wahrheit zu sagen und zu lügen. Anschließend ließen er und Braga sich den Weg beschreiben und gingen zu Fuß weiter.

»Hier solls viele Rechte geben«, sagte Gerke.

»Hab ich gelesen«, sagte Braga, »zum Beispiel das Recht, als Ausländer so schnell wie möglich die Stadt verlassen zu dürfen.«

»Sie haben diesen Algerier zu Tode gehetzt und dann gesagt, das waren die üblichen Fun-Faschos.«

»Ist schon ein lustiges Land, Brandenburg«, sagte Braga.

446

»Und so fortschrittlich«, sagte Gerke, »sie steuern ihre Menschenjagden mit Mobiltelefonen.«

Vor einer geschlossenen Kfz-Werkstatt blieben sie stehen. Auf einem verbogenen Blechschild stand: MEISTERBETRIEB MIKE SADLOW. Das Garagentor war zugesperrt, ebenso die schmale Holztür des Büros, das in einem blauen Flachbau untergebracht war. Im ersten Stock befand sich eine Wohnung. An den Fenstern waren die Gardinen vorgezogen, nichts regte sich. Niemand öffnete, als Braga klingelte.

»Vielleicht hat er heut Ruhetag.«

»Du meinst, weil er sonst vor lauter Arbeit kaum zum Schlafen kommt?« Gerke ging fünfzig Meter weiter die Straße hinunter und klingelte an einem Einfamilienhaus. Eine Frau in einer bunten Kittelschürze trat auf den Balkon. Sie hatte ein langes Messer in der Hand.

»Wer sind Sie?«, rief sie, einen Schritt von der Brüstung entfernt.

»Mein Name ist Sven Gerke. Ich bin mit Herrn Sadlow verabredet, aber seine Werkstatt ist zu. Wissen Sie, wo er ist?«

»Sind Sie aus Bayern?«

»Hört man das?«

»Natürlich.« Die Frau schwieg. Dann nahm sie das Messer in die andere Hand. »Der kommt bestimmt gleich wieder, der hat über Mittag immer auf, sogar am Samstag.«

»Haben Sie ihn heute schon gesehen?«

»Ja«, sagte die Frau. Jetzt bemerkte sie, dass ein Mann, der genauso riesig war wie der unter ihrem Balkon, aus der Einfahrt von Sadlows Werkstatt kam. »Gehört der zu Ihnen?«

»Ja.«

»Sind Sie von der Presse?«

»Warum?«

Die Frau verzog ihren Mund. »Das ist alles vorbei, das sag ich

Ihnen. Nur weil einmal was passiert ist, muss man nicht gleich die ganze Stadt für immer in den Dreck ziehen. Das ist alles vorbei.«

»Was ist vorbei?«

»Das mit den Negern, den Ausländern, dass der eine damals durch die Glastür gesprungen ist, das ist vorbei. So was ist nie wieder passiert.«

»Ich bin nicht von der Presse und mein Freund hier auch nicht. Wir haben einen Termin bei Herrn Sadlow, er wollte uns ein Auto besorgen ...«

»Ja, das kann er. Da ist er tüchtig.« Sie hielt das Messer hoch. »Er hat gute Connections da drüben in Polen, erste Ware. Mein Mann hat auch bei ihm seinen Wagen gekauft, einen Volvo, sehr gutes Auto. Der Herr Sadlow ist absolut seriös.«

»Dann warten wir halt auf ihn«, sagte Gerke und wandte sich ab. Braga war vor der Einfahrt stehen geblieben.

»Grüßen Sie mir das schöne Bayern!«, sagte die Frau und verschwand in der Wohnung.

Nach zehn Minuten hielt ein weißer BMW vor der Werkstatt. Ein dicker Mann in einem blauen Anzug stieg aus, eine jüngere Frau blieb im Wagen sitzen.

»Tag«, sagte der Mann. »Was ist los hier? Ich brauch mein Auto, wieso ist alles zu?«

»Wir warten auch auf Herrn Sadlow«, sagte Gerke.

»Er hat mir versprochen, ich krieg die Kiste heut Mittag, ich bin extra aus der Firma hergefahren, das ist doch Bullenmist!«

Er rüttelte am Garagentor und schüttelte den Kopf. »Normalerweise ist der topzuverlässig, das ist doch eine Sauerei jetzt!«

»Wann haben Sie ihn zum letzten Mal gesehen?«, fragte Braga.

»Gestern. Nein, gestern hab ich mit ihm telefoniert, vor einer Woche ungefähr, als ich ihm die Kiste gebracht hab, ist schon zehn Tage her, wo steckt der denn?«

»Und gestern hat er gesagt, Sie können den Wagen heute holen?«, fragte Braga.

»Deswegen bin ich ja da.« Schnaufend drehte er sich um, ging zum Wagen und ließ sich von der Frau auf dem Beifahrersitz ein Handy geben. Er tippte eine Nummer ein.

»Dämliche Mailbox!« Er gab der Frau das Handy zurück. »Ich muss wieder los. Sagen Sie ihm, wenn er auftaucht, er soll sich gefälligst bei mir melden, Dr. Scheck ist mein Name.«

»Ich hab seine Handynummer zu Hause vergessen«, sagte Gerke schnell, »wären Sie so nett und sagen Sie sie mir noch mal?«

»Klar.« Scheck nannte ihm die Nummer und Gerke schrieb sie in sein Notizbuch.

Dann stieg Scheck ein, hupte, wendete und fuhr davon.

»Mein Name ist Oberkommissar Braga«, sagte Braga in Richtung des verschwindenden Wagens.

Gerke wählte die Nummer auf seinem Handy.

»Mike Sadlow, bitte hinterlassen Sie mir eine Nachricht, vielen Dank.«

»Es sieht aus, als sei der Mann gewarnt worden«, sagte Braga.

»Das ist unmöglich, von wem denn?«

Braga grinste, was bei ihm nichts mit Freundlichkeit oder einem Spaß zu tun hatte, es war eine Grimasse, die er schnitt, ohne zu wissen, warum, manchmal bemerkte er es nicht einmal.

»Von unseren Kollegen hier am Ort?«, sagte Gerke.

»Aus welchem Grund?«, fragte Braga und ging zur Haustür.

»Er ist gewarnt worden!«, sagte Gerke und rieb die rechte Spitze seines Schnurrbarts. »Wir brauchen eine Durchsuchungserlaubnis.« Er holte wieder sein Handy hervor.

»Komm!« Braga machte eine Kopfbewegung. Gerke rannte zur Tür. »Gefahr im Verzug!«

Mit einem Dietrich hatte Braga lautlos das Schloss geknackt. Auf diesem Gebiet war er Spezialist. Mit einem letzten Blick zur Straße huschten die beiden Männer ins Haus und schlossen leise die Tür. Es roch fulminant nach Knoblauch.

Nachdem der Bote mit dem Phantombild aus dem Gefängnis am Neudeck zurückgekommen war, durfte Hartmut Rommel immer noch nicht gehen. Er musste sogar, was er für ungesetzlich hielt, seinen Wohnungsschlüssel aus der Hand geben, damit ein Kommissar die Kataloge holte, mit denen er seine Geschäfte machte.

»Darf der überhaupt allein in meine Wohnung? Ohne Durchsuchungsbefehl?«

»Sie geben ihm den Schlüssel doch freiwillig oder?«, sagte Funkel. Zusammen mit Thon und Weber vernahm er den Pförtner, auf dessen Stirn Schweiß perlte.

»Wie haben Sie den Mann kennen gelernt?«, fragte Thon.

»Wie? So wie ich immer meine Kunden kennen lern: auf dem Flohmarkt an der Arnulfstraße, das ist nicht weit weg von meiner Arbeit, da geh ich in der Pause manchmal schnell hin und schau, ob was geht.«

»Haben Sie einen Gewerbeschein?«, fragte Funkel.

Rommel antwortete nicht. Stattdessen bückte er sich, stellte seine abgewetzte Tasche, die aussah, als hätte er sie bereits in der Schule benutzt, auf die Knie und griff hinein. Mit zusammengekniffenen Augen sah er die drei Kommissare an, holte eine Banane heraus und stellte die Tasche wieder auf den

Boden. Nach einem weiteren Blick auf Funkel und dessen Kollegen riss er die Banane an der Spitze auf, brach ein Stück ab, aß es, schälte behutsam weiter, brach ein zweites Stück ab, aß es und wiederholte dann dieselbe Prozedur ein drittes und viertes Mal. Weber schob ihm einen Aschenbecher hin und Rommel legte die Schale hinein.

»Danke«, sagte er. »Ich brauch Vitamine. Ich sitz ja den ganzen Tag. Ich bin seit einunddreißig Jahren beim Bayerischen Rundfunk.«

»Respekt«, sagte Weber.

Rommel lächelte verschämt.

»Der Mann hat Sie also angesprochen«, sagte Thon.

»Ja, jemand hat ihn zu mir geschickt.«

»Wer?«

»Irgendwer. Wir schicken uns gegenseitig Kunden. Die Leute wollen was Bestimmtes und wir wissen, wers vielleicht hat.«

»Wie lange machen Sie das schon?«, fragte Weber. In dieser Vernehmung hatte er eindeutig den Part des herzigen Polizisten. Eigentlich spielte er diese Rolle immer, sie passte zu ihm und sie gefiel ihm. Wenn er freundlich sein konnte, war er zufrieden, dann freute ihn seine Arbeit, wenn er grob und hart auftreten musste, wurde er schnell griesgrämig und übertrieb auch leicht, ließ sich zu Äußerungen hinreißen, die ihm hinterher Leid taten und die ihm selber affig vorkamen.

»Wie lange?«, wiederholte Rommel. Wenn die im Rundfunk erfahren, dass die Polizei mich geschnappt hat, werfen sie mich raus und ich krieg nicht mal eine Rente. Ich hab alles vermasselt, bloß wegen dieser Scheißschreibmaschine.

»Wir zeigen Sie nicht an, Herr Rommel«, sagte Weber. »Wir werden Sie wahrscheinlich bitten müssen, mit Ihren Geschäften aufzuhören, aber Sie werden nicht dafür belangt. Sie wissen, wir ermitteln in einem Entführungsfall, und wenn Sie uns helfen, und das haben Sie ja schon getan, dann zeigen wir uns erkenntlich, dann hängen wir Sie nicht hin.«

»Danke«, sagte Rommel. Dann dachte er nach, wie die Frage gelautet hatte. »Ich setz auch kaum was um«, sagte er verlegen.

»Wie lange machen Sie das schon?«

»Ach ja! Wie lange, also … sieben, acht Jahre. Ein Kollege hat mich draufgebracht, ich kenn viele Leute, die regelmäßig da hingehen und ihre Sachen verkaufen, da ist was los, das müssen Sie sich mal anschauen …«

»Der Mann kam also zu Ihnen und wollte eine Schreibmaschine«, sagte Thon. Immer wieder warf er einen Blick auf seine Uhr, zum einen, um Rommel anzutreiben, zum anderen, weil die nächste Pressekonferenz bevorstand und er die beißenden Fragen schon jetzt im Ohr hatte.

»Ja«, sagte Rommel, »er hat gesagt, er braucht eine alte Maschine, irgendein klappriges Ding, egal, welche Marke. Ich hab ihn gefragt, wie viel er ausgeben will. Das mach ich immer, erst mal fragen, schauen, ob sich der Aufwand lohnt. Er hat gesagt, er will hundert Mark zahlen, da hab ich gesagt, dass ich keine hab, jedenfalls nicht für den Preis.«

Er musterte die Kommissare. Offensichtlich überlegte er, wie sie seine Methode einschätzten und ob sie womöglich daran dachten, ihr Angebot zurückzuziehen und ihn doch hinzuhängen, wenn er sich als zu gerissen, zu professionell präsentierte.

»Und dann?«, fragte Weber.

»Dann hat er gesagt, er zahlt auch mehr. Also hab ich meinen Katalog aufgemacht und ihm eine Maschine gezeigt, die Einzige, die ich gerade im Angebot hatte … Hoffentlich räumt Ihr Kollege bei mir nicht alles durcheinander, das ist nämlich alles genau geordnet, auch wenns auf den ersten Blick nicht so aussieht. Vielleicht hätt ich doch mitfahren sollen.«

»Er holt nur die Kataloge«, sagte Funkel.

»Sie haben ihm die Olympia US gezeigt«, sagte Thon und rieb wieder an seinem Halstuch.

»Genau. Und ich hab ihm gesagt, die kostet mehr als hundert Mark. Weil das ein altes Stück ist, die gibts schon lange nicht mehr.«

»Wie viel?«, fragte Thon. Er roch an seinen Fingern.

Rommel druckste herum.

»Wie viel hat Ihnen der Mann denn bezahlt, Herr Rommel?«, fragte Weber und faltete entspannt die Hände. Jedenfalls machte er den Eindruck, als habe er viel Zeit und noch mehr Geduld.

»Fünfhundert.«

Das darauf folgende Schweigen der Kommissare war Ausdruck ihrer Anerkennung für das Verhandlungsgeschick des Pförtners.

»Ist was?«, fragte er.

»Sie beherrschen Ihren Job«, sagte Thon.

»Das ist kein Job«, sagte Rommel schnell. »Ich mach das nur als Hobby. Ich bin gern unter Leuten, ich bin auch gern Pförtner, weil da viele interessante Personen ein und aus gehen. Ich sammel auch Autogramme, die schenk ich manchmal her, auf dem Flohmarkt, an besonders nette Kunden.«

Ein junger, untersetzter Kommissar kam herein und legte drei Leitzordner auf den Tisch.

»Danke fürs Holen, Andy«, sagte Funkel.

»Eine Nachbarin hat mich angesprochen. Ich hab ihr gesagt, ich soll sie von Ihnen grüßen«, sagte Andy Krust zu Rommel.

»Die Frau Schildknecht? Auweia, die wird jetzt denken, ich bin schwul.«

»Wieso denn?«, fragte Andy.

»Die denkt so«, sagte Rommel. »Ich hab nie eine Frau, aber wenn plötzlich ein junger Mann auftaucht, denkt sie, ich bin schwul und habs ihr verheimlicht. Wenn ich schwul wär, wär sie bestimmt die Letzte, der ich das sagen würde.«

Krust schloss die Tür hinter sich und Thon nahm sich einen der Ordner.

»Das war sehr entgegenkommend von Ihnen«, sagte Weber. »Wir wollen nur einen Blick reinwerfen, vor allem auf die Schreibmaschine natürlich. Dürfen wir das Foto behalten?«

»Ich brauchs ja nicht mehr.«

»Und die Sachen stehen alle bei Ihnen im Keller?«, fragte Thon. Er hatte das Foto der Olympia US entdeckt und nahm es aus der Klarsichthülle.

»Fast alle. Manche sind in einem Schuppen bei den Flohmarkthallen, den teil ich mir mit einem Bekannten. Jeder zahlt zwanzig Mark im Monat für die Miete.«

»Haben Sie das Geld noch?«, fragte Funkel.

»Bitte?«

»Die fünfhundert Mark. Wie haben Sie die bekommen, in Hundertmarkscheinen oder wie?«

»Genau, fünf Hundertmarkscheine. Ich weiß nicht ...«

Umständlich fummelte er in seiner Gesäßtasche herum, sein Geldbeutel war verrutscht und er bekam ihn nicht zu fassen. Mit einem Stöhnen wuchtete er seinen dicken Körper in die Höhe und grub die Hand noch tiefer in die Tasche. Endlich schaffte er es. Er öffnete das braune Portmonee.

»Das ist einer der Scheine, glaub ich.« Er reichte ihn Funkel. Dieser nahm eine Pinzette, zwickte den Schein fest und ging ins Nebenzimmer zu Veronika. »Lassen Sie den bitte untersuchen!«

»Und Sie sind ganz sicher, dass der Mann Ihnen nicht seinen Namen gesagt hat.« Nervös sah Thon wieder auf die Uhr.

»Ja. Er hat es ziemlich eilig gehabt, als er die Schreibmaschine abgeholt hat. Ich hab extra noch eine Hülle besorgt, aus Kunststoff, damit es besser aussieht, dafür hab ich aber nichts extra verlangt.«

»Und danach haben Sie ihn nie wieder gesehen?« Funkel stand an der offenen Tür.

»Nein. Er hat die Maschine genommen und war weg, bevor ich mich noch richtig bedanken konnte. Beppo, ein Freund von mir, das ist der, mit dem ich mir den Schuppen teile, kam kurz danach vorbei und hat gesagt, er hat ihn gesehen, den Typ mit der Schreibmaschine, er ist ins Taxi gestiegen und wie ein Verrückter weggerast.«

»In was für ein Taxi?«, sagten Thon und Funkel fast gleichzeitig.

»Weiß ich nicht, er ist halt mit dem Taxi gefahren, ich habs nicht gesehen.«

»War er der Fahrgast?«, sagte Funkel, »oder hat er es selber gefahren?«

Rommel drehte sich zu ihm um. Inzwischen lief ihm der Schweiß die Schläfen hinunter.

»Der Beppo hat gesagt, er ist in ein Taxi gestiegen und losgebrochen wie ein Vergifteter.«

»Er saß also am Steuer?«, fragte Thon.

»Könnt schon sein«, sagte Rommel. Er zögerte kurz. »Kann ich ein Glas Wasser haben, ich hab das Gefühl, ich trockne schon aus wie Michael Jackson.«

»Ich hol Ihnen was zu trinken«, sagte Weber und stand auf.

»Wir werden sofort systematisch die Taxler befragen«, sagte Funkel. »Nolte soll gleich unten am Hauptbahnhof beginnen.«

»Einverstanden«, sagte Thon. Bei jeder Fahndung, bei jeder Ermittlung gab es den Augenblick X-plus, jenen Moment, in dem alle bisherigen Bemühungen sich zu rechtfertigen schienen und die Polizisten plötzlich spürten, dass sich das Muster, das sie die ganze Zeit zu enträtseln suchten, zu einem konkreten Bild entwickeln könnte. Diesem Moment, dachte Thon, als er den Leitzordner zuklappte, waren sie jetzt so nah wie noch nie bei diesem Fall.

Neben dem Eichenschrank im Wohnzimmer lag ein Stapel alter »Nationalzeitungen« und »Republikanischer Wochen-Zeitungen«. Braga und Gerke fanden Prospekte mit Anzeigen für Bücher wie »Jüdische Kriegserklärungen an Deutschland – Vorgeschichte, Wortlaut, Folgen«, »Die besten Soldaten der Welt – Die Deutsche Wehrmacht aus der Sicht berühmter Ausländer«, »In Acht und Bann – Politische Inquisition in Deutschland«. Außerdem sammelte Mike Sadlow seltene CDs, die die Kommissare in einer Schublade entdeckten: »Deutsche National-Hymnen«, »Soldaten, Helden, Vaterland«, »Deutsche Präsentier- und Parademärsche der Waffen-SS« und andere ähnliche Aufnahmen. In einer Schachtel befanden sich neben einer Goethe-Medaille vierzehn weitere Medaillen mit Porträts von Rudel, Dönitz und Bismarck sowie Motiven und Schriftzügen wie »Aufopferung für Volk und Familie«, »Frauen, Kinder, Greise – Opfer des Luftterrors«, »Berlin – Deutschlands Hauptstadt«. Im Flur hing eine ausgebleichte Reichsflagge von 1871 und in der Küche hatte Sadlow die Seitenwand des Kühlschranks mit ausgeschnittenen Helmut-Kohl-Fotos beklebt, auf denen die Augen mit schwarzen Balken übermalt waren.
»Ein kritischer Patriot«, sagte Sven Gerke, als sie sich für einen Moment an den Küchentisch setzten.

»Da ist er bestimmt nicht der Einzige in dieser Gegend«, sagte Braga.

Gerke telefonierte mit Karl Funkel. Er sagte ihm, sie hätten den Eindruck, Sadlow sei gewarnt worden, woraufhin sie illegal in seine Wohnung eingedrungen seien. Funkel versprach, sofort eine Durchsuchungserlaubnis zu beantragen und wenn nötig persönlich beim Richter vorzusprechen. Die beiden Oberkommissare sollten weitere Befragungen durchführen und unter allen Umständen eine Spur des Verschwundenen finden, am besten gemeinsam mit den Kollegen in Guben.

»Könnte Sadlow von dort aus gewarnt worden sein?«, fragte Funkel.

»Das wissen wir nicht. Von uns haben sie jedenfalls den Namen nicht gehört.«

Von seinem zweiten Telefon aus erkundigte sich Funkel, ob beim Organisieren des Hubschraubers jemand den Namen Sadlow erwähnt habe. Offenbar nicht.

»Dann sitzt der Informant bei uns im Dezernat«, sagte Gerke.

»Das will ich nicht gehört haben«, sagte Funkel und wusste, dass es gar keine andere Möglichkeit gab, falls Sadlow tatsächlich gewarnt worden war.

»Warum solls in unseren Reihen keine kritischen Patrioten geben«, sagte Gerke.

»Bitte?«

Dann war ein Geräusch an der Haustür zu hören. Gerke zupfte an seinem Schnurrbart und beendete das Gespräch. Mit vorgehaltener Pistole schlich Braga in den Flur. Gerke versuchte einen Blick durchs Fenster zu werfen, doch er konnte niemanden erkennen.

Vor der Tür flüsterte jemand. Dann herrschte für einige Sekunden Totenstille. Und im nächsten Moment flog die Tür auf und zwei bewaffnete Polizisten in Uniform stürzten herein. Geduckt drehte sich Braga um die eigene Achse und verschwand hinter der Tür des Schlafzimmers.

»Nicht schießen! Polizei! Kripo München!«, rief Gerke aus der Küche.

In der Tür zum Schlafzimmer tauchte eine Hand mit einem grünen Ausweis auf. »Josef Braga, Oberkommissar, Sonderkommission Natalia.«

Die beiden Uniformierten steckten ihre Pistolen ein. Es waren dieselben Männer, die ihre Münchner Kollegen vom Hubschrauber abgeholt hatten.

»Wir haben eine Meldung bekommen«, sagte Hauptmeister Schön, »Einbruch bei Sadlow. Da sind wir gleich los. Wieso haben Sie uns nicht informiert?« Er war wütend und hatte keine Lust, kollegiale Nettigkeit zu mimen.

»Das wollten wir gerade tun«, sagte Gerke.

»Können Sie uns sagen, seit wann Mike Sadlow verschwunden ist?«, fragte Braga. Er war etwa zwei Köpfe größer als Frey und musste sich ducken, wenn er durch die Tür ging.

»Ist er verschwunden?«, fragte Frey. Wie Schön empfand er die zwei übergeordneten Kollegen als unverschämt und selbstgefällig. Typische Westler, dachte er, und stemmte die Hände in die Hüften.

»Wir nehmen es an«, sagte Braga.

»Davon ist uns nichts bekannt«, sagte Schön. »Was machen wir jetzt mit der Bescherung hier? Wenn ihr uns Bescheid gegeben hättet, wär die Tür jetzt noch heil, das ist eine unangenehme Sache.«

»Warum haben Sie nicht erst geklingelt?«, fragte Gerke.

»Uns wurden Einbrecher gemeldet«, sagte Schön.

»Ihnen wurden zwei Männer gemeldet, die die Wohnung von Mike Sadlow betreten haben«, sagte Gerke.

»Sie haben kein Recht, uns Vorhaltungen zu machen, Kollege.«

»Nein«, sagte Gerke, »entschuldigen Sie! Wir sind alle angespannt, wir ermitteln in dieser Entführung und es gibt Hinweise darauf, dass Mike Sadlow eventuell etwas damit zu tun hat ...«

»Unmöglich«, unterbrach ihn Frey. »Ich kenn den Mike noch von den Pionieren, das ist ein anständiger Kerl, für den verbürg ich mich.«

»Hat er eine Freundin?«, fragte Braga.

»Was ist mit der Karin?«, fragte Schön.

Frey zuckte mit den Achseln. Von diesen zwei arroganten Westlern würde er seinen Schulfreund nicht in den Schmutz ziehen lassen, das war klar.

»Wir würden gern mit dieser Karin sprechen«, sagte Gerke, »und wir möchten, dass Sie uns begleiten. Vielleicht stellt sich alles als Irrtum heraus, aber wir würden gern Gewissheit haben, bevor die Presse davon erfährt.«

»Tatsache ist, Sie sind ohne Genehmigung in eine fremde Wohnung eingedrungen«, sagte Frey.

»Sie auch«, sagte Gerke und lächelte. »Die Kosten für das neue Schloss können Sie unter den akuten Einsatzausgaben verbuchen, das ist kein Problem.«

»Danke für den Hinweis«, sagte Frey, drehte sich um und betrachtete stumm die Reichsflagge.

In einem Drogeriemarkt am anderen Ende der Stadt, nicht weit entfernt vom Neiße-Ufer, arbeitete Karin Aust als Verkäuferin. Nachdem die vier Männer das Geschäft betreten hatten, hörten sämtliche Kundinnen auf, in den Regalen zu suchen, und sahen neugierig zu den Polizisten.

»Wir sind nicht mehr zusammen«, sagte Karin. Sie war Mitte

zwanzig und hatte ihre blonden Haare zu einem Büschel zusammengebunden, das schräg auf ihrem Kopf thronte.

»Wann haben Sie ihn zuletzt gesehen?«, fragte Gerke.

»Weiß nicht. Ist was passiert?«

»Ich hab ein Foto von Ihnen in seinem Wohnzimmer gesehen«, sagte Gerke. »Er hat es eingerahmt und eine Rose davor
gestellt.«

»Ehrlich?«

»Die Rose sieht ziemlich frisch aus, offensichtlich mag er Sie
immer noch sehr, Frau Aust.«

»Ja«, sagte sie und blickte unsicher zu Frey. »Wir sind ja eigentlich auch nicht richtig auseinander, er hat nie Zeit … er
arbeitet viel und ist viel unterwegs …«

»Wir müssen dringend mit ihm sprechen«, sagte Braga. »Wo
könnte er denn sein?«

»Das mit der Rose ist ja toll«, sagte Karin. Das fand Braga
auch. Manchmal fielen seinem Kollegen ganz schön linke
Lügen ein!

»Ist er vielleicht nach Polen gefahren, geschäftlich?« Gerke
nickte den Kundinnen zu, die unmerklich näher kamen, um
das Gespräch besser verstehen zu können.

»Nein«, sagte Karin, »das sagt er mir immer vorher … Ich weiß
nicht, wo er ist, ich hab ihn …« Sie hielt inne, zog die Stirn in
Falten und wischte sich die Hand an ihrem weißen Kittel ab.

»Wieso waren Sie in seiner Wohnung, wenn er gar nicht da
war?«

»Es ging um eine polizeiliche Durchsuchung«, sagte Gerke.

»So«, sagte Karin und sah wieder Hilfe suchend zu Frey.

»Wir wollen dich jetzt nicht weiter belästigen«, sagte der Gu-
bener Hauptmeister.

Mit einer Handbewegung schob Gerke ihn beiseite und ging
auf die Frauen zu, die hinter den Regalen lauschten.

»Guten Tag, mein Name ist Sven Gerke, Kriminalpolizei München. Wir ermitteln im Fall der verschwundenen Natalia Horn, Sie kennen die Geschichte aus dem Fernsehen. Hat jemand von Ihnen Mike Sadlow gesehen? Wir suchen ihn dringend, er ist möglicherweise ein wichtiger Zeuge. Wenn Sie eine Ahnung haben, wo er sein könnte, sagen Sie es mir! Wir wissen nicht, wie lange die Entführer Frau Horn noch am Leben lassen, wir sind für jeden Hinweis dankbar.«

Zunächst war es still. Acht Augenpaare fixierten den groß gewachsenen Mann mit dem ungewöhnlichen Schnurrbart und sogar Schön und Frey blickten wie fasziniert in seine Richtung. Braga kratzte sich am Ohr.

»Das ist ganz schlimm«, sagte eine der Frauen. Dann war es wieder still und dann sagte dieselbe Frau: »Der Mike hat damit bestimmt nichts zu tun, der interessiert sich nur für seine Autos und für sonst nichts. Na ja, und für die Karin ...« Einige kicherten. »Der war schon als Junge ein Autonarr, die Werkstatt ist sein Ein und Alles.«

»Ja«, sagte eine andere Frau.

»Hat Herr Sadlow Freunde im Westen?«, fragte Gerke.

»Der ganze Westen ist unser Freund«, sagte eine Frau und alle lachten. Mehrere Sekunden lang fühlte sich Gerke als Deutscher Meister im Versagen. Er hatte die Situation unterschätzt, er hatte vergessen, dass dieses Land noch immer geteilt und voll von unsichtbaren Wänden war, in die man nicht einfach ein Loch bohren konnte, um ungeniert durchzuklettern. Er war leichtsinnig gewesen, und das war der schlimmste Fehler, den ein Polizist begehen konnte.

Braga sprang in die Bresche. Langes Abwägen hatte keinen Zweck mehr. »Wir glauben, Mike Sadlow ist an der Entführung von Natalia Horn beteiligt. Er war in ihrer Wohnung, dafür haben wir Beweise. Wir müssen also mit ihm sprechen.

Vielleicht gibts ja einen anderen Grund für seinen Aufenthalt in München, dann ist er entlastet.«

»Diese Aktion D, ja?«, sagte die Frau, die vorhin die Bemerkung über den Westen gemacht hatte. »Das sind doch Nazis, oder? So hab ich das verstanden. Nazis, ja? Und ich sag Ihnen was, bei uns hier gibts keine Nazis, die gibts hier nicht, und es wär gut, wenn Sie das zur Kenntnis nehmen würden, Herr Kommissar. Und der Mike ist garantiert kein Nazi, den können Sie vergessen! Es ist wieder typisch, dass Sie ausgerechnet zu uns kommen, typisch ist das.«

»Ja«, sagte eine der Frauen.

»Wir fahren zu Ihrem Revier«, sagte Gerke zu Schön. »Das Fax für die offizielle Durchsuchung muss inzwischen da sein.« Er gab Braga ein Zeichen und sie verließen den Drogeriemarkt. Sofort bestürmten die Frauen die beiden Uniformierten mit Fragen.

»Wir wissen noch nicht mal, was er für ein Auto fährt«, sagte Gerke.

»Das werden wir aus den Kollegen schon rausprügeln«, sagte Braga. Er grinste mechanisch.

Über die Brücke in der Nähe fuhren hintereinander mehrere Wohnmobile.

»Man kann die Leute verstehen«, sagte Braga, »die habens satt, ewig der Buhmann zu sein.«

»Ja, blöd«, sagte Gerke, »und jetzt sind sies schon wieder.«

Funkel hatte Thon gefragt und der hatte mit einem entschiedenen Nein geantwortet.

Nein, keiner von beiden hatte einen Kollegen in Verdacht. Es war unmöglich, dass jemand Mike Sadlow gewarnt hatte. Aber alles, was Gerke und Braga bisher recherchiert hatten, deutete darauf hin.

Jener magische Augenblick X-plus schien plötzlich eine neue, unheilvolle Bedeutung zu bekommen.

Sie hatte Pit vorgeschickt, ihren Tonmann. Nach zehn Minuten kam er zurück und brachte die Informationen, die sie erwartet hatte.

»Der Wirt hat keine Ahnung von einem Schrank fürs Theater, der war total irritiert. Ich hab ihm gesagt, die Bühnenbildnerin schickt mich und er so: ›Bühnenbildnerin, hä?‹ Er hat sich blöd gestellt, aber er ist zu blöd dazu, um sich richtig blöd zu stellen, echt. Das ist alles Fake. Arano war hier, ganz sicher, so wie der Wirt mich angelogen hat ...«

»Danke«, sagte Nicole Sorek. Sie rief ihren Chef an. »Meine Prämie gilt weiter, wer Arano findet, kriegt zweitausend Mark von mir. Sag das den Kollegen noch einmal! Ich weiß nicht, was da schief gegangen ist, jedenfalls passiert mir das nicht ein zweites Mal. Turbo-ärgerlich ist das. Okay, Dieter, ich fahr jetzt zur Pressekonferenz, vielleicht find ich eine Möglichkeit, mit jemand zu reden, mit jemand, der etwas sagen will. Wenn ich was hab, unterbrechen wir die laufende Sendung, klar? Was läuft denn gerade? Das ist eh eine Wiederholung, sehr gut. Ich krieg ihn, ich krieg ihn, ich schwörs dir. Was berichten die Kollegen vom Gefängnis? Okay, sie sollen dableiben und weiterbeobachten, sag ihnen, sie sollen bloß auf ihrem Posten bleiben, sonst fliegen sie raus! Die werden fürs Hinschauen bezahlt, alles klar?«

Sie steckte das Handy ein und machte sich auf den Weg zum Dezernat 11.

20

17. August, 11.30 Uhr

Auch in unserem Landesverband wurde in den letzten Tagen darüber diskutiert, ob die Entführung der 53-jährigen Natalia Horn durch eine gewisse Aktion D zu begrüßen ist im Sinne der Ehrerhaltung unseres Volkes. Wir Deutschen Republikaner wollen uns nicht gemein machen mit Verbrechern, aber dass der Nigerianer Arano und seine schwerstkriminelle Tochter Lucy Deutschland verlassen müssen, und zwar auf dem schnellsten Wege, daran besteht kein Zweifel unter allen aufrechten Deutschen und Patrioten. In gewisser Weise kann man nicht leugnen, dass die Frau eine Mitschuld trägt an den Geschehnissen ...

Sie hörte auf zu tippen, seufzte und ging in die Küche. Auf dem Tisch hatte ihr Mann mehrere Zeitungen ausgebreitet.

»Das ist ein großer Erfolg für uns«, sagte Norbert Scholze ohne seine Frau anzusehen. »Die Polizei versucht ihre Schlappe zu verschleiern, großartig. Schreib in den Artikel rein, dass die Polizei überfordert ist ...«

»Ich muss dich was fragen«, sagte Senta Scholze und knetete ihre Finger.

»Ich hab jetzt keine Zeit, ich muss gleich los. Der Herbert hat grade angerufen, er fällt heut Nachmittag aus, seine blöde Freundin muss ins Krankenhaus, schon wieder! Das macht die extra, um ihn zu ärgern, und er merkt das nicht, der Depp.«

»Was hat sie denn?«

»Ja nichts!« Scholze blätterte so heftig um, dass die Seiten beinah rissen.

»Ist das wirklich richtig mit der Frau Horn ...«

464

Scholze brummte etwas und studierte die Kleinanzeigen. »Ich möcht die alte Schreibmaschine verkaufen, es muss doch jemand geben, der so was sucht. Auf den Flohmarkt geh ich nicht mehr, das ist zu riskant, hat Rossi auch gesagt ...«

»Eigentlich ist das doch eine richtige Menschenverschleppung ...« Sie sah ihn an. Er hob den Kopf, er hatte keine Ahnung, wovon seine Frau schon wieder redete.

»Was ist?«

»Ich hab Angst, Norbert, dass wir einen Fehler gemacht haben, einen Fehler, den wir nicht wieder gutmachen können.« Sie ballte die Fäuste, betrachtete sie und fuchtelte dann verlegen mit den Händen.

Krachend landete Scholzes Hand auf dem Tisch. »Spinnst du jetzt?«, brüllte er. »Wir reißen uns den Arsch auf, damit endlich was vorwärts geht, und jetzt fängst du an rumzuzicken! Wenn du das noch mal sagst, dann passiert aber was! Die Frau ist in unserer Gewalt, weil das eine politische Aktion ist, präg dir das ein! Das ist ja nicht zu glauben! Hast du deine Tage oder was?«

»Ich mein ja bloß ...«

»Du hast nichts zu meinen!« Noch einmal schlug er auf den Tisch und stand auf. »Schreib deinen Artikel, mach Telefondienst und das wars dann! Wenn Rossi das gehört hätt! Hier gehts um was, du! Das ist eine konzertierte Aktion, da können wir deine Sprüche nicht gebrauchen! Die Frau hat einen Zweck und du fängst an, hier rumzuheulen!«

»Ich heul nicht«, sagte sie und setzte sich.

Scholze zog den Reißverschluss seines grauen Blousons zu und nahm sein Handy vom Tisch.

»Und was passiert, wenn die rauskriegen, dass wir was damit zu tun haben? Was ist dann?«

»Gleich rutscht mir die Hand aus! Das haben wir hunderttausendmal durchgesprochen, auf uns kann niemand kommen! Wir sind total außen vor, uns gibts überhaupt nicht in der Sache. Die Kameraden sind wieder im Osten und wir agieren im Schatten von Rossi und seinen Leuten. Die müssen den Kopf hinhalten, wenn was schief geht, die und nicht wir! Aber es wird nichts schief gehen, weil das eine perfekt organisierte Aktion ist! Kapiert? Kapiert?«

»Ich hab plötzlich Angst gekriegt«, sagte sie leise.

»Für Angst ist es zu spät und Schluss!«

Sein Handy klingelte. »Wahrscheinlich wieder der Herbert, seine Alte muss schon eine Stunde früher ins Krankenhaus. Der würd ich schon zeigen, wie ... Hallo?«

Er verstummte und hörte zu. Dann kratzte er sich mit dem Apparat am Ohr, hörte wieder zu und sagte: »Hundedreck!«

Für die Spurenanalytiker des Ermittlungsdienstes handelte es sich bei dem roten Fahrzeug, das Maja am Tag der Entführung vor Natalia Horns Haus gesehen hatte, mit hoher Wahrscheinlichkeit um einen Nissan Primera. Das hatte die Auswertung der Reifenspuren und die physikalische Untersuchung einiger Lacksplitter ergeben, die die Fahnder am Gartentor entdeckt hatten. Offenbar wies der Wagen eine Roststelle auf, wo der Lack abblätterte.

»Die Kollegen klappern die Händler ab«, sagte Funkel, »und ich hab die Kollegen von der Streife angewiesen, die Augen offen zu halten.«

Er gab Florian Nolte zwei Kopien des Phantombildes. »Sie fangen am Hauptbahnhof an und fahren anschließend zu den beiden Zentralen der Taxigesellschaften. Und denken Sie dran, wir suchen einen Zeugen, keinen Verdächtigen! Achten Sie genau auf die Reaktionen der Leute! Sie nehmen den Kollegen Krust mit und arbeiten so schnell wie möglich und so gewissenhaft wie nötig. Sie finden was!«

»Okay«, sagte Nolte und verabschiedete sich. Drei Zimmer weiter wartete Andy Krust schon auf ihn.

»Wir zwei mal wieder«, sagte Krust zur Begrüßung.

»Beeilung«, sagte Nolte. Er dachte nichts anderes als: Wie häng ich den Typen für eine Minute ab, verdammt! Die Taxis stehen unten praktisch vor der Tür und wenn gleich der erste Fahrer den Kerl erkennt? Kauft dieses Arschloch eine Schreibmaschine, die ein Sammlerstück ist, so beknackt muss man erst mal sein!

Sie gingen die Treppe hinunter.

In seinem Büro besprach Funkel mit Thon und Weber die Möglichkeiten, den Maulwurf zu enttarnen. Funkel hoffte immer noch, dass Sadlows Verschwinden andere Gründe hatte. Aber es war eine brüchige Hoffnung und er glaubte auch nicht wirklich daran. Bisher, in fast fünfunddreißig Dienstjahren, hatte er nie auch nur in Erwägung gezogen, einen Judas als Kollegen zu haben. Natürlich drangen manchmal Informationen nach außen, die nicht für die Öffentlichkeit bestimmt waren. Doch das waren immer Bagatellen, ein Beamter wollte sich wichtig machen oder hatte einen besonders guten Draht zu einem bestimmten Journalisten, kein Anlass jedenfalls, um eine Fahndung gefährdet zu sehen. Diesmal, dachte Funkel, geht es um ein Todesurteil, nicht nur für einen Menschen, sondern für eine ganze Institution, für das Dezernat 11 und die Polizei insgesamt.

»Wir überprüfen die Mitgliedschaft in rechtsradikalen Parteien und Gruppierungen«, sagte Funkel. »Ich weiß, wie dünn das Eis ist, wir haben keine andere Wahl. Und wir machen eine Liste mit Namen von Kollegen, die wir definitiv ausschließen.«

»Da weigere ich mich«, sagte Thon. »Wir waren uns einig, dass wir alle Kollegen gleich behandeln.«

»Ich bin für die Liste«, sagte Weber entschlossen.

»Wir haben keine Zeit, Volker«, sagte Funkel. Er nahm ein Blatt Papier und einen Kugelschreiber und setzte sich an den Fenstertisch. »Fang an, Paul!«

Zwei Stockwerke tiefer traten Nolte und Krust aus dem Gebäude auf die Bayerstraße.

Nolte hielt seinen Kollegen am Arm fest: »Ich muss meine Freundin anrufen, die hat heut Geburtstag, das hab ich vergessen, Mann!«

»Das ist schlecht«, sagte Krust.

»Wart schnell, dauert nur eine Minute!« Nolte riss die Tür einer Telefonzelle auf, zog sie von innen zu und suchte hastig nach seiner Telefonkarte. Krust wunderte sich kurz, warum Florian nicht sein Handy benutzte, aber dann betrachtete er das Phantombild und überlegte, ob er den Mann vielleicht schon einmal gesehen hatte.

Nolte hatte das Telefongespräch beendet, tat aber so, als würde er weitersprechen. Er stand mit dem Rücken zur Tür und verdeckte den Apparat. Jede Minute kann wertvoll sein, hatte Rossi gesagt, also wartete er ab.

»So sieht es aus und Sie haben einen Fehler gemacht, Herr Scholze«, sagte Rossi ins Telefon. »Ich dachte, ich kann mich hundertprozentig auf Sie verlassen, aber das war ein Irrtum. Ihre Dummheit kann unsere Aktion zunichte machen, verstehen Sie das? Und das Blöde für Sie ist, Sie stehen jetzt im Licht. Das wollten wir vermeiden, nicht wahr?«

Das Einzige, was Scholze herausbrachte, war: »Hundedreck!«

»Der Kamerad sagt, das Phantombild ist nicht besonders gut, wie solche Bilder eben sind. Er hat mich sofort angerufen, vor einer Minute, dieser Mann ist zuverlässig, auf den kann man bauen. Also vielleicht kommt man nicht sofort auf Sie, nicht sofort, verstehen Sie das? Wenn das Bild morgen in der Zeitung ist, sind Sie geliefert. Und wissen Sie, was der Kamerad noch berichtet hat? Er hat gesagt, Sie sind beobachtet worden, wie Sie in Ihr Taxi gestiegen sind. Sie sind mit dem Taxi zum Flohmarkt gefahren! Sie sind dümmer als Hundescheiße. Halten Sie sich zur Verfügung! Ich muss jetzt mit dem Doktor sprechen und mich mit ihm beraten, dann meld ich mich wieder. Bleiben Sie bloß zu Hause, Mann!«

Er wählte die Nummer von Dr. Ewald Voss. Voss meldete sich und Rossi unterbreitete ihm seinen Vorschlag.

Sie plauderten eine Weile und am Ende sagte Voss: »Dann alles Gute!«

21

Wenn sie die Luft anhielt, würde sie vielleicht sterben und alle Menschen von oben sehen. So hatte sie sich als kleines Mädchen das Totsein vorgestellt, und das Totsein war immer auch eine Art des Wachseins, eine besondere Art von Dasein, das niemandem sonst zuteil wurde, schon gar nicht ihrem Vater oder ihrer Mutter. Die waren beide viel zu sehr mit sich beschäftigt, als dass sie begriffen hätten, was mit ihrer Tochter los war, was für eine außergewöhnliche Fähigkeit sie besaß: Sie war zwar tot, aber immer noch in der Lage zu schauen und sich zu bewegen. Und sie würde sich viel bewegen, dauernd von einem Ort zum anderen reisen, auf Bäumen sitzen, auf hohen Häusern, auf den Freiluftterrassen der teuren Hotels, und sie würde unsichtbar sein und es gäbe nur einen Menschen, der sie erkannte und nicht erschrak, weil sie ein so seltsames Wesen geworden war.

Für Netty Horn begann das glückliche Leben erst dann, wenn sie die Augen schloss und sich so tief in sich versenkte, dass sie auf einmal, wie durch eine Tür, den finsteren Keller ihrer Einbildung verließ und davonschwebte, höher und höher, bis zu einem bestimmten Punkt, von dem aus sie dann aufbrach zu ihren unzerstörbaren Reisen. Und genau an diesem Punkt war sie jetzt wieder, jetzt in dieser Hütte, in der es nach Holz und Blüten roch, nach schwerer Erde. Und auf einmal war sie nicht gefesselt und von Schmerzen gepeinigt, sondern lag weit über allem wie in einem Tretboot und wenn sie die Beine bewegte, auf und ab, und mit den Füßen wippte, glitt sie in leichter Luft dahin und niemand bemerkte sie. Sie war froh, hier oben zu sein. In den vergangenen Stunden hatte sie ein Schweißausbruch nach dem anderen überwäl-

470

tigt, einmal war ihr heiß, dann wieder kalt gewesen, dann hatte sie gefroren und gezittert und wenig später hatte sie keine Luft bekommen vor Hitze und geglaubt, sie würde verglühen, wenn jemand nicht sofort ein Fenster öffnete oder die Tür.

Der Mann hatte ihr die Handgelenke zusammengebunden und ihr das Taschentuch in den Mund gesteckt und es mit einem Klebeband befestigt. Er hatte sie angelächelt. Nie mehr, das wusste sie jetzt, nie mehr würde sie einen Menschen lächeln sehen wollen. Von nun an würde jedes Lächeln für sie ein Zeichen von Lüge und Gleichgültigkeit sein, und nicht einmal Chris würde sie anlächeln dürfen, auch wenn er es noch so ehrlich meinte, und er meinte es immer ehrlich mit ihr. Das Lächeln im Gesicht dieses Mannes, der ständig schnaubte und sich mit dem Finger an die Nasenwand klopfte, beleidigte ihr eigenes Lächeln, das ihre Kunden so schätzten. Ich werde nie mehr jemanden anlächeln, dachte sie, und eine gnädige Müdigkeit überkam sie und ließ sie langsam davontreiben, so lange, bis sie wieder acht Jahre alt war und von der Krone einer sich fortbewegenden Linde aus die Erde betrachtete, wo die Menschen ahnungslos ihrer Wege gingen. Und niemand legte den Kopf in den Nacken und kam ihr auf die Schliche. Seit jeher war dies ihr größter Wunsch gewesen: unsichtbar zu sein und dahinzutreiben, stundenlang, tagelang, ein Leben lang. Und nur wer es verdiente, dem würde sie sich zeigen, dem würde sie ihre Anwesenheit leihen für einige Zeit, und wenn es ihr zu viel wurde, zu viel des Redens, zu viel des Zuhörens, zu viel des Gesehenwerdens, dann würde sie sich verabschieden und ungesehen freudig weiterziehen.

In diesen Minuten empfand sie ein Glück, von dem sie wohl wusste, dass es lächerlich war und ein Hohn im Angesicht der Wirklichkeit, die sie gefangen hielt. Und doch bekam sie auf einmal wieder Luft und sie fror und schwitzte nicht mehr erbärmlich, sie trug auch kein zerrissenes Kleid mehr, ihr Körper war nackt, von purer Sonne bedeckt, geschmeidig wie Seide, und in ihrer Umarmung lag wie selbstverständlich und nie vermisst Christoph Arano. Seine Blicke befeuerten sie. Sie waren zusammen, sie waren zu zweit, und da war niemand, der sie verachtete, niemand, der ihnen die Nähe missgönnte, niemand, dem sie Erklärungen schuldig waren, niemand, der in ihrer Umgebung nichts verloren hatte. Schwerelos gehörten sie einander und die Zeit hatte keine Bedeutung.

Sie stürzte. Da war ein Geräusch. Zuerst war es weit entfernt, sie dachte, vielleicht rauscht ein Komet heran, und hielt Ausschau nach ihm. Und weil sie nichts sah, bekam sie es mit der Angst. Wieder diese alte Angst, und dann stürzte sie tiefer: ein Geräusch an der Tür.

»Wach auf!«, sagte jemand.

Und sie fiel. Die Sonne verwandelte sich in einen Klumpen Schatten und der löste sich auf. Wo ist er jetzt? Sie war schon nicht mehr ungesehen. Sie spürte einen Schlag.

»Wach auf! Du kriegst Besuch.«

Wie von Fingern gesprengt, sprangen ihre Augenlider auf, sie musste hinsehen, sie hatte keine Wahl.

Der Mann mit der Wollmütze über dem Kopf stand vor ihr und schnaubte: »Ich hab dir nicht erlaubt zu schlafen. Weißt du, wie spät es ist?«

Er beugte sich über sie. Die Haut seiner flatternden Lider war grau, genau wie seine Augen. Natalia schaute an ihm vorbei zur Tür, durch die ein Streifen Licht hereinfiel, weißes Küchenlicht.

»Ich will, dass du genau zuhörst, was der Mann, der dich be-

472

suchen kommt, dir sagt. Er ist der Chef, er sagt, was getan wird.«

»H-h-h-h ...«, machte sie mit dem Knebel im Mund. Sie wunderte sich über die Laute, sie hatte gedacht, ihre Stimme sei vollständig zurückgeblieben, dort oben in der Ferne, in der Freiheit. Und nun war sie erleichtert, dass es nicht so war.

»Ich verstehe dich nicht, Natalia.«

Der Mann packte ihren Kopf, zog ihn in die Höhe und verband ihr mit einem Geschirrtuch die Augen. »Es sind Dinge passiert, die uns nicht gefallen, also mach du nicht auch noch Schwierigkeiten! Du bist eine gute Frau, und unser Chef hat Achtung vor deinem Mut. Enttäusch ihn nicht!«

Dann drehte er sich um und ging hinaus. Sie lag wieder im Dunkeln. Sie roch die schwere Erde. In meinem Grab, dachte sie, steht ein Bett. Sie lächelte, aber das Lächeln blieb unter der Haut verborgen.

Nach der Pressekonferenz, während der Funkel von neuen Spuren und Erkenntnissen gesprochen hatte, ohne Details zu nennen, und die Journalisten gebeten hatte, bei der Suche nach Mike Sadlow und dem roten Nissan Primera mitzuhelfen, wurde er auf dem Flur von Nicole Sorek abgepasst.

»Ich möchte mit Ihnen sprechen«, sagte sie. Sie trug eine Brille, damit man ihre geschwollenen Augen nicht sah, und hatte ein weißes Pflaster im Gesicht.

»Wir haben alles gesagt, was es im Moment zu vermelden gibt.«

»In unserer Sendung findet keine Fahndung statt, Herr Funkel, und wir haben die höchste Einschaltquote von allen Magazinen.«

»Ich denke, wir lösen den Fall auch ohne Sie«, sagte Funkel, kratzte sich an der Oberkante seiner Augenklappe und ging weiter.

»Ich weiß, dass Sie Christoph Arano in dieser Pension versteckt gehalten haben. Ich will ein Interview mit ihm. Sie geben die Erlaubnis und wir organisieren die größte Fahndung, die je im deutschen Fernsehen gelaufen ist.«

»Nein.«

»Sie müssen mit uns zusammenarbeiten, Sie brauchen uns!« Sie stellte sich in die Tür zu seinem Vorzimmer. Funkel fand, sie sah komisch aus mit diesem Pflaster auf ihrem sorgfältig geschminkten Gesicht. »Sie wissen, wie die Stimmung in diesem Land ist. Die Leute wollen, dass Arano und seine Tochter ausgewiesen werden ...«

»Das ist Schwachsinn, Frau Sorek.«

»Ich verrat Ihnen was, ich bin gegen die Ausweisung, ich bin total dagegen, aber um meine Meinung gehts nicht. Ich bin Reporterin, ich berichte, ich zeig die Wirklichkeit ...«

»Indem Sie heimlich eine Kamera mitlaufen lassen und dieses Mädchen provozieren! Ihre Methoden sind armselig und ungesetzlich. Hören Sie auf, sich anzulügen, Frau Sorek! Sie wollen, dass möglichst viele Leute Ihre Sendung sehen, das ist alles. Was Sie zeigen, ist Ihnen vollkommen egal, Sie manipulieren die Wirklichkeit, Sie motzen sie auf und biegen sie so hin, dass Ihren Zuschauern der Sabber aus dem Mund läuft. Wenn Sie uns bei unseren Ermittlungen nicht helfen wollen, dann lassen Sie es!«

»Die Zeiten haben sich geändert, Herr Funkel«, sagte sie. »Das Fernsehen ist kein Mülleimer mehr, den wir Ihrer Meinung nach über den Zuschauern auskippen, um sie mit Dreck zuzusauen. Es ist umgekehrt, die Leute kommen zu uns und leeren ihren Dreck bei uns ab und wir, wir versuchen den Dreck zu recyceln, wir versuchen was draus zu machen, irgendwas Ansehnliches, und die Leute sind uns dankbar dafür. Wir sind eine Dienstleistungsinstitution, wir sind der Zufluchtsort der orientierungslosen Massen, bei uns finden sie ein Zuhause, wir verachten sie nicht, wir geben ihnen die Möglichkeit zu sprechen, wir hören ihnen zu, wir machen sie zu jemand. Sie sind im Fernsehen, also existieren sie, sie haben plötzlich eine Identität, sie sind beweisbar. Wir sind eine Art Purgatorium, wenn Sie wissen, was ich meine.«

»Ich bin katholisch und Sie sind durchgeknallt, Frau Sorek«, sagte Funkel. »Ich muss jetzt weiterarbeiten.«

»Ich will ein Interview mit Christoph Arano, ich möchte, dass er einen Appell an die Entführer richtet, damit sie seine Verlobte freilassen. Nur er selber kann die Stimmung, die draußen herrscht, noch kippen. Die Leute kennen ihn nicht, sie wissen nur, dass er schwarz ist und eine kriminelle Tochter hat. Wenn er zu ihnen spricht, werden sie eine andere Einstellung zu ihm bekommen, ihr Hassobjekt verwandelt sich in einen Menschen aus Fleisch und Blut, der Angst um seine Liebe hat. Und vorher möchte ich ein Gespräch unter vier Augen mit ihm, und ich verspreche Ihnen, Sie dürfen das Interview sehen, bevor wir es senden. Ich möchte mit Ihnen zusammenarbeiten, zu meinen Bedingungen.«

»Abgelehnt«, sagte Funkel und wartete, dass sie ihn vorbeiließ. Sie blieb unter der Tür stehen. Auf dem Flur näherten sich Thon, Weber, Freya Epp und weitere Polizisten.

»Das ist eine Chance«, sagte sie, »die Kidnapper sind geistesgestörte Leute, die bringen die Frau um. Sie müssen Arano die Möglichkeit geben, sich öffentlich zu äußern, nicht wegen der Entführer, sondern wegen der Leute, die für die Ausweisung sind. Die sitzen auch in den Behörden, irgendjemand muss die Ausweisung unterschreiben und der wird es tun, wenn er das Gefühl kriegt, die Polizei schafft es nicht, Natalia zu befreien. Ich bitte Sie, Herr Funkel!«

»Was wollen *Sie* noch hier?«, fragte Volker Thon.

»Ich habe Ihrem Chef ein Angebot gemacht«, sagte sie und trat zur Seite. »Und ich glaube, er wird darauf eingehen.« Sie nickte Funkel zu und ging.

»Was für ein Angebot?«, fragte Thon.

Funkel nahm ihn, Weber und Freya Epp, von der die drei Männer überzeugt waren, dass sie garantiert kein Maulwurf war, mit in sein Büro. Dort erzählte er ihnen von Nicole Soreks Idee.

»Nein!«, sagte Thon sofort.

»Die Idee ist gut«, sagte Weber, »ich hab auch schon dran gedacht, aber dazu brauchen wir diese Journalistin nicht.«

»Meinen Sie wirklich, dass die Entführer so ein Appell beeindruckt?«, fragte Freya.

»Nein«, sagte Funkel. »Es geht um die anderen, um die, die was zu sagen haben, Staatsanwalt Ronfeld zum Beispiel.«

»Bitte?« Abrupt drehte Thon den Kopf.

»Lasst uns eine halbe Stunde drüber nachdenken«, sagte Funkel.

»Wir machen hier Polizeiarbeit«, sagte Thon, hielt inne und sprach dann mit kalter Stimme weiter. »Wir ermitteln, wir treffen keine Entscheidungen außerhalb unserer Befugnisse. Ich weigere mich, mir den Gedanken in den Kopf pflanzen zu lassen, dass es von mir abhängt, was mit Arano geschieht, das ist nicht mein Job. Mein Job ist es, die entführte Frau aus den Fängen ihrer Kidnapper zu befreien. Mehr nicht. Und ich finde, wir sollten uns alle darüber klar sein, dass wir in diesem Fall vermutlich nicht die letzte Entscheidungsbefugnis haben. So wie wir sonst einen Durchsuchungsbefehl oder einen Haftbefehl beim Richter beantragen müssen, so sind wir auch jetzt nur ausführendes Organ; vielleicht solltest du als Leiter der Soko in der nächsten Besprechung wieder mal darauf hinweisen. Mir sind im Moment zu viele Meinungen in diesem Haus unterwegs, egal, aus welcher Ecke. Und was die Geschichte mit Arano vor der Kamera angeht, ich bin strikt dagegen, aus dem Grund, den Freya schon angedeutet hat: Die Entführer erreichen wir damit nicht. Und jemand anderen müssen wir damit nicht erreichen.«

»Ich bin nicht deiner Meinung«, sagte Funkel.

»Nicht das erste Mal bei diesem Fall«, sagte Thon. »Was ist mit der Liste vom VS?«

Auf der Liste, die sie zusammengestellt hatten, standen die Namen von acht Kollegen, von denen sie wussten oder es für möglich hielten, dass sie politisch eher dem rechten Spektrum angehörten. Nach Informationen eines Mitarbeiters des Verfassungsschutzes war keiner dieser Polizisten Mitglied in einer Partei; allerdings hatte man Funkel eine aktualisierte Liste versprochen, auf die er seit einer Stunde wartete.

»Das Fax ist gerade gekommen«, sagte Veronika, als er sie danach fragte. Sie gab ihm das Blatt und er ging zurück in sein Büro. In dem inoffiziellen Schreiben standen Namen von Leuten, die erst in jüngster Zeit in eine der rechten Parteien eingetreten waren. Keiner der Namen stimmte mit denen auf Funkels Liste überein. Ein Mann jedoch, dessen Name auf dieser Liste fehlte, der aber im Dezernat 11 arbeitete und sogar Mitglied der Sonderkommission war, wurde im VS-Bericht ebenfalls erwähnt: Florian Nolte.

»Gibts doch gar nicht!«, sagte Freya.

»Wo ist er?«, fragte Thon.

»Mit dem Kollegen Krust draußen, um Taxifahrern das Phantombild zu zeigen. Sie werden bald zurück sein«, sagte Funkel und spürte plötzlich ein Stechen im Bauch. Hastig suchte er nach seiner Pfeife, die er wieder einmal versteckt hatte. Er fand sie sofort. »Das muss nichts bedeuten«, sagte er, als würde der Satz ihn beruhigen.

»Wieso sollte Florian so was tun?«, sagte Weber und rieb mit der rechten Hand mehrmals seinen linken Unterarm. Wie immer hatte er die Ärmel seines Hemdes hochgekrempelt und die Hosenträger spannten über seinem wuchtigen Bauch.

»So was macht der auch nicht«, sagte Freya.

Funkel sah sie an. Ja, sie hat Recht, dachte er, während er die Pfeife anzündete, so was macht der nicht, so was macht niemand im Dezernat.

Funkel sog an der Pfeife und bereitete in Gedanken die erste Frage vor, die er Nolte stellen würde. An alles Weitere weigerte er sich zu denken.

Sie kam hinter ihm her, eine der Zeitungen, die sie vom Küchentisch genommen hatte, in der Hand.

»Wir haben einen schweren Fehler gemacht«, sagte Senta Scholze. »Wir hätten das nie tun dürfen. Rossi hat uns da reingezogen, er hat uns das eingeredet, er ist an allem schuld.«

»Halt die Klappe!«, sagte Scholze und nahm aus einer Schublade eine schwarze Tasche. »Du machst, was ich dir gesagt hab. Du packst die Schreibmaschine ein und den Rest Papier und fährst zum Starnberger See und versenkst das Zeug, kapiert? In der Tasche! Leg noch ein paar Steine rein und stell dich nicht an!«

»Ich hab Angst«, sagte sie.

»Das interessiert mich nicht! Du kannst ja zur Polizei gehen und uns alle anzeigen.«

»Vielleicht mach ich das«, sagte sie und drückte die zusammengeknüllte Zeitung an sich.

Scholze drehte sich zu ihr um. Vor seinem Blick wich sie zurück. Wenn er sie so ansah, war er unberechenbar. Sie wollte etwas sagen, aber dann beschloss sie, den Mund zu halten. Reden reizte ihn oft. Sie suchte nach etwas Nettem, etwas, das ihn ablenkte und besänftigte.

»Hast du Lust auf Rouladen heut Abend?«, fragte sie dann. Sie machte sie mit Speck und Gurken und er aß immer zweieinhalb Stück. Die Hälfte der dritten Roulade aß sie auf, sie aß immer eineinhalb. Dazu gab es Kartoffelknödel.

»Ja, aber mach die Knödel nicht wieder so hart!«, sagte er.

Es klingelte.

»Ist der Postbote endlich aufgestanden!«, sagte Scholze und ging zur Tür.

Nach der Südseite des Hauptbahnhofs hatten sie die Taxifahrer auf der Nordseite befragt. Niemand kannte den Mann auf dem Phantombild. Es standen nicht viele Wagen da und die beiden Kommissare hatten genug Zeit, mit den Fahrern zu reden. Die meisten von ihnen sagten, sie fänden es gut, wenn der Schwarze mit seiner Tochter zurück in seine Heimat ginge, das wäre besser fürs Klima.

Auf der Ostseite des Bahnhofs gegenüber dem Hertie-Kaufhaus wartete nur ein einziger Fahrer auf Kunden. Er betrachtete lange das Phantombild.

»Das könnt ein Kollege der Konkurrenz sein«, sagte er. »Sieht ein bisschen aus wie der Scholze. Vielleicht. Ich bin mal bei ihm gefahren, aber dann hab ich zu Isar-Funk gewechselt.«

»Sein Name ist also Scholze«, sagte Nolte. »Und der Vorname?«

»Norbert.«

»Warum arbeiten Sie nicht mehr für ihn?«, fragte Krust. Persönliche Fragen zu stellen hatte er bei Tabor Süden gelernt. Allerdings musste er zugeben, dass ihm Südens Fragen manchmal weniger persönlich als abseitig vorkamen, aber vielleicht war gerade das der besondere Trick dabei.

»Einige von uns wollten ein paar Dinge im System verändern«, sagte der junge Mann, der an seinem Taxi lehnte und immer noch das Bild in der Hand hielt, »vor allem, was den Service angeht. Aber viele der alten Fahrer wollten da nicht mitmachen, und da haben wir eine eigene Firma gegründet. Wir wollen, dass die Kunden zufrieden sind, wenn sie mit uns fahren. Und wir sind absolut zuverlässig.«

»Hoffentlich ist das bei Ihrer Aussage auch so«, sagte Nolte.

»Wie heißen Sie?«, fragte Krust.

Der Fahrer nannte seinen Namen und die beiden Kommissare verabschiedeten sich.

»Da werden wir berühmt, wenn der Scholze unser Mann ist«, sagte Krust und blieb vor dem Fenster einer Pizzeria stehen. »Ich hol mir schnell eine Schnitte.«

»Du bist eh schon zu fett«, sagte Nolte. Was für ein Pech, dass ausgerechnet der letzte Taxler, den sie gefragt hatten, den Mann erkannt hatte! So ein Scheißpech! Vielleicht war jetzt die ganze Aktion in Gefahr und er hatte es nicht verhindern können. Ich hätt sofort reagieren müssen, verflucht, ich hätt gleich, als wir den Kerl vom Flohmarkt geschnappt haben, anrufen sollen. Ich hätt da schneller schalten müssen, ich hab versagt, verflucht!

480

»Willst du probieren?« Krust hielt ihm seine Pizzaschnitte hin.

»Lass mich in Ruhe!«, sagte Nolte.

Es dauerte zwei Minuten, bis sie die Adresse von Norbert Scholze herausgefunden und überprüft hatten, ob er tatsächlich ein kleines Taxiunternehmen leitete. Paul Weber und Freya Epp fuhren sofort los. Vier Streifenbeamte begleiteten sie im eigenen Wagen.

Funkel sprach kurz mit Andy Krust und bat dann Florian Nolte zu sich. Auch Thon nahm an dem Gespräch teil. Zunehmend machte Nolte einen entspannten Eindruck.

»Ist das verboten?« Er trank einen Schluck Wasser und lehnte sich zurück.

»Nein«, sagte Funkel, »uns geht es darum, so viele Informationen wie möglich aus der rechten Szene zusammenzutragen. Und da wir jetzt wissen, dass Sie Mitglied bei den Deutschen Republikanern sind ...«

»Woher wissen Sie das?«

»Wir wissen es eben«, sagte Funkel.

»Das ist kein Akt von Misstrauen gegen Sie«, sagte Thon. »Diese Daten sind absolut vertraulich und bleiben unter uns.«

»Werden die Deutschen Republikaner vom Verfassungsschutz überwacht?«, fragte Nolte.

»Meines Wissens nicht«, sagte Funkel. »Wie lange sind Sie denn schon Mitglied?«

»Noch nicht lang. Ein paar Wochen. Werden Kollegen von mir auch verhört?«

»Ich bitte Sie, Florian«, sagte Thon und rieb an seinem Halstuch, »das ist doch kein Verhör! Wir sprechen miteinander, vertraulich, von uns erfährt niemand im Dezernat von dieser

Unterhaltung und ich bitte Sie, ebenfalls niemandem davon zu erzählen.«

»Haben Sie den Namen Aktion D vorher schon mal gehört, bei den Deutschen Republikanern zum Beispiel, oder haben Sie ihn gelesen, in einer der Zeitungen, die den rechten Parteien nahe stehen?« Funkel hielt ein brennendes Streichholz an seine Pfeife. Es tat ihm gut, den warmen Pfeifenkopf in der Hand zu fühlen.

»Natürlich nicht, sonst hätt ichs Ihnen gesagt, das ist doch logo! Ich kenn die Aktion D nicht, ich bin Mitglied in einer Partei, die nicht verboten ist.«

»Warum haben Sie sich ausgerechnet diese Partei ausgesucht?« Funkel blies Rauch in die Luft. Er saß hinter seinem Schreibtisch und Nolte ihm gegenüber. Thon war stehen geblieben.

»Ich mag die, die denken so wie ich, ist das verboten?« Er kramte in seiner Lederjacke und holte eine Packung Zigaretten heraus. »Darf ich mal?«

Bevor Funkel antworten konnte, nahm Nolte die Streichhölzer vom Schreibtisch und zündete sich eine Zigarette an.

»Danke.« Er inhalierte den Rauch und machte ein schmatzendes Geräusch. Je länger das Gespräch dauerte, desto lässiger wirkte er.

»Wie finden Sie das, was gerade passiert?«, fragte Funkel.

»Sind Sie dafür, dass Christoph Arano und seine Tochter das Land verlassen müssen?«

Nolte ließ sich Zeit mit der Antwort. Seine Zigarette baumelte mit der Glut nach unten zwischen Daumen und Zeigefinger und er blickte versonnen vor sich hin. Dann fing er an, mit dem rechten Bein zu wippen und die Lippen zu schürzen.

»Ich finde«, sagte er und verzog den Mund, als habe er Zahn-

482

schmerzen, »die Göre ist schwerkriminell, sie ist eine gemeingefährliche Täterin, die hat hier nichts verloren, und ihr Alter ist kein deutscher Staatsbürger, also ... Ich finde, wenn solche Leute hier weg sind, ist es besser. Das ist meine Meinung und die lass ich mir nicht verbieten. Ich bin ja auch nicht der Einzige, der so denkt. Nicht mal hier im Haus.«

»Ja«, sagte Funkel. »Sie unterstützen also die Forderung der Entführer.«

»Ja klar!« Nolte inhalierte, wippte mit dem Bein und drückte den Rest dann in Funkels Aschenbecher aus, den er ohne zu fragen in die Hand genommen hatte.

»Haben Sie einen Verdacht, wer die Entführer sein könnten?« Thon sah ihn freundlich an. Nolte arbeitete seit etwa drei Jahren in der Vermisstenstelle und war bisher nie mit markigen Sprüchen aufgefallen.

»Nein«, sagte Nolte. »Wenn ichs wüsste, hätt ichs mitgeteilt, ich bin Polizist, ich mach meine Arbeit.«

»Gut, dann machen Sie sie jetzt weiter!«, sagte Funkel. Und als Nolte aufstand, fügte er hinzu: »Geben Sie uns bitte die Nummer Ihrer Freundin!«

Eine Sekunde lang verlor Nolte seine Lässigkeit. Sofort hatte er sich wieder unter Kontrolle.

»Wozu?«, fragte er, die Hände in den Jackentaschen.

»Geben Sie uns bitte die Nummer!«; wiederholte Funkel.

»Sie haben sie angerufen, bevor Sie mit der Befragung der Taxifahrer begonnen haben«, sagte Thon.

»Glauben Sie, ich lüg? Was glauben Sie denn? Hm? Sie hat heut Geburtstag, ich wollt ihr gratulieren, das ist privat, das geht niemand was an, auch den Andy nicht, diesen Schwätzer!« Unschlüssig stand er da und kratzte sich am Bauch.

»Es ist besser, Sie geben uns die Nummer«, sagte Thon. »Wir rufen die Frau an und die Sache ist erledigt.«

»Nein«, sagte Nolte, »die Nummer kriegen Sie nicht. Ist sonst noch was?«

»Wen haben Sie angerufen?«, fragte Funkel.

Nolte schwieg. Er kratzte sich wieder am Bauch, verzog wieder den Mund und sah zur Tür, während er sagte: »Okay, ich hab meine Freundin nicht angerufen.« Er räusperte sich und sah Thon an. »Ich hab einen Freund angerufen, okay, ich hab ein Verhältnis mit einem Typen, ist das verboten? Und der arbeitet im Ministerium und wenn das rauskommt, dass wir was miteinander haben, dann ist er seinen Job los und ich hab die spießigen Kollegen am Hals. So schauts aus. Zufrieden? Ich will nicht drüber reden.«

»Einverstanden«, sagte Thon.

»In zwei Stunden ist Lagebesprechung«, sagte Funkel.

Nolte nickte und ging aus dem Zimmer, die Tür ließ er angelehnt.

Thon machte sie zu.

»Was denkst du, Karl?«

»Wir müssen ihn überwachen.«

»Damit rechnet er.«

Unabhängig voneinander waren beide zu dem gleichen Urteil gelangt: Nolte hatte sie angelogen, er hatte kein Verhältnis mit einem Mann, er hatte mit jemandem Verbindung aufgenommen, den er nicht verraten wollte.

»Und wenn wir uns irren?«, fragte Thon, nachdem Funkel telefonisch zwei Kollegen für die Beschattung bestellt hatte, die speziell dafür ausgebildet waren.

»Wir haben keine Zeit zu verlieren«, sagte der Kriminaloberrat.

Nie zuvor hatte er einen Kollegen aus dem eigenen Dezernat

bespitzeln lassen, es war eine schäbige Aktion, ein schwarzer Tag in diesem an dunklen Tagen überreichen Sommer.

Kurz darauf erhielt er einen Anruf, der die Finsternis noch verstärkte.

Auf der Straße spielten zwei Jungen Fußball. Sie droschen den Ball gegen die Hauswand, dribbelten über den Bürgersteig und versuchten sich gegenseitig auszutricksen. Einer der beiden näherte sich rückwärts der Mauer, um wie ein Torwart den Ball zu fangen, als er mit einer Frau zusammenstieß, die er in seinem Eifer nicht bemerkt hatte. Und sie konnte nicht mehr rechtzeitig ausweichen. Sie schrie auf und der Junge erschrak.

»Tschuldigung!«, sagte er außer Atem.

»Geht schon«, keuchte Freya Epp. »Ich bin Polizistin ...« Sie zeigte ihm ihren Ausweis, und der andere Junge kam angerannt, weil er den Ausweis auch sehen wollte. »Ich such mit meinem Kollegen den Herrn Scholze, der macht nicht auf, habt ihr ihn heut schon gesehen?«

»Nö«, sagte der eine.

»Da steht sein Taxi!«, sagte der andere und deutete auf den beigen Mercedes, der auf der anderen Straßenseite geparkt war.

Freya ging zu dem Wagen. Er war verschlossen.

Heftig winkend stand Paul Weber im Hof des Wohnblocks und rief ihren Namen.

»Die Nachbarin hat mir einen Schlüssel gegeben«, sagte er, als sie zu ihm kam. »Sie hat heut Morgen mit Frau Scholze gesprochen, die habe einen bedrückten Eindruck gemacht, nicht so munter wie sonst, sagt die Nachbarin. Sie hat sie auch gefragt, ob was passiert sei, aber sie kriegte keine Antwort. Wir gehen rein.«

Vor der Tür im dritten Stock des Siebziger-Jahre-Baus lag ein dunkelbrauner Fußabstreifer mit der Aufschrift: WILL-KOMMEN. Paul Weber sperrte auf. Hinter der Eingangstür nebenan waren Geräusche zu hören, selbstverständlich lauschte die Nachbarin.

In Scholzes Wohnung war es dunkel. Die Tür zwischen dem Flur und dem angrenzenden Zimmer war geschlossen. Freya Epp schaltete das Licht an.

»Hallo?«, rief Weber mit gedämpfter Stimme. »Ist jemand da? Ich bin Polizist.« Nichts geschah. Weber öffnete die erste Tür, die ins Wohnzimmer führte. Er warf einen Blick hinein und wandte sich zu Freya Epp um: »Wonach riechts denn hier?«

»Nach einem billigen Rasierwasser«, sagte sie. Sie hatte ihre Pistole entsichert und behielt die Hand am Halfter.

Zeitungen lagen herum, ein Glas stand auf dem Tisch, alles deutete darauf hin, dass hier gerade noch jemand gesessen hatte.

»Freya!«

Weber war ins Schlafzimmer gegangen. Sie folgte ihm und zuckte unwillkürlich zurück.

Auf dem Bett lagen zwei Leichen, eine Frau und ein Mann. Der Mann hatte eine doppelläufige Pistole in der Hand. Beide bluteten aus einem Loch an der Schläfe. Auf den ersten Blick sah es so aus, als habe der Mann erst seiner Frau in den Kopf geschossen und dann sich selbst.

»Ruf Karl an!«, sagte Weber. Er roch an der Waffe und sah sich um. Die Perserbrücken lagen ordentlich übereinander, kein Stuhl war umgeworfen worden, kein Glas, kein Flakon heruntergefallen. Was war passiert? Reglos stand Weber vor dem Bett, die Hände in den Hosentaschen, um nicht aus Versehen etwas zu berühren. Im Wohnzimmer telefonierte Freya Epp mit Funkel.

In geübter Manier rekonstruierte Weber den Tathergang, bevor die Kollegen von der Todesermittlung auftauchten. Scholze hat also eine Pistole, etwas ist geschehen, er beschließt, Schluss zu machen, er bittet seine Frau ins Schlafzimmer, hält ihr ohne lange Vorrede die Waffe an die Schläfe und drückt ab. Dann bringt er sich selber um. Aus. In der Wohnung sind keine Blutspuren, dem ersten Augenschein nach, das hat nicht viel zu bedeuten. Weber bückte sich und roch ein zweites Mal an der Waffe, kein Zweifel, mit ihr ist geschossen worden. Die Hand des Mannes umklammert den Griff. Er liegt auf dem Bett, neben seiner Frau, die Arme am Körper, Straßenschuhe an den Füßen.

Als Freya Epp wiederkam, stand Weber noch immer wie gebannt vor den beiden Toten. Eine Minute verstrich. Dann nahm Weber seine Kollegin am Arm und ging mit ihr ins Wohnzimmer.

»Wenn Scholze sich selber erschossen hätte, wäre die Wucht des Projektils so stark gewesen, dass er zumindest mit dem Kopf von der Bettkante gerutscht wäre. Wahrscheinlich hätte er auch die Waffe fallen lassen, ziemlich sicher sogar. Das ist ein vorgetäuschter Selbstmord, Freya. Wir waren zu langsam, jemand hat die Zeugen rechtzeitig beseitigt. Und dieser jemand ist informiert worden, wahrscheinlich aus unserem Dezernat. Ruf die Kollegen vom Mord an!«

»Der Informant ist vermutlich doch Florian Nolte, das hat mir Herr Funkel gerade am Telefon erzählt«, sagte Freya Epp.

»Gibts Beweise?«

»Er hat angeblich eine Freundin angerufen, den Namen wollte er nicht sagen. Dann behauptete er, er habe ein Verhältnis mit einem Mann aus dem Ministerium, der auf keinen Fall als Schwuler auffliegen darf.«

»Lächerlich!«, sagte Weber. »Der Nolte ist ein gradliniger Hetero, ein Macho von der alten Schule.«

»Das sagt Herr Funkel auch.«

»Mein Gott«, sagte Weber, zog ein großes weißblaues Taschentuch aus seiner speckigen Kniebundhose und wischte sich den Schweiß vom Gesicht.

Sie gingen in die Küche, wo sie den Tisch voller Zeitungen vorfanden, gossen sich ein Glas Wasser ein und warteten stumm auf die Kollegen in den weißen Schutzanzügen.

22

In der Stunde, da der Augenblick X-plus zweierlei Bedeutung bekam, bewölkte sich der Himmel und es fing zu regnen an, zunächst nur in einigen Stadtteilen, doch schließlich schüttete es überall wie aus Eimern. Es war ein warmer, unerwarteter Regen und auf den Terrassen der Cafés und Wirtshäuser brach die übliche Panik aus. Die Gäste stoben auseinander, als wären die Tropfen giftig, Hunderte von Spaziergängern, die am Isarufer unterwegs waren, flüchteten unter die Bäume, Hunde bellten aufgeregt und nur die jungen Paare, die sich zum Sonnen in die Wiese oberhalb der Böschung gelegt hatten, verließen ihren Platz nicht, sondern lachten mit offenem Mund in den Regen.

In einem Waldstück in der Nähe des Tierparks schnupperte der Schäferhund Tommi zwischen den Sträuchern. Dann bellte er heiser und als Arnold Grapp, sein Besitzer, näher kam, scharrte der Hund mit wildem Eifer in der Erde. Grapp sah genauer hin. Aus dem in Minutenschnelle aufgeweichten Boden tauchte ein Gesicht auf, das faulige Gesicht eines Menschen, von dem Grapp nicht sagen konnte, ob es sich um ein männliches oder um ein weibliches handelte.

Der sechsundfünfzigjährige Mann packte den Hund am Halsband und lief den befestigten Weg zur Straße hinauf. Aus einer Telefonzelle rief er bei der Polizei an, die zehn Minuten später eintraf. Hauptkommissar Rolf Stern, bekleidet mit einem altmodischen Parka und abgewetzten Jeans, kam direkt aus der Wohnung der Scholzes. Seine Kollegen sperrten den Fundort mit rotweißen Bändern ab. Behutsam wurde die Leiche freigelegt. Es war eine Frau. Papiere waren nicht zu finden. Stern gab einen ersten Bericht ins Dezernat durch, damit die Angaben sofort mit der Beschreibung vermisster Personen verglichen werden konnten.

Eine Stunde später beugte sich ein älterer Mann, dessen Mund und Augen von Verbitterung gezeichnet waren, grimmig über die tote Frau. Sie lag in einem Raum des Gerichtsmedizinischen Instituts, unter dem aufgeschlagenen Laken war nur ihr notdürftig geschminktes Gesicht zu sehen. Der Arzt hatte dem Mann gesagt, die Frau habe eine lange Narbe über dem Bauch, das sei noch zu erkennen gewesen. Der Mann richtete sich auf. »Das ist sie«, sagte er, drehte sich um, stützte sich auf den Gehstock mit dem silbernen Knauf und schloss die Augen.

Die Frau war die Hoteldirektorin Katharina Wagner. Von ihrem Zahnarzt hatte sich der Pathologe Aufnahmen ihrer Kiefer bringen lassen, an ihrer Identität gab es keinen Zweifel. Sie war erschossen worden. An ihrer linken Schläfe klaffte ein Loch. Nachdem der Arzt das Projektil aus dem Schädel entfernt und es den Ballistikern übergeben hatte, stellten diese fest, dass es mit hoher Wahrscheinlichkeit aus einer 9-mm-Luger stammte, einer doppelläufigen Taschenpistole, die man nach zwei Schüssen nachladen musste. So eine Waffe, die sich besonders gut für Schüsse aus nächster Nähe eignete, hatte der tote Norbert Scholze in der Hand gehabt.

Waren das Ehepaar Scholze und Katharina Wagner mit derselben Pistole ermordet worden?

Beim Verlassen des Leichenraums sah August Felt seinen Begleiter Karl Funkel aus leblosen Augen an und fragte: »Und wo ist meine halbe Million, die sie mir gestohlen hat? Kann ich die jetzt in den Wind schreiben?«

»Wir haben die Leiche Ihrer Tochter gerade erst gefunden«, sagte Funkel.

»Sie ist nicht meine Tochter!«

»Ja«, sagte Funkel.

»Meine richtige Tochter wollte heiraten, muss ich die Hochzeit jetzt etwa absagen?«

»Das ist die Entscheidung Ihrer Tochter«, sagte Funkel.

»Katastrophe!«, sagte Felt. Den Stock klackend auf den gefliesten Boden stoßend, humpelte er auf seine Frau zu, die sich geweigert hatte mitzukommen und nun mit angstgroßen Augen auf ihn wartete.

Von Guben aus informierten die Oberkommissare Gerke und Braga ihre Kollegen in Polen und baten um Mithilfe bei der Fahndung nach dem untergetauchten Mike Sadlow. Zuvor hatten sie mehrere Flughäfen in Berlin und anderen Städten überprüft, da Sadlow offenbar eine Schwäche für Costa Rica hatte, in einem Stapel von Reiseprospekten befanden sich auffallend viele über das mittelamerikanische Land. Doch Sadlow schien nicht dorthin geflogen zu sein. Braga und Gerke vernahmen mindestens ebenso viele Personen wie ihre Kollegen in München, die sich in der Nachbarschaft des Ehepaars Scholze umhörten.

Die meisten hatten nichts Auffälliges bemerkt. Im Haus gab es einen Steuerberater, der ständig Besuch von Klienten bekam, außerdem wechselten die Mieter häufig, so dass einige den Taxifahrer noch nie gesehen hatten. Ein pensionierter Lehrer, der ein Stockwerk über dem ermordeten Ehepaar lebte, sagte, er habe zufällig auf dem Balkon gestanden, als ein Mann in einem braunen Anzug aus der Einfahrt kam und eilig zu seinem Auto ging, das er hundert Meter entfernt geparkt hatte. Es könne ein Opel gewesen sein, dunkle Farbe, meinte der Lehrer, dunkelblau vermutlich, er wusste es nicht genau. Auf das Kennzeichen habe er nicht geachtet, er habe nur etwas Luft schnappen und dann weiter an seinem Buch über Goethes Geschick als Politiker schreiben wollen.

Vom Landeskriminalamt kam die Nachricht, dass die Schreibmaschine, die Weber und Epp in einer schwarzen Tasche gefunden hatten, jene war, auf der die Briefe der Kidnapper getippt worden waren.

»Uns läuft die Zeit davon«, sagte Funkel zu Thon. Sie erhielten alle neuen Informationen als Erste und jedes Detail wurde von ihnen diskutiert, bevor sie es im Computer katalogisierten. »Bis die Kollegen die Wohnung vollständig untersucht haben, können drei Tage vergehen. Und wenn die Entführer es mit der Angst gekriegt haben, verlieren wir die Kontrolle über unsere Maßnahmen.«

»Haben wir die Kontrolle nicht schon verloren?« Thon streifte die Asche seines Zigarillos in den Aschenbecher und betrachtete den Rauch, der sich aus der Glut kräuselte. Heute Morgen hatte ihn seine Frau gefragt, ob er noch an die Rettung von Natalia Horn glaube, und er hatte ihr keine Antwort gegeben. Das hatte ihn tief erschreckt.

»Wir finden die Frau«, sagte Funkel.

»Jemand ist gewarnt worden und dieser Jemand hat das Ehepaar ermordet«, sagte Funkel, »und gewarnt worden ist dieser Jemand aus unserem Dezernat.«

»Nolte wird beobachtet«, sagte Funkel.

»Und wenn wir uns täuschen?«

»Wir täuschen uns nicht.«

Nach einem Schweigen, während dem er die Pfeife beiseite legte und sich an der Oberkante seiner Augenklappe kratzte, sagte Funkel: »Wenn wir jetzt anfangen zu zweifeln, haben wir verloren. Wir werden Natalia Horn befreien, wir werden den Mörder des Ehepaars Scholze und der Katharina Wagner finden, wir werden diesen Fall zu einem guten Abschluss bringen.«

Thon nickte.

Das Telefon klingelte.

»Ja«, sagte Funkel in den Hörer und hörte zu. »Ich beeil mich.« Er legte auf.

»Susan Felt sagt, ihre Schwester Katharina hatte einen heimlichen Liebhaber. Ich will selber mit ihr sprechen.«

»Viel Glück!«, sagte Thon.

»Übrigens«, sagte Funkel und zog sein rotes Sakko aus und ein schwarzes an, »ich hab mich entschieden. Arano wird im Fernsehen auftreten und zu den Entführern sprechen, die Sorek soll das machen.«

»Das ist falsch«, sagte Thon.

»Ich will nicht, dass Christoph Arano und seine Tochter weggeschickt werden wie Aussätzige. Ich will Druck auf bestimmte Leute ausüben. Arano wird vor die Kamera gehen und ...«

»Es liegt nicht in unserer Hand, Karl!«, sagte Thon laut und stand auf.

»Wir müssen alles tun, um diese Situation zu verhindern. Außerdem hoffe ich, dass nach diesen drei Morden vielleicht die Front der Entführer aufweicht. Ich will, dass Arano noch heute Abend auftritt.«

»Und warum bei dieser sensationsgeilen Reporterin?«

»Sie hat die höchsten Einschaltquoten.«

»Wenn Arano im Fernsehen erscheint, schaut jeder zu, egal in welcher Sendung.«

»Ich will, dass er in der Sendung auftritt, in der die Leute ihn sonst beschimpfen und verachten. Ich will, dass er sich mitten auf den Marktplatz stellt und die grölende Menge zum Schweigen bringt.«

Thon sah seinen Vorgesetzten an. Was er soeben gehört hatte, erschien ihm wie das Gegenteil dessen, was ein vernünftiger Polizist in einer Krisensituation sagen und denken sollte.

»Was ist los mit dir?«, fragte er.

»Ich melde mich von unterwegs«, sagte Funkel und ließ den Hauptkommissar, der sich absolut übergangen fühlte, allein im Büro zurück.

»Und der ganze Champagner?«, sagte sie und riss ihre blauen Augen so weit auf, dass Funkel und Weber fasziniert hinsahen. »Und der Hummer, den wir bestellt haben, und der Dampfer auf dem Starnberger See? Und die ganzen Gäste? Und ich hab mir ein Escada-Kleid gekauft, wissen Sie, was das gekostet hat? Und ...«

»Nein«, sagte Weber hart.

Susan Felt hielt inne und ließ sich wieder auf den englischen Stuhl mit dem dunkelroten Brokatbezug fallen. Das war das vierte Mal innerhalb der vergangenen fünf Minuten, dass sie das tat. Sie wirkte völlig aufgelöst, leicht hysterisch, fand Funkel.

»Womöglich denken die Leute jetzt, ich hab die Verlobung gelöst, weil ich einen acht Jahre älteren Mann doch nicht heiraten will. Die Leute sind so, die denken so was.«

»Niemand verbietet Ihnen zu heiraten«, sagte Weber. »Bitte denken Sie nach, wenn Ihre Schwester einen Liebhaber hatte, dann muss sie doch irgendwann mal seinen Namen gesagt haben, das ist doch logisch.«

»Das ist nicht logisch!«, donnerte Susan, sprang auf und prustete hektisch. Vielleicht nimmt sie Drogen, dachte Funkel. Dann überlegte er, ob sie unter Schock stand und ein Beruhigungsmittel benötigte.

»Kathi war so«, sagte sie und ging auf und ab. Sie war barfuß. »Kathi hat immer gesagt, der Mann ist ganz anders als sie, als wir alle, er hat einen miesen Job ...«

»Was für einen Job?«, fragte Funkel.

»Das weiß ich nicht, verdammt noch mal! Sie hat nie über ihn gesprochen. Ich glaube, ich bin die Einzige, die weiß, dass sie überhaupt einen Liebhaber hatte. Wir haben Angestellte, die denken, sie war lesbisch ... Ich weiß nicht, wer es ist. Hat er sie umgebracht? Hat er sie erschossen?«

»Vielleicht«, sagte Funkel. »Wir werden ihn öffentlich suchen lassen. Wenn er unschuldig ist, wird er sich melden.«

»Wir sehen uns noch einmal hier in der Wohnung um«, sagte Weber. »Bleiben Sie ruhig da!«

»Haben Sie schon mit Ilona gesprochen?«, fragte Susan.

»Unsere Kollegen«, sagte Funkel. Sie hatten sich ausführlich mit Ilona Leblanc unterhalten und erfahren, dass sie tatsächlich dachte, Katharina werde sich bei ihr melden und Unterschlupf bei ihr suchen. Anscheinend wollte sie aus dem Geschäft aussteigen und hatte deshalb die fünfhunderttausend Mark abgehoben. Als sie nichts mehr von ihr hörte, glaubte Ilona, ihre Chefin wolle sie nicht in Gefahr bringen und erst nach einiger Zeit unerkannt bei ihr auftauchen. So hatten sie es für den Notfall vereinbart. Katharina hatte den Termin, wann sie endgültig einen Schlussstrich ziehen und sich im Ausland – in Griechenland, sagte Ilona – eine neue Existenz aufbauen wollte, immer wieder verschoben. Offenbar hatte sie vor, gemeinsam mit ihrem Liebhaber eine kleine Pension oder ein Lokal zu eröffnen, »wo man jeden Tag das Meer sieht und ein normales Leben führen kann«, hatte sie zu Ilona gesagt. Die Kommissare fanden keine Anhaltspunkte, an den Aussagen der Frau zu zweifeln.

Während Funkel und Weber ein zweites Mal Katharinas

Wohnung, die sich im selben Gebäude wie das Felts Hotel Wagner befand, inspizierten, läutete das Handy des Kriminaloberrats. Rolf Stern, der Leiter der Mordkommission, teilte ihm mit, dass Norbert Scholze die Pistole in der rechten Hand gehalten habe, obwohl er Linkshänder war, ein Detail, das der Mörder anscheinend nicht wusste. Außerdem, sagte Stern, gebe es inzwischen eine Phantomzeichnung des Mannes mit dem braunen Anzug, der vor dem Wohnblock der Scholzes hastig in sein Auto gestiegen war. »Die Zeichnung ist ziemlich vage, aber wir versuchens mal damit.«

Am Ende ihrer Inspektion hatten Funkel und Weber sieben Telefonnummern entdeckt, davon zwei Handynummern, zu denen es keine Namen gab. Sie riefen im Dezernat an, um sich die Teilnehmer heraussuchen zu lassen. Einige Telefongesellschaften weigerten sich aus Datenschutzgründen, die Namen zu nennen, solange keine richterliche Genehmigung vorlag.

»Uns läuft die Zeit davon«, sagte Funkel wieder, rief bei Staatsanwalt Ronfeld an und erklärte ihm den Stand der Dinge. Auf keinen Fall wollte er riskieren, eine Nummer anzurufen, ohne Namen und Adresse zu kennen. Vor dem Anruf wollte er Kollegen zur Wohnung des betreffenden Teilnehmers schicken, auch dann, wenn es sich um ein Handy handelte und die Person sich eventuell anderswo aufhielt. Die Chance zur Flucht musste so gering wie möglich gehalten werden.

Erst kurz vor siebzehn Uhr hatte Funkel alle Namen beieinander. Sofort beorderte er die Kollegen zu den Wohnungen und bereitete die digitale Aufzeichnung der Telefonate vor. Dann rief er eine Nummer nach der anderen an. Ein Anschluss war tot, niemand meldete sich, die Mailbox schaltete sich nicht ein.

Der Teilnehmer hieß Josef Rossi.

Er war, soweit die Polizisten das von außen beurteilen konnten, nicht zu Hause.

Sein Name stand auf der Liste der Mitglieder rechtsradikaler Parteien und seine Telefonnummer in einem Notizbuch von Norbert Scholze. Polizeilich registriert war er bisher nicht. An seinem Arbeitsplatz in einem großen Möbelhaus fehlte er unentschuldigt. Weder sein Chef noch seine Kollegen hatten eine Ahnung, wo er steckte.

»Sehen Sie, Herr Funkel«, sagte Freya Epp und legte ihm einen dicken Terminkalender hin, den sie aus Katharina Wagners Wohnung mitgenommen und in den letzten zwei Stunden Seite für Seite, Zeile für Zeile gelesen hatte. »Hier steht ein abgekürzter Name, *Jos.*, und drunter diese Nummer.«

Funkel sah sich die Eintragung an. Die Nummer war dieselbe, die er gerade zwecklos angerufen hatte. Er griff zum Telefon.

»Wir öffnen die Wohnung, Gefahr im Verzug!«

Kaum hatte er aufgelegt, klingelte es.

Ein Kommissar, der sich in der Nähe von Rossis Wohnung befand, meldete, dass seine Zielperson seit ein paar Minuten um das Haus streiche und schon mehrmals bei Rossi geklingelt habe.

»Halten Sie ihn fest!«, sagte Funkel.

Als er hinkam, führte ihn sein Kollege zu einem Auto, in das sie den Mann gesetzt hatten. Funkel stieg ein.

»Hallo«, sagte er.

»Hallo«, sagte Florian Nolte.

23

»Sie sind eine ausgezeichnete Frau, ich mach mir keine Sorgen um Sie, wir sind jetzt eine Kameradschaft, Sie und ich, wir sind jetzt allein.«

Sie drehte den Kopf in seine Richtung, das Geschirrtuch über den Augen, den Knebel im Mund.

»Möchten Sie sprechen?«

Sie nickte vorsichtig.

Von ihren Füßen bis hinauf zu ihrer Stirn floss ein Strom aus Eis, sie hörte es klirren unter der Haut, sie dachte, wenn er den Knebel wegnimmt, dampft es aus meinem Mund wie bei zwanzig Grad unter null.

»Möchten Sie wirklich sprechen?«, fragte er noch einmal und sie erkannte ihn jetzt. Sie hatte ihn vergessen gehabt, ihn und jenen beunruhigenden Morgen in ihrem Haus. Sie hatte sein Gesicht vergessen gehabt, die roten Flecke unter seiner Nase, die Abschürfungen, den Geruch nach ungelüfteter Kleidung. Seine Kleidung. Er trug eine braune Hose und ein schwarzes Hemd, fiel ihr ein, und weiße Socken, er war Verkäufer und er hatte zu ihr gesagt, sie solle sich das noch einmal überlegen, ihre Verlobung mit Chris, mit Chris ... Wo bist du?

Sie erschrak.

Der Raum war hell, ein Licht brannte, eine Lampe an der Decke. Natalia fand, das Gesicht des Mannes hatte eine gelbliche Farbe, seine Lippen waren schmal und rissig, seine Haut war ungepflegt. Bräuchte dringend eine Massage mit dem Frimator, dachte sie, als wäre das wichtig, sie dachte wie selbstverständlich daran. Mit ätherischen Ölen ist vielleicht noch was zu machen, dachte sie, und dann bemerkte sie, dass auch ihre Lippen trocken und krustig waren.

Den Moment, in dem er ihr das Tuch von den Augen und den Knebel aus dem Mund nahm, hatte sie wie abwesend wahrgenommen. Was hatte er gesagt? Oder kam die Stimme aus der Eiszeit?

»Sie wollten sprechen, tun Sie es!«

Sie nickte wieder, automatisch, mechanisch. Und doch – und schlagartig war sie sich bewusst, was sie tat – wollte sie, dass er sie ansah. Sie wollte, dass er von nun an bei ihr blieb, nah bei ihr, dass sie seine Pusteln sehen konnte und er ihre Falten, sie seine Rötungen und er ihre Altersflecke, sie seine Fadenlippen und er ihren Feuermund.

»Bleiben Sie bei mir!«, sagte sie mit welker Stimme.

Er schniefte und hielt sich den Handrücken an die Nase.

»Sie erfüllen einen Zweck, Frau Horn«, sagte er. »Ich möchte, dass Sie sich umziehen, ich möchte, dass Sie eine weiße Bluse anziehen und einen Rock, und wenn wir so was hier nicht finden, dann ziehen Sie ein weißes Hemd und eine Hose an. Sie sollen anständig aussehen, nicht so zerrissen, verstehen Sie das?«

»Was passiert mit mir?«

Sie sah ihn eindringlich an. Ihr Blick störte ihn, er drehte den Kopf ein wenig zur Seite, ließ sie aber ebenfalls nicht aus den Augen.

»Das, was passieren muss«, sagte er und stand auf. »Geben Sie mir Ihre Hände!«

Ihre Handgelenke waren noch immer mit einer weißen Kordel aneinandergebunden. Sie hob die Arme. Er griff nach ihren Händen und beugte den Oberkörper nach vorn. Wie Blitze zuckten die Schmerzen in ihr.

»Schneller!«, sagte er.

Sie brauchte eine Minute, bis sie auf der Bettkante saß.

Der Boden unter ihren Füßen bestand aus Holzbohlen, sie

hob den Kopf und sah sich um: die Wände holzverschalt, ein Holztisch, ein Holzstuhl, und das Bett. Das Bett mit dem Messinggestell. Die Fensterläden waren geschlossen. Durch schmale Ritzen drang Tageslicht herein. Und der Geruch von Sommerregen. In einer anderen Welt ist es ungeniert Sommer, dachte Natalia, das ist gut, dass die Natur sich nicht um uns schert, gut ist das und richtig.

Mit gekrümmtem Rücken ging sie hinter Rossi her. Seine Kleidung roch nach Wirtshaus. Ihr zerrissenes gelbes Sommerkleid flatterte um ihre Beine. Ihre nackten Füße patschten auf dem kalten Boden der Küche, wo ein Tisch voller Bierflaschen, Gläser und Teller stand.

In einem Zimmer dahinter drehte sich Rossi vor einem Holzschrank zu ihr um.

»Ausziehen!«, befahl er.

Hol dir einen runter!, dachte sie und verschränkte die Arme vor der Brust.

Sie redete nicht und sie hatte nicht vor, je wieder damit anzufangen. Jedenfalls nicht hier. Jedenfalls nicht mit euch, ihr Wichser!

Umringt von drei Männern und einer Frau fühlte Lucy sich ganz bei sich. Sie hatten ihr sogar eine Cola spendiert, und sie hatte das Glas ausgetrunken. Ich hätt auch die Dose genommen, ihr Superhirnis. Sie hatte es satt, hier zu sitzen, sie hatte es satt, angeglotzt und angetextet zu werden. Was wollen die alle von mir? Glaubt ihr im Ernst, ihr kriegt mich weich, ihr Windelträger?

»Wenn du nicht mit uns sprichst, besteht die Gefahr, dass du in eine geschlossene Abteilung kommst«, sagte Hermann Gieseke, »und zwar nicht hier, sondern in der Psychiatrie. Das muss doch nicht sein, Lucy.«

Sie wusste selber, wie sie hieß. Sie warf dem Anstaltsleiter einen abgenutzten Blick vor die Füße.

»Sei vernünftig, Lucy!«, sagte Sebastian Fischer.

Bin ich, Meister, bin ich total. Sie schenkte ihrem Anwalt ein potemkinsches Lächeln.

»Ich sags dir jetzt noch einmal«, sagte Niklas Ronfeld, »ich bin hier, weil es ein Grundrecht auf rechtliches Gehör gibt, und das besagt, dass du dich zur Nichtverlängerung deiner Aufenthaltserlaubnis äußern darfst. Und deine Aufenthaltserlaubnis wird nicht verlängert werden, das habe ich dir schon gesagt, dein Verhalten in den vergangenen Jahren und den letzten Monaten lässt keine andere Entscheidung zu. Bitte sag was dazu, erkläre dich! Es besteht nämlich die Möglichkeit der Versagung einer Aufenthaltserlaubnis, das heißt, du dürftest bei bestimmten Anlässen wieder nach Deutschland einreisen, müsstest anschließend das Land aber wieder verlassen. Wenn du ausgewiesen wirst, darfst du nie wieder einreisen. Begreifst du den Unterschied? Du hast Einfluss auf diese Entscheidung, nach wie vor, trotz allem, was du getan hast. Wir wollen dir alle helfen, merkst du das nicht?«

Klar merk ich das, danke für die Cola. Diesem Staatsanwalt könnte sie jahrelang zuhören, das geht da rein und da wieder raus, nur weiter, Herr Doktor!

»Möchtest du mit deinem Vater sprechen?«, fragte Elisabeth Kurtz.

Lucy sah sie nicht an, sie klopfte die Sohlen ihrer Turnschuhe aneinander und wippte mit dem Oberkörper vor und zurück. In ihr tuschelten Kobolde und redeten ihr das ein und jenes, und sie war schon ganz irre davon.

»Okay«, sagte sie und presste die Lippen zusammen.

»Sie redet wieder!«, sagte Gieseke.

»So ein Gespräch kann nur unter Aufsicht stattfinden«, sagte Ronfeld.

»Dann vergiss es, du Blödmann!«, schrie Lucy und trat mit dem Fuß gegen einen leeren Stuhl, der gegen die Wand krachte.

»Versuchen wir es«, sagte Elisabeth Kurtz. »Wo hält sich Herr Arano im Moment auf?«

Niemand konnte ihr eine Antwort geben.

»Dann ruf ich Herrn Süden an«, sagte sie.

»Liebe Lucy, erinnerst du dich an Mamas Freude an Spinnen? Sie redete sogar mit ihnen, sie ließ sie über ihre Hand krabbeln und erzählte ihnen Geschichten aus ihrer Heimat. Ich weiß noch, einmal hast du dich heimlich ins Zimmer geschlichen und zugehört und Linda hat nicht gemerkt, dass du da warst. Sie hat der Spinne die Geschichte von der Antilope Ngomi erzählt, die schlauer und schneller war als jeder Löwe und jeden Morgen am Horizont auftauchte und die Sonne begrüßte, voller Stolz und Schönheit. Erinnerst du dich an Ngomi? Ich musste dauernd an sie denken, die ganze Zeit, jetzt, da ich wieder auf der Flucht bin ...«

Während der Fahrt las Christoph Arano immer wieder den Brief, den er seiner Tochter in Tabor Südens Wohnung geschrieben hatte, den Brief, den er den wütenden Bildern in sich abgetrotzt hatte in der Stille dieses eigentümlich riechenden Zimmers. Wenn er nicht geschrieben hätte, hätte er mit den Fäusten das Fenster zertrümmert und das Glas zwischen den Händen zerrieben. Beim Schreiben aber kehrte ein Teil seiner Sanftmut zurück, die Natalia so mochte und manchmal auch zornig machte, genauso wie früher Linda ...

»... Ich fühle mich nicht mehr stolz und schön, schon lange

nicht mehr, und ich weiß, wie du dich fühlst. Alle Leute denken, du bist stolz auf das, was du anstellst. Ich weiß, dass du es nicht bist, ich weiß, dass du ein ratloses Mädchen bist und ich bin kein Gefäß für deine Wut. Ich habe versagt, da haben die Leute und die Zeitungen Recht, sie verachten mich für mein Versagen, aber sie haben keine Vorstellung davon, wie sehr ich mich selbst verachte. Ich fühle sie über mir kreisen wie lauter gierige Menschenfleisch fressende Obinnas. Ich will nicht ihr Opfer sein, und ich werde auch nicht zulassen, dass sie dich fressen, obwohl sie das zum Teil schon getan haben. Gut, dass du keine Zeitungen liest, diesen Journalisten möge die Zunge abfaulen, die diese Sachen über dich verbreiten. Und es sind nicht nur feige und dumme Leute, die solche Ansichten haben, es sind normale Leute, die laut aufschreien, wenn sie deinen Namen hören, und die dich in das finsterste Verlies stecken, das sie zur Verfügung haben, das Verlies ihres Hasses. Manche geben das nicht zu, sie tun freundlich, sie bluffen, aber sie sind schlechte Bluffer, ihre Augen bluffen niemals, und daran erkennen wir sie, nicht wahr? Du durchschaust die Menschen, das hast du von deiner Mama geerbt, der konnte niemand etwas vormachen, sogar wenn einer schwieg, hörte sie die Worte dahinter. Sie war eine gnadenlose Zuhörerin und Beobachterin und musste so jämmerlich sterben ...«

Sie starb in einem Feuer, das widerloderte in seinem Kopf, jetzt, auf der Fahrt durch den Regen zum Gefängnis Am Neudeck, und vorhin im seltsam riechenden Zimmer, er sah ihr schwarzes Gesicht, das nicht schwarz war, weil sie aus Kenia stammte, sondern weil das Feuer es verunstaltet hatte, minutenlang wie aus Neid ...

»... Sogar das Feuer ist neidisch gewesen auf die Schönheit deiner Mama. Wegen dieser Schönheit war ihr Exmann auch so eifersüchtig auf mich und ich wäre es auch gewesen. Liebe Lucy, als ich Natalia kennen lernte, wollte ich nicht, dass du denkst, ich liebe deine Mama nicht mehr. Ich werde sie lieben, solange ich lebe, aber ich möchte nicht alleine leben, das ist unnatürlich, auch wenn viele Leute, vor allem die jungen, das anders sehen, ich nicht. Ich bin nicht als Einsiedlerkrebs auf die Welt gekommen, ich bin ein Mensch und Menschen müssen zusammen sein, und wenn es nur zwei sind, Mann und Frau. Wir sind zu dritt. Und deshalb muss ich alles tun, damit Natalia freigelassen wird und wir zusammen sein können. So habe ich eine Entscheidung getroffen, die auch dich angeht. Es fällt mir leichter zu schreiben als zu sprechen, deshalb bekommst du jetzt diesen Brief von mir. Du liest ihn und dann sagst du mir, was du dazu meinst. Ich hoffe, du sprichst mit mir, ich habe gehört, du bist verstummt. So wie ich nach Lindas Tod, erinnerst du dich? Ich habe damals gedacht, ich habe die Worte alle vergessen, oder sie haben mich verlassen, weil ich ihrer nicht mehr würdig war. Höre, Lucy, was ich dir zu sagen habe ...«

Er erklärte, er werde sich nicht scheuen, seine Meinung auch öffentlich zu sagen, schon morgen, wenn es sein müsse.
»Viele werden dich ins rechte Lager stellen«, sagte Kreisverwaltungsreferent Roland Grote. In den vergangenen Tagen hatte er oft mit Oberbürgermeister Ludwig Zehntner über den Fall gesprochen und am Ende landeten sie jedes Mal bei den Realitäten.
»Ich lass mich von der allgemeinen Hysterie nicht ins Abseits drängen«, sagte Zehntner, den seine SPD-Kollegen auch als Linksaußen beim Fußball sehr schätzten. »Die Aufenthaltsgenehmigung läuft ab, eine Verlängerung ist aus den gege-

benen Gründen nicht zu verantworten. Das hat nichts mit rechtslastigem Denken zu tun.«

»Staatsanwalt Ronfeld hat mit dem Mädchen über eine mögliche Versagung der AE gesprochen, aber anscheinend bleibt sie bei ihrer störrischen Haltung.«

»Unter uns«, sagte Zehntner, »ich bin froh, wenn wieder Ruhe herrscht, dieses Mädchen ist schlimmer als tausend besoffene Australier auf der Wiesn.« Er erhob sich und stützte die Hände auf dem Schreibtisch ab. »Der Anwalt wird vor Gericht gehen und wir warten gelassen ab, das wäre der normale Fall. Doch im Augenblick haben wir einen Ausnahmezustand. Lass die Kripo die Entscheidung deiner Behörde wissen und gib ihnen den Rat, die Ausreise rasch zu vollziehen. Die rechtlichen Grundlagen sind vorbereitet, niemand kann uns unterstellen, wir würden überhastet handeln. Wir handeln, das ist unsere Aufgabe.«

Da Grote nichts erwiderte, stutzte Zehntner. »Was ist? Ich bin in Eile ...«

»Es wird heißen, die Stadt geht vor den Entführern in die Knie.«

»Bitte?« Zehntner setzte die Brille auf und kam um den Schreibtisch herum. »Wir gehen vor niemand in die Knie, wir halten uns an die Gesetze. Ich lass mich doch nicht einen Feigling nennen, nur weil ich anerkenne, was ist. Wir sind eine liberale Stadt und das bleiben wir auch.«

»Bravo, Herr Oberbürgermeister!«, sagte Grote und zog seinen Mantel an. »Vor zwanzig Jahren hätten wir in der Partei die Ausweisung eines Kindes nicht so einfach hingenommen.«

»Das tu ich auch heute noch nicht«, sagte Zehntner, »nur hab ich heute mehr Verantwortung als vor zwanzig Jahren. Übrigens hab ich vor einer Stunde mit Hauser, dem Staats-

sekretär im Innenministerium, gesprochen, der Minister unterstützt unsere Linie genauso wie der Ministerpräsident.«
»Freut mich«, sagte Grote und gab seinem Freund die Hand.

Sie nahm seine Hand und drückte sie fest. Sie war einverstanden. Sie hatte den Brief gelesen und sofort gewusst, dass ihr Vater Recht hatte. Was sollten sie noch hier? Im Land der Obinnas? Sie zog ihn zu sich herunter, denn er war stehen geblieben, während sie las, und er setzte sich neben sie.
Zehn Minuten hatte ihnen der Anstaltsleiter erlaubt allein miteinander zu sprechen. Aber bis jetzt hatte Lucy noch kein Wort gesagt. Sie lehnte sich an ihren Vater, den Brief in der Hand, und strich mit den nackten Füßen über den Boden.
»Du wirst dich erkälten«, sagte Arano.
Er stimmte in ihr Schweigen ein und sie strichen beide mit den Füßen über den Boden, Arano trug schwarze Schuhe, die grau von Staub waren.
Nach einiger Zeit, während sie dem Singen der Vögel draußen auf den regennassen Zweigen zuhörten, sagte Arano: »Wir fliegen noch heute Abend, ich hab dem Kommissar gesagt, die Entscheidung ist unwiderruflich. Entschuldige, dass ich über deinen Kopf hinweg gehandelt hab. Ich wollte keine Zeit verlieren. Aber wenn du sagst, du kannst nicht, du bist dagegen oder du hältst das für eine dumme Idee, dann ...«
»Ich komm mit«, sagte sie leise.
Er hätte ihre Stimme liebkosen können.
»Die Entführer werden Natalia freilassen«, sagte er und streichelte ihre schwarzen Zöpfe, »und dann werden wir weitersehen. Erst einmal bleiben wir in Lagos und machen

Urlaub. Stell dir vor, ich muss meine eigene Sprache wieder lernen ...«

»Aber du kannst doch Englisch!«

»Ja, aber das ist nicht dasselbe. Eine Stiefmutter kann nie deine richtige Mutter ersetzen ...«

Er verstummte. Vielleicht hätte er das nicht sagen sollen.

»Manchmal schon«, sagte Lucy. Sorgfältig, als handelte es sich um ein altes Schriftstück, faltete sie den Brief zusammen, küsste ihn, was Aranos Herz berührte, und steckte ihn in die Gesäßtasche ihrer Jeans. Dann zog sie aus der anderen Tasche einen Zettel hervor.

»Ich hab ein Gedicht geschrieben«, sagte sie.

Arano war verblüfft. »Ein Gedicht? Hast du schon öfter Gedichte geschrieben?«

»Nein, das ist mein erstes.«

»Und ...« Die Überraschung ließ Arano für ein paar Sekunden alle Furcht vergessen. »Und wo hast du denn einen Stift und das Papier her? Hier ist doch alles leer.«

»Hab ich der Psychotante vom Schreibtisch geklaut«, sagte Lucy, »als sie mal wieder geheult hat. Willst du das Gedicht hören?«

»Natürlich«, sagte Arano, »natürlich, bitte ...«

Lucy beugte tief den Kopf. Sie traute sich nicht recht. Dann traute sie sich doch. Mit geschlossenen Augen hörte Arano zu.

»Es tut weh
wenn ich weine
denn meine Tränen sind
glühende Steine.
Ich fing einen Schmetterling
als ich durch den Sommer ging.

Ich erkannte ihn gleich
er war mein Freund
er war warm und weich
in meiner Hand.
Er ist mein zweites Ich
er zappelt fürchterlich
ich halt ihn über einer Kerze fest.
Ich wollte dass er stirbt
damit mein zweites Ich verdirbt
und später ich der Rest.
Doch plötzlich wurden meine Augen schwer
und Tränen tropften heiß
auf meine Wangen.
Den Schmetterling hielt ich gefangen
und die Flamme sengte seine Flügel an.
Als aber meine Tränen auf die Kerze fielen
erlosch aus Scham das dürre Licht
und der Schmetterling flog schnell davon.
Denn sterben will er nicht.«

»Lucy«, sagte Arano. Es war wie damals, als seine Frau starb im weißen Bett im Krankenhaus. Die Worte stoben aus seinem Kopf oder zerplatzten vorher und aus seinem Mund kam nur ein Röcheln.

Hastig knüllte Lucy das Blatt zusammen und stopfte es in ihre Hosentasche. »Wir waren mit der Schule in einer Ausstellung im Haus der Kunst, da ist eine Figur gestanden, Amor, weißt du, und der ist traurig über seine Liebste, die Psyche. Die Lehrerin hat uns das nicht genau erklären können, aber mir hats gefallen. Ich fands stark, wie der da sitzt und sich die Augen reibt, das war schön, das hab ich schon verstanden.«

»Lucy ...«, fing Arano wieder an.

»Hey«, sagte sie, »so traurig ist das Ganze auch wieder nicht. Hey!« Sie wischte ihm übers Gesicht, und er wünschte, die Zeit hätte Nachsicht und würde stillstehen, nur für sie beide, für jetzt, nur für diese Berührung ihrer kalten Hand, und noch eine Weile und noch ...

»Die Zeit ist um!«

Gieseke stand in der Tür. Sofort verfiel Lucy in Schweigen.

»Wir haben Ihnen etwas zu sagen.« Arano hatte sich wieder gefasst. Er nahm Lucys Hand und sie gingen auf den Flur hinaus.

»Das ist unmöglich«, sagte Staatsanwalt Ronfeld, nachdem Arano zu Ende gesprochen hatte. »Darüber können Sie gar nicht entscheiden.«

»Das kann ich«, sagte Arano, »und wie ich schon Herrn Süden gesagt habe, wollen wir noch heute Abend fliegen. Bitte organisieren Sie alles! Ich möchte, dass meine Verlobte so schnell wie möglich freikommt ...«

»Das wollen wir alle«, sagte Rechtsanwalt Fischer. »Aber wir geben doch jetzt nicht klein bei ...«

»Akzeptieren Sie unsere Entscheidung und treffen Sie die nötigen Vorbereitungen!« Arano hielt seine Tochter noch immer an der Hand und spürte den Druck ihrer Finger und die Kraft ihrer Berührung.

»Nein!«, sagte Ronfeld.

»Dann wenden wir uns an die Presse: dass Sie etwas boykottieren, was Sie doch längst schon beschlossen haben, nämlich meine Tochter aus Deutschland auszuweisen.«

»Vorher muss das KVR erst die Verlängerung der Aufenthaltsgenehmigung ablehnen«, sagte Ronfeld, »und so weit ist man dort noch lange nicht.«

»Was meinen Sie dazu, Herr Süden?«, fragte Gieseke.

»Sie sollten noch warten«, sagte der Hauptkommissar zu Arano. »Es gibt neue Spuren, wir haben die Namen von Männern, die an der Entführung beteiligt sind, es kann sein, dass noch heute Abend eine Wende eintritt.«

»Die Wende beginnt jetzt«, sagte Arano.

»Wir wollen, dass Sie einen Appell an die Entführer richten«, sagte Fischer, »das sollten wir auf jeden Fall probieren. Sie können jetzt nicht aufgeben, Herr Arano! Sie müssen stark sein! Die Polizei findet Ihre Freundin.«

Arano wandte sich an Tabor Süden. »Bringen Sie mich nach Hause! Ich hole ein paar Sachen, dann komm ich wieder hierher. Heute Abend fliegen wir. Und ich will, dass Sie die Presse darüber informieren. Ein Fernsehteam soll mitfliegen, das uns filmt, wenn wir in Lagos ankommen.«

»Sie torpedieren die Ermittlungen, Herr Arano«, sagte Ronfeld wütend, »und das werde ich nicht zulassen.«

»Sie lassen es zu, das weiß ich.«

Der Staatsanwalt drehte sich um und verließ die Gruppe.

Vor der Tür des Gefängnisses sagte Sebastian Fischer zu Süden: »Obwohl ich ohnmächtig bin, hab ich das Gefühl, versagt zu haben.«

Süden schloss die hintere Tür des Taxis, in das Arano gestiegen war. »Das ist ein richtiges Gefühl«, sagte er und nahm neben dem Fahrer Platz.

Der Regen hatte aufgehört, inzwischen schien die Sonne wieder.

Arano blickte aus dem Wagenfenster und versuchte sich Wort für Wort an Lucys Gedicht zu erinnern. Doch ihm fiel immer nur der letzte Vers ein: *Denn sterben will er nicht.*

Du wirst nicht sterben, dachte er, dein gutes Ich, das stirbt nicht, das wird dich beschützen, mehr als ich es kann.

Der Gedanke an Lucys Gedicht erweckte sein versteinertes Gesicht. Und der Taxifahrer sah im Rückspiegel, wie Arano lächelte.

An der Ampel am Ende der Reichenbachbrücke überquerte eine blauhaarige Frau mit einem Hund an der Leine die Straße. Sie winkte dem Taxifahrer, der warten musste, weil sie zu langsam ging. Der Hund bellte laut.

»Bleib da!«, rief die Frau mit den blauen Stoppelhaaren. »Komm sofort zurück! Komm her!« Der Hund hatte sich losgerissen und fetzte über die Wiese nahe der Isar. Er bellte und sprang in die Luft, warf sich auf den Rücken und wälzte sich im Gras.

»Was machst du denn?«, sagte Ines Groß, als er wieder um ihre Beine schwänzelte und sie die Leine nahm. »Du hast mich erschreckt, Dertutnix.«

Sie trug ihre schwarze Brille und wie immer den Rucksack mit dem gelben Button BOING! auf dem Rücken. Der Hund führte sie über die Wiese. Sie hörte den Fluss rauschen, Kinder schreien, Sirenen von Krankenwagen in der Ferne.

Plötzlich knurrte der Hund.

»Was ist?« Und ehe sie die Leine festhalten konnte, riss sich der Hund erneut los und sprang einen Mann an, der ihm entgegenkam. Der Mann trat nach ihm und schlug um sich. Dertutnix bellte und knurrte und versuchte sich an der Hose des Mannes festzubeißen.

»Du Drecksköter!«, schrie der Mann. »Hau ab! Hau bloß ab, sonst säg ich dir den Schwanz ab!« Aus seiner Aktentasche holte er eine kleine grüne Säge und fuchtelte damit herum. Spaziergänger blieben stehen.

»Was ist denn?«, rief Ines. »Komm hierher, los komm, Dertutnix!«

»Wie heißt der Köter?«, brüllte der Mann.

»Ich weiß auch nicht«, sagte Ines, »der tut nie jemand was, der ist ganz freundlich.«

»Scheißköter!« Der bleiche Mann schnaubte, seine Lider flatterten. Schon bevor der Hund auf ihn losgegangen war, hatte er sich beschissen gefühlt. Am liebsten hätte er mit seiner Säge den halb nackten Frauen, die hier überall aufreizend herumspazierten, Schamgefühl beigebracht. Außerdem verabscheute er Rossi, weil der sich jetzt um Natalia kümmerte und ihn einfach weggeschickt hatte, dieser wichtigtuerische Verkäufer.

»Scheißköter!« Er spuckte aus. Der Hund bellte immer noch, aber Ines hielt ihn jetzt fest an der Leine.

»So was hat er noch nie gemacht«, sagte sie, »Entschuldigung!«

Knurrend sprang der Hund vor ihr auf und ab und sie hatte Mühe, ihn festzuhalten.

Harald Kock steckte die Säge in die Tasche und ging davon. Sein blasses Gesicht war gelb vor Ekel.

»Hast du den Mann gekannt?«, fragte Ines ihren Hund. Als ihr der Rauch eines frisch entzündeten Grillfeuers in die Nase stieg, musste sie an Natalia denken, was sie seit fünf Minuten nicht getan hatte. Sie blieb stehen und hoffte, sie würden in diesem Sommer wieder gemeinsam am Flaucher picknicken und fette Würste essen und Desperados-Bier trinken bis zum Umfallen.

24

Nachdem Karl Funkel die Namen zu den Telefonnummern Katharina Wagners geklärt und die Kollegen zu den entsprechenden Wohnungen geschickt hatte, fuhr er nach seinem Anruf in die Lindwurmstraße, wo er auf Florian Nolte traf, der an Rossis Wohnung geklingelt hatte. Seine Bewacher waren inzwischen ins Dezernat zurückgekehrt.

»Woher kennen Sie diesen Mann?«, fragte Funkel.

Nolte schwieg.

»Sie haben interne Informationen an ihn weitergeleitet. Mike Sadlow ist untergetaucht und das Ehepaar Scholze wurde ermordet.«

Nolte reagierte nicht.

»Reden Sie mit mir, Florian!«, sagte der Kriminaloberrat. »Ich will etwas verstehen.«

»Das Mädchen muss weg, dann ist wieder Ruhe im Land«, sagte Nolte und sah aus dem Auto. In Rossis Wohnung waren jetzt die Fenster geöffnet, Polizisten durchsuchten die Zimmer.

»Bitte?«

»Das Mädchen muss weg, dann ist wieder Ruhe im Land.«

Funkel wurde nach draußen gerufen. Am Telefon des Einsatzwagens erfuhr er, dass die Kollegen Braga und Gerke in Guben Hinweise auf einen möglichen Aufenthaltsort Sadlows entdeckt und daraufhin von den polnischen Kollegen eine Rasterfahndung erbeten hatten. Mike Sadlow war in einem kleinen Hotel in der Nähe von Posen gesehen worden. Polizisten hatten das Haus umstellt und eine Spezialeinheit hatte vor wenigen Minuten das Hotel gestürmt und einen bewaffneten Mann überwältigt, dessen Identität inzwischen feststand. Es war der siebenundzwanzigjährige Kfz-Meister

Mike Sadlow. In einer ersten Vernehmung hatte er bestritten, an der Entführung von Natalia Horn beteiligt gewesen zu sein. Braga und Gerke waren nun auf dem Weg nach Posen.

In der Wohnung des Ehepaars Scholze hatten die Fahnder Berge von rechtsradikalen Zeitungen, Briefe und ein Archiv gesichert, das anscheinend sämtliche Berichte über die gewalttätige Lucy Arano umfasste.

Nach dem Todeszeit-Nomogramm des Gerichtsmediziners war Katharina Wagner vor etwa dreieinhalb Wochen ermordet worden, was darauf hindeutete, dass Rossi sie ein oder zwei Tage, bevor sie als vermisst gemeldet wurde, erschossen hatte, also am 22. Juli, vielleicht am 21. Juli. An beiden Tagen, das hatten die Kommissare inzwischen nachgeprüft, war Josef Rossi nicht an seiner Arbeitsstelle erschienen.

Kurz nachdem Funkel ins Auto zurückgekehrt war, um noch einmal einen Anlauf zu unternehmen, mit Florian Nolte ins Gespräch zu kommen, wurde er erneut ans Telefon gerufen. Diesmal war klar, dass er die Vernehmung des Oberkommissars sofort abbrechen musste.

»Wir haben einen Verdächtigen festgenommen«, sagte ein Streifenbeamter ins Telefon. »Wir haben sein Auto auf der Grünwalderstraße gestoppt, er hatte keine Papiere bei sich. Der Wagen ist ein roter Nissan Primera. So einer wird doch gesucht im Zusammenhang mit der Entführung.«

»Bringen Sie den Mann zu uns und das Auto zur Spurensicherung!«, sagte Funkel.

Gemeinsam mit Volker Thon und Paul Weber brauchte er zwei Stunden, bis Vaclav Capek schließlich ein Geständnis ablegte. Er schien überrascht darüber zu sein, dass die Marke und die Farbe des Fahrzeugs der Polizei bekannt waren. Er nannte das Versteck, in dem Natalia Horn gefangen gehalten wurde.

Ein Sondereinsatzkommando stürmte das Haus in Grünwald. Der angrenzende Schuppen war leer. Natalia Horn war verschwunden. Capek behauptete, er wisse nicht, wo man sie hingebracht habe, sein Job sei gewesen, das Auto verschwinden zu lassen. Und schließlich gab er auch den Namen seines Auftraggebers preis: Josef Rossi.

Um neun Minuten nach halb acht stellte Veronika Bautz einen Anruf zu Funkel durch, der gerade eine Lagebesprechung abhielt.

»Aktion D«, sagte der Anrufer. »Heute Nacht stirbt die Frau, wenn der Schwarze und seine Tochter unser Land bis dahin nicht verlassen haben. Steht eindeutig fest, dass der Schwarze in seiner Heimat ist, kommt die Frau frei. Sonst stirbt sie.« Sie spielten den Anruf Vaclav Capek vor.

»Klingt wie Rossi«, sagte er.

»Wo ist er jetzt?«, fragte Funkel.

»Weiß nicht«, sagte Capek. »Er ist Sonderling. Aber gut deutsch.«

»Gut deutsch‹?«, fragte Volker Thon. »Was meinen Sie mit ›gut deutsch‹?«

»Gut deutsch, steht ein für seine Heimat, tut was«, sagte Capek. »So wie ich.«

»Sind Sie Deutscher?«

»Ich bin deutscher Staatsbürger, meine Eltern waren Deutsche, meine ganze Familie war deutsch, immer deutsch.«

»Geboren wurden Sie in Pilsen.«

»Ja«, sagte Capek, »und ich bin deutscher Staatsbürger.«

»Wie viel Geld haben Sie für die Teilnahme an der Entführung bekommen?«, fragte Funkel.

»Zehntausend.«

»Von wem?«

»Rossi.«

»Wer ist der Geldgeber hinter Rossi?«, fragte Thon.

Capek zuckte mit den Achseln.

Das Haus, in dem Natalia gefangen gehalten worden war, gehörte einer Immobilienfirma in Luxemburg, in der telefonisch niemand zu erreichen war. Nachbarn sagten aus, das Haus stehe meist leer, manchmal kämen Männer, würden sich unauffällig verhalten und nach einigen Tagen wieder abreisen.

»Herr Funkel?« Seine Sekretärin hatte die Tür zum Besprechungsraum wieder geöffnet. »Die Lufthansa ist am Telefon, sie haben eine Maschine fertig, die kann jederzeit starten, sagen sie.«

Funkel wandte sich an seine Kollegen: »Wir dürfen nicht zulassen, dass die beiden das Land verlassen. Ich red noch mal mit Arano.«

»Es ist die beste Lösung, solange wir keine Spur zu Rossi haben«, sagte Thon.

»Es ist die schlechteste Lösung«, sagte Funkel. »Wenn wir das zulassen, haben wir versagt.«

»Wir haben keine Spur zu Rossi und der Frau«, wiederholte Thon.

»Ja«, sagte Funkel, »wir haben schon jetzt versagt.«

»Hör auf, Karl!«, sagte Paul Weber. »Der Mann kommt doch zurück, und seine Tochter auch. Wir inszenieren diesen Flug und wenn Natalia Horn frei ist, finden wir Rossi, das ist doch klar.«

»Und wenn er sie trotzdem umbringt?«, fragte Funkel.

Niemand erwiderte etwas. Funkel faltete die Hände und blickte in die Gesichter seiner Kollegen. Schuldlos schuldig, dachte er.

25

Er lächelte, ehe er hinausging, und schloss die Stahltür von außen ab. Nun war es vollkommen dunkel. Natalia saß auf einem Bett, das in einen Plastikbezug gehüllt war. Um sie herum hatte sie verschiedene Möbelstücke gesehen, Stühle, Tische, zwei Schränke, ein Regal und mehrere große Kartons. Der Kellerraum hatte kein Fenster. Wieder war sie an den Fußgelenken gefesselt, diesmal mit Handschellen. Die Augen hatte er ihr nicht verbunden und die Hände konnte sie frei bewegen. Doch wozu? Sie blieb einfach sitzen, so wie er sie hingesetzt hatte, nachdem er sie aus dem Kofferraum gezerrt und durch einen langen Kellergang geführt hatte.

Sie trug ein weißes Männerhemd und eine dunkelblaue Männerhose, die sie vor seinen Augen hatte anziehen müssen. Sie war barfuß. Aber die Kälte des Steinbodens spürte sie nicht. Sie hatte keine Schmerzen mehr. Sie fühlte sich wie betäubt und vielleicht war sie das auch, vielleicht hatte er etwas in den Kaffee getan, den er sie aus einem Plastikbecher trinken ließ. Und dabei sagte er: »In der Hauptstadt der Bewegung gibts den schlechtesten Kaffee.« Sein Grinsen brannte sich in ihre Erinnerung wie ein verfluchtes Feuermal. Das hättest du nicht tun dürfen, dachte sie, und dann legte sie sich hin. Die Plastikplane knirschte und sie rollte sich zusammen und klemmte die gefalteten Hände zwischen die Knie.

So beschloss sie – ohne zu denken: ich beschließe – damit aufzuhören, an die Liebe zu glauben. Es war, als wäre die Dunkelheit, in der diese Männer sie ausgesetzt hatten, wie Pech durch die Poren ihrer Haut gedrungen und hätte die Flügel ihres Herzens verklebt und zerstört, so wie das Öl der havarierten Schiffe die Vögel verenden ließ. Von dieser Stunde an wusste sie – ohne zu sagen: ich weiß –, dass sie nicht mehr schön, nicht mehr begehrenswert, nicht mehr nähefähig war. Sondern nur noch alt und allein.

Sie lag da und lauschte. Etwas raschelte. Sie hob den Kopf. Plötzlich huschte etwas über sie hinweg und sie duckte sich erschrocken.

Eine junge zitternde Katze rieb ihr Köpfchen an Natalias Hemd und schnurrte leise. Behutsam setzte Natalia sich auf und drückte das Tier an sich und streichelte es, sein ausgezehrter Körper war ein einziges erbarmungswürdiges Schlottern.

Jetzt war sie froh, dass ihre Hände nicht gefesselt waren, sie kraulte das Tier und es schmiegte sich an sie und sie glaubte, seine Pupillen in der Dunkelheit funkeln zu sehen. Unter dem weichen Fell spürte Natalia das pochende Herz.

Die Abmachung war: Filmaufnahmen, aber keine Interviews. Niemand würde im Flugzeug mit Nicole Sorek oder einem ihrer beiden Kollegen sprechen. Außerdem musste die Abreise absolut geheim bleiben. Nicole und Dieter Fromm, ihr Chef, akzeptierten die Bedingungen und wie Funkel erleichtert feststellte, hielten sie sich, soweit dies abzusehen war, auch daran. Das Fernsehteam wartete bereits am Franz-Josef-Strauß-Flughafen auf Christoph Arano und seine Begleiter. Anders als bei gewöhnlichen Abschiebungen würden diesmal keine Beamten des Bundesgrenzschutzes mitfliegen, sondern nur zwei Sanitäter und ein Hauptkommissar aus dem Dezernat 11: Tabor Süden.

»Wie gehts dir?«, fragte er am Telefon.

»Besser«, sagte sie. »Meine Träume fangen an, mich wieder zu mögen. Wo bist du?«

»Am Neudeck. Ich fliege nach Lagos.«

»Was?«

»Ich begleite Arano und seine Tochter. Es war ihr Wille. Sie wollen Natalia Horn helfen. Wir konnten sie nicht davon abbringen.«

»Aber du wirst sterben vor Flugangst!«

»Das wär schlecht«, sagte er.

»Wie lange dauert der Flug?«

»Neun Stunden.«

»Das stehst du nie durch.«

»Ich hab mich entschieden.«

»Natürlich«, sagte Sonja Feyerabend, »deine Entscheidungen sind deine Sache.«

»Wenn du gesund wärst, würde ich dich mitnehmen«, sagte Tabor Süden.

»Hast du wirklich keine Angst?«

»Doch.«

»Warum tust dus dann?«

»Wegen Lucy.«

»Das wird niemand in diesem Land beeindrucken«, sagte Sonja.

Um 21.35 Uhr hob die Lufthansa-Maschine mit hundertzwanzig Plätzen vom Franz-Josef-Strauß-Flughafen ab, an Bord zwei Kapitäne, zwei Stewardessen, zwei Sanitäter, drei Passagiere und ein Fernsehteam, das gefilmt hatte, wie Christoph Arano und seine Tochter Lucy einstiegen und sich in der letzten Reihe nebeneinander hinsetzten. Fünf Minuten nach dem Start schickte Nicole Sorek die ersten Live-Bilder an ihren Sender, der sie sofort übertrug. Die Einschaltquote stieg im Verlauf des Flugs auf einen Marktanteil von fünfzig Prozent.

Während der ersten Stunde sprach niemand ein Wort. Dann teilte der Kapitän mit, dass die Münchner Polizei das Auto von Josef Rossi entdeckt hatte, von ihm selber fehlte weiterhin jede Spur.

In diesen Minuten stieg viereinhalbtausend Kilometer Luftlinie von der bayerischen Landeshauptstadt entfernt ein Mann namens Clarence Toby in seinen alten Ford und fuhr zur Geburtstagsparty seines besten Freundes. Diesen Tag sollte er nie mehr vergessen.

26

In der Werbepause klingelte das Telefon von Jens Zischler. Sofort nahm er den Hörer ab.

»Hallo?«

Es war seine Freundin Ellen.

»Ich mach Schluss mit dir«, sagte sie.

Der Vize-Geschäftsführer des Kaufhauses am Stachus, der eine Narbe am Kinn hatte, schwieg.

»Wenn ich das im Fernsehen seh und an dich denk, muss ich kotzen.«

»Hab, hab ... was hab ich denn *damit* zu tun?«, sagte er undeutlich.

»Feigling!«, sagte sie. »Ruf mich bitte nicht mehr an! Ich bin auch ab morgen zwei Wochen verreist und ich ...«

»Wo fährst du denn hin?«

»... ich schick dir deinen Wohnungsschlüssel mit der Post.«

Dann legte sie auf. Verstört behielt Zischler den Hörer in der Hand.

Im Fernsehen priesen zwei Yuppies einen Schokoladenfinger als Praline an.

Zum Glück hatte sie noch eine Flasche Wodka im Kühlschrank. Sonst hätte Helga Ries seinen Anblick nicht ertragen. Als sein Foto zum ersten Mal gezeigt wurde, sprang sie von der Couch hoch. Mit diesem Mann hatte sie geschlafen, dieser Mann hatte sie behandelt wie einen Putzlappen und sie hatte sich von ihm so behandeln lassen. In Badeschlappen, die an ihren nackten Sohlen schmatzende Geräusche machten, rannte sie in die Küche und trank den ersten Schluck aus der Flasche.

Sie hatte immer geahnt, dass mit Josef Rossi etwas nicht stimmte. Aber dass er ein Entführer und mutmaßlicher Mörder war, brachte sie völlig aus der Fassung. Sie fing an Staub zu saugen, erst im Wohnzimmer, dann im Schlafzimmer, dann wieder im Wohnzimmer, obwohl sie das erst am Abend getan hatte. Dann setzte sie sich wieder auf die Couch, goss Wodka in ein Schnapsglas und trank es in einem Zug aus. Je länger sie die Berichte im Fernsehen verfolgte, desto panischer fragte sie sich, wie sie nur auf diesen Kerl hatte hereinfallen können.

Helga Ries wünschte, sie wäre nicht allein und könnte mit jemandem sprechen.

»Ich werde mein Mandat niederlegen«, sagte Dr. Sebastian Fischer zu Sandra, die sich schräg vor ihm auf einem Stuhl fläzte. Seit drei Stunden saßen sie vor dem Fernseher und Sandra hatte mehrmals gesagt: »Ich find das schlimm mit der Entführung, aber das Mädchen ist da unten in Afrika vielleicht wirklich besser aufgehoben, das entspricht vielleicht mehr ihrer Mentalität da unten.«

Der Rechtsanwalt hatte aufgehört zu widersprechen. Er hatte Sandra vor zwei Tagen im Gerichtsgebäude kennen gelernt, sie musste als Zeugin aussagen und fragte ihn nach dem Weg. Sie verabredeten sich zum Mittagessen und gingen anschließend zusammen ins Bett. Er wusste nicht, wie alt sie war – er schätzte sie auf Ende zwanzig –, und er verstand nicht, was er noch mit ihr zu schaffen hatte. Mit ihrer oberflächlichen lauten Art erinnerte sie ihn ständig an sein Versagen als Anwalt, der zuließ, dass eine ganze Nation seine Mandantin mit Häme und Hass überschüttete.

»Warum denn, Wastl?«, fragte sie ihn. Hatte er ihr wirklich erlaubt, ihn Wastl zu nennen? Wann?

»Weil ich versagt habe«, sagte er, verzog das Gesicht und hielt die Hand an die Wange.

»Beim nächsten Mal hast du mehr Glück«, sagte sie, drehte sich zu ihm um und formte ihren Mund zu einem Kuss.

Was sollte er tun? Er beugte sich vor und küsste sie.

»Lass uns ins Bett gehen«, sagte sie, »das dauert doch noch ein paar Stunden, bis die da unten sind.«

Fast hätte Fischer seinen Widerwillen überwunden und bei seinem Tischtennispartner angerufen, um mit ihm drei klare Gedanken auszutauschen, auch wenn sie gewiss nicht einer Meinung wären. Er dachte noch darüber nach, da kniete Sandra schon vor ihm und knöpfte ihm das Hemd auf. Seine Zahnschmerzen wurden immer schlimmer.

Sie lagen nackt im Bett. Der Fernseher lief und Dr. Niklas Ronfeld zappte durch die Programme.

»Mit etwas Abstand betrachtet«, sagte er zu seiner Frau Sibylle, »stellt sich der Fall einfacher dar, als es scheint.« Er blieb beim Magazin »Vor Ort« hängen. Ein Reporter berichtete über die aktuellen Verhältnisse in Nigeria und meinte, dort sei die Gefahr, bei einem Verkehrsunfall ums Leben zu kommen, so groß wie in kaum einem anderen afrikanischen Land. »Arano behält seine unbefristete AE und seinen deutschen Reiseausweis und seine Tochter bekommt eine AE-Versagung.«

»Jetzt also doch«, sagte Sibylle.

»Wenn Natalia Horn unversehrt freikommt«, sagte der Staatsanwalt, »und die Polizei die Entführer verhaftet, und danach siehts im Moment ja aus, dann wäre die Versagung ein Zeichen dafür, dass die Stadt und der Staat sich nicht haben erpressen lassen. Es wäre eine Geste der Liberalität.«

»Aber wenn Arano, wie du sagst, in Nigeria bleibt, welchen

Grund hätte dann seine Tochter, überhaupt noch einmal nach Deutschland zu reisen?«

»Sie hätte zumindest theoretisch die Möglichkeit und juristisch die Erlaubnis dazu«, sagte er und streckte sich aus.

»Glaubst du, Natalia Horn will gern in Afrika wohnen? Brauchen die Schwarzen überhaupt Make-up und diese ganzen Peeling-Geschichten, die bei uns so beliebt sind?«

»Mein Eindruck ist«, sagte Ronfeld, »sie wird ihm auf jeden Fall folgen. Was soll sie noch in München nach allem, was sie durchgemacht hat?«

»Das versteh ich gut«, sagte Sibylle und legte ihr Bein über seins, »und wann hauen *wir* endlich hier ab? Aber nach Karlsruhe will ich nicht! Ich will nach Berlin!«

»Das weiß ich, Mausi. Mit der Arano-Sache sind für mich wieder ein paar Türen aufgegangen. Es kann sein, dass sich da was tut, bald.«

Sie kuschelte sich an ihn. »Da wird dein alter Freund Sebastian wieder mal sauer sein, wenn du einen Schritt nach oben machst und er nicht.«

»Er ist selber schuld«, sagte Ronfeld. »Er zweifelt zu viel, er traut sich nichts. Wenn diese Sache jetzt vorbei ist, müssen wir wieder Tischtennis spielen, so geht das nicht weiter. Wir benehmen uns wie die Kinder. Wir sollten auch mal wieder zu dritt essen gehen, das muntert ihn auf, unsern unbeweibten Grübelfritzen.«

Sie stieß die Flasche weg.

»Meine Schwester ist tot«, sagte Susan Felt, »und du trinkst Champagner.«

»Was soll ich sonst damit machen?«, sagte Alexander Hölzl. »Wir haben ihn für uns gekauft.« Er trank einen Schluck aus dem kelchigen Kristallglas. »Außerdem war sie deine Halb-schwester. Und sie hat deinem Vater eine halbe Million geklaut.«

»Wenn ich die Visage von dem Typ seh, könnt ich ihn abknallen!«

»Und du hast ihn echt nie zu Gesicht gekriegt?«

»Nein«, sagte Susan. »Und ich kann verstehen, warum Katharina ihn nicht vorzeigen wollte. Schau dir doch diese Fresse an!«

In »Vor Ort« wurde zum x-ten Mal das Fahndungsfoto von Josef Rossi eingeblendet.

»Was soll ich bloß auf der Beerdigung anziehen? Ich muss mir ein schwarzes langes Kleid kaufen. Ich ruf gleich morgen früh bei Donna an.«

»Trink was«, sagte Hölzl, »das entspannt.«

»Nein!«, sagte Susan, kaute an den Fingernägeln und sah zum Fernseher, wo jetzt das Foto von einer alten Frau gezeigt wurde, einem der Opfer von Lucy Arano.

»Nun sind sie sie los«, sagte Luisa Kren zu ihrem Mann, »so ist das am einfachsten, einfach abschieben. Sei froh, dass du das nicht mehr erleben musst!«

Aus ihren blauen hellen Augen warf die Einundachtzigjährige ihrem Mann einen erschöpften Blick zu. Das Foto war in Schwarzweiß und der Rahmen glänzte silbern. »Sie hat mir so viel Angst eingejagt, dass ich jetzt Tabletten nehmen muss. Na, das hab ich vorher auch getan, die Chemie verdient sich eine goldene Nase an uns Alten, wir schlucken alles.«

Gebückt stand sie auf und schaltete den kleinen Fernseher aus, der in der engen Küche auf einem Schränkchen stand. »Heut früh war Ronnie da und hat mir seinen neuen tragbaren CD-Spieler gezeigt. Und er hat versprochen, mir wieder ein großes Foto zu bringen, dann kann ich das von Hong-kong wegschmeißen. Er sagt, er hat eins von Rio de Janeiro. Siehst du, so kommt die große Welt ganz von selber in unse-re kleine Hütte. Ich geh jetzt schlafen, vom Zuschauen wird die Welt auch nicht besser. Armes Ding! In Afrika wird sie erst recht klauen müssen, von was sonst soll sie dort leben?« Sie knipste das Licht aus und schlurfte durch die Dunkelheit.

Im Wohnzimmer mit den hohen Bücherregalen und den dunklen Teppichen war es still. Ira Horn trank den letzten Schluck Rotwein und schmatzte.
»Man sollte diese Stadt in die Luft sprengen«, sagte sie.
»Ja, Oma«, sagte Melanie.
»In die Luft sprengen und den Schutt dann im Meer versen-ken. Und dann noch mal sprengen, für den Rest.« Sie griff nach der Weinflasche, aber Melanie kam ihr zuvor.
»Du hast genug getrunken.«
»Beileibe nicht!«, sagte Ira Horn und riss ihrer Enkelin die Flasche aus der Hand. »Ich trinke so lange, bis ich alles vier-fach seh, und dann werd ich immer noch nicht glauben, dass das wirklich wahr ist, was da draußen passiert.«
»Du spinnst«, sagte Melanie.
»Nicht genug«, sagte Ira Horn, »leider nicht genug.« Sie goss das Glas bis zum Rand voll und bevor sie es richtig bemerkte, liefen ihr Tränen über die Wangen.

In den Räumen der Vermisstenstelle herrschte für eine hal-be Stunde Behutsamkeit. Die Kommissare sprachen, wenn überhaupt, leise miteinander und vermieden jede Aufre-gung. Man trank Tee, aß Kuchen und belegte Brote, warf ab und zu einen Blick auf den Computer und war froh, dass das Telefon nur selten klingelte. In einem kleinen Nebenzimmer,

in dem es nur einen Tisch und zwei Stühle gab, telefonierte
Volker Thon mit seiner Frau Vera.

»Schlafen die Kinder?«

»Sie tun so. Bleibst du die ganze Nacht?«

»Ja.«

»Du klingst bedrückt, Schatz.«

»Ich bins.«

»Kann ich was für dich tun?«

»Nein. Komisch, heut hab ich ein paar Mal gedacht, ob du
nicht doch wieder als Möbeldesignerin arbeiten solltest.«

»Aber wieso denn? Und wer kümmert sich dann um die Kinder, du Überstundenfetischist?«

»Findest du, ich kümmere mich zu wenig um euch, um dich
und die beiden Lütten?«

»Manchmal. Was ist denn los?«

»Vielleicht haben wir einen großen Fehler gemacht.«

»Ihr findet die Frau, ihr seid doch schon so nahe dran.«

»Zum ersten Mal zweifle ich an allem, Vera«, sagte Thon,
»auch an meinen Fähigkeiten als Leiter einer Abteilung.« Er
rieb an seinem Halstuch und roch an seinen Fingern. Erst
jetzt wurde ihm bewusst, dass er im Dunkeln stand und
durch die angelehnte Tür nur ein schmaler Lichtstreifen
hereinfiel.

Ein paar Türen weiter telefonierte Paul Weber an seinem
Schreibtisch mit seiner Freundin Evelin.

»Hab ich dir erzählt, dass meine Frau mich geheiratet hat,
weil ihr meine Uniform damals so gut gefallen hat?«, fragte
er.

»Nein«, sagte Evelin, obwohl er es ihr schon erzählt hatte.

»Sie hat mich auf der Straße gesehen und angesprochen, wegen einer Absperrung. Ich war damals noch bei der Streife.
Sie sagte, die Uniform würde mir ausgezeichnet stehen. Ich

sagte ihr, dass ich bald zur Kripo wechseln und dann keine Uniform mehr tragen würde. ›Schade‹, hat sie gesagt und dann haben wir uns verabredet. Sie war enttäuscht, weil ich nicht in Uniform gekommen bin, stell dir das vor! Später hat sie immer wieder davon angefangen, wie toll ich ausgesehen habe, aber dass die Uniform mir jetzt natürlich nicht mehr stehen würde wegen meines Bierdepots da vorn ...«

Er schwieg.

»Ich mag das, wenn du von ihr sprichst«, sagte Evelin.

»Ich will dich nicht kränken«, sagte er.

»Komm bald nach Hause!«, sagte sie. Sie war vorübergehend bei ihm eingezogen.

»Ich bin so müde«, sagte er. »Heute ist wieder so eine Nacht, in der ich zu müde bin, um den lieben Gott zu hassen.«

»Du sollst das nicht sagen!«

»Du hast Recht. Er hat überhaupt nichts damit zu tun. Wir sind für alles selbst verantwortlich.« Ohne genau zu begreifen, was er tat, zog er eines seiner großen karierten Taschentücher aus der Hose und breitete es auf seinem Kopf aus, als würde eine sengende Sonne auf ihn herniederscheinen.

»Was machst du?«, fragte Evelin, weil es am Telefon auf einmal still war.

»Ich versteck mich«, sagte Weber, »aber es nützt nichts.« Er nahm sich vor, am nächsten Wochenende seine Mutter am Schliersee zu besuchen und mit ihr in die Kirche zu gehen. Einen ähnlichen Gedanken hatte Karl Funkel, der allein in seinem Büro saß. Er dachte daran, am Sonntagnachmittag in der Josefskirche Zwiesprache zu halten, so lange, bis eine Antwort ihn befriedigte.

Unvermittelt griff er zum Telefon.

»Ich bins«, sagte er.

»Hm?« Eine verschlafene Stimme meldete sich.

»Karl«, sagte er.

»Du?«, sagte Sonja Feyerabend. »Ist was passiert?«

»Nein, ich wollte ... Ich wollte nur hören, wies dir geht.«

»Besser«, brummte sie. »Ist Tabor geflogen?«

»Ja. Er wollte es unbedingt. Wieso hat er jahrelang erzählt, er hat Flugangst?«

»Hat er ja auch.«

»Ich versteh ihn nicht.«

»Das tut niemand«, sagte Sonja. »Was machen die Ermittlungen?«

»Wir warten. Wann kommst du wieder?«

»Bald«, sagte sie.

»Dich hats schwer erwischt. Jetzt bist du die Einzige von uns, die man nicht zur Rechenschaft ziehen kann, weil du nicht dabei warst.«

»Was redest du denn?«

»Schlaf weiter, gute Besserung!« Er legte auf. Er kratzte sich an der Oberkante seiner Augenklappe und sah auf die Uhr. Es kam ihm vor, als würde die Zeit ihn verspotten. Erst zehn Minuten waren vergangen, seit er das letzte Mal hingesehen hatte. Ungeduldig wartete er darauf, dass das Telefon wieder klingelte.

27

Sie trug die weißen Jeans und den blauen Kaschmirpullover, den sie von ihrem Vater zum vierzehnten Geburtstag geschenkt bekommen hatte, und Arano freute sich darüber. Die Bomberjacke lag neben ihr. Er hielt ihre Hand. Sie hatte den Sitz nach hinten geklappt und die Beine ausgestreckt. Sie sprachen kein Wort. Tabor Süden saß eine Reihe vor ihnen und hatte den Kopf zur Seite gelehnt und die Augen geschlossen. Er schlief nicht, er taumelte durch Gedanken.

Den beiden jungen Sanitätern und den beiden Stewardessen war die Ruhe unheimlich. Wenn sie sich unterhielten, flüsterten sie. Aus dem Cockpit kamen keine weiteren Neuigkeiten über die Fahndung der Polizei.

Nicole Sorek und ihre zwei Kollegen dösten vor sich hin. Im Augenblick gab es für sie nichts zu vermelden. Lars und Pit grinsten sich gelegentlich an, aber Nicole verzog keine Miene. Sie hatte einen karierten Schreibblock auf dem Schoß, auf dem sie sich alle paar Minuten Notizen machte.

Plötzlich setzte Lucy sich auf und beugte sich vor.

»Warum hast du mir im Knast nicht ins Gesicht geschrien«, sagte sie zu Süden, »sondern an die Wand?«

Einige Sekunden glaubte sie, er schlief. Doch dann öffnete er die Augen ohne sie anzusehen.

»Ich wollte dich nicht verletzen«, sagte er.

»Aha.« Sie nickte, zog sanft ihre Hand aus der ihres Vaters und kratzte sich in den Haaren, die bunten Steine an ihren langen Zöpfen klackten. »Hier!« Sie griff in die Tasche und zog zwei Geldscheine heraus. »Deine Kohle.«

Jetzt wandte Süden ihr den Kopf zu. Sie hielt ihm die ausgestreckte Hand mit zwei Hundertmarkscheinen hin.

»Nimms endlich, Mann!«

»Wo hast du das her?«, fragte er.

»Hart verdient, was sonst?« Sie nahm die Hand nicht weg.

»Hast du deine Zellengenossin beklaut?«

»Geht dich das was an? Los, stecks ein!«

Er nahm die Scheine.

»Okay«, sagte sie, »und jetzt lass mich in Ruhe!« Sie fasste wieder nach der Hand ihres Vaters und streckte die Beine aus.

Mit dem Zeigefinger strich Arano über ihren Handrücken. Abrupt sah Lucy ihn an.

28

»Früher waren wir ein reiner Servicebetrieb«, erzählte Arano leise seiner Tochter. Sie lagen nebeneinander in eine Wolldecke gehüllt, die Sitze nach hinten geklappt, mit ausgestreckten Beinen, als befänden sie sich, von blauem Meer umschaukelt, an Deck eines Dampfers, und nicht an Bord eines Flugzeugs, unter einem finsteren gleichgültigen Himmel. »Wir haben tropfende Wasserhähne repariert, lecke Leitungen, wir waren dauernd unterwegs, Xaver und ich. Bevor wir uns zusammengetan haben, war ich allein, ich hatte nicht mal einen Anrufbeantworter, nur ein Telefon, ich saß im Zimmer und wartete auf einen Auftrag. Einen Bus hatte ich natürlich, einen gebrauchten VW-Bus, den hab ich mir selber eingerichtet, mit einer Drehbank, Werkzeug, Maschinen, was du alles brauchst. Weißt du, was der gekostet hat? Vierhundert Mark! Das war ein Glückskauf. Neu hätte der damals siebzehntausend gekostet, lächerlich. So hab ich angefangen nach meiner Meisterprüfung. Ich wollt nie was anderes machen. Und ich wollt nicht Schiffbruch erleiden, ich wollt, dass meine Idee vom eigenen Geschäft funktioniert, ich wollt nicht Pleite gehen und mich blamieren. Das Wichtigste ist Zuverlässigkeit, das hab ich als Erstes gelernt, Zuverlässigkeit und Freundlichkeit, und du musst bereit sein, vierundzwanzig Stunden am Tag zur Verfügung zu stehen. Wenn nachts einer anruft, weil sein Klo verstopft ist, musst du hin, denn später will er sich vielleicht ein neues Bad einrichten lassen, dann kommt er auf dich zurück. Xaver und ich haben einige Bäderumbauten gemacht, er hatte einen guten Draht zu Hausverwaltungen, sehr wichtig, die brauchen immer jemanden für Gebäudeinstandhaltungen. Er hat mich beschissen, das hab ich gemerkt, aber ich wollt ihn nicht verlieren, dann hätt ich auch viele Kunden verloren. Aber er ist nicht der Typ, der sich selbständig macht, er braucht einen wie mich, der anschafft, der die Initiative hat, den Optimismus. Ich war eigentlich immer optimistisch, auch wenn es keinen Grund dazu gab. Oft zahlen die Leute nicht, weißt du, sie zahlen einfach nicht, du schickst Mahnungen, aber sie zahlen nicht. Oder ein Bauträger geht Pleite und du hast umsonst gearbeitet. Das Schlimmste heute ist, dass die Leute immer diskutieren wollen, reklamieren ist ganz hoch im Kurs, und hinterher sagen sie, sie haben sich alles ganz anders vorgestellt. Du musst immer ruhig bleiben, du darfst dich von den Kunden nicht verrückt machen lassen, die wollen dir immer Hektik aufladen, das darfst du nicht zulassen, das sind genau die Kunden, die dann schlecht zahlen, das ist fast ein Prinzip. Deshalb hab ich immer darauf geachtet, alles vorher schriftlich festzulegen, nur so bist du abgesichert. Das Geld wird nicht auf den Knien verdient, sondern auf dem Papier, das hab ich hart gelernt. Xaver hat das nie verstanden, wozu auch, er kassiert schwarz ab und wurstelt sich so durch. Ich wollt mich nie durchwursteln, ich wollt was erreichen. Und wenn du so einen kleinen Betrieb hast, musst du lernen, das Land hinter dir zu betrachten, das, was du geschafft hast, und nicht immer nach neuen Ufern Ausschau halten, das ist gefährlich. Deine Mama hab ich kennen gelernt, weil ihre Waschmaschine die Küche überschwemmt hat ...«

»Papa?«, sagte Lucy, das Gesicht halb unter der Decke.

»Ja?«

»Sei jetzt still, Papa!«

Er nickte. Er hatte nur die Angst wegreden wollen, er hatte nur die Hütten nicht sehen wollen, die brannten, und die Männer seines Stammes, die blutend im Lehm lagen, und überall Kinder mit aufgeblähten Bäuchen, schreiende Kinder, und überall Frauen mit Babys, sie rannten, sie rannten ins Feuer der Gewehre. Er hatte nur vom Glück erzählen wollen wie in einem Märchen, und es war wie im Märchen, als der Priester ihn damals an der Hand nahm, ausgerechnet ihn, und in den Jeep setzte und dann in den Hubschrauber. Und sie flogen über ein loderndes Land, dessen Freiheit in einer Million hungriger Münder endete, die nicht erlöst wurden. Er war erlöst worden und wusste nicht, warum. Und nun kehrte er zurück. Der Name des Landes, aus dem er stammte, existierte nicht mehr, und er brachte sein Kind mit und wusste nicht, ob er es ernähren konnte in dieser unbekannten Welt. Und er wollte seine Verlobte nachholen, damit der Schrecken in der Ferne vielleicht langsam von ihr abfiel. Aber er würde sie in ein Land holen, dessen Sprache er nur schlecht beherrschte, und wo sein Stamm ihn nicht wiedererkennen würde. Er war ein Fremder, der aus einer fremden Stadt kam, die er lange Zeit für einen Herzensort gehalten hatte. Jetzt war ihm klar geworden, dass aus einem Flüchtlingskind immer ein Flüchtlingserwachsener wurde, ohne einen Ort für seine Seele, unentwegt die Tür im Blick und ein geschlossenes Fenster im Rücken.

»Liest du mir dein Gedicht noch mal vor?«, sagte er leise.

Sie antwortete nicht. Nach einer Weile rutschte sie hin und her, fummelte in ihrer Hosentasche und holte ein zerknülltes Blatt Papier hervor. Sie wog es in der Hand, dann kippte sie diese zur Seite und das Knäuel landete in Aranos Schoß.

»Schenk ich dir«, sagte Lucy und zog die Decke wieder über den Mund.

Arano faltete das Blatt auseinander, strich es glatt und hielt es sich im matten Licht der Leselampe vor die Augen. ... *erlosch aus Scham das dürre Licht / und der Schmetterling flog schnell davon. / Denn sterben will er nicht.* Er küsste die Worte, faltete das Blatt zusammen und steckte es in die Brusttasche seines weißen Hemdes.

In den vorderen Teil des Flugzeugs kam Bewegung. Nicole Sorek stand auf und rüttelte ihre schlafenden Kollegen wach. »Wir machen ein paar Schüsse«, sagte sie. »Es fängt schon an zu dämmern.«

Als die Bilder in Deutschland zu sehen waren, stieg Josef Rossi aus seinem gestohlenen Auto, in dem er auf einem winzigen Bildschirm die Ereignisse verfolgte, und machte sich auf den Weg in den Keller, um Natalia zu holen. Der Strick, den er für sie brauchte, lag griffbereit auf dem Beifahrersitz.

29

Als er die Stahltür aufschob, sprang die Katze aus Natalias Armen, huschte an Rossis Beinen vorbei hinaus in den Flur und entkam in die Dunkelheit.

Natalia hatte ihr gerade von Lissi erzählt und auch ohne dass ein Wort über ihre Lippen kam, war sie sicher, die Katze hatte sie verstanden, denn sie drückte ihre Schnauze fest gegen Natalias Hals. Wenn Netty über der Erde schwebte, war Lissi immer bei ihr und sie war die Einzige, die Netty sehen konnte.

Rossi, der eine braune Hose und ein schwarzes Hemd trug, dieselben Sachen wie bei seinem Besuch in ihrem Studio, löste die Handschellen an ihren Fußgelenken, streifte ihr dünne weiße Stoffschuhe über und packte ihre Hand.

»Im Namen der gelähmten Regierung«, sagte er und führte sie durch den kalten Kellergang, »zum Wohl der Stadt und des Landes, im Auftrag von allen, die das Gekrieche und die Sanftmut satt haben, wider die Lügen von früher und aus Stolz auf unser Volk haben wir Sie entführt, damit der gesunde Menschenverstand zurückkehrt in unser Land, verstehen Sie das, Ordnung, Zucht und Gemeinwohl, auf diesen Säulen ruht unsere Zukunft. Wir sind stolz auf Sie und alle sollen Sie sehen.«

Die dünnen weißen Schuhe scheuerten über den Steinboden, es machte ihr Mühe, die Beine zu heben, sie hätte lieber Stille um sich gehabt.

An diesen Mann würde sie kein Wort mehr verlieren. Sie würde ihm auch nicht die Geschichte von Lissi erzählen, die aus dem Fenster gesprungen war, weil sie beweisen wollte, dass sie fliegen konnte. Die achtjährige Netty sagte: ›Du spinnst‹, aber Lissi sagte: ›Du bist bloß feige‹, und stieg aufs

Fensterbrett, lächelte ihr zu und sprang. Und vier Stockwerke tiefer auf dem Asphalt lächelte sie immer noch. Nach der Beerdigung schwebte Netty zum ersten Mal über die Erde, und da rief auf einmal jemand ihren Namen, es war Lissi, die mit einem Fallschirm aus Wolken über die Dächer flog. Sie sah aus wie immer und Netty winkte ihr zu, und sie winkten einander, unerreichbar nah.

»Ich stelle mich«, sagte Rossi.

Sie fuhren durch die Morgenstadt, die Straßenlampen brannten und der Himmel schimmerte in fahlem Blau. Um den Hals hatte Natalia einen Strick, dessen Schlinge fest zugezogen war und dessen Ende Rossi an der Lenksäule verknotet hatte. Wenn er wollte, konnte er ihren Kopf wie den eines Tieres zu sich herziehen. Aber seine Hände lagen ruhig auf dem Lenkrad. Ab und zu ließ er es los und schnäuzte sich hastig.

»Ich stelle mich«, sagte er noch einmal. »Niemand darf weglaufen, Feiglinge gibts schon genug, ich stehe ein für das, was ich getan habe. Wir sind die Stimme, die Wut und die Macht unseres Volkes. Sie haben das am eigenen Leib erfahren und andere werden nach Ihnen kommen. Sie sind eine kraftvolle, selbständige Frau, Frau Horn, Sie wissen, was sich gehört, beeindruckend, wie Sie Ihren Weg gegangen sind, gehen Sie ihn weiter, Sie brauchen dazu keine Menschen, die nicht zu Ihnen passen, die nicht zu uns passen. Wir sind bald da.«

Er beugte sich vor, bremste an einer Kreuzung ab, ließ einen Müllwagen vorbeifahren und bog in eine breite Straße ein.

»Sie und ich, wir wissen, was handeln heißt«, sagte Rossi und bewegte eigenartig die Lippen. Vielleicht, dachte Natalia, will er lächeln. Aber die Gebieterin über das Lächeln der Welt hat ihrer armen Dienerin, die Rossi zugeteilt ist, für alle Zeit verboten sich zu zeigen; sie durfte nur die Lippen und ein paar schlaffe Muskeln hin und her schieben. Lissi hätte bestimmt gewusst, warum diese Dienerin so hart bestraft worden war, dass sie bei diesem Mann bleiben musste, lebenslänglich.

Vor sich, einen halben Kilometer entfernt, sah Natalia das Siegestor, verschwommen im Morgendunst, dann, je näher Rossi auf der breiten Ludwigstraße heranfuhr, in den Nordhimmel ragend wie der Eingang eines Tempels. Der Rücken einer massigen Figur und die breiten Hinterteile zweier Löwen waren oben hinter dem Gesims zu erkennen. Insgesamt waren es vier Löwen, die in zwanzig Meter Höhe einen eisernen Wagen zogen. Die Schutzherrin des Landes, eine Matrone aus Bronze, fünf Meter hoch, thronte auf dem Gefährt, einen Stab kampfbereit in der Hand.

Bis hinauf zur Plattform, auf der der Wagen aufbruchbereit in Richtung Norden stand, reichte ein Baugerüst, das die drei Bogen des Tores verdeckte. Zwei riesige Werbeplakate zeigten das neueste Modell einer bayerischen Autofirma mit dem Slogan: DIE ZUKUNFT DES JAHRHUNDERTS IST JETZT.

In einer Nebenstraße hielt Rossi an, löste das Seil von der Lenksäule, öffnete die Fahrertür und zwang Natalia, auf seiner Seite aus dem Auto zu klettern, den Kopf in der Schlinge.

»Jetzt steigen wir hoch hinauf«, sagte er und atmete tief ein. »Das ist ein erhabener Augenblick für uns beide.«

Eine kleine Eisentreppe führte zur ersten Ebene des Gerüsts.

Natalia musste vorausgehen, Rossi blieb dicht hinter ihr und hielt das Seil fest. Einige Autos fuhren vorüber. An die Fassaden der klassizistischen Bauten links und rechts der schnurgeraden Straße schmiegte sich das frühe Licht, die Glocken der Ludwigskirche schlugen viermal kurz und fünfmal lang.

Als Natalia die Glocken hörte, dachte sie daran, wie sie als Kind vor dem Altar dieser Kirche gestanden und das Fresko mit dem Jüngsten Gericht betrachtet hatte. Sie fürchtete damals, Gott würde ihr die Sünden nicht rechtzeitig erlassen. Jetzt, da sie nicht mehr an Sünden glaubte, kniete sie trotzdem manchmal vor dem Altar nieder und dankte Gott oder wem auch immer für die Freude und die Furchtlosigkeit, mit der sie so oft am Morgen erwachte, denn sie brauchte nur die Hand auszustrecken, um ihre schwarze Liebe zu berühren.

Mit einer leichten Drehung des Kopfes warf sie einen Blick auf Rossi, der zwei Stufen hinter ihr war und auf jeden seiner Schritte achtete. Dass er es war, der, wie er ihr stolz erzählte, Chris gezwungen hatte wegzugehen, war ihr egal. Es hätte jeder andere sein können, jeder, der seine eigene Haut verabscheute. Nur einer, davon war Natalia überzeugt, der jedes Mal, wenn er sich selbst berührte, vor Ekel zitterte, konnte eine Haut hassen, die ihm noch viel fremder vorkam als seine eigene, und jeden beneiden, der stolz auf seine Haut war und sie würdevoll behandelte. Auf dem kleinen Bildschirm im Auto hatte sie Chris im Flugzeug sitzen sehen. Mon amour, jetzt ist es Morgen und ich strecke vergeblich meine Hand aus. Wie dumm sie alle sind, ich hätte dich freiwillig begleitet und wenn sie Lucy verurteilt und abgeschoben hätten, wären wir zu dritt gereist, zu dritt als eine Familie. Ich kann dich sehen, du bist winzig auf diesem Gerät und Lucy ist noch winziger, aber ich kann euch beide sehen, ich würde euch so gern winken.

Sie hatten die Scheitelhöhe der Bogen fast erreicht. Über ihnen verlief eine schwarze Schrift quer über den weißgelben Sandstein: DEM SIEG GEWEIHT, IM KRIEG ZERSTÖRT, ZUM FRIEDEN MAHNEND.

»Schneller!«, keuchte Rossi.

Weißer Rauch hing über dem Hafengelände, mehrspurige Ringstraßen umschlossen ein gigantisches Areal aus Wellblechhütten, Hochhäusern, Fabrikgebäuden, Hafenanlagen. Auf dem braunen breiten Fluss zogen schwer beladene Frachtkähne dahin, so langsam, als würden sie stehen, und Lucy drückte ihre Nase an das Bordfenster. Doch lange durfte sie nicht hinunterschauen. Arano nahm ihre Hand, damit sie sich neben ihn auf den Boden kniete.

»Gott, unser Herr«, betete Arano, »Du bist unser Schutz und unsere Stimme, wenn Du sprichst, hören wir Dir zu und befolgen Deine Worte ...«

Tabor Süden war sitzen geblieben, vornüber gebeugt, die Arme auf den Oberschenkeln. Seine Hände hingen schlaff herab. Der Kameramann Lars filmte Vater und Tochter und Nicole Sorek machte sich Notizen. Die beiden Stewardessen standen in einiger Entfernung, verständigten sich mit Blicken und waren offensichtlich froh, endlich am Ziel zu sein. Weder Arano noch seine Tochter hatten während der neun Flugstunden ein Wort mit ihnen gewechselt. Auch der Polizist hatte auf die Frage, ob er etwas zu essen möchte, nur den Kopf geschüttelt.

»... Gib unserer Freundin, meiner zukünftigen Frau Natalia die Kraft durchzuhalten. Wir alle hoffen, dass sie in den nächsten Stunden freikommt, und ich bitte Dich, ihr beizustehen. Segne sie! Und ich bitte Dich, segne meine Tochter Lucy, deren Seele voller Schmerz ist, den ich ihr nicht nehmen kann. Ich bitte für sie, gib Du ihr Zuversicht und den Glauben an sich selbst, ohne den niemand von uns überleben kann. Als ich getauft wurde, war ich zwei Jahre alt, und seit mich Dein Diener auf seinem Rücken aus dem Haus getragen und zum Hubschrauber geschleppt hat, der mich in die Freiheit brachte, bete ich zu Dir. Ich dankte Dir aus der

Tiefe meines Herzens, aber ich fühlte Schuld, weil meine Eltern und meine Geschwister sterben mussten. So wie meine Frau Linda. Sie starb und seitdem sind wir, meine Tochter und ich, nicht mehr dieselben, wir sind wie wandelnde Wunden, die nicht heilen. Jetzt sind wir also hier und ich bete zu Dir, steh uns bei und öffne uns die Augen für das Richtige. Halte Deine gnädigen Hände über meine Tochter Lucy, die viele Menschen für ein kriminelles Wesen halten. Aber das ist sie nicht. Sie ist ein liebevolles, ängstliches, hilfloses Kind. Sie braucht Deine Güte und Deinen Rat, lass sie nicht allein, Du kennst ihr Herz, es ist voller Licht.«

Er machte eine Pause, dann wandte er sich an Lucy.

»Möchtest du ein kurzes Gebet sprechen?«

Sie verschränkte die Arme vor dem Oberkörper.

»Nein«, sagte sie.

Arano bekreuzigte sich.

Eine der Stewardessen räusperte sich. »Bitte setzen Sie sich und schnallen Sie sich an! Wir landen in zehn Minuten auf dem Murtala Muhammed Airport.«

Jetzt sah Lucy draußen ein hohes weißes Gebäude, das alle anderen überragte und auf dessen Turm ein Leuchtfeuer loderte.

Eigenartig war, dass ein Teil der gigantischen Stadt im Dunkeln lag.

Auf die ebene Plattform des rechteckigen Tors fiel das Licht des noch sonnenlosen Himmels. Natalia öffnete weit den Mund, damit der Wind sie ganz erfüllte und leicht machte. Den kalten Schweiß, der ihr am Körper hinunterlief, spürte sie nicht, auch nicht, dass sie beim Aufstieg über die ruppigen, harten Eisenleitern ihre Schuhe verloren hatte, so dass ihre nackten Füße jetzt aufgeschürft waren und bluteten. Sie hatte vergessen, wie sie hier heraufgelangt war zu diesen Löwen und der Patronin mit dem Stab, sie roch die Luft und wiegte sich im Wind. Und als Rossi sie auf die Eisenplatte führte, auf der sich die Quadriga befand, ließ sie sich widerstandslos im Kreis drehen. Und in der Ferne, am Ende der ineinander fließenden prunkvollen Häuserreihe, sah sie im Morgendunst die Türme von St. Peter und St. Kajetan. Und als sie nach unten blickte, zwanzig Meter in die Tiefe, hatte Rossi das Seil schon um den erhobenen Arm der Matrone geworfen und es verknotet, Natalia spürte nur einen leichten Druck am Hals.

Aber die Autos dort unten verwunderten sie ein wenig. Warum hatten sie angehalten? Was war denn Besonderes geschehen? Männer stiegen aus und schauten zu ihr hinauf. Wozu? Bin ich wichtig? Einer telefonierte sogar mit seinem Handy, er trug ein rotes Käppi und eine Lederhose, das sah spaßig aus so früh am Morgen. Und noch mehr Autos blieben stehen und noch mehr Leute stiegen aus und versammelten sich auf dem Platz vor den drei Torbogen. Hier oben war ich noch nie, sagte sie zu ihren Händen, die sie jetzt hochhielt und betrachtete. Sie waren weiß, weiße Marmorhaut, und wenn ich länger hier oben bleib, werden sie braun von den Abgasen und ich muss renoviert werden. An ihren Waden spürte sie ein Kribbeln, das sich langsam über ihre Knie ausdehnte, sie bewegte den Kopf und die Schlinge scheuerte an ihrem Hals, ein knirschendes Geräusch. Sie hörte sekundenlang hin und hörte auch ein Knacksen, Knochen rieben aneinander. Ich bin schon verrostet, kein Wunder, so lange, wie ich rumgelegen hab. Jetzt hörte sie, weit entfernt, eine Sirene, eine zweite Sirene, ein Streifenwagen raste auf der Ludwigstraße heran. Sie sah ihn kommen und sie sah auch zwei Feuerwehrautos vor der Feldherrnhalle auftauchen und aufs Siegestor zufahren. Doch nicht wegen mir! Das ist den Aufwand nicht wert, ich ...

»Sie sind eine kraftvolle, mutige Frau«, sagte plötzlich jemand neben ihr. »Ich werde vor Gericht nur das Beste von Ihnen berichten.« Sie reagierte nicht. Sie kannte den Mann, ja, das war der mit den roten Pusteln um die Nase, der mit der unreinen Haut, der mit der milchigen Stimme. Endlich hatte sie einen Ausdruck dafür, wie er sprach: milchig. Sie hasste Milch, hatte sie schon als Kind gehasst, frische Kuhmilch war das ekelhafteste Getränk, das es gab.

»Bitte sehen Sie mich an!«, sagte er.

Sie kommen zum falschen Zeitpunkt, sagte sie nicht zu ihm, ich tue nämlich niemandem mehr einen Gefallen, meine Gefallenszeit ist vorbei.

»Sie dürfen noch etwas sagen«, sagte er.

Sie sah, wie Feuerwehrmänner aus den Fahrzeugen sprangen, wie Polizisten auf der Straße die Arme ausbreiteten und die Autos anhielten, wie einige Leute fotografierten, wie zwei Notarztwagen kamen, wie eine Frau zu weinen begann. Wegen mir, wegen mir?

»Sie haben unserem Volk einen Dienst erwiesen, Frau Horn«, sagte der Mann neben ihr. Seine rechte Hand berührte beinah ihre linke. Er roch nach Aftershave, Shampoo und Bier, kaum merklich, aber, fand sie, für die Morgenluft beleidigend genug. »Sie werden richtig handeln von jetzt an, da bin ich sicher, und Sie werden von den richtigen Menschen geachtet werden. Ich lasse Sie jetzt allein, genießen Sie, was Sie erreicht haben. Jeder soll Sie ansehen und sagen: eine vorbildhafte Frau! Sie sind ab heute das Wahrzeichen dieser Stadt, deswegen sind Sie hier am richtigen Platz. Deutschland sieht Sie an, Frau Horn!«

»Haben Sie keine Angst! Wir holen Sie!«, rief drunten eine Stimme.

»Seien Sie stolz auf sich!«, sagte Josef Rossi.

Jetzt wandte sie ihm den Kopf zu. Von unten hörte sie ein Raunen. Rossi sah sie an, sein Mund zuckte, aus seiner Nase tropfte Rotz.

Langsam hob Natalia den rechten Arm und streckte die Finger aus, ein starres, sekundenlanges Winken, wie ein sphärisches Zeichen. Dann legte sie die Hand auf ihre Wange, rieb diese sanft und neigte den Kopf, als wäre es die Hand eines anderen und sie ruhte auf ihr aus.

Mit der Linken griff sie nach Rossis Hand.

»Sie tun mir weh«, sagte er. »Lassen Sie mich los!«

»Ja«, sagte sie und sprang.

Sie sprang über die Kante der Eisenplatte hinaus und strangulierte sich in dem Augenblick, in dem sie Rossis Hand losließ. Er stürzte in die Tiefe. Unter den Blicken der Sanitäter starb er.

Vor der letzten Planke des Gerüsts baumelte Natalias Leiche, drehte sich ein wenig im Wind und ihre Beine schlugen gegen den Slogan: DIE ZUKUNFT DES JAHRHUNDERTS IST JETZT.

30

Militärpolizisten fuhren sie in einem Jeep vom Flughafen zwanzig Kilometer in die Innenstadt. Dort sollten sie im Polizeipräsidium auf Nachrichten aus Deutschland warten und in der Zwischenzeit die Formulare für ihren vorläufigen Aufenthalt in Lagos ausfüllen. Der deutsche Botschafter würde ihnen mit einem Dolmetscher dabei helfen. Möglicherweise könnten Arano und seine Tochter die ersten Wochen in der Deutschen Botschaft auf Victoria Island verbringen.

Mehrmals sah der Offizier mit den vielen Rangabzeichen Lucy ins Gesicht, als erwarte er Zustimmung von ihr. Aber sie sagte kein Wort. Im Jeep, dessen Verdeck geschlossen war, roch es nach Zigarettenrauch und nassem Gummi und Lucy hielt sich beide Hände vor die Nase. Durch die beschlagene Scheibe, die sie mit dem Ellbogen freiwischte, sah sie hinter kahlen Feldern vielstöckige Wohnblocks, dann glasverspiegelte Hochhäuser, Hotels, Bürogebäude, Banken und dazwischen gedrungene Hütten, wacklige Schuppen, vor denen schwarze Frauen bunte Kleider und Haushaltswaren zum Verkauf anboten. Und überall Autos und überall Menschen, schon früh am Morgen. Lucy staunte über diesen Fluss aus Leibern und Karosserien, alles schien sich durcheinander zu bewegen, zuerst aufeinander zu, dann, nach einer kurzen unbegreiflichen Vermengung, wieder voneinander weg, in einem gleichmäßigen lärmenden Rhythmus. An alten schiefen Fassaden hingen überdimensionale Werbeplakate, jedenfalls kamen sie Lucy so vor, da sie auf die Entfernung McDonald's, Coca Cola und IBM lesen konnte. Vor einem achteckigen Gebäude mit zwei Reihen von Balkonen, die um das Haus herumführten, klebte auf einer breiten

weißen Tafel ein Plakat, von dem sich Lucy nur der Schrift-
zug einprägte, als sie mit dem Jeep daran vorbeirasten: THE
FUTURE OF THE CENTURY IS NOW.

An einer Kreuzung nahe der Kathedrale mussten sie anhal-
ten. Eine Gruppe von ungefähr hundert schwarz gekleideten
Menschen, in deren Mitte ein Sarg getragen wurde, überquerte langsam die Straße. Lucy wischte mit dem Ellbogen
über die Scheibe. Ein Junge in einem schwarzen Anzug
wandte ihr den Kopf zu, und sein müder, verwundeter Blick
erschreckte Lucy so sehr, dass ihr Herz schneller schlug. Er
drehte den Kopf, so weit er konnte, nach hinten, bis er sie aus
den Augen verlor. Und als er verschwunden war, schaute sie
auf einen runden Platz voller weißer Skulpturen in der Form
nach oben geöffneter Hände.

»Come!«, sagte der Offizier mit den vielen Rangabzeichen
und stieg aus. Der Jeep hatte in einer schmalen Straße, auf
der ununterbrochen Autos und Motorräder fuhren, vor einem vierstöckigen Gebäude mit winzigen Fenstern angehalten. Unbeeindruckt vom Verkehr bot ein junger Schwarzer
in einem langen, grün gestreiften Gewand Schallplatten und
CDs zum Kauf an, die er in einem Weidenkorb auf dem Rücken mit sich trug. Die Einzigen, die ihn wütend anhupten,
waren die Fahrer in den gelben Taxis.

Vor der Tür des Gebäudes standen zwei Soldaten mit Ma-
schinenpistolen. Lucy sah kurz hin und wartete darauf, dass
ihr Vater endlich ausstieg. Vor ihm kletterte Tabor Süden aus
dem Jeep, ungekämmt, unrasiert, mit schwarzen Ringen unter den Augen, und Lucy fiel wieder die Narbe an seinem
Hals auf. Als ihr Vater einen Fuß aus dem Wagen setzte,
richtete Lars sofort seine Kamera auf ihn.

Nicole Sorek und ihre Kollegen waren inzwischen in einem
zweiten Jeep eingetroffen. Grimmig tippte die Chefreporte-

rin eine Nummer in ihr Handy, hielt es ans Ohr, schüttelte es, tippte von neuem.

»Come!«, sagte der Offizier wieder und sah Lucy an. Aber ihre Aufmerksamkeit galt etwas anderem: Gegenüber, im Erdgeschoss eines grauen Gebäudes mit schmalen unverglasten Fenstern, das aussah wie ein abgewracktes Parkhaus, hing in einem schmutzigen Glaskasten, umrahmt von kleinen blauen, roten und gelben Glühlampen, von denen die meisten zerbrochen waren, ein zerknittertes Filmplakat. Es zeigte in Schwarzweiß einen Mann mit Hut, der einen traurig dreinblickenden Jungen an der Hand hielt.

Fassungslos schaute Lucy hinüber. Und dann bemerkte sie, dass auch ihr Vater hinschaute und sie wusste, sie dachten beide dasselbe.

Diesen Film hatten sie an dem Abend gesehen, als Linda allein zu Hause blieb und das Feuer ausbrach. Vater und Tochter wollten ein wenig spazieren gehen und kamen an einem Programmkino vorbei, in dem der Film gerade anfing. Arano sagte, er habe ihn schon fünfmal gesehen und er werde ihn sich bis an sein Lebensende immer wieder ansehen. Wieso denn?, sagte Lucy, und er erwiderte: Weil es ein großer Film ist. Kenn ich nicht, sagte Lucy. Willst du ihn sehen?, sagte er und sie: Nö. Und dann gingen sie doch rein. Und als dem Mann mit dem Hut und dem schäbigen Anzug sein Fahrrad gestohlen wird, ruft Lucy laut in den Saal: So was Fieses!, und danach sitzt sie stumm bis zum Schluss da und Arano hört sie leise weinen, aber er weiß, er darf sie nicht drauf ansprechen. Hat er dir gefallen?, fragte er hinterher. Geht so, sagte sie. Den Typ, der das Fahrrad geklaut hat, hätt ich mit Speichen gespickt, und zwar vollkörpermäßig! Und währenddessen hatten die Flammen Lindas Schönheit aufgefressen.

»Schau doch mal, Lucy!«, rief Arano und zeigte auf das Plakat. »Siehst du das?« Und schon rannte er los.

Wieso rennst du denn weg?, dachte Lucy. Wieso rennt er weg, er hat den Film doch schon sechsmal gesehen, und auch beim siebten Mal wird der Typ, der das Fahrrad geklaut hat, nicht bestraft. Wieso rennst du denn weg?

Sein weißes Hemd hing ihm aus der Hose.

Und das Hupen wurde immer lauter. Die Militärpolizisten standen reglos da. Nur Lucy nicht.

Sie sprang auf die Straße und streckte beide Hände nach ihrem Vater aus, unbewusst, sie tat es, weil etwas in ihr ihn festhalten wollte, aufhalten, bei sich behalten. Sie streckte die Arme aus und wollte hinter ihm herrennen, aber sie kam nicht von der Stelle. Ohne dass sie es bemerkt hätte, hatten sich zwei Arme um sie geschlungen und hielten sie fest, sie hoben sie hoch und zerrten sie zurück. Und plötzlich hörte sie einen dumpfen Schlag, Glas splitterte und Metall schepperte und ein Hupen raste durch ihren Kopf wie ein Pfeil, und sie landete vor den Rädern des Jeeps auf dem Boden.

Ein Krachen war zu hören, Leute schrien, Kisten, Schachteln und Mülltonnen flogen über die Straße, mit quietschenden Reifen kamen die Autos und Motorräder zum Stillstand. Und die Taxifahrer hupten wütend.

Jemand half ihr aufzustehen. Sie sah ihn an. Tabor Süden hielt ihren Arm fest und sie begriff nicht, was geschehen war. Sehr langsam drehte sie den Kopf. Etwas Weißes flatterte durch die Luft, flatterte vor ihren Augen. Wie ein verunglückter Schmetterling aus Schnee, dachte sie und erkannte, was es war: Es war ein Stück Papier, ein Blatt, das ihre Schrift trug, das Blatt, auf das sie ihr Gedicht geschrieben hatte. Es tanzte in der klebrigen, diesigen Luft, es sah aus, als hinge es an einem unsichtbaren Faden, wo kam das her, das gehört doch gar nicht hierher!

Sie drehte sich im Kreis. Sie sah einen weißen Ford, der gegen die Mauer eines Supermarkts gefahren war. Ein Mann stieg aus und taumelte wie sie verwirrt im Kreis, dann kam er auf sie zu, aber das sah sie nicht mehr.

Vor dem dunklen Eingang, neben dem das Filmplakat hing, lag ein Mann auf dem Boden, die Beine gekrümmt, die Arme nach vorn gestreckt, in einem weißen, leuchtenden Hemd. Das Hemd leuchtete, Lucy sah es genau, während sie näher kam und sich auf den Kühlerhauben der Fahrzeuge abstützte, die heiß waren und klebrig wie die Luft. Sie tastete sich zwischen den Stoßstangen hindurch, und der Mann lag immer noch da und bewegte sich nicht.

»Papa«, flüsterte sie, zwei Meter entfernt. »Steh auf, steh doch auf!«

Lars kletterte auf das Dach eines Taxis und richtete die Kamera auf Lucy.

Sie kniete neben ihrem Vater. Aus seinem Mund rann Blut. Aus seinem linken Auge rann Blut. Aus seinem Hals rann Blut. Verzagt näherte sie ihre Hand seiner Wange, sie traute sich nicht ihn zu streicheln und sie hatte plötzlich keine Kraft dazu. Und sie sah, dass ihre Hände aufgeschürft waren und ebenfalls bluteten, ihr Blut vermischte sich mit seinem.

Dann streckte sie die Beine aus und legte sich neben ihn auf den Asphalt. Die Augen ihres Vaters waren offen und starr.

»Excuse me«, hörte sie jemanden sagen, »my name is Clarence Toby ...« Sie hob den Kopf. Ein Weißer um die fünfzig stand vor ihr, sein Haar war zerzaust, auf seiner Stirn klaffte eine Wunde, sein Jackett war zerrissen. Er wollte noch etwas sagen, aber er brachte die Worte nicht heraus. Er hatte auf die Bremse seines alten Ford getreten und die Bremsen funktionierten nicht, das Pedal ging durch bis zum Boden, er hämmerte mit dem Fuß darauf, einmal zweimal viermal fünfmal, kein Widerstand, der Wagen raste durch die Straße. Toby hupte, ausweichen konnte er nicht, er hupte und hupte und trat aufs Pedal und nichts passierte, die verfluchte Kiste versagte, und das nach diesem großartigen Fest im Quo-Vadis-Restaurant auf Lagos Island, wo sein Freund Benjamin mit zweihundert Freunden seinen fünfzigsten Geburtstag gefeiert hatte ...

»Excuse me ...«

Ein Polizist führte Toby aus dem Pulk der Schaulustigen ins Polizeipräsidium.

In dem Augenblick, als sich Tabor Süden neben Lucy kniete, sprang sie auf. Sie war so schnell, dass er nicht einmal mitbekam, in welche Richtung sie lief.

Sie lief einfach los. Schlug mit den Armen um sich, trieb die Menge der Gaffer auseinander und verschwand in einer Gasse.

Ratlos sahen Nicole, ihre beiden Kollegen und die Militärpolizisten zu, wie Süden sich aufrichtete, seine langen Haare aus dem Gesicht strich, den Kopf in den Nacken legte und einen Schrei ausstieß. Einen Schrei, der den Lärm zum Verstummen brachte und die Leute aus den Häusern trieb, einen Schrei, der sekundenlang den bleiernen Morgen sprengte und dann so abrupt und unheimlich abbrach, wie er begonnen hatte.

Bevor die Blicke und Stimmen ihn wieder erreichten, rannte Tabor Süden die Straße hinunter und brüllte Lucys Namen den Häusern entgegen.

Vorbei an Holzbuden und Wellblechhütten, an Ständen voller Körbe und Holzschnitzereien, vorbei an dicken Frauen mit opulenten Kopftüchern, die Zigaretten und Zwiebeln anboten, an Jugendlichen in roten ausgebleichten Jeans, die mit Batterien, Autoreifen und Armbändern handelten, durch die kerosingetränkte Luft, die an der nächsten Ecke nach Fisch und Gewürzen roch, vorbei an endlosen Reihen gedrungener Häuser mit schiefen Dächern, die beim geringsten Beben in sich zusammenfallen würden wie Streichholzgebilde, hinein in saubere Straßen, gesäumt von weitläufigen Grundstücken mit Villen im Kolonialstil und mit orientalischen Schnörkeln oder maurischen Erkern. Sie lief an allem vorbei, ohne Ziel und Mut, vorbei an Wolkenkratzern aus Stahl und Glas, an Parks, die loderten von roten und gelben Blüten, an Bäumen mit meterbreiten Kronen und aberwitzig verrenkten Ästen, vorbei an Restaurants, auf deren Terrassen schon am Morgen vereinzelt Gäste saßen und Bloody Mary tranken und Yam mit Rührei aßen, vorbei an Fabrikhallen, aus deren Schloten fetter Rauch stieg, vorbei an Parkplätzen, voll gestopft mit Hunderten gebrauchter europäischer Autos, durch Gassen, in denen der Staub alles Licht schluckte und nackte Kinder mit Steinen aufeinander warfen, entlang an Stacheldrahtzäunen, hinter denen von schwer bewaffneten Soldaten militärische Anlagen bewacht wurden, am Ufer eines braunen Flusses entlang, der die Stadt durchzog und in die Lagune mündete, quer über eine vierspurige Ausfallstraße, durch kreischendes Hupen und unverständliches Grölen, an grünen Verkehrsschildern vorbei, die Lucy nicht beachtete, sie lief einfach weiter, keuchend und hustend durch den Gestank und den breiigen Wind, der manchmal den Atem des Meeres mitbrachte. Immer weiter lief sie und wieder zurück durch eine Straße, in der sich eine Werkstatt neben der anderen befand, und in jeder wurden Särge hergestellt, und sie dachte nichts als: Jetzt sterb ich jetzt sterb ich und alle

glotzen mich an und ich hab mich nicht mal von Papa verabschiedet, denn der ist vor mir gestorben.

Aber sie starb nicht, sie lief weiter, und je länger sie lief – sie
hatte keine Ahnung, wie lange sie schon unterwegs war in
dieser gefräßigen, wabernden Riesenstadt –, umso leichter
fühlte sie sich, und sie dachte: Ich komm dich besuchen,
Papa, ich werd dich finden, ich bleib so lange hier, bis ich
dich gefunden hab, und dann sind wir zusammen und niemand kann uns vertreiben. Die Leute gafften sie an und das
machte ihr nichts aus, sie hatte keinen Vater mehr, sie hatte
keine Mutter mehr, sie hatte niemand mehr, nur noch sich
selbst. Und das war es wert, dachte sie auf einmal. Das ist es
wert, dass es mich gibt, das ist es wert. Und so etwas hatte sie
noch nie gedacht und sie rannte weiter und hörte Möwen
schreien und die Sirenen von Schiffen, und dann sah sie den
Strand und hörte Wellen schlagen und im Sand tanzte eine
Gruppe weiß gekleideter Männer. Sie reckten die Fäuste und
sangen einen monotonen Singsang, und Lucy schleuderte
mit den Turnschuhen Sand vor sich her, und sie hörte eine
Stimme, die rief: Where ya goin to? Where ya goin to? Und
noch im Laufen drehte sie sich um die eigene Achse und
sah einen alten einarmigen Mann, der unter die Achsel seines Armstumpfes eine Trommel geklemmt hatte, in seinem
Mund steckten nur noch zwei kuriose Zähne, und sie winkte
ihm zu, und er fing an, wie besessen die Trommel zu schlagen, und sie rannte weiter, an Lagerhallen und Docks vorbei,
hörte Schlagermusik aus einem Schuppen, in dessen Tür ein
Mann lehnte und im Rhythmus mitklatschte. Sie kletterte
über eine Steinmauer, hinter der Palmen wuchsen, lief über
einen leeren ovalen Platz auf ein windschiefes Bushäuschen
zu und keuchend ließ sie sich dagegenfallen.

Sie spuckte in den Kies, röchelte, hustete, ging in die Hocke, wischte sich den Schweiß aus den Augen und leckte sich die salzigen Lippen. Ihre weißen Jeans waren von dunklen Flecken und Spritzern übersät und ihr neuer Pullover hatte einen Riss. Nur ihre Bomberjacke sah aus wie immer, auch wenn die Taschen leer waren und man ihr alle Messer abgenommen hatte. Vielleicht hätte sie die jetzt gut brauchen können, aber sie wollte nicht an das denken, was war. Jetzt war sie hier. Irgendwo lag ihr Vater, von einem Auto überfahren, und sie war einfach weggelaufen. Wenn du tot bist, ist es doch egal, wo ich bin. Wenn du tot bist, bin ich überall gleich nah bei dir, stimmts?

Auf drei niedrige Pflöcke waren zwei schmale Bretter genagelt. Lucy setzte sich drauf. Dann rutschte sie an den Rand und legte sich hin, bleich und zitternd vor Erschöpfung. Und beseelt von großem Staunen.

Die Sonne zerriss den Dunstmantel und über einigen Stadtteilen färbte sich der Himmel indigoblau. Durch die Löcher im Wellblechdach des Bushäuschens fiel ein Sonnenstrahl und Lucy blinzelte.

Und wie von selbst fielen ihr die Worte ein, die ihre Lehrerin vor einem Jahr vorgelesen hatte. Lucy war sofort losgezogen und hatte das Buch in der nächsten Buchhandlung geklaut. Sie konnte inzwischen ganze Passagen auswendig, denn die Geschichten kamen ihr vor, als hätte sie sie schon oft gehört. Sie erzählte niemandem davon, die Worte gehörten ihr allein, sie brauchte niemandem etwas zu beweisen, es waren ihre Worte, und wenn sie sie hören wollte, erklangen sie in ihr wie Musik.

»Wie der Ozean ist das Göttliche in euch«, sagte sie leise. Beinah war es ein Summen. »Es bleibt ewig unbefleckt, und wie der Äther erhebt es nur die Beflügelten, wie die Sonne auch ist das Göttliche in euch. Es kennt nicht die Gänge des

Maulwurfs, noch sucht es die Höhlen der Schlange. Doch das Göttliche wohnt nicht allein in euerm Sinn. Vieles in euch ist noch Mensch und vieles in euch ist noch nicht Mensch.« Einen Moment lang schwieg sie, dann sagte sie: »Verzeih mir, dass ich so bin, wie ich bin, ich weiß, ich bin ein formloser Zwerg, der im Nebel schlafwandelt und nach seinem Erwachen sucht. Ich hab mir deine Worte gemerkt, ich bin ein Zwerg, der sich verirrt hat, und ich war deswegen voller Hass. So gerne wär ich sanftmütig gewesen, zu meinem Vater, zu seiner Freundin, aber ich war es nicht. Ich war es nicht, ich war böse, ich hab ihnen wehgetan, ich hab sie verwundet und ich hab ihre Wunden nicht geheilt. Ich war das vergilbte Blatt, das den Baum zerstört, und ich glaub nicht, dass der Baum es so wollte, wie du sagst, denn du sagst, ein einzelnes Blatt vergilbt nicht ohne das stille Wissen des ganzen Baumes. Aber das stimmt nicht, das stimmt nicht. Mein Baum war ein guter Baum, mein Vater war ein kluger Vater und meine Mutter eine fröhliche Mutter. Bloß ich war ein böses Kind, ich bin ein Kind ohne Sanftmut und ich schäme mich deswegen. Ich bereue, was ich getan hab, ich bereue und ich möchte, dass du meinem Vater sagst, dass es mir Leid tut, wie ich gewesen bin und was ich getan hab. Ich war nie dankbar, aber nicht, weil ich nicht dankbar sein wollte, sondern weil ich nicht wusste, wie das geht. Sie haben mich alle als Eindringling gesehen, aber ich war doch eine von ihnen, wir stehen alle zusammen vor dem Angesicht der Sonne, wie der schwarze und der weiße Faden zusammengewebt sind. Das sind deine Worte und ich bitte dich, sag meinem Vater, was ich dir sag: Ich danke ihm für das Göttliche, das ich von ihm habe, so wie ich meiner Mutter für das Göttliche danke, das ich von ihr habe, und eines Tages, wenn wir uns wiedersehen, werd ich vor ihnen stehen und sie umarmen und meine Arme werden sanftmütig sein wie meine Gedanken und darauf freu ich mich. Und wenn die Erde meinen Körper fordert, dann werd ich tanzen, so wie du es vorhergesagt hast, und auch darauf freu ich mich. Unmaskiert will ich sein, ganzkörperschwarz vor Schönheit, und in den Keller meines Herzens fällt endlich Licht und mein Schatten spielt mit mir und endlich, endlich ertrag ich mich am Morgen und wenn ich will, dann lass ich mich berühren, meine Haut ist nämlich bewohnbar.«

Bevor sie im Echo ihrer Worte ausruhen wollte, richtete sie sich noch einmal auf. Wohin sie auch blickte, ihr Verfolger war nicht zu sehen. Er hatte sie verloren und das war gut. Sie schloss die Augen und wünschte ihm ein ehernes Glück.

Und er stand auf einem Marktplatz und senkte den Kopf. Er hatte sie verloren. Und er glaubte nicht daran, dass er sie in der Zehnmillionenstadt wieder finden würde. Niemand würde sie finden, von niemandem würde sie sich je wieder einfangen lassen. Sie wollten sie loswerden und nun hatten sie es geschafft. Sie wird eure Ruhe nicht mehr stören.

»Aufatmen!«, rief er mit heiserer Stimme in den schmierigen Himmel. Dann setzte er sich auf den Boden, kreuzte die Beine, lehnte sich an eine Mülltonne und vergrub den Kopf unter den Armen.

»Hello, my friend!«, rief einer der Händler, der eine handgewebte, vielfarbige Mütze trug. Tabor Süden sah zu ihm hin.

»Ya look like lost something!«

»Yes.«

»Ya wan buy something?«

»No.«

»Soon come better day!«, rief der Händler und lachte.

»Soon come better day«, flüsterte Tabor Süden dem toten Christoph Arano zu, bevor dessen Sarg in den Frachtraum des Flugzeugs geschoben wurde. Millionen von Fernsehzuschauern sahen und hörten zu. Manche waren gerührt.

Herzlichen Dank

an Sonja Laubach für die ausgezeichneten Recherchen zum Thema *German Angst,* an Leo Borgman, Kriminaldirektor Udo Nagel, Michael Schwaiger und Erna Castro sowie an Toyin Adewale, von der ich mir Obinna, den Geier, ausgeliehen habe.

Spezielle Aussagen entnahm ich der rechtsradikalen Broschüre »Ausländer – Die wahren Fakten«.

Obwohl bei der Münchner Kriminalpolizei ein Dezernat 11 existiert, basieren meine Figuren nicht auf realen Vorbildern.

Die Zeilen, die Lucy am Ende spricht, folgen dem Buch »Der Prophet« von Khalil Gibran (Walter-Verlag 1973).

Und ich danke Edmund Stoiber für seinen schönen Satz: »Was wir brauchen ist Mut zu Neuem und eine neue Aufbruchsstimmung. Die German Angst darf unsere Zukunft nicht blockieren!«

F. A.

THE CORNELIUS CHRONICLES VOL. II

MICHAEL MOORCOCK

THE LIVES AND TIMES OF JERRY CORNELIUS
THE ENTROPY TANGO

AVON
PUBLISHERS OF BARD, CAMELOT, DISCUS AND FLARE BOOKS

The Lives and Times of Jerry Cornelius was first published in Great Britain by Allison & Busby Limited.

The Entropy Tango was first published in Great Britain by New English Library.

THE CORNELIUS CHRONICLES, VOLUME II is an original publication of Avon Books. This work has never before appeared in book form. This work is a novel. Any similarity to actual persons or events is purely coincidental.

AVON BOOKS
A division of
The Hearst Corporation
1790 Broadway
New York, New York 10019

THE LIVES AND TIMES OF JERRY CORNELIUS copyright © 1976 by Michael Moorcock
THE ENTROPY TANGO copyright © 1981 by Michael Moorcock
Copyright © 1986 by Michael Moorcock
Published by arrangement with the author
Library of Congress Catalog Card Number: 86-90786
ISBN: 0-380-75003-1

First Avon Printing: August 1986

AVON TRADEMARK REG. U.S. PAT. OFF. AND IN OTHER COUNTRIES, MARCA REGISTRADA, HECHO EN U.S.A.

Printed in the U.S.A.

K–R   10   9   8   6   7   5   4   3   2   1

THE
CORNELIUS CHRONICLES
VOL. II

Contents

PART I

The Lives and Times of Jerry Cornelius

Freedom of thought and action is this century's most terrible gift to western civilisation, our most fearful burden. I for one would gladly relinquish that burden.

—Lobkowitz, 1965

This book is dedicated to the memory of **Mal Dean,** painter, illustrator and musician, who died of cancer on Sunday, 24 February 1974, aged 32.

Acknowledgments

"The Peking Junction" originally appeared in *The New SF*, edited by Langdon Jones, Hutchinson, 1969. "The Delhi Divison," "The Tank Trapeze" and "The Nature of the Catastrophe" first appeared in *New Worlds* magazine, 1968, 1969, 1970. "The Swastika Set-Up" first appeared in *Corridor*, edited and published by Michael Butterworth, 1972. "The Sunset Perspective" first appeared in an anthology edited by George Hay, Panther, 1971. "Sea Wolves" first appeared in *Science Against Man*, edited by Anthony Cheetham, Avon, 1970. "Voortrekker" first appeared in *Quark*, No. 4, edited by Delany and Hacker, 1971. "Dead Singers" appeared in *Ink*, 1971. "The Longford Cup" first appeared in *Penthouse*, 1973. "The Entropy Circuit" first appeared in *An Index of Possibilities*, 1974. The stories are published in order of writing, and should be read as a continuous narrative.

Contents

The Peking Junction

1

Out of the rich and rolling lands of the west came Jerry Cornelius, with a vibragun holstered at his hip and a generous message in his heart, to China.

Six feet two inches tall, rather fat, dressed in the beard and uniform of a Cuban guerrilla, only his eyes denied his appearance or, when he moved, his movements. Then the uniform was seen for what it was and those who at first had admired him loathed him and those who had at first despised him loved him. He loved them all, for his part, he kissed them all.

On the shores of a wide lake that reflected the full moon stood a tall, ruined pagoda, its walls inlaid with faded mosaic of red, pale blue and yellow. In the dusty room on the first floor Jerry poured Wakayama Sherry for three disconcerted generals whose decision to meet him in this remote province had been entirely a matter of instinct.

"Substantial," murmured one general, studying the glass.

Jerry watched the pink tongue travel between the lips and disappear in the left-hand corner of the mouth.

"The tension," began a second general carefully. "The tension."

Jerry shrugged and moved about the room very swiftly. He came to rest on the mat in front of them, sat down, folded his legs under him.

A winged shadow crossed the moon. The third general glanced at the disintegrating mosaic of the wall. "Only twice in..."

Jerry nodded tolerantly.

For Jerry's sake they were all speaking good Mandarin with a certain amount of apprehensive self-contempt, like collaborators who fear reprisals from their countrymen.

"How is it now, over there?" asked one of the generals, waving towards the west.

"Wild and easy," said Jerry, "as always."

"But the American bombing..."

"A distraction, true." Jerry scratched his palm.

The first general's eyes widened. "Paris razed, London gutted, Berlin in ruins..."

"You take a lot from your friends before you condemn them."

Now the shadow had vanished. The third general's right hand spread its long fingers wide. "But the destruction... Dresden and Coventry were nothing. Thirty days—skies thick with Yankee pirate jets, constant rain of napalm, millions dead." He sipped his sherry. "It must have seemed like the end of the world..."

Jerry frowned. "I suppose so." Then he grinned. "There's no point in making a fuss about it, is there? Isn't it all for the best in the long run?"

The general looked exasperated. "You people..."

2

Tension, resulting in equilibrium: the gestures of conflict keep the peace. A question of interpretation.

3

Having been Elric, Asquiol, Minos Aquilinus, Clovis Marca, now and forever he was Jerry Cornelius of the noble price, proud prince of ruins, boss of the circuits. Faustaff, Muldoon, the eternal champion...

Nothing much was happening in the Time Centre that day; phantom horsemen rode on skeletal steeds across worlds as fantastic as those of Bosch or Breughel, and at dawn when clouds of giant scarlet flamingoes rose from their nests of reeds and wheeled through the sky in bizarre ritual dances, a tired, noble figure would go down to the edge of the marsh and stare over the water at the strange configurations of dark lagoons and tawny islands that seemed to him like hieroglyphs in some primaeval language. (The marsh had once been his home, but now he feared it; his tears filled it.)

Cornelius feared only fear and had turned his albino beast from the scene, riding sadly away, his long mane flowing behind him so that from a distance he resembled some golden-haired madonna of the lagoons.

4

Imposition of order upon landscape; the romantic vision of the age of reason, the age of fear. And yet the undeniable rhythm of the spheres, the presence of God. The comforts of tidiness; the almost unbearable agony of uncompromising order. Law and Chaos. The face of God, the core of self:

"For the mind of man alone is free to explore the lofty vastness of the cosmic infinite, to transcend ordinary consciousness, or roam the secret corridors of the brain where past and future melt into one.... And universe and individual are linked, the one mirrored in the other, and each contains the other."—*The Chronicle of the Black Sword*

5

It was extremely subtle, he thought, staring out of the window at the waters of the lake. In another room, the generals slept. The appearance of one thing was often almost exactly that of its diametric opposite. The lake resembled a spread of smoothed silver; even the reeds were like wires of pale gold and the sleeping herons could have been carved from white jade. Was this the ultimate mystery? He checked his watch. Time for sleep.

6

In the morning the generals took Cornelius to the site of the crashed F111A. It was in fair condition, with one wing buckled and the tailplane shot away, its ragged pilot still at his controls, a dead hand on the ejector lever. The plane stood in the shadow of the cliff, half-hidden from the air by an overhang. Jerry was reluctant to approach it.

"We shall expect a straight answer," said a general.

"Straight," said Jerry, frowning. It was not his day.

"What was the exact nature of the catastrophe?" enquired one general of another.

Jerry forced himself to climb up on to the plane's fuselage and strike a pose he knew would impress the generals. It was becoming important to speed things up as much as he could.

"What do you mean by that?" The general raised his eyes to him, but Jerry was not sure that he had been addressed. "What does it mean to you, Mr. Cornelius?"

Jerry felt cornered. "Mean?" He ran his hand over the pitted metal, touching the USAF insignia, the star, the disc, the bar.

"It will go in the museum eventually," said the first general, "with the fifty-eight Thunderbird, of course, and the rest. But what of the land?" A gesture towards the blue-green plain which spread away beyond their parked jeeps. "I do not understand."

Jerry pretended to study the cliff. He didn't want the generals to see him weeping.

Later they all piled into the jeep and began to roar away across the dusty plain, protecting their mouths and eyes with their scarves.

Returning to the pagoda by the lake, one of the generals stared thoughtfully back across the flat landscape. "Soon we shall have all this in shape."

The general touched a square object in one uniform pocket. The sound of a raucous Chinese brass band began to squall out. Herons flapped from the reeds and rose into the sky.

"You think we should leave the plane where it is, don't you?" said General Way Hahng.

Cornelius shrugged. But he had made contact, he thought complacently.

7

The heavy and old-fashioned steam locomotive shunted to a stop. Behind it the rickety carriages jostled together for a moment before coming to rest. Steam rose beneath the locomotive and the Chinese engineer stared pointedly over their heads at the plain as they clambered from the jeep and approached the train.

A few peasants occupied the carriages. Only one stared briefly through the window before turning his head away. The peasants, men and women, wore red overalls.

Walking knee-deep through the clammy steam they got into the carriage immediately behind the tender. The locomotive began to move.

Jerry sprawled across the hard bamboo seat and picked a splinter from his sleeve. In the distance he could see hazy mountains. He glanced at General Way Hahng but the general was concentrating on loosening a belt buckle. Jerry craned his head back and spotted the jeep, abandoned beside the rails.

He switched on his visitaper, focusing it on the window. Shadowy figures began to move on the glass, dancing to the music which had filled the carriage. The generals were surprised but said nothing. The tune was *Hello Goodbye*, by the Beatles.

It was not appropriate. Jerry turned it off. There again, he thought, perhaps it was appropriate. Every plugged nickel had two sides.

He burst into laughter.

General Way Hahng offered him a swift, disapproving glance, but no more.

"I hear you are called the Raven in the west," said another general.

"Only in Texas," said Jerry, still shaking.

"Aha, in *Texas*."

General Way Hahng got up to go to the lavatory. Jacket removed, the general's tight pants could be seen to stretch over beautifully rounded buttocks. Jerry looked at them feeling ecstatic. He had never seen anything like them. The slightly rumpled material added to their attraction.

"And in Los Angeles?" said another general. "What are you called in Elay?"

"Fats," said Jerry.

8

"Even though he was a physicist, he knew that important biological objects come in pairs."—Watson, *The Double Helix*

"With sinology, as with Chinese food, there are two *kinds*..."—Enright, *Encounter*, July 1968

9

General Lee met them at the station. It was little more than a wooden platform raised between the railroad line and the Yellow River.

He shook hands with Jerry. "My apologies," he said. "But under the circumstances I thought it would be better to meet here than in Weifang."

"How much time have you got?" Jerry asked.

General Lee smiled and spread his hands. "You know better than that, Mr Cornelius." They walked to where the big Phantom IV staff car was parked.

General Way Hahng called from the window as the train moved off. "We will go on to Tientsin and journey back from there. We will wait for you, Mr Cornelius."

Jerry waved reassuringly.

General Lee was dressed in a neat Ivy League suit that was a little shiny, a little frayed on one sleeve. He was almost as tall as Jerry, with a round face, moody eyes and black chin whiskers. He returned his driver's salute as he personally opened the door of the limousine for Jerry. Jerry got in.

They sat in the stationary car and watched the river. General Lee put a hand on Jerry's shoulder. Jerry smiled back at his friend.

"Well," said the general eventually, "what do you think?"

"I think I might be able to do it. I think I'm building something up there. With Way Hahng."

Lee rubbed at the corner of his mouth with his index finger. "Yes. I thought it would be Way Hahng."

"I can't promise anything," Jerry said.

"I know."

"I'll do my best."

"Of course. And it will work. For good or ill, it will work."

"For good and ill, General. I hope so."

10

"Too much," said Jerry back in the pagoda, drinking tea from cracked Manchu bowls, eating shortbread from elegant polystyrene ware that had been smuggled from the factories at Shimabara or Kure.

The generals frowned. "Too much?"

"But the logic," said General Way Hahng, the most beautiful of the three.

"True," said Jerry, who was now in love with the generals and very much in love with General Way Hahng. For that general in particular he was prepared (temporarily or metatemporally, depending how it grabbed him) to compromise his principles, or at least not speak his mind fully. In a moment of self-exasperation he frowned. "False."

General Way Hahng's expression was disappointed. "But you said..."

"I meant 'true'," said Jerry. It was no good. But the sooner he was out of this one the better. Something had to give shortly. Or, at very least, someone. He suddenly remembered the great upsurge of enthusiasm among American painters immediately after the war and a Pollock came to mind. "Damn."

"It is a question of mathematics, of history," said the second general.

Jerry's breathing had become rapid.

11

"I do not read French," said General Way Hahng disdainfully, handing the piece of paper back to Jerry. This was the first time they had been alone together.

Jerry sighed.

12

A shout.

13

As always it was a question of gestures. He remembered the way in which the wing of the F111A had drooped, hiding the ruin of the undercarriage. Whatever fallacy might exist—and perhaps one did—he was prepared to go along with it. After all, his admiration and enthusiasm had once been generous and it was the sort of thing you couldn't forget; there was always the sense of loss, no matter what you did to cover it up. Could he not continue to be generous, even though it was much more difficult? He shrugged. He had tried more than once and been rejected too often. A clean break was best.

But the impulse to make yet another gesture—of sympathy, of understanding, of love—was there. He knew no way in which such a gesture would not be safely free of misinterpretation, and he was, after all, the master forger. There was enormous substance there, perhaps more than ever before, but its expression was strangled. Why was he always ultimately considered the aggressor? Was it true? Even General Lee had seen him in that rôle. Chiefly, he supposed, it was as much as anything a question of equilibrium. Perhaps he simply had to reconcile himself to a long wait.

In the meantime, duty called, a worthy enough substi-

tute for the big search. He stood on the top floor of the
pagoda, forcing himself to confront the lake, which seemed
to him as vast as the sea and very much deeper.

14

Memory made the martyr hurry; duality. Past was future. Memory was precognition. It was by no means a
matter of matter. Karl Glogauer pinioned on a wooden
cross by iron spikes through hands and feet.

"But if you would believe the unholy truth—then Time
is an agony of Now, and so it will always be."—*The Dreaming City.* Do Not Analyse.

15

Devious notions ashamed the memory of his father's
fake Le Corbusier château. But all that was over. It was
a great relief.

"It is cool in here now," said General Way Hahng.

"You'd better come out," he said cautiously. "Quick. The
eye. While it is open."

They stood together in the room and Jerry's love filled
it.

"It is beautiful," said the General.

Weeping with pity, Jerry stroked the general's black
hair, bent and kissed the lips. "Soon." The vibragun and
the rest of the equipment were handy.

16

A SWEET SHOUT.

17

The voice of the flatworm. Many-named, many-sided,
metatemporal operative extraordinary, man of the mul-

tiverse, metaphysician metahealed metaselfed. The acid
voice.

"'God,' said Renark and he lived that moment forever."—*The Sundered Worlds*

18

The flow of the Mandarin, the quality of the Sanskrit
that the general spoke in love. It all made sense. Soon.
But let the victim call once more, move once more.

19

Jerry went to the window, looked out at the lake, at the
black and shining water.

Behind him in the room General Way Hahng lay naked,
smoking a powerful dose. The general's eyes were hooded
and the general's lips curved in a beatific, almost stupid,
smile. The little visitaper by the side of the mattress cast
abstract images on the mosaic of the wall, played *What
You're Doing,* but even that made Jerry impatient. At this
moment he rarely wanted complete silence, but now he
must have it. He strolled across the room and waved the
visitaper into silence. He had the right. The general did
not dispute it.

Jerry glanced at his discarded outfit and touched his
clean chin. Had he gone too far?

His own heavy intake was making his heart thump as
if in passion. There had been his recent meeting with the
poet he admired but who denied himself too much. "Irony
is often a substitute for real imagination," the poet had
said, speaking about a recent interplanetary extrava-
ganza.

But all that was a distraction now. It was time.

Jerry bowed his head before the lake. Sentiment, not
the water, had overcome him momentarily. Did it matter?

20

Jerry pointed the vibragun at the general and watched the body shake for several minutes. Then he took the extractor and applied it. Soon the infinitely precious nucleotides were stored and he prepared to leave. He kissed the corpse swiftly, put the box that was now the general under his arm. In Washington there was a chef who would know what to do.

He climbed down through the floors to where the remaining generals were waiting for him.

"Tell General Lee the operation was conducted," he said.

"How will you leave?"

"I have transportation," said Jerry.

21

The lovebeast left China the next morning carrying Jerry Cornelius with it, either as a rider or against his will: those who saw them pass found it impossible to decide. Perhaps even Jerry or the beast itself no longer knew, they had moved about the world together for so long.

Like a dragon it rose into the wind, heading for the ruined, the rich and rolling lands of the west.

The Delhi Division

1

A smoky Indian rain fell through the hills and woods outside Simla and the high roads were slippery. Jerry Cornelius drove his Phantom V down twisting lanes flanked by white fences. The car's violet body was splashed with mud and it was difficult to see through the haze that softened the landscape. In rain, the world became timeless.

Jerry switched on his music, singing along with Jimi Hendrix as he swung around the corners.

Were they finding the stuff? He laughed involuntarily.

Turning into the drive outside his big wooden bungalow, he brought the limousine to a stop. A Sikh servant gave him an umbrella before taking over the car.

Jerry walked through the rain to the veranda; folding the umbrella he listened to the sound of the water on the leaves of the trees, like the ticking of a thousand watches.

He had come home to Simla and he was moved.

2

In the hut was a small neatly made bed and on the bed an old toy bear. Above it a blown-up picture of Alan Powys had faded in the sun. A word had been scratched into the wall below and to the left of the picture:

ASTRAPHOBIA

By the side of the bed was a copy of *Vogue* for 1952, a *Captain Marvel* comic book, a clock in a square case. The veneer of the clock case had been badly burned. Propping up the clock at one corner was an empty Pall Mall pack which had faded to a pinkish colour and was barely recognisable. Roaches crawled across the grey woollen blankets on the bed.

Rain rattled on the corrugated asbestos roof. Jerry shut and locked the door behind him. For the moment he could not concern himself with the hut. Perhaps it was just as well.

He looked through the waving trees at the ruined mansion. What was the exact difference between synthesis and sensationalism?

3

Jerry stayed in for the rest of the afternoon, oiling his needle rifle. Aggression sustained life, he thought. It had to be so; there were many simpler ways of procreating.

Was this why his son had died before he was born?

A servant brought in a silver tray containing a bottle of Pernod, some ice, a glass. Jerry smiled at it nostalgically, then broke the rifle in order to oil the barrel.

4

The ghost of his unborn son haunted him; though here, in the cool bungalow with its shadowed passages, it was much easier to bear. Of course, it had never been particularly hard to ignore; really a different process altogether. The division between imagination and spirit had not begun to manifest itself until quite late, at about the age of six or seven. Imagination—usually displayed at that age in quite ordinary childish games—had twice led him close to a lethal accident. In escaping, as always, he had almost run over a cliff.

Soon after that first manifestation the nightmares had begun, and then, coupled with the nightmares, the waking visions of twisted, malevolent faces, almost certainly given substance by *Fantasia*, his father's final treat before he had gone away.

Then the horrors increased as puberty came and he at last found a substitute for them in sexual fantasies of a grandiose and sado-masochistic nature. Dreams of jewelled elephants, cowed slaves and lavishly dressed rajahs parading through baroque streets while crowds of people in turbans and loincloths cheered them, jeered at them.

With some distaste Jerry stirred the fire in which burned the collection of religious books for children.

He was distracted by a sound from outside. On the veranda servants were shouting. He went to the window and opened it.

"What is it?"

"Nothing, sahib. A mongoose killing a cobra. See."

The man held up the limp body of the snake.

5

From the wardrobe Jerry took a coat of silk brocade. It was blue, with circles of a slightly lighter blue stitched into it with silver threads. The buttons were diamonds and the cloth was lined with buckram. The high, stiff collar was fixed at the throat by two hidden brass knuckles. Jerry put the coat on over his white silk shirt and trousers. Carefully he did up the buttons and then the collar. His long black hair fell over the shoulders of the coat and his rather dark features, with the imperial beard and moustache, fitted the outfit perfectly.

Crossing the bedroom, he picked up the rifle from the divan. He slotted on the telescopic sight, checked the magazine, cradled the gun in his left arm. A small drop of oil stained the silk.

Pausing by a chest of drawers, he took an old-fashioned leather helmet and goggles from the top drawer.

He went outside and watched the ground steam in the sun. The ruined mansion was a bright, sharp white in the distance. Beyond it he could see his servants wheeling the light Tiger Moth biplane on to the small airfield.

6

A journey of return through the clear sky; a dream of flying; wheeling over blue-grey hills and fields of green rice, over villages and towns and winding yellow roads, over herds of cattle; over ancient, faded places, over rivers and hydroelectric plants; a dream of freedom.

In the distance, Delhi looked as graceful as New York.

7

Jerry made his way through the crowd of peons who had come to look at his plane. The late Victorian architecture of this suburb of Delhi blended in perfectly with the new buildings, including a Protestant church, which had been erected in the last ten years.

He pulled the flying goggles on to his forehead, shifted the gun from his left arm to his right and pushed open the doors of the church.

It was quite fancifully decorated, with murals in orange, blue and gold by local artists, showing incidents from the life of Jesus and the Apostles. The windows were narrow and unstained; the only other decoration was the altar and its furnishings. The pulpit was plain, of polished wood.

When Jerry was halfway down the aisle a young Indian priest appeared. He wore a buff-coloured linen suit and a dark blue shirt with a white dog-collar and he addressed Jerry in Hindi.

"We do not allow guns in the church, sir."

Jerry ignored him. "Where is Sabiha?"

The priest folded his hands on his stomach. "Sabiha is in Gandhinagar, I heard this morning. She left Ahmadabad yesterday. . . ."

"Is the Pakistani with her?"

"I should imagine so." The priest broke into English. "They have a tip-top car—a Rolls-Royce. It will get them there in no time."

Jerry smiled. "Good."

"You know Sabiha, then?" said the priest conversationally, beginning to walk towards Jerry.

Jerry levelled the needle rifle at his hip. "Of course. You don't recognise me?"

"Oh, my god!"

Jerry sighed and tilted the rifle a little. He pulled the trigger and sent a needle up through the priest's open mouth and into his brain.

In the long run, he supposed it was all a problem of equilibrium. But even considering his attitude towards the priest, the job was an unpleasant one. Naturally it would have been far worse if the priest had had an identity of his own. No great harm had been done, however, and on that score everybody would be more or less satisfied.

8

THERE are times in the history of a nation when random news events trickling from an unfriendly neighbour should be viewed not as stray birds but as symbols of a brood, the fingerposts of a frame of mind invested with sinister significance.
WHAT is precisely happening in Pakistan? Is there a gradual preparation, insidiously designed to establish dangerous tensions between the two neighbours?
WHY are the so-called Majahids being enrolled in large numbers and given guerrilla training? Why have military measures like the setting up of pill-boxes and similar offensive-defensive steps on the border been escalated up to an alarming degree?—*Blitz* news weekly, Bombay, 27 July 1968

9

Through the half-constructed buildings of Gandhinagar Jerry wandered, his flying helmet and goggles in one hand, his rifle in the other. His silk coat was grubby now and open at the collar. His white trousers were stained with oil and mud and his suede boots were filthy. The Tiger Moth lay where he had crash-landed it, one wheel completely broken off its axle. He wouldn't be able to use it to leave.

It was close to sunset and the muddy streets were full of shadows cast by the skeletons of modern skyscrapers on which little work had been done for months. Jerry reached the tallest building, one that had been planned as the government's chief administration block, and began to climb the ladders which had been placed between the levels of scaffolding. He left his helmet behind, but held the rifle by its trigger guard as he climbed.

When he reached the top and lay flat on the roofless concrete wall he saw that the city seemed to have been planned as a spiral, with this building as its axis. From somewhere on the outskirts of the city a bell began to toll. Jerry pushed off the safety catch.

Out of a sidestreet moved a huge bull elephant with curling tusks embellished with bracelets of gold, silver and bronze. On its head and back were cloths of beautifully embroidered silk, weighted with tassels of red, yellow and green; its howdah was also ornate, the wood inlaid with strips of enamelled brass and silver, with onyx, emeralds and sapphires. In the howdah lay Sabiha and the Pakistani, their clothes disarrayed, making nervous love.

Jerry sighted down the gun's telescope until the back of the Pakistani's head was in the cross hairs, but then the man moved as Sabiha bit his shoulder and a strand of her blue nylon sari was caught by the evening wind, floating up to obscure them both. When the nylon drifted down again Jerry saw that they were both close to orgasm. He put his rifle on the wall and watched. It was over very quickly.

With a wistful smile he picked up his gun by the barrel and dropped it over the wall so that it fell through the interior of the building, striking girders and making them ring like a glockenspiel.

The couple looked up but didn't see Jerry. Shortly afterwards the elephant moved out of sight.

Jerry began to climb slowly back down the scaffolding.

10

As he walked away from the city he saw the Majahid commandos closing in on the street where he supposed the elephant was. They wore crossed ammunition belts over their chests and carried big Lee-Enfield .303s. The Pakistani would be captured, doubtless, and Sabiha would have to find her own way back to Delhi. He took his spare keys from his trouser pocket and opened the door of the violet Rolls-Royce, climbed in and started the engine. He would have to stop for petrol in Ahmadabad, or perhaps Udaipur if he went that way.

He switched on the headlights and drove carefully until he came to the main highway.

11

In the bath he examined the scar on his inner thigh; he had slipped while getting over a corrugated iron fence cut to jagged spikes at the top so that people wouldn't climb it. He had been seven years old: fascinated at what the gash in his flesh revealed. For hours he had alternately bent and straightened his leg in order to watch the exposed muscles move through the seeping blood.

He got out of the bath and wrapped a robe around his body, walking slowly through the bungalow's passages until he reached his bedroom.

Sabiha had arrived. She gave him a wry smile. "Where's your gun?"

"I left it in Gandhinagar. I was just too late."

"I'm sorry."

He shrugged. "We'll be working together again, I hope."

"This scene's finished now, isn't it?"

"Our bit of it, anyway, I should think." He took a brass box from the dressing table and opened the lid, offering it to her. She looked into his eyes.

When she had taken all she needed, she closed the lid of the box with her long index finger. The sharp nails were painted a deep red.

Exhausted, Jerry fell back on the bed and stared at her vaguely as she changed out of her nylon sari into khaki drill trousers, shirt and sandals. She bunched up her long black hair and pinned it on top of her head.

"Your son..." she began, but Jerry closed his eyes, cutting her short.

He watched her turn and leave the room, then he switched out the light and very quickly went to sleep.

12

THE unbridled support given to the Naga rebels by China shows that India has to face alarums and excursions on both sides of her frontier. It is not likely that China would repeat her NEFA adventure of 1962, as she might then have to contend with the united opposition of the USSR and the USA.

THAT is precisely why the stellar role of a cat's paw appears to have been assigned to Pakistan....

OUR Intelligence service should be kept alert so that we get authentic information well in advance of the enemy's intended moves.

AND once we receive Intelligence of any offensive being mounted, we should take the lesson from Israel to strike first and strike hard on several fronts before the enemy gets away with the initial advantages of his blitzkrieg.—*Blitz*, ibid.

13

Waterfall by Jimi Hendrix was playing on the tape as Jerry ate his breakfast on the veranda. He watched a mongoose dart out from under the nearby hut and dash across the lawn towards the trees and the ruined mansion. It was a fine, cool morning.

As soon as the mongoose was safe, Jerry reached down from the table and touched a stud on the floor. The hut disappeared. Jerry took a deep breath and felt much better.

He hadn't accomplished everything, but his personal objectives had been tied up very satisfactorily. All that remained was for a woman to die. This had not, after all, been a particularly light-hearted episode.

14

KRISHNAN MOHAN JUNEJA (Ahmadabad): How you have chosen the name BLITZ and what does it mean?
It was started in 1941 at the height of Nazi blitzkrieg against Britain.—Blitz, ibid, correspondence column

15

At least there would be a little less promiscuous violence which was such a waste of everybody's life and time and which depressed him so much. If the tension had to be sustained, it could be sustained on as abstract a level as possible. And yet, did it finally matter at all? It was so hard to find that particular balance between law and chaos.
It was a dangerous game, a difficult decision, perhaps an irreconcilable dichotomy.

16

As he walked through the trees towards the ruined mansion he decided that in this part of the world things were narrowing down too much. He wished that he had not missed his timing where the Pakistani was concerned. If he had killed him, it might have set in motion a whole new series of cross-currents. He had slipped up and he knew why.
The mansion's roof had fallen in and part of the front wall bulged outwards. All the windows were smashed in

the lower storeys and the double doors had been broken backwards on their hinges. Had he the courage to enter? The presence of his son was very strong.

If only it had not been here, he thought. Anywhere else and the Pakistani would be dead by now.

Until this moment he had never considered himself to be a coward, but he stopped before he got to the doorway and could not move forward. He wheeled round and began to run, his face moving in terror.

The Phantom V was ready. He got into it and drove it rapidly down the drive and out into the road. He went away from Simla and he was screaming, his eyes wide with self-hatred. His scream grew louder as he passed Delhi and it only died completely when he reached Bombay and the coast.

He was weeping uncontrollably even when the *SS Kao An* was well out into the Arabian Sea.

The Tank Trapeze

01.00 hours:
Prague Radio announced the move and said the Praesidium of the Czechoslovak Communist Party regarded it as a violation of international law, and that Czechoslovak forces had been ordered not to resist.

Perfection had always been his goal, but a sense of justice had usually hampered him. Jerry Cornelius wouldn't be seeing the burning city again. His only luggage an expensive cricket bag, he rode a scheduled corpse boat to the Dubrovnik depot and boarded the *SS Kao An* bound for Burma, arriving just in time.

After the ship had jostled through the junks to find a berth, Jerry disembarked, making his way to the Rangoon public baths where, in a three kyat cubicle, he took off his brown serge suit and turban, changing into an elaborately embroidered Russian blouse loose enough to hide his

shoulder holster. From his bag he took a pair of white
flannels, soft Arabian boots and an old-fashioned astrakhan shako. Disguised to his satisfaction, he left the baths
and went by pedicab to the checkpoint where the Buddhist
monk waited for him.

The monk's moody face was fringed by a black "Berg-
man" beard making him look like an unfrocked BBC pro-
ducer. Signing the safe-conduct order with a Pentel pen
that had been recharged in some local ink, he blinked at
Jerry. "He's here today."

"Too bad." Jerry adjusted his shako with the tips of his
fingers then gave the monk his heater. The monk shrugged,
looked at it curiously and handed it back. "Okay. Come
on. There's a car."

Every gun makes its own tune," murmured Jerry.

As they headed for the old Bentley tourer parked beyond the guard hut, the monk's woolly saffron cardigan
billowed in the breeze.

02.15
All telephone lines between Vienna and Czechoslovakia
were cut.

They drove between the green paddy fields and in the
distance saw the walls of Mandalay. Jerry rubbed his face.
"I hadn't expected it to be so hot."

"Hell, isn't it? It'll be cooler in the temple." The monk's
eyes were on the twisting white road.

Jerry wound down the window. Dust spotted his blouse
but he didn't bother to brush it off. "Lai's waiting in the
temple, is he?"

The monk nodded. "Is that what you call him? Could
you kill a child, Mr Cornelius?"

"I could try."

03.45
Prague Radio and some of its transmitters were off the
air.

All the roofs of Mandalay were of gold or burnished
brass. Jerry put on his dark glasses as they drove through
the glazed gates. The architecture was almost primitive
and somewhat fierce. Hindu rather than Buddhist in in-
spiration, it featured as decoration a variety of boldly
painted devils, fabulous beasts and minor deities.

"You keep it up nicely."

"We do our best. Most of the buildings, of course, are
in the later Pala-Sena style."

"The spires in particular."

"Wait till you see the temple."

The temple was rather like an Anuradhapuran zig-
gurat, rising in twelve ornate tiers of enamelled metal
inlaid with silver, bronze, gold, onyx, ebony and semi-
precious stones. Its entrance was overhung by three arches,
each like an inverted V, one upon the other. The building
seemed overburdened, like a tree weighted with too much
ripe fruit. They went inside, making their way between
pillars of carved ivory and teak. Of the gods in the carv-
ings, Ganesh was the one most frequently featured.

"The expense, of course, is enormous," whispered the
monk. "Here's where we turn off."

A little light entered the area occupied chiefly by a
reclining Buddha of pure gold, resting on a green marble
plinth. The Buddha was twenty feet long and about ten
feet high, a decadent copy in the manner of the Siamese
school of U Thong. The statue's thick lips were supposed
to be curved in a smile but instead seemed fatuously pursed.

From the shadow of the Buddha a man moved into the
light. He was fat, the colour of oil, with a crimson fez
perched on his bald head. His hands were buried in the

pockets of his beige jacket. "You're Jeremiah Cornelius? You're pale. Haven't been out east long…"

"This is Captain Maxwell," said the monk eagerly.

"I was to meet a Mr Lai."

"This is Mr Lai."

"How do you do." Jerry put down his cricket bag.

"How do you do, Mr Cornelius."

"It depends what you mean."

Captain Maxwell pressed his lips in a red smile. "I find your manner instructive." He waved the monk away and returned to the shadows. "Will it matter, I wonder, if we are not simpatico?"

03.30
Russian troops took up positions outside the Prague Radio building.

In the bamboo bar of the Mandalay Statler-Hilton Jerry looked through the net curtains at the rickshaws passing rapidly on both sides of the wide street. The bar was faded and poorly stocked and its only other occupants, two German railway technicians on their way through to Laos, crossed the room to the far corner and began a game of bar billiards.

Jerry took the stool next to Captain Maxwell, who had registered at the same time, giving his religion as Protestant and his occupation as engineer. Jerry asked the Malayan barman for a Jack Daniel's that cost him fourteen kyats and tasted like clock oil.

"This place doesn't change," Maxwell said. His Slavic face was morose as he sipped his sherbet. "I don't know why I come back. Nowhere else, I suppose. Came here first…" He rubbed his toothbrush moustache with his finger and used the same finger to push a ridge of sweat from his forehead. Fidgeting for a moment on his stool he dismounted to tug at the material that had stuck to the sweat of his backside. "Don't touch the curries here. They're murder. The other grub's okay though. A bit dull." He picked up his glass and was surprised to find it empty. "You flew in, did you?"

"Boat in. Flying out."

Maxwell rolled his sleeves up over his heavy arms and slapped at a mosquito that had settled among the black hairs and the pink, torn bites. "God almighty. Looking for women?"

Jerry shrugged.

"They're down the street. You can't miss the place."

"See you." Jerry left the bar. He got into a taxi and gave an address in the suburbs beyond the wall.

As they moved slowly through the teeming streets the taxi driver leaned back and studied Jerry's thin face and long blond hair. "Boring now, sir. Worse than the Japs now, sir."

03.45
Soviet tanks and armoured cars surrounded the party Central Committee's building in Prague.

From the other side of the apartment's oak door Jerry heard the radio, badly tuned to some foreign station, playing the younger Dvořák's lugubrious piano piece, *The Railway Station at Cierna nad Tisov.* He rang the bell. Somebody changed the channel and the radio began to play *Alexander's Ragtime Band,* obviously performed by one of the many Russian traditional jazz bands that had become so popular in recent years. A small woman in a blue cheong sam, her black hair piled on her head, opened the door and stepped demurely back to let him in. He winked at her.

"You're Anna Ne Win?"

She bowed her head and smiled.

"You're something."

"And so are you."

On the heavy chest in the hallway stood a large Ming vase of crimson roses.

The rest of the apartment was full of the heavy scent of carnations. It was a little overpowering.

03.47
Prague Radio went off the air completely.

The child's body was covered from throat to ankles by a gown on to which intricately cut jewels had been stitched so that none of the material showed through. On his shaven head was a similarly worked cap. His skin was a light, soft brown and he seemed a sturdy little boy, grave and good looking. When Jerry entered the gloomy, scented room, the child let out a huge sigh, as if he had been holding his breath for several minutes. His hands emerged from his long sleeves and he placed one on each arm of the ornate wooden chair over which his legs dangled. "Please sit down."

Jerry took off his shako and looked carefully into the boy's large almond eyes before lowering himself to the cushion near the base of the chair.

"You've seen Lai?"

Jerry grinned. "You could be twins."

The boy smiled and relaxed in the chair. "Do you like children, Mr Cornelius?"

"I try to like whatever's going."

"Children like me. I am different, you see." The boy unbuttoned his coat, exposing his downy brown chest. "Reach up, Mr Cornelius, and put your hand on my heart."

Jerry leaned forward and stretched out his hand. He placed his palm against the child's smooth chest. The beat was rapid and irregular. Again he looked into the child's eyes and was interested by the ambiguities he saw in them. For a moment he was afraid.

"Can I see your gun, Mr Cornelius?"

Jerry took his hand away and reached under his blouse,

tugging his heater from his holster. He gave it to the child who drew it up close to his face to inspect it. "I have never seen a gun like this before."

"It's a side-product," Jerry said, retrieving the weapon, "of the communications industry."

"Ah, of course. What do you think will happen?"

"Who knows? We live in hope."

Anna Ne Win, dressed in beautiful brocade, with her hair hanging free, returned with a tray, picking her way among the cushions that were scattered everywhere on the floor of the gloomy room. "Here is some tea. I hope you'll dally with us."

"I'd love to."

04.20
The Soviet Tass Agency said that Soviet troops had been called into Czechoslovakia by Czechoslovak leaders.

In the hotel room Maxwell picked his nails with a splintered chopstick while Jerry checked his kit.

"You'll be playing for the visitors, of course. Hope the weather won't get you down."

"It's got to get hotter before it gets cooler."

"What do you mean by that?" Maxwell lit a Corona from the butt of a native cheroot he had just dropped in the ashtray, watching Jerry undo the straps of his bag.

Jerry up-ended the cricket bag. All the equipment tumbled noisily on to the bamboo table and hit the floor. A red cricket ball rolled under the bed. Maxwell was momentarily disconcerted, then leaned down and recovered it. His chair creaked as he tossed the ball to Jerry.

Jerry put the ball in his bag and picked up a protector and a pair of bails. "The smell of brand-new cricket gear. Lovely, isn't it?"

"I've never played cricket."

Jerry laughed. "Neither have I. Not since I had my teeth knocked out when I was five."

"You're considering violence, then?"

"I don't get you."

"What is it you dislike about me?"

"I hadn't noticed. Maybe I'm jealous."

"That's quite likely."

"I've been aboard your yacht, you see. The *Teddy Bear*. In the Pool of London. Registered in Hamburg, isn't she?"

"The *Teddy Bear* isn't my yacht, Mr Cornelius. If only she were. Is that all...?"

"Then it must be Tsarapkin's, eh?"

"You came to Mandalay to do a job for me, Mr Cornelius, not to discuss the price of flying fish."

Jerry shrugged. "You raised the matter."

"That's rich."

04.45
Prague radio came back on the air and urged the people of Prague to heed only the legal voice of Czechoslovakia. It repeated the request not to resist. "We are incapable of defending these frontiers," it said.

Caught at the wicket for sixteen off U Shi Jheon, Jerry now sat in his deckchair watching the game. Things looked sticky for the visitors.

It was the first few months of 1948 that had been crucial. A detailed almanac for that period would reveal a lot. That was when the psychosis had really started to manifest itself. It had been intensifying ever since. There was only a certain amount one could do, after all.

06.25
Russian troops began shooting at Czechoslovak demonstrators outside the Prague Radio building.

* * *

While Jerry was changing, Captain Maxwell entered the dressing room and stood leaning against a metal locker, rubbing his right foot against his fat left leg while Jerry combed his hair.

"How did the match go?"

"A draw. What did you expect?"

"No less."

"You didn't do too badly out there, old boy. Tough luck, being caught like that."

Jerry blew him a kiss and left the pavilion, carrying his cricket bag across the empty field towards the waiting car that could just be seen through the trees.

06.80

Machine-gun fire broke out near the Hotel Esplanade.

Jerry strolled among the pagodas as the sun rose and struck their bright roofs. Shaven-headed monks in saffron moved slowly here and there. Jerry's boots made no sound on the mosaic paths. Looking back, he saw that Anna Ne Win was watching him from the corner of a pagoda. At that moment the child appeared and took her hand, leading her out of sight. Jerry walked on.

06.30

Prague television was occupied.

Maxwell stared down through the window, trying to smooth the wrinkles in his suit. "Rangoon contacted me last night."

"Ah."

"They said: 'It is better to go out in the street.'" Maxwell removed his fez. "It's all a matter of profits in the long run, I suppose." He chuckled.

"You seem better this morning. The news must have been good."

"Positive. You could call it positive. I must admit I was beginning to get a little nervy. I'm a man of action, you see, like yourself."

06.37
Czech National Anthem played.

Anna Ne Win moved her soft body against his in the narrow bed, pushing his legs apart with her knee. Raising himself on one elbow he reached out and brushed her black hair from her face. It was almost afternoon. Her delicate eyes opened and she smiled.
He turned away.
"Are you crying, Jerry?"
Peering through the slit in the blind he saw a squadron of L 29 Delfins fly shrieking over the golden rooftops. Were they part of an occupation force? He couldn't make out the markings. For a moment he felt depressed, then he cheered up, anticipating a pleasant event.

06.36
Prague Radio announced: "When you hear the Czech National Anthem you will know it's all over."

Jerry hung around the post office the whole day. No reply came to his telegram but that was probably a good sign. He went to a bar in the older part of the city where a Swedish folk-singer drove him out. He took a rickshaw ride around the wall. He bought a necklace and a comb. In Ba Swe Street he was almost hit by a racing tram and while he leaned against a telephone pole two *Kalan cacsa* security policemen made him show them his safe conduct. It impressed them. He watched them saunter through the crowd on the pavement and arrest a shoeshine boy, pushing him aboard the truck which had been crawling behind them. A cathartic act, if not a kindly one.

Jerry found himself in a deserted street. He picked up the brushes and rags and the polish. He fitted them into the box and placed it neatly in a doorway. A few people began to reappear. A tram came down the street. On the opposite pavement, Jerry saw Captain Maxwell. The engineer stared at him suspiciously until he realised Jerry had seen him, then he waved cheerfully. Jerry pretended he hadn't noticed and withdrew into the shade of a tattered awning. The shop itself, like so many in the street, had been closed for some time and its door and shutters were fastened by heavy iron padlocks. A proclamation had been pasted on one door panel. Jerry made out the words *Pyee-Daung-Su Myanma-Nainggan-Daw*. It was an official notice, then. Jerry watched the rickshaws and cars, the trams and the occasional truck pass in the street.

After a while the shoeshine boy returned. Jerry pointed out his equipment. The boy picked it up and walked with it under his arm towards the square where the Statler-Hilton could be seen. Jerry decided he might as well follow him, but the boy began to run and turned hastily into a side street.

Jerry spat into the gutter.

07.00
President Svoboda made a personal appeal over the radio for calm. He said he could offer no explanation for the invasion.

As Jerry checked the heater's transistors, Maxwell lay on the unmade bed watching him. "Have you any other occupation, Mr Cornelius?"

"I do this and that."

"And what about political persuasions?"

"There you have me, Captain Maxwell."

"Our monk told me you said it was as primitive to hold

political convictions as it was to maintain belief in God."
Maxwell loosened his cummerbund.

"Is that a fact?"

"Or was he putting words into your mouth?"

Jerry clipped the heater back together. "It's a possibility."

08.20
Pilsen Radio described itself as "the last free radio station in Czechoslovakia".

A Kamov Ka-15 helicopter was waiting for them on the
cricket field near the pavilion. Maxwell offered the pilot
seat to Jerry. They clambered in and adjusted their flying
helmets.

"You've flown these before," said Maxwell.

"That's right." Jerry lit a cheroot.

"The gestures of conflict keep the peace," murmured
Maxwell nostalgically.

10.00
The Czechoslovak agency Četeka said that at least ten
ambulances had arrived outside Prague Radio station,
where a Soviet tank was on fire.

When they had crossed the Irrawaddy, Jerry entered
the forest and headed for the shrine. He had a map in one
hand and a compass in the other.

The atmosphere of the forest was moist and cool. It
would begin to rain soon; already the sky was becoming
overcast. The air was full of little clusters of flies and
mosquitoes, like star systems encircling an invisible sun,
and in avoiding them Jerry knocked off his shako several
times. His boots were now muddy and his blouse and trousers stained by the bark and foliage. He stumbled on.

About an hour later the birches began to thin out and

he knew he was close to the clearing. He breathed heavily, moving more cautiously.

He saw the chipped green tiles of the roof first, then the dirty ivory columns that supported it, then the shrine itself. Under the roof, on a base of rusting steel sheeting, stood a fat Buddha carved from local stone and painted in dark reds, yellows and blues. The statue smiled. Jerry crawled through the damp undergrowth until he could get a good view of the boy.

A few drops of rain fell loudly on the roof. Already the ground surrounding the shrine was churned to mud by a previous rainfall. The boy lay in the mud, face down, arms flung out towards the shrine, legs stiffly together, his jewelled gown covering his body. One ankle was just visible; the brown flesh showing in the gap between the slipper and the hem. Jerry touched his lips with the tip of his finger.

Above his head monkeys flung themselves through the green branches as they looked for cover from the rain. The noise they made helped Jerry creep into the clearing unobserved. He frowned.

The boy lifted his head and smiled up at Jerry. "Do you feel like a woman?"

"You stick to your prayers, I'll stick to mine."

The boy obeyed. Jerry stood looking down at the little figure as it murmured the prayers. He took out his heater and cleared his throat, then he adjusted the beam width and burned a thin hole through the child's anus. He screamed.

Later Maxwell emerged from the undergrowth and began removing the various quarters from the jewelled material. There was hardly any blood, just the stench. He shook out the bits of flesh and folded the parts of the gown across his arm. He put one slipper in his right pocket and the other in his left. Lastly he plucked the cap from the severed head and offered it to Jerry.

"You'd better hurry. The rain's getting worse. We'll be drowned at this rate. That should cover your expenses. You'll be able to convert it fairly easily in Singapore."

"I don't often get expenses," said Jerry.

10.25
Četeka said shooting in the centre of Prague had intensified and that the "Rude Pravo" offices had been seized by "occupation units".

Waiting near the Irrawaddy for the Ka-15 to come back, Jerry watched the rain splash into the river. He was already soaked.

The flying field had only recently been cleared from the jungle and it went right down to the banks of the river. Jerry picked his teeth with his thumbnail and looked at the broad brown water and the forest on the other side. A wooden landing stage had been built out into the river and a family of fishermen were tying up their sampan. Why should crossing this particular river seem so important?

Jerry shook his umbrella and looked up at the sound of the helicopter's engines. He was completely drenched; he felt cold and he felt sorry for himself. The sooner he could reach the Galapagos the better.

11.50
Pilsen Radio said: "The occupation has already cost twenty-five lives."

He just got to the post office before it closed. Anna Ne Win was standing inside reading a copy of *Dandy*. She looked up. "You're British, aren't you? Want to hear the Test results?"

Jerry shook his head. It was pointless asking for his telegram now. He no longer had any use for assurances.

What he needed most at this stage was a good, solid, undeniable fact; something to get his teeth into.

"A Captain Maxwell was in earlier for some money that was being cabled to him," she said. "Apparently he was disappointed. Have you found it yet—the belt?"

"I'm sorry, no."

"You should have watched where you threw it."

"Yes."

"That Captain Maxwell. He's staying at your hotel, isn't he?"

"Yes. I've got to leave now. Going to Singapore. I'll buy you two new ones there. Send them along." He ran from the post office.

"Cheerio," she called. "Keep smiling."

12.28
Četeka said Mr Dubček was under restriction in the Central Committee building.

Naked, Jerry sat down on his bed and smoked a cheroot. He was fed up with the east. It wasn't doing his identity any good.

The door opened and Maxwell came in with a revolver in his hand and a look of disgust on his fat face. "You're not wearing any damned clothes!"

"I wasn't expecting you."

Maxwell cocked the revolver. "Who do you think you are, anyway?"

"Who do you think?"

Maxwell sneered. "You'd welcome suggestions, eh? I want to puke when I look at you."

"Couldn't I help you get a transfer?"

"I don't need one."

Jerry looked at the disordered bed, at the laddered stockings Anna Ne Win had left behind, at the trousers hanging on the string over the washbasin, at the woollen mat on the floor by the bed, at the cricket bat on top of the wardrobe. "It would make me feel better, though." He drew on his cheroot. "Do you want the hat back?"

"Don't be revolting, Cornelius."

"What do you want, then, Captain Maxwell?"

"Justice."

"I'm with you." Jerry stood up and reached for his flannels. Maxwell raised the Webley and Scott .45 and fired the first bullet. Jerry was thrust against the washbasin and he blinked rapidly as his vision dimmed. There was a bruise five inches in diameter on his right breast and its centre was a hole with red, puckered sides; around the edges of the bruise a little blood was beginning to force its way out. "There certainly are some shits in the world," he said.

A couple of shots later, when Jerry was lying on the floor, he had the impression that Maxwell's trousers had fallen down. He grinned. Maxwell's voice was faint but insulting. "Bloody gangster! Murderer! Fucking killer!"

Jerry turned on his side and noticed that Anna Ne Win's cerise suspender belt was hanging on a spring under the bed. He reached out and touched it and a tremor of pleasure ran through his body. The last shot he felt hit the base of his spine.

He shuddered and was vaguely aware of the weight of Maxwell's lumpen body on his, of the insect-bitten wrists, of the warm Webley and Scott still in one hand and the cordite smell on the captain's breath. Then Maxwell whispered something in his ear and reaching around his face carefully folded down his eyelids.

(All quotes from the *Guardian*, 22 August 1968)

The Nature of the Catastrophe

Introduction
The One Part Actress

Miss Brunner was firm about it. With her lips pursed she stood in the school's dark doorway. She knew she had him over a barrel.

Pretending to ignore her, Jerry Cornelius leafed through the tattered copy of *Business Week*. "The future that rides on Apollo 12... Hunt for cancer vaccine closes in... What delayed the jumbo jets?... New sales pitch for disposables..."

Miss Brunner moved fast. She snatched the magazine from his hands.

"Look at me," she said. "Look at me."

He looked at her. "I'll be too many people by 1980. By 1980 I'll be dead," he said.

Her nostrils flared. "You've got to go."

His legs trembled. "It'll be murder."

She smiled. "It'll be murder," she said, "if you don't. Won't it?"

Jerry frowned. "It had to come. Sooner or later."

"It'll clear the air."

"What fucking air?" He gave her a hurt look. "Then?"

"Get busy, eh. You've got fifty years to play about in, after all."

"Fuck you!"

"And we'll have no more of that."

In the gym a wind-up gramophone played *Bye, Bye, Blackbird*.

Le Fratricide de la rue Clary

Genes began to pop.

Scenes fractured.

Jerry screamed.

They took his bicycle away. It was a gent's black roadster: "The Royal Albert". He had kept it up nicely.

"Hang on tight, Mr Cornelius."

"I'll bloody go where I ..."

"This is it!"

The seedy street in Marseilles disappeared.

He didn't mind that.

In the Net

There was a drum beating somewhere and he could bet he knew who was beating it. Of all the superstitious notions he had encountered, the notion of "the future" was the most ludicrous. He was really lumbered now.

Development

The nerve gas plant at Portreath, Cornwall, is a pilot establishment for the Ministry of Defence, which has been manufacturing small quantities of gas for some time. Mrs Compton said the widow of one victim had not been allowed to see the pathologist's report or any other medical papers on her husband.—*Guardian*, 21 November 1969

Fantasy Review

After the gas attack Jerry Cornelius finished the washing-up and went out into the street. A rainbow had formed over Ladbroke Grove. Everything was very still. He bent to put on his bicycle clips.

"Jerry!"

"Yes, Mum?"

"You come back and dry up properly, you little bugger!"

The Impatient Dreamers

5 June 1928: Fifty-two years since Owen Nares and Jeanne de Casalis opened in Karen Bramson's *The Man They Buried* at the Ambassadors Theatre, London. The *Daily News* had said:

"... at the end of all the tumult of life is 'Time and the unresolved hypothesis'".

People Like You

Jerry groped his way from the car and turned his sightless eyes upward. Sunlight would not register. He was completely blind.

So it hadn't paid off.

Tears began to cruise down his cheeks.

"Mum?"

Somewhere in the distance the chatter of the Graf Zeppelin's engines died away.

He was abandoned.

Am I blue? You'd be too. If each plan with your man done fell through. Watcha gonna do? Watcha gonna do?

World to Conquer

We regret to say that Prince Jewan Bukht, son of the late Shah Bahudur Sha, the last titular King of Delhi, is dangerously ill ... He is the last of his race that was born in the purple. He leaves a son, also in bad health, who was born in Rangoon while his father was in confinement. With Prince Jewan Bukht passes away the last direct descendant of the once famous house of Timour.—*Rangoon Times,* 28 July 1884

He struggled out of that.

Number 7

Jerry stumbled and fell, gashing his knee. He felt about him with his stone cold hands. He touched something as smooth as steel. He stroked the surfaces. A discarded suit of armour? And yet everywhere now were sounds. Engines. Screams.

Didn't he know there was a war on? Was he making it back?

He heard a bus draw up nearby, its motor turning over. He shouted.

There was silence again. A VI silence.

Coming in on a wing and a prayer...

The Ill Wind

The rush of water.

He was grasping at anything now.

He should never have tried it. A certain amount of diffusion could have been anticipated, but nothing as terrifying as this. He'd been conned.

Distantly: *One o'clock, two o'clock, three o'clock rock...*

The Adapters

There were strong sexual overtones which only became apparent as he concentrated, speaking aloud into the thinning air:

"Miss Jeanne de Casalis, who is the subject this week for our 'Is the Child Mother to the Woman?' series..."

"My father, who came from le pays Basque, had gone to Basutoland for the purpose of scientific investigations in connection with cancer and probable cures for this terrible disease, when a baby was announced..."

"Once the best and most popular fellow at Greyfriars—now the worst boy in the school! Such is the unhappy pass to which Harry Wharton's feud with his form-master leads him! You cannot..."

"Issued July 15, 1931, to be used to prepay postage on mail carried aboard the Graf Zeppelin on its prospective flight to the North Pole. It was on this voyage that the *Nautilus,* a submarine commanded by Sir Hubert Wilkins, was to meet the Graf Zeppelin and transfer mail from one ship to the other at the North Pole. The *Nautilus* did not keep the rendezvous."

"Long Service Certificate. Presented by the Board of Directors to Ernest Frederick Cornelius of the W.D. & H.O. Wills Branch of the Imperial Tobacco Company (of Great Britain and Ireland), Limited, in Recognition of Faithful

Service Rendered During the Past 25 Years and as a mark of Appreciation and Goodwill. Signed on behalf of the Board, Date 28th March 1929. Gilbert A. H. Wills, Chairman."

"Georges Duhamel, who has discovered a serum for cancer, is suddenly stricken with pain. He lives for the rest of the play in dread expectation of death. His whole nature changes... (He) will not face an operation because that will proclaim to the world that his serum is a failure."

Jerry closed the scrapbook and opened the stamp album. It contained hundreds of Zeppelin issues from Paraguay, Liechtenstein, Latvia, Italy, Iceland, Greece, Germany, Cyrenaica, Cuba, Canada, Brazil, the Argentine, the Aegean Islands, the United States of America, San Marino, Russia. There were also a couple of Spanish autogiro issues and an Italian issue showing Leonardo da Vinci's flying machine.

From the little linen envelope beside the album, Jerry took with his tweezers his latest discovery, a set of Salvador airmail stamps issued on 15 September 1930. The stamps had become so brittle that they would split unless handled with great care. They were deep red (15c), emerald green (20c), brown violet (25c), ultramarine (40c) and all showed a biplane flying over San Salvador. This issue had just preceded the Simon Bolivar airmail issue of 17 December 1930.

"Jerry! You get down outa there an' 'elp yer mum!"

Jerry was oscillating badly.

The Merit Award

Jerry wandered over the bomb-site, kicking at bits of broken brick. The catharsis had come at last, then. But wasn't it a trifle disappointing?

Now he could go for miles and nothing would interrupt him.

Taking an apple from his pocket, he bit it, then spat, flinging the thing away. It had tasted of detergent.

He looked down at his hands. They were red and grey and they shook. He sat on a slab of broken concrete. Nothing moved. Nothing sang.

Shapers of Men

Changes in jewellery design styles tend to take place over a period of many years. In the past one could think in terms of millennia, centuries or generations, at the very least. Not so today.—Brian Marshall, *Illustrated London News*, 22 November 1969

Coming Next Issue

Jerry wondered why the scene had got so hazy. A few buildings stood out sharply, but everything else was drowned in mist. He put the Phantom X into reverse.

He wished they'd let him keep his bike.

How little time you were allowed for yourself. Twenty-five years at most. The rest belonged to and was manipulated by the ghosts of the past, the ghosts of the future. A generation was a hundred and fifty years. There was no escape.

A rocket roared by.

When the red, red robin comes bob, bob, bobbin'...

Prisoner in the Ice

By 1979, industrial technology will make the sixties seem like the dark ages. Automatic highways—computerised kitchens—person-to-person television—food from under the sea. They are ideas today, but industrial technology will make them a part of your life tomorrow

... Our measuring devices are so accurate they're used by the US Bureau of Standards to measure other measuring devices. Our fasteners were selected for the space suits on the men who walked the moon. Our plastic parts are in almost every automobile made in the USA. In these ways, and more, we help make today's ideas tomorrow's realities.—US Industries Inc., ad., *New York Times*, 16 October 1969

"The waterline length is 1,004 ft., and when completed her tonnage will probably exceed 73,000. The *Queen Mary's* maiden voyage (from Southampton to New York) begins on 27 May 1936..."

"Britain's toy soldiers have been..."

"By 1980 there will be..."

His voice was hoarse now. Fifty years was too long. He had no one, and no one to blame but himself.

Little man you're crying: I know why you're blue...

Lucifer!

A hundred and fifty years itched in his skull and yet he could not get back to the only year in which he could survive.

From time to time his sight would return, allowing him horrifying visions—fragments of newspapers, buildings, roadways, cars, planes, skulls, ruins, ruins, ruins.

"MUM!"

"DAD!"

(CRASHED CONCORDE HAD RECEIVED FULL OVERHAUL)

"CATHY!"

"FRANK!"

(MARS MEN BACK IN DOCK)

"GRANDMA!"

"GRANDPA!"

(CHINESE MAKE FRESH GAINS)

"JERRY!"

(METS DO IT AGAIN—TEN IN A ROW!)

"Je..."

His voice whispered into near vacuum.

If only he had been allowed to bring his "Royal Albert" bike. It would have seen him through. It would have been an anchor.

But he was alone.

"M..."

Rootless, he was dying.

The cold was absolute. His body fell away from him. The resurrection, if it came, would be painful.

Conclusion

A Man of Qualities

"That's a boy!"

"That's what you say." Jerry had had enough of it all. He shivered.

They unstrapped him from the chair. "Don't you feel better now?"

Jerry glanced around the Time Centre. All the chronographs were going like clockwork. "I told you it didn't exist," he said, "because I don't exist. Not there."

"It was worth a try, though, wasn't it?"

Jerry bunched himself up and tried to stop shaking.

A Kind and Thoughtful Friend

"It boils down to a question of character, doesn't it?" Miss Brunner said. "Character. Character."

She always knew how to get to him. She always chose a moment when his energy was at a low ebb.

He looked miserably up from the desk, hoping to touch her heart.

She knew he was confused. "And if I told your mother..."
He lowered his head again. Maybe it would all blow over.

It's a Beautiful, Glamorous Age

It had all gone now, of course. He'd used up the last of it. No more past to draw on. He felt at his skin.
"Smooth," he said.
"You see." She held her thin body in an attitude of triumph. "It was all for the best."

Other texts used:
The Sketch, 13 January 1926
The Bystander, 5 October 1927
T.P.'s Weekly, 26 November 1927
Daily Mail, 15 December 1927
Le Petit Marseillais, 22 October 1930
The Story of Navigation, Card No. 50, published by
The Imperial Tobacco Co., 1935
Standard Catalogue of Air Post Stamps, Sanabria,
New York, 1937
Modern Boy, 9 July 1938
Vision of Tomorrow, November 1939
The Illustrated Weekly of India, 6 July 1969

The Swastika Set-Up

Introduction

Often Dr Cornelius has said he should not interfere with
the calendar, for he almost invariably removes two sheets
at the same time and so produces even more confusion.
The young Xaver, however, apparently delights in this
pastime and refuses to be denied his pleasure.—Thomas
Mann, *Disorder and Early Sorrow*

The Fix

His early memories were probably no longer reliable:
his mother lying on the bed with her well-muscled legs
wide apart, her skirt up to her stomach, her cunt smiling.

"You'll have to be quick today. Your father's coming
home early."

The school satchel, hastily dumped on the dressing ta-

57

ble, contained his homework: the unified field theory that
he had eventually destroyed, save for the single copy on
a shelf somewhere in the Vatican Library.

Jerry took out his cigar case and selected an Upmann.
Time moved swiftly and erratically these days. With the
little silver syringe he cut the cigar and lit it, staring
through the rain-dappled window at the soft summer land-
scaping surrounding his isolated Tudor Mansion. It had
been some while since he had last visited the West Country.

He adjusted the stiff white shirt cuffs projecting an inch
beyond the sleeves of his black car coat, placed his hand
near his heart and shifted the shoulder holster slightly to
make it lie more comfortably. Even the assassination business was getting complicated.

On the Job

"The conflicting time streams of the 20th century were
mirrored in Jerry Cornelius."—Early reference

At the Time Centre

Alvarez, a man of substance, sniggered at Jerry as they
climbed into their orange overalls. Jerry pursed his lips
good-humouredly. The brightly coloured lab was humming
with activity and all the screens gleamed. Alvarez winked.

"Will you want the use of the mirror tonight, Mr Cornelius?"

"No thanks, Alvarez. Enough's enough, right?"

"Whatever you say, though there's not much time left."

"Whichever—we'll get by."

They strolled towards the machine, a shimmering web
of crimson and gold, so sophisticated.

With some poise Alvarez adjusted a dial, darting a glance

at Jerry, who seated himself, placed the tips of his fingers on his forehead, and stared into the shimmering web.

"How would you like it, Mr Cornelius?"

"Medium," Jerry said.

As Alvarez busied himself with the little controls he murmured incidentally. "Do you think mouth-to-mouth fertilisation will make much difference, sir? What's your bet? How do you fancy their chances?"

Jerry didn't bother to reply. The web was beginning to bulge near N¾E.

"Look to your helm, Mr Alvarez."

"Aye, eye, sir."

The Dessert

Jerry hated needling a dead man, but it was necessary. He looked down at the twice-killed corpse of Borman, the first Nazi astronaut. The riding britches had been pulled below his thighs. Perhaps it had been a last minute attempt to gain sympathy, Jerry thought, when Borman had unbuttoned the britches to expose the thin white scars on his pelvis and genitals.

The seedy Sherman Oaks apartment was still in semi-darkness. Borman had been watching a cartoon show when Jerry had called. An arsenical Bugs Bunny leapt along a mildew-coloured cliff.

Jerry turned off the cheap TV and left.

Tense

Curling his hair with his fingers, Jerry looked quizzically at the mirror. Then he looked hard. But it didn't work.

The mirror.

He pinched the tip of his nose.

Reflecting on the enigma, he got into his purple brocade
bell-bottoms, his deep crimson shirt, and delicately strapped
on his heater, setting the holster comfortably on his hip.

The room was cool, with white walls, a gold carpet, a
low glass table in the middle of the floor.

From the floor, Catty Ley reached smoothly up to stroke
his trousers. "You got . . . ?"

She wore the bra that showed her nipples, the black
stockings, the mauve garters and boots. "You object . . ."

"Oh, yes."

"Darling."

He smiled, began to comb his hair, taking the long
strands down so that they framed his face. "There's been
a bulge," he said, "and it's still bulging. We're trying to do
something about it. Fuck it."

"A rapture?"

"Who's to say?"

"An eruption?"

"Perhaps."

"Will you be needing me for anything?"

"It depends how everything goes."

"Jerry!"

"Catty . . ."

It was time to get back to the Time Centre.

Facts

There were two sexes, he thought, *plus permutations.
There is death, there is fear, there is time. There is birth,
serenity, and time. There is identity, maybe. There is conflict. Robbed of their ambiguities, things cease to exist. Time,
as always, was the filter.*

Double Lightning

A whole school of ships lay at anchor in the Bay and the tall cranes on the dockside formed a long wedding arch for Jerry as he walked lightly towards the pier where *Teddy Bear* was berthed. The sun shone on the rainbow oil, on the crisp, white shrouds of the ship, on the schooner's bright brass. She was a beautiful vessel, built in 1920 for Shang Chien, the playboy warlord, who had sailed her regularly from the opium-rich ports of the China seas to Monte Carlo until Mao had paid him off to settle in France where he had recently died.

What was the ship doing in Frisco?

Jerry went aboard.

A tatty jack tar greeted him, rolling along the deck whistling *So Sad*.

"Master in the cabin?" Jerry asked. Something was shaping.

The sailor sighed. "Won't be." He went to the rail and ran his fingers along the brasswork. He gave Jerry a secret, sardonic look. "Larger things have come up."

The sailor didn't stop him as he sauntered to the main companionway and descended.

The schooner's fittings were really Edwardian; all gilt and redplush. Jerry's feet sank into the soft carpet. He withdrew them, moving with difficulty. Finding the cabin he walked in, sniffing the musty air. Korean tapestries in the manner of Chong Son covered the walls; ceramics—mainly Yi dynasty—were fixed on all the shelves. He knew at once that, for the moment at least, the action was elsewhere. But where?

As he made his way back he saw that the holes his feet had made were filling with masses of white maggots. He grinned. There was no doubt in his mind: sooner or later the schooner would be scuppered by someone. A woman?

He paused, trying to get the feel of it. Yes, possibly a woman. He lit an Upmann. The maggots began to squirm over his shoes. He moved on.

As he reached the gangplank, the sailor reappeared.

"You know what's wrong with you . . ." the sailor began.

"Save it, sailor."

Jerry swung down to the pier, making it fast to where his Phantom III was parked.

He got the big car going. His spirits had risen considerably.

"It's all essential," he laughed.

Facts

It was so elusive. There were events that frightened him; relationships that he could not cope with directly. Were his own actions creating some particular kind of alchemy?

There was birth.

Beckett had written a letter to a friend. "What can I do? Everything I touch turns to art in my hands."

After thirty or forty years, even Duchamp's ready-mades had come to be objects of interest for him.

Tolerance. Tension. Integrity. Why was he running away?

I am tired, he thought; exhausted. But he had to finish the job in hand.

There was murder.

The Map

Jerry studied the map. His father would have known what to do, and he would have done the right or the wrong thing.

The map was a little faded in places, but it offered a clue.

Now he had to wait for a phone call.

"The next great American hero will be a Communist"

Jerry grinned as he drove along. The recent discovery of sex and drugs had taken their minds off the essential problems. Time was silting up. Sooner or later there would be the Flood and then, with a spot of luck, everything would be cooler. It was his job to get the muck shifted as fast as possible. It was a dirty but essentially satisfying job.

His car hit an old man with an extraordinary resemblance to Walt Disney's Pinocchio. No, there was an even closer likeness. He got it. Richard Nixon. He roared with laughter.

It had all started to work out nice with the folding, at long last, of *The Saturday Evening Post*.

Development I

Really, one only had to wait for death to kiss the bastards. Those who wouldn't die had to be killed. Kinetically, of course, it was very simple.

He switched on the car radio and got *Your Mother Should Know* by the Beatles.

Fact

There was death.

Supposition

You had to keep your eye on the facts.

Falsehood

There was no such thing as falsehood.

Uncomfortable Visions

Toronto was grey, square and solid. The sun wasn't shining and the traffic wasn't moving. There was a crowd in the street.

Andrew Wells was due to speak at and inspire the big Civil Rights Convention in Toronto where all the American exiles (or "yellow bellies" as they were known) had gathered.

True to the spirit of convention, Andrew, dressed in a neat grey business suit, addressed the exiles and their friends from a balcony on the second floor of Rochdale College, the squarest block in the city. From the roof of the building opposite, Jerry had an excellent view of the balcony, the crowd below, and the speaker. Jerry was dressed in the full ceremonial uniform of a Royal Canadian Mounted Policeman. The only difference was that the gun in the neat leather holster on his belt was his trusty heater.

As Andrew began his conventional address concerning universal brotherhood, freedom and the New Apocalypse, Jerry drew the heater, levelled it on his crooked left arm, sighted down it and burned Andrew right in the middle of his black mouth, moving the beam about to cauterize the face. Naturally, there wasn't much blood.

He got into the Kamov Ka-15 helicopter and ascended to the clouds where he made a quick getaway, wondering which poor bastard would claim the credit this time.

Muscle Trouble

In mutable times like these, thought Jerry as he walked back into Lionel Himmler's Blue Spot Bar, everything was possible and nothing was likely. His friend Albert the émigré nodded to him from the shadowy corner by the bar, lifting his glass of schnapps in the strobelight, saluting both Jerry and the stripper on the stage.

Jerry flickered to a table, sat down and ordered scotch and milk. Once history ceased to be seen in linear terms, it ceased to be made in linear terms. He glanced at his new watch. It consisted of eight yellow arrows radiating from a purple central hub. There were no figures marked on it, but the arrows went rapidly round and round. He could check the time only in relation to the speed at which the arrows moved. The arrows were moving very rapidly now.

Albert finished his schnapps, wiped his hands over his shaggy, grey beard and staggered towards the Wardour Street exit of the bar, on his way back to his sad little bedsitter decorated from floor to ceiling with dusty old charts, sheets of equations and eccentric geometric figures.

In these days of temporal and social breakdown the human psyche suffered enormously. Jerry felt sorry for the little Jew. History had destroyed him.

The drums stopped beating. The strobe gave way to conventional lighting. Suddenly it seemed he was the only customer. The waiter arrived, put his drink down, tucking the bill under the glass.

"How about that—Symphony Sal," said the MC, coming on clapping. "Give her a big hand," he said quietly, looking around the deserted bar. "Give her a big hand," he told Jerry.

Jerry started to clap.

The MC went away. The bar was silent.

Only in dreams did karma continue to have any meaning, thought Jerry. Or, at least, so it sometimes seemed.

He turned.

She was standing there in the doorway, smiling at him, her wide-brimmed hat like a halo. A Tory woman in garden party good taste.

She came to his table and picked up the tag with her gloved fingers.

"I'll take that, sonny."

The gloves were of blue lace, up to the elbow. She wore a dark blue cotton suit that matched her hat. Her hair was black and her oval face was beautiful. She parted her lips.

"So?" said Jerry.

"Soon," she purred. "I've got some answers for you. Are you interested?"

"What do you think?"

She glanced demurely at her blue shoes. "To stop now would severely complicate things. You and your friends had better call it a day. You could always come in with me."

"In there?" Jerry shook his head.

"It's not so different." She gave him a hard little smile.

"About as different as yin from yang. Sure." Jerry reached out and placed his right palm hard against her stomach. She shrugged.

"It's too late, I think," she said. "We should have got together earlier." With a movement of her hips she took a small step away from him.

"You could always get some new sex stars, couldn't you?" Jerry sipped his scotch and milk.

"Certainly."

"Are the current ones essential?"

She smiled more openly and gave him a candid look. "I see. You know a lot, Mr Cornelius."

"My job."

"And you want a new one?"

"Maybe."

"I'm Lady Susan Sunday," she said.

"Lady Sue."

She shrugged. "You're out of luck, I think. We're really moving. Frightfully nice to have met you, Mr Cornelius."

Jerry watched her pay the waiter. He knew her from the file. A close associate of his old enemy Captain Maxwell, from the Burma and China days. The opposition was organising a freeze, if he wasn't mistaken. She had told him everything. A stasis situation. He sniffed.

When she had gone, he went up to the bar. "Have you a mirror?"

"Lovely for you," said the barman.

The Pieces

When he got back, Catty was still in her uniform. He took her soft shoulders and kissed her on the mouth. He put his hands in her pants.

"Look," she said, waving at the centre of the room where an ornate crystal chess set was laid out on a low table. "Want a game?"

"I can't play chess," he said.

"Oh, fuck," she said.

He regarded her with compassionate anticipation. "You'd better fetch me those levitation reports," he said.

The Music of Time

The road was straight and white between avenues of cedars and poplars. Jerry idled along doing forty.

The Inkspots were singing *Beautiful Dreamer* on the Duesenberg's tapes. It amused Jerry to match his tapes to his cars. They finished that one and began *How Deep is the Ocean?*

On the seat beside him Jerry had a Grimshaw guitar with the shaped resonator. They had appeared just too late and had been quickly superseded by the electric guitar. Now George Formby's ukulele thrummed.

"In a young lady's bedroom I went by mistake
My intentions were honest you see
But she shouted with laughter,
I know what you're after:
It's me Auntie Maggie's remedy."

1957 had marked the end of the world Jerry had been born into. Adapting was difficult. He had to admit that he had had special advantages. Already people were beginning to talk about him as "The Messiah of the Age of Science" and a lot of apocryphal stories were circulating. He laughed. He wasn't the archetype. He was a stereotype.

Still, he did what he could.

Science, after all, was a much more sophisticated form of superstition than religion.

After this little episode was completed (if "completed" was the word) he would go and relax among that particularly degenerate tribe of headhunters who had adopted him on his last visit to New Guinea.

He smiled as large drops of rain hit the windscreen and were vaporised. On that trip he had been responsible for starting at least eight new cargo cults.

Don't Let Me Down

That great big woman had almost been the death of him. There had been so much of her. A hungry woman who had fed his own greed. He sucked breath through clenched teeth at the memory, expelled a shivering sigh.

He had probably been the last of the really innocent mother-fuckers. It had been her slaughter, not society, that had put a stop to it. His funny old father, Dr Cornelius (a lovable eccentric, a visionary in his own way), had killed her when she got cancer of the cervix, running a white-hot poker into her cunt without so much as a by-your-leave.

His eyes softened nostalgically. He remembered her wit.

Once, when his sister Catherine had come out with a particularly sour remark, his mother had rounded on her from the table where she had been cutting up onions...

"Say that again, love, and I'll carve me fucking name on your womb."

As it turned out, she'd made something of a prophetic retort.

His childhood had been, until his voluntary entry into the Jesuit seminary, an unspoiled and relatively uncomplicated one. But he couldn't complain. It had been much more interesting than many.

He turned the Duesenberg into a side lane. Through the twilight he could see the silhouette of the Tudor Mansion. He needed a fresh car coat. The brown leather one, in the circumstances.

Get Back

An expectancy of change grew out of the dynamic of a search for the "new politics", a kind of quest-epic which had to end on schedule on 5 November. Disappointment followed when the search produced nothing new. All the found objects were cast in old forms. Humphrey's coalition was virtually indistinguishable from Roosevelt's, Truman's or Johnson's—except that crucial sections had fallen away. McCarthy and Nixon were both relying on a Fifties phenomenon—the ascendancy of the surburban elite. John Kennedy had used that class already in 1960. In their separate ways, Nixon and McCarthy both sought its allegiance, and, if they had contested each other directly, 1968 would have been a delayed-replay of 1960. McCarthy would probably have won: precisely because he could recapture the old spirit, not because he could fashion the new.—Andrew Kopkind, *America: the Mixed Curse*

Pour les originaux

Jerry looked through the mail that had accumulated since he had been away.

Outside the French windows the sky was overcast and rain still swished among the oaks. Softly from the stereo came the Beatles' *Only a Northern Song*.

There was a request to open a local fête. It was from the vicar of the village church and began "I know you have a very full schedule but..." He was a month behind on his Telstar rental and there was a final demand from the firm who had supplied the aircraft carrier which he had lost on the abortive Antarctic expedition where they had failed to find the opening to Pellucidar. A pot scheme if ever there had been one.

A folded sheet marked *Plattegrond van Amsterdam*. Several postcards without messages.

At last he found what he'd been expecting. The envelope had been resealed and forwarded from his Ladbroke Grove convent. He opened it and shook out the contents.

A torn envelope. Small brown manilla with the address ripped off and a stamp that said "Join the sun set in Eastbourne this year". A fivepenny stamp, postmarked Eastbourne, Sussex, the date indecipherable. On the back, three words: Assassin—Assassin—Assassin.

An Imperial Reply Coupon stamped Juliasdale, Rhodesia, 23rd Jan. '69: "Valid only for exchange within the British Empire. Southern Rhodesia. Selling 3d price. This coupon may be exchanged in any part of the BRITISH EMPIRE for a postage stamp or stamps representing the postage on a single rate letter to a destination within the Empire. Exceptionally the exchange value in India and

Burma is 2½ annas." The engraving, blue on oatmeal, was of a standing Britannia looking out over the sea at a square-rigged sailing ship.

An empty book match folder marked UCS.

A postcard with a fourpenny Concorde stamp postmarked Weston-S-Mare, Somerset, 15 Apr. 1969. It showed a big wave breaking on a rock and the caption read: "The Cornish Seas. A study of the waves breaking on the rocks. There is nothing but the open Atlantic between the Cornish coast and America: A Natural Colour Photograph."

The last item was a rather dog-eared sheet of paper, folded several times and secured with a paper clip. Jerry removed the paper clip and unfolded the paper.

There was a message. A single handwritten line in separated upper and lower case letters. "The ship is yours. B."

Jerry frowned and put the various bits and pieces back into the envelope. He sipped his mug of black coffee as the Beatles sang *Altogether Now* and he studied the envelope to see if it gave him any further clues. It had four stamps on it. A fivepenny showing the *Queen Elizabeth II*; a shilling showing the RMS *Mauretania*; another shilling showing the SS *Great Britain*. It bore his Ladbroke Grove address and the forwarding number circled in blue ballpoint—93. In the top left-hand corner was written in black felt pen: Urgent Special Delivery. The fourth stamp was in the bottom right-hand corner. Another fourpenny Concorde.

What was he to make of it?

There was nothing else but to go down to the harbour in the morning and look at the ships.

For the rest of the evening, before he went to bed, he read the comic strip serial in his back issues of *International Times*. The strip was called *The Adventures of Jerry Cornelius. The English Assassin.*

Maybe it would add up to something, after all.

The Golden Apples of the Sun

Dylan and the rest, unable to face the implications of their own subject matter, had beaten a quick retreat. Those few whom they had urged on were left stranded, staring around them in bewilderment.

Now the times, had, indeed, changed. But the prophets had not. They had only been able to predict—not adapt.

Multi-value logic.

Was it logic, in any real sense, at all?

Or was he really only imposing his own vision on reality; a vision so strong that, for a short time, it would seem to be confirmed by the events around him.

Be that as it may, it was time for some action. He stripped and cleaned his needle-gun, drew on his black car coat, his black bell-bottoms, his white shirt with the Bastille-style collar, put the gun in its case, put the case in his pocket, left the Tudor Mansion, locked the doors behind him, looked up at the morning sun slanting through the clouds, and walked on his cuban-heeled feet towards the blue and sparkling sea.

In his dress and his methods of operation he, too, was an anachronism. But he knew no other way. Perhaps there would, in human terms, never be another way. Equilibrium had to be maintained somehow and as far as Jerry was concerned, only the ontologists had any kind of satisfactory answer.

The New Man

Pope Paul turned saint-slayer in the interests of historical accuracy. Out go the saints whose existence is now doubted. St Barbara, whose name has been given to millions of girls and an American city, is struck off. So are Susanna, Boniface of Tarsus, Ursula and her fellow martyrs. An English saint whose existence cannot be doubted moves into the Calendar...—*Sun*, 10 May 1969

Capacity

At Harbour Street Jerry paused to rest. His boots weren't suitable for cobbled lanes.

There was hardly anyone about in the little Cornish village. A smell of fish, a few inshore trawlermen mending their nets, white stone walls of the cottages, grey slate roofs, the masts of the boats that had not yet put out to sea.

Looking down the narrow street at the harbour and beyond it, Jerry saw the yacht anchored at the far end of the stone mole that had been built during the village's better days.

It was *Teddy Bear*. The yacht had been given a lick of fresh white paint. A corpse of a boat. Is that where the meeting was to take place?

He began to trudge along the mole. The mole was also cobbled. His feet were killing him.

Development II

The War is Over

The kind of chromosomes a person has is called his genotype, and the appearance of a person is called his phenotype. Thus, males have the genotype XY and the phenotype male. Women have the genotype XX and the phenotype female.... In every war in history there must have been a considerable flow of genes one way or another. Whether the genes of the victors or of the vanquished have increased most is a debatable point.—Papazian, *Modern Genetics*

Miss Brunner

The boat smelled as if she had been fouled by a score of cats. Jerry stood on the rotting deck and waited.

Eventually Miss Brunner emerged from the wheelhouse. She was dressed as severely as ever in a Cardin trouser suit as dated as Jerry's own clothes. She held a baby in her crooked right arm, a Smith & Wesson .44 revolver in her left hand.

She gave him a bent smile. "Good morning, Mr Cornelius. So our paths come together again."

"I got your note. What's up, Miss Brunner?"

She shook her short red hair in the wind and turned her feline face down to regard the baby.

"Do you like children, Mr Cornelius?"

"It depends." Jerry moved to look at the baby and was shocked.

"It's got your eyes and mouth, hasn't it?" said Miss Brunner. She offered it to him. "Would you like to hold it?"

He took a wary step backward. She shrugged and tossed the little creature far out over the rail. He heard it hit the water, whine, gurgle.

"I only hung on to it in case you'd want to have it," she said apologetically. "Okay, Mr Cornelius. Let's get down to business."

"I might have kept it," Jerry said feelingly. "You didn't give me much of a chance to consider."

"Oh, really, Mr Cornelius. You should be able to make up your mind more quickly than that. Are you going soft?"

"Just crumbling a little, at the moment."

"Ah well, it's all written in the quasars, I suppose. Come along."

He followed her down the companionway, along the passage and into the cabin decorated with the Korean tapestries.

"Could we have a porthole open?" Jerry asked.

Pettishly Miss Brunner flung open a porthole. "I didn't know you cared that much for fresh air."

"It's to do with my upbringing." Jerry saw that there were charts unfolded on the ornate mother-of-pearl chart table. He gave them the once-over. A cockroach crawled across a big detailed plan of Hyde Park.

"I suppose you know it's Maxwell and his gang," Miss Brunner said. "Trying the old diversion game again. I don't know who that woman thinks she is..." She glared at Jerry and turned her head to stare out of the porthole. "They're building up a sex scene that could set us back by I don't know how long. Essentially a red herring—but we'll have to nip it in the bud, if we can. Fight fire with fire. I'm not unsympathetic, Mr Cornelius..."

"Any clues?" Jerry lit an Upmann in the hope that it would overlay some of the stink.

Miss Brunner made an agitated gesture.

He gave her a cool, slightly contemptuous look. She couldn't work that one on him. There was no background.

She crossed rapidly to a locker set high in the bulkhead near the door. Taking something from the locker she tossed it to him. "Recognise that?"

Jerry turned the dildo in his hands. It had a crude, unaesthetic feel to it. "Don't know. It looks slightly familiar, but..."

"Have a look at the stem."

Jerry stared closely at the stem. A brand name. *Maxwell's Deviant Devices, London, W.8.*

"Overloaded. He's not happy in his work. That links it with the captain, all right," Jerry agreed.

She brought something else out of the locker and put it on the chart table. It was a vial of processed DNA.

"Makes sense," said Jerry. "They're attempting to slow down the transmogrification by fucking about with identity—concentrating on the heaviest sex angles they can find. It's the easiest way, of course. But crude. I can't believe that anyone these days... Such an old trick..."

"But it could be an effective one. You know how unstable things have been getting since 1965. These people are pre-1950!"

They laughed together.

"I'm serious, though," added Miss Brunner, sitting down. "They won't even use chrono-barometers."

"Bugger me. How do they tell the Time?"

"They don't admit it's here. It's our main advantage, of course."

Fact

There were a great many instincts in common between *homo sapiens* and the other animals.

As Barrington Bayley had pointed out in his book *Structural Dynamism,* man was not an intelligent animal. He was an animal with intelligence that he could apply to some, not all, of his activities.

Supposition

$$E = mc^2$$

Falsehood

Truth is absolute.

Cutting the Mustard

Miss Brunner handed him a beef sandwich. He bit it and grimaced. "It tastes of grass."

"It's all a question of how you process it, I suppose," she said.

She began to strap on her underclothes. "Well, that's our pact sealed. Where do you intend to go from here?"

"Back to London first. Then I'll start sniffing around." She darted him an admiring look.

"You're coarse, darling—but you know how to get down to the nitty gritty."

"I don't suppose you'll be around when the shit hits the fan."

"You never know. But we'd better say goodbye, just in case."

She handed him a cardboard carton full of old Beatles singles and a photograph. "Don't lose it. It's our only contact."

"You anticipate a wax situation?"

"Maybe something a little more sophisticated than that. Is your equipment okay?"

"Ready to go."

"Oh, sweetie..."

She fell on his erection.

Electric Ladyland

Jerry took the Kamov Ka-15 to London. From there he would call Oxford.

The sound of the 'copter's rotors drummed in his ears. The fields fled by below. He didn't care for this sort of backtracking operation.

He would need Catty. And he would need one of them. A particular one.

He'd better check his circuits and get in any chemicals he was short on. He sighed, knowing that he would soon be immersed, but not relishing the prospect.

Reaching to the far side of the cockpit, he adjusted the Ellison meter.

Ladbroke Grove lay ahead. He began to drop her down.

If his mother hadn't taken it into her head that he

should have a hobby, he wouldn't be in this situation now. He supposed he was grateful, really.

Consequences

When he had made the phone call, Jerry looked through his mother's recipe books to refresh his memory.

Then he made a list of ingredients.

Captain Maxwell

Captain Maxwell left the Austin Princess and crossed the grass verge at the agreed point. They were meeting on the banks of the Cam, just to the north east of Cambridge. The tow-path was lined with fishermen. The river was full of punts. It was a lovely day.

"I thought this would constitute neutral territory, old boy." Maxwell smiled as he came briskly up to where Jerry was standing watching an angler.

"Neutral territory?" Jerry looked up absently.

Maxwell had lost weight since Jerry had last seen him. He wore a Harris Tweed jacket with leather patches on the sleeves and leather bands round the cuffs, cream cricket flannels, an old Etonian tie. His lips were as red as ever, his round face as bland. "How are you, old chap? I thought you were dead!" He insinuated a smile on to his features. "What can I do for you? Say the word."

"I felt like a chat," said Jerry. Although the day was warm, he wore his double-breasted black car coat buttoned up and his hands were in his pockets. "You seem to have done well for yourself since Burma."

"I can't complain, old sport."

"You've expanded your business interests, I hear. Getting the export market."

"You could put it like that. The American tie-up with Hunt seems to be working all right."

Maxwell put his hand on Jerry's elbow and they began to trudge along the tow-path, side by side. The air was full of sweet summer smells. Crickets chirped and bees buzzed.

"I was talking to the bishop about you only the other day," continued Maxwell. "He doesn't approve of you at all, old son." He gave a short, plummy laugh. "I told him it was nothing more than high spirits. 'Spawn of the Antichrist', indeed!"

Jerry grinned.

Maxwell glanced at him, looked disconcerted, cleared his throat. "You know the bishop. A bit of a romantic. A bit High Church, too, for my taste. Since I became PM, I've had to think about things like that."

"How is the government?"

"Oh, well—it's *small*, y'know, but generally pretty effective in what it tries to do, I think."

"I haven't seen much about it recently."

"We don't often get into the media these days, of course. But we remain realistic. In the meantime we're thinking of building a smaller House of Commons. The one we're using now can accommodate over a hundred members. It's far too big for us to manage." Maxwell stopped by the river and kicked at a stone. "But we'll see, we'll see..."

"You're hoping people will get interested in politics again?"

"I *am* rather hoping that, old boy, yes." Maxwell tried to cover up a sudden secretive expression.

"But for politics, they need surrogates..."

Maxwell looked up sharply. "If you mean *issues*—I think we can find *issues* for them all right."

Jerry nodded. "On the other hand, captain, you can't turn back the clock, can you?"

"Don't intend to, old boy. I'm thinking of the future. The swing of the pendulum, you know."

Jerry began to giggle uncontrollably.

He stepped into a passing punt. "Well, so long, captain."

"TTFN, old chap. Hope I could assist..."

Jerry developed hiccups. He fell backwards into the water. "Oh, shit!" he laughed. He signalled for his helicopter to come down and pick him up.

The only depressing thing about the encounter was that briefly, at any rate, he had to take the captain's plans seriously.

Popcorn

Jerry tuned his guitar to modal G and played *Old Macdonald Had a Farm* with a Far Eastern feeling.

He looked through the leaded and barred window of the converted convent that was his Ladbroke Grove HQ. Maxwell's opium business was booming. The captain disguised his consignments as penicillin and anti-tetanus serum and shipped them mainly to under-developed nations. They were, in fact, developing rapidly with the captain's help.

The sun went in. It began to rain.

Jerry got up and put on his coat. Then he went down the long, dark staircase to the front door and out into the courtyard where he climbed into his Phantom VI.

As he drove down Ladbroke Grove, he pulled out the dusty drawer in the dashboard containing the .45 player and stacked the old Beatles singles on to it. *The Inner Light* began to play. Jerry smiled, taking a hand-rolled from the nearby tray and sticking the liquorice paper between his lips. It was all such a long time ago. But he had to go through with it.

He remembered the Burma days.

Every gun makes its own tune...

It wasn't the first time Maxwell had succeeded in buggering the equilibrium. But in those days he hadn't liked working with women.

Jerry cheered up at the prospect of his next action.

Cause and Effect

The three men who took the Apollo 8 spaceship on its Christmas journey round the moon were awarded a trophy in London yesterday—for providing "the most memorable colour TV moment of the past year or any other year".... Others who were honoured for the year's best achievements in colour TV were comedian Marty Feldman and actress Suzanne Neeve. Derek Nimmo, famous for his parts in "Oh Brother" and "All Gas and Gaiters" won the Royal Television Society's silver medal for "outstanding artistic achievement in front of the camera".—*Sun*, 10 May 1969

Sweet Child

Jerry got what he needed. It was the last thing on his list.

In Holland Park he wandered hand in hand with Helen, who was happy. Her long blonde hair was thick and delicate and her little mini-dress had a gold chain around the waist. Her breasts were sixteen years old and full and she was just plump enough all over. She had a great big red mouth and delicious teeth and huge dark eyes that were full of surprises.

It was a silent summer day and all the trees were green and still and Jerry sang and sprang along the leafy paths.

Helen, behind him, gave a slightly condescending smile.

Jerry shrugged and folded his arms across his chest, turning. He narrowed his eyes and said softly, "Do you love me, Helen?"

"More or less."

"More or less?"

"Oh, Jerry!" She laughed.

He looked about him, through the trees. The park was deserted.

He drew his needle-gun.

Helen looked at it curiously. "You are silly, Jerry."

He gestured with his weapon.

"Come here, Helen."

She stepped lightly towards him. With his left hand he reached out and felt below her pelvis. He shook his head.

"Is that yours?"

"Of course it's mine."

"I mean real or false?"

"Who can say?"

"Take it off."

She pulled up her skirt and undid the little pin that released it into her hand. She gave it to him. "I feel funny now," she said. "More or less."

"You'd better go ahead of me," said Jerry, replacing his needle-gun.

Resolution

Because man is an animal, movement is most important for him ... Long distance running is particularly good training in perseverance.—Mao Tse-Tung. *Hsin ch'ing-nien*, April 1917

Customs

His mouth was full of blood. He popped the last of the liver down his throat and sucked his lower lip, appraising Helen, who stood shivering in the centre of the pentagram. Then he took the speakers and placed one on each of the star's five points, turned to the console on the wall and switched on.

Sparks leapt from point to point and settled into a blue-green flow. Helen hugged her naked breasts.

"Keep your arms at your sides, please," said Miss Brunner from the darkness on the other side of the lab.

"It's only a temporal circuit. There's nothing to worry about yet."

Jerry turned a dial. Softly, at first, the music issued from the speakers. Jimi Hendrix's *Still Raining, Still Dreaming*. Helen began to sway to the sound.

Jerry switched tracks, studying the girl carefully. He got The Deep Fix and *Laughing Gods*. She jerked, her eyes glazing.

Jerry gave Miss Brunner the thumbs up sign, turned off the power for a moment to let her into the pentagram, switched on and increased the volume.

His eyes stopped blinking. His face was bathed in the blue-green glow as he watched Miss Brunner move in on the girl.

Grand Guignol

It was telekinesis of a sort, Jerry supposed. You had to act it all out. That was the drag, sometimes. Still—desperate days, desperate measures.

When the drums started to beat, you had to dance.

Na Chia

Delicately Jerry removed Catty's lights and threw them steaming into the kidney dish. Miss Brunner picked up the dish and left the room. "I'll be getting on with these."

"Okay," said Jerry. His job involved much more precise surgery, for he was attempting nothing less than necromancy.

And there wasn't much time.

T'si i

He pumped Catty's corpse full of methane wishing that Miss Brunner had not used up Helen so completely. This was the dark period. The low point. Even if they were successful in cleaning up the Maxwell problem, there was still much to do.

A kalpa, after all, was a kalpa. It sometimes seemed it would last forever. Nonetheless, he would be glad when this particular job was wound up.

The drums were beating faster now. His pulse-rate rose, his temperature increased. In the strobe light his face was flushed, his eyes burning, and there was a rim of blood around his lips. The lab was in chaos where he had ransacked it in his haste, searching out the equipment and chemicals he needed.

Squatting by the gas cylinder, he howled along with The Deep Fix.

Scream

"Belphegor!" shrieked Maxwell as Jerry appeared in the window, his car coat unbuttoned and flapping in the sudden wind, his heater in his hand.

Jerry was incapable of speech now. His glowing eyes scanned the opulent room and he remained stock-still, framed against the full moon.

He would never know if Maxwell had identified him as Belphegor or whether that was who the captain had called for. He crouched.

He sprang.

The prime minister ran across the room. From somewhere the Beatles began to sing *Sexy Sadie*. Maxwell touched the door handle and whimpered.

Jerry burned him.

Then, while Maxwell was still hot, he bit off everything he could find.

This was politics with a vengeance.

Baby's in Black

Jerry flattened the accelerator. The world swam with blood. Walpurgis Eve. Trees and houses flashed past.

The breath hissed in through his tight fangs.

Gradually the drums slowed their tempo and Jerry cooled, dropped down to sixty and began to pick his teeth.

A nervous tick. He couldn't help laughing.

Anarchists in Love

He stopped off at the tenement in Robert Street on the borders of Soho. The house was empty now. It had been condemned for years. He pushed open the broken door and entered the damp darkness, treading the worm-eaten boards. His mother had claimed that this was where he had been born, with thick hair down to his shoulders and a full set of teeth, dragged feet first into the world. But towards the end his memory had been better than hers, though by no means reliable.

He struck a match, frowning, trod the groaning stairs to the first floor and found two tall black candles in bronze holders screwed on either side of the entrance to the room he had come to see. He lit the candles.

The place was being used. Neat symbols had been carved in the walls and there were signs of recent occupation. Rats had been crucified near the candles. Some of them were still alive, moving feebly. An early portrait of himself, framed between two sheets of dark glass, hung on the door.

So the place had already become a shrine of some kind.

Below the portrait was a row of equations, quoted from one of his books. Jerry felt sick. Standing by the room he might have been born in, he bent and vomited out the blood that had bloated his stomach.

Weakly, he stumbled down the stairs and into the festering street.

They had taken the hub caps off his car. He glanced around, conscious of eyes peering at him. He buttoned his coat about his body, got into the driving seat and started the engine.

Perhaps the future would forget him. It had better for its own sake. He was, after all, only standing in until something better turned up.

Mrs Cornelius

After his mother's death they had moved, finally, to his father's fake Le Corbusier château. Somehow Jerry had always identified the house with his misfortune, though there was no particular evidence to support the idea.

The brain and the womb. Which had created him?

Perhaps neither.

She had begun to claim, as the cancer became more painful, that he had not been conceived by his father. His father had denied this.

"Who else would want to fuck you?" he used to say.

This of course had amused Jerry.

There had been a lot of laughter in the family in those days. Catherine, his brother Frank, his mother and father. Each had a particular kind of humour which had complemented that of the others.

But enough of the past.

He saw Miss Brunner bathed in his headlights and stopped the car.

"Perhaps you could drop me off at the coast," she said as she climbed in beside him. "The rest is up to you."

He smiled sweetly.

"Maxwell's out of it for the time being, I take it," said

Miss Brunner. "There's only the residual bits and pieces to tidy up. Then the job's over."

"I suppose so."

The drums had started up again.

His and Hers

Then is there no such thing as justice?... His scientific mind is irradiated by this idea. Yet surely the question is, in itself, scientific, psychological, moral, and can therefore be accepted without bias, however disturbing? Lost in these deliberations, Dr Cornelius discovers he has arrived back at his own door.—Thomas Mann, *Disorder and Early Sorrow*

The Sex Complex

Holland House was a sixteenth-century manor reconstructed as a façade in 1966. On the white battlements stood guards in yellow leather.

"Helen?" called one.

"Okay, Herschel."

They went through the iron doors and the floor began to sink under their feet, taking them down and down through crawling light.

At the bottom Jerry drew his heater and pushed what was left of the fake Helen through the opening into the huge hall where the freaks turned to glance at them before looking back at Lady Sue Sunday, still in her Tory set, who stood in an ornate pulpit at the far end.

"Helen!" Lady Sue looked prim.

"It was inconclusive," said what was left of the fake Helen defensively. "Really."

"S..."

Jerry glimmed Lady Sue's freaks. "Jesus," he said. There were little boys dressed as little girls. There were men dressed as women and women decked out like men in almost every detail. There were androgynes and hermaphrodites. There were little girls dressed as little boys. There were hugely muscled women and tiny, soft men.

"Irony, Lady Sue, is no substitute for imagination."

He shook his head and unbuttoned his car coat with his free hand.

Lady Sue put a glove to her lips.

"You're a naughty boy, Jerry. Naughty, naughty, naughty boy..."

Jerry laughed. "Evidently you never knew my mother."

Lady Sue scowled.

"Maxwell's had it," Jerry said. "I only dropped in to let you know. You can go home. It's all over."

"Naughty..."

"Oh, shut up." He raised his gun.

She licked her lips.

Jerry watched the urine as it began to drip from the floor of the pulpit. Lady Sue looked uncomfortable. She spread her arms to indicate her creatures.

Jerry sighed. "If you hadn't been so damned literal-minded..."

"You can accuse..." With an impatient gesture she touched a button on the pulpit's console. Little Richard music began to roar about the hall.

Jerry relaxed. No good getting excited.

"This is a one-way ticket," he called, waving his heater at the scene. "A line. Just a line."

"Who needs angles, you little horror?" She picked up her wide-brimmed blue hat and adjusted it on her head.

"At best a spiral," Jerry murmured wearily.

"A chain!" she cried. "A chain! Vitality! Don't you get it?"

"Off you go, Lady Sue."

Little Richard changed to James Brown. It was too much for Jerry. He began to race through the freaks towards the pulpit. The freaks kept touching him.

Lady Sue picked up a small vanity bag. "Well..." She was defeated. "Back to Hampstead, I suppose. Or..."

"You get a passage on a boat," he said. "The *Teddy Bear*. She's in the Pool of London now. Hurry up..."

"Why...?"

"Off you go. I might see you later."

She stepped out of the pulpit and walked towards the elevator immediately behind her—a golden cage. She got into the cage. It began to rise. Through the glass bottom Jerry could see right up her skirt, saw the damp pants.

When she had disappeared, he took his heater and burned down the pulpit. The lights began to fade, one by one.

The flaming pulpit gave him enough light to work. He cleaned up Lady Sue's mess, much more in sorrow than in anger. The mess recoiled then rushed at him. It was shouting. He backed away. Normally he would have used his heater, but he was now too full of melancholy. He had been very busy, after all.

They were never grateful.

The freaks pursued him to the lift; he got there first and went up fast.

He left Holland House and the guards shot at him as he raced through the door and out into the park. He ducked behind a statue and burned his initials into the chest of each of them.

That did it.

It was one for mother.

A Cure for Cancer

Jerry watched the *Teddy Bear* sail out into the calm oil of the Pool and start to sink.

Lady Sue leaned moodily on the rail, staring at him as the ship went down. Soon only her hat and the topmast were visible.

Jerry looked at his watch. It had almost stopped.

As he made his way back through the decrepit warehouses on the quayside he became aware of groups of figures standing in the shadows staring at him. Each of the figures was dressed in a moth-eaten black car coat he recognised as one of his cast-offs.

He shuddered and climbed into the Phantom VI.

His tongue was sweating. His heart was cold.

It had been a much tougher job than he expected.

Time off Time

"Adjustment okay," said Alvarez, coughing cheerfully. "Well, well, well..."

Jerry sat tired in his chair and inspected the shimmering web of crimson and gold. Apart from tiny and perfectly logical fluctuations in the outer strands, it was sweet and perfect.

"Aquilinus on tomorrow, isn't he?" Alvarez said as he tidied up.

Jerry nodded. He took a deep breath. "I'll have that mirror now. I'm looking forward to the change."

"That's a fact," said Alvarez.

The Sunset Perspective
A Moral Tale

1

MOGADISCIO, Somalia, Oct. 15—President Abirashid Ali
Shermarke of Somalia was assassinated today by a
member of the police force, an official announcement
said here. The announcement said that a man had been
arrested and accused of the murder at Las Anod in
northern Somalia, where the President was touring an
area stricken by drought. No reason for the assassination was suggested.—*New York Times*, 16 October
1969

Energy Quotient

Jerry Cornelius lay on his back in the sweet warm grass
and looked across the sunny fields, down the hill towards
the bright, smart sea. Overhead a flight of friendly West-

land Whirlwinds chattered past, full of news. Soon it was silent again.

Jerry stretched and smiled.

A small fox terrier wriggled through the stile at the bottom of the hill and paused, wagging its tail at him.

A cloud moved in front of the sun and the day chilled. Jerry first watched the cloud and then watched the dog. He listened to the grasshoppers. They were scraping their legs together in the long grass by the hedge. He sniffed the wind.

It was all a matter of how you looked at it, thought Jerry, getting tired of waiting for the cloud to pass. He took a deep breath and sprang to his feet, dusting off his brown velvet bell-bottoms. The dog started to bark at him. On the other side of the hedge a cow's heavy body shook the leaves. In the distance a woman's voice called the dog. Things were moving in on him.

Time to be off.

Jerry buttoned up his black car coat and adjusted the collar to frame his pale face. He tramped along the footpath towards the village.

Seagulls screamed on the cliffs.

The church bell began to clank.

Jerry sighed. He reached the field where his Gates Twinjet was parked. He climbed in, revved the chopper's engine, and buzzed up into the relative peace of the skies over Cornwall, heading for London.

One was allowed such short periods of rest.

2

There was something in that blind, scarred face that was terrifying...He did not seem quite human.—W. Somerset Maugham, Preface, *Ashenden*

Time Quotient

When Jerry got to the Time Centre only Alvarez was on duty. He was boredly watching the chronographs, his bearded face a pale green in the light from the machines. He heard the footsteps and turned large, liquid brown eyes to regard Jerry.

"Looks salty," Jerry quipped, indicating the web model in the centre of the operations room. The web bulged badly along one of its straights.

"Miss Brunner said she'd see to the adjustments," Alvarez told him pettishly. Morale seemed to have declined since Jerry had been away. "But between you and me, Mr C, I think the whole bloody structure's going out of phase."

"Oh, come now ..." Jerry made a few minor adjustments to Number Six 'graph, studied the results for a moment and then shrugged. "You haven't located the central cause of the bulge?"

"Miss Brunner's gone a bit funny, if you ask me."

Alvarez began to pick his teeth. "*On* the quiet," he added, "I'm pissed off with that bird."

"We all have our ups and downs, Mr Alvarez."

He went into the computing room. Miss Brunner's handbag was on her desk. There were some sheets of calculations near it, but they hadn't gone very far. The face of each wall was a section of the huge computer she had built. But the machine was dormant.

Miss Brunner had turned off the power.

That meant something, She was probably having another identity crisis.

But what had caused it?

3

Life proceeds amid an incessant network of signals...
—George Steiner

Rise of the Total Energy Concept

Jerry finally managed to track Miss Brunner down. She was burying a goat in the Hyde Park crater and didn't see him come up and stand looking over the rim at her.

He watched as she mumbled to herself, hitching her Biba maxi-skirt up to her thighs and urinating on the new mound of earth.

"Well, you're really in a bad way, aren't you, Miss B?"

She raised her head. The red hair fell over her foxy face; the eyes were glassy. She hissed and smoothed down her muddy clothes. "It's a difficult situation, Mr Cornelius. We've got to try everything."

"Isn't this a bit dodgy?"

She picked up a stick and began to draw her usual mandala in the steaming earth. "If I can't be allowed to do my own job in my own way..."

"You've been working too hard."

"I've got eight toads and four newts buried around here!" She glared at him. "If you think I'm going to go round digging them up for you or anybody else..."

"Not necessary. Anyway, Alvarez obviously thinks we'll have to rephase."

"Bugger off."

"Look at yourself. You always revert to type in a crisis."

She paused, pushing back her hair and offering him a pitying smile. "Electricity's all you ever think about, isn't it? There are other methods, you know, which..."

Jerry dug inside his black car coat and took the needler

from the shoulder holster. He waved it at her. "Come up out of there. You'll ruin your clothes."

She sniffed and began to climb, the loose earth falling away behind her.

He nudged her in the ribs with the needler and marched her to the Lear Steamer. Alvarez was in the driving seat. He had already got up enough pressure to start moving. Jerry sat beside Miss Brunner in the back seats of the car as it drove towards Bayswater Road.

"You reckoned the emanations vectored back to New York, didn't you?" he asked her. She had calmed down a bit now. "I read your initial calculations."

"New York was just involved in the first phase. I could have told you much more if you'd've let me finish with the goat..."

"I don't think goats are very efficient, Miss B."

"Well, what can we do about New York, anyway? We can't sort one AA Factor out from that lot there!"

"But the factor might sort us out."

4

WASHINGTON, Oct. 15—Congress voted today to coin a new dollar that would honour former President, Dwight D. Eisenhower, but the Senate and the House of Representatives differed on whether it should be a silver dollar. Flourishing a letter from Mrs Eisenhower, a group of Western legislators got the Senate to override the Administration's proposal to produce a copper and nickel coin. A similar effort, backed by the same letter, failed in the House, which opted for the Administration's non-silver dollar. Mrs Eisenhower's letter disclosed that the former President had loved to collect and distribute silver dollars as mementos.—*New York Times*, 16 October 1969

Horror Rape of the Kidnapped Teenage Beauty

Jerry pared the black mixture of oil and blood from the nail of the little finger of his right hand and carefully licked his upper lip. Then he put both hands back on the steering wheel of the wavering Cadillac limousine. The car was as hard to control as a hovercraft. The sooner it was used up the better. He saw the toll barrier ahead on the multilane highway and brought the car down to seventy.

Cars pulled into the sides of the road as his siren sounded. Jerry's six outriders, in red and orange leather, moved into position at front and back of the Cadillac, their arms stretched on the crucifixes of their apehanger bars.

Jerry pressed a switch.

The Who began to sing *Christmas*. The sign hanging over the highway said DRIVERS WITH CORRECT CHANGE— THIS LANE.

Jerry paid his twenty-five cents at the turnpike and drove into New Jersey.

This was a noisy situation. There were either too many facts, or no facts at all—he couldn't be sure at this stage. But he had the feel of it. There was no doubt about one thing—it was a morality syndrome of the worst sort.

He checked his watch. The arrows whirled rapidly round the dial. Not much longer now.

The car lolloped along between the overgrown subsidy fields and the ramshackle internment centres.

Jerry lit a brown Sherman's Queen-Size Cigarettello.

Why Homosexuals Seek Jobs in Mental Hospitals

On George Washington Bridge Jerry decided to change the Cadillac for one of his outriders' BMW 750s. He stopped. The riders got off their bikes and parked them neatly in a line along the rail. Drivers behind them on the highway hooted, their horns dying as they approached, pulled up, looked elsewhere.

He slid from the car, was passed the leather helmet and mirror goggles by the blond who took his place in the driving seat.

Jerry tucked his black flare pants into the tops of his ornate Cherokee boots, buckled up and mounted the vacated bike. He kicked the starter and had reached eighty by the time he hit Manhattan and entered the island's thick haze of incense.

The Holy City

The babble of the charm-sellers, the fortune-tellers, the fakirs, the diviners, the oracles, the astrologers, the astromancers and necromancers mingled with the squeal of the tyres, the wail of the sirens, the caterwauling of the horns.

Corpses swayed on steel gibbets spanning the streets. Broad-sheets pasted on the sides of buildings advertised spectacular entertainments, while on the roofs little parties of marauders crept among the chimneys and the collapsing neon signs.

The popping of distant gunfire occasionally signified a clash.

Shacked up for Slaughter!

Jerry and his riders got all the way down 7th Avenue to West 9th Street before they were blocked by a twelve-foot-high pile-up and had to abandon their bikes.

From what Jerry could see, the pile-up went down as far as Sheridan Square and West 4th St. The faggots had probably closed off the area again and were defending their

territory. They had had a lot of bad luck up to now. Maybe
this time they would be successful.

Jerry took out his glasses and scanned the fire escapes—sure enough, the faggots, sporting the stolen uniforms of the Tactical Riot Police, were lobbing B-H5 gas
grenades into the tangled heaps of automobiles.

Sheltering under a sign saying DOLLARS BOUGHT AT COM-
PETITIVE PRICES, Jerry watched for a few seconds.

It looked like a mince-over for the faggots.

My God, Wild Dogs are Attacking the Kids!

Eventually Jerry reached his headquarters at the Hotel
Merle on St Mark's Place—the other side of the battle
area. He had bought the hotel cheap when the Mafia had
moved out to Salt Lake City.

Leaving his riders to go to the aid of their comrades on
West 4th, he entered the seedy gloom of the lobby.

Shaky Mo Collier was on the desk. His black face was
caked with white clay and his expression was unusually
surly. He cheered up when he saw Jerry.

"Mornin', guv. Vere's a bloke waitin' fer yer in 506."

"What's his name?"

Mo screwed up his eyes in the poor light and his lips
moved as he tried to read something he had scribbled on
a checking-in card. "Robin—nar—Reuben—nar—Robert—de—Fate? Nar! Rob..."

"Robert de Fete." Jerry felt relieved. His trip hadn't
been wasted. He recognised the "whimsical" pseudonym.
"Foreign Office."

Mo sniffed and picked at the clay on his face. "I'll buy
it, won' I?"

Jerry chucked him under his chin. "We bought it."

He took the groaning elevator to the fifth floor. The
warren of narrow corridors was everywhere painted the
same chocolate brown. Jerry found 506.

Cautiously, he opened the door.

The darkened room contained a bed without sheets and blankets. It had a striped, stained mattress. On the floor was a worn green carpet. A bedside table, lamp and secretaire were all coated with several layers of the same brown paint. The blind had been pulled down. On the secretaire stood a half-full bottle of Booth's Gin and a plastic cup.

Jerry opened the door into the bathroom. The pipes gurgled and shook, but the room was empty. He checked the shower-stall just the same.

He went back into the bedroom and looked at the bottle of gin. Obviously, his visitor had left it as a message.

It made sense.

The trip had paid off.

5

The New York Mets moved to within one victory of the pot of gold yesterday when they defeated the Baltimore Orioles 2–1, in 10 innings and took a lead of three games to one in the World Series. The victory was the third straight for the underdog Mets over the champions of the American League and it was laced with potent doses of the "magic" that has marked their fantastic surge to the top in 1969.—*New York Times,* 16 October 1969

Upset or Equilibrium in the Balance of Terror?

Miss Brunner appeared to have cooled down the reversion process somewhat when Jerry returned to the Centre. She was still mumbling, half the doodles on her pads were astrological equations she was either feeding into or receiving from her computer, but the worst part of her work was over now Jerry had isolated the key mark's identity type.

She licked her lips when he handed her the paper with the name on it.

"So it's a morality syndrome?"

"Yes, the poor sod." Jerry rubbed the back of his neck. "I'll have to take him out as soon as possible. No time for a transmogrification. This'll have to be a termination. Unless..." He narrowed his eyes as he looked at her. "Are you sure you're all right?"

"Yes, of course. It's this bloody pattern. You know what it does to me."

"Okay. Well, can you pin him down in a hurry? We had a break in that he's evidently going 'guilty' on us, like a lot of them. They do half our work for us. Very few are ever one hundred per cent sure of themselves. That's why they say they are."

She started to sort through her notes, stopped and picked up a bottle of cologne. She unscrewed the cap, upended the bottle and dabbed some of the cologne on her forehead.

Jerry rocked on the balls of his feet.

"At least it's a familiar pattern," she said. "A standard British resurrection plan of the old type. With 'conscience' overtones. What does Alvarez say?"

Jerry went into the next room. "How's it shaping, Mr Alvarez?"

Alvarez shrugged and spread his hands helplessly. "Most of the Middle East's breaking up. Complete temporal entropy in many areas. It'll be South East Asia next, and you know what that means."

Jerry frowned.

Almost shyly, Alvarez glanced at Jerry. "It's never been this bad, has it, Mr Cornelius?"

Jerry scratched his left hand with his right hand. "How about other sectors?"

Alvarez made a radio call. He listened to the headphones for a while and then swivelled to face Jerry, who was now leaning against a console smoking an Upmann Exquisitos.

"Moscow's completely out. New York more or less the same. Half of Peking's down—its southern and western districts. Singapore's completely untouched. No trouble in Shanghai. None in Sydney or Toronto. No trouble in Calcutta, but New Delhi's had it..."

Jerry dropped his cigar on the floor and stood on it.

The factor was overplaying his hand.

He went back into Miss Brunner's room and told her the news.

She spoke distantly. "I've got it down to eight localities." She started to tap out a fresh programme and then stopped.

She went to her handbag, picked it up, squatted on the floor of the computing room. She was breathing heavily.

Jerry watched her as she took something from her bag and threw it on the ground. It was a handful of chicken bones. Miss Brunner was casting the runes.

"For God's sake, Miss Brunner!" Jerry took a step towards her. "The whole balance is gone and you're fucking about with bones...."

She raised her head and cackled. "You've got to have faith, Mr C."

"Oh, Christ!"

"Exactly," she mumbled. "It's a sort of progress report on the Second Coming, isn't it? You ought to know after all!"

"Mother of God!"

He pressed the button marked POWER OFF and the computer went dead.

Sometimes he would admit that one form of superstition was as good as another, but he still preferred to rely on the forms he knew. He flung himself on top of Miss Brunner and began to molest her.

They were all operating on instinct at the moment.

Systems Theory and Central Government

Jerry was running.

The backlash was bound to hit London soon and the whole equilibrium would be thrown. Alvarez's dark suggestions about rephasing might have to be implemented. That meant a great deal of work—a long job involving a lot of risks. He wasn't sure he was up to it at the moment.

He would have to play his hunch, picking one locality from the list of eight Miss Brunner had shown him before she reverted.

He ran through a deserted Holland Park. The autumn leaves slapped his face. He headed for the Commonwealth Institute.

Whither ESRO?

The sun had set by the time Jerry arrived outside the Institute where a few lights were burning.

He turned up the collar of his black car coat, walked under the flags, past the pool and into the main hall. It was deserted. He crossed the hall and opened a door at the back. It led into a small corridor. At the end of the corridor was another door. Jerry approached it and read the name on it:

COLONEL MOON

The name seemed right.

Jerry turned the handle of the door. It was unlocked. He walked into absolute blackness.

An electric light went on.

He was in a steel office. There were steel filing cabinets, steel shelves and a steel desk. At the desk sat Colonel Moon, a stiff-backed man, no longer young. A cigarette in a black plastic holder was clamped between his teeth. He had a square, healthy face, a little touched by drink. His eyes were blue and slightly watery. He wore the tweed jacket of a minor Civil Service "poet".

As Jerry entered, Colonel Moon closed a boxfile with one hand. His other hand was still by the light switch on the wall near the desk.

"Miss Brunner is dead, eh? It was just as well, Mr Cornelius. We couldn't have her running wild."

"So you're the Great Terror." Jerry rubbed his left eyelid with his left index finger. He looked casually about. "They don't give you much room."

Moon presented Jerry with a patronising smile. "It serves my simple needs. Won't you sit down?"

Jerry crossed to the far wall and seated himself in the wicker rocker. "Where did you pick this up?"

"Calcutta. Where else?"

Jerry nodded. "I got your message in New York."

"Jolly good."

"I'm not really up to this, but what was it—'guilt' or something?"

"Sense of fair play, old boy."

Jerry burst out laughing.

"I'll be seeing *you*, Colonel."

6

While the strategic importance of large air-launched weapons declines in the age of ICBMs and submarine-launched ballistic missiles, airborne guided weapons for tactical use grow in importance. Vietnam has become a "testing ground" for a wide range of weapons from the Walleye TV-guided bomb to Bullpup and the radar-homing Shrike. The lessons learned from actual operations are rapidly being applied to new weapons systems such as the AGM-80A Viper and the AGM-79A Blue Eye, both conceived as Bullpup replacements.— *Flying Review International,* November 1969

Emotion and the Psychologist

In mutable times like these, thought Jerry as he walked into Lionel Himmler's Blue Spot Bar, everything was possible and nothing was likely. His friend Albert the émigré nodded to him from the shadowy corner by the bar, lifting his glass of schnapps in the strobelight, saluting both Jerry and the stripper on the stage.

Jerry flickered to a table, sat down and ordered scotch and milk. Once history ceased to be seen in linear terms, it ceased to be made in linear terms. He glanced at his new watch.

Moon's machinery could be useful if used in conjunction with their own. He was sorry that he'd have to blow up Bhubaneswar, though.

The problems, of course, would be "psychological" rather than "moral"—if "moral" meant what he thought it did. That was, he admitted, one of his blind spots. It was a pity Miss Brunner wasn't herself (or, rather, was too much herself). She had a much better grasp of that sort of thing.

From behind the curtain a record of Mozart's 41st Symphony began to play.

Jerry settled back in his chair and watched the act.

7

Peace rallies drew throngs to the city's streets, parks, campuses and churches yesterday in an outpouring of protest against the Vietnam war. The Times Square area was hit by a colossal traffic jam during rush hour as tens of thousands of demonstrators marched to the culminating event of the day—a rally in Bryant Park, west of the New York Public Library. The park was saturated with people, many of them unable to see the speakers' stand or hear the denunciations of war... Mayor Lindsay had decreed a day of mourning. His involvement was bitterly assailed by his political opponents and by many who felt that the nationwide demonstrations were not only embarrassing President Nixon's efforts to negotiate an honorable peace but were giving aid and comfort to the enemy as well.—*New York Times,* 16 October 1969

Technology Review

Miss Brunner would be a complete write-off soon, if she wasn't saved.

She was up to her old tricks. She had constructed a pentagram circuit on the floor of the computer room and she had dug up her goat. It lay in the centre of the pentagram, its liver missing.

Jerry watched for a moment and then closed the door with a sigh. He'd have to deal with Moon himself—and what's more it wouldn't now be a simple take-out.

Moon had known what he was doing when he had arranged events so that Miss Brunner's logic patterns would be scattered. He had doubtless hoped that with Miss Brunner's reversion, the whole Time Centre would be immobilised. It had been a clever move—introducing massive chaos factors into twelve major cities, like that. Moon must have been working on the job a long time.

Now Miss Brunner was doing the only thing she could, under the circumstances.

He turned to Alvarez, who was sipping a cup of hot Ribena. "They keep turning up, don't they?"

Alvarez's tone was sardonic. "Will it ever end?"

Westminster Scene

Jerry needed sleep. Miss Brunner could get by on a drop or two of blood at the moment, but it wouldn't do for him. Moon would make a good substitute, of course, if he wasn't now needed as an antidote, but that would anyway mean rushing things, probably buggering them up altogether. It was something of a vicious circle.

He went back to his Ladbroke Grove HQ and took the lift up to the tower where he had his private apartments. He switched on the stereo and soothed himself down with a rather mannered version of Beethoven's Ninth, conducted by von Karajan. He typed his notes on the IBM 2000 and made a hundred copies on his Xerox 3600. It wasn't like the old days, when the Centre had only needed one chronograph and the entire works could be run by a single operator. Perhaps the whole thing should be folded. It was becoming a large randomising feature in its own right.

He followed the Beethoven with a Del Reeves album, after considering a Stones LP. There were some perversions left in the world, but he didn't feel up to that one at present. It would have been like drinking Wild Turkey bourbon in an Austin Princess.

He lay down on the leather ottoman by the window.

He dozed until Alvarez called.

"Absolute Crisis Situation just about to break," Alvarez told him. "I'd say you have three hours. After that, there won't even be a chance of rephasing, if I'm any judge."

"Check," said Jerry and winked at his reflection in the mirror.

Tantaliser

It had to be this way. Jerry couldn't have managed it alone, otherwise. He had been forced to wait for the moment when the feedback would start to hit Moon.

He found him in his office, completely naked, sitting in the middle of a huge and tattered Union Jack, the empty cigarette holder between his teeth. It was the flag that had been missing from the pole Jerry had passed on his way in.

Moon's well-preserved body was pale and knotted with muscle. He was remarkably hairy. He saw Jerry and got up.

"Nice to see you, dear boy. As a matter of interest, how did you find me, originally?"

"Originally? The only person sentimental enough to look after those old outposts was you. I knew you would have left NY. I had a hunch you'd be here."

Moon pursed his lips.

"Coffee?" he said at length. He crossed to a gas-ring set up on one of the steel filing cabinets. He put the kettle on and measured spoonfuls of Camp coffee into orange plastic cups.

"No, thanks," said Jerry.

Moon began to pour the coffee back into the bottle. It flooded over the neck and ran down the sides, staining the label.

"It's a shame you refused to fall back on the old methods," he said. "I thought you would when Miss Brunner went."

"They aren't suitable, in this case," Jerry told him. "Anyway, I've been in a funny mood for some time."

"You've got jolly moralistic all of a sudden, haven't you?" Colonel Moon raised his eyebrows in his "quizzical" expression.

"You shouldn't have done that, Colonel." Jerry began

to tremble. "I've never understood the death-wish you people have."

"Ah, well, you see—you're younger than me."

"We'll have to wipe out most of your bloody logic sequence. That's not a 'moralistic' reaction. I'm just annoyed."

Again the "quizzical" expression. "So you say."

Jerry smacked his lips.

"I would have thought," Moon added, "that in your terms my sequence was a fairly simple one."

Jerry couldn't answer. He knew Moon was right.

"Everything's so boringly complicated these days, isn't it?" Moon put his hand on the handle of the kettle and winced. He stiffened his lips and began to pour the water into the cup.

Jerry stopped trembling. He felt quite sympathetic towards Moon now. "It's a question of attitude, I suppose."

Moon looked surprised. There were tears in his eyes; just a few. "Yes, I suppose so."

"Shall we be off?" Jerry removed his black gloves and put one in each pocket of his car coat. He reached inside the coat, pulling his needler free of its holster.

"Mind if I finish my coffee?"

"I'd appreciate it if you'd hurry up, though." Jerry glanced at his watch. "After all, there's Miss Brunner to think of."

8

Today as an extensive auto trip has confirmed, the only danger along Route 4 is the traffic, which is dreadful, and the potholes, which can shatter an axle. The improved security along the road is one of the more visible examples of the progress achieved over the last year by the allied pacification program.—*New York Times*, 16 October 1969

People

Jerry took Colonel Moon to the basement of the Ladbroke Grove HQ.

The colonel smoothed his iron-grey hair and looked around the bare room. "I thought—well—Miss Brunner?"

"That's next. We're going to have to soften you up a bit first. Jimi Hendrix, I'm afraid."

Jerry went to the hidden panel and opened it. He flipped a toggle switch to turn on the power.

Colonel Moon said: "Couldn't you make it George Formby?"

Jerry thought for a moment and then shook his head. "I'll tell you what. I'll make it early Hendrix."

"Very well. I suppose there isn't much time left. You can't blame me for trying, eh?"

Jerry's eyes were glazed as he waltzed over to Colonel Moon and positioned him. "Time? Trying?"

Colonel Moon put his head in his hands and began to sob.

Jerry took aim with the needler, pulled the trigger. The needles passed through the hands and through the eyes and into the brain. Jerry pulled his little transmogrifier from his pocket and stuck the electrodes on Moon's skull.

Then he switched on the music.

Books

It was *And the Gods Made Love* that did it.

His hands rigid over his eyes, Colonel Moon fell down. He murmured one word: Loyalty. And then was supine.

Jerry reduced the volume and picked up a wrist. It was completely limp.

Thoroughly into it now, Jerry licked his lips, heaved the body on to his back, and left for the Time Centre.

9

ROME, Oct. 15—Cardinal Cooke, Archbishop of New York, urged the Roman Catholic Synod of Bishops today to consider the present period of "stress and strain" in the church "frankly and positively, with great charity".—*New York Times,* 16 October 1969

He Smashed the "Death Valley" Terror Trap

Jerry stumbled through the door with the body over his shoulder. "All ready. Where's Miss B?"

Alvarez was chewing a beef sandwich. "Still in there. She locked the door a while ago."

"Use the emergency lock to open it, will you?"

"You haven't given yourself much margin." Alvarez spoke accusingly as he operated the lock. The computing room door sank into the floor.

Jerry stepped through. "Close it up again, Mr A."

"Aye, aye, Mr C."

Alvarez was getting very edgy about the whole thing. Jerry wondered if he would have to go.

Blue lights flickered on five points. Red lights, close together, shifted on the far side of the room. The red lights were Miss Brunner's beautiful eyes.

"I've come to help you." Jerry grinned and his teeth felt very sharp.

She screamed.

"Oh, do shut up, Miss B. We're going to break the spell together."

"*BELPHEGOR!*"

"Anything you say."

We Survived the Cave of the 10,000 Crazed Bats

Jerry sucked his lower lip.

Colonel Moon now stood shivering in the centre of the pentagram, an inane grin on his face.

Jerry took the speakers and placed one on each of the five points, then turned the computer to FULL INPUT and switched on the rest of the equipment.

Sparks leapt from point to point and settled into a blue-green flow. It was all very familiar. Colonel Moon's mouth went slack.

"Cheer up, Colonel. You never saw an act like this at the Empire!"

From the darkness, Miss Brunner cackled stupidly.

Jerry turned a dial. The music came out softly at first, but it got to the colonel in no time. It was the Mothers of Invention and *Let's Make the Water Turn Black*.

He heard Miss Brunner through it all. "Tasty," she was saying. At least she was responding a bit.

"In you go, Miss B."

He watched her scrawny, naked body in silhouette as it moved through the blue-green glow into the pentagram.

Colonel Moon hissed as Miss Brunner took her first nip.

Jerry's part of it was over. He slipped from the room.

The antidote had been administered, but there was still a lot of tidying up to do.

Sex Habits of Bonnie Parker and the Women Who Kill

Alvarez was smiling now. He looked up from his head-phones. "The situation's static. We've got a silly season on our hands by the smell of it."

Jerry was worn out. "Reset all the chronographs, will you. It's not over yet."

Miss Brunner could be a great asset, but her habits sometimes put him off her.

He yawned. "Poor old Moon."

"Hoist by his own petard, eh?" grinned Alvarez.

"Silly bugger. He didn't really believe in what he was doing."

"But Miss Brunner did."

"Well, Moon felt he ought to have a 'sense of purpose', you see. It lets them all down in the end."

10

It would be foolish to speculate further.—George Steiner

Facts by Request

Miss Brunner and Jerry Cornelius walked hand in hand through Hyde Park and paused where the crater had been.

"It's very hazy," she said. "So I did it again."

"Moon set you up. You knocked him down."

"C'est la vie!"

"You could put it like that."

She stopped and removed her hand from his. "Really, Mr Cornelius, you do seem *down*."

"Well, it's all over now. Here's your transport."

He pointed through the trees at the Sikorsky SH-3D which began to rev up, blowing the last of the leaves from the branches, blowing the other leaves up into the air. The day was cold and sunny.

She paused, looking in her handbag for something and not finding it. "You sympathise with them, yet you'll never understand their morality. It was such a long while ago. You're a kind little chap, aren't you?"

Jerry folded his arms and closed his face.

He watched her walk towards the helicopter, her red

hair ruffled by the wind. She was full of bounce. Moon had agreed with her.

He thought she called something out, but he couldn't hear her above the whine of the rotors.

The helicopter shuddered and lumbered into the sky.

Soon it was gone.

Jerry looked at his watch. The arrows were revolving at a moderate speed. It was all he could hope for.

The gestures of conflict keep the peace.

It was a motto that even Moon had understood, but he had chosen to ignore it. Those old men of action. They were the ones you had to watch.

Jerry lay down on the grass and closed his eyes. He listened to the lazy sound of the distant traffic, he sniffed the scents of autumn.

It had been a rotten little caper, all in all.

Other texts consulted include:
Real Detective Yearbook, No. 101, 1969
Confidential Detective Cases, March 1969
Women in Crime, May 1969
Male, June 1969
Encounter, August 1969
New Scientist, 13 November 1969

Sea Wolves

Your computer needs you

It occurs to us that while we've been saying "you need your computer" we'd also like to emphasise something equally important.

"Your computer needs you."

You see, without you your computer is nothing.

In fact it's people like yourself that have made the computer what it is today.

It's people like you that have made their computer do some pretty exciting things.

Like help them keep on top of sales trends.

Or design a bridge.

Or keep track of all the parts that go into a giant whirlybird.

To do things like that, your computer needs some help.

It needs you to get more involved with it. So you can use it to help you do more than just the payroll and the billing.

And it needs some terminals.

Terminals let you get information in and out of your computer fast.

They let you get up close to your computer.

Even though you might be miles away...

But terminals are nothing unless something happens between you and your computer.

Unless you get involved with your computer.

You need your computer.

Your computer needs you.

KNOW YOUR BUSINESS.
KNOW YOUR COMPUTER

IBM

1

Running, grinning, aping the movements of the mammals milling about him, Jerry Cornelius made tracks from the menagerie that was My Lai, the monster tourist attraction of the season, and threw his Kamov Ka-15 into the sky, flew over the tops of the tall hotels and novelty factories, away from there; away to the high privacy of Bangkok's Hotel Maxwell where, panting, he froze his limbs in the angles of sleep.

A posture, after all, was a posture.

2

Jerry's uniform was that of the infamous Brigade of St Basil. These Osaka-based White Cossack Mercenaries had recently changed from the Chinese to the American side; a half-hearted move; a compromise. But the uniform— cream, gold and fawn—overrode most other considerations.

Meanwhile revolutionary troops continued to march on the great automated factories of Angkor Wat and Anuradhapura. It would all be over by the Festival of Drakupolo.

A week passed. Jerry continued to sleep, his well-cut jacket and jodhpurs uncrumpled, for he did not stir and his breathing was minimal, neither did he perspire. There was a complete absence of REMs.

3

The war ended with a complete victory for the factories. The defected revolutionaries made their way back to Simla and Ulan Bator. Jerry woke up and listened to the news on Radio Thai. He frowned.

A fine balance had to be maintained between man and machine, just as between man and man, man and woman, man and environment.

It was as good as it was bad.

Regretfully he stripped off his uniform. He was not sure he looked forward to civvy street.

4

The gestures of conflict keep the peace. The descendants of Tompion and Babbage toyed with inaccurate engines while their enemies entertained impossible debates concerning the notion that an electronic calculating device could not possess a "soul". The old arguments perpetuated themselves: resolved in the ancient formulae of warfare.

5

When Jerry arrived in Phnôm Penh the streets were full of bunting. Rickshaws, bicycles, cars and trams were hung with paper banners, streamers and posters. The Central Information Building shuddered with bright flame. The factories had won, but others were suffering for them. It was as it should be, thought Jerry.

Cheerfully he mounted an abandoned British-made Royal Albert gent's black roadster and pedalled along with the procession, avoiding the wreckage of cash-registers and adding machines that had been hurled from shops and offices that morning, heading for the suburbs where his bungalow housed a Leo VII cryogenic storage computer which he had, before the war, been programming on behalf of the monks at the new temple on Kas Rong. But the anti-religious riots had not only been directed at the machines. The monastery had been hastily disbanded by the authorities in the hope that this measure would save the new research wing of the Hospital of the Secret Heart at Chanthaburi. It had not.

6

Jerry entered the bungalow and shivered. The temperature was almost at zero. He pushed back the steel sliding doors of the inner room. The computer glistened under a thick coating of ice.

Was entropy setting in again?

Turning up the collar of his black car coat he inspected the power inputs. Something had overloaded Leo VII.

Jerry sniffed the sharp air. A problem of cardinal importance. He twitched his lips. Time to be moving.

He paused, studying the computer. It trembled under its sheathing of ice. He went to the wall and took his kid gloves from his pocket. He pulled them on, pressed the DESTRUCT button, but it would not move. It was frozen solid.

Jerry reached inside his coat and brought out his needle-gun. With the butt he hammered the button home.

He left the computer room. In the living-room ice had formed traceries on the walls and windows, whorls and lines spelling out equations of dubious importance. A little bile came into his throat.

All the signs pointed West.

He went to the garage at the side of the bungalow, wheeled his big BMW 750cc hog on to the path, put it between his legs, kicked the starter and whisked wild and easy off down the concrete road towards the jungle.

Yellow sun.

Blue sky.

Green trees.

Monkeys screaming.

7

> Zut alors!
> Maxim's in Paris
> buys its fish
> from a machine.

────────────────

Part of the reason that fish at Maxim's is so fabulous is because it's so fresh. Fresh from General Electric data-processing equipment. When a French fisherman unloads his catch at the port of Sète, a unique data-gathering and display system takes over...

> Progress is our most important product
> GENERAL ELECTRIC

8

A loud shriek.

9

The Dnieper flowed slowly, its muddy waters churned by the wind. In the brown land some snow remained. The great sky was low and grey over the steppe. A small wooden landing stage had moored to it a carved fishing boat, its sail reefed.

On the landing stood three Cossacks. They had long moustaches, smoked large pipes, wore big fur caps on the sides of their shaven heads. Heavy burkas swathed their burly bodies and they wore baggy trousers of blue or green silk, boots of red or yellow morocco leather. There were sabres at their sides, rifles on their backs. They watched the horseman as he galloped nearer on his shaggy, unshod pony.

The rider had bandoliers of cartridges crossing his chest, an M-60 on his back. He wore the Red Army uniform of the "Razin" 11th Don Cossack Cavalry and he carried the horsehair standard of an ataman. He was young, with long pale hair and sharp blue eyes. He drew his horse to a skidding halt and saluted the three men whose expressions remained set.

"Cossacks of the Zaporozhian Sech, greetings from your brothers of the Don, the Yaik and the Kukan." He spoke with a strong Ukrainian accent, driving the standard into the hard ground.

The nearest Zaporozhian reached down and picked up a sack that lay at his feet. "The Sech is no more," he said. "We and this are all that remains. The great horde came four days ago from the East." He upended the sack and emptied it.

Jerry dismounted and went to stare at the collection of small metal cogs, transistors and tapes.

"The krug is dead." Tears came to the leading Zaporozhian's hard, grey eyes. "The Khan rules. This is the end of our ancient freedom."

Jerry got back on to his horse and rode away. He left the horsehair standard waving in the wind. He left the Cossacks weeping. He left the bank of the muddy Dnieper and headed out across the steppe, riding South again, towards the Black Sea.

10

The anthropomorphic view:

> The Bug Slayer
> No computer stamps out program bugs like RCA's
> Octoputer. It boosts programming efficiency up to
> 40%.

Programming is already one-third of computer costs,
and going up faster than any other cost in the industry.
A lot of that money is eaten up by bugs...

11

He wandered along the grassy paths between the ancient ruins. Everywhere was litter. Broken tape-spools
crunched beneath his boots, printouts snagged his feet; he
was forced to make detours around buckled integrator cabinets. A few white-coated technicians tried to clean up the
mess, haul the torn bodies away. They ignored Jerry, who
went past them and hit the jungle once more. In his hand
he held an ice-pick.

One of the technicians jerked his thumb as Jerry disappeared.

"Asesino..." he said.

Jerry was glad to be out of Villahermosa.

12

He was cleaning his heat in his hut when the pale young
man came in, shut the flimsy door and shuddered. Outside,
the jungle stirred.

Jerry replaced rod, rag and oil in their case and carefully closed the lid.

The young man was dressed in a brown tropical suit with sweat-stains under arms and crotch. He had noticed the three weapons in the case: the needler, the heater, the vibragun. He crossed himself.

Jerry nodded and drew on his black leather Norfolk jacket. From the tops of his dark Frye boots he untucked his pink bell-bottomed Levis and smoothed them down with the tips of his fingers, watching the pale young man with amused, moody eyes.

An Aeroflot VC 10 began its approach to the nearby Mowming drome. The windows vibrated shrilly and then subsided.

"The sense of oneness known to the Ancients." The young man waved his hands vaguely in all directions. "At last it is within our grasp."

Jerry rubbed his nose with his case.

"I'm sorry, Mr Cornelius, I am, of course, Cyril Tome." A smile of apologetic patronage. "What a nightmare this world is. But the tide is turning..."

Jerry began vigorously to brush his fine blond hair, settling it on his shoulders. "I wasn't expecting you, Mr Tome."

"I left a message. In Kiev."

"I didn't get it."

"You mean you didn't receive it?"

"If you like."

"Mr Cornelius, I gathered from a mutual acquaintance that we were of a similar mind. 'Science is only a more sophisticated form of superstition'—didn't you say that?"

"I'm told so. Who was the acquaintance?"

"Malcolm." He raised his eyebrows. "Beesley? But don't you agree that in place of the old certainties, rooted in the supreme reality of existence, we have transferred our faith to science, the explanation for everything which explains nothing, the ever more fragmented picture of reality which becomes ever more unreal..."

"How is Bishop Beesley?"

"Carrying on the fight as best he can. He is very tired."

"He is indeed."

"Then you don't agree..."

"It's a question of attitude, Mr Tome." Jerry walked to the washstand and picking up a carton of Swedish milk poured out half a saucer for the half-grown black and white cat which now rubbed itself against his leathered leg. "Still, we don't need emotional rapport, you know, to do business."

"I'm not sure..."

"Who is, Mr Tome?"

"I am sure..."

"Naturally."

Tome began to pace about the floor of the hut. "These machines. They're inhuman. But so far only the fringes have been touched."

Jerry sat down on the bed again, opening his gun case. He began to fit the vibragun together, snapping the power unit into place.

Tome looked distastefully on. "I suppose one must fight fire with fire."

Jerry picked his teeth with his thumbnail, his brows furrowed. He did not look at Tome.

"What's the pattern?" he murmured, stroking the cat.

"Is there a pattern to anarchy?"

"The clearest of all, I'd have thought." Jerry slipped the vibragun into his shoulder holster. "In Leo VII all things are possible, after all."

"A machine is—"

"—a machine is a machine." Jerry smiled involuntarily.

"I don't understand you."

"That's what I was afraid of."

"Afraid?"

"Fear, Mr Tome. I think we might have to book you."

"But I thought you were on my side."

"Christ! Of course I am. And their side. And all the other sides. Of course I am!"

"But didn't you start the machine riots in Yokohama? When I was there?"

Tome burst into tears.

Jerry rubbed at his face in puzzlement.

"There's been a lot of that."

Tome made for the door. He had started to scream.

Some beastly instinct in Jerry responded to the movement and the sound. His vibragun was slipped from its holster and aimed at Tome as the pale young man fumbled with the catch.

Tome's teeth began to chatter.

He broke up.

All but insensate, Jerry fell back on the bed, his mad eyes staring at the ceiling.

Eventually they cooled.

Jerry left the hut and struck off through the jungle again. He had an overwhelming sense of *déjà vu*.

13

The mechanistic view:

Horace is Hornblower's remarkable new computer system. And what he does with confirmations is a Hornblower exclusive...

Only Horace prints complete confirmations in Seconds

14

Jerry was lost and depressed. Thanks to Tome, Beesley and their fellow spirits, a monstrous diffusion process was taking place.

He stumbled on through the jungle, followed at a safe distance by a cloud of red and blue macaws. They were calling out phrases he could not quite recognise. They seemed malevolent, triumphant.

A man dressed in the tropical kit of an Indian Army NCO emerged from behind a tree. His small eyes were almost as confused as Jerry's.

"Come along, sir. This way. I'll help."

For a moment Jerry prepared to follow the man, then he shook his head. "No, thank you, Corporal Powell, I'll find my own way."

"It's too late for that, Mr Cornelius."

"Nonetheless..."

"This jungle's full of natives."

Jerry aimed a shot at the NCO, but the little man scurried into the forest and disappeared.

Several small furry mammals skittered out into the open, blinking red eyes in the direct sunlight. Their tiny thumbs were opposable. Jerry smiled down indulgently.

Around him the Mesozoic foliage whispered in the new, warm wind.

15

He had reached the sea.

He stood on the yellow shore and looked out over the flat, blue water. Irresolutely he stopped as his boots sank into the sand. The sea frightened him. He reached inside his coat and fingered the butt of his gun.

A white yacht was anchoring about a quarter of a mile away.

Soon he heard the sound of a motor-boat as it swept towards him through the surf.

He recognised the yacht as the *Teddy Bear*. It had had several owners, none of them particularly friendly. He turned to run, but he was too weak. He fell down. Seamen jumped from the boat and pulled him aboard.

"Don't worry, son," one of them said. "You'll soon be back in blighty."

"Poor bastard."

Jerry whimpered.

They'd be playing brag for his gear soon.

Because of the sins which ye have committed before God, ye shall be led away captives into Babylon by Nabuchodonosor king of the Babylonians.—*Baruch* 6:2

He was feeling sorry for himself. He'd really blown this little scene.

16

Need to improve customer service? Salesman productivity? Here's your answer—Computone's portable computer terminal, the world's smartest briefcase. It weighs only 8¾ pounds, and it costs as little as $20 per month. Through a telephone in the prospect's home or office, your salesman can communicate directly with a computer, enter orders and receive answers to inquiries within seconds. The terminal converts your salesman into a team of experts who bring to the point of sale the vast memory of a computer and its ability to solve problems immediately and accurately.—COMPUTONE

SYSTEMS INC. *the company that put the computer in a briefcase*

17

Jerry was dumped outside the Time Centre's Ladbroke Grove HQ. He got up, found his front door, tried to open it. The door was frozen solid. The Leo VII had spread its cryogenic bounty throughout the citadel.

Jerry sighed and leaned against the brick wall. Above his head someone had painted a new slogan in bright orange paint:

NO POPERY

There were only two people who could help him now and neither was particularly sympathetic to him.

Was he being set up for something?

18

Hans Smith of Hampstead, the Last of the Left-wing Intellectuals, was having a party to which Jerry had not been invited.

Because of his interest in the statistics of interracial marriage in Vietnam in the period 1969/70, Hans Smith had not heard about the war. There had been few signs of it on Parliament Hill. Late one night he had seen a fat, long-haired man in a tweed suit urinating against a tree. The man had turned, exposing himself to Smith, grinning and leering. There had also been some trouble with his Smith-Corona. But the incidents seemed unrelated.

Balding, bearded, pot-bellied and very careful, Hans

Smith had codified and systemised his sex-life (marital, extra-marital and inter-marital) to the point where most discomfort and enjoyment was excluded. His wife filed his love-letters and typed his replies for him and she kept his bedroom library of pornography and sex-manuals in strict alphabetical order. Instead of pleasure, Smith received what he called "a healthy release". The sexual act itself had been promoted into the same category as a successful operation for severe constipation. Disturbed by the Unpleasant, Smith belonged to a large number of institutions devoted to its extinction. He lived a smooth existence.

Jerry opened the front door with one of the keys from his kit and walked up the stairs. Somewhere The Chants were singing *Progress*.

He was late for the party. Most of the remaining guests had joined their liberal hosts in the bedroom, but Smith, dressed in a red and gold kimono that did much to emphasise the pale obscenity of his body, came to the door at his knock, a vibro-massager clutched in one thin hand. He recognised Jerry and made a Church Army smile through his frown.

"I'm sorry, bah, but..."

But Jerry's business was urgent and it was with another guest.

"Could I have a word with Bishop Beesley, do you think?"

"I'm not sure he's..."

Jerry drew out his heater.

"There's no need to be boorish." Smith backed into the bedroom. Unseen middle-aged flesh made strange, dry sounds. "Bishop. Someone to see you..." He fingered his goatee.

Mrs Hans Smith's wail: "Oh, no, Hans. Tell them to fiddle off."

Smith made another of his practised smiles. "It's Cornelius, kitten."

"You said you'd never invite—"

"I didn't, lovie..."

Jerry didn't want to look inside, but he moved a step nearer. "Hurry up, Bishop."

Naked but for his gaiters and mitre, the gross white form of Bishop Beesley appeared behind Hans Smith. "What is it?"

"A religious matter, Bishop."

"Ah, in that case." The bishop bundled up his clothes and stepped out. "Well, Mr Cornelius?"

"It's the Leo VII cryogenics. They seem to be trying to convert. I can't make it out. They're freezing up."

"Good God! I'll come at once. A clearing needed, eh? An exorcism?"

Jerry's hunch had been a good one. The bishop had been expecting him. "You'd know better than I, Bishop."

"Yes, yes." Beesley gave Jerry's shoulder a friendly pat.

"Well, the shit's certainly hit the fan," said Jerry. He winked at Smith as he left.

"I'm very glad you called me in, dear boy." Bishop Beesley hopped into his trousers, licking his lips. "Better late than never, eh?"

Jerry shivered.

"It's your baby now, Bishop."

He had another old friend to look up.

19

"One down, eight letters, *To Lucasta, faithful unto death*..." Jerry shrugged and put the newspaper aside. They had arrived. He tapped the pilot on the shoulder. "Let's descend, Byron."

As the cumbersome Sikorsky shuddered towards the ground, Jerry had an excellent view of the ruins on the headland. All that remained of the castle was grass-grown walls a foot or two high, resembling, from this perspective, a simplified circuit marked out in stones—a message to an extraterran astronomer. The archaeologists had been at work again in Tintagel.

Beyond the headland the jade sea boomed, washing the ebony beach. The Sikorsky hovered over the ocean for a moment before sweeping backwards and coming to rest near Site B, the monastery.

Dressed in his wire-rimmed Diane Logan black corduroy hat, a heavy brown Dannimac cord coat, dark orange trousers from Portugal, and near-black Frye boots, Jerry jumped from the Sikorsky and walked across the lawn to sit on a wall and watch the helicopter take off again. He unbuttoned his coat to reveal his yellow Sachs cord shirt and the Lynn Stuart yellow and black sash he wore in place of a tie. He was feeling light in his gear but he was still bothered.

In the hot winter sunshine, he pranced along the footpath that led to the Computer Research Institute—a series of geodesic domes stained in bright colours.

"A meaning is a meaning," he sang, "is a meaning is a meaning."

He was not altogether himself, these days.

Outside the gates he grinned inanely at the guard and displayed his pass. He was waved through.

The Institute was a private establishment. The red moving pavement took him to the main admin building and the chrome doors opened to admit him. He stood in the white-tiled lobby.

"Mr Cornelius!"

From a blue door marked DIRECTOR came Miss Brunner, her auburn hair drawn back in a bun, her stiff body clothed in a St Laurent tweed suit. She stretched her long fingers at him. He grasped them.

"And what's your interest in our little establishment, Mr C?" Now she led him into her cool office. "Thinking of giving us a hand?" She studied a tank of small carp.

"I'm not sure I know the exact nature of your research."
Jerry glanced around at all the overfilled ashtrays.

She shrugged. "The usual thing. This and that. We're
checking analogies at present—mainly forebrain func-
tions. Amazing how similar the human brain is to our more
complex machines. They can teach us a lot about people.
The little buggers."

He looked at the graphs and charts on her walls. "I see
what you mean." He rubbed a weary eye and winced. He
had a sty there.

"It's all very precise," she said.

"Get away."

Jerry sighed. Didn't they know there was a war on?

20

"Sweet young stuff," said Miss Brunner. "Tender. Only
the best goes into our machines."

Jerry looked at the conveyor, at the aluminium dishes
on the belt, at the brains in the dishes.

"They feel nothing," she said, "it's all done by electron-
ics these days."

Jerry watched the battery brains slipping like oysters
into the gullets of the storage registers.

"You will try it, won't you?"

"It works both ways," she said defensively.

"I bet it does."

Miss Brunner smiled affectionately. "It's beautifully in-
tegrated. Everything automatic. Even the pentagrams are
powered."

"This isn't religion," said Jerry, "it's bloody sorcery!"

"I never claimed to be perfect, Mr Cornelius. Besides,
compared with my methods the narrow processes of the
orthodox..."

"You've been driving the whole bloody system crazy,

you silly bitch! You and that bastard Beesley. I thought there were only two polarities. And all the while..."

"You've been having a bad time, have you? You bloody puritans..."

Jerry pursed his lips. She knew how to reach him.

21

When he got back to Ladbroke Grove he found the door open. It was freezing inside.

"Bishop Beesley?" His voice echoed through the dark passages.

The cold reached his bones.

"Bishop?"

Time was speeding. Perhaps his counter-attack had failed.

He found Beesley in the library. The bishop had never got to the computer. His round, flabby face peered sadly out of the block of ice encasing him. Jerry drew his heater and thawed him out.

Beesley grunted and sat down. "I suppose it was a joke. Doubtful taste..."

"Sorry you were bothered, Bishop..."

"Is that all...?"

"Yes. I must admit I was desperate, but that's over now, for what it was worth."

"You treacherous little oik. I thought you had made a genuine repentance."

Jerry had been triggered off again. His eyes were glowing a deep red now and his lips were curled back over his sharp teeth. His body radiated such heat that the air steamed around it. He waved his gun.

"Shall we press on into the computer room?"

Beesley grumbled but stumbled ahead until they stood before the iced-up Leo VII.

"What point is there in my presence here," Beesley chattered, "when your claims—or its—were plainly insincere?"

"The logic's changed." Jerry's nostrils widened. "We're having a sacrifice instead."

Jerry thought he smelled damp autumn leaves on the air.

He snarled and chuckled and forced the bishop towards the appropriate input.

"Sacrilege!" howled Beesley.

"Sacrosanct!" sniggered Jerry.

Then, with his Frye boot, he kicked Beesley's bottom.

The clergyman yelled, gurgled and disappeared into the machine.

There was a sucking sound, a purr, and almost immediately the ice began to melt.

"It's the price we pay for progress," said Jerry. "Your attitudes, Bishop, not mine, created the situation, after all."

The computer rumbled and began a short printout. Jerry tore it off.

A single word:

TASTY.

22

Like it or not, the Brunner programme had set the tone to the situation, but at least it meant things would calm down for a bit....Time to work on a fresh equation.

These alchemical notions were, he would admit, very commonplace. The pattern had been begun years before by describing machines in terms of human desires and activities, by describing human behaviour in terms of machines. Now the price of that particular logic escalation was being paid. Beesley had paid it. The sweet young stuff was paying

*it. The mystical view of science had declined from vague
superstition into positive necromancy. The sole purpose of
the machines was confined to the raising of dead spirits.
The polarities had been the Anthropomorphic View and the
Mechanistic View. Now they had merged, producing something even more sinister: the Pathological View.*

*A machine is a machine is a machine...But that was
no longer the case. A machine was anything the neurotic
imagination desired it to be.*

*At last the computer had superseded the automobile as
the focus for mankind's hopes and fears. It was the death
of ancient freedoms.*

23

It was raining as Jerry picked his way over the Belgrade
bomb-sites followed by crowds of crippled children and the
soft, pleading voices of the eleven- and twelve-year-old
prostitutes of both sexes.

His clothes were stained and faded. Behind him were
the remains of the crashed Sikorsky which had run out of
fuel.

On foot he made for Dubrovnik, through a world ruled
by bad poets who spoke the rhetoric of tabloid apocrypha
and schemed for the fruition of a dozen seedy apocalypses.

At Dubrovnik the corpse-boats were being loaded up.
Fuel for the automated factories of Anuradhapura and
Angkor Wat. On one of them, if he was lucky, he might
obtain a passage East.

Meanwhile machines grew skeletons and were fed with
blood and men adopted metal limbs and plastic organs. A
synthesis he found unwelcome.

24

Out of the West fled Jerry Cornelius, away from Miss
Brunner's morbid Eden, away from warm steel and cool
flesh, on a tanker crammed with the dead, to Bombay and
from there to the interior, to rest, to wait, to draw breath,
to pray for new strength and the resurrection of the Antichrist.

A posture, after all, was a posture.

> You won't make an important decision
> in the 70s without it
> Your own personal desk-top computer
> terminal

Remember the 1970s are just around the corner. A call
to Mr A.A. Barnett, Vice President—Marketing,
Bunker-Ramo, could be your most important decision
for the new decade.

(All ad quotes from *Business Week,* 6 December 1969)

Voortrekker
A Tale of Empire

My Country 'Tis of Thee

Mr Smith said that the new Constitution would take Rhodesia further along the road of racial separate development—although he preferred to call it "community development and provincialisation." He agreed that, initially, this policy would not improve Rhodesia's chances of international recognition, but added: "I believe and I sincerely hope that the world is coming to its senses and that this position will change, that the free world will wake up to what international communism is doing."—*Guardian*, 14 April 1970

Think It Over

The group was working and Jerry Cornelius, feeling nostalgic, drew on a stick of tea. He stood in the shadows at the back of the stage, plucking out a basic pattern on his Futurama bass.

"She's the girl in the red blue jeans,
She's the queen of all the teens..."

Although The Deep Fix hadn't been together for some time Shaky Mo Collier was in good form. He turned to the console, shifting the mike from his right hand to his left, and gave himself a touch more echo for the refrain. Be-bop-a-lula. Jerry admired the way Mo had his foot twisted just right.

But it was getting cold.

Savouring the old discomfort, Jerry peered into the darkness at the floor where the shapes moved. Outside the first Banning cannon of the evening were beginning to go off. The basement shook.

Jerry's numb fingers muffed a chord. A whiff of entropy.

The sound began to decay. The players blinked at each other. With a graceful, rocking pace Jerry took to his heels.

None too soon. As he climbed into his Silver Cloud he saw the first figure descend the steps to the club. A woman. A flat-foot.

It was happening all over again.

All over again.

He put the car into gear and rippled away. Really, there was hardly any peace. Or was he looking in the wrong places?

London faded.

He was having a thin time and no mistake. He shivered. And turned up the collar of his black car coat.

HOPES FOR U.S. VANISH, he thought. If he wasn't getting

older then he wasn't getting any younger, either. He pressed the button and the stereo started playing *Sergeant Pepper*. How soon harmony collapsed. She never stumbles. There was no time left for irony. A Paolozzi screenprint. She likes it like that. Rain fingered his windscreen.

Was it just bad memory?

Apple crumble. Fleeting scene. Streaming screen. Despair.

At the head of that infinitely long black corridor the faceless man was beckoning to him.

Not yet.

But why not?

Would the time ever be right?

He depressed the accelerator.

Diffusion rediffused.

Breaking up baby.

Jump back...

He was crying, his hands limp on the wheel as the car went over the ton.

All the old men and children were dying at once.

                                                              HANG

ON

"NO!"

Screaming, he pressed his quaking foot right down and flung his hands away from the wheel, stretching his arms along the back of the seat.

It wouldn't take long.

I Love You Because

What the Soviet Union wants in Eastern Europe is peace and quiet...—Hungarian editor quoted, *Guardian*, 13 April 1970

Clearwater

"How's the head, Mr Cornelius?"

Miss Brunner's sharp face grinned over him. She snapped her teeth, stroked his cheek with her hard fingers.

He hugged at his body, closed his eyes.

"Just a case of the shakes," she said. "Nothing serious. You've got a long way to go yet."

There was a stale smell in his nostrils. The smell of a dirty needle. Her hands had left his face. His eyes sprang open. He glared suspiciously as she passed the chipped enamel kidney dish to Shaky Mo who winked sympathetically at him and shrugged. Mo had a grubby white coat over his gear.

Miss Brunner straightened her severe tweed jacket on her hips. "Nothing serious..."

It was still cold.

"Brrrr..." He shut his mouth.

"What?" She whirled suddenly, green eyes alert.

"Breaking up."

"We've been through too much together."

"Breaking up."

"Nonsense. It all fits." From her large black patent leather satchel she took a paper wallet. She straightened her... "Here are your tickets. You'll sail tomorrow on the *Robert D. Fete*."

Shaky Mo put his head back round the tatty door. The surgery belonged to the last backstreet abortionist in England, a creature of habits. "Any further conclusions, Miss Brunner?"

She tossed her red locks. "Oh, a million. But they can wait."

Heartbreak Hotel

Refugees fleeing from Svey Rieng province speak of increasing violence in Cambodia against the Vietnamese population. Some who have arrived here in the past 24 hours tell stories of eviction and even massacre at the hands of Cambodian soldiers sent from Phnôm Penh.—*Guardian,* 13 April 1970

Midnight Special

The *Robert D. Fete* was wallowing down the Mediterranean coast. She was a clapped out old merchantman and this would be her last voyage. Jerry stood by the greasy rail looking out at a sea of jade and jet.

So he was going back. Not that it made any difference. You always got to the same place in the end.

He remembered the faces of Auchinek and Newman. Their faces were calm now.

Africa lay ahead. His first stop.

That's When Your Heartaches Begin

Four rockets were fired into the centre of Saigon this evening and, according to first reports, killed at least four people and injured 37.

...When used as they are here, in built-up areas, rockets are a psychological rather than a tactical weapon.—*Guardian,* 14 April 1970

Don't Be Cruel

Could the gestures of conflict continue to keep the peace? Was the fire dying in Europe? "Ravaged, at last, by the formless terror called Time, Melniboné fell and newer nations succeeded her: Ilmiora, Sheegoth, Maidahk, S'aaleem. All these came after Melniboné. But none lasted ten thousand years." (The Dreaming City.) *In the flames he watched the shape of a teenage girl as she ran about dying. He turned away. Why did the old territorial impulses maintain themselves ("sphere of influence") so far past their time of usefulness? There was no question about it in his mind. The entropy factor was increasing, no matter what he did. The waste didn't matter, but the misery, surprisingly, moved him. Een Sehmidt, so Wolenski had said, now had more personal power than Hitler or Mussolini. Was it take-out time again? No need to report back to the Time Centre. The answer, as usual, was written in the hieroglyphs of the landscape. He smiled a rotten smile.*

The Facts of Death

"Name your poison, Mr Cornelius."

Jerry raised distant eyes to look into the mad, Boer face of Van Markus, proprietor of the Bloemfontein *Drankie-a-Snel-Snel.* Van Markus had the red, pear-shaped lumps under the eyes, the slow rate of blinking, the flushed neck common to all Afrikaners.

Things were hardening up already. At least for the moment he knew where he was.

"Black velvet," he said. "Easy on the black."

Van Markus grinned and wagged a finger, returning to the bar. *"Skaam jou!"* He took a bottle of Guinness from beneath the counter and half-filled a pint glass. In another glass he added soda water to three fingers of gin. He mixed the two up.

It was eleven o'clock in the morning and the bar was otherwise deserted. Its red flock fleur-de-lis wallpaper was studded with the dusty heads of gnu, hippo, aardvark and warthog. A large fan in the centre of the ceiling rattled rapidly round and round.

Van Markus brought the drink and Jerry paid him, took a sip and crossed to the juke-box to select the new version of *Recessional* sung by the boys of the Reformed Dutch Church School at Heidelberg. Only last week it had toppled The Jo'burg Jazz Flutes' *Cocoa Beans* from number one spot.

> *The tjumelt end the shouwting days;*
> *The ceptens end the kengs dep'haht:*
> *Stell stends Thine incient secrefize,*
> *En umble end e contriteart.*
> *Loard Goed ev Osts, be with us yit,*
> *List we fergit—list we fergit!*

Jerry sighed and checked his watches. He could still make it across Basutoland and reach Bethlehem before nightfall. Originally he had only meant to tank-up here, but it seemed the Republik was running out of the more refined kinds of fuel.

If things went slow then he knew a kopje where he could stay until morning.

Van Markus waved at him as he made for the door.

"Christ, man—I almost forgot."

He rang No Sale on the till and removed something from beneath the cash tray. A grey envelope. Jerry took it, placed it inside his white car coat.

The Silver Cloud was parked opposite the *Drankie-a-*

Snel-Snel. Jerry got into the car, closed the door and raised the top. He fingered the envelope, frowning.

On it was written: *Mr Cornelius. The Items*.

He opened it slowly, as a man might defuse a bomb.

A sheet of cheap Russian notepaper with the phrase *Hand in hand with horror: side by side with death* written in green with a felt pen. A place mat from an American restaurant decorated with a map of Vietnam and a short article describing the flora and fauna. Not much of either left, thought Jerry with a smile. A page torn from an English bondage magazine of the mid-50s period. Scrawled on this in black ballpoint: *Love me tender, love me sweet!!!* Although the face of the girl in the picture was half-obscured by her complicated harness, he was almost sure that it was Miss Brunner. A somewhat untypical pose.

The handwriting on envelope, notepaper and picture were all completely different.

Jerry put the items back into the envelope.

They added up to a change of direction. And a warning, too? He wasn't sure.

He opened the glove compartment and removed his box of chessmen—ivory and ebony, made by Tanzanian lepers, and the most beautiful pieces in the world. He took out the slender white king and a delicate black pawn, held them tightly together in his hand.

Which way to switch?

Not Fade Away

SIR: I noticed on page three of the *Post* last week an alleged Monday Club member quoted as follows: "I have listened with increasing boredom to your streams of so-called facts, and I would like to know what you hope to achieve by stirring up people against coloured immigrants."

In order that there should be no doubt whatsoever in the minds of your readers as to the position of the Monday Club in this matter, I would quote from *The New Battle of Britain* on immigration: "Immigration must be drastically reduced and a scheme launched for large-scale voluntary repatriation. The Race Relations Acts are blows against the traditional British right to freedom of expression. They exacerbate rather than lessen racial disharmony. They must be repealed."

In a letter from the Chairman of the Monday Club to Mr Anthony Barber, Chairman of the Conservative Party, it is stated: "Our fourth finding, and it would be foolish to brush this under the carpet, was that references to immigration were thought to be inadequate. In view of the very deep concern felt about this matter throughout the country, failure to come out courageously in the interests of the indigenous population could threaten the very existence of the party . . . However, it was thought there was no good reason to restrict the entry of those people whose forefathers had originally come from these islands . . ."

It would be quite wrong to leave anybody with the impression that the Monday Club was not wholly in support of the interests of the indigenous . . . population . . . of these islands.—D. R. Bramwell (letter to *Kensington Post*, 27 March 1970)

That'll Be The Day

Sebastian Auchinek was a miserable sod, thought Jerry absently as he laid the last brick he would lay for the duration.

Removing his coolie hat he stood back from the half-built wall and looked beyond at the expanse of craters which stretched to the horizon.

All the craters were full of muddy water mixed with defoliants. Not far from his wall a crippled kid in a blue cotton smock was playing in one of the holes.

She gave him a beautiful smile, leaning on her crutch and splashing water at him. Her leg-stump, pink and smooth, moved in a kicking motion.

Smiling back at her Jerry reflected that racialism and imperialism were interdependent but that one could sometimes flourish without the other.

The town had been called Ho Thoung. American destroyers had shelled it all down.

But now, as Jerry walked back towards the camp, it was quiet.

"If the world is to be consumed by horror," Auchinek had told him that morning, "if evil is to sweep the globe and death engulf it, I wish to *be* that horror, that evil, that death. I'll be on the winning side, won't I? Which side are you on?"

Auchinek was a terrible old bit of medieval Europe, really. Doubtless that was why he'd joined the USAF. And yet he was the only prisoner in Ho Thoung Jerry could talk to. Besides, as an ex-dentist, Auchinek had fixed Jerry's teeth better than even the Australian who used to have a surgery in Notting Hill.

Several large tents had been erected amongst the ruins of the town which had had 16,000 citizens and now had about 200. Jerry saw Auchinek emerge from one of these tents, his long body clothed in stained olive drab and his thin, pasty Jewish face as morose as ever. He nodded to Jerry. He was being led to the latrine area by his guard, a boy of fourteen holding a big M60.

Jerry joined Auchinek at the pit and they pissed in it together.

"And how is it out there?" Auchinek asked again. "Any news?"

"Much the same."

Jerry had taken the Trans-Siberian Express from Leningrad to Vladivostok and made the rest of his journey on an old Yugoslavian freighter now owned by the Chinese. It had been the only way to approach the zone.

"Israel?" Auchinek buttoned his faded fly.

"Doing okay. Moving."

"Out or in?"

"A little of both. You know how it goes."

"Natural boundaries." Auchinek accepted a cigarette from his guard as they walked back to the compound. "Vietnam and Korea. The old Manchu Empire. It's the same everywhere."

"Much the same."

"Pathetic. Childlike. Did you get what you came for?"

"I think so."

"Still killing your own thing, I see. Well, well. Keep it up."

"Take it easy." Jerry heard the sound of the Kamov Ka-15's rotors in the cloudy sky. "Here's my transport."

"Thank you," said Auchinek's guard softly. "Each brick brings victory a little closer."

"Sez you."

It's So Easy

"That's quite a knockout, Dr Talbot," agreed Alar. "But how do you draw a parallel between Assyria and America Imperial?"

"There are certain infallible guides. In Toynbeean parlance they're called 'failure of self-determination', 'schism in the body social' and 'schism in the soul'. These phases of course all follow the 'time of troubles', 'universal state' and the 'universal peace'. These latter two, paradoxically, mark every civilization for death when it is apparently at its strongest."

... Donnan remained unconvinced. "You long-haired

boys are always getting lost in what happened in ancient times. This is here and now—America Imperial, June Sixth, Two Thousand One Hundred Seventy-seven. We got the Indian sign on the world."

Dr Talbot sighed. "I hope to God you're right, Senator."

Juana-Maria said, "If I may interrupt..."

The group bowed.—Charles L. Harness. *The Paradox Men*, 1953

Rave On

In Prague he watched while the clocks rang out.

In Havana he studied the foreign liberals fighting each other in the park.

In Calcutta he had a bath.

In Seoul he found his old portable taper and played his late, great Buddy Holly cassettes, but nothing happened.

In Pyongyang he found that his metabolism had slowed so much that he had to take the third fix of the operation a good two months early. Where those two months would come from when he needed them next he had no idea.

When he recovered he saw that his watches were moving at a reasonable rate, but his lips were cold and needed massaging.

In El Paso he began to realise that the alternatives were narrowing down as the situation hardened. He bought himself a second-hand Browning M35 and a new suede-lined belt holster. With ammunition he had to pay $81.50 plus tax. It worked out, as far as he could judge at that moment, to about £1 per person at the current exchange rate. Not particularly cheap, but he didn't have time to shop around.

It Doesn't Matter Any More

It was raining on the grey, deserted dockyard. The warehouses were all boarded up and there were no ships moored any more beneath the rusting cranes. Oily water received the rain. Sodden Heinz and Campbell cartons lurked just above the surface. Broken crates clung to the edge. Save for the sound of the rain there was silence.

Empires came and empires went, thought Jerry.

He sucked a peardrop, raised his wretched face to the sky so that the cold water fell into his eyes. His blue crushed-velvet toreador hipsters were soaked and soiled. His black car coat had a tear in the right vent, a torn pocket, worn elbows. Buttoned tight, it pressed the Browning hard against his hip.

It was natural. It was inevitable. And the children went on burning—sometimes a few, sometimes a lot. He could almost smell them burning.

A figure emerged from an alley between Number Eight and Number Nine sheds and began to walk towards him with a peculiar, rolling, flatfooted gait. He wore a cream trenchcoat and a light brown fedora, light check wide-bottomed trousers with turn-ups, tan shoes. The trench-coat was tied at the waist with a yellow Paisley scarf. The man had four or five days' beard. It was the man Jerry was waiting for—Sebastian Newman, the dead astronaut.

A week earlier Jerry had watched the last ship steam out of the Port of London. There would be none coming back.

Newman smiled when he saw Jerry. Rotten teeth appeared and were covered up again.

"So you found me at last," Newman said. He felt in the pocket of his coat and came out with a pack of German-made Players. He lit the cigarette with a Zippo. "As they say."

Jerry wasn't elated. It would be a long while before he re-engaged with his old obsessions. Perhaps the time had passed or was still to come. He'd lost even the basic Greenwich bearings. Simple notions of Time, like simple notions of politics, had destroyed many a better man.

"What d'you want out of me?" Newman asked. He sat down on the base of the nearest crane. Jerry leaned against the corrugated door of the shed. There was twenty feet separating them and, although both men spoke quietly, they could easily hear each other.

"I'm not sure." Jerry crunched the last of his peardrop and swallowed it. "I've had a hard trip, Col. Newman. Maybe I'm prepared to give in..."

"Cop out?"

"Go for a certainty."

"I thought you only went for outsiders."

"I didn't say that. I've never said that. Do you think this is the Phoney War?"

"Could be."

"I've killed twenty-nine people since El Paso and nothing's happened. That's unusual."

"Is it? These days?"

"What are 'these days'?"

"Since I came back I've never known that. Sorry. That wasn't 'cool', eh?" A little spark came and went in the astronaut's pale eyes.

Jerry tightened his face. "It never stops."

Newman nodded. "You can almost smell them burning, can't you?"

"If this is entropy, I'll try the other."

"Law and order?"

"Why not?"

Newman removed his fedora and scratched his balding head. "Maybe the scientists will come up with something..."

He began to laugh when he saw the gun in Jerry's

hands. The last 9mm slug left the gun and cordite stank. Newman rose from his seat and bent double, as if convulsed with laughter. He fell smoothly into the filthy water. When Jerry went to look there were no ripples in the oil, but half an orange box was gently rocking.

Bang.

Listen To Me

Europe undertook the leadership of the world with ardor, cynicism and violence. Look at how the shadow of her palaces stretches out ever farther! Every one of her movements has burst the bounds of space and thought. Europe has declined all humility and all modesty; but she has also set her face against all solicitude and all tenderness.

She has only shown herself parsimonious and niggardly where men are concerned; it is only men that she has killed and devoured.

So, my brothers, how is it that we do not understand that we have better things to do than to follow that same Europe?

Come, then, comrades, the European game has finally ended; we must find something different. We today can do everything, so long as we do not imitate Europe, so long as we are not obsessed by the desire to catch up with Europe...

Two centuries ago, a former European colony decided to catch up with Europe. It succeeded so well that the United States of America became a monster, in which the taints, the sickness and the inhumanity of Europe have grown to appalling dimensions.

Comrades, have we not other work to do than to create a third Europe? The West saw itself as a spiritual adventure. It is in the name of the spirit, in the name of the spirit of Europe, that Europe has made her en-

croachments, that she has justified her crimes and le-
gitimized the slavery in which she holds four-fifths of
humanity...

The Third World today faces Europe like a colossal
mass whose aim should be to try to resolve the problems
to which Europe has not been able to find the answers...—Frantz Fanon, *The Wretched of the Earth*, 1961

I Forgot to Remember to Forget

*The references were all tangled up. But wasn't his job
really over? Or had Newman been taken out too soon? Maybe
too late. He rode his black Royal Albert gent's roadster
bicycle down the hill into Portobello Road. He needed to
make better speed than this. He pedalled faster.*

*The Portobello Road became impassable. It was clut-
tered by huge piles of garbage, overturned stalls, the corpses
of West Indians, Malays, Chinese, Indians, Irish, Hungar-
ians, Cape Coloureds, Poles, Ghanaians, mounds of an-
tiques.*

*The bike's brakes failed. Jerry left the saddle and flew
towards the garbage.*

DNA (do not analyse).

*As he swam through the stinking air he thought that
really he deserved a more up-to-date time machine than
that bloody bike. Who was he anyway?*

Back to Africa.

Everyday

At the rear of the company of Peuhl knights Jerry Cornelius crossed the border from Chad to Nigeria. The horsemen were retreating over the yellow landscape after their
raid on the Foreign Legion garrison at Fort Lamy where
they had picked up a good number of grenades. Though
they would not normally ride with the Chad National Lib-

eration Front, this time the sense of nostalgia had been too attractive to resist.

Along with their lances, scimitars, fancifully decorated helmets and horse-armour the Peuhl had .303s and belts of ammo crossed over the chainmail which glinted beneath their flowing white surcoats. Dressed like them, and wearing a bird-crested iron helmet painted in blues, reds, yellows and greens, Jerry revealed by his white hands that he was not a Peuhl.

The big Arab horses were coated by the dust of the wilderness and were as tired as their masters. Rocks and scrub stretched on all sides and it would be sunset before they reached the hills and the cavern where they would join their brother knights of the Rey Bouba in Cameroon.

Seigneur Samory, who led the company, turned in his saddle and shouted back, "Better than your old John Ford movies, eh, M. Cornelius?"

"Yes and no." Jerry removed his helmet and wiped his face on his sleeve. "What time is it?"

They both spoke French. They had met in Paris. Samory had had a different name then and had studied Law, doing the odd review for the French edition of *Box Office— Cashiers du Cinema*.

"Exactly? I don't know."

Samory dropped back to ride beside Jerry. His dark eyes glittered in his helmet. "You're always so anxious about the time. It doesn't bother me." He waved his arm to indicate the barren landscape. "My Garamante ancestors protected their huge Saharan empire from the empire of Rome two and a half millennia ago. Then the Sahara became a desert and buried our chariots and our cities, but we fought the Vandals, Byzantium, Arabia, Germany and France."

"And now you're on your way to fight the Federals. A bit of a come down, isn't it?"

"It's something to do."

They were nearing the hills and their shadows stretched away over the crumbling earth.

"You can take our Land Rover to Port Harcourt if you like," Samory told him. The tall Peuhl blew him a kiss through his helmet and went back to the head of the company.

I Love You Because

SIRS: I'm so disgusted with the so-called "American" citizen who knows little or nothing about the Vietnam war yet is so ready to condemn our gov't and soldiers for its actions. Did any of these people that are condemning us ever see their closest friend blown apart by a homemade grenade made by a woman that looks like an "ordinary villager"? Or did they ever see their buddy get shot by a woman or 10-year-old boy carrying a Communist rifle? These people were known VC and Mylai was an NVA and VC village. If I had been there I probably would of killed every one of those goddamned Communists myself.—SP4 Kurt Jacoboni, *Life,* 2 March 1970

I'll Never Let You Go

Sometimes it was quite possible to think that the solution lay in black Africa. Lots of space. Lots of time.

But when he reached Onitsha he was beginning to change his mind. It was night and they were saving on street lighting. He had seen the huts burning all the way from Awka.

A couple of soldiers stopped him at the outskirts of the town but, seeing he was white, waved him on.

They stood on the road listening to the sound of his engine and his laughter as they faded away.

Jerry remembered a line from Camus's *Caligula,* but then he forgot it again.

Moving slowly against the streams of refugees, he arrived in Port Harcourt and found Miss Brunner at the Civil Administration Building. She was taking tiffin with Colonel Ohachi, the local governor, and she was evidently embarrassed by Jerry's dishevelled appearance.

"Really, Mr Cornelius!"

He dusted his white car coat. "So it seems, Miss B. Afternoon, Colonel."

Ohachi glared at him, then told his Ibo houseboy to fetch another cup.

"It's happening all over again, I see." Jerry indicated the street outside.

"That's a matter of opinion, Captain Cornelius."

The colonel clapped his hands.

Can't Believe You Wanna Leave

Calcutta has had a pretty rough ride in the past twelve months and at the moment everyone is wondering just where the hell it goes from here. There aren't many foreigners who would allow the possibility of movement in any other direction. And, in truth, the problems of Calcutta, compounded by its recent vicious politics, are still of such a towering order as to defeat imagination; you have to sit for a little while in the middle of them to grasp what it is to have a great city and its seven million people tottering on the brink of disaster. But that is the vital point about Calcutta. It has been tottering for the best part of a generation now, but it hasn't yet fallen.—*Guardian*, 14 April 1970

True Love Ways

"I thought you were in Rumania," she said. "Are you off schedule or what?"

She came right into the room and locked the door behind her. She watched him through the mosquito netting.

He smoked the last of his Nat Sherman's Queen-Size brown Cigarettellos. There was nothing like them. There would be nothing like them again.

She wrinkled her nose. "What's that bloody smell?"

He put the cigarette in the ashtray and sighed, moving over to his own half of the bed and watching her undress. She was all silk and rubber and trick underwear. He reached under the pillow and drew out what he had found there. It was a necklace of dried human ears.

"Where did you get this?"

"Jealous?" She turned, saw it, shrugged. "Not mine. It belonged to a GI."

"Where is he now?"

Her smile was juicy. "He just passed through."

I Want You, I Need You, I Love You

"Relying on U.S. imperialism as its prop and working hand in glove with it, Japanese militarism is vainly trying to realize its old dream of a 'Greater East Asia Co-Prosperity Sphere' and has openly embarked on the road of aggression against the people of Asia."—Communiqué issued jointly from Chou-en-Lai and Kim-il-Sung (President of North Korea) quoted in *Newsweek*, 20 April 1970

Maybe Baby

Jerry's colour vision was shot. Everything was in black and white when he arrived in Wencslaslas Square and studied the fading wreaths which lay by the monument. Well-dressed Czechs moved about with brief-cases under their arms. Some got into cars. Others boarded trams. It was like watching a film.

He was disturbed by the fact that he could feel and smell the objects he saw. He blinked rapidly but it didn't help.

He wasn't quite sure why he had come back to Prague. Maybe he was looking for peace. Prague was peaceful.

He turned in the direction of the Hotel Esplanade.

He realised that Law and Order were not particularly compatible.

But where did he go from here?

And why was he crying?

It's So Easy

Weeping parents gathered in the hospital and mortuary of the Nile Delta farming towns of Huseiniya last night as Egypt denounced Israel for an air attack in which 30 children died. The bombs were reported to have fallen on a primary school at Bahr el Bakar, nearby, shortly after lessons had begun for the day. A teacher also died, and 40 children were injured.

In Tel-Aviv, however, the Israeli Defence Minister, General Dayan, accused Egypt of causing the children's deaths by putting them inside an Egyptian army base. The installations hit, he said, were definitely military. "If the Egyptians installed classrooms inside a military installation, this, in my opinion, is highly irresponsible."—*Guardian*, 9 April 1970

All Shook Up

Back to Dubrovnik, where the corpse-boats left from. As he waited in his hotel room he looked out of the window at the festering night. At least some things were consistent. Down by the docks they were loading the bodies of the White South Afrikan cricket team. Victims of history? Or was history their victim? His nostalgia for the fifties was as artificial as his boyish nostalgia, in the fifties, for the twenties.

What was going on?

Time was the enemy of identity.

Peggy Sue Got Married

Jerry was in Guatemala City when Auchinek came in at the head of his People's Liberation Army, his tanned face sticking out of the top of a Scammel light-armoured car. The sun hurt Jerry's eyes as he stared.

Auchinek left the car like toothpaste from a tube. He slid down the side and stood with his Thompson in his hand while the photographers took his picture. He was grinning.

He saw Jerry and danced towards him.

"We did it!"

"You changed sides?"

"You must be joking."

The troops spread out along the avenues and into the plazas, clearing up the last of the government troops and their American advisers. Machine guns sniggered.

"Where can I get a drink?" Auchinek slung his Thompson behind him.

Jerry nodded his head back in the direction of the pension he had been staying in. "They've got a cantina."

Auchinek walked into the gloom, reached over the bar and took two bottles of Ballantine from the cold shelf. He offered one to Jerry, who shook his head.

"Free beer for all the workers." The thin Jew broke the top off the bottles and poured their contents into a large schooner. "Where's the service around here?"

"Dead," said Jerry. "It was fucking peaceful..." Warily, Jerry touched his lower lip.

Auchinek drew his dark brows together, opened his own lips and grinned. "You can't stay in the middle forever. Join up with me. Maxwell's boys are with us now." He looked at the bar mirror and adjusted his Che-style beret, stroked his thin beard. "Oh, that's nice."

Jerry couldn't help sharing his laughter. "It's time I got back to Ladbroke Grove, though," he said.

"You used to be a fun lover."

Jerry glanced at the broken beer bottles. "I know."

Auchinek saluted him with the schooner. "Death to Life, eh? Remember?"

"I didn't know this would happen. The whole shitty fabric in tatters. Still, at least you've cheered up..."

"For crying out loud!" Auchinek drank down his beer and wiped the foam from his moustache. "Whatever else you do, don't get dull, Jerry!"

Jerry heard the retreating forces' boobytraps begin to go off. Dust drifted through the door and swirled in the cone of sunlight. Miss Brunner followed it in. She was wearing her stylish battledress.

"Revolution, Mr Cornelius! 'Get with it, kiddo!' What do you think?" She stretched her arms and twirled. "It's all the rage."

"Oh, Jesus!"

Helpless with mirth, Jerry accepted the glass Auchinek put in his hand and, spluttering, tried to swallow the aquavit.

"Give him your gun, Herr Auchinek." Miss Brunner patted him on the back and slid her hands down his thighs. Jerry fired a burst into the ceiling.

They were all laughing now.

Any Way You Want Me

Thirty heads with thirty holes and God knew how many hours or minutes or seconds. The groaning old hovercraft dropped him off at Folkestone and he made his way back to London in an abandoned Ford Popular. Nothing had changed.

Black smoke hung over London, drifting across a red sun.

Time was petering out.

When you thought about it, things weren't too bad.

Oh, Boy

He walked down the steps into the club. A couple of cleaners were mopping the floor and the group was tuning up on the stage.

Shaky Mo grinned at him, hefted the Futurama. "Good to see you back in one piece, Mr C."

Jerry took the brass. He put his head through the strap.

"Cheer up, Mr C. It's not the end of the world. Maybe nothing's real."

"I'm not sure it's as simple as that." He screwed the volume control to maximum. He could still smell the kids. He plucked a simple progression. Everything was drowned. He saw that Mo had begun to sing.

The 1500 watt amp roared and rocked. The drummer leaned over his kit and offered Jerry the roll of charge. Jerry accepted it, took a deep drag.

He began to build up the feedback.

That was life.

Other references:
Buddy Holly's Greatest Hits (Coral)
This is James Brown (Polydor)
Elvis's Golden Records (RCA)
Little Richard All-time Hits (Specialty)

Dead Singers

"It's the old-fashioned Time Machine method again, I'm afraid." Bishop Beesley snorted a little sugar, gasped, grinned, put the spoon back in the jade box and tucked the box into the rich folds of his surplice. "Shoot."

"Shot," said Jerry reminiscently. He was really in the shit this time. He plucked the used needle from his left forearm and looked intently at the marks. He rolled down his white sleeve. He pulled on the old black car coat.

Rubbing his monstrous belly, Beesley pursed his little lips. "I've never appreciated your humour, Mr Cornelius. Like it or not, you're tripping into the future. Where, I might add, you richly belong."

Jerry rolled his eyes. "What?"

"That's all in the past now." Beesley waddled to the other side of the tiled room and wheeled the black Royal Albert gent's roadster across the clean floor. He paused to flip a switch on the wall. *Belly Button Window* flooded through the sound system. They were turning his own rituals against him. Now the devil had all the songs.

"All aboard, Mr C."

Reluctantly, Jerry mounted the bike. He was getting a bit too old for this sort of thing.

To the people living in it, no matter how "bad" it might seem by different standards, thought Jerry as he pedalled casually along the Brighton seafront, the future will have its ups and downs. Not too good, not too bad. Society isn't destroyed; it merely alters. Different superstitions; different rituals. We get by. And (he avoided the dead old lady with the missing liver who lay in the middle of the road) we make the rules to fit the situation. He turned up Station Road, pedalling hard. Mind you, you couldn't escape the fucking smell. Oh, Jesus! Nowadays all the fish were frozen.

Faithful to the bishop's briefing, Jerry was doing his best to hate the future, but he'd lived with it too long. A series of useful small events always prepared you for the main one. Soldiers in Bogside prepared the way for soldiers in Clydeside and martial law. Shooting prisoners at Attica made it easier to shoot strikers in Detroit. So you got used to it. And when you were used to it, it wasn't so bad. He cycled past the burnt out remains of the Unicorn Bookshop, an early casualty of the Brighton Revival. Who was invoking what, for Christ's sake? One man's future was another man's present.

The dangers were becoming evident. It was cold and still. Entropy had set in with a vengeance. He carefully stowed the bike on the back seats of the Mercedes G4/W31. The bike was his only real transport. He started the convertible's 5401-cc engine and rolled away past the Pavilion making it into the South Downs where the seeds of the disaster had been sown all those years ago. Rural thinking; rural living. His only consolation was that the Rats had got the cottage-dwellers first.

When the Screamers had finally turned on Lord Longford and cast him forth after he'd dared voice the mildest suggestion that perhaps things were going just a trifle too far in some directions, a sweet-faced, mad-eyed girl had a vision which proved Longford had been the Antichrist all along. The circumstances surrounding his death, two weeks later, remained mysterious, but the event itself improved morale tremendously amongst his ex-followers. At the following Saturday's book-burning in Hyde Park observers had noted a surge of fresh enthusiasm.

A death or two would do it every time.

Jerry had decided not to resign from the Committee, after all. But now the job was done; the ball had rolled. It was peaceful at last. A wind hissed through the wasted hills. Jerry wondered what had happened to his own family. But there wasn't time for that. He kept going. It was getting colder.

The turning point must have been in the Spring of 1970. Given a slightly different set of circumstances, it should have been nothing more than the last death-kick of the Old Guard and everything would have been okay. But somehow the thing had gathered impetus. By Spring 1972 he realised the Phoney War had become a shooting war. Maybe Lobkowitz had been right when they'd last met in Prague. "The war, Jerry, is endless. All we can ever reasonably hope for are a few periods of relative peace. A lull in the battle, as it were." Just as the middle-class "liberals" and "radicals" had got the Attica rebels ready for the massacre, so they had set up British workers for the chop. The final joke of the dying middle class. Lawyers, managers, TV producers and left-wing journalists: they had been the real enemy. Still, it was too late in 1967 to start worrying about that and it was certainly too late now. If, of course, it *was* now. He was feeling a bit vague. Images flickered on the windscreen. A fat, middle-aged woman in a cheap pink suit ran a few yards in front of him and vanished. She reappeared where she had started and did it all over again. She kept doing it. He was losing any cool he'd thought he had.

"Shit."

From the sky he heard Jefferson Airplane. It was all distorted, but it seemed to be *War Movie*. Someone was trying to reach him, and halfway down Croydon High Road at that. Some misguided friend who didn't realise that that sort of thing couldn't possibly work here. The buildings on either side of him were tall, burnt out and crazy, but it was still Saturday afternoon. The ragged people traipsed up and down the pavements with their empty shopping bags in their hands, looking for something to buy. A few Rats in a jeep cruised past them, but the Rats were too interested in Jerry's Mercedes to do anything about the shoppers. Jerry reached into the back and grasped the crossbar of the Royal Albert. The scene was slicing up somewhat. He heard a shout from a roof. A woman in a black leather trenchcoat was shouting to him from the top of Kennard's Department Store. She was waving an M16 in each hand.

"Jerry!" There was some nasty echo there. "Jerry!"

It could have been anyone. He put his foot down on the accelerator and got moving. Speed could do nothing but worsen this frozen situation. There again, he'd no other choice.

In London he slowed down, but by that time he'd blown it completely. Still, he'd got what Beesley wanted. Nothing stayed the same. Tiny snatches of music came from all sides, trying to take hold. Marie Lloyd, Harry Champion, George Formby, Noël Coward, Cole Porter, Billie Holliday, MJQ, Buddy Holly, The Beatles, Jimi Hendrix and Hawkwind. He hung on to Hawkwind, turning the car back and forth to try to home in, but then it was Gertrude Lawrence and then it was Tom Jones and then it was Cliff Richard and he knew he was absolutely lost. Buildings rose and fell like waves. Horses, trams and buses faded through each other. People grew and decayed. There were too many ghosts in the future. In Piccadilly Circus he brought the Mercedes to a bumping stop at the base of the Eros statue and, grabbing the Royal Albert, threw himself clear. He was screaming for help. They'd been fools to fuck about with Time again. Yet they'd known what they were getting him into.

Bishop Beesley stood looking down at him. The bishop had one foot in Green Park, one foot resting on the roof of the Athenaeum. His voice was huge and distant. "Well, Mr Cornelius, what did you find?"

Jerry whimpered.

"If you want to come back, you'll have to have some information with you."

Jerry pulled himself together long enough to say: "I've got some."

He stood in the clean, tiled room. The Royal Albert was scratched and rusty. Its tyres were flat. It had taken as bad a beating as he had. Munching a Mars, Bishop Beesley leaned against the steel door which opened onto the street.

"Well?"

Jerry dropped the bike to the floor and stumbled up to him, trying to push past, but the bishop was too heavy. He was immovable. "Well?"

"It's what you wanted to know." Jerry looked miserably at the shit on his boots. "The cleanup succeeded. All the singers are dead."

Bishop Beesley smiled and opened the door to let him into Ladbroke Grove. He went out of a house he had once thought was his own. "Bye, bye, now, Mr C. Don't do anything I couldn't do."

The cold got to Jerry's chest. He began to cough. As he

trudged along the silent street in the grey autumn evening, the birds stood on their branches and window-ledges, shifting from foot to foot so that their little chains chinked in the staples. They didn't take their unblinking eyes off him. As Jerry turned up the collar of his threadbare coat he had to smile.

The Longford Cup

The following narrative appears to be incomplete. It was discovered in the fireplace of a ruined convent in London's so-called Forbidden Sector. It is largely a record of conversations held by the notorious criminal Cornelius and some of his associates during the period shortly before and immediately during the Re-affirmation of Human Dignity. It is published for the Committee alone. It is imperative that it be in no manner whatsoever made public. The notes were probably compiled by one of our special workers (several of whom came to be on terms of intimacy with Cornelius and, as the Committee already knows from Report PTE5, are still missing). We regret that much of the narrative is likely to distress members of the Committee but present it un-edited so that they may exactly understand the depths of depravity to which persons such as Cornelius had sunk before the Re-affirmation. We have retained the original title—which doubtless refers to our former President—though we recognise that it is obscure. We have numbered the items. Cornelius is believed to be still at large and it is likely that extra efforts will be needed before he can be apprehended.—MEW.

1

"Nothing in my work points to any impulse to develop hostility to the sexual deviant, homosexual, or 'gay' individual—whatever one may call them. But is obvious from the way in which one's work on these problems is received (and often suppressed), that there is a kind of freemasonry in the background, by which those with bizarre sexual tastes are trying to censor debate. This is dangerous..." David Holbrook in a letter to the *Guardian,* 28 September 1972

2

"Well, the rich are getting richer and the poor are getting poorer, Mr C." Shaky Mo Collier held the door of the Phantom VII while Jerry stepped, blinking, out. Mo's long greasy hair emerged from under an off-white chauffeur's cap and spread over the shoulders of his grubby white uniform jacket. Mo was looking decidedly seedy, as if the brown rice and Mandrax diet Jerry had recommended wasn't doing him all the good it should.

Jerry smoothed the pleats of his blue midi-skirt and ran the tips of his fingers under the bottom of his fawn Jaeger sweater. He looked every inch the efficient PA. There were auburn highlights in his well-groomed shoulder-length coiffure and the long chiffon scarf tied at his throat, coupled with the neatly overdone make-up, gave him the slight whorish look that every girl finds useful in business. Opening a tooled leather shoulder bag he looked himself over in the flap mirror. He winked a subtly mascara'd eye and offered Mo a jolly grin.

"Cor!" said Mo admiringly. "You little yummy."

Jerry stepped through the glass doors and into the foyer, his pleats swinging to just the right tempo.

In the lift he met Mr Drake from Publicity.

"It must be a heavy responsibility," said Mr Drake. His pallor was at odds with his thick, red lips. He fingered his green silk tie and left a tiny sweat stain near the knot. "Working for such a busy and influential man. Doesn't it ever get on top of you? How does he fit it all in?"

"It's a question of technique really," said Jerry. He giggled.

The doors opened.

"See you," said Mr Drake. "Be good."

Jerry stepped along the corridor.

This particular job was beginning to get dull. He'd never been fond of undercover work. Besides, he had the information now. The crucial decision had come at the last full meeting of the Committee (Jerry had been taking the minutes) when it had been agreed, in the words of Jerry's boss, to "use the devil's own troops against him". Files on the sexual preferences of people in high places had been compiled. In return for the original copies of their files they had to give their active help in the campaign. It was surprising how smoothly the method worked already. The police in particular, who had once been able to control and profit from the distribution of erotica, had been only too pleased to see a return to the old *status quo*. Everything and everyone was settling back nicely, by and large. Even the taste for the stuff was a pre-'70s habit.

At the end of this week, Jerry decided, he would give his notice.

He walked through the oak door and into the untidy office. His employer, who almost always got in early, beamed at him. "There you are, my dear." He rose from behind the desk, putting his ugly fingers to the top of his bald head and with his other hand gesturing towards his visitor.

The visitor—in clerical frock-coat and gaiters—took

up a lot of space. Flipping through a piece of research material, he had his huge back to Jerry, but he was immediately identifiable.

"This is Bishop Beesley. He is to take poor Mr Tome's place on the Committee."

The bishop slowly presented his front, like an airship manoeuvring to dock, his jowls shaking with the effort of his smile. It was impossible for Jerry to tell from the expression in the tiny twinkling eyes if he had, in turn, been recognised by his old enemy.

"My dear." Beesley's voice was as warm and thick as butterscotch sauce.

"Bishop." Jerry let his lips part a fraction. "Welcome aboard. Well..." He continued towards his own office on the far side of the desk.

"Allow me," Bishop Beesley lumbered to the door and opened it for Jerry.

That was what the power struggle was all about really, thought Jerry as, with a graceful smile, he swept past. He could almost feel the bishop's hand on his bottom.

3

A revival of the '50s sexual aesthetic had never been that far away. How swiftly people recoiled from even a hint of freedom. Lying amidst the tangled sheets Jerry watched as Miss Brunner togged herself up in her stockings, her suspenders, her chains. She had an awful lot in common with Bishop Beesley. Jerry frowned, considering a new idea. Using the last of his Nepalese, he rolled himself a fat joint. He began to drift. Even he could understand the sense of relief she must have. His own girdle hung on the chair to his right.

Her voice was controlled and malicious as she tugged the zip of the black silk sheath dress, a Balenciaga copy. "That's much better, isn't it?" Gazing savagely into the mirror, she began to brush her dark red hair.

"Comfortable?" Jerry offered her the joint.

She shook her head and picked up an atomiser. The room became filled with *Mon Plaisir*. Jerry reeled.

"Maybe I should get myself one of those Ted suits?" he said. "What else? A fancy waistcoat. A yellow Paisley cravat?" His memory was poor on the details. "Crêpes?"

Miss Brunner was disapproving. She bent to powder her nose. "I don't think you really understand, Mr Cornelius."

He reached for another pillow. Propping it behind him he sat up. "I think I do. The cards had already been punched. What's happening was inevitable. Is there a safer bolt-hole than the plastic '50s?"

"Some people take these things seriously." Her face was now a mask of moral outrage. "You talk of fashion while I speak of morality."

It was true that Jerry had never been able to see much of a difference between the two.

"But the clothes...?" he began. "All this tight gear."

"They make me feel dignified."

Jerry's laughter was amazed and coarse. "Well," he said. "Fuck that."

"A typical masculine reaction." She put the lipstick to her mouth.

"You should know."

It was obviously time to go home and look up the family.

4

Mrs Cornelius waddled to the door at Jerry's knock. He saw her coming through the cracked and dirty glass. He had had a haircut and a shave and was wearing a nice blue suit. She unbolted the door.

"Hello, Mum."

"Blimey! Look who it isn't!" Her red face was almost the exact match to her dirty dress. Blowsy as ever, she was disconcerted, pushing her stiff peroxide locks back from her forehead. Then she guffawed. "Cor! 'Ullo, stranger." She called back into the dank darkness of her home. "Caf! Wot a turn up! It's yer brother!"

As she closed and locked the door behind Jerry she added: "This we got ter celebrate!"

In the kitchen Jerry saw his sister Catherine. She was looking pale but beautiful, her blonde hair in a score of tiny braids. She was wearing a blue and white Moroccan dress from under which her beaded sandals poked. The room itself was in its usual state, disordered and decrepit, with piles of old newspapers and magazines on every surface.

"I didn't know you were living here, Cathy," he said.

"I'm not. I just dropped in to see Mum. How are things with you, then?"

"Up and down." He selected a relatively safe chair, removed about thirty copies of *Woman* and *Woman's Own* and seated himself opposite her at the table while their mother rummaged in the warped sideboard for a quarter-bottle of gin.

"Yore lookin' nice." Mrs Cornelius found the gin and unscrewed the cap, pouring half the bottle into a cup, offering the rest vaguely, knowing they would refuse. "More than I can say for 'er—all dressed up like a bleedin' wog. I bin tellin' 'er—she thought she was pregnant—'ow can she be bloody pregnant, 'angin' rahnd with a lot of long-'aired nanas? One thing she *don't* 'ave ter worry abaht—gettin' pregnant off of one of them bloody 'ippies. I said—wait till yer find yerself a *real* man—then yer'll be up the stick fast enough."

"Mum!" Catherine's protest was mild and automatic. She hadn't really been listening.

Mrs Cornelius sniffed. "I'm not sayin' anything was different in my day—we all 'ave ter 'ave our fun—but in my day we didn't bloody go on abaht it all the time. Kept ourselves to ourselves."

"It was the middle-classes finding out." Jerry winked

at his sister. "They had to shout it all over the street, eh, Mum?"

"Dunno wot yer talkin' abaht." She smiled as the gin improved her spirits.

"What did they all do before they discovered sex?" Jerry wondered.

"Pictures and dancing," said Catherine, "to Ambrose and his Orchestra. It was the war buggered that. That's how they found out. But it took them till 1965 before it really hit them. Now they've gone and spoiled it for the rest of us. Trust the bloody BBC."

Mrs Cornelius glared stupidly at her children, feeling she was being deliberately excluded.

"Well," she said brutally, "it's love what makes the world go rahnd." With an air of studied reminiscence she reached out and began to finger a tarnished gilt model of the Eiffel Tower. "Paris in the spring," she said. She was referring to her favourite and most familiar love affair. Presumably it had been with Jerry's father, but she had always been unclear on that particular detail of the story, though her children knew everything else by heart.

"There *was* more romance then." Catherine seemed genuinely regretful. Jerry found himself loving them both. He tried to think of something comforting to say.

"We're trying to find our moral and sexual balance at present, maybe," he said. "Things will sort themselves out in time. Meanwhile the old apes drape themselves in wigs and gowns and mortar-boards and play at judges and scholars, gnashing their yellow fangs, wagging their paws, scampering agitatedly about. Wasted Longford, lost Muggeridge and melancholy Mrs W. Somewhere you can hear them whimpering, as if the evidence of their own mortality were emphasised by the knowledge of other people's happiness."

They stared at him in astonishment.

He blushed.

5

"Bugger me!" said Shaky Mo. He leaned against the Phantom VII, his jacket open to reveal the purple Crumb tee-shirt covering his underprivileged chest. Jerry sat on the far side of the garage, working at the bench, checking his heat. He wore heavy shades, a long skirted jacket of black kid, black flared trousers and black high-heeled cowboy boots with yellow decorative stitching. The buckle of his wide plaited-leather belt must have measured at least six inches across; it was solid brass. "Well, bugger me. What are we up to now, Mr C?"

Jerry smeared grease on his needle-gun. He checked the action and was happy.

"Nice one," said Mo.

Jerry grinned. His sharp teeth gleamed. His movements were fast and neat as he tucked the gun into its shoulder holster.

"Things are speeding up again, Mo."

Jerry got into the back of the car and stretched out with a satisfied sigh. Mo leapt happily into the driving seat and started the engine.

"It's always a relief when tenderness transmutes into violence," said Jerry.

"Not that violence is without its responsibilities, too. But it's so much easier."

Mo, on the other side of the glass partition, didn't hear a word.

Jerry got a flash then. The dope was making him silly. He shrugged. "We can't all be perfect."

6

Miss Brunner looked him over admiringly. "That's more like it. That's what I call a man."

Jerry sneered.

At this an expression of adoration swiftly came and went in her eyes. She moved greedily towards him, touching his belt buckle, stroking his jacket, fingering the pearl buttons of his shirt.

"Oh, what slaves we are to fashion, after all!"

"Glad to be back in the game." Jerry's hand was on her neck, touching filmy fabric, soft skin, delicate hair. "When's Beesley due?"

"Any minute. But I could stall him." Her lips trembled.

Jerry removed his hand. "We'll save that up for the celebration."

Her flat was luxurious, with white fluffy carpets, deep armchairs, lots of multi-coloured cushions, pleasant prints on the pale walls; the sort of hide-out any tired business-man would have welcomed.

There was a knock on the door of this nest. Jerry crossed the carpet and entered the bedroom. He heard Bishop Beesley's muffled voice, a parody of courtliness.

"Your adoring servant, dear lady, I have only an hour. The Committee calls. But how better to spend an hour than in the company of the most beautiful, the *sweetest* woman in London?"

"What a flatterer you are, Bishop!" Her voice was a mixture of vanity and contempt. Jerry, who was having trouble sustaining his rôle, felt deeply sorry for her. As usual when his tenderness and his love were aroused, his head became filled with a variety of pompous and speciously philosophical observations. He controlled himself, promising that he would indulge all that later. Standing with his back to her fitted wardrobe he could see himself in the mirror of her kidney-shaped dressing-table, his hair hanging long and straight and black, his shades glinting. The mirror helped him resume his proper attitude of mind. He snarled at himself.

Miss Brunner entered the bedroom, calling back: "With you in a second, Bishop."

She had known that he would follow. He heaved his huge body after her, beaming affectionately, his fat little hands outstretched to touch her.

"A kiss, dear lady. A token..." He shivered. His red lips blubbered. His hot eyes were damp with anticipation. "After last night I would—you could—oh, I am yours, dear lady. Yours!"

Miss Brunner's laughter was perhaps not as harsh as she would have liked. Indeed, there was something of a quaver in it.

"Pig," she said.

It did not have quite the expected effect. He fell to his fat knees. "And sinner, too," he agreed. He buried his head in her thighs, his saliva gleamed on the black silk, he threatened her balance; she almost fell. She clutched at the tufts of hair on both sides of his head and steadied herself.

"Yes!" he groaned. "Yes!"

Jerry had began to enjoy the scene so much (including Miss Brunner's discomfort) that he was reluctant to act; but he pulled himself together, gave his reflection a parting snarl, and moved round the bed.

"Bishop."

Beesley paused, drew back a fraction and stared enquiringly up into Miss Brunner's unhappy face.

She cleared her throat. "I'm afraid we are discovered, Bishop."

Beesley considered this. Then, with a certain amount of studied dignity, he got to his feet, his back still towards Jerry. He turned.

"Afternoon, Bishop," said Jerry. "So much for the sanctity of the home, eh?"

Beesley looked hopefully at Miss Brunner.

"My husband," she explained.

"Cornelius?" Beesley was indignant. "You hate him. You can't stand him. You told me so. Not your type at all."

"He does have his off days," she agreed.

"The fact remains," said Jerry. "You ought to know what marriage means, Bishop. After all, you're a married man yourself."

"You intend to blackmail me?" Now that he felt he understood their motives Bishop Beesley relaxed a trifle.

"Of course not." Jerry slipped his needle-gun from its holster. "It's time you got undressed. Isn't that what you came for?"

7

Afterwards, while Bishop Beesley lay grunting in uncomfortable slumber on the edge of the rug, Jerry stretched himself fully clothed beside Miss Brunner's wet, warm and naked body. He put an arm round her triumphant shoulders and felt her melt.

"I'm still not clear about your motives," she said. "And I'm not sure I support them, either."

"I'm certain you don't." Jerry stared idly at the bishop's flesh as little ripples ran from the back of his pink neck, over his grey bottom and down his legs. "You've tired him out."

She kissed his shoulder and wriggled against his coat. "It wasn't hard."

"I could see that." Still, thought Jerry, it was a shame to see the great predator brought low.

"What's it got to do with the Committee?" she asked.

"Well, I can't beat it. Not at present. And I don't want to join it. I've seen enough of it. It gets so boring. Besides it won't last that long. But while it does it will re-introduce

so much in the way of guilt that the next era's bound to
get off to a slower start than I'd have liked. I still indulge
these visions of Utopia, you see." He waved a hand at the
bishop. "A lesson in tolerance."

"I didn't know you were interested in politics."

"I'm not. This is an artistic impulse. Like Bukaninism."
He sniffed. "I've a horror of the Law of Precedent. It's bad
logic. Could you put the new Hawkwind album on?"

While she went into the next room he swallowed a couple of tabs of speed.

The music began to fill the room. She came back and
she was looking lovely. He smiled at her.

"We've got to struggle on somehow," he said. "Everything fades. Only love can conquer disintegration. Only
love denies the Second Law of Thermodynamics. Love love,
it's the best thing we have." Jerry groaned as she fell upon
him, biting and caressing. "Oh, my love! Oh, my love!"

It took her five long minutes to unbuckle his belt. While
she did it he reflected that if he'd achieved nothing else
he had almost certainly re-programmed Beesley. It was
bound to make a difference. A small victory was all he had
a right to expect at this stage.

8

Jerry's mum was furious. "Wot they wanna call it a
bloody 'Forbidden Sector' for, then?" She put down her bag
on a pile of newspapers. "I was aht shoppin' when I saw
'em putting up the fuckin' barbed wire. I asked the bloke.—
'It's 'cause of all them prossies,' 'e says. 'Fuck that!' I says—
'Wot abaht the decent people?'—'Yer can always move aht,'
'e says. Well, fuck that! Anyway, Jer'—they're lookin' for
you. Wotcher bin up to? Don' tell me." She lowered herself
into her armchair and kicked her shoes off. Jerry poured
her a cup of tea.

"I just made it," he said.

She became nervous. "Thinkin' of stayin' 'ere?"

He shook his head. "Just want to change my appearance a bit, then I'll be off."

"Be as well," she said. "Yo're not lookin' too chipper."

"I've had a busy time."

"Boys!" she said. "Give me girls any day of the week. They're a lot less trouble."

"Well, I suppose it's all a question of circumstances."

"Too right!" She offered him a look that was a mixture of affection and introspection. "It's a man's world, innit?"

Jerry had discarded his gear and was now dressed in the dark blue suit he usually wore to his mum's.

"You got a good place to go to?" she asked.

"It'll do."

"Not to worry. Everythin' blows over."

"Let's hope so."

"Your trouble is, Jerry, yo're too fuckin' confident and then you get too fuckin' low. Yore dad was the same. I've 'ardly known a man that wasn't. All puff and strut one minute and like a little kid the next. Men. Want yore own way all the time. Then when you don't get it..."

"I know, Mum."

"It's women that suffers, Jerry." She gave a satisfied sniff.

Jerry sighed and reached down to pick up his suitcase. "I know. Well, I'll just go and change. Then I'll be off."

When he reappeared in the kitchen he was wearing his midi-skirt, his Jaeger sweater, his court shoes, his auburn wig, his pearls. Mrs Cornelius screeched. Her body shook and tears of laughter filled her eyes. Sweat brightened her forehead. "Cor!" She gasped and paused. "Yo're full o' surprises, Jerry. You shoulda bin in showbiz. That's a disguise and an 'alf all right!"

"It always was," said Jerry. He blew her a kiss and left.

Outside, Mo was waiting in the Mercedes. The armour plates were in position at most of the windows. Mo had a

Banning Mark Four on the floor beside the passenger seat. He patted the big gun as he got the car moving. Jerry settled himself in the back. It was dusk and the first searchlight beams of the evening were already swinging over the grey streets.

"Time for some business, Mr C?"

"Get you," said Jerry. He noticed that his left stocking had started to run. He wetted his finger and dabbed at the ladder. "You can't win them all."

The Mercedes jumped forward. Jerry cradled his own Banning, stroking its cool metal barrel, working its action back and forth. There was an explosion to the west, near Ladbroke Grove, a short burst of machine-gun fire. Jerry saw a tank cross the street at the intersection just ahead of them.

"At least it's simpler than sex." He began to load the Banning.

"And a bloody sight more fun!" Mo grinned, wound down the window and lobbed a grenade at a sub-post office. There was a flash, a bang and a lot of glass flew about.

"Here we go again, Mr C."

The Entropy Circuit

1

Cosmology

"It is impossible to guess what the human race will do in the next ten years..."

Everything was getting sluggish.

Jerry Cornelius: stumbling upon the boards of his bare bedsitter; trying to find water for his consumptive girl-wife who coughed, heated and naked, under the thin grey sheet; who trembled. He would have been glad of a drink, something to smoke, a tab of limbitrol, perhaps.

The water in the jug was low and warm. He found a cup, unable to see in the gloom if it was clean, and poured. He stopped, jug in hand, staring through the cracks and the grime of the window at the unlit, deserted street, reviewing suddenly the future, contemplating the past, unwilling to consider a present which at that moment appeared to have betrayed him. A wind moved the palms flanking the avenue; the sea, unseen, the Mediterranean, gasped against the shingle below the promenade on to which the pension fronted. It was winter and Jerry had been waiting in Menton since the previous summer.

Jerry returned to the bed, offering the cup, but she was asleep again; her light snores were uneven, sickly. He drank and turned to the table; it was covered in papers, abandoned forms. Nearly a year ago he had set off for the Vatican with a plan owing more to drug euphoria than to logic, knowing nothing of the new regulations limiting border traffic into Italy from France. Here, in Menton, he had planned to stay a couple of nights at most, but first he had had to wait for a new benzine permit (it had not been granted and his postal request to London had been unacknowledged). Later, trying to cross into San Remo on foot he had been informed that passage was granted on certain days only, each case being considered individually, and he would need a visa. It had taken a month for the visa to arrive and during that time there had come further restrictions; the border had been opened with only a day's warning in advance, five times in the past six months, and the rule was simply first come, first served. If you stood in line, there was a chance that you would be allowed to cross (barring official disapproval) before the barrier came down again. Twice Jerry had got as close as ten or fifteen people before the line had been turned away; three times he had failed to hear the news that the border was to be opened. In attempting to conserve his various resources, he had not followed the example of other travellers and tried, fruitlessly, to find a less heavily trafficked crossing point, but now he was running out of cash, and he had little left to sell.

He touched the stud of his Pulsar watch; the numerals seemed to glow more faintly and soon the power cell would give out altogether, for all that he had made every effort to preserve it as long as possible. The red numerals said 5.46; he released the stud before the seconds had time to register. He wondered if Mo Collier would be able to get here in time. Mo had promised to smuggle some money through to him, if he could. He knew that he was luckier than many; he had seen the pathetic tents and shanties in the hills above the town; he had seen the corpses on the coast road near the entrance to the tunnel; he had seen the children who had been left behind.

He shuffled the papers and found Mo's postcard again. It had taken over three weeks to arrive and read: "Wish you were here, Mr C. Should be taking a holiday myself in a month or so." Checking the London postmark, Jerry had worked out that this could put the time of Mo's arrival within the fortnight since he had received it. Turning over one of several spoiled forms, he came across some lines written either by himself or the girl he had married in Menton on Christmas day (there had been a rumour, then, since discounted, that married couples received preferential treatment at the border):

> "The power of love is harder to sustain
> By far than that easy instrument
> The brutal power of pain."

His lips moved as he stared at the sheet; he frowned, plucking at the frayed cuff of his black car coat. Were the words a quotation; had he or the girl been inspired to write them down? He was unable to interpret them. He screwed the paper up and let it fall amongst its fellows.

He folded his arms against an unanticipated chill.

2

Cosmogonies

"The first principle of the universe to take form was Cronos, or Time, which came out of Chaos, symbolising the infinite, and Ether, symbolising the finite."

"It's all falling apart, Jerry," said Shaky Mo Collier as he handed over the last of the cash (each £1 overstamped to the value of £100). "Sorry it had to be sterling. How much longer can it go on for? A few million years and nobody will have heard of the South of France, or Brighton, for that matter. I know I'm in a gloomy mood—but who *has* got the energy these days? That's what I'd like to know."

Jerry held up his heater. The ray of watery sunlight from the window fell on it. "Here's some, for a start."

"And what did it cost you?"

"Oh, well..." Jerry looked in the mirror at the bags under his eyes, the lines on his face. "That's entropy for you."

"I brought you some petrol, too," said Mo.

"How did you get it through?"

Mo was pleased with himself. "It's in spare tanks, in the tanks themselves. It's worth twice the value of the car, for all it looks very flash on the outside. I'm going to get a boat from Marseilles, first chance."

"Going straight back?"

"Straight? That's a laugh, these days."

The girl was better today. Coughing only a little, she moved slowly from the lavatory and back to the bed. She tried to smile at Mo, who winked at Jerry. "Doing all right, still, I see."

"We pooled our resources." Jerry felt he should explain.

"I know what you mean." Another wink.

With a sigh the girl got into the bed and pulled the sheet around her thin body. She pushed back dirty fair hair from her oval face while, with her other hand, she fumbled for cigarettes and matches on the bamboo table beside her. She struck a match. It failed to light. She struck another and the same thing happened. After several tries, she abandoned the box. Mo stepped forward, snapping a gold Dunhill lighter. Nothing happened.

"That's funny," he said. "It was working okay this morning." He peered at it, flicking the wheel. "Not a spark. But the flint's new."

Aggrieved, but at the same time reconciled, Mo replaced the lighter in his pocket. He glanced at his watch. "Oh, shit," he said, "that's fucking stopped as well."

Jerry murmured an apology.

Mo said: "It's not your fucking fault, Jerry. Not really. Or is it?"

There was a knock on the thin wood of the door. Quickly, Jerry opened the drawer in the table and slipped the tight wad of notes into it. "Come in."

It was Miss Brunner. She was precisely clothed, in a dark blue tweed costume. She looked disdainfully at Mo's long, greasy hair, his untidy moustache, his dirty denims, but when she saw Jerry and the condition of his room, she smiled with genuine relish. "My, you have come down in the world."

"I think that's true of most of us. What brings you to Menton out of season?"

"You can't afford to be sulky, I'd have thought." She cast a cool eye at the girl. "Or choosy, it seems. I heard you were hard up, stuck, in trouble. I came to help."

Mo moved uneasily, making for the door. "Well, I'll be seeing you, Jerry. You don't want me . . . ?"

"Take it easy, Mo."

Mo allowed himself a quick, almost cheerful grin. "What there is left to take, Mr C. I hope things work out. Keep in touch."

As the door closed, Miss Brunner stopped her speculative eyeing of the girl and turned to Jerry. "I've a job," she said, "which could solve all your problems. Would you like the details? What about your friend?"

"Don't worry about her," said Jerry. He stood beside the girl, stroking her soft cheek. "She's dying."

"You were on your way to the Vatican, I heard."

"A year ago. I was getting used to it here, though."

"This would take you to the Vatican. You know it's been closed off for months—hardly anyone allowed in or out. Why were you going? Somebody offer you work?"

"It sounded tasty."

"I got an offer, too—on the computer. But I wanted complete autonomy. Anyway, I heard what they're up to and it would, I think, be mutually convenient if you were to throw a spanner or two in the works."

"Mutually convenient? Who else is involved?"

"I'm representing a consortium."

"Beesley?"

"He has special reasons for being interested in the project," she admitted.

"Maxwell."

"Oh, you don't have to name them all, Mr Cornelius."

"The usual gang, in fact. I'm not sure. Every time I've thrown in my lot with you I've come out of it—"

"Wiser," she said. "And that's the main thing. Besides, we haven't always won."

"It's spending the time that I mind. And the energy."

"In this case, if you're successful, you get all you need of both."

She explained what she thought was happening at the Vatican.

3

Fundamentals

"Probably the most extraordinary coincidence discovered by science is the fact that the basic formulae for three separate, and apparently unrelated, energy systems are almost identical."

It was good to be on the road again, though the forty-five-kilometre speed limit didn't exactly make for a zippy trip. Sitting beside him as they negotiated the winding coast road beyond Genoa, the girl looked almost healthy. She had the window of the Ambassador station wagon all the way down and a light rain fell on her bare arm.

"We can only be kind to one another," she said, "there is scarcely any alternative if we are to resist chaos."

Jerry was saved from replying by the stereo's groan, indicating that the tape was running too slow. It had been getting worse and worse. He tugged the cartridge from the player and turned the radio on long enough to hear a few bars of some song for Europe. He despaired. He switched it off. Behind them, in the drizzle, the grey, square towers of Genoa were overshadowed by huge neon signs showing stylised pictures of rats and warning them to be vigilant for new plagues.

"Love among the predators," said Jerry reminiscently. "Is this your first trip to Rome?"

"Oh, no," she said. "My last."

Their surroundings widened out. On their right they could see the remains of a small hillside town which had been burned in an effort to contain a plague.

"The world's filling up with fucking metaphors." Jerry kept his eyes on the road. "Too fucking many metaphors."

4

Universe

"To the old ones, the sun was energy or god or both, but the stars were different."

The car padded through the wet streets of the Roman night as Jerry sought the address Miss Brunner had given him; without any kind of street lighting, it was almost impossible to read the signs, for the moon appeared only intermittently through the heavy cloud. Police cars, impressed by the size of the station wagon, were curious, but left him alone. There were even more police in Rome now. During Jerry's last trip the various kinds of policemen had at last begun to outnumber the male civilians in the city.

Someone had been standing in a doorway and began to approach when they saw the car, flagging it down. Jerry pulled in to the side, touching the control panel on his door to lower the left front window (the girl had fallen asleep).

"Still managing to keep up appearances, then," said the man in the trenchcoat. It was his brother Frank, seedy as ever. He leered in. "Going to give me a lift, Jerry? I've been waiting for you."

Jerry leaned across and opened the rear door. Frank climbed in with a sigh and began to unbutton his coat. The faint smell of mould filled the car.

Frank rubbed comfortably at his stubble. "It's like old times, again."

"You said it," said Jerry despondently.

"Make a right," said Frank. "Then a left. How long is it since you were welcome at the Vatican?"

"Quite a while." Jerry followed the instructions. They went over the river.

"Head for St Peter's."

The girl woke up, sniffing. "Dope?" she murmured.

"Frank," said Jerry.

"This'll do," Frank told him. They stopped by a toy-shop; they were about a hundred yards from the Vatican City.

Frank left the car and let himself into the toy-shop. Jerry and the girl followed. At last, as they reached the back of the shop, Jerry recognised where he was.

Frank grinned. "That's right. One of your old hot-spots. And the tunnel's been re-activated. We were lucky. Most of the catacombs are filled up with stolen cars, these days. It's conservation, of sorts, I suppose." He pulled aside a gigantic, soft bear to reveal a hole in the wall. Taking a flashlight from his pocket, he led the way.

Within a few moments they had descended into ancient darkness. Frank's thin beam touched the carved face of Mithras. Jerry glared back at it. He considered it a poor likeness.

5

God

"There is no figure in modern developed societies to compare with that of the shaman."

Jerry's boots crushed the gross, leprous toadstools which grew between the cracks in the flagstones; their smell reminding him of Frank, their flesh of Bishop Beesley, their toxicity of Miss Brunner, all of whom now stood in the chamber at the end of the tunnel, together with Captain Maxwell, the Protestant engineer, his huge backside turned towards Jerry as he fiddled with a piece of equipment.

"It's got a lot warmer, at any rate." Jerry noticed that his watch burned brighter; the girl's face had lost its pallor.

"That's because we're under the bloody Vatican," said Frank. "Well, is it a complete set, Miss Brunner?"

"It would have been nice to have had Doktor von Krupp, but she's faded away altogether, I'm afraid. A termination, we can safely say."

Most of the equipment in the chamber was familiar to Jerry.

Captain Maxwell straightened up, wiping sticky sweat from his choleric features. He pursed his lips when he saw Jerry, but made no comment. "She's still acting up a bit," he told Miss Brunner. "Perhaps we could try a modified programme?"

"That would take us back to square one," she said.

Jerry said: "It looks like we're there already."

"It's our last chance." Unexpectedly, her tone was defensive.

"I'd say His Holiness has already beaten you." Jerry wondered at his own glow of satisfaction; previously, he had always been inclined to associate their consortium with that of the Papal Palace. "He's got the brains, the equipment, the power."

"Not all of it, Mr Cornelius." Bishop Beesley unwrapped an Italian chocolate bar. "I think I speak for everyone here when I say we've no time for your brand of cynicism, and I might remind you that *we* have the experience. Besides," he added with a smirk, indicating a tangle of thick cables disappearing into a hole in the ceiling, "we're tapping a lot of his resources."

"Undetected?"

"The energy situation throughout the world is so unstable," Miss Brunner told him, "that they're putting the fluctuation down to the increased entropy rate."

"You know how mystical people can get about energy," said Frank. "That's where we have the edge on them. Half their problems are semantic—there's a lot of confusion just because most of their people can't distinguish between the specific meanings of, well, 'energy'."

"They're still thrashing about in a lot of metaphors," said Miss Brunner.

"I know how they feel," said Jerry.

6

Body

"While questions of origin tickle the imagination, they are, on the whole, insoluble."

Jerry glanced idly at the dials, but he was impressed. "He's certainly accumulating energy at a pretty fast lick. You know what he's using it for, do you? Specifically?"

"He's just trying to consolidate. It's a human enough ambition in times like these." Miss Brunner ran a pale hand over a console. "After all, it's only what we're aiming for."

"I think it's greedy," said the girl.

Miss Brunner sighed and turned away.

Frank wasn't upset by the remark. "It's the logical extension of capitalist philosophy," he said. He moistened his lips with his tongue. His eyes were already wet, and hot. Jerry could tell he was trying to be agreeable.

"God knows what would happen if this lot blew." Captain Maxwell could not disguise the note of glee in his voice. "Boom!"

Jerry was beginning to regret his weakness in throwing in with them.

"It's the Pope's last bid for divinity, I suppose," said Bishop Beesley enviously. "That's why we've got to stop him. And that's why we need you, Mr Cornelius, as a—um—?"

"Hit man," supplied Frank. "With the Pope knocked over, they'll never get round to sussing us. We know you've got a lot of other talents, Jerry, but, well, we've got Miss Brunner's computer doing your old job, and this was the only other opening."

Captain Maxwell put an affectionate hand on the machine. "Standard Hexamerous and Multiple Axis Noumena," he said.

Jerry stared at him in astonishment. "What a load of rubbish."

"You work it out," said Miss Brunner. "Anyway, I think we're all too grown up for silly jealousies, don't you? The fact is, you agreed to do a job."

"I thought you wanted . . . ?"

"Your noumena? You must realise, Mr Cornelius, that you're getting a bit stale." She became sentimental. "You've done a lot of interesting work in your time, but you're past thirty now. Face up to it. You ought to be glad of any work." She reached out a hand, but he avoided it. "How much longer could you have lasted in Menton? You were fading yourself."

"I think I'll go back to Menton, just the same."

"You won't find much of it left," she said with a self-satisfied smirk. "I had to pull all sorts of strings to get you out, not to mention the deals I made with the French governments."

"You'll have everything we can give you, to help," said Bishop Beesley encouragingly. "We're diverting a whole section of the grid for your use alone."

Jerry shrugged. He had avoided the knowledge for too long. Now he didn't care. He was a has-been. "I'll need some music," he murmured pathetically.

"Oh, we've got all your old favourites." Frank presented him with a case of tapes.

7

World

"Until Elizabethan days there had been a comparatively low level of national energy consumption."

Jerry and the girl climbed the cracked steps, side by side. She was dressed as a nun, a Poor Clare; he was in his old Jesuit kit. The steps ended suddenly and Jerry pushed at the panel which blocked their way. They saw that the corridor beyond the panel was deserted and they climbed out, dusting down their habits. Jerry pushed the Rubens back into place. They found themselves surrounded by the tatty opulence, the vulgarity, of the Papal Palace itself. Commenting on it in a murmur, Jerry added: "It was the main reason I finally copped out. Of course I was much younger then. And idealistic, I suppose."

"Still," she said consolingly, "they offered you the research facilities you needed."

"Oh, yes," he agreed, "I'm not knocking it." He was pleased by the irony, that his last caper should take place where his first had begun. There would be no chance of resurrection, if his plans worked out.

Two cardinals went by, carrying small pieces of electronic gear. They whispered as they walked. As he and the girl approached a small side door, Jerry took some keys from his pocket. He stopped by the door, selected a key and slid it into the lock. It turned. They went into a cramped, circular room with a high ceiling.

The room was furnished with three chairs in gilt and purple plush, a brass table. On the table was a telephone. Jerry picked up the receiver, pausing until a voice answered in good, but affected, Italian.

"Could you tell him Cornelius is here?" asked Jerry politely, in English. He replaced the receiver and turned to the girl. "We might as well sit down."

They waited in silence for nearly half-an-hour before the Pope arrived through the other door. His thin lips were curved in a smile, his thin hands embraced one of Jerry's. "So you made it, after all. You're not feeling good, Jerry?" He laughed. "You look almost as old as me. And that's pretty old, eh? Is this your assistant?"

"Yes," said Jerry.

"My child." He acknowledged the girl who was staring at him in some astonishment; he spoke again to Jerry: "There isn't much time." He sighed, sitting down in the vacant chair. "Ah, Jerry, I had such hopes for you, such faith. For a while I thought you were really Him..." He chuckled, dismissing his regrets. "But you passed your chance, eh?"

"Maybe the next time round."

"This is the last ride on the circuit for all of us, I fear."

"That's my guess, too," Jerry agreed. "Still, we've had a good run."

"Better than most."

Jerry told him what was happening in the catacombs.

8

Earth

"The solar wind also distorts the magnetic field."

Miss Brunner snarled. "Judas!" she said. She had a Swiss Guard holding a naked arm each. "Oh, you revert to type, you Corneliuses."

"Common as muck," agreed Captain Maxwell, his accent thickening.

"Do you mind?" asked Frank. He had been allowed to keep his raincoat on after it had been revealed what lay beneath it.

"Is there any chance of getting our clothes back, Your Holiness?" The bishop's tones were plummy and placatory.

"In your case," said the Pope with a wave of his hand which made his rings sparkle, "I'm not sure."

"I hope," said Captain Maxwell, "that you don't think we were deliberately..."

"Stealing my power?" The Pope shrugged. "It's an instinct with you, Captain—like a rat stealing grain. I don't blame you, but I might have to pray for you."

Maxwell shuddered.

"You are altruistic, Your Holiness," began Bishop Beesley conversationally, "and I am sure you recognise altruism in others. We are interested in the pursuit of knowledge for its own sake. It never occurred to us that we were so close to the Vatican City. If we had known..."

Only Miss Brunner preserved silence, listening with some amusement to her colleagues' patently unconvincing lies; she contented herself with the odd glare in Jerry's direction.

The Pope settled himself comfortably in his throne. "In a case of this kind, I'm afraid that the old-fashioned methods seem to be the best."

"You'll make a lovely Joan of Arc," said Jerry, but he was not really happy with the course that events had taken. He was feeling very lively, thanks to the transference jolts they had given him before they sent him on his mission.

"There's nothing in this for you, Mr Cornelius," said Miss Brunner. "I hope that's clear. You're all used up."

"Recriminations aside," murmured the Pope, rising again, "I think I've worked out a practical scheme which should secure your repentance and further our own work here. Forgive me if I admit to having a concern for expediencies; my office demands it from me. Few of us can survive the present crisis, and it's my job to ensure the continuance of the Faith, by whatever means are available to me."

"You people would pervert technology to the most superstitious, the most primitive ends imaginable." Miss Brunner turned her rage upon the old man. "At least I had the cause of Science at heart. And that," directing her attention to Jerry once more, "is what you've betrayed, Mr Cornelius."

"Ah," said the Pope, "come in, my son."

A fat Indian teenager waddled in. He had the dazed, self-important air of the partially lobotomised. "The fog is getting thicker," he explained. "My plane was delayed. Hello, Mr Cornelius."

"Guru." Jerry took a packet of cigarettes from his cassock. "Got a light?"

The Indian boy sighed and ignored the request. "How does our work progress, Your Holiness?"

"I think we can expect it to go much faster now. For that we must thank Mr Cornelius." The Pope beamed at Jerry. "You will not be forgotten. This could mean a canonisation for you. Better than nothing, eh?" He sighed to the guards. "Please take the prisoners down to the input room."

9

Mind

"But when it comes to psychological activity which *apparently* involves no physical movement whatsoever, we are hard pressed to state a satisfactory cause or energy source."

An hour later, when he accompanied his new friends to the input room, Jerry found it hard to recognise his own brother, let alone the others. They all had the anonymity of the very old, the very senile. They quivered a little and made the electrode leads shimmy on their way to the central accumulator, but otherwise they were incapable of movement. Bishop Beesley's loose skin hung on his body like an old overcoat. Somewhere in the background came the sounds of The Deep Fix playing *Funeral March,* a big hit in the mid-seventies. This was by no means the first time Jerry had seen them die, but this was certainly the most convincing death he had witnessed.

Miss Brunner's washed-out eyes located him, but it was not certain that she had recognised him. Her shrunken lips moved, her grey skin twitched.

Jerry began to walk towards her, but the Pope held him back and went forward himself, cupping his hand around his ear as he bent to listen to her. He straightened up, an expression of gentle satisfaction upon his carefully cosmeticised features. "She repents," he said. The machines clicked and muttered, as if in approval.

Jerry took out his heater and gunned the guards down before they could lift their old-fashioned M-16s into position.

"So you don't stand for Religion, either," said the Pope. He fingered the complicated crucifix at his throat. "And you don't stand for Science. You stand for nothing, Jerry. You are alone. Are you sure you have the courage for that?" He took a step, reaching a hand towards the gun. "Consider..."

Jerry shot him through the crucifix. He sat down on the clean floor.

The Indian teenager's face bore the calm of absolute fear, a familiar expression which many, in the past, had

mistaken for tranquillity of mind. He spoke mechanically.
"You must love something."

"I love her," said Jerry, with a movement of his head
in the direction of the girl who stood uncertainly by the
door. "And Art," he added with some embarrassment, "the
foundation for both your houses." He grinned. "This is for
Art's sake."

He shot the boy in his fat little heart. He put his gun
away and drew the bomb from his cassock, activating it
as he slapped it against the metal of the nearest machine.
"It's beautiful equipment," he said regretfully, "but it's
useless now."

He took the girl's hand in his and led her from the room.
They did not hurry as they made their way back to the
passage behind the Rubens, through the tunnel, through
the toy-shop and out into the dawn street.

He helped her into the car. "How are you feeling?"

She dismissed his concern. "Can you justify so much
violence?"

He got into the driving seat and started the car. "No,"
he said, "but it's become a question of degrees, these days,
hasn't it? Besides, I'm an egalitarian at heart."

"Won't this mean chaos?"

"It depends what you mean by chaos." He drove steadily,
at forty-five kph, towards the outskirts of the city. The
rain had stopped and a pale, gold sun was rising in a
cloudless sky. "To the fearful all things are chaotic. That's
how you get religion (and its bastard child, politics)."

"And science, too?"

"Their kind."

She shook her head. "I'm not convinced."

He laughed, speeding up as they took the road to Tivoli,
passing the ruined façades of a dozen defunct film studios.
"Neither am I."

Behind them, Rome was burning. Jerry checked the
position of the sun, he opened his window and threw the

gun into the road. He kissed her. Then he began to head East. With a sigh, she closed her eyes and sank back into sleep.

(All quotes from *An Index of Possibilities*)

PART II

The Entropy Tango

For Pete Pavli
(who did most of the music)

Contents

1

INTRODUCTION

Entropy Tango

My pulse rate stood at zero
When I first saw my Pierrot
My temperature rose to ninety-nine
When I beheld my Columbine

    Sigh, sigh, sigh...
For love that's oft denied
    Cry, cry, cry...
My lips remain unsatisfied
    I'm yearning so for my own Pierrot
As we dance the Entropy Tango!

    I'll weep, weep, weep
Till he sweeps me off my feet
    My heart will beat, beat, beat,
And my body lose its heat
    Oh, life no longer seems so sweet
Since that sad Pierrot became my beau
    And taught me the Entropy Tango

    So flow, flow, flow...
As the rains turn into snow
    And it's slow, slow, slow...
As the colours lose their glow...
    The Winds of Limbo no longer blow
For cold Columbine and her pale Pierrot
    As we dance the Entropy Tango!

At the Time Centre

Calling in and calling out
Crawling through the chronosphere
Will all members please report
To their own centuries
Where they will receive instructions
As to how to progress

This is an emergency signal
To all chrononauts and
Members of the Time Guild
Mrs Persson calls a conference
Code-name Pierrot—code-name Harlequin
Come in please—this is Columbine

Come in please, this is Columbine
Come in please, this is Columbine
Come in please, this is Columbine
Come in please, this is Columbine
Columbine calling,
Calling
Calling out...

The Birthplace of Harlequin

In this ancient time-fouled city discredited gods do brood
On all the imagined insults which down the aeons they've
    received
It is a place of graves and here dreams are destroyed
Dreams are brought from all the corners of the world
To be crushed or ripped or melted down
Into a healthy cynicism
Here are tricksters born
And fools divested of enchantment
This is where Pierrot is killed
And from his flesh Harlequin created
To race across the world, laughing at nothing,
Laughing at everything
Laughing at his pain,
Laughing at the tired gods who bore him
Here in this city, this city of shades,
This city of irony bereft of imagination
This city of suppression
This city of pragmatism
Where the jesters weep
And the tricksters scheme
Parading in motley
Too afraid to scream,
Too wary to acknowledge love
Unless love's made a game.
A game which they can win.

Here, in this city of swaggering fantasticos, of calculated
  gallantry
Was Harlequin the Trickster born, to go about the world,
  to win
To attract; to display an easy cleverness; to lie and to
  deceive
To show what shallow things are dreams, and promises
  impossible to keep
And should he meet with frankness, unashamed honesty
Back to this city Harlequin may flee
To be replenished, armed afresh by his weary masters,
The gorgeous gods of disharmony...

1. For One Day Only: Two Mighty Empires Clash

1

Greta Garbo is here seen in the climax scene of "Queen Christina" after she has forsaken her throne and is sailing away with her dead lover...one of the greatest performances of her career, in a story and settings which are sombre and admirably suited to her strong dramatic powers.

Shots from Famous Films, No. 19, issued by Gallagher
Ltd, c. 1937

"I still breed and buy a little, but I rarely, these days, kill." Balancing a pink gin in his thin hand Major Nye settled into the light-blue plush and pulled a photograph from his top pocket. Behind him was a wide observation window. He turned to glance through the clouds at what could be Transcarpathia below. There were only four pas-

sengers in the airship's lounge and two of them spoke no
language known to him, so he was anxious to keep Mrs
Persson nearby. As she approached, he said: "What do you
make of this couple?"

It was too hot. Una Persson regretted her Aran turtle-
neck, and she tugged a little at the top so that her pearls
clicked. "Ukrainians." She smiled at them. They were shy.
"They'll probably have Russian."

"Russki." The woman responded with an alacrity which
dismayed her thick-set husband. "Da." She wore a mixture
of national dress (blouse and boots; a brown suit of the
rather severe cut favoured east of Warsaw). He wore motley: a short red leather overcoat, tweed trousers, two-tone
shoes.

"Then they're anarchists." Major Nye looked curiously
at the pair before finishing his gin. "Do you think they'll
last?"

Una was amused. They were probably rich emigrants.
"What's the alternative? Bolshevism?"

"Jolly good." Major Nye was also feeling the heat. He
adjusted the left sleeve of his uniform jacket. "Do you hunt,
Mrs Persson? At all?"

"Not seriously."

Nodding at Una, perhaps embarrassed, the Ukrainians
replaced their empty glasses on the bar. They offered a
muted 'Dasvedanya' to the steward, and climbed up the
open oak staircase to the main deck.

"Another half-an-hour and we'll be in Prague." Major
Nye was regretful. He had been glad to find an acquaintance aboard. "Have you someone waiting for you? From
the Consulate?"

"Do you know Prague?"

"Not since the war." Major Nye smiled like a wistful
conspirator. "I change in Dublin for Toronto." He had come
from Hong Kong, with a Bradshaw's under his arm, hop-
ping ships after he had missed the *Empress of Canada* on

her weekly express run. By taking this flight via China and the Russian Republic he had actually saved himself several hours, since the *Empress* followed an All-Red Route established by sea-going vessels in the century's early years. Now, more than four decades later, big British airships might still moor at aerodromes built on sites of ancient coaling stations. But the Air Ship *Lady Charlotte Lever* belonged to E&A Lines, who were concerned less with national prestige than with international competition. Built ten years before, in 1938, she had been one of the first so-called 'China clippers', lifting 31,000 tons and capable of almost 200 mph with a following wind. She stopped at only two British ports, making a six-day round-trip from Nagasaki, via Seoul, Peking, Samarkand, Tiflis, Kiev, Prague, Brussels and Liverpool, to Dublin; challenging the Russian, German and American lines who had previously dominated this territory. Major Nye felt unsafe in her. He preferred more stately, old-fashioned craft.

Mrs Persson sat on the opposite couch.

"I was hoping for a few days leave." Major Nye passed her the photograph. It showed an elderly grey being led from its stall by a smiling, plump young woman. "That's my horse, Rhodes. My daughter, Elizabeth. She runs the stable now. Near Rye. Poor old chap. He's dying. I wanted to be with him."

She was touched. She returned the photograph. "A fine animal."

"He was." Major Nye stroked his white moustache with the tip of a nicotine-stained finger. "Tempus fugit, eh? To the best of us." His pale eyes stared hard out of the airship as if he willed back tears.

Una rose. "I'll have to leave you, I'm afraid. Bags."

"Of course." He stood to attention. "We'll doubtless meet again. That's the Service. Here today and gone tomorrow."

"Or vice versa." Una shook hands. She brushed the short chestnut hair from her face. "Good luck in Canada."

"Oh, it's nothing serious, I'm sure."

When she had left he realised he still held Rhodes's photograph. He tucked it into a top pocket which he firmly buttoned. Moving between empty chairs, glass in hand, he straightened his jacket, looking behind the bland barman at the mirror. As he set his glass on mock tortoiseshell the ship gave one of those peculiar shudders which usually meant unexpected wind resistance and the glass clicked against a chrome railing before Major Nye's bony fingers could close on it. The lounge darkened. They sailed through heavy cloud and the sun and land had been completely obscured. The steward prepared a new drink.

"Not long now, sir, before we go down."

2

ESTONIA obtained her independence in 1918. The colours of her distinctive national flag, a horizontal tricolour: Blue for the sky, mutual confidence and fidelity; black for the nourishing soil and the dark past of the country; white for the winter, hope for the future...
National Flags and Arms, No. 16, issued by John Player and Sons, c. 1937

"Can this, after all, be the Golden Age?" Una turned from the first floor window and the bleak Notting Hill street. She had arrived in England less than three hours ago and had come directly here, hoping to find her lover Catherine, but only Catherine's mother had been in.

"I could do wiv a bit of it," said Mrs Cornelius, mopping sweat, "if, o' course, there's some ter spare." She laughed and looked at the clock. "Sovereigns." On the wireless, briefly, an announcer spoke of chaos in the outskirts of Toronto, but Mrs Cornelius stretched a fat arm and turned the knob to find Ted Heath and his Music, who were halfway through *Little Man You've Had A Busy Day*. "Thass an old one." She was nostalgic. "When did that come art? Four? Five years ago? Makes yer fink." She returned to her horrible armchair and lowered herself into it, magazines and newspapers rising and falling around her as if she sank back into some polluted sea. "Bin abroad agin, 'ave yer, love?"

"Here and there," said Una equably. She felt both terror and affection for Catherine's mother. The woman seemed to maintain an ageless decrepitude, utterly at one with her preferred environment. The paint on her face might have been put on that day or ten years before and was flaking to exactly the same degree as the paint on her woodwork. "Had a holiday this year, Mrs C?"

"Nothin' ter speak of. We went ter 'Astings, ther Kernel an' me, fer Easter. It pissed darn." She spoke of her boyfriend, 'the old Pole', who ran a second-hand-clothes shop in Portobello Road. "Spent the 'ole time on ther bleedin' pier. When we wasn't in ther pub." She raised her tea to her lips. "'*E* was dead miserable, o' course. But *I* enjoyed meself."

"That's the main thing." Leaning against the damp draining board Una read the *Manchester Guardian* she had bought at Croydon. Makhno's 'insurgent army', consisting predominantly of Ukrainian settlers, Indians, Métis (pushed out of their homelands), and some disaffected Scots and French, had won control of rural Ontario. The main cities, including Ottawa and Toronto, were still in the hands of the R.C.M.P. It was stalemate of sorts, since Makhno's army was defensive and would only respond to attacks, while the Mounties were unwilling to begin any action which would result in bloodshed. Una found this funny: Anarchism matched against Liberalism in a classic dilemma. But London was upset, which was why she had been ordered home from Prague.

The door opened. Catherine hurried in from the land-

ing. "Oh!" She was pleased. She wiped rain from her beautiful face and tugged off a headscarf to reveal curly blonde
hair. "How long have you got?"

"I have to be off tomorrow."

After some hesitation, they embraced.

3

*The "Riders of the Plains", hero-worshipped by readers of
wild North-West literature as the "Mounties", were formed
in 1873 for the purpose of maintaining the law in sparsely
populated parts of the Dominion. Recruiting was com-
menced in 1874, and early in their history their courage
and integrity established order and respect in the Indian
territory. Although tasks are less picturesque than in the
bad old days, diverse activities still include punishment for
wrongdoing and the enforcement of Federal Law throughout Canada.*
Soldiers of the King, No. 21, issued by Godfrey Phillips
Ltd, c. 1937

By the time Una got there Toronto had capitulated and
Makhno's people were everywhere, distributing characteristic anarchist leaflets, informing the citizens of their
many rights. Confusingly, numbers of Makhnovischini wore
red coats borrowed from disarmed Mounties and a few had
even taken the full uniform, though usually with modi-
fications. She went directly to the downtown offices of the
Canadian Pacific Airship Company where Major Nye had
the responsibility of processing applications from those
who had elected to leave. The building was surprisingly
quiet, though long lines of middle-aged men and women
stood outside it. In the lobby soft-spoken Mounties pa-
tiently kept order, manning desks formerly occupied by
CPAC clerks. Una was shown straight through to Major

Nye's office. It had been decorated in the clean, stripped-pine-and-hessian style favoured by most Canadian executives, while tasteful scenic paintings had been positioned along the walls at regular intervals.

The large window looked out over Lake Shore Avenue and the harbour beyond, where other refugees were crowding onto boats and ships which would take them to emergency immigration centres at Wilson on the American side. The United States had agreed reluctantly to establish temporary camps, but already, Una knew, they were urging independent Ottawa and Britain to send military ships to the province, to oust the 'illegal anarchist government', as they insisted on terming it. Makhno and his insurgents evidently represented the popular interest and since the Mounties had made no attempt to defend the cities by force of arms (on instructions from London, who were anxious to negotiate with Makhno as soon as possible) there was technically no excuse to send either troops or aerial gunboats. The idea of a Commonwealth in which all were free and willing partners had to be maintained, London felt, above everything.

"I mean Britain has always been the guardian of liberal democracy," said Major Nye, after he had offered her a chair and ordered some coffee. "We can't resort to the methods of Frenchmen or Russians, can we? Or even Americans. We've an example to set. There hasn't been a serious clash of arms in the Empire for thirty years. Everything has been settled by discussion, arbitration, common sense. I can't see what they want with anarchism, can you? I mean, the difference seems so marginal!"

"They think," said Una, "of our democracy as capital's last attempt to survive. In, as it were, disguise."

"There'll always be conflicting interests." He remained bewildered. "Besides, there have been socialist governments for years!"

"Makhno's socialism is a trifle more extreme." Una took

the coffee cup with a smile of thanks to the girl who came in. "They want me here, I gather, to parley with the Little Father."

"Not many of our people have had much to do with him." Major Nye returned his attention to the lines on the quays. "You know him well, don't you?"

Una came to stand beside him. "We're always looking out of windows, you and I, aren't we?"

He had not heard her. "This is what comes of giving autonomy to Quebec," he said. "Canada simply isn't India."

4

DRUMMOND. Motto "Gang warily". Badge, Wild Thyme. The ancestor is said to have been Maurice, a Hungarian, who accompanied Edgar Atheling into Scotland, and obtained from Malcolm III the lands of Drymen. This patriotic clan fought with distinguished bravery at Bannockburn.
Highland Clans, No. 3, issued by John Player and Sons,
c. 1920

Half Toronto seemed deserted now. Named like Ontario's towns and villages for their nostalgic associations with Britain, the quiet streets of the suburbs, with big shady trees and pleasant lawns, were almost wholly taken over by the insurgents to whom the references—Albion Road, Uxbridge Avenue, Ballantrae Drive—were all but meaningless. Certain self-conscious Métis and Indians, who occupied houses on their own farms, had pitched wigwams in the parks and were holding councils with local inhabitants. The smiling residents still found it hard not to be eagerly condescending to those now regarding them with cheerful contempt. The majority of Torontonians remaining behind were the same nationalist sympathisers who had elected the provincial government which had so quickly disappointed their hopes. In reaction, the rural people had made the ageing anarchist their spokesman.

The shirt-sleeved driver of the Rolls landau pointed ahead to a large timber-built house at the end of the road and said in Ukrainian: 'Batko Makhno headquarters. See." A black flag had been stuck in a chimney and was visible over the surrounding pines and birches. Una was delighted by the introduction of so much incongruity into this Home Counties dream of Utopia.

Makhno was leaning on the veranda frame as she walked up the crazy-paving towards him. He was greyer and thinner than when she had last seen him during his successful campaigns against the Russian Republic in the thirties, but he had the same alert, sardonic eyes. He wore a jaunty astrakhan cap, a dragoon jacket in blue and gold, civilian jodhpurs and soft Ukrainian boots. Almost as a concession to his past he sported two large automatic pistols and a sabre. Although cured of TB he retained the slight flush often associated with the disease. He burst into laughter as they embraced. "We've done it again. Only this time it was easier!"

"That's what I've come to see you about," said Una.

They entered the cool open-plan interior, full of woollen scatter-rugs of Indian design, polished boards and low furniture in muted colours. A well-fed blonde Canadian girl with a smooth skin which needed to be tanned to look agreeable said brightly: "Hi! I'm Nestor's new wife."

"My twenty-first," said Makhno. He put an arm about her upright shoulders. "This," he said of Una, "is my oldest friend and closest enemy."

"We've heard of you, Miss Persson," said the girl, "even in Toronto."

With a slightly studied display of carelessness, Makhno dropped into a beige armchair near the rough granite fireplace. "Have you come to bargain, Una?"

"In a way. You know you've upset the Americans."

"Certainly. Is that difficult? And the Russians. Our Alaska raid."

"Exactly. Two airships. But London's under a lot of pressure."

"We've already been promised autonomy. The same terms as agreed with Montreal. Everyone is happy."

"The Russians are claiming that by recognising you Canada has violated the Alaskan treaty. Therefore they feel entitled to retaliate. The US would see such a move as the first step in an attempt by Russia to gain further North American territory."

Makhno laughed. "What are you suggesting? Some sort of second Great War?"

"You know there are tensions."

"But no one would risk so much over one tiny event!"

"They see it as the spread of anarchy. First the Ukraine. Then Andalusia. Argentina. Kwan Tung. You know what emotions are involved. Perhaps if you appeared initially to modify your programmes, give them a 'liberal' slant...?"

The girl spoke, smiling earnestly, with self-conscious passion, as she tried to persuade Una to a point of view unfamiliar only to herself: "You have to see, Mrs Persson, that this 'liberalism' is the same sentiment people reserve for the beasts they keep for food. Their love of the masses is love for the lambs they shall one day slaughter! The impulse remains authoritarian, no matter what it pretends to be. Bolsheviks and capitalists. They're identical."

The phone rang. Makhno went to it. He listened, his smile growing broader as his eyes became sad. He shrugged, replacing the receiver. "There you are, Mrs Persson. British ships have been sighted over Winnipeg. A large fleet. Evidently on their way here. It's the finish. Obviously. Is it my fault do you think? Have I fallen into the trap I always warned you about? The fallacy of 'history'. The myth of 'precedent'?"

"What shall you do?"

"Oh, I shall avoid bloodshed at all costs. I shall advise the army not to fight in cities, where civilians will be hurt. We shall have to do our fighting in the countryside." He sighed. "Where we belong."

"But you'll continue to defend the revolution?"

"If people wish it. If not, I'll make a run for it. Not for the first time."

The pale girl was confused. She squatted on her haunches in the middle of the room, holding her long hair away from her ears. "Oh, my god. This is *Canada*! We've gone too far!"

Una was much harsher than Makhno. "Your problem came when the Mounties changed their motto from *Mantien Le Droit* to *Mea virtute me involvo*."

Makhno interposed. "If only it could have been *Omnia vincit amor, et nos cedamus amori*." He looked regretfully down at the blonde. "It'll be good to be on horseback again. I hate machines."

"It's your one weakness, I'm afraid," said Una.

The silence became uncertain.

5

CORONATION OF WILLIAM IV AND
QUEEN ADELAIDE.
The Coronation of William IV took place on Sept. 8th, 1831, and was celebrated with less magnificence than usual on the ground of economy. The Queen's silver crown was set with jewels which were her own property, and were afterwards returned to her, as she desired that there should be no unnecessary expense incurred.
The Coronation Series, No. 31, issued by W.D. & H.O.
Wills, c. 1936

There was, it seemed, to be no consolation in England. Over tea in Derry and Toms roof garden ('their' place)

Catherine told Una of her engagement to Mr Koutrouboussis, the ship-owner. "His naturalisation came through last week and he popped the question."

"You don't love him." Una was bleak.

"I love what he represents."

"Slavery!"

"Freedom. I shan't be his only interest."

The sun shone on large mock-silver cutlery, on sturdy china, on rock-cakes and scones. Beyond all this, in tiny artificial pools, marched fastidious pink flamingos against a background of box and privet.

"And anyway," Catherine continued, "I need the security."

"I'm giving up the Service."

"I think you should." She realised she had missed the implication and melted. "You know how much I love you."

"Going back into the profession," Una said.

Catherine put a hand on Una's hand. "You'd still be away a lot, dear. But now we can go on meeting—having lovely secret times. You already have more men-friends than I do. That anarchist was one, wasn't he?"

It was true. Una removed her hand in order to open her bag.

"I really do think men are our superiors in almost every way," said Catherine. She smiled. "Of course, we are their superiors in one area—we can handle them without them realising it. But don't you feel the need to give yourself up to a man? To think you could die for him, if necessary? Oh, Una, there's nothing like self-sacrifice!"

"Jesus Christ," said Una flatly. "He's done it again."

6

MEADOW BROWN (Epinephele ianira). This species is the most abundant of all British Butterflies, occurring throughout the British Islands as far north as the Orkneys, and frequenting every meadow, lane, wood and waste land, from the middle of June until the middle of October. The Meadow Brown is one of the few butterflies that appear regardless of the weather, flying during dull stormy days, as well as in the hottest sunshine. At night it roosts amongst the foliage of trees, and also on low-growing plants. The life of the caterpillar of this butterfly extends over a period of about 250 days. Expanse of wings 2 inches.
British Butterflies, No. 15, issued by W.D. & H.O. Wills,
c. 1935

Exactly a week after she had had her meeting with Makhno, on Sunday 27th June 1948, Una Persson accepted Major Nye's invitation. She took a train to Rye and a cab from the station to the Jacobean house whose ornamental gardens had been almost entirely converted into fruit and vegetable beds and whose stables were now run as a commercial enterprise by Elizabeth Nye, one of the major's two daughters. His son was away at school. His wife had been confined to her rooms for three or four years.

It was a very hot day. Summer flowers, arranged in dense clusters and grown for profit, gave off a thick scent which brought Una a trace of euphoria as well as sad memories of Makhno's fall. The nurse who looked after Mrs Nye directed Una to the stables. Elizabeth had taken a group of children for a trek. Major Nye, in a worn tweed hacking jacket, darned pullover, moleskin trousers and old wellingtons, stood outside a stall over which the name 'Rhodes' had been engraved in poker-work. He was feeding an ancient grey horse handfuls of grass from a bucket at his feet. The horse had watering, bloodshot eyes and its nostrils were encrusted with mucus. It laid its ears back as Una approached, causing Major Nye to turn.

"Mrs Persson! Wonderful! This is Rhodes." The smell from the stall was strong, tinged with sickness.

Una, who had no special fondness for horses, stretched a hand to stroke its nose but it moved, refusing contact. "I'm afraid he's a one-man horse. I'm so glad the Canadian business is over. Have you heard anything of our friend, Makhno?"

Rather closer to self-pity than she would have liked, Una said: "He's gone where the Southern cross the Yellow Dog."

"Eh?"

"On his way to South America, I heard."

"Best place for him. Plenty of room for political experiments there, eh?"

"Not according to everyone's thinking."

"At least we avoided a Big One. You see I remember the Great War. I was at Geneva in 1910. Eighteen years old." He smiled and patted Rhodes's nose. "We don't want another, do we?"

"Perhaps the cost of peace has become a bit too high?"

"It's never too high, my dear. I speak as an army man." He handed her the bucket. "Rhodes can't graze for himself any more. Shaky on his pins. Come and help me pick some grass on that bit of lawn over there." He reached down to pluck a muddy *Telegraph* from a pile near the stall's gate. "Kneel on this. Have you got any older clothes?"

"Not with me."

"We'll find you something. You're staying a week or two?"

"If that's all right."

"All right for me." He chuckled. She realised that she had never seen him happy before. "They've allowed you some leave, have they? You've earned it. Makhno would never have given in to anyone else."

"Possibly." Una was reluctant to continue this line. "But I'm not on holiday. I've resigned. I've decided to go back to the stage. I'm tired of diplomacy. It's a bit depressing. Or perhaps I'll try films."

"Brave girl," said Major Nye. "You've sacrificed too much already."

For a moment she rebelled, resenting his approval. Then she walked over to a lawn already practically bare, and began to tug up grass.

Major Nye joined her. He bent with difficulty. There was a tearing sound as he pulled roots and earth. "They all say I should have him shot. But I can't do it, you know. I love him. Elizabeth," he smiled with some pride, "says he'll be the death of me."

The shadow of an airship, going from Croydon to the continent, passed over them rapidly. They heard the distant drone of engines.

"It's the beginning of the end," murmured Major Nye.

"It always is," said Una.

2

DEVELOPMENT (a)

Pierrot on the Moon

They didn't tell me
That breathing was so difficult.
I can't say I think
much
Of the scenery
I wish I was back
in my home again
—They've left me behind...

It seemed a good
idea at the time
Just me—Harlequin and
Columbine
—But they slipped off soon
And here I am
Stranded on the bloody
moon...

Next time things will be
different
And I'll know the score
I'll bring at least an
oxygen tent
And a good deal more
besides
Bacon, eggs and bread
And a telescope...

And I'll buy returns as well
There's no bloody ticket office
Or a gentleman's lavatory
Or a deck chair to be had
And every time I take a step—
I bounce...

They said it'd be just like
Brighton beach
Dodgems and roundabouts
Candy floss and sticks of rock
Though not so many crowds
Try and get a donkey ride
That's all I've got to say...

Harlequin's Techniques of Courtship

If I let her see my love
Will she also see my pain
And flee from it
As I would flee?

And if I pulled my domino
From my eyes
Would she then know
How much of Pierrot's
Left in Harlequin?

And if I told her of my yearning
Would her body
Cease to burn for me
Instead would she give me
Only sympathy
And mistress turn to wife?

And if I swore eternal love
In anything but
A tone of insincerity
Would I alert her
To involvement
Turn her thoughts
Away from lust?

And if I wept upon her breast
And spoke of fears
Of ghosts and death
Would she withdraw
Her favours from me
Choosing silly Pierrot
For a husband
And shunning me?

No, I can only speak of bright lies
Offer only flattery
Tell her that there are no others
But let her think that many follow
That I may be gone tomorrow
Insecurity is all she wants
From me.
Madam, I present myself:
Sir Harlequin—
I bring you Sin...

Columbine Confused

On the banks of Time's river
Two lovers await me
As the flood takes me by
They reach out their hands
Pierrot and Harlequin
Weeping they greet me
The stream bears me onward
Future and Past...

Which shall I choose?
Oh, I am confused...
Often amused and
Constantly torn...
Down the long centuries
They have pursued me
Courted and cursed me
For what I am

Gravity holds me
In sweet indecision
Between Sun and Moon
To each I'm attracted
Pierrot and Harlequin
Loser and Trickster
Laughing they beckon
As the years flood away

Future and past
Future and past
Future and past
Future and past

As the years flood away
As the years flood away
As they years flood away
Future and past...

2. The Kassandra Peninsula

1

In which his torment often was so great,
That like a Lyon he would cry and rore,
And rend his flesh, and his owne synewes eat.
His owne deare Vna hearing euermore
His ruefull shriekes and gronings, often tore
Her guiltless garments, and her golden heare,
For pitty of his paine and anguish sore;
Yet all with patience wisely she did beare;
For well she wist, his crime could else be neuer cleare.
Spenser, The Fairie Queene, 1. x. 28.

Una considered her compact. It was silver, with delicate enamel-work by Brule; one of his last pieces.
"Una."

She shook her head. She refused his confession. His eyes were agony.

"Una."

She replaced the compact, unused, in her patent leather purse. His voice brought her the image of a dark, motionless sea. She drew breath. Makhno had gone on. It had been necessary. His success—what little he expected—depended on the speed of his strategies. Here there was only defeat.

"Una."

He lay in the shadows, on straw. Through the barn door came the hard air of the New Hampshire winter. She could see across the deep, undulating snow the flat outline of a Dutch farmhouse, black against a near-white sky: the isolated birches, the clustering pines. She could hear the muffled sounds of work. It would be dawn in a moment. They would discover him soon. Freezing her face, Una forced herself to look at her ex-comrade. He had seemed so powerful.

"Una." It was like the sound of a dying albatross she had heard on Midway Island in the early 1940s.

One of his hands moved a fraction. To stop her? To beg? She glanced beyond his head, at the disused harness, the rusty implements: mementos of simpler days. She smoothed the silk of her skirt and swung the purse by its strap; then she placed it carefully on her shoulder. She battled against her particular curse, against mindless altruism. But was it a curse or merely her permanent dilemma?

"Una. They'll kill me."

"No, Jerry." He would probably be interned until after the primaries. She was close to offering reassurance when happily there came a scream from the sky and snow thudded from the roof of the barn as a pirate Concorde passed overhead, pursued by angry Freedom Fighters. It was so cold and she, like him, had no appropriate clothing. "Montreal," she said. "Try to get to Montreal. I'll see you there."

She stepped in black, high-heeled court-shoes into the snow. She shuddered. It had been stupid of them to trust the old Kamov.

2

'I'm ready when you are, Senor...'

Bob Dylan

"We begin with ambiguities and then we strive to reconcile them through the logic of Art," said Prinz Lobkowitz. "Though these chaps often begin with some simple idea and then try to achieve ambiguity through obfuscation. It won't do." He threw the composition paper on the floor beside the piano and got up. "I blame the academics."

Something rumbled underfoot.

"Well," she said, "it's easy."

She leaned back on the piano stool and swung round to peer at the half-built auditorium. She could see the night sky through the gaps in the tarpaulings covering the shattered glass of the dome; another publicist's broken dream. Lobkowitz, in evening dress, loped forward, tall and thin, looking less well than usual. His attempt, at the invitation of the United States provisional government, to form a cabinet had failed, as he had predicted it would. As a result both he and Una were out of their jobs. She was relieved; he was contemplative. The meeting, which had been held earlier that evening, in the light of candles and oil-lamps, had taken on the air of a funeral reception. Then, gradually, the distinguished old men had drifted away. All but a few of the lamps were out. It was a shame that the damp had affected the murals, from Mozart to Messiaen, on the hastily emulsioned walls. She appreciated the peculiarities of Gregg's style, with its muted colours and shadowy outlines. She had particularly liked the portrait of Schoenberg, on stage for *Pierrot Lunaire* in Berlin, 1912. Now, however, only the composer's raised hands were perceivable, as if he conducted the invisible crowd, here muting the antagonistic shouts, there bringing up the applause. Una wished she could explain her sudden feeling of well-being. She swung to smile at Lobkowitz, who shrugged, grinning back at her.

"Ah, well."

"We search so hard for these intense experiences. Then we reject them almost at once."

"Is it because we are frightened?"

3

'There are jewels in the crown of England's Glory;
    And every jewel shines a thousand ways
Frankie Howerd and Noel Coward and Garden Gnomes
    Frankie Vaughan and Kenneth Horne and Sherlock
        Holmes
Monty and Biggles and Old King Cole, in the pink or
    on the dole
    Oliver Twist and Long John Silver, Captain Cook and
        Nellie Dean
Enid Blyton, Gilbert Harding, Malcolm Sargeant, Graham
    Greene Gra-ham Gree--ne!'

                                             Max Wall

Reluctantly she picked up the Ak-47 as Petrov pushed pouches of ammunition across the table at her.

"It suits you," he said. "It's elegant, isn't it?" He lit a thin Danemann cheroot. "You know the rifle?"

"Oh, yes." She checked its action. "I was hoping I'd never see one again." The smoke from his cheroot made her feel sick.

"There's the M-60..." He made a movement towards the rack.

"No, no." She clipped the pouches to the webbing of her lightweight camouflage jacket. She wished that she did not feel quite so comfortable in the gear. It was suspicious. Another cloud of smoke reached her face. She turned away.

"You have everything else?" he asked. "Plenty of mosquito oil?"

"Plenty. Can't you tell?" She wiped her fingers over the back of her greasy wrist.

He stood up.

"Una."

"Oh, no you don't," she said. Helping the wounded was no longer any part of her brief.

"It's you I'm thinking of." He sat down again, staring beyond her at the veldt on the other side of the border. He brightened, pointing. "Look. Vultures."

She did not turn.

He was grinning. "They're a protected species now!"

Carefully she closed the screen door behind her and stood on the veranda, looking up the road for her transport. It was already half-an-hour late. She wondered if something had happened to it. If so, it would mean a long wait while they radioed back to Kinshasa for instructions. She glanced at her watch without reading it. She had never been over-fond of Africa. Somehow, in spite of everything, they had continued to look to Europe for their models. Just like the Americans. And here she was, Britannia Encyclopaedia, returned for the shoot-out.

"You 'ave ter larf, don't yer, miss?" said the black cockney corporal, holding up the water-can in which someone had shot two small holes. His heavy boots made the veranda shake as he went by, entering Petrov's office to request an order.

She sat down in a khaki deck-chair, placing the rifle at her feet. She stretched her body. The corporal came out

again. "Seen anything o' that Captain Cornelius, miss?"
he asked, to pass the time. "'E was 'ere before the real
trouble started."

She laughed.

"He usually is."

4

In the event of a Sonic Attack, follow these rules:

Hawkwind

As the river broadened, she became alert, releasing the
safety catch, crouching in the front of the motor launch
and studying the jungle.

She gave particular attention to the thicker clumps of
reeds on both banks. Soon she had made out the funnels
and the bridge of an old steamer which had been ambushed
here two years before. *The Little Madam* had keeled over
so that she was almost on her side; she was rusty and
plants clung to her. As Una watched, a small crocodile
emerged from one of the funnels and wriggled into the
water. *The Little Madam* had been the last of her kind.
She had been carrying missionaries back to the coast when
a handful of Eritreans, lost and on the run, had mistaken
her for a military vessel and used the rest of their mortars
on her.

There was a horrible silence in the jungle, as if every
bird and insect had been blown away. Yet the foliage itself
was lusher than ever; fleshy and dark green. They approached a bend. A huge stretch of dirty detergent scum
came swirling towards them and passed on both sides of
the labouring launch.

In the stern Shakey Mo Collier, watched by a listless
Makhno who had drunk at least twenty cans of local beer,
was jumping up and down throwing carved wooden idols

into the scum. "Fuck you! Fuck you!" He drew the idols from a bulky sack, almost as large as himself. He had been upset to learn that his loot had become valueless since the falling off of the tourist trade.

The jungle on the right bank ended suddenly, to be replaced by the great grey terraced complex of Durango Industries' protein processing plant. Una tried not to breathe any of the sweet air until they were past. Nearby were the white buildings of the hospital, identified by their red crosses, looking remarkably like reception buildings for the plant. It could have been one of the sleazier suburbs of Los Angeles, with huge, unhealthy palm trees growing all around. Workers on the roofs and gantries paused to watch the launch. Collier waved at them but lost interest when nobody waved back.

"Surly buggers." He threw the last of his idols in their direction.

Makhno was asleep. Una was relieved. If he slept, there was not so much danger of his being sick over the seats. They were already slimy with a variety of filth.

Mo moved along the boat to stand beside her. He lit a papyruska lifted from the tunic pocket of some fallen foe. "There won't be trouble here, will there?"

"Unlikely." She wiped her forehead. "The worst is over. It seems we'll be slipping this shipment through, at least."

"I'm making bloody sure I get my bonus in my hand next time." Mo scowled. "In gold." He patted his belt pouch. It bulged. From under the tightly-buttoned flap a few fair hairs emerged.

Una still marvelled at Mo's ability to adopt enthusiastically the ideals and ambitions of any employer. A day or so earlier she had asked him about this. He had replied: "I enjoy being loyal."

He had earned his high reputation. He had even earned his Russian scalps (he would pass them off, of course, as Rhodesian).

For all his awful habits, Una enjoyed his company and she would be sorry to part, but with the successful delivery of their cargo her mission would be over. She was glad the journey had been relatively swift. No amount of disinfectant or perfume could disguise the smell from the hold. It was the last time, she promised herself, that she took over one of Cornelius's jobs. He had only taken this one on so as not to lose face, to protect a reputation for ruthlessness which he had never really deserved.

Collier could continue with the load to Dubrovnik and get a plane home from there if he wanted to. But she would take her chances at the ports. She had had enough.

5

'Isn't it delicious? There's a red sun in the sky! Every time we see it rise, another city dies...'

The Deep Fix

"Of course, I remember him from the early, carefree days," said Miss Brunner, smiling up at the crystal ball which turned in the centre of the ceiling of Lionel Himmler's Blue Spot Club. "He was much better company, then." She seemed to imply that that had been before he had met Una. There was nothing superficially attractive about the woman, in her severe suit; her awkward, almost self-conscious way of moving; but Una experienced a strong desire to make love to her, perhaps because she sensed no hint of resonance, no sympathy for Miss Brunner. She tried to suppress the desire; she had a good idea of any consequences resulting from even a brief affair. "When he was still idealistic," continued Miss Brunner. "Weren't we all?"

"I still am," said Una. "It's silly isn't it?" She was shocked at herself. That last remark was unlike her. She admired Miss Brunner's power to produce it.

Miss Brunner gave her a smile which might have been of sympathy or of triumph. "When you're as old a campaigner as me, dear, you won't have time for that sort of thing." She signed to the sour-faced Jewish waiter. As he approached, she pressed a coin in his hand. "Bartok's String Quartet No. 1," she said. She watched him shuffle towards the juke-box. It was her turn to display embarrassment. "I'm feeling a bit reflective. You weren't about in the old days, of course."

"It depends what you mean," said Una.

"Our paths hadn't crossed, at any rate."

"No." Una wondered how, with so many wounds, the woman could continue to function.

Miss Brunner sipped her B&B. From the fur collar of her jacket came the smell of artificial hyacinths. "It's nice to know someone's prepared to fill in for him."

"I'm not exactly filling in," said Una. "I think you have the wrong impression."

"That's what they told me at the Time Centre."

"Auchinek?"

"No, the other one. Alvarez."

"He only enjoyed working with Cornelius."

"That's true."

"Of course you move about more than any of us ever did, don't you?" Miss Brunner continued.

"I suppose I do."

"I envy you your freedom. I'm afraid I'm very old fashioned."

Una was amused by the series of ploys. "Oh, no," she said.

"A terrible reactionary, eh?"

"Not at all."

"I came out of a very different school." Reminiscently Miss Brunner smacked her lips.

"It's just a question of temperaments," said Una.

"Well we each of us see what we're looking for. Especially in a man. That's what 'knowing' someone means, doesn't it?"

The waiter returned, just as the scratched record began to play.

"I hate Bartok." Miss Brunner picked up the menu. "I find him empty. Vivaldi's what I really like, but the selection's so limited here." She peered savagely up at the waiter. "I'll have the *moules* to begin."

"They're Danish," said the waiter.

"That's right. And then the jugged hare."

"Just an omelette." Una made no attempt to read the menu in the dim light. "And some mineral water."

"Plain omelette? Perrier?"

"Fine."

"Anyway," said Miss Brunner as she handed the menu to the waiter, "Collier got through with that last consignment. Which about wraps Africa *and* South America up."

"It's a relief."

"It must be for you. I'll be going back to Sweden tomorrow. It's where I live now."

"Yes."

"You know Sweden?"

"Oh, yes."

"Kiruna?"

"Yes."

"It's so peaceful."

Una could not bring herself to confirm any of these desperate affirmations. As a result Miss Brunner became agitated and cast about for another weapon.

"He was never straightforward," she said at length. "That's what I couldn't stand."

"Well, some of us need to create an atmosphere of ambiguity in which we can thrive." Una hoped the response wasn't too evidently direct.

"I don't quite follow you, dear." Miss Brunner had understood all too readily.

Una dispensed with caution. "While others of course try to resolve something from the ambiguity they sense around them. As I say, it's a matter of temperament."

"It's obvious which kind of temperament meets with your approval."

Una smiled. "Yes."

"Speaking for myself, all I want is a quiet life. You didn't get that with Cornelius. He'd foul anything up."

"I probably didn't know him as well as you did."

"Very few people could have done."

Miss Brunner's mussels arrived. She bent her angry head over the bowl.

6

'Their snakeskin suits packed with Detroit muscle...'
Bruce Springsteen

It was a relief to enter the car and stuff Ives's First Symphony into the player. It wasn't that she had objected to the Bartok, but Himmler's ancient recordings, always too heavy on the bass and worn and scratched, made everything sound awful. Of course Himmler regarded even this as a concession. When he had opened the nightclub there had been nothing but Phoenix records to play—a label devoted entirely to Hitler's speeches and National Socialist songs. It had been founded by Arnold Leese, best remembered for calling Mosely a 'Kosher Fascist'. This description was more appropriate to Himmler himself, who had, in 1944, changed his name from Gutzmann. It was amazing, she thought, as the music began, how she was warming to America since it had rejected her.

She drove through a cleaned-out Soho, her body filled with sound from the quad speakers in the AMC Rambler Station Wagon she currently favoured. She had never been happy with non-automatics, and though this car had seen more exciting days it provided a secure environment in a world which, at present, she preferred for its chaos. The alternatives to chaos were all too suspect. With the volume as high as possible it was impossible to hear either the engine, the air-conditioning or the few other noises from the streets. This and her sound-proofed flat helped her keep herself to herself. Just now, she had no time for civilians or casualties. The abandoned strip-joints and casinos behind her, she made for Hyde Park as the second movement began. It was hard to believe that this was the conception of a seventeen-year-old. She yearned for her lost youth.

Studying her hands as they rested casually on the large steering wheel, she almost crashed into the pack of dogs crossing the road in front of her. The dogs were the reason why it was now only safe to drive through the park. Mongrels, greyhounds, alsatians, chows and poodles ran erratically, snapping at one another's necks and flanks, and disappeared into the shrubs. She turned out of the park into Bayswater Road, passed Notting Hill Gate and the ruins of the apartment buildings blocking Kensington Park Road, made a right into Ladbroke Grove then, eventually, another right into Blenheim Crescent, stopping outside the seedy terraced house she feared so much, even though it sheltered at least one of the people she loved.

She disembarked from the car and locked it carefully, putting the keys into the pocket of her long black trenchcoat. She turned up her collar, mounted the cracked steps, found the appropriate bell and pressed it. She leaned on the door, watching the Co-op milkman as his van moved slowly down the other side of the street making deliveries. Una pressed the bell again, knowing that there was bound to be someone up. It was almost seven o'clock. There was no reply. The milkman came back along the other side of the road. Una pressed the bell for the third time. The milkman climbed the steps with five pints in his arms. He set them at her feet. "You're up early," he said. "Who you after?"

"Cornelius," she said.

He laughed, shaking his head as he went away.

Una found his attitude irritatingly mysterious and would have followed him to question him had not she heard a cautious movement on the other side of the door. She stepped out of view, huddling against the broken pillar of the porch. The door rattled. It opened a fraction. A red hand reached for the milk.

"Good morning," said Una.

The hand withdrew, but the door did not shut.

"Mrs Cornelius?"

"Not in," said an unmistakable voice. "Bugger orf."

"It's Una Persson."

The door opened wider and Mrs Cornelius stood there, in curlers, her woolly dressing gown drawn about her, her bleary eyes blinking. "Ha!" she said. "Thort you woz ther bleedin' milkman." Now Una knew why he had laughed. It was why there had been no answer to the bell—the combination of bottles rattling and the doorbell ringing sent Mrs Cornelius automatically to cover. "Wotcha want?"

"Actually I was looking for Catherine."

"Actcherly, she ain't 'ere."

Mrs Cornelius relented. "Orl right, luv, come in." She took two pints from the step, darted a look along the street, admitted Una, closed the door.

Una followed Mrs Cornelius, ascending stone stairs still bearing traces of broken linoleum; they reached a landing and a half-open door. She entered a room full of unattractive smells—cabbage, lavender water, beer, cigarette smoke. It was immediately evident that Catherine had been here recently, for the flat was tidier than usual. The piles of old weeklies were stacked neatly beside the sideboard which, though cluttered with Mrs Cornelius's cryptic souvenirs, lacked the bottles, cans and empty packages she allowed to accumulate while her daughter was not in residence. Mrs Cornelius made for the gas-stove in the far corner, picked up the dented kettle and filled it at the tap over the sink. Una could see through to Mrs Cornelius's small, dark bedroom, with its huge wardrobe, its walls covered with photographs, many of them cut from magazines and newspapers. The other door was shut. This was the door to Catherine's room.

"She's not up yet, lazy bitch," said Mrs Cornelius. "Cuppa tea?" She relaxed and was friendly. Of her children's acquaintances Una was one of the few Mrs Cornelius actually liked. It did not stop Una being afraid of the woman as of nobody else.

"Thanks." Una hated the prospect.

Mrs Cornelius shuffled to her daughter's door and hammered on it. "Wakey, wakey, rise an' shine. 'Ere's yer mate fer yer!"

"What?" It was Catherine.

Mrs Cornelius laughed. "It'd take the 'Orn o' Fate ter get 'er up!"

Suddenly the whole flat smelled of rose water. It was wonderful; a miracle.

"Bugger," said Mrs Cornelius, picking up the fallen bottle.

7

'In the heart of the city, where the alligators roam, I'm a little lost lamb. Ain't got no place to go...'

Nick Lowe

She found Lobkowitz where she had last met him, in the ruined auditorium. Through the speakers of an inefficient tannoy came the familiar last passages of the *Browning Overture*. Then there was silence.

"Browning was a prose Wagner and so was Ives," said the Prinz as he dusted down his tweed fishing suit.

"You've been seeing Cornelius. Is he back?"

"With a vengeance. Though not a very big one."

"Anything I'd recognise."

"You know his penchants..."

"I'm not surprised, though I felt he'd crack."

Prinz Lobkowitz seemed to tire of this exchange. He leaned against the warped piano. "There's rarely any danger of that. He just goes dormant."

"I was right to trust my instincts, then?"

"Always, Una."

"They're so hard to rationalise."

"We waste too much time, trying to produce quick resolutions, when usually they're on the way and we don't know it."

She was amused: "The voice of experience!"

"I hope so."

"Anyway, he's better?"

"Yes, he's better. The usual fever. We all suffer from that."

She was not sure this was true of her, but she said: "I was never any good at instant decisions."

"Maybe because you had more to lose than anybody else."

She shrugged.

"Anyway," he continued wistfully, "you received his message?"

"It was unmistakable."

"You didn't have to fulfill all his obligations. He was grateful when he heard."

"There were other people involved. It wasn't his ego I was worried about. He was stupid to have tried for the Presidency. Then, of all times! He was never what you'd call a convinced republican, or a democrat, in the accepted sense."

"Surely, though, that's why he tried?"

She nodded. "I'm glad America's pulled a couple of decent chestnuts out of the fire."

"You couldn't say they deserved it. But I'm sentimental about George Washington, too. Chile, Brazil, the Argentine—their worst crime was a kind of naïve complacency. Admittedly that attitude leads to excesses of brutality in the long run." Lobkowitz yawned. "I've never seen so much jungle on fire. And whole mountains. The apocalypse. I wish you'd been here."

"I had to go back to England."

"I know." He was sympathetic. He put a white hand on her shoulder. "Will you stay for a while now? In New England? You have a place in the Appalachians, haven't you?"

"A couple, at different ends. But there's a sub-tenant in one. He must have been there forty years or more. It would be interesting to see how he's getting on. I haven't aged that much. Not superficially."

He shook his head. "You can be very vague at times. Feminine, eh?"

"Is that what it is?" She bent to kiss his hand. "Have you got the map? I'd better be going."

8

"You're still looking ill." She tried to disguise any hint of sympathy. She forced her mouth into disapproving lines.

"They don't treat you very well. But I'm grateful, really. It kept me out of the war. I always wondered how I'd do it."

"You thought you could stop it. You remember?"

He was bashful. "Oh, yes. So thanks again."

All his old charm had returned and it was hard for her not to warm to him, as she had first warmed, long ago. The self-pity was gone, for the moment, and he had a good deal of his old style. He fingered the collar of his black car coat, turning the lapels so that they framed his pale face. "It's cold for spring."

"The long range forecasts are predicting an Ice Age again."

"Always a bad psychological sign. And the computers?"

"That we'll all be dead in a year or two."

He grinned. "Acute depression often follows a period of frenetic activity. You'll see—in a few months the weather forecasts will give us brilliant summers, plenty of rain for the crops, mild winters, and the computers will be going on about a Golden Age." He put his arm around her shoulders. It was awful how quickly her resolutions disappeared. Her struggle lasted less than a second. "Stick with me, baby," he promised, "and it will always be a golden age somewhere."

"That's not what you were saying the last time we spoke," she reminded him.

"We all suffer from depression occasionally." He dismissed the creature he had been. Probably he didn't remember. She began to think that his attitude was the healthiest.

She climbed into the driving seat of the Rambler. He sat beside her, watching her with approval as she started the big car. "It's a good thing petrol's cheap again. Where are we going? Concord?"

"Yes. First." As she started the engine the tape she had been playing came on. He reached to remove it. "Enough of that classical stuff," he said. "Let's have something romantic and jolly." He sorted through the box of cartridges on the seat between them. "Here we are."

He slotted the *Holiday Symphony* into the player. "Much better."

He leaned back in the car as she drove it down the bumpy track to the empty highway.

"That's what I like about you, Una. You know how to relax."

3

DEVELOPMENT (b)

Pierrot's Song
of Positive Thinking

I'm glad I'm not dead
I'm glad I'm not dead
I'm glad I'm not dead
I'm glad I'm not dead
I'm glad I'm not dead
I'm glad I'm not dead
I'm glad I'm not dead
I'm glad I'm not

The Nature of the Catastrophe

Can anyone suggest an explanation
Can anyone please suggest an explanation
Can anyone suggest an explanation

Through the Megaflow (Waltz)

Oh, Columbine
I'm lost in Time,
There ain't a sign
Of ho-o-ome...

Where is—where is—
My lovely Columbine?

She took a trip
On an old time ship
There was a slip
And now she's lost
Alone...

She could be
In Nine O Three
Or Twenty Million and Six
She told me
That she'd be free
But now she's lost her fix...

Oh, Columbine
Sweet love of mine
I missed you so
On the megaflow

Where is—where is—
My lovely Columbine?

She said we'd meet
In a place so neat
Say June of Fifty Seven,
But catastrophe
She could not beat
So maybe she's in Heaven...

Where is—where is—
My lovely Columbine?
Where is—where is—
My lovely Columbine?

3. Revolutions

1

GET CRACKING ON KELLOGG'S
Barnie stacks bricks as quick as some people talk, and he
never drops them. 'Course it's simply a case of cause and
effect. You see, his Missus knows that at least a quarter of
a man's daily output of energy must come from his 8 o'clock
intake of calories*. So she gives him Kellogg's Corn Flakes
for energy and warmth. Food needn't be hot to warm you.
Human beings take their fuel from energy-giving foods
(chiefly carbohydrates) that are burned up in the body. Kel-
logg's are extremely rich in carbohydrates—so they give you
energy and keep you warm.
    *Calories are units of heat that measure the amount of
energy different foods provide.

ADVERTISEMENT: Picture Post, 1 March 1952

"Those poor devils," said Colonel Pyat, "they cannot survive in the world of the imagination. They are afraid of it. They reject it as vulgar, or over-coloured or—what? And then they offer us their threadbare language, their worn-out images as—" he sniggered "—poetry."

"If I were you, colonel, I would be concentrating on the immediate problems." Nestor Makhno shifted his weight as best he could. At least the truck was moving fairly rhythmically now and the swaying could be anticipated. They must be on one of the pieces of autobahn which had been extended into Bohemia in the days before the war. The men were tied to each wheel of a huge, old-fashioned 120mm field-gun. "I'm not impressed by your sudden discovery of the romantic agony."

"Particularly since it was our money which helped you make it." In the corner, near the only place where the canopy was loose enough to let in a breeze and the occasional light from a passing vehicle's headlamps, Una Persson looked up from the rope which bound her hands. She had been trying to gnaw it but her mouth kept growing intolerably dry. She referred to the cocaine Colonel Pyat had bought with cash set aside for bribing their way out of Bohemia. At Passau, on the Danube, they had been changing trains with the other passengers when several militia-men had stopped them. At that time Colonel Pyat had been even more euphoric than now. He had addressed the soldiers as comrades and tried to appeal to their sense of liberty. Consequently he and the others had been searched and their weapons discovered. Now they were on their way back to Prague. Una knew that there was every possibility of treating with the new authorities and getting free again, but she was worried in case someone should link her name with that of Lobkowitz, who would be arriving on *The Kansas City Whirlwind* the next day, brought back, once more, from exile in America. Lobkowitz's peculiar mixture of anarcho-syndicalism and despotism had an appeal to all

the factions involved in the Slavic Border Wars. Everyone
was tired of the present cant, all of which denied author-
itarianism and displayed it in every action. With a bit of
luck the Czechs and Slovaks and Poles and Galiceans and
Bylorussians and the rest would see some virtue in the
example of Ukrainia, whose anarchism had given the
country stability, relative wealth and security from outside
attack, and had, since Istanbul had been razed by the so-
called suicide fleet of Cypriot airships five years before,
turned Kiev and Odessa into the most vital cultural centres
of Europe or the Middle East. She turned her face against
the cold stream of air and wet her lips. She was half-way
through the rope and congratulated her captors for their
contempt of her femininity when they had casually tied
her hands in front of her. Makhno and Pyat were much
more secure. If she used all her strength now, she might
even snap the rope. But she continued to chew. In the
meantime Nestor Makhno was rubbing fruitlessly, trying
to find a suitably sharp place on the field-gun, while Colonel Pyat's voice rose higher and higher as he elaborated
his indignation, expressing cosmic disgust at their plight,
offering cosmic solutions, the broadest of comforts.

Una sympathised with him. The tight, worried, stupid
faces of the local authorities, who had sneered at them
and sent them back to Prague, were still in her mind.
There was nothing more depressing than those faces: men
and women who, through expediency and fear, served a
revolutionary cause they could not understand. She had
seen so many of them. They continued to depress her. For
some reason there were always more of them around railway stations than anywhere else. Perhaps the tracks and
the timetables offered less ambiguity than the rest of the
world. Wristwatches were important to them, too, she remembered. And tightly-buckled coats. It was interesting
to note how in the early, wild and enthusiastic days of the
Revolution the characteristic costume was a great-coat

flung open, a hat askew, a hand spread outwards; later the representations of leaders became identified with neatly-buttoned uniforms, well-set caps and firm salutes, and only the Cossacks, as in Tsarist times, had been allowed to display a certain 'freedom', to represent the glories of ir-responsibility. The new Tsars, in Muscovia, favoured the casual-bourgeois style of middle-aged German businessmen on holiday: cashmere pullovers, well-creased grey slacks, plaid sports-jackets and straight-stemmed briar pipes. It was what they felt, Una assumed, the people wanted—middle-class monarchy, armchair imperialism. She feared those people almost as much as she feared the police-caste Pyat still raved against.

"They destroy so much in the name of safety. They de-stroy those who have enabled their kind to survive for millenia. Without us, they would die out!" Pyat continued.

Makhno was amused. "Us? Your Zaporozhian Cossacks were not the most liberal and pacific of people."

"The Cossacks held liberty to be their most prized pos-session!" Pyat had long-since revealed, by his mistakes, that he had no Cossack background at all, but had been born in the slums of Minsk, probably of half-Jewish par-ents. He had fled Ukrainia in the uniform of a Zaporozhian Cossack colonel and for a while had benefited from the deception. But Makhno enjoyed pretending to believe the lie.

"And were prepared to kill every Jewish baby to defend their liberty!" The anarchist laughed.

"Don't blame the Cossacks for that!" said Pyat with heat. "It was all the fault of the Polish landlords who leased their Russian lands to Jews. A lot of Jews said so them-selves."

"You mean the Jews blamed the Poles for letting them bleed Ukrainians?" Makhno flexed his arms. "My God!"

"You're as anti-semitic as the rest of them." Pyat spoke in that peculiar, detached tone he always affected when the subject of Jews was raised. He thought the tone lofty. Sometimes it deceived and angered a less perceptive hearer. But it aroused Makhno's sympathy. The Ukrainian did his best to change the subject, in order to lose his temptation of baiting Pyat. "I could do with a drink," he said.

"You usually could." Pyat disapproved of Makhno's habits.

Una was pleased with Makhno's self-control as he resisted any further mention of the twenty-five grams of cocaine found on Pyat while the militia was searching him. The soldiers had accepted his explanation that these were headache powders and had carefully set them aside, doubtless for their own use. Makhno and Una had been amused by such a turn of events but, for a while, just after they had been tied up in the truck, Pyat had wept. He still had some five grams hidden in the collar of his English shirt: just under his nose, as it were, but at this moment totally unattainable.

"The Cossacks aren't cowards, at least!" Pyat returned grumpily to the earlier point.

"No," said Makhno. "They seek out the highest possible authority and then fight for it to the death." Actually, he shared a great deal of Pyat's romanticism where Cossack ideals were concerned. A number of renegades had fought with him at Ekaterinburg and elsewhere, though at least half his officers had been Jewish intellectuals who had recognised in him a tactician of almost preternatural genius. Because Makhno had objected to Grigorieff's pogroms the anarchist had shot down Grigorieff while the nationalist hetman's followers looked on. A little later he had gently disbanded the nationalist army as being of no use to him because it had 'absorbed inhumane habits of thought and action'. That had been the day before he had carried the black banner against the combined forces of Trotsky's reds and Krasnoff's Don Cossack whites, when the anarchist army, outnumbered four to one, had scattered its enemy so thinly along the banks of the Pripet, and later the Donets, that since then neither Reds nor Whites had ever considered a further strike against the Ukrainian heartland. Nowadays, of course, Makhno was *persona non grata* in Kiev. His sense of history gave him an ironic perspective on the situation. He had expected nothing else. For the past twenty-five years he had lent his energies to half-a-dozen successful revolutions and a dozen failures, such as the recent ones in Canada, Yucatan and Somalia. It had only been to please Una, who had looked him up in Paris during one of his three-month benders, that he had become involved in supporting the Bohemian anarcho-communists who only a week before had threatened Prague under his leadership. But the whole army had been betrayed, in classic manner, by authoritarian socialists. Bolsheviks had all destroyed the anarchists in an ambush in the Ruthenian Carpathians, near the Veretski Pass. There had been nothing for it but to try to take what was left of their light armour through Hungary and seek refuge in Vienna, but the Bolshevists had somehow found an airforce and seven aerial cruisers and had bombed the rest of the army to bits. About fifty survivors had split up in order to cross the Austrian border, but Una, Pyat and Makhno had been recognised and turned back, having to take the train via Brno to Passau, where the Bolshevists, temporarily in control, had caught them. Una knew that their return to Prague as prisoners was bound to embarrass someone, so there was a chance that they would be 'lost'—shot or let go. It was a fifty-fifty chance. And if Lobkowitz was given the opportunity to save them, it would embarrass him and put him in an extremely difficult position, if he appeared to favour them.

Una freed herself at last. Lobkowitz hardly knew Makhno or Pyat and so their chances were better than hers. Travelling alone she would have more flexibility and therefore more hope of escape. She stood up. She spoke a little shakily as she peeled back the canopy, waiting for the truck to slow.

"Good luck." She unhooked her tape-player from her belt. She checked the batteries. It was still surprising that the militia had left the unfamiliar-looking machine with her. Perhaps they had decided it was a booby-trap. She switched on. Richard Hell was singing *You Gotta Lose*. "It's painful unless it's loud," she said. But she failed to get the volume very much higher. It served its purpose, however, drowning out Pyat's protests and causing the truck to slow.

She slipped through the curtain.

Time for a new temporary role, she thought.

2

KITTY-KOLA: A CORRECTION

Our attention has been drawn to an article entitled Sudan in Ferment in your issue of Dec. 29. In this article you refer to 'Egypt's plagiaristic Kitty-Cola.' We would point out that 'Kitty-Kola' has no connection whatever with Egypt. 'Kitty-Kola' is a speciality soft drink marketed by this company, and licences for its preparation and sale are granted to bottlers after their application has been approved. The Kitty-Kola Co. Ltd., of London, is associated with another English company which has now been established over 100 years and there is certainly no connection whatsoever with Egypt.

'Kitty-Kola' is a drink formulated here in England which is rapidly gaining acceptance on world markets. It is all part of this country's export drive and of our efforts to keep overseas markets which have been traditionally this country's for many, many years.

LETTER: Picture Post, 1 March 1952

It was 1952 according to Una's newspaper and 1976 according to Nick Lowe, who was singing *Heart of the City* on her Vidor portable radio as she raised its lid and slid back in her deckchair, positioned to face Bognor's doubtful ocean. Jerry, that eternal spirit of seaside holidays past, came limping over the shingle towards her, his scrawny body bright red and peeling, his peculiar trunks threatening to slip over his hips.

"Blimey! Hot enough for you?"

Una pushed her sunglasses onto her forehead. "You didn't get burned like that on any British beach. Not in May you didn't."

"I'm not burned!" He was indignant. "I'm tanning. What's that row?" He nodded at the Vidor.

She turned it off. "The future. Do you want to get me an ice-cream? What flavours do they have?" She reached into her beach-bag for her purse.

"Flavours? They might have strawberry. But it's probably only vanilla."

"The newspaper was right."

"Eh?"

"Get me a wafer, will you?"

He was glad to go. He returned with two hard blocks of ice-cream sandwiched between wafer biscuits. Austerity, she thought, took some getting into. She wished she was back in the Balkans where life, at least, was interesting. She looked to left and right at deckchairs and British bathers. This was Jerry's nightmare, not her own.

He kneeled beside her, licking the ice-cream, looking craftily out to sea.

"Well," she said. "What is it? You arranged to meet, don't forget."

"Oh, yeah." He was looking younger and weaker, as if time were running backwards in him and draining him as it did so. "My mum said I ought to join the Home Guard."

"You want me to get you out of some sort of domestic row? Or military service?"

"I'm stuck here, Una. I've lost all my old power. I don't think you realise..."

"I can't change the megaflow."

The word was only dimly familiar to him. "It's ever since mum died."

"Your mother's still alive. I saw her over near the entrance to the pier."

"That's what's wrong."

"Retrogressive tendencies, eh?" She shook her head. "You always had them. But you never came this far back before—and not on this line. Do you know there's never been a second world war here?"

He was disbelieving. "Then why are we putting up with all this bloody austerity?"

"We never got over the General Strike. There's nothing much wrong with the economy. It's supporting the Empire. This is a sort of punishment on the working classes."

"No!"

"There are pros and cons," she told him.

"Cor!" He was impressed. "What can you do to get me out of it?"

"I don't think you've got the moral rigour to do it," she said. "You're not even a force for Chaos any more. You've become a victim, Jerry. Once..."

He smirked.

It made her laugh. "I'll do my best. Is your mate Collier around?"

"In London. His mum and dad aren't going anywhere this year."

She closed the lid of the Vidor and fastened the catches, replacing it in her bag. She took out a strange Baedeker and turned to the timetables at the back.

3

WILL THE FRENCH HOLD?

There is therefore grave danger that the French, losing every year the equivalent in officers of a complete promotion from their military college of Saint Cyr and 5,000 boys from every corner of France, deserted as they think by their natural allies, the British and the Americans, threatened as they think by a revived Wehrmacht, may pull out of Indo-China and bring their battle-trained divisions home to watch the Rhine. But if they do, Korea will look like a tactical exercise, and Malaya a piece of boy-scouting. Indo-China, as de Lattre told the Americans, is as important as the Battle of the Bulge in 1944. If it falls, Communism within a few short months could be battering at Suez and Australia. The Diggers might hold out: how about Farouk?

ARTICLE: Picture Post, 1 March 1952

There had to be an alternative, thought Una, to Disco Fever on the one hand and the Red Army Ensemble on the other. She drove the hearse as fast as she dared; up past the West London Crematorium and round the corner into Ladbroke Grove. Behind her something in the elaborate coffin grumbled and squeaked. Jerry never travelled well, even when she was trying to help him through the early seventies and into the middle of that decade where, everything being equal, he could rest up for a bit. Most likely, she thought, he was objecting to the fact that the hearse was a converted Austin Princess and not the Daimler he had asked for. If he went on like this, however, she would have to give up all her promises and bury him in the country. Somewhere near Godalming, she thought viciously. But she hadn't the heart for it.

Or the sea, she thought. Not for the first time.

She groped on the seat beside her for her half-eaten apple. There was nothing harder, she reflected, as she speeded up past a march of Radical Social Workers, for the imaginative person to imagine than an unimaginative person. Consequently the paranoid ascribed every Machiavellian motive to the dullest, least inventive people. Those least capable of subtle malice were those most often credited with it. The time dwellers had to learn such things early. Too often metaphysics got you and then you were lost. It was very much like a drug experience, she supposed. But that was more in Jerry's line than hers. She would have to ask him when he woke up.

She went past Ladbroke Grove tube station, past the Kensington Palace Hotel on the one side and The Elgin on the other, past the new housing development standing on the site of the Convent of the Poor Clares, past Blenheim Crescent, where Jerry's mum had lived, and parked near the corner, just before Elgin Crescent. From the house opposite came Shakey Mo Collier and three of his ageless friends, in black leather, studs, silver, and street ephemera, members of the pop group Motorhead. In the lead, his features beaming with somewhat generalised good-will behind mirror shades, was Lemmy. He pushed his hair back from his ears and lit a cigarette. "Bloody hell," he said. "Is this it, then? Is it?"

"It's all yours." Una found herself warming to the musician. He reminded her of Jerry. "Is the hole ready?"

Mo interrupted. "I dug it myself. Are you sure he won't— you know—cough it?"

"He can't," said Una. "Can he?"

4

LINER TO MARS

We've seen how short-sighted these particular prophets were. Is the same story going to be repeated when, some time during the next fifty years, we begin the exploration of space? Most scientists who've made a serious study of 'astronautics' agree that we'll ultimately be able to build spaceships, but probably few consider that they'll be of much more than scientific value. We'll be able to send small expeditions to the Moon and planets, at very great expense—but as for large-scale space-flight and the colonisation of the planets, that belongs strictly to the realms of 'science-fiction'. So say the pessimists—and we propose to ignore them. It may take a hundred years, it may take a thousand—but, ultimately, men will lift their commerce into space as they've lifted it into the air. The liners of the future, homeward bound from Mars or Venus, will link our Earth with the new worlds that now lie waiting for the first human footsteps.

ARTHUR C. CLARKE: Picture Post, 1 March 1952

"Every future we inhabit is someone else's past," said Una as she and Catherine unpacked the picnic. "God, how I yearn for the mindless present. When you were a kid. Do you remember?"

"Do you? I've got a lot of different memories. It's what happens to you."

Una nodded and began to peel the sealing strip from the small jar of Beluga caviar they had brought, while Catherine buttered slices of Ryvita. They had parked their orange Mobylette-50s by the gate of this Cumbrian field and were seated in the long grass by the river. Overhead was a willow. To their left was a small stone bridge, thick

with weeds and flowers and scarcely ever used. Behind
them and ahead of them were rolling, vari-coloured summer hills, their contours and buildings unchanged since
the 17th century. The women took deep breaths of rich air
and swatted at midges and wasps. As often happened in
this part of England, summer had come early and would
be short. They were making the most of it. It was one of
the few parts of the world where both of them could feel
completely at ease. Fifty miles or so away, on the coast,
the great nuclear reactors seemed to guard their security,
as timeless as the rest of the landscape. Una, so used to
impermanence, to plastic vistas, to all kinds of physical
and social permutations, found herself incapable of imag-
ining any radical change to this world. They had built a
six-lane motorway through it, and that had only enhanced
it, added a dimension. She smiled to herself. She had
thought the same of the Sussex downs, once, without realising that that was where she was. Was it a state of mind
which imposed tranquillity upon a landscape, after all?
Was it the only salve offered to the wounded romantic
imagination? She had always preferred hills and mountains to valleys and plains. When she was in low country
she always felt the urge to run off someone's cattle.

"There's an inevitability to linear thinking that sometimes brings me down a bit," Catherine mused. "Do you
remember that time in Bombay? Or wherever. The future.
No, it couldn't have been Bombay? Angkor Wat? Anuradhapura? One of those old cities. They had created a huge
future and then it had deserted them. Is that what happened? A divergence of some kind? Where did they go? All
these mysterious monuments scattered about the world.
Monuments to literal-mindedness."

"And the literal-minded, in turn, think that people from
space built them." Una was amused. "There's an irony."

"They'd never get it." Catherine pulled back her blouse
and bared her breasts to the sun. "Ah. That's better. The

only invasion from space I care about is the one that turns me nice and brown."

"It's a very simple form of pragmatism," said Una. She hitched up her summer frock and put her feet in the water. "But that's fair enough. We are on holiday."

"Which reminds me. How's Jerry?"

Una wished that Catherine hadn't raised the subject. "Lying low."

"In cold storage is he? That makes a change."

Una had forgotten how little disturbed Catherine could be where Jerry was concerned. Catherine believed Jerry to be immortal.

Her feet still in the water she turned at the waist and laid a lip on Catherine's nipple.

Catherine stroked Una's hair.

"You must be tired of playing Jerry's role," she said sympathetically.

Una rolled on to her back. "Shall we buy a place here? A retreat?"

"There's no such thing, love. Once you own it, it stops being a retreat. You know that as well as I do." Catherine found her friend's hand. "Sorry if I upset you. I didn't mean..."

"You don't understand," said Una.

"Does one have to? I can't believe much in understanding. I do believe, though, in sympathy and comfort. In enthusiasm. What is understanding? It's translation. And you always lose something when you translate. Don't you?"

"But you have a rough idea of what I'm going through."

"Sort of," said Catherine. She laughed. "No."

Much to Una's own relief, she laughed in return.

5

"IF ONLY MY NAME WAS DENIS"

*To score double centuries, to man a frontier-post in Mexico,
to pilot a Space-fleet to Mars—these are games popular with
every boy of every age. And it is natural and right that this
should be so. Tales of sport and adventure and excitement
fire a boy's imagination; they help him to see the world in
a fresh and vivid way; they enlarge his horizon, and inspire
his ideals. Yet—it cannot be denied—a boy's longing for
adventure and excitement may often cause great and reasonable anxiety. Adventurousness may be turned to violence, excitement to cruelty by a variety of vicious influences.
And here cheap second-rate comic-strips are much to blame.
They warp and distort a boy's sense of values and give him
a false outlook on life; under their influence he fancies
himself a hero, a superman, someone who escapes responsibility and seeks refuge in fantasy. It remains the prime
object of EAGLE to change all that; and (adapting the famous phrase) to see that 'the Devil does not have all the
exciting comics'. Here no creed of violence is preached; no
tawdry morality or cheap sensationalism or worship of the
superman ever appears. For EAGLE is edited by a Clergyman; and underlying the tales of Space Exploration, the
exciting strip cartoons and articles on sport, the colourful
features on Science and Nature and the World, there is a
Christian philosophy of honesty and unselfishness. And in
EAGLE it is shown in a form which every boy can understand and respect.*

ADVERTISEMENT: Picture Post, 1 March 1952

Major Nye sat on a stool outside his shed, grunting as
his daughter Elizabeth grew bright red and tugged at his
left gumboot. "Sorry about this," he said.

Una and Catherine said in concert: "Can I help?"

"It's okay," said Elizabeth. "Awkward buggers, wellies. Sorry, dad." She winked at her friends. "He hates me swearing."

"I shouldn't," he said. "Do enough of it myself." He rose in his thin socks. "What do you think of the patch now?" He regarded, with some satisfaction, his vegetable gardens. "We're almost entirely self-sufficient, you know. Apart from tobacco. But that's not really any good for you, anyway, is it? Come the revolution, we'll be okay."

Una remembered a thousand famines and gasped.

"You all right, Mrs P?" He put his hand on her arm. "Trod on a stone? Put the kettle on, Liz, there's a good girl. We'll have some tea."

Elizabeth shrugged. "Come and help me, Cathy."

Una and Major Nye stood alone in the garden. From an upstairs window a pale, forgotten face regarded them with miserable and imperfect knowledge. "I had planned to retire completely," said the major. "But what with kids to educate and the wife's doctors, and the value of the pension going down every year..."

"We're the only ones Prinz Lobkowitz trusts," said Una. "If you can get Makhno out of prison in Australia I think it would do a lot of good. The charge was trumped up, wasn't it?"

"I wouldn't go as far as that. But I've looked at the file. A lot of circumstantial evidence, certainly. We could reopen the case."

"And release him."

"I think so." Major Nye sat down on the stool again and put his feet into carpet slippers. He lifted a boot and began to bang it against a nearby step. "I saved some radishes for you."

"Lovely. The conference is to be held in September. In Trieste."

"Best time of year for Trieste." He began to roll himself

a cigarette. "I should think the Jugoslavs are happy about that. Not so far to go for them."

"They're hardly playing an important role. They've been more or less neutral, along with Ukrainia. Lobkowitz hopes for a Pan-Slavic Treaty, to include the Russian states."

"They've always been a bit stand-offish, haven't they?"

"But it isn't important. Makhno is still very much respected in Ukrainia, even if he isn't liked. He was never a natural politician."

"That's obvious. Fancy trying to start an anarchist uprising in Queensland!" Major Nye lit his cigarette, puffing vigorously. "That's what I call Quixotic, Mrs P. Eh?"

"Well, optimistic, anyway."

"I've heard that Makhno wasn't too pleased with you, however." Major Nye squinted back at the house, but the face had withdrawn.

"Not Makhno. You're thinking of Pyat."

"You know my nick-name for that one?"

"No."

"Squash."

"Swede?"

"What? Oh, not the turnip sort. The game. Fives. Get it? Why does he call himself by a number? Is it an old code-name? Those Russians change their names at the drop of a hat."

"I don't know what his real name is." Una smiled. "It's strange I never wondered. Colonel Five. Five what?"

"Five lives," he said, "at least."

"Five lies, in his case. He's not a colonel, of course. I don't think he's ever served in a war. Not voluntarily, at any rate. He's from Kiev. An engineer or something. Born in Minsk. His family—his mother, at least, went to Tsaritsyn where he spent his early childhood. Later the pair of them turned up in Kiev. I think that's where he met Makhno."

"A funny pair."

"He doesn't like Makhno a bit. But he sticks close to him. Familiarity is a form of security, after all."

"So Makhno is still friendly to you."

"As always. That doesn't mean he listens to me. And I'm not going to represent you this time, major. I did it once, for reasons of my own."

"Oh, quite. No. All I want you to do is brief him. I'm sure he'll support Lobkowitz. They're both anarchists."

"Lobkowitz is a pacifist. Makhno isn't."

"I suppose it was simple-minded of me to link them in that way."

From the house Elizabeth called that tea was ready. Major Nye guided Una towards the side door, past the empty stables. "You must come in June. It's the best time to see our place."

"Maybe it's a diminutive," she said. "Of fifty. Pyatdyaset."

"Why fifty?"

"No reason. It's just associations of my own. I'm rambling. Mozart sonatas. God, I hate the fifties."

"You'll be out of them soon." They reached the kitchen. "Think of me. Stuck in 'em for God knows how long. Borderland years for me. For you they are merely the badlands. To be crossed quickly and forgotten about. They've done me in, Mrs Persson." He reached to open the door into the sitting room. "I assure you I don't like them any more than you."

For the first time, she realised the extent of his dignity.

It was these old men she admired most. Those who had suffered so much and still kept their faith. They were braver than Makhno in many ways. But Makhno was one of them. And perhaps more attractive.

In the old couch Bishop Beesley leered at her.

"I don't believe you've met our vicar," said Mrs Nye from her invalid chair.

6

S. AFRICA SEEKING LEG IRONS

*Tenders have been invited by the South African Police for
the supply of 200 leg irons, apparently as the result of a
ban imposed by the United States government last month
on the export of 'torture' equipment to the republic. The
exact specifications of what the police need are on file with
the Director of State Purchases in Pretoria. They are to be
marked 'SAP—South African Police—and supplied with
two keys. Emphasis is placed in the tender document on a
'secure system'.*

Daily Telegraph, 20 July 1978

"The French can't help their Classicism any more than
the Italians can control their Romanticism. Look at those
poor French horror comics. Their sex magazines. Look at
Le Drugstore! And so it is with politics. They must always
embrace some classical, unambiguous cause. They become
Marxists." It was autumn in the Luxembourg Gardens
and, as always, the only time they were at all atmospheric.
A few leaves disgraced the orderly paths or lay, willy-nilly,
on the gravel. Makhno stiffened his back to gain height,
but he remained significantly shorter than Una. On the
other hand, his girl-friend, Maxime, was diminutive. She
wore her camel-hair coat as if it were a uniform. Her small,
fierce face peered at Una from beneath a defiant orange
'punk' coiffure. She gave exactly the same attention to Una
as she did to Makhno. And she said nothing. Occasionally
she would light a cigarette with an old-fashioned Polish
petrol lighter, using energetic, economical movements. If
Una smoked a cigarette, Maxime would light it. Makhno
was smoking papyruska cigarettes from a box inscribed

with a representation of Ilya Moromyets and other Kievan legendary heroes. They were a commercial Russian brand called Vogatyr, made in Moscow. He was completely grey now and his face, although a little corroded from his drinking, was still humorous and attractive. He had the same sardonic manner, the same look of stocky integrity. He was nearly seventy, in exile in Paris again, having found the role of Bohemian diplomat too much at odds with ideals which, as he said, had become physical as well as mental habits, so that his very presence in conferences made other people uncomfortable. He wore an old-fashioned Norfolk jacket, plus-fours and his favourite pair of English riding boots which he had picked up in some South American war. He held the tube of the Russian cigarette upwards and at an angle away from his hand. The smoke, drifting through the clear air, made Una feel at once nostalgic and wary. Her romance with the various Slav revolutions had brought her too much pain. It had been a century full of fire and she would look on it with nostalgia, if the memory lasted at all.

"Pure, classical Marxism," murmured Makhno. "Not the rough-edged vulgar Russian kind. Closer to the Chinese, of course, with whom the French have such an affinity. And they have made me a hero!" He dropped the cigarette. "They have almost convinced me that I am 'really' a Marxist. Poor old Kropotkin. He wasn't quite mad enough, was he?"

"You're becoming a racist," said Una.

"I'm Ukrainian. All Ukrainians are racists. Racism is an honourable form of logic pre-dating psychology as a useful way of rationalising prejudice."

Bishop Beesley, in gaiters and frock-coat, and Miss Brunner, in severe St Laurent tweed, approached them through the stiff, Parisian trees. The co-conspirators were arm in arm. They waved when they sighted Makhno's party.

"Hi," said the bishop, perhaps not sure where he was. "How goes it?"

Maxime slowly turned her eyes on him. Then she regarded Miss Brunner. It was as if she absorbed their essence. Miss Brunner looked uncomfortable and then curious. She smiled at Maxime. "Hello, dear. I don't know you, do I?"

Maxime looked to Makhno.

"This is Maxime," he said. "We are married."

"Oh, congratulations." Bishop Beesley put a fat hand towards the girl, who flinched. He looked at it, perhaps detecting a trace or two of chocolate on the pink flesh, and began to suck it before he drew a red and white spotted handkerchief from the pocket of his coat and wiped the hand carefully. Meanwhile Miss Brunner appeared to have sidled between Makhno and Una and threw a cloud of some Gerlaine or other about them all. "Darling Nestor!"

"What?" Makhno coughed. "Are you emissaries from the Germans?"

"Certainly not. We are tourists."

"Trapped," added the bishop, "like you."

"We're not trapped." Makhno grinned. "We're communards, all of us."

"Splendid," said Miss Brunner. "We were hoping you were." She bit her lip, looking up as a flight of Prussian Starfighters came honking and wailing through the misty morning. "Bombers?"

"They only observe us. We're an independent city. Technically, we're not even under siege. Technically, there's no German blockade." Una watched Miss Brunner, who hefted her handbag on her arm and glanced at Bishop Beesley, who drew a small Browning automatic from his pocket and pointed it at Makhno. Miss Brunner produced her old Smith and Wesson .45 from the bag.

Nestor Makhno took out his cigarette case and offered a Vogatyr to the company. "Is this an assassination?"

"Justice," said Miss Brunner.

The scene fractured and Una, Makhno and a frowning Maxime stood at the crest of a hill, looking down on the white road winding across the yellow Ukrainian steppe. There were no houses to be seen. Behind them, three ponies, furnished for war, cropped at grass. Makhno returned his field glasses to their case. "We had best make for the railway station," he said. "It's too far to ride."

They mounted the ponies, but, even as they began to trot forward, the scene melted and became a town in flames. Nationalist bandits were looting it. It was the time of the retreat from Minsk. Makhno drew his revolver, firing into the air. "Stop!" He moved round in his saddle and shot a looter wearing an army greatcoat and a sailor's cap. The man began to cough and searched for his own gun amongst the knives and swords and cartridge belts hung about his chest and waist. He fell on his knees and collapsed to one side before he had sorted through the collection and discovered that his holster had moved round to the small of his back.

Two armoured cars moved through the smoke and the crowd. A green flag waved from a mast on the leading vehicle. The street was mud. The noise of mortars and human beings mingled into one appalling scream. Una was about to wheel her mount when a silence fell and the ponies were plodding knee-deep through snow. Una shivered. The fracture had saved them from Miss Brunner and Bishop Beesley but it could have sent them into stasis. In this primordial snow they must soon freeze. It would mean the end of a whole cycle of consequences. She began to feel the familiar lethargy and prepared herself for the fate which must sooner or later befall all temporal adventurers.

"Mush!"

It was Jerry, driving a team of dogs, a corpse-shaped bundle before him on his sleigh. He was dressed in white furs and looking his most handsome. "Want a lift?"

Makhno put fresh shells into his revolver. "Where are you going?"

"Does it matter?" Una dismounted and plunged through the snow towards the sleigh which became a small boat in which Jerry and Catherine, dressed as seaside Pierrots, manned two sets of oars and at the same time stretched to where she stood waist-deep in the sea, trying to get to them. Una herself was dressed as Harlequin and her vision was impaired by her mask. She felt a strange, melancholy lust.

"Quick," said Catherine. "There's still time, Una. Quick."

But Una was losing it. She knew. Memories dissipated. Identity failed. She was still in her Harlequin set as she stumbled up the yellow beach of some Indian Ocean island, weeping for rest. Desperate for consolation.

7

COMPUTERS PICK LIKELY 'SUICIDES'

Computers can predict suicide attempts much more accurately than human therapists because they have no hesitation in asking blunt questions, according to a series of experiments by two psychiatrists at Wisconsin University Medical School. When hundreds of depressed patients were interviewed by a computer ... three suicide attempts were accurately predicted. The two doctors had failed to predict any of them ... In the first part of the interview, the computer would win their confidence with such morale-boosting remarks as: 'You're a pro at using the terminal.' Then it became blunter with such questions as: 'What are your chances of being dead from suicide one month from now?'

Daily Telegraph, 20 July 1978

"What are these new Americans who have made of tautology a substitute for literature? Who celebrate the euphemism as an art-form? Who take crude peasant prejudice and elevate it, placing it on par with Emerson or Paine? What are these babblers, so free to debase the Word? Who employ the corrupt terminology of the encounter group in all their dealings?" Professor Hira held the board against the window and reached for the hammer Una passed him. "Eh?"

"I'm sure I don't know, darling. I'm not a great reader."

"Do you have to be? You should wear something more practical."

"I like satin. It's cool. Do you think the Dacoits will attack before help comes?" She adjusted a pink strap.

He scratched his hair-line, just where his turban touched his forehead. "We can't take chances. There is nothing worse than an Indo-Chinese pirate. You must shoot yourself, of course, if they land." She turned back to look out to sea. The sails of the junks seemed no closer and the smoke of the white steam yacht which appeared to lead them was, if anything, closer to the horizon. The little Brahmin knocked an inexpert nail into the board and then made his way cautiously down the ladder. The main settlement of Rowe Island was below them: a group of stone and stucco buildings which had housed the mine-managers, their employees and the few traders who had found it worthwhile to set up shops and hotels here. Professor Hira's house had once been the control shack for the airship field. The steel, triangular mast was still there, but no ships had called in years, since the mining of phosphates had become unprofitable. The Malays and Chinese labourers had been the first to go. There had been some attempt by the mine-owners to turn the place into a resort, but it was too far from anywhere else in the world to attract more than a few of those who genuinely sought a remote haven. Now it was a sort of R&R base for members of the Guild, being away from all shipping routes. The one hotel was run by Olmeijer, the fat Dutchman, who for some reason found it convenient to serve Guild people, but Olmeijer had made his annual journey to Sarawak, to see one of his several families, and would not be back for two weeks. Hira and Una were presently the only inhabitants.

"There's nothing at all here for them." Hira squinted out to sea. "Could they be after us?"

"What would they want?"

"They could be linears, out to destroy our base. It wouldn't be the first time. Remember what happened in 1900, at the Centre?"

"It was one of the very first and oldest bases. We never made the same mistake. That Centre was shifted into the Palaeozoic. Or was it the Devonian?"

"Don't ask me. We have different terms for the time cycles. But they're about as vague as yours." He heard a familiar coughing from the sky and looked up to point towards the silhouette of a cream-coloured Dornier DoX banking over the top of a cloud and heading clumsily towards the island. "We all know who that must be."

"I wish to god he'd get a better bloody plane."

"It suits his sense of history."

The huge white aircraft floundered lower, only half its engines firing at any one time. It had a grubby, under-used look to it.

"I suppose," said Una, hitching up her long dress, "we'd better get down to the harbour before the pirates." She had noticed that the yacht had picked up speed. She heard a distant rumble. "They've got a Bofors. They're firing at the plane."

It was impossible to tell if the plane was hit. From somewhere near its tail, a Browning M1917–A1 began to fire. The junks retaliated, with every kind of light weaponry, but principally, if Una's ear was in, with near-useless Ingram M10s.

"At least they're a bit more up to date," said Una. They had reached the ramshackle outskirts of the settlement and were running over distorted flagstones towards the harbour. "But at least we can be certain of one thing. We're in a fault of some sort. Maybe even a loop."

"It's better than being frozen," said the Brahmin.

Una's memory became vague again. At least she still knew enough to understand that there were no such things as paradoxes and that ambiguities sustained and enriched the basic fabric of human life; that Time was a notion and nothing more; and therefore could neither be challenged, nor overwhelmed: merely experienced.

Death, of course, was real enough, when it came. She looked nervously towards the yacht which appeared to be sporting a Hudson's Bay Company flag. She could easily spot the Dacoits on the deck. They were training the Bofors towards the harbour itself. She thought she saw the glint of a bishop's mitre on the bridge.

Whining and grunting intermittently, the DoX flew low overhead, its wings swaying, turned almost directly over the yacht and came in to land on the oily waters of the harbour, bouncing dangerously on its heavy floats. The engines continued to miss as a figure emerged from the cabin and stood on the float, signalling to them.

"We're going to have to swim for it," said Professor Hira, removing his beautiful silk coat.

"Bugger," said Una. She stripped off her pink satin evening dress and in nothing but her camisole returned gingerly to the water.

Shakey Mo Collier helped her crawl onto the float. His long hair fell about his yellow, seedy face. There was a black Burmese cheroot in one corner of his mouth. He wore huge mirror-shades which gave him something of an insectile look. He was dressed as Captain Fracasse, although the costume was filthy and so torn as to be barely recognisable. "We were on our way to Australia," he explained, "when we got your call. Is that the *Teddy Bear* firing at us?"

"It must be," said Una. "The last time I was on it was for the concert party. Do you remember?" Dripping, she climbed into the cabin. Frank and Jerry, in identical flying gear, sat at the twin controls.

"Remember?" said Mo, reaching out a hand towards Professor Hira. "I haven't had a moment to bloody change, have I?"

Frank looked round at her and licked chemically-reddened lips. "Cor! Me first," he said appreciatively.

Jerry's voice was remote. "No time." An automatic arm stretched towards the throttle. "Taking her up." There was flak now, and spray, as shells struck the water near them. The plane lurched, bounced, slewed round and had to be straightened out. Then they were taking off, the sound of the inefficient engines drowning the sound of maniac gunfire which burst from every ship in the pirate fleet.

They were back in the political arena with a vengeance.

8

SIX LIFE SENTENCES FOR ANTI-ABORTION BOMB STUDENT

A 'brilliant' science student, who carried out fire bomb attacks on people whose pro-abortion views 'sickened' him, was given six concurrent life sentences when he appeared at the Old Bailey yesterday. (He) made 'lethal and beautifully designed bombs which, by the grace of God, did not kill anyone,' said the Recorder of London Mr James Miskin Q.C. 'He took the view that those who support abortion are wrong. He has exhibited no remorse or any concern for his intended victims . . .' In a workroom at his home police found 'a mass of bomb-making equipment' and a diary in which he recorded his crimes. He had written about his urge to 'purge the land of evil' and of his 'noble mission' against abortion. Of the bomb intended to maim Mrs Lord, he said: 'I laughed to think of my own cunning in constructing it ...I believe strongly that something should be done to remedy abortion. I am sickened by it and decided a campaign against those who preach the unwarranted murder of innocent children.'

Daily Telegraph, 20 July 1978

"It only costs about £16.00 for the whole round trip," said Una as she followed Catherine into the back of the Daimler limousine. "Hardly any more than a taxi, these days." She smiled at the chauffeur, who had turned his head and was giving both of them the eye. She smoothed chiffon. "Derry and Toms," she said. "In Kensington High Street. Do you know it?"

"Well..." He shrugged. "I know what you mean." He put the car into gear and drove round the corner into Campden Hill Road. "Is that where you want to go? I mean, the only place?"

"And back," said Una, "when we've done some shopping and had our tea. Isn't it lovely today?"

"Lovely," said the chauffeur.

"I'm so glad to be back." Una giggled at Catherine. "So much has happened!"

Catherine, looking a little wary, said: "Yes?"

"You think I've changed?"

"Sort of."

"I've given up everything. I've decided to be more feminine."

"You're always deciding that," said Catherine. She looked soberly at her own blonde frizz in the little mirror provided. Her make-up was fashionably extravagant: imitating the naïve almost as successfully as a Lowry, but with much more passion. She put her red lips together. "And usually at the wrong time."

Una's enthusiasm waned. She crossed her legs. "It's the only escape they leave open."

"They leave it open because they want you to take it."

"Fine. I want to take it."

"Fine." Catherine spoke cheerfully, frustrating Una.

"Well, what else can I do? I need the rest."

"You ought to find another way, dear. Or another chap."

"He's lovely, Major Nye."

"He's married to that poor old bag. And then there's Elizabeth. I mean, she'd be pissed off to say the least, if she found out. You can't screw fathers and daughters and get away with it." Catherine laughed coarsely. "Bloody hell!"

"It's not really like that." Una was offended. She regretted suggesting the trip.

The Daimler reached Kensington High Street and turned left. "I need to combine ideals with sex, that's my trouble."

"It's because you're so puritanical."

Una nodded.

"That's it," said the chauffeur. "Isn't it?"

"God help us!" Una was terrified as she stared out at the department store. "I hoped I was safe!"

"It changed ages ago. To Biba's first. Then to this." Catherine was sympathetic. "I thought you knew. I thought you were being satirical."

"How do you get to the roof garden?"

"You can't any more, I don't think. It's private."

"Get anything in there these days," said the chauffeur.

Una continued to stare in silence at the pale green, the faded gold, of the new Marks and Spencers.

9

GIFT FROM QUEEN

Seven deer, two stags, and five hinds—the Queen's jubilee year gift to the Canadian province of Nova Scotia—will be flown from Heathrow today.

Daily Telegraph, 20 July 1978

Beneath the grey Westway motorway, in the gloom of the half-ruined People's Theatre, peering out of the rain through wire-netting, sat Jerry Cornelius, a crest-fallen white linen Pierrot. He hugged his cold, thin body. He whimpered as, from another bay, further west, came the giggling and wheezing of his half-cut mum enjoying an afternoon gin with Bishop Beesley in some corner or other. He knew Una was standing at the back of the stage, behind him. She sniffed. The railway sleepers used for seats had been set on fire and partially burned. The theatre was useless, filthy, incredible. The Pierrot suit was wet, as if Jerry had tried to run home through the rain and then turned back. This Sunday they had all been due to make their appearance here, in a version of the role made famous by Sarah Bernhardt almost a century before, as *Pierrot Mort.* Jerry's white make-up had the flaky look of salt-flats suddenly inundated. It made him look infinitely aged as he eventually turned reddish eyes to acknowledge her. "I thought they'd turn up anyway," he said. "Did you bring your costume?"

"I left it at your mum's. Cathy's there."

"I know. She wouldn't come."

"She said."

"Thought it wasn't worth it. There was no cancellation announced. I mean, are we troopers or aren't we?"

"Troopers." Una offered him a packet of Black Cats as she came towards him. "Of some sort or other."

"What's the point of doing a play to celebrate the spirit of the theatre and then showing none of that spirit yourself." He took a cigarette.

"Do you want to put it on?"

"There were only about six people turned up and they went away when they saw what had happened. Bloody vandals. Who was it?"

"I think it was a rival political theatre group," she said. "That's what I heard. Marxists. They're very concerned about reaching the people in the correct way."

"Bloody communists. Worse than the church."

"Well, so they say."

"And they're bloody right. Why can't they leave us alone."

"It's not in their nature."

"Sod them all."

"No point in sulking, Jerry. Not if you're a trooper."

"I'm not going to be brave about it. That's unhealthy. It's better if I sulk."

She sat down at the hacked-about piano and played a chord. The sound was primaeval; terrifying. She couldn't stop it. It grew in the bay; it echoed through all the other bays, right down to the end, in Ladbroke Grove. It joined the noise of the cars above, the trains of the Metropolitan Line to the south; there was a sense of eternal syncopation. Jerry's face cleared. Una shook the piano. The sound continued to swell from it.

"That's great," said Jerry.

"It's cacophony."

"No it's not. Listen."

"I don't want to listen."

"Everything intersects."

"We all know that."

"This is the music of the lines. Not the spheres. Like

knitting. Like a vast cat's cradle. Can you hear it all, Una?"

"Nothing but a horrible noise."

He sighed. "Maybe you're right. All we have is imagination. And that lets you down so often. Everyone has a different explanation."

"Can you suggest a universal one?"

"Music."

"What?"

"Nothing."

The smell of damp charcoal was getting to Una. "Shall we go and have a cup of coffee in the Mountain Grill? We'll be under cover most of the way. You won't get much wetter."

"If you like." He had stopped sulking and had become artificially compliant. He got up at once and followed her through the gap in the wire, round the corner into Portobello Road. The windows of the Mountain Grill were steamed up from the inside. Within, the usual cast looked at the newcomers. There was a row of tables against either wall. Each row contained five tables. At the end of the café was the counter with the till on it. Behind the counter was the kitchen. In the kitchen were the Cypriot proprietor, his wife and his father. They were cooking the food. A little boy and a little girl, the proprietor's children, were serving it. There was a smell of boiling potatoes. It dominated all the other smells. At the furthest table on the left row sat Miss Brunner, Bishop Beesley, Karen von Krupp, Frank Cornelius. At the next table down sat Shakey Mo Collier, Nestor Makhno, Maxime and Mrs Cornelius. At the third table were Major Nye, Elizabeth Nye, Pip Nye and Captain Nye. At the fourth were William Randolph Hearst, Orson Welles, Alfred Bester and Zenith the Albino, all in evening dress. The fifth was empty and Jerry and Una sat down at it, facing one another. On Una's right (her back was to the moist window) the tables were occupied thus:

Table One:	Nik Turner, Dave Brock, DikMik, Del Dettmar
Table Two:	Simon King, Bob Calvert, Lemmy, Martin Griffin
Table Three:	Pete Pavli, Adrian Shaw, Michael Moorcock, Simon House
Table Four:	Steve Gilmore, Douglas Smith, Wayne Bardell, Graham Charnock
Table Five:	Phil Taylor, Eddy Clarke, Catherine Cornelius, Harvey Bainbridge

"It's bloody full this afternoon," said Jerry. "It's a wonder there's any empty chairs at all."

"They're for absent friends."

"What is this? A private party?"

"We're just waiting for some transport." Jerry began to feel a comforting sentimentality.

"You'd better get something inside you," she said.

10

VISCOUNT'S SON 'PAID £70 FOR CHILD SEX'
A Viscount's son, on a 'fantasy bandwagon' fed by child pornography for several years, told Manchester Crown Court yesterday that he had paid £70 for an introduction to 'child prostitutes' at their mother's flat. (He) was giving evidence at the trial of a mother of three who is accused of inciting one of her daughters to commit gross indecency with him. (She) pleaded not guilty to three charges—encouraging an indecent assault on a girl under 16; indecent assault, with two men, on a girl under 13; and with a man, inciting a girl of 10 to commit gross indecency with (him). (He) claimed that he was 'revolted and horrified' by the reality of seeking out child prostitutes and reaching the point where he actually saw 'these little girls' and went to bed with one aged

*10 . . . He had amassed a considerable quantity of 'child porn'
over a number of years and 'a fantasy had been built up in
my mind but it had not crashed at that time. That is why
I went on.'*
Daily Telegraph, 20 July 1978

They were still in their uniforms as they left the tiny
theatre and climbed into the back of the Ford Transit. Una
crawled through to the driving seat and pulled off her
Harlequin mask. Jerry and Catherine lay face forward on
the mattress while Catherine unscrewed the top of a ther-
mos. Una got the engine going and backed the van into
the midnight street. Even as Catherine handed her the
plastic cup of sweet tea Una said goodbye to Harrogate
and took the A65, heading north. "Never again," she said.

"They were awful." Jerry held out his own beaker and
let it be filled. "What did they expect."

"Follies," said Una. "I knew it."

"There's no audience for the traditional *Commedia dell'
Arte*," said Catherine dutifully, dabbing some tea-stains
from her frothy costume. "And Harrogate's where people
retire. They're nostalgic for the seaside pierrots. That's
what they were expecting. That's why they left, you know.
They were disappointed, all those retired people. We have
ourselves to blame."

"Old farts," said Jerry. "You can keep bloody Harrogate.
Where to next?" He remembered. "Kendal?"

"We're booked in at the Community Hall, but I'm not
sure we should carry on." Una handed the cup behind her.
"London was okay because people are into that sort of
thing now. But we're ahead of our time up here."

"That's not hard." Catherine was grim. "I'm pissed off
and no mistake. I never wanted any part of this pretentious
crap. I thought it was going to be like those old people
expected—songs and dances and that." She had given up
duty.

"There *are* songs and dances." Una was aggrieved. It was she who had talked them both into the venture.

"Not proper ones." Catherine turned over on her back and tried to get comfortable with her head on her suitcase. "This is worse than rep."

"It's what rep's all about." Jerry, who had had less theatrical experience, still found the whole travelling part of it romantic.

"But it isn't rep. It's—God knows what!" Catherine sniffed and shut her eyes.

"It's how rep started. This."

"It's self-conscious." She opened her eyes again. "Has anyone got a cigarette?"

Jerry went to his own grubby bag and found a tin. "Only these rotten Russian ones."

"They'll do." She lit a papyruska. "I like 'em." She was enjoying herself, testing her power. She knew that they were both trying to placate her. She continued her role. "Couldn't we try to pep it up next time. With some more contemporary material—or at least some nostalgia stuff—vo-di-o-do—you know. This is so old nobody can feel nostalgic for it!"

"That's the point. It's genuine rediscovery of dramatic ideas disused for a couple of hundred years. Well, a hundred—if you count Debureau and Les Funambules—"

"Which I do," said Catherine, taking an entirely different but equally aggressive tack.

"Some Good Companions we are," said Jerry unhappily. "This ain't rock and roll. It's Leonard Merrick."

"Who?" they said.

He smiled smugly. He began to remove his make-up. He seemed to be the only one who was enjoying himself.

They made their way into the Dales, down the dark, empty road towards Cumbria.

Somewhere beyond Ilkley, a Banning began to sound for a few seconds. Then the noise died.

Jerry was asleep. Catherine crawled into the passenger seat and handed Una one of her brother's Russian cigarettes already lit. "Was that fighting?"

"There's an army near. Of some sort. But I don't think we should worry too much. I'm going to try to make for the old road, once we're past Kirby. Get into safe country."

Catherine nodded. "Good idea."

She began to doze.

She was wakened by the dawn and looked to see a disturbed, red-eyed Una, looking dreadfully pale in her red, green, blue and gold lozenge motley. "What's the matter?"

"I can't find the bloody road. I've looked and looked. It's not blocked or anything. I just can't find it."

They were on the motorway. "But we're in it," said Catherine. "It's over there. And there."

"We're going through it. But I can't get into it. I don't know what's wrong."

"Where are we heading?"

"Where else?" said Una. "The Lake District."

They had reached Grasmere and had stopped in the deserted car park next to Dove Cottage before Jerry woke up, looked out of the back windows of the Transit, saw grey stone and turned pale. "Oh, no."

"Don't blame me," said Una. "All roads lead to Wordsworth."

"What?"

"That's how it seems."

"I hate this bloody place."

"Why do you keep coming back to it then," said Catherine sardonically. "And you do, don't you?"

"Not voluntarily. I thought—Weren't we heading for Kendal? We've passed it."

"By-passed it, actually," said Una. She was grim. "We can't go back and we don't want to stay here. Where shall we head for?"

Catherine said: "Keswick's better than this."

"Yeah," said Jerry. "Keswick."

"Why not Scotland?" Una leaned on the steering wheel and peered at the ruins of the Prince Charles Hotel beside the lake. "It's a free country, at least. And peaceful."

"Sort of peaceful. Is your pal still there? The anarchist?"

"There are lots of anarchists in Scotland now," said Una.

"You know the one I mean."

"Makhno should still be there. I'd like to look him up. He's getting on now, you know. Must be at least eighty."

"You wouldn't think it would you?" said Catherine salaciously. The older they got the more she fancied them.

From the lake emerged a peculiar submersible vehicle. It paused on the bank, throbbing. Its conning tower turned as if to watch them. A Browning M2 .50 took their range. Una started the old engine. "We can outrun that bastard if we're quick."

"Better do it, then," said Jerry. He unwrapped their only gun and wound down the side window even as he pushed Catherine into the back. The heavy Thompson .45 made him feel much better than it should have done.

The Transit lurched and Jerry fired a burst at the submersible more to startle it than anything else. The Browning did not fire back. Only when they were two hundred yards down the Scotland road did it begin to fire a few rounds, but it was evident that the crew—some kind of renegades—was conserving ammunition for defence rather than attack.

Jerry looked around him at ruined romance. The place had been the scene of five or six major battles between Black Watch divisions trying to establish themselves fresh territory since they had been driven out of Scotland and the local Cumbrian bandits who resented the incursion all the more since the Black Watch had little worth looting but their weapons.

By that afternoon they had crossed the border under

the gaze of a small black patrol ship which had dropped to a few feet above their heads to inspect them and then risen swiftly as a sign that they could proceed.

By evening, after resting and eating, they could see sanctuary ahead as Glasgow's solid towers became visible above the mist.

"Shall we be staying?" asked Catherine of Una.

Una shook her head. "Not for long. The war is endless, you know. Someone has to carry on."

"You're sounding more like your old self," said Catherine approvingly.

"Well, one of them, at least," said Una.

Jerry rolled onto his side and began to snore.

4

RECAPITULATION

Every Gun Plays Its Own Tune

The Bishop and Mitzi
  Were on the rampage
She full of lust
  He full of rage
Looking for victims
  They hoped to convert
Stopped in the fifties
  And there found a cert...

They got me again
They got me again
Oh, shit, they got me again
I was holed out in 'fifty
And having some fun
When I heard Mitzi coming
Caught the sound of her gun

Bang-bang-bang
Here come the gang
Bang-bang-bang-bang-bang!

The Bishop and Mitzi
    They found him at last
Stuck in a time-slip
    On his way to the past
He cried out for mercy
    But they only laughed
As they took him in
    To remind him of sin...

They got me again etc.

Pierrot, poor Pierrot
Must become Harlequin
Learn about sin
Drugs, whisky and gin
Such a bad convert
That's the thing about him
He'll forget all his
Lessons in time...

They got me again etc.
Bang-bang-bang etc.

Pierrot in the Roof Garden

I've climbed so high
I can't climb higher
I've reached the top
And have to stop
Sitting on the steeple
Like a silly little fairy
Goodbye Tom and Goodbye Derry
Goodbye sahib, hello effendi
Biba's bust and I'm so trendy
Marx and Spencer's fails to send me
I've a hole in my trousers
And a boil on my nose
But they won't catch me
With my teeth round a rose
My time's run out
I'm a senile ghost
Run-down loony
Who never signed up

Music box
They can't wind up
You should see
What I had lined up
It was sweet
And it was tasty
Lost the lot
By being too hasty
I don't care
I've reached the limit
You can keep the world
There's nothing in it
I'll just sit here
And eat my spinach
Waiting for
The thing to finish
Up above the moon
Is shining
As I squat here
Quietly whining
For Columbine
I still am pining
My reel is spinning
But I can't get
The line in
So I think I'll just
Crawl under this bush.

Columbine's Carol

Sing for joy, we've met in time
Harlequin and Columbine
Praise the jolly myth of Yule
May good cheer forever rule
Fire doth blaze and snow doth fall
Peace on Earth for One and All
Holly shines and Ivy glows
Bunting from the roof-tops flows.
Sing for joy, we've met in time
Harlequin and Columbine.
In the bell-tower Pierrot kneels
Surrounded by the merry peels
Now they're singing ding-dong-dell
Send the sinners down to hell
Snow doth fall and fire doth blaze
Numbering poor Pierrot's days
Down the bell-rope he descends
Knowing he must face his end

Out into the graveyard white
Pierrot must embrace the night.

Sing for joy, we've met in time
Harlequin and Columbine
Sing for joy, we've met in time
Harlequin and Columbine

Surrounded by a Christmas throng
Pierrot sings a silent song
(Goodbye me and goodbye time
Goodbye lovely Columbine)
Falling snow and blazing fire
This is Pierrot's funeral pyre
Gone is laughter, gone is light
Pierrot must embrace the night.

Sing for joy, we've met in time
Harlequin and Columbine
Sing for joy, we've met in time
Harlequin and Columbine...

4. THE MINSTREL GIRL

1

WHO TURNED THE COURTESY CAR INTO A HEARSE?

ISIS provides accurate gyro-stabilised weapon-aiming for guns air-to-air and guns, rockets and bombs air-to-ground ... The D-282 has the added facility of airspeed computation in the air-to-ground strike role. A unique feature of this equipment is roll stabilisation of the aiming mark, reducing tracking time by 50%. Incorporated within the single optical lens system is a fixed cross standby sight. ISIS is also designed to integrate with laser rangefinders and inertial navigation systems.

Ferranti

"Nuclear fusion will return our birthright to us. Melting our cities into the softer contours of our original hills;

restoring our caves, our safe places, bringing back the radiant landscapes of the world before the Fall." Jerry Cornelius stepped carefully over the huge blown-up photograph of the three murdered killers covering the middle of the studio's floor. It was black and white. He was a ghost. She was surprised that she could still see him.

"If you could only guarantee it," she said. In the far corner of the studio Una shivered beside one of the old-fashioned floodlamps. She extended her palms towards the warmth. She wore a military greatcoat, spangled tights. He, on the other hand, wore a huge black fur coat, some kind of shako, jackboots, as if he hoped that these rather more substantial clothes would hold him together long enough to do whatever it was he had come here for. Sinuously, with all that was left of his old self-conscious grace, he came to a stop beside a tank of developing fluid. He pushed back his coat and eased his needle gun into the heavy holster at his hip. The outline of the holster spoiled the otherwise perfect symmetry beneath the fur. "Dusty roads," he murmured nostalgically.

Her shoulders slumped. "Why not?" Would he want her for his next victim?

There was a four by eight picture of a child pinned to the wall to her left; a naked blonde of about ten. He shrugged at it. "We bring them into the world and then they die."

She glanced at him in surprise. "Die."

He continued his approach. "Love can be found nowhere, these days, except in the ruins." His hands reached out.

"We're not there yet," she said.

His hands fell.

As if to apologise she said: "I cannot lose my belief in original sin. That is, I do think there are those who carry sin with them, who infect the rest."

"What would you do with them?" He seemed to be sulking.

"Them? I suspect I'm talking about myself."

"Why not."

It was twelfth night and he was on his way, he had told her, to the Hunt Ball. He had a pair of antlers in the parcel he had left by the door as he had entered to rescue her. Through the glass roof she watched the sky grow cold, yellow, and then black. She thought of sex and sighed.

She sighed again, regretfully. She could see his body trembling beneath his clothes. They were worlds apart.

(The girl's face came closer. He saw the eyes narrow and the mouth twist. She began to weep. He backed away, raising his hands defensively and shaking his head from side to side. The music started and the dance went on.

Let the good times roll.)

2

WHERE IS THE KILLER WHO HATED REDHEADS?
The Royal Air Force is currently undertaking studies on the use of the Hawk as a frontline operational aircraft in addition to its basic role as trainer. As Air Vice-Marshal Gilbert, Assistant Chief of Air Staff (Policy) put it to Interavia: 'We are well aware that the Hawk has an operational capability, in addition to training, and we are conducting studies to see to what extent the capability can be exploited under the operational conditions of the 1980s.' Among the tasks being looked at are ground attack, self-defence and air defence. A compact easily-maintained aircraft like the Hawk would clearly be an asset in any breakthrough situation in the NATO central region. It would be particularly effective against vehicles and thin-skinned armour columns which had advanced beyond the heavy anti-aircraft weapon support available in the existing front line.
                                                                Interavia

"We do what we do. We are what we are."

Maxime glanced up when she heard this. Her expression was one of amused irony. "Your voice has altered. It's deeper. Almost negroid, hein?"

"Oh shut up." Una freed herself from the grubby sheet and struggled towards the side of the vast Louis XIV bed. She reached it at last, rolled off, then crawled through the tangles of the sheepskin carpet to the mirrored wall to look at her seedy, youthful face. She stuck out her bruised red tongue and inspected the tiny sore on the tip. Naked, she turned and sat cross-legged with her back to the mirror, staring across the room to where Maxime, her faintly Asiatic face frozen in a frown, smoked a cigarette and smoothed her thin fringe down over her forehead. Behind the heavy yellow velvet curtains the dawn was breaking.

"Fuck!" said Una.

"Die," sighed Maxime. She stretched her muscular arms. "Is the world still there, this morning?"

Una got to her feet and, hunched with cold, padded for the door. "I used to enjoy it all. I used to love it."

Maxime's tight mouth smiled. "First the romance goes, then the love, then the lust. The innocent! The gangster!"

When the door closed, Maxime leapt from the bed and ran to the chair on which, last night, she had flung her party uniform.

Una, watching her through the keyhole, experienced a faint stirring in the region of her pelvis. She had begun to develop a fear of individuals. Nowadays she could only embrace causes. She knew it was a weakness, but history was not, at present, on her side.

3

CAN TOO MUCH SEX PLAY LEAD TO MURDER?
One of the largest potential military markets during the
next decade will be that for subsonic trainer/ground attack
aircraft. While estimates vary from source to source, a rea-
sonable assessment of the demand is that about 6,000 air-
craft will be needed to replace existing types in countries
outside the United States and the East Bloc.

Interavia

"It is the disordered mind which detects order everywhere." Prinz Lobkowitz held her tightly in his grey arms,
looking down at her head through fine, fading irises as he
stroked her hair. "The schizoid brain seeks desperately for
systems, the paranoid produces patterns from the most
unlikely sources. The mad eye selects only what it wishes
to see—proof of political plots, evidence of interstellar vis-
itation, moral corruption in any given society. The evidence is not presented to us in linear form, you see, and
cannot be read as we read lines of print. The secret is to
make no specific selection."

"And go mad," said Una.

"No, no, no. And learn to love the world in all its as-
pects."

"Even cancer?"

"Love and cancer are scarcely compatible. But you could
say that what we call 'cancer' has a perfect right to exist."

"We'd all die," she said. She broke away from him.

"Nonsense. We'd all experience miracle cures." He was
hurt by her action. He began to roll down his sleeves,
glancing round him at the abandoned surgery in the hope
that she would not see his tears.

She moved a step or two towards him. His body was

stiffer than it had been, his tone was over-controlled. "Shall I see you tonight, Una?"

"No," she said. "I can't come."

The room shook. An explosion somewhere. The first for a long time. A tray of instruments tumbled to the floor. He picked up his jacket from the threadbare carpet, holding back a leaning screen with his other hand. She sat on the edge of the leatherette inspection couch and combed her hair. "What about art?" she said. "That orders things, surely? At best."

"But at best it doesn't deny the rest of the evidence." He buttoned his jacket and found his homburg where it had fallen behind the doctor's desk. The doctor's skeleton lay clean and slumped, skull back against the chair's headrest, resembling another piece of analytical equipment. "You're staying here, then?"

"I said I'd meet a friend."

"Cornelius?"

She blushed. "No. His sister."

"Aha." He drew in his breath and headed for the door. "The world's turned topsy-turvy!"

"That's only how you see it," said Una. Then she regretted the irony. She had no wish to hurt him.

4

IS IT TRUE THAT THE SECRET OF S.S.P. HAD TURNED MEN INTO GODS AND CAN SHOW YOU HOW TO PROGRAM AND RECEIVE EVERYTHING YOU'VE EVER WANTED IN JUST SECONDS... INCLUDING RICHES, LUXURIOUS POSSESSIONS, POWER OVER OTHERS, AND EVEN A LONGER LIFE? In a deal worth £180 million, Iran has selected the 'tracked' version of the Rapier low-level air defence system which is

based on the FMC M548 armoured carrier. Iran already
operates the standard Rapier version.

Interavia

Una and Catherine were completely out of ammunition
by the time they hit the IBM building. They were disturbed
to find that the building had not been defended at all and
suspected a trap. They proceeded warily across the cam-
pus, but it seemed the remaining students had fallen back
to the great hall. The two women ducked into the low
concrete entrance and ran along the corridor, bursting in
on the computer room. The machine filled all available
wall space on four sides. But it was dead. None of its
indicators flickered, none of its lights glowed and its tapes
no longer rotated.

"We've been done," said Catherine. She threw her car-
bine butt-first at a battleship-grey panel. It bounced back
towards her so that she had to skip aside. It rattled across
the floor. "This bugger isn't controlling anything. There's
no power."

"I wonder why Maxime said she thought it was the
centre of operations." Una lit a thin brown cigarette.

"Because she couldn't bear the idea of being in any way
responsible herself," said Catherine spitefully. She patted
at a blonde Marcel wave. "What a cock-up eh? What a
bloody waste of time!"

"That's the trouble with computers," said Una. "They
do confuse things."

"And take a lot of heat away from those who deserve
to get it," said Catherine. She bent down wearily to pick
up her M16. "Come on. Let's see if we can find any ammo
outside."

"Wait," said Una. She opened her arms to her friend.
"I feel so lonely suddenly, don't you?"

Catherine shook her head, but she came to Una. "Not
here," she said.

5

WILL YOUR JOB BE NEXT TO GO?

Fixed armament on the General Dynamics F-16 consists of an internally mounted M61A1 Vulcan 20mm gun installed aft of the cockpit and avionics bays. External stores can be carried on nine stations: one central underfuselage, six underwing and two wingtip. A Pave Penny laser tracker pod hardpoint is also provided. . . . A potential world market for the F-16 is seen as 4,800 aircraft; the conservative programme basis is put at 1,500. Based purely on the F-16 replacing the F-104, Gerneral Evans has said that there is a potential market for some 2,000 aircraft. (Almost 2,500 F-104s were built and over 2,200 of these were exported.)
Interavia

Catherine seemed to have settled down nicely so Una left her in Kiev and took the night train for Warsaw. From Warsaw she went to Dubrovnik, a roundabout route but the safest (if her instincts were to be trusted). Large movements of men and equipment were taking place everywhere and she walked up the gangplank of the S.S. *Kao An* with a deep sense of relief. By the next morning they were making steam, heading for the less cluttered environments of Darwin and Sandakan. They had scarcely made it into the Timor Sea, however, before the ship was commandeered by a South Korean gunboat and Una and a selection of passengers were packed off back to the West with stamps on their passports forbidding them ever to cross beyond Lat. 30 or Long. 40 again. Paranoia was settling in all over it seemed. Una had tried to make friends with one of the Korean officers, to find out what their complaint was. The man had struck her lightly across the mouth, refusing to speak English; he found that he had enjoyed hitting her and slapped her again until his commander had reprimanded him, not from any humane motive but, as Una interpreted it, because he would lose face.

Arriving in London, which had been 'cleaned up', she was subjected to an investigation into her movements over the past three years. Since she had begun to suffer from amnesia it was difficult for her to answer the questions but, knowing that they would be satisfied with any information so long as they could make it jell with their preconceptions, she invented a life-story for herself which was not only acceptable to them but suited her. She regretted that it was fictional.

Prinz Lobkowitz, the new Minister for Controls, heard that she was in England and sent an invitation for her to join him for dinner, but she was too frightened to accept. She headed for the cotton wool zone, eventually settling near Box Hill until one evening the telephone rang. Since it had never been connected at her request she saw this as a sign and returned to London and the Convent of the Poor Clares in Ladbroke Grove where a cell was held in readiness for this sort of emergency. She was convinced however that she was not going to escape. Her lovers were closing in on her.

She became desperate in her search for an ideal, a cause, a focus, but nothing presented itself to her. She refused to find what she wanted in an individual. She wanted, she said, something bigger. She regretted that her mind refused to manufacture fresh evidence for her researches.

Eventually, rather than face the more familiar dangers, she gave herself up to the nuns who had been begging to help her since her arrival.

6

THE STRANGE CASE OF THE PANTY-CLAD COED AND THE NIGHT-RIDING MONSTER

Financial restrictions are pushing Western aircraft development in one direction, while the East Bloc nations, spearheaded by the Soviet Union, are moving in another. The most remarkable point is that the latest Soviet aircraft display a sophistication that was almost unthinkable only a few years ago. During the 1950s and 1960s, the tendency was for all but the most specialised combat aircraft (e.g. reconnaissance and anti-submarine warfare) to be simple and robust, and produced in large numbers. The MiG-21, for example, was described by one Western analyst as a 'throw-away fighter', scarcely more than a piloted projectile.

Interavia

Something was happening in the lower back section of the left-hand side of her brain. Memories of childhood disguised the deeper issues. She tried to trace the association. A flicker of hope. A few more cells began to die. She settled the expensive Koss headphones more comfortably over her ears and listened to the music with desperate concentration. Humour? Love? A sense of relish? The images of demolished streets and overgrown parks got in the way again. Perhaps if she adjusted the balance a fraction? She felt for the control, fingered it, moved it. Her face ached as she squeezed her eyes still tighter. All her heroes and heroines were dead. Those she had met had proved to be unworthy of what she had to give.

...I swear the moon turned to fire red. The night I was born...

She focussed on the appropriate section of the cortex.

Drugs could produce a terrible self-consciousness, particularly when coupled with psychiatric research. The brain scanned the brain, scanned the brain.

Surely it must be possible to awaken sections of the mind just as one could sensitise areas of the body? She was right inside now. She slipped out. Her sense of yearning became even more painful. Inside again. Out. She increased the volume. Inside.

A question of proteins. They were being manufactured. But would they be the right ones?

The tempo of the drumbeats increased.

Inside.

The memories of childhood began to dim. Now she was sure something lay behind them. Deeper. She had isolated the cells at any rate.

The music stopped.

She screamed.

7

THE QUESTION WITHOUT AN ANSWER
The RBS70 missile system has been designed to provide extreme mobility and rapid deployment with a very short reaction time against high-speed aircraft flying at the lowest possible altitudes. The RBS70 missile system has recently been ordered by the Swedish Army, in an order worth nearly SKr-500 million. First deliveries, mostly of training equipment, will start in 1976, with series production by 1977. Bofors is also looking at future developments, including a possible nightfire version using electro-optical sensors for target detection. At the moment the visibility limitation on the use of the weapon is the ability of the crew to see the target. The laser guidance system is able to provide guidance under any conditions in which the target is visible.

Interavia

Within the skull the universe was at war.

Maxime and Catherine, Jerry and Lobkowitz stood on each side of the white hospital bed, their eyes fixed on the tragic face.

"She was looking for love," said Maxime.

"I loved her," said Jerry a little shiftily.

"So did I," said his sister.

"We all loved her," said Lobkowitz. "She was Life. She was Liberty. She was Hope."

"She was Future," said Jerry. "Fusion and fission, the glowing, rolling obsidian ranges of the post-war landscape." He sighed.

"But she was trying to love us, you see," continued Lobkowitz. "She wanted what we saw in her—she looked for the same things in us and could not find them. This is a good hospital. They will do what they can."

Maxime nodded. "Our people specialise in such complaints. *Tout cela vous honore/Lord Pierrot, mais encore?*"

Jerry glared a little resentfully at his rival.

"She thought she experienced it so many times," said Catherine, "but she was always disappointed. And yet she continued to seek that love, against all the odds."

"She loved it all." Maxime shrugged. "All of it."

"The data became confusing towards the end." Lobkowitz was sad.

"I could have simplified it." Jerry pouted. "Only nobody would let me." Then he laughed spontaneously. "Too much!"

And for a moment the electrodes protruding from Una's skull quivered in sympathy with the sounds from her mouth.

5

CODA

Harlequin Transformed

¾ (A sort of carousel tune)

Destroyed by a comedy I did not devise
I've reached the limit of my changes
Repeating tricks solely for my eyes
Now, at last, my legend ages
And reveals the structure of my lies...

And my body alters as I watch
Black mask fades
My skin is pale
The colour leaves my costume
And I'm no longer Harlequin
—I am defeated from within

4/4

Say goodbye to Harlequin
Poor Pierrot now replaces him...

3/4

By a legend I sustained
Sardonic gaze and vicious brain
By mythology I maintained
The posture that I feigned
Inevitably my pose dissolved
Entropy has left me cold
And Harlequin is slain—
Again...

4/4 (rep. tune Every Gun)

Drip, drip, drip, drip
Here come's the rain

(Plink, plink, plink, plink—plucked on violin) *Abrupt End.*

Pierrot and Columbine's Song of Reconciliation

Divided I love you
And united become you
Columbine, Columbine
We are one at last

> Rejecting all armour
> Thus we are conquered
> Conquered, we vanquish
> All that we fear

Pierrot and Columbine
(Harlequin with them)
Conquered, we vanquished
All that we feared...

(This leads into the tune of the Entropy Tango, acting as an introduction for the reprise, which is up-tempo, cheerful...)

The Entropy Tango (Reprise—The Ensemble)

For a while at least it's all right
We're safe from Chaos and Old Night
The Cold of Space won't chill our veins
—We have danced the Entropy Tango...

So we'll love, love, love
One another like two doves...
And we'll hug, hug, hug
We can never have enough...
The power of love has won this throw
—We have danced the Entropy Tango...

And it's kiss, kiss, kiss
Fear and hate we have dismissed
And it's wish, wish, wish...
For a better world than this...
So say goodbye to pain and woe
—And we'll stop the Entropy Tango...

5. HARLEQUIN'S LAMENT

1

This is the personal flag of the Sovereign, and a symbol of the tie which unites under one monarch the British Dominions throughout the world. The three golden lions represent England, the red lion rampant Scotland, while the golden harp stands for Ireland—the three states from which the Empire grew. Royal personages have the right to fly royal standards, members of the Royal Family having their particular standards. This flag should only be hoisted when H.M. the King is actually present, and ought never to be used for purposes of decoration.

In the Royal Navy, by special privilege, the King's health is always drunk sitting.

Flags of the Empire, No. 1, issued by W.D. & H.O.
Wills, c. 1924

At sunset, when the beggars in Chowringhee settled themselves into doorways for the night and the kites and vultures on the lamp-posts and telephone poles roosted, reconciled that they must wait for a fresh day to bring them their share of death and garbage, Mrs Persson would climb into her rickshaw and let the ageless coolie, in his turban and his loincloth, run with her to the Empire where she was starring as Diana Hunt in the musical comedy *Wonderful Woman*. She played a Greek goddess transported to 1930 (with hilarious misunderstandings) who eventually gives up all her powers to marry the hero and become an ordinary housewife. Una considered the role ideal. It was the sensation of Calcutta.

Through the mobs of cyclists, pedestrians, rickshaws; past the trams, bullock carts, limousines, trucks, taxis, buses which blared and flared in the twilight, darted Una and her coolie, until at last they reached the marble face of the Empire (with her name in electric lights above its Graecian portico) round to the stage entrance, a little bit late as usual. Una got out and the rickshaw was off (she paid it weekly) and she, in silks and chiffon, in her Reynolds hat and veil, briskly went through nodding to the Bengali stage-door keeper, who smiled and nodded at her. He was trusted by the management. He was one of the very few natives they employed at present. So many young Bengalis were anarchists and might be expected to attack the theatre.

Una got to her dressing room and became suddenly wary, for the door was open and voices emerged. She re-composed herself and entered. She vaguely recalled the couple who waited for her—the fat clergyman with his hat in his fingers, the thin bluestocking in pale linen. Her dresser began to speak rapidly in her lilting English. Una smiled. "It's all right, Ranee. Bishop Beesley and—?

"I'm Miss Brunner. We met, I believe, at Mrs Bright-sett's garden party. Last week."

"Oh, yes. And I promised you tickets!"

"No," said Bishop Beesley. "We are from the local Moral Rearmament Committee."

"This play is objectionable? Surely not."

"The play is fine. There's one scene, that's all." Bishop Beesley brightened as Ranee offered him some of Una's Turkish Delight.

"Which one?"

"The..." he mumbled the confection, "...second act. Scene one."

"Where I have my first drink?"

"Yes." Miss Brunner spoke significantly.

"The audience loves it. It's the funniest."

"It's very good." Miss Brunner seemed baffled. "But we wondered if you could accommodate us. Accommodate the residents of the city, really. Anywhere else, I'm sure it would not be important—but there are Bengalis in the audience, and Anglo-Indians and so on, as well as English people."

"Yes."

"And we feel the scene could—" Bishop Beesley wiped sugary lips "—corrupt some of them."

"Because of me getting tipsy? I would have thought there was a moral there—not to drink."

"You could see it as that," Miss Brunner agreed, "but when it is combined with your costume..."

"A bit flimsy?"

"Exactly," said Bishop Beesley in relief.

"And the language," said Miss Brunner. "I mean—what you say."

"What do I say?"

"Something about crime and anarchy?"

"Ah, yes: Here's to crime and here's to anarchy! I'm showing my frustration. I come round in the end."

"Not the best-chosen line, given the current political climate."

"I don't know anything about politics," Una told them.
Ranee brought over some tea. "Tea?" added Una.

"Thank you. Even you, Mrs Persson," continued the
bishop, "must realise there have been bombings of white
people almost daily. In the name of the anarchist cause."
He unrolled a copy of *The Englishman* and pointed out its
headline: ANARCHY: A CHALLENGE TO THE EM-
PIRE. "It's in the leading article. And you should read the
Bengali papers. Full of such stuff."

"What stuff?" asked Una.

"Anarchy," said Miss Brunner, lifting her cup. "They
get it all from France, I believe."

"Aha," said Una. She sat down at her mirror and looked
at her face. She gave herself a wink. "Well, I'll bear it in
mind, of course. Thanks for pointing the problem out."

"You'll change your lines? And your costume?"

"I'll certainly give it some thought," Una promised.

2

What man that sees the eur-whirling wheele
Of Change, the which all mortall things doth sway,
But that therby doth find, & plainly feele,
How MUTABILITY in them doth play
Her cruell sports, to many mens decay?
Which that to all may better yet appear,
I will rehearse that whylome I heard say,
How she at first her selfe began to reare,
Gainst all the Gods, and th' empire fought from them to
*   beare.*
Spenser, The Fairie Queene, 7. vi. 1.

As the train pulled out of Odessa, leaving the warmth
and the ocean behind, Una swayed on her feet, attempting
to freshen her face in the mirror above the opposite seats.

Her lipstick dropped from her hand and fell onto green plush. She said: "Damn!" and bent to look for it just as the compartment door opened and a man holding a carpet-bag entered and raised his straw hat. He wore rimless glasses and had the kind of goatee beard which hid nothing of his face, added no character and was perhaps a badge to make it clear that he was an intellectual. The casual Norfolk, the unpressed trousers, the peasant shirt, all proclaimed his chosen role and, of course, he addressed her in French rather than Russian. "Excusez moi, mademoiselle."

Una had recognised him. It was the old butcher himself. He couldn't see past her heavy make-up.

"Bronstein!" she laughed. "Are you back in favour?"

He relaxed, at the same time displaying his embarrassment. "It's you, comrade. Dressed up like a bourgeois whore. What are you doing? Going all the way?"

"Hoping to. Kiev?"

"I change there. I don't like this part of the world much. The people are lazy. Too rich, all of them."

"All?"

"By my standards. What have you been up to?" He offered her a Sobranie which she accepted because she liked the feel of the gold tip on her mouth.

"I've been resting," she said. "I'm too tired, darling."

"And why are you in Russia?"

"I'm not in Russia. I'm in Ukrainia."

"You have a pass?" He pulled a card from his pocket. He seemed to be proud of the distinction. "Like this? It's a special pass. Everyone must help me."

"You're not posing as an anarchist now!"

"What's the difference? We're all socialists. I shall represent Kiev in Moscow and resume my position as head of the Bureau. In time." He opened his bag and took out a large notebook. "I have agreed to put the South Russian case."

"They don't need it put. They're strong—and rich. You

said so yourself." The train began to move faster. They were in Odessa's new garden suburbs. The light was perfect. Una stared out of the window, back at the misty sea with all its ships, inland at the green steppe ahead. "You've conned them. You'll use their strength to help you get your job back! You cunning old bastard."

Trotski sniffed. "I have a case to put. I must have an effective power-base if I am to put it properly."

"And Stalin?"

Trotski pursed his lips and smiled. "Didn't you know? He's dead."

"I'll never understand politics." Una looked out at golden fields and saw horsemen riding along the nearby white road. They were racing the train, waving their caps as they spurred their ponies. She was reminded of the old days, of Makhno and his riders. She waved back. They were past. She returned her attention to Trotski. "Maybe that's why I find them so eternally appealing."

He leaned forward and put a familiar hand on her knee. "Where have you been for the past five years? This time I want the truth." He attempted joviality.

"You'll have it," she said. "But you'll never appreciate it."

"Don't be mysterious." He leaned back and picked up his book. He took a fountain pen from his inside pocket. "It irritates me."

"I can't be anything else. I'm Una. I'm the truth. Eh?"

"You're the very antithesis. You've gone back to acting, I see."

"I had. But I've given it up again. I'm on my way to see a friend in Kiev."

"Makhno, that hooligan?"

"No. Quite another hooligan. He's not fond of you."

"Few are," he said smugly. "Who is it?"

"Jerry."

"Cornelius. Bah! He's no threat at all. Except to himself.

I thought he was liquidated. Or in a coma or something."

"It's not his turn."

He removed his glasses. The gesture was meant as a warning signal. He drew heavily on his cigarette as he leaned forward. "Stop it! Una!" He wagged his finger. He was pretending to joke.

Una felt the familiar terror. She drew in a breath and was defiant. It was just what she had needed.

3

THE RIVER
It is during the Diwali festival, when the darkest night in October is illumined by myriad bonfires, each symbolising a life sacrificed in the conflict between good and evil, that the girl, Harriet, falls in love with a young captain, lamed in the First World War. Lacking beauty, she hopes to win his heart by writing a poem for him about the legendary Radha, whose love for the god Krishna made her a goddess . . . In India all rivers—symbols of Eternity—are sacred . . .
ARTICLE: Picture Post, 1 March 1952

Behind them, the Golden Gate Bridge sagged and squealed as the explosive took it out. It was dawn. There were fires all over San Francisco, particularly in the suburbs. From the harbour the pirate ships continued to shell the city. They were retreating now. On the bridge of the submarine liner *Seahorse* Una, her face blackened by smoke, her hand on the butt of her holstered revolver, looked at their hostages—almost all young men and women—toting up their value in her head. They would be ransomed.

The fleet, mainly a mixture of commercial and naval submarines stolen from half the countries in the world, had arrived at midnight, surfacing in the bay to begin its attack. It had fought off the few defending airships, and, in the time gained while Washington hesitated, had been able to loot the city of most of what they had come for.

Makhno, in a long leather coat and riding britches, an M60 in his left hand, joined her on the bridge. His men were hauling boxes aboard. "There it is, Una. All the gold of Sacramento."

She was a little dismayed at his tone. "You sound like a bandit."

"Don't be moralistic now you've had your fun. There's something Victorian about you, Una. Always washing your hands. I am a successful bandit!" He touched her arm gently. He was very old. The white hair was growing thin. His movements, however, were those of a ballet dancer— imitating youth from training and habit.

He went below, making some noise, and greeted the Pole, Captain Korzeniowski, who had inadvertently inspired this raid with his tales of gold and who had commanded the *Seahorse* ('For safety and comfort in troubled times, these luxurious hotels of the deep will get you where you want to go in the condition you'd wish to arrive!') before Makhno had requisitioned her. Korzeniowski was contemptuous. "How many hundreds of innocents has your raid destroyed?"

"There are no innocents in this struggle." Makhno spoke automatically and Una felt sad. The years had at last succeeded in coarsening him. It had been almost inevitable. She leaned down towards where the hostages still stood watching the gold being lowered into the special hatches. "Let them go. Give them boats," she told the guards. She would not take any more responsibility.

In a dinghy coming alongside from their own wrecked sub, Shakey Mo and Jerry called out to her. They were filthy and jubilant. Cornelius at least was drunk. It was always hard to tell with Mo what sort of condition he was in.

"Mrs P." Jerry raised a bottle of wine in a salute. He began to get up but the rocking boat made him sit down again. "Ready to leave when you are!"

"Not long now," she said. She searched the sky for dawn, but the flames obscured it.

"This is what I call effective political action," said Mo. "We need our course. We had the chart on the bridge when that bloody destroyer got us. Dropped a fucking great torpedo, didn't it."

She had seen them leap into the sea just before the destroyer had, in turn, been blown out of the sky.

Could she hear screaming from the city? Smoke clogged her nostrils, stung her eyes. The suburbs were on fire, now. Many wooden houses were burning and they sweetened the otherwise acrid air.

Mo scrambled over the rail. "Better than any earthquake," he said. "Better than any Indian raid. Where are we headed? My guess was Mexico."

"You're not far out," said Una. Mo clinked and looked embarrassed. "What have you got this time?" she asked.

"Nothing much." His grin was sheepish. He reached into one of his several sacks and pulled out a coin. "Pieces of eight. Doubloons. And that..."

"Where on earth did you get them?"

"The museum. I always hit the museum first. You know me. An incurable bloody romantic. I love old things."

She felt affection for him. More than she felt at that moment for the others.

"This did used to be called the Barbary Coast," he said defensively.

"Wasn't that in Africa somewhere?"

"No," he said. "You're thinking of the Mountains of the Moon." He vanished into the liner's enormous hull.

Una saw that Jerry was helping some of the girls into

the boat he had abandoned. He looked as harmless as they did. He was being very gentle with them. She drew a deep breath and controlled her tears.

"It all seems a bit self-indulgent, really," she said.

Fisherman's Wharf exploded suddenly and she was blinded.

4

HOOLIGANISM ON SOCCER TERRACES "HARMLESS RITUAL"

Soccer hooliganism provides a harmless outlet for aggression which could take more violent forms, says an Oxford psychologist in a book published today. Battles between rival groups on soccer terraces are an artificial form of violence rather than the real thing, and few people really get hurt, says Mr Peter Marsh, of the Oxford University Department of Experimental Psychology. In 'Aggro: the Illusion of Violence,' he appeals to people to learn to live with 'aggro'—fights between rival gangs of youths at football matches, dance halls and public houses—rather than trying to stamp it out. 'By trying to eradicate aggro we end up with something far more sinister. Instead of social violence we get non-social violence that manifests itself in random, gratuitous injury ... By learning to live with aggro ... we begin to see that illusions of violence are much preferable to the very real violence which maims and kills ...' Mr Marsh sees 'aggro' between rival gangs as an equivalent of tribal warfare in less developed societies.

Daily Telegraph, 20 July 1978

Although the hospital was virtually silent, it seemed to Una that there was a threat in the air. She tried to move her eyes a little further than they would comfortably go. The metal cage keeping her head in position (she had a broken neck) allowed her no flexibility. Major Nye was still there, holding her hand. He was half asleep, his gaze fixed on the opposite bed. He attempted to carry on the conversation where it had stopped, five minutes before. "Yes," he said. "It's the vermin."

"Rats?"

"Mainly."

"Models, metaphors—even examples, I suppose." Una was glad that they had taken the screen away and she could see at least part of the ward with its privileged beds. The hospital was run by nuns and was private. There was no vermin here to speak of.

"I see what you mean." He smiled. "You're too imaginative."

"I live in a world of poetry," she said. "Or rather, of poetic images. Everything seems significant to me. Everything has meaning. It's what gets me into trouble. And I never listen. I only watch."

He patted her hand.

She heard very soft sounds and thought at first that she was listening to his hand on hers, but they were footfalls. At the end of the bed stood Prinz Lobkowitz. "They haven't moved you yet?"

"Not yet." Major Nye answered for her. He got up and brought a chair to place next to his own. "Sit down, old boy. You look very tired."

Lobkowitz's back was stooped. His grey hair fell over his face. The skin of his face had become baggy with care. Una felt frustrated. She wished she could be of help.

"Makhno?" she said.

"Dead. The Americans caught him at last. He was electrocuted three days ago. In Oregon, I believe."

"The Californians gave him up."

"Californians are like Greeks. They talk themselves into things and then they talk themselves out of them again. It must be the sunshine. No, he's buried in some Portland cemetery. Shall I get you the details?"

"It's pointless," she said. "I'll be in this thing for six months."

"Yes."

"He made a name for himself, at least," said Major Nye. "There's no one in the world hasn't heard of Nestor Makhno. He's a hero and a martyr in six continents. And his example lives on." He was trying to console her, but he could not fail to register a little disapproval. She gripped his wrist.

"Don't worry," she said. "It's a victory for your sort of rationalism, major."

"I've never much cared for my sort of rationalism. Not in isolation, anyway. I see myself as a balancing force—not as a positive one. Makhno represented all I envied. It was the same sort of balance which controlled the Empire for so long—we all admired the Bengalis, you know. And the Pathans. It's a terrible sort of paternalism, I suppose, but it had certain simple virtues."

"Are you sure there are such things as simple virtues?" Prinz Lobkowitz's accent had grown a shade stronger. "I would say that only vice was simple."

Major Nye hadn't followed him. "You sound as if you've come to preach the last rites," he said. "I don't think you'd make a very good clergyman, Prinz."

"Oh, I'm not so sure!" He strove for levity and failed miserably. "A couple of hundred years or so ago I could have filled the role you see as your own, major. A temporiser. Mm?"

"Church and State stuff. There's a fair bit to be said for the ideas of the middle-ages. We've complicated them rather, haven't we, without improving on them."

"I wouldn't say that," said Una. She attempted to move and failed. The harness was firm.

"We're taking you by airship to the coast," said Prinz Lobkowitz. "And then, perhaps when you're whole again, a cruise."

"I might have had enough of cruises."

"We'll see."

"Do you good," said Major Nye with weary mindlessness.

"I'll happily take over." Prinz Lobkowitz smiled at his old friend. "You could do with some shut-eye, eh?"

"About as much as you." Major Nye appreciated the thought. "But I haven't any travelling in the morning. I'll carry on here."

"You should both rest." Una hoped they would not take her seriously. She was terrified of being left in the hospital. She needed one of them there at least, to comfort her.

"Well," said Major Nye, "perhaps you're right. Will you sleep now, Una?"

"Oh, yes. Of course."

They rose; two tired ghosts. "Goodbye."

5

But if he sees a sad face staring through the glamour of light, the face of a girl who is thinking of a lover who comes no more to her Christmas parties, of an old mother whose children have gone about their business in the world, Pierrot will go on tiptoe to them, and lay a hand lightly on their shoulders, and say, 'It is not good to remember too much. Play the game of life. I have suffered too; but listen to my laughter on this Christmas night. Come, play the fool with me! Why, there is little Columbine who flouted me three hundred years ago! Bless her sweet heart; I will steal a kiss tonight.'
THE SPIRIT OF PIERROT by Phillip Gibbs, The Graphic,
27 November 1911

The white steam-yacht moved slowly through the drifts of ice. Steam curled from her deck as she gave her heat to the Arctic. The blue sky was like thin ice enclosing them. It was as if they sailed through the semi-fluid remains of some frozen confection, under glass. This was no place, thought Una as she pulled her huge white furs around her, for *The Teddy Bear*. It was no place for her, for that matter. She coughed and more heat escaped her to be absorbed by that unambiguous continent. The yacht bumped against a few small floes and the engines stalled for a second, then started up again, firmly pushing the ship on, heading closer and closer to the Pole.

From below came the sound of a piano, thin and brittle, and the applause of the guests. They had already had their turkey. They had opened their presents. Now the party was to begin with an entertainment.

Una turned from the tranquillity of endless ice and made her way to the louvred door which would lead her down. The ship, though strengthened in her hull, had been designed for warm weather cruising.

In the saloon the audience had gathered. "All our old chums," as Bishop Beesley had said. He had handed over control of the ship only after he had been locked up for an afternoon without sweets. He was in the front row now, with a plate of cake and candy on his knees. Miss Brunner, wearing a paper hat on her violent red hair, sat next to him. She held a tiny piece of marzipan between the finger and thumb of her left hand. Her right hand rested against Maxime. The bishop's blonde daughter, Mitzi, glared at them from the other side of her corpulent dad.

Una removed her coat and revealed herself as Harlequin. She put on her mask and her cap. She bowed and was cheered. Mrs Cornelius, behind the bishop, blew a friendly raspberry. Major Nye began to vamp a $\frac{4}{4}$ tango. He looked a little incongruous in his clown costume. Columbine (played by Catherine) curtsyed on the tiny stage. Behind her, wistful as ever, stood Pierrot, pretending to play a guitar.

The audience began to clap in time to the music, so loudly that the words of the song could not be heard at all.

Outside, the ice grew thicker and it seemed it must soon stop the ship completely. The steam from the white decks was growing denser, almost hiding her from view, as the passengers put their hearts and souls into their enjoyment of the show.

A little faint music found an echo in the distant mountains; the ancient ice.

If it was to be a farewell performance, none of the actors had yet guessed. They sang louder and louder above the steady drumming of the applause, which took on the nature of a gigantic heartbeat. They sang as loud as they could. They sang with gusto. They sang for all the world.

MICHAEL MOORCOCK has been a prolific and highly regarded presence in science fiction and fantasy since he burst upon the scene in the early 1960s. His novels have been awarded the Nebula, the John W. Campbell Memorial Award, and the World Fantasy Award in the United States, and the Guardian Fiction Prize in the U.K. Under his editorial direction, *New Worlds* magazine became a forum for the finest (then new) talent, encouraging writers like Norman Spinrad, Thomas Disch, J. G. Ballard, Harlan Ellison, Brian Aldiss, and Roger Zelazny, among others. Robert Silverberg has called Michael Moorcock "an extremely gifted writer...He has a tremendous talent for imagery and vividness."